真凶快跑

王　界◎著

作家出版社

作者像

王界

一界莽夫，却热衷舞笔弄文，平日无事爱信笔涂鸦，却恶读书。书非借不能读也，且料谈笑无鸿儒，往来有白丁，无从去借来翻阅，愈发更恶读书。极爱异想天开，仰天看日起日落，云聚云散，却徒有异想，未曾见过天开，只得在生活中寻找异想天开的乐趣。

生在河畔水边，小时候摸过田螺捉过鱼，上山抓过蛇打过鸟，喜欢运动，年轻时偶尔健身，只希望练就八块腹肌，偶有小成，却在光阴里偷偷溜掉，依然“橡皮圈”缠身，白搭了汗水和时光。却未曾想，身体在潜移默化中循序渐进，如今年过不惑，身体没病没灾，偷得浮生半日闲时，安然惬意，真是大快人心。所谓种瓜得瓜，种豆得豆，一切辛苦终究不是白费，也自安心。

曾经负笈华工学理工科，现在搞桥梁工程，也算学以致用。闲暇上网寻找知音，或是看 F1 和英超。人家赌博，我就赌命运：如果曼联或汉密尔顿挂了，我这个星期都会运气很差。
极少看电视和电影，原因是电视太长，没耐心，看电影又太正襟危坐。演唱会偶尔到场，却听不懂周杰伦。音乐播放中，我可以听，也可以当耳边风，不听。不会欣赏周杰伦和李宇春，但林志玲和章子怡的大幅广告牌让我仰望。

最可恨的是没有法拉利，代步工具仅是一辆破车，喜欢开快车超奔驰，寻找赶超世界先进水平的感觉。开快车时喜欢开窗，感受速度。看一群 80 后的风华正茂，不得不叹息自己真正是廉颇老矣，擅长自由自在地散步，不想跟上时代的节拍。

喜欢吃野菜，喜欢自己养鸡种菜。内心极为矛盾，无意中采菊东篱下，悠然见南山，却怕闷得慌，车水马龙的情结却无法割舍。喜欢在田园诗中加些小情调，中西合璧，吃自己种的菜，杀自己养的鸡，如果能喝上轩尼诗 XO 或蓝带马爹利，就更好了。若是只有竹叶青也可喝得有滋有味。

综上所述，鄙人，对酒当歌，却不感慨人生几何，何以尽兴，却并非唯有杜康。人生之路，不想上下求索，只愿小富即安，良田几亩，妻贤子孝，平安一生。现兼任小说家、影视编剧、少儿文学作家及高级工程师。杰作除了那些“天堑变通途”的大桥外，还有长篇小说《人猿王国历险记》、央视四十集电视连续剧《寻梦兄弟》和原上影厂二十集电视连续剧《生命激荡》。

语　录

一次不公正的司法比一次犯罪更可怕。

——培根

说真话是要付出代价的,但是我仍然要说真话。

——许健

我出逃不是为了别的,更不是为了活命,而是为了自由和保存自己的尊严。

——乔君烈

这个社会缺少的不是物质和金钱,而是公正和良心!

——乔君烈

在老百姓绝望的时候,警察是给他们带来最后希望的人。

——徐希愉

刑事案件太重要了,不能把它交给一般的警察们,而是应该把它交给那些有专业技能、有法治意识的警察们。

——本小说作者

目　录

第一章　初次邂逅　1
第二章　蓝雪惨死　13
第三章　艳遇　25
第四章　乔君烈　39
第五章　证据　47
第六章　让她走　67
第七章　释放乔君烈　77
第八章　乔君烈失踪　91
第九章　疑点重重　99
第十章　那一夜　105
第十一章　大卫这孩子　117
第十二章　怪人出现　125
第十三章　诱捕乔君烈　137
第十四章　反侦查　147
第十五章　监视杨丽童　157
第十六章　身体交易　171
第十七章　钟点工谜团　179

第十八章　抓捕乔君烈　191
第十九章　狡猾逃脱　203
第二十章　谜底揭晓　219
第二十一章　网上现身　233
第二十二章　蓝母追凶　249
第二十三章　重逢　259
第二十四章　又一人命　271
第二十五章　异地大搜捕　281
第二十六章　另种暧昧　295
第二十七章　关键线索　305
第二十八章　重要证人　319
第二十九章　顺藤摸瓜　331
第三十章　可怕的供词　345
第三十一章　女人间的秘密　355
第三十二章　真凶现身　365
第三十三章　尘埃落定？　387

第一章　初次邂逅

当年我偷过一本书。常言道窃书不算偷。尽管没有相关的统计，但是我认为偷书的人不但不是坏人，而且将来极有可能学有所成。然而如果偷了一本诲淫诲盗的书，而且读了这本书后产生一种醍醐灌顶的感悟，这就叫中毒了，后果一定非常严重。谁能告诉我，希特勒看了哪一本哲学著作后，变成了大恶魔？我无意中偷了那么一本书，可以说我由此陷入了无法自拔的境地。

十多年前我还待在大学校园里，是一个有梦的四年级学生。我念的是医科，知道有一本名著叫《日瓦戈医生》，但是我始终没有兴趣拜读它，何况我根本不喜欢看小说。我幻想自己能够在心脏移植课题上大功告成。要说明的是，当年克隆这个词汇尚未出现。

在一个淫雨不绝的礼拜天上午，因为没有雨伞，我被困在阶梯教室里。饥肠辘辘的我对看书早已厌倦，一心想要以最快的速度赶到食堂饱餐一顿。这天还有一件事让我闷闷不乐，就是我那副六百度的近视眼镜不翼而飞，整个世界在我眼里迷茫一片。

如果一个人在这天上午丢掉一百块钱，那么他就千万不要指望在下午捡到一张十元的钞票。倒霉连连就是这个意思。我是这么想的。

我知道在阶梯教室里还有一个人，这个让我感觉到是一个漂亮女孩的低年级同学，就坐在我身后不远处。猜想她是低年级同学的依据，是她不时地低声背诵英语单词。我念大一的时候，也是这么干的。

我当然想结识她，更想让她当我的女朋友，可是人家愿意吗？我的眼镜丢了，我那模样即使算不上狼狈不堪，也会大打折扣。这天我干脆自认倒霉，不愿意冒触怒一个美丽高贵的女孩的风险。

“你好！”一副银铃似的嗓音从我身后飘过来。

我的身子竟然为之一震。这一震好像蓄谋已久似的，一直处在闻声而动的状态中。由于我对结识这个女孩并不抱有希望，此刻她主动向我打招呼，导致我因神经过敏而语无伦次。

一回头我就急巴巴地说：“对不起，我也没有雨伞。”

“我没找你借雨伞。”对方噗哧一笑，“这雨怎么下得这么大！”

即使看不清对方，我也可以感觉到她的美丽遥不可及。

我强作镇定，像绅士一样大包大揽，“Sorry，有什么可以帮到你的吗？”

“太无聊了，我想考你一个问题。”

“深奥吗？”

“也许不。你喜欢看侦探小说吗？”

我不知深浅地说：“我不喜欢看小说，那叫浪费时间。”

“不见得吧，”她说，“煞费苦心踏破铁鞋找到凶手那绝对不是浪费时间！”

看来她颇有心得。

但是我无法把一个漂亮的女孩和一宗凶杀案联系起来。

我问：“请问你是哪个系的？我们学校应该没有刑侦专业吧？”

“考你一下吧，仔细听好了！”

她不再赘言，立即开始讲述一个关于谁是凶手的故事。

A1、B2、C3和D4四个人同在沙漠里探险。A1、B2和C3向东出发，D4留守大本营。D4告诉其他三个人，第二天下午五时后大本营向西搬迁二十公里，所有的人必须在五时前返回。B2对A1早已怀恨在心，一直寻找机会干掉他，就人不知鬼不觉地往A1的水壶里投放毒药。C3也想置A1于死地，偷偷地在A1的水壶底部钻了一个小孔，把水壶里的水慢慢放掉，让A1因缺水虚脱而毙命。B2和C3各自先后布下杀机后，立即寻找机会远离A1。由于A1水壶里含有剧毒的水泄漏得一干二净，A1没有因喝水而中毒身亡。他拼命强撑着回到大本营原址时，已是第二天晚上九时。因为两个小时之前，也就是当天晚上七时，D4苦候不到A1、B2和C3，在推迟了两个小时后，不得不按原计划把大本营向西搬迁二十公里。A1无法到达大本营新址，体内严重缺水，心力衰竭而亡。

漂亮女孩问：“你说，凶手到底是谁呢？”

我对这个问题也颇感兴趣，特别是由一个漂亮女孩提出来的。

我说：“B2 和 C3 都有杀害 A1 的动机，并付诸行动……”

她当即做了一个手势打断我的话，提出她的见解：“B2 确实有杀人动机，也投毒于水壶里。但是事实上，A1 并非死于中毒，A1 之死与 B2 无关，由此判定 B2 不是真正的凶手。C3 在水壶上打了一个几乎看不见的小孔，把里面有毒的水放掉，反而救了 A1 一命。这么一来，C3 就更不是凶手了。D4 把大本营搬迁了，导致 A1 失去被营救的机会，D4 倒像是凶手。”

我终于明白，这是一个难以回答的问题。

我不敢说话了，感觉到对方似乎在得意地笑着。

她很快就低头看书，不再跟我说话。

我不甘心我和她的事儿就此结束了，遂无话找话地说：“可是，我想了又想，D4 这家伙也不是真正的凶手啊，至少他没有杀害 A1 的动机。甚至，他连过失杀人也不沾边。”

她没有搭讪。

我搜索枯肠，实在找不到独辟蹊径式的见解，只好闭口不言，以免自讨没趣。

我觉得这个漂亮的女孩实在太高傲了，简直是可望而不可及。我的眼镜丢了，我的眼前一片模糊，我甚至不能欣赏并记住她的芳容。她的名字我也无从得知。

她走出阶梯教室。她穿着高跟鞋，那种走路的声音非常动听。

我顿时有了一种怅然若失的感觉。

我马上站起来，走向她刚才坐过的地方。我看到她的书本仍然留在课桌上，知道她只是暂时离开一会儿，还会回来的，竟然欣喜若狂。

但是我也清楚地知道，我和她是不会发生任何故事的。

一种奇怪的感觉不知道从何而来，可能是受到对方的美丽和高傲的言行刺激的缘故，这种感觉驱使我贸然决定偷走一件属于她的东西，留作长久珍藏的纪念品。

我随手拿走了她的一本书。

当时我并不在乎那是一本什么样的书，哪怕是令人讨厌的教科书。

一种做贼心虚的感觉油然而生，在她返回之前我迅速地离开了阶梯教室。

这本书的书名叫《福尔摩斯探案全集》。我觉得运气还不错，偷了一本可读性颇强的书。不久后我读了这本书。

离开大学校园后，我的职业跟这本书密不可分。

十多年后一个礼拜天的晚上十时三十分，商业大街上依然人来人往。但是华伦天奴专卖店已经停止营业，我买西服的计划落空了。我和张宾便漫无目的地走着，打算找个地方坐下来喝点儿什么。

认识我的人，都说我像香港那个大明星黎明。我可以负责地说，此话不虚。现在的我穿着名牌服装，一举一动充满自信，再不是一个自卑的穷学生了。至于张宾呢，他被公认为电影《巴黎圣母院》里那个敲钟人伽西莫多。公平地说，张宾没有伽西莫多那么丑陋不堪，更不会是集驼背、独眼和瘸腿于一身的残疾人。

俗话说物以类聚，人以群分，长相、性格和身份相似的人，就喜欢聚在一块儿。一个三十多岁的男人和一个二十多岁的男人逛大街，看上去双方差距太远却神色融融，说笑随意，新新人类们一定会觉得这两个大男人之间有不正当的关系。其实我们之间绝对没有那回事儿。我不反对张宾像宠物狗一样跟着我——请注意我绝对没有侮辱对方的意思，我跟他是平等的——我曾经想过，是不是因为我酷似大明星黎明，就乐于找张宾这个丑星做陪衬人，把自己衬托得更加完美？张宾这个人富有幽默感，有点儿会拍马屁，反正是挺会来事儿的。尤其要称道的是，他这人骂不还口，摆出一副洗耳恭听或是嬉皮笑脸的样子。由此估计打也不还手。

张宾有时会利用难得的空闲时间炮制奇文，博众人一笑。他最著名、最经典的一篇美文是《我衷心地赞美屁股》：善良、老实、能屈能伸的您啊，像一个沙发垫儿，无论何时何地都让我坐得舒舒服服！您从不嫌脏怕累，为我排泄废物，但是您根本不丑，您拥有美丽的曲线！让我难忘和感激不尽的是，小时候我犯错误，您总是挺身而出代我受过，让爸爸妈妈痛揍一顿！所以，我衷心地赞美屁股！另外，张宾热衷于购买体彩和福彩。他说这是捐钱回报社会。不过如果有朝一日一不小心中了大奖，就不好意思了，买一辆宝马轿车，到高速公路上有多快就飙多快！有几个同事也买了彩票，老是不中奖，连五等奖也没沾边儿。但是张宾总是眉飞色舞地叹着气：怎么总不长进，还是三等奖！同事们顿时内心压力倍增，不由得嫉妒地看着张宾。有一天早上，张宾进门就说，找到女朋友了，很漂亮很纯，跟章子怡小姐差不多。好几个男同事又发愁了，自叹不如地嘀咕：为什么天下的好事儿全让这活宝一人独揽了呢？此后张宾经常在办公室里吹嘘，他怎样利用休息时间到街上寻找新鲜、便宜的玫瑰花，送给女朋友。几位男同事气歪了鼻子。有人不服气地说：伽西莫多，你这模样，那个像明星一样漂亮的小姐会喜欢上你？张宾那活宝一字一顿地说：人世间就这样，有时鲜花偏偏喜欢插在牛粪上！

后来我发现：张宾的大作《我衷心地赞美屁股》有抄袭王朔作品的嫌疑；他大量购买彩票却一次次希望破灭；至于他那漂亮的女朋友，实属子虚乌有，不过是一个普普通通的外来女工，后来他们由于种种原因而轻描淡写地吹了。尽管如此，我仍然觉得那些欺骗是善意和友好的，张宾只不过是像马戏团的小丑在竭力表演。

首先要正视的是张宾的工作态度。张宾是一个值得信任的人，干起活儿来那是没说的。正是这一点，我坚定地选择他做我的朋友。

我和张宾是同事，但是我们都没有因为所从事的职业而自然、必然流露出来的那种众所周知的神态特征。在相貌上，我们也跟所从事的职业大相径庭。我耻笑张宾像反面人物，尤其像小偷。张宾则恭维我应当到大学去担任最高级别的教授。

然而人的相貌太重要了。尽管张宾心地善良，但是他给别人的第一印象的确不佳。一见钟情的好事儿永远跟他无缘。相反，他的相貌有时会无端地惹祸上身，蒙受不白之冤。

四年前的一天晚上，我和张宾也是这样逛着大街，突然一个抱着孩子的妇女在我们身后从天而降，劈手抓住了他。我和张宾大吃一惊，张宾大喝一声你这是干什么？对方的声音更响亮，喝令张宾把钱包还给她！我和张宾左右看看，哪里还有小偷的影子？张宾非常委屈，也非常冷静，因为他早就知道自己错在哪里。他叹了一口气，轻轻挣脱中年妇女的手，说自己虽然那模样儿不讨人喜欢是事实，给张艺谋演小偷绰绰有余，但是他的人头儿压根儿不次，即使有人把刀架在他的脖子上，他也不会偷一分钱。他甚至主动提出让这个中年妇女搜身。我也为张宾的人格据理力争。中年妇女仍不依不饶地穷追猛打。最后我们不得不表露身份。还有一次，张宾表明身份后死死抱住一个广东籍的诈骗犯。那家伙急了，怒骂张宾开什么玩笑，快给老子撒手。那家伙被张宾的搭档铐上后，还用香港话破口大骂张宾出卖了他。在他看来，张宾不是诈骗团伙里的叛徒又是什么呢？

我看过一个笑话后，杞人忧天地担心张宾会犯下同样的错误。这个笑话是这样的：一个长得奇丑无比的男人正在大街上走着，一个漂亮的女孩领着两个警察追上来，指认他就是调戏她的流氓。丑男人看了一眼青春漂亮的女孩，顿时产生一种受宠若惊的感觉。尽管那女孩弄错了，但他还是愉快地承认了，被警察送进了班房。

对于自己的长相，张宾没有自暴自弃。他一再强调这不是他的过错，不但接受了这一事实，而且自夸自己是不可多得的丑星。

当晚没有买到西服，口袋里还揣着几千块钱，实在有点儿不甘心。主要是平时夜以继日地忙得不可开交，极少有时间逛大街。只好留待哪个礼拜天有时间再来吧。我和张宾都累了，连连打着呵欠。我们也懒得找个地方消遣了，只想尽快回家睡觉，便当街买了两罐可口可乐，站在马路边上喝着，等着出租车。

一辆出租车开过来。

张宾举手叫车。

出租车在我们身边停下来。我和张宾懒洋洋地正要伸手拉开车门，三个大男孩捷足先登，挤开我们抢先上车。他们从酒吧出来，都喝得醉醺醺的。

张宾有点儿火了："喂，你们怎么搞的？这车是我叫的！"

一个黄头发的男孩满不在乎地说："就这么着，你们又想怎么样？这车是你们家的？"又有一个平头男孩大肆叫嚣："傻×！有种就揍我一顿！没种就给你大爷滚得远远的！"平头男孩坐在副座上，用力关上车门。

一个光头男孩朝张宾和我做了一个下流的手势。他虽然没有说什么，但是他的态度最猖狂。即使最善良的人，也会被他刺激得跳起来。

张宾更火了，一把抓住光头男孩的衣襟。眼看他们就要扭打起来，两个大男孩跳下出租车扑向张宾。我急忙掏出证件，大声表明我们的身份。

三个大男孩被镇住了。

我大喝一声："别在这儿闹事儿，快走！"

张宾趁势朝光头男孩的屁股踢了一脚。

三个大男孩乖乖地缩进出租车里溜掉了。

张宾非常气愤："头儿，让我把他们弄回去，好好教训教训他们！"

我说："算了，他们喝多了。"

张宾说："把他们弄回去，是合法的！我揍他们一顿，也是正当防卫！"

我说："他们侮辱了你，你正好有职业优势，可以合法地揍他们一顿，所以你就很想利用职业优势做点儿什么。要是他们侮辱了以唱歌为职业的帕瓦罗蒂或多明戈，帕瓦罗蒂或多明戈是否应该为他们高歌一曲呢？"

"帕瓦罗蒂是谁？"

张宾是退伍的武警，文化程度不是很高。他可以认识刘德华和张柏芝等流行歌星，却不会知道世界著名男高音歌唱家帕瓦罗蒂和多明戈，这不足为奇。我知道他听不懂我这句话，但是跟他解释得花一点儿时间。那就没有意思了。

张宾还是怒气难消。

我跟张宾说，这口气要是咽不下去，做人得有多累。前晚我累得要命，脑血管快爆裂，头痛得要命，只想尽快回到家里，也不洗澡了，一进门倒地就睡。没想到乘电梯的时候，一个老婆婆抱着她那一岁多的孩子，那淘气的小家伙趴在按键盘上，乱摁一通，把每个数字键都给摁上了，结果电梯一走一停，每层都得停下来。那老婆婆，抱着孩子躲在一边，抱歉地朝我微笑。本来我就有点儿头疼，让这电梯颠来颠去，更是雪上加霜了！我家住二十三层，这样下去我怎么撑得住？电梯到六楼我就赶紧逃出来，等另一部电梯。我整整花了四分钟才回到家里。有时人暴跳如雷就因为小事情所触发，但是我能冲着小孩子和老婆婆发火吗？

“孩子不懂事给摁上了，不是可以再摁一下就取消了？”

我说：“这个，我本来是知道的，可是，当时头痛得厉害，全给忘了！”

有时就是这样，现在比如急着要出租车，可是它偏偏不来。于是我们干脆走进人行道吸烟。干我们这行的，不吸烟不行。没想到我的黑色皮鞋边上粘上了别人嚼过的香口胶，怎么也弄不掉，越弄越难看。张宾蹲下去，忙了好一会儿才大功告成。他站起来的时候，看到百货公司大门前的铁椅子上坐着一个女人。

不久之后我知道这个年纪小我几岁、看上去却比我年轻得多的漂亮女人叫邵幼萍。我所认识的漂亮的女人不多，我曾经自然而然地把邵幼萍和那个在我记忆中的美丽高傲的女孩联系在一起。但是我无法把她们的印象重叠。因为我实在记不起那个女孩的样子了。

这次艳遇后，几个月后的一天，张宾模模糊糊地对我说，当天晚上他就觉得邵幼萍有点儿面熟，好像最近几天她曾经在他面前若隐若现地出现过好几次。因为一张漂亮的女人脸很容易给他留下印象。他头头是道地解释说这或许就是我的缘分吧，这个女人注定是要跟我连在一起的。出于职业习惯，他又用开玩笑的方式敏感地推测，要让我当叛徒，一是不让我吃麻辣牛肉，二是用美人计。用美人计或者更能立竿见影。我也明白人世间没有无缘无故的爱。爱或许是深奥莫测的东西。然而我也明白没有免费的午餐这个道理。我一时无法想象谁会向我动用美人计。我也是整整花了大半年的时间，才弄明白邵幼萍是一个怎样的女人。她不是暗娼，也不是那种想跟我发生一夜情的女人。在我了解她的意图后，虽然我没干什么丑事，但是我仍然觉得这太不可思议了，我受到了伤害。

但是在当天晚上，张宾看到邵幼萍坐在百货公司大门前的铁椅子上，顿时来了劲儿。他只是觉得那是一个漂亮的女人，而没有去想其他的事儿。

张宾说："右边六七米处，那女人长得不错吧？年龄虽然稍大点儿，却美丽依然，成熟得可爱呢！头儿，上吧，她正在多愁善感呢！"

"去你的，别自作多情了！"

"你不是相信缘分吗？缘分可能来了！"他朝我诡笑着。

我揶揄地说："你是说你自己吧？你不是不相信自己会有一见钟情吗？"

"我就要打破这个宿命！"

"你就喜爱碰一鼻子灰！"

"头儿，不好意思，请等我几分钟。要是我有戏了，你就赶紧走吧，车票留着，明天我给你实报实销！"

我不置可否。

张宾把半截香烟扔掉，快步走向邵幼萍。我猛吸一口烟，看着张宾的背影，不由得摇摇头，把他扔下的烟蒂捡起来，到处寻找垃圾桶。我手上的烟蒂尚未处理掉，张宾就很有礼貌地大声喊我："请过来一下！"

我没有理会张宾。我猜这小子一定是遇上麻烦了。就他这相貌，只要邵幼萍瞟他一眼，不立即讨厌他才怪呢。不痛骂他是流氓，不呕吐不已，那已经给足他面子了！

张宾见我没动，就跑过来对我说："那女人好像有点儿不舒服，去看看吧！"

我还是没动。

张宾说："不是说有困难，找警察吗？"

我说："别找借口了！"

"她真的不舒服。"张宾特意再强调一句，"我觉得她挺适合你的！"

"那我就更不能去了。"

张宾真的急了，"不要假正经了。头儿，不管你需要女人也好，不需要女人也好，女人有困难了，你总得去看看吧！我从来都是先出来、站两边、头一个死掉的配角，我都亮相完毕了，就看你主角的了！"

张宾生拉硬拽着我走过去。

我一看邵幼萍果然身体不适，满头大汗和紧皱的双眉使她显得更加楚楚可怜。她看着我两只手都拿着点燃的香烟，忍不住哑然失笑。我知道她因何而笑。

"这是你的！"我把烟蒂还给张宾，扭头问邵幼萍，"请问哪儿不舒服呢？"

邵幼萍抬头看我一眼，"我没事儿。"

我说："需要帮忙吗？我们送你到医院去。"

"不用。谢谢。"邵幼萍低下头，朝我们摆摆手，让我们走开。

张宾殷勤地说："我老师是医生，是教授级名医，手到病除。这就免费给你看专家门诊行吗？"

邵幼萍再次抬起头，大概凭着看到我戴着中度近视眼镜，提着内装笔记本电脑的公文包，书卷味儿极浓，觉得我像大学教授而不像骗子，就开口说话："教授，我头疼得要命，可能发烧了。"

我摸了一下邵幼萍的额头，果真有点儿发烧。

不能否认漂亮的女人确实是得天独厚。我觉得邵幼萍就这样坐着够可怜的，打算让张宾送她到医院去，甚至愿意代付医药费。我说："大概有三十八九度，体温挺高，而且甲型H1N1流感的威胁还在，不能大意啊。我们这就送你到医院去吧。"

邵幼萍说："太晚了，去医院挺麻烦的。教授，就请你给看一下吧。该吃什么药，你告诉我，我去买。"

我说："为了安全起见，你还是应该到医院去，仔细检查一下。"

邵幼萍说："我知道，我这是小病，用不着到医院去折腾。"

张宾抢着说："这年头，到大医院去，一个小感冒几百块钱就能治好。不过，小感冒，麻烦医生动用X光机、CT机，浪费资源就不好了！许大教授，你就给治一下吧！"

我只好重新摸一下邵幼萍的额头，说："你嗓子眼又痒又痛的，对吧？"

邵幼萍说："是呀，可能上火了。"

我说："应该是上呼吸道感染。"

张宾拿出随身携带的小电话簿和笔，让我把处方写出来。我对症下药，写下几种西药，还补上了两天后可能用得上的止咳糖浆。张宾把处方撕下来，让邵幼萍等一下，转身就跑开了。不用说，他张罗着买药去了。

邵幼萍说："太谢谢你们了，你们都是大好人！"

我说："吃了这药，应该没问题了。不过，万一明天病情加重，一定得到医院去！别穷对付！"

邵幼萍点点头。

张宾很快就把药买回来了，手上还端着一杯热纯净水。他指点着邵幼萍服药。

我的手机鸣叫着。我接听电话。

我对张宾说："走吧走吧！"

张宾说："头儿，什么事儿？"

我说："走吧！"

邵幼萍说："我没事儿了。你们有事儿就快走吧。不过，两位好人，请把电话留下来！我得谢谢你们！"

我说："不用了。"

邵幼萍说："我得还你们药钱！"

我拉着张宾要走。张宾把处方递给邵幼萍，说："电话号码在这处方上。要还药钱，以后再说吧！"

没想到张宾早就想到了要给邵幼萍留下电话号码这事儿。这家伙粗中有细，真不愧是我们这行当儿上的人。

平时由我专用的越野车坏了，我和张宾是乘公共汽车来逛大街的。我们坐上出租车，朝事发现场赶去。

张宾忍不住又说："我留的是你的手机号码！"

我说："你真处心积虑啊！"

张宾说："那女人真的不错嘛，要是她来电话了，你得认真搞好警民关系呀！"

我说："第一次警告！"

上世纪初有一个脾气暴躁的爱尔兰人，带着他的老婆和儿子驾一辆马车出游。那匹辕马年少体壮却不听使唤，一路上连跑带颠，眼看马车就快散架了，爱尔兰人忍无可忍，拔枪指着马，怒喝一声："第一次警告，慢点儿！"马充耳不闻，还是一味淘气地疯跑着。爱尔兰人大声吼叫："第二次警告！"两次警告根本没有效果，这使爱尔兰人怒不可遏，连放两枪击毙了马。这一家人只好弃车步行，在烈日之下都累得大汗淋漓。老婆不停地埋怨爱尔兰人万万不该打死马。爱尔兰人低喝一声："第一次警告！"老婆还是喋喋不休地埋怨爱尔兰人。爱尔兰人把手伸向枪套，发出第二次警告。老婆只好乖乖地闭了嘴。因为那个爱尔兰人在第二次警告无效之后就要开枪了。

张宾不以为然："尊敬的爱尔兰人，用你的话说，说真话是要付出代价的！其实，我还真希望你能过上幸福的生活！你就给我一枪吧！"

我严肃地说："第二次警告！"

张宾看见我绷着脸，终于明白不能再谈这个话题了。

要不是可能有案子在等着我们，我一定会损张宾几句。

张宾问：“刚才谁来的电话?”

“光明路派出所林所长。那个专盗雷克萨斯轿车的团伙可能又神出鬼没了，林所长叫我去看看。”

“许队，又丢了一辆雷克萨斯轿车吗?”

我点点头又摇摇手。

在工作之前我不喜欢多说话，张宾是知道的。他不便再说什么，很快就进入了工作状态。他催促司机有多快跑多快，出了问题由他来扛着。

第二章　蓝雪惨死

出租车在香格里拉花园高级住宅区大门前停下来。我抬腕看表，此时是深夜十一时三十九分。

张宾早已摇下车窗玻璃，向保安员出示警官证，问："我们是刑警，请问哪幢楼有案子?"

保安员急忙指着里面说："哦，在保安监控室。E 区，向前往右拐，再往左!那幢六层的会所大楼。"

张宾让保安员上车领路，出租车飞快地行驶到 E 区。

旁边停放着光明路派出所的两辆警车。

林所长正在指导警员勘查现场。

林所长走过来向我汇报："许队，监控室录像那些东西全被抢走了！一点儿有用的东西都没给我们留下来!"

一个多小时前，一个年轻的女人手足无措地跑进保安监控室报案：监控室附近的假山旁边蹲着一条狗，看样子肯定是疯狗，随时可能袭击行人。监控室里有三个保安员当班。他们商量了一会儿，决定先由两个人过去看一下，如果那条狗真有问题，再向保安部领导请示处理方案。两个保安员让报案者引路直奔假山。留在监控室里的那一个保安员把手放在电话上，考虑着要不要当即把这件看来问题不大的小事儿向领导汇报，不料被人在身后当头一棒，当即也昏倒在地。那两个保安员在假山周围找来找去，没有看到那条可疑的狗的影子。那个报案的女人也借口有事儿走开了。两个保安员挺负责任的，还扩大范围找了一会儿才回到监控室，发现留守的那个保安员趴在地上，迷迷糊糊地乱动了几下。那四个内置的储存数字监控录像的硬盘全都不翼而飞，而且，监控录像大约于二十二时三十一分被电脑高手强行中断，现在有关的专家正在对那套数字监控硬盘录像系统进行紧急检修。

鉴于最近周边几个城市出现一个高科技的盗车团伙，专门针对雷克萨斯轿车疯狂出手，林所长怀疑刚才一定是那个盗车团伙在作案，已经布置保安员清点各种高级轿车，不过结果不会这么快就出来。

住宅区保安监控室的数字监控硬盘录像系统被人为中断，到现在还无法恢复，而且那套监控系统用于保存图像数据的四个硬盘都被盗走了，这一切意味着，有某些见不得人的东西被监控摄像头捕捉到，有人不得不冒险毁掉这些监控录像。

大半个小时很快过去了，现场勘查结束，我和林所长交换意见，正准备离开，此时是零时五十分了，110 报警台转来的群众报案说，香格里拉花园高级住宅区内 D 区 3 幢 19 楼 A 室的窗户洞开，溢出一股浓烈的煤气味儿，而且在几个小时前，该室曾经传出过不同寻常的女人尖叫声。报案者一再强调可能发生了凶杀案。小区的保安员通过对讲机报告，D 区 3 幢 19 楼 A 室确实泄漏煤气。

这时候徐希愉迎面跑过来，上气不接下气地对我说："许队，快快！D 区 3 幢 19 楼 A 室可能出命案！"

我惊异于这么晚了徐希愉怎么会出现在这里。我说："快上车，领我们过去！"

徐希愉飞快地上车，一头撞在车顶上。

张宾对开车的司机说："快走快走！"

徐希愉引导出租车朝 D 区驶去。

徐希愉是刑侦支队的法医。刚才就是徐希愉给我打电话。她在电话里告诉我，五个小时前，她的老同学蓝雪给她打电话。蓝雪在电话里抽泣不已，诉说她的丈夫乔君烈扬言要杀死她。当时徐希愉感觉到蓝雪并不害怕，只是为乔君烈的所作所为感到伤心。她断定蓝雪家的事情不会如此严重，就尽她所能安慰了蓝雪。不过后来徐希愉渐渐不安起来，一种不祥的预感袭上心头。徐希愉这夜失眠了，便往蓝雪家里打电话，却没有人接听。徐希愉急忙赶来看一下，没想到刚进香格里拉花园高级住宅区，就看到派出所的警车，而且看到了身为刑警大队大队长的我。在她看来命案真是无可避免地发生了。

我发现徐希愉穿着漂亮的裙子，跟我所熟悉的那个平时穿着警服的徐希愉判若两人。我跟徐希愉共事好几年，没想到她竟然有如此漂亮的一面。多年前她较为年轻时，她的脸蛋圆圆的，戴着近视眼镜更显得木讷和不通人情，平时不苟言笑也不打扮，那副模样实在不敢恭维。

对我和徐希愉来说，跟凶杀案打交道是我们的职业。

徐希愉是称职的法医，被公认为刑侦支队的技术骨干。全市辖区内死因可疑的尸体，不管腐烂到什么程度，几乎都是由她亲手解剖。她对死亡和尸体从不恐惧。不过今晚她实在太紧张了。这一次是她的老同学家里出了问题，她无法面对生死未卜的老同学，如此的表现还是恰如其分的。

我不便多想什么，观察周围的情况。

我和林所长赶到19楼去查看。几个警员猛按门铃，使劲拍门，大声叫喊，室内却毫无动静。从楼下往上看，该室黑灯瞎火的。据报案者在现场证实，煤气味儿的浓度已经大不如前了。

林所长对我说，夜幕降临鬼也全来了，几乎在同一个时间，住宅区保安监控室的数字监控硬盘录像系统被人为中断，现在还无法恢复，那套监控系统用于保存图像数据的四个硬盘都被盗走了，而D区3幢19楼A室却可能出命案！

我说："真是见鬼了！这么说，那些本来存档于数字录像中的凶手，就随着硬盘的消失而消失了？"

林所长说："最坏的结果可能是这样！也许我搞错了，刚才抢走录像硬盘的不是盗车团伙，而是杀人凶手！"

难道这是一个有组织有预谋的凶杀案？我问："切断煤气管道了吗？"

林所长说："切断了。还有屋里的电源也切断了。不过，为了保险起见，我通知煤气公司的人尽快赶来检查！还通知了消防局，请派消防车来！"

徐希愉也上来了，急得上蹿下跳，催促我和林所长赶快破门而入。

林所长说："许队，煤气管道切断了，可是我吃不准，能不能把氧气乙炔切割设备弄来，把防盗门烧开？"

"案发现场室内煤气浓度有多大，有没有爆炸的危险，一时无法估计。这东西不能用。可以用液压设备破门。"

我问徐希愉："刑侦支队好像有那么一套液压设备？"

徐希愉点点头。我立即用手机打给刑侦支队值班领导，作了简明扼要的汇报，要求火速把那套液压装置送来。徐希愉要过手机跟值班领导对话，她的口气明显比我的强硬和焦急。支队值班领导答应立即带上那套液压装置赶来。

我说："要是室内煤气达到一定的浓度，万一有电话打进去，一星半点电火花就会引爆煤气！幸好窗子大部分是打开的，煤气能跑出来。没打开的窗子，看看能不能把玻璃砸了。"

张宾领着派出所的警察走进邻居的家里，想办法砸蓝雪家那些紧闭的窗子。

徐希愉心急如焚，催促说："立即想办法进去，也许当事人还活着！蓝雪的儿子肯定也在里头！两条人命啊！人命关天，你们真的没辙了吗！"

林所长摊开双手，以示束手无策。他说："这户人家的安全功夫做足了，门子装了最好的防盗门！就像堡垒一样！没有液压工具，没办法！阳台、窗子倒是没防盗网，不过距离太远了，爬不过去。"

徐希愉说："如果能用气割设备，就大胆地用吧，不要怕负责任。救人要紧！要争分夺秒地进屋里去！出了问题我负责，就说是我强迫你用的！我还是相信你能作出正确的判断。"

这就是徐希愉一贯的办事风格。

徐希愉一心扑在工作上且别无所求，有一股不怕天不怕地的气势。她之所以用近似命令的口气建议我用那套气割设备，是因为她急于要抢救案发现场内的老同学。她还是了解我的，知道我工作起来头脑清醒，不会鲁莽行事。我也相信如果使用那套气割设备出了问题，她也会履行诺言承担责任。但是把责任推给她显然是不现实的，最终要承担主要责任的还是我。

徐希愉站在原地，闭上眼睛。我猜她一定在为老同学蓝雪祈祷。

楼层上的报警器还在鸣叫着，但是煤气味儿并不是很浓烈。

我询问守在A室门前的警员，确认他们曾经按过门铃。在刚才煤气浓度较大的时候，门铃作响而激发的电火花并没有引发煤气爆炸。现在再按门铃，就更不会引发爆炸了。我按了门铃，清晰地听到从室内传来了门铃的音乐声。

我觉得安全系数还是颇大的，就决定不等刑侦支队那套液压装置了，正好住宅区管理处火速送来一套气割设备，我就让林所长强行打开防盗门。

这时候防盗门却突然打开了。

蓝雪的儿子乔小星一直在自己的卧室里沉沉地睡着。由于室内空调机在工作着，门和窗子紧闭，只有极少量的煤气和声音入内，乔小星对室外所发生的事儿一无所知。直到张宾领着警员站在邻家的阳台上大喊大叫，朝卧室紧闭的窗子扔东西，乔小星才惊醒过来，闻到了煤气味儿。他首先跑到蓝雪的卧室去找妈妈，发现地上有大量的血迹，蓝雪倒地不动，怎么也叫不醒。他的双手、双脚和衣服都沾上了血迹，由此他知道蓝雪可能死了。他想到应该打电话报警，电话竟然坏了。他不知道电话线被拔掉了。但是他知道，此地危险不可久留，就拼命地冲向大门，要逃出去找警察报案。

乔小星见到警察，惊恐万状地大喊大叫：“我妈妈死了！警察叔叔快抓凶手!”

我紧紧地拉住乔小星的手。但是我穿着便衣，乔小星不信任我，朝林所长呼救。我就把他交给林所长，让他打电话把徐希愉叫上来，领乔小星到楼下去。

我和张宾往脚上套塑料袋子，打算入室内搜查，更要检查蓝雪是否存有生命迹象。凶徒藏在室内的可能性还是存在的。张宾平时枪不离身。我却没有随身带着配枪，这个情况在本市公安系统内众所周知，曾经作为一个谈资或笑柄流传过。林所长把他的手枪交给我。

我和张宾举着手枪，小心翼翼地进屋去。我每一次踏进案发现场，都是先把左脚踏进去。这是受到某足球巨星的习惯行为所启发。他说他每次先把左脚踏进球场，都拿下了比赛。我发现我这样做了，也能把案子拿下来。像我这种受过高等教育的人是不讲迷信的，但是我相信形成良好的工作习惯很重要。

房子里煤气味儿渐渐散去。

客厅里的摆设仍然整齐。

我进了蓝雪的卧室。借着微弱的光，我看到一只女人的左手攥紧拳头。沿着这只手，看到蓝雪倒伏在床边。她早已死亡，额角流出的血迹处于半干状态。她右手旁边的地板上血迹斑斑。

蓝雪的裙子和裤衩都被撕破了，扔在旁边。

我从床上拿来毛巾被，把蓝雪的下身盖上。

屋里没有任何人。我惊奇地发现，厨房里的煤气阀是关上的。也就是说凶手在离开之前，把煤气阀关上了。

我把现场留给搞技术勘查的同事，打电话通知救护车离开。我下楼去找徐希愉和乔小星，了解乔君烈家里的情况。

乔小星跟徐希愉非常熟，当然知道她是警察。他把她当做救命恩人，一见到她就扑进她的怀里，惊魂甫定不再乱说乱动。

“大卫，别害怕！警察叔叔会抓到凶手的!”徐希愉弯腰抱住乔小星。想到老同学惨死了，她的眼眶濡湿了。

我快步走过去，拉着乔小星的手问：“大卫，你见到凶手了吗?”

乔小星摇摇头，让我非常失望。

徐希愉问："你知道是谁杀死你妈妈的吗？"

乔小星咬牙切齿地说："是乔君烈干的！"

徐希愉立即说明乔君烈是蓝雪的丈夫，乔小星的爸爸。

我问："你看到你爸爸杀死你妈妈了？"

乔小星摇摇头，不过他立即又说："肯定是他干的！"

乔君烈的手机就放在门边的鞋柜上，无法通过这手机跟他取得联系。也没有人知道此刻他在哪里。手机显示有七个未接电话，分别是两台固定电话打来的。我让张宾把电话打回去，看看是谁打来的。张宾向我汇报，那两个来电者都是乔君烈的朋友，不知道乔君烈在哪里。

蓝雪的父母接到徐希愉的通知，火速赶来了。

蓝父和蓝母都是退休中学教师。蓝父的身体状况明显不太好。蓝母很快就把眼角的泪抹掉。可以看出他们是非常坚强的人。他们不哭也不闹，也没有语无伦次，一致咬定蓝雪的丈夫乔君烈就是凶手！我从事刑侦工作十多年了，对凶杀和暴死早已习以为常，通常只是简单地安慰一下死者家属以示恰当的同情。我觉得只有尽快抓获凶手，才是自己必须做的事儿。

蓝母听说我是刑警大队大队长，就说乔君烈一定没有逃多远，坚决要求我立即采取行动，在市区各主要出口、车站、机场和码头布控，缉拿乔君烈。我例行公事地告诉蓝母，我们自有办案原则和法定程序，还有命案必破的公开承诺，真正的凶手是跑不掉的。蓝母对我的话显然不放心。后来我回忆起来，蓝母对我产生不满就是从这个时候开始的。

我指派一个警员送乔小星去医院做身体检查，要求蓝母陪同。没想到蓝母当即拒绝了，还厌恶地瞪了乔小星一眼。

最后由徐希愉陪同乔小星去医院。

我对张宾说："这儿是高级住宅区，保安系统比较完善。你到监控室跑一趟，把今晚的录像全部提取作为证物，带回去观看研究。"但是我突然记起，那些监控数字录像硬盘已经被抢走了。

张宾也无奈地摊开双手耸耸肩膀。

案情变得更加复杂了。

从乔君烈家那个作案现场的具体情况推测，不像团伙作案，作案者应该只有一个人。而从保安监控室那个作案现场的具体情况推测，作案者至少有两个人，其中一个还是年轻的女人。目前还不能认定蓝雪被害一案和保安监控室硬盘被抢一案是同一伙人所为，不能认定这两个案件有前因后果的关系。可以肯定的是，蓝雪一案的作案者，在进入香格里拉花园高级住宅区并进入D区大楼和电梯时，必然会被摄像机所录像。如果硬盘落在他的手上，他必然会加以销毁。如果硬盘落在我们的手上，无疑将有助于破案。

那四个内置于数字监控硬盘录像系统内的硬盘实在太重要了！

我安排技术人员去保安监控室勘查现场后，就领着蓝父和蓝母回到刑警大队协助调查取证。

我打电话回案发现场，留守的同事说乔君烈还没有回来。

蓝母异常激动："不用多问，乔君烈畏罪潜逃了！"

蓝母滔滔不绝地说，乔君烈在外面有第三者，一直费尽心思、变着法儿逼蓝雪跟他离婚。蓝雪为了给孩子一个完整的家，忍辱负重地过日子，坚决不答应。乔君烈曾扬言要用最长的猎枪崩了蓝雪。蓝母越说越激动："乔君烈达不到目的，恼羞成怒，杀害了蓝雪！乔君烈就是凶手，你们立即逮捕他！"

我没有表态。

蓝父对蓝母说："你不能急！现在是法治社会，警察破案凭的是真凭实据！你还是仔细想想，给警察同志提供有用的证据吧！"

蓝母回忆了一下，又滔滔不绝地说起来。

前天晚上蓝雪突然回到娘家。她坐在沙发上一言不发，却捂着脸抽抽搭搭地哭着。蓝母坐在蓝雪的身边，想安慰她却找不到合适的词句。蓝父非常着急，只能无所作为地走来走去。

后来，蓝雪哽咽着说："妈，乔君烈想逼死我！"

蓝母说："雪儿，你想得太复杂了，不是这样的！"

"妈，真的，姓乔的狼心狗肺，真的想逼死我！"

"那你跟我说，为什么？"

蓝雪一个劲儿地抽泣。

蓝母说："雪儿，不要忧虑，更不要害怕！我们总会有办法对付姓乔的，有人民法院替我们撑腰、做主啊！"

蓝雪痛苦地摇着头。

蓝母想询问原委，却无从问起。

蓝雪始终没有说出一句完整的话。蓝母也放松了警惕。

蓝母结束了回忆。

蓝母意犹未尽地说："我和蓝雪他爸都知道，蓝雪自小就要强。不然，她就不可能获得硕士学位，不可能这么年轻就当上佳秀联合集团这个大公司的财务经理。自从她长大后，我们还没见过她哭。那天晚上，她哭得那么伤心，我们就害怕了，预感到会出大事。我拼命问蓝雪，她却闭口不言。第二天晚上，我给她打电话，她好像笑了，安慰我说，没事了。没想到，前天晚上见的一面，那竟是我和蓝雪他爸最后一次见到蓝雪，就幽明永隔、人鬼殊途了！”她泣不成声了。

蓝父也非常痛苦。他把纸巾递给蓝母，蓝母擦拭掉满脸的泪水。

蓝母说：“过去乔君烈动手打过蓝雪，他早就想逼死蓝雪！乔君烈虽然是高级知识分子，外表看起来文质彬彬，可是他爱钻牛角尖，认死理，神经有问题！他有时反复无常，暴跳如雷！乔君烈这种人心理变态，要是动了杀机，就是最可怕的杀人凶手！”

蓝父也大声地说：“对！乔君烈神经是有点儿问题。也许有时他无法控制自己的情绪，走向极端！这个，我可以证明！”

张宾说：“你们再仔细想想，有什么证据、线索，尽快提供给我们！”

蓝母说：“许大队长，张探长，我也懂点儿法律。首先，乔君烈有杀人的动机。至于寻找证据，主要是你们刑警的工作！当然，我们会尽力协助你们！”

蓝母想了一下，认定乔小星的身心无任何问题，坚决要求立即把他从医院带回来，协助警方调查取证。她强调说，如果不抓紧分分秒秒办案，乔君烈就会逃去无踪。

我只好打电话通知徐希愉，如果医生同意就把乔小星带回来。

这时候已经是凌晨四时三十分了。

徐希愉领着乔小星进来，蓝母劈头就问：“大卫，你知道是谁杀死你妈妈的吗？你看到了什么？”

我说：“宋老师，你让我们来问。”

蓝母说：“我还是懂法的。大卫是未成年人，我也算是大卫的家长，或者说是监护人吧！我是有权留在这儿陪大卫的！”

我说：“你的确有这个权利。不过，还是让我们来问。”

蓝父对蓝母说：“让警察同志问话，你别吱声。”

蓝母闭嘴不说了，死死地盯着乔小星看。

乔小星未满八岁已念三年级了，是一个机灵和顽皮的孩子。但是他惊魂未定。我让徐希愉拉住他的手，鼓励他勇敢地回忆。

乔小星说，案发当晚九时左右，也就是七小时以前，他像往常一样完成了作业，正要上床睡觉。乔君烈和蓝雪发生了剧烈的争吵。他们显得非常激动，各自的情绪都几乎失控。乔小星在他们之间不停地走动，竭力地劝架。他强调他能看出乔君烈是坏人，因此他喜欢蓝雪。

蓝雪扬了一下手上那两页复印纸，把它撕成碎片，摔向乔君烈的脸。纸屑在乔君烈面前纷纷落在地板上。

乔君烈气得发抖。

蓝雪尖叫着："臭男人，一有钱就变坏！想离婚，抛弃我和大卫？告诉你乔君烈，没门儿！你告诉那狐狸精，她破坏我的家庭，我豁出身家性命来，也让她一辈子不得安宁！我得不到的东西，她也别想得到！"

乔君烈毫不客气地说："这离婚协议书，对你非常有利。首先这房子是属于你的，还给了你一大笔补偿费。如果你愿意，大卫也归你。我保证按时给生活费和教育费。你还要怎么样！"

蓝雪抓住乔君烈的衣襟说："在我这儿，钱是不能解决问题的！你有没有考虑过我付出的青春的代价？你有没有考虑过我的感受？青春是无价的！即使你是比尔·盖茨，你也付不起我的青春损失费！别提你的臭钱！我根本没有把钱放在眼里！老实说，没有我的支持和帮助，你还是个穷光蛋！想离婚？你先干掉我再说！"

乔君烈想挣脱蓝雪的手，却没有成功。

乔君烈怒吼道："我可以起诉离婚！我们先办分居！"

"分居？你想跟那狐狸精同居？姓乔的，你不嫌骚，不要脸！够狠的！"

蓝雪怒火攻心，她在乔君烈的手臂上乱抓，伸手要抠他的眼珠子。乔君烈的手臂被抓破了，他勃然大怒，躲过蓝雪的双手，猛推她一把。蓝雪猝不及防，重重地摔倒在地板上。

乔小星想把乔君烈和蓝雪分开却来不及了。他觉得蓝雪负伤了，自己有保卫母亲的责任，便尖叫着像被激怒的公牛一样朝乔君烈冲顶而去。乔君烈急忙抱住乔小星。乔小星举手在乔君烈身上猛打。

乔小星大喊着："乔君烈大坏蛋，为什么打我妈妈！"

乔君烈无法向乔小星解释清楚。

乔小星丢开乔君烈，要把蓝雪扶起来，"妈妈，你没事吧？"

蓝雪挣扎着站起来，跌跌撞撞地跑进厨房，旋即手持一把锋利的剔肉刀冲出来。

蓝雪大喊着："姓乔的，我跟你拼了！"

乔小星急忙张手拦截蓝雪："妈妈！妈妈！"

乔君烈大惊失色，拿起沙发上的垫儿准备抵抗。

乔小星结束回忆，痛苦地闭上眼睛。这个勇敢的孩子，似乎在一夜之间懂事了。

乔小星说："我生怕我妈妈杀了我爸爸！我知道，杀人要偿命的！我豁出去了，死死地抱住我妈妈。我爸爸趁机开门跑出去了！"

张宾飞快地作笔录。

我问："大卫，后来呢？你爸爸回来过没有？"

乔小星说："我妈妈很生气，哭了。不过她过会儿就不哭了，哄我睡觉说，明天准时上学。我就回到自己的屋里，上床睡觉了。妈妈陪了我一阵儿，我很快就睡着了，什么都不知道了。"

我说："大卫，你是男子汉，要坚强点儿。你仔细想想，当时是九点左右吗？"

乔小星说："我记得很清楚。上床睡觉时，我看了墙上的钟，是九点多，跟平常睡觉的时间差不多。"

我问："大卫，你睡着后就什么都不知道了？有没有听到什么响声？比如，你妈妈的尖叫声、电话铃声？"

乔小星摇摇头。

我是这样想的：少量的煤气进了乔小星的卧室，即使他一时没有被呛醒，也会感到难受，因而做了一些相关的噩梦。

我问："你做梦了吗？"

"我睡得很沉，还做了梦，梦见爸爸回来了，又跟妈妈吵架，干仗！后来，警察叔叔朝窗玻璃扔东西，我就醒过来了，闻到煤气的味儿，觉得有点儿不对头，跑到妈妈屋里一看，妈妈满脸是血，趴在地上。"

我突然想起乔君烈的手机放在鞋柜上，便问乔小星："你爸爸跑出去的时候，有没有拿着手机？"

乔小星想了一下，说："有，拿着手机。"

这一细节太重要了。乔君烈在离开家的时候把手机拿走了，但是这台手机仍然出现在案发现场，这就可以解释为什么乔君烈在案发时间内回到了家里。如果乔小星的证言是真实可信的话，那么乔君烈将无法摆脱杀害蓝雪的嫌疑。然而乔小星仅是八岁的孩子，他的证言只能用做参考，未必有法律效力。

我急忙追问："大卫，你再仔细想想，你怎么能确定你爸爸在跑出去的时候，把手机拿走了？"

乔小星不假思索地说："我记得清清楚楚！他每次出去的时候先拿上手机。"

我说："大卫，我再问你，你爸爸跑出去后，你给你爸爸打过电话吗？"

乔小星摇摇头。依然是无法确凿地证实乔君烈在离开家里的时候把手机带走了。

我问："大卫，你爸爸跑的时候，穿的是什么样子的衣服？什么颜色的？"

"白色的衬衫。"乔小星想了一下，一口咬定。

"裤子呢？"

"就跟你这裤子差不多，不是浅蓝色就是米黄色。"

我让张宾记录在案。

乔小星痛苦而神秘地说："肯定是我爸爸干的！我爸爸就是凶手！我睡着的时候，他偷偷地跑回家来，用硬东西砸破我妈妈的头，杀死我妈妈！"

我说："大卫，你怎么知道你爸爸用硬东西砸你妈妈的头？"

"我猜得出来，我爸爸肯定是这样干的！"

"是猜到的，不是看到的？"

乔小星肯定地说："我爸爸肯定会这样干的！警察叔叔，快抓住我爸爸，替我妈妈报仇啊！"

第三章　艳遇

乔君烈的老家在甘肃省武威市郊区，其父母现在寄籍于青海省边远地区，且年事已高自顾不暇，乔小星只跟他们见过三次面。蓝雪死了，乔君烈无影无踪，此时蓝父和蓝母应该是乔小星最亲的亲人了。蓝母竟然拒绝把乔小星领回她家里，拉着蓝父扬长而去。蓝父想说什么，却不敢吱声。可以看出来，蓝母的确非常讨厌乔小星，或者暂时无法接受他。乔小星当然不可能一个人回到刚发生凶杀案的家里了，也就是无家可归了。徐希愉只好让乔小星在她那里小住几天。

就目前的情况而论，乔君烈是作案嫌疑最大的人。但是并没有直接有力的证据证明他就是凶手。不过如果早上他再不露面，情况就不同了。

张宾说："那时乔君烈再不露脸，他就是凶手！通缉他！"

我说："早上再下结论吧。我饿了，你呢？"

"我也饿了。不过，此刻睡觉更重要！"张宾连连打着呵欠。

我和张宾回到我的办公室。

张宾把折叠床让给我，和衣躺在沙发上。

我在办公室里走来走去。

张宾突然想起来，说："对了，还有一件更重要的事儿！我买的彩票，今天，不，昨晚开奖了。不知道中奖了没有。我上网查一下。"

我说："中了！一会儿起来，找张报纸对一下！"

张宾疲惫不堪，中奖的渴望无法驱使他从沙发上爬起来，但是他还有吹牛的力气：“要是中了，头儿，别跟我客气，随便一家什么五星级宾馆餐厅随你挑，咱们狠狠撮一顿！什么熊掌、燕窝、鲍鱼、名酒，宾馆里头有什么，随便你点！”

“别开这种XO级的玩笑！唉，什么熊掌、鲍鱼，拉倒吧！这会儿我需要的是安眠药！对了，我告诉你一个发大财的信息！”

“什么好事儿？”

“你可以到阿富汗大山上找本·拉丹，美国政府那五千万美金悬赏还有效！”

“让美国人自己找去吧！我打呼噜，头儿，你先睡吧。”

我也打呼噜，但是张宾那鼾声的声调和分贝确是无人能比，所产生的效果简直可以为影视剧行驶中的火车拟音。一般说来，两人同睡一屋里，谁的鼾声高，谁就能先入睡。平时张宾都让我先睡。不过现在我揣摩着案情，中枢神经比较兴奋，真是睡不着了。

我说：“你先睡吧。我到外面走走。”

“头儿，你要是睡不着，拜托上网给对一下，我买的彩票中奖了没有！”张宾从钱包里找着彩票。

我苦笑一下，这时候手机鸣叫起来。

张宾随即有了反应：“乔君烈露脸了？”

我赶紧从口袋里掏出手机接听，却是一个女人的声音，一张口就问我是教授级名医吗？我有点儿失望，想是对方打错电话了，作出否认便想挂电话，蓦地想起几小时前偶遇邵幼萍那事儿来。我不明白为什么这么晚了她还打电话来。邵幼萍解释说，平时她很晚才睡觉，今晚也一样。睡觉前她想关闭手机，却不知怎么搞错了，确实是无心所致，手指只是触动一下按键就神差鬼使地打通了我的电话。至此她只好将错就错，跟我说几句话。她现在已经彻底退烧了，为此多谢我的救命之恩。她说话形散而神不散，擅长于抓住中心，拨动人的情绪。我的渴睡感一扫而光，心情也变得轻松了，有了跟她闲谈的兴趣。她说过几天要请我吃饭，顺便把药钱给我，拜托我转交给张宾。我糊里糊涂就答应了。

此时张宾也睡意全无，侧耳细听我跟邵幼萍的谈话。我挂了电话，当然不忘要责骂张宾几句。

我说：“你怎么未经我的同意，就把我的电话留给一个陌生的女人？要留，也该留你的手机呀！”

“这样不是很好吗？”张宾说，“我有自知之明，我这丑星，没戏！不把人家女孩吓坏就不错了！头儿，你想做好事不留名儿？这不行！事实上，你只是半拉医生！”

张宾说我是半拉医生，原是这么回事。我出生于一个贫困县城一个普通医生的家庭，资质高且富于思考，却讨厌古板的教育模式，在老师们的眼里不是一个优秀的学生。我报考医科，高考成绩很不理想，被一所新创办的综合性大学法医系抢先录取了，别无选择地就读法医专业。当时我并没有想过要在毕业后当法医。我曾经寄希望于父亲在我大学毕业分配工作时去跑关系，在某个沿海城市某个较大的医院为我找份事儿。无奈我时乖运蹇，无法打破当法医的宿命。

特别是我偷到的那本书《福尔摩斯探案全集》，似乎在冥冥中改变了我的命运。

也许，我那骨子里头的认真劲儿最终起了关键的作用，我渐渐改变了悲观的心态，喜欢上法医这项富于挑战性的工作。由于我工作表现突出，八年后我获得全国优秀人民警察称号，不久便晋升为刑侦支队技术大队副大队长。两年后，下属分局的刑警大队大队长因知法犯法被送进了监狱，我接替了他的职务。

张宾眉飞色舞地说下去：“头儿，说得难听点儿，你这个半拉医生是江湖骗子！你给开的药，会不会坏事？指不定还治坏了人家呢！治坏了人家，总得承担点儿责任吧？按说你不会把责任推给我吧？所以说，电话还得留你的！”

我说：“你总有理儿。”

张宾说：“头儿，老实说，你也是过来人了。不过，咱还得说得含蓄点儿，你说，一个成功的男人背后，总得站着一个女人吧？按照外国人的观点，一个三十多岁的男人身边，没有女人，没那种生活，是不道德的！”

我明白张宾话中的意思。

三十岁之前，我一直独身。在这之前也谈过几个女朋友，不过不是我看不上对方，就是对方看不上我。反正她们都有一个共同点，就是对我所从事的法医工作敬而远之，劝我想办法跳出这个火坑。在我当上副大队长后，单位里上上下下都为我的终身大事而焦急。一个热心的女同事给我介绍了有 MBA 学位证书的银行职员温如心。温如心长得不错，性格温柔体贴，正是那种我渴望得到的女人。我和她似乎心心相印，她很快就答应了我的求婚。没想到结婚之后，温如心外表如常，内心却变了。她先是埋怨我没有像金融界巨子那么风光，接着把我的优点也说成了缺点。前年我当上刑警大队大队长不久，我牵头侦破了一个涉黑大案，案中两个主犯被执行死刑，三个从犯被判了无期徒刑。不久，我家大门前被放置了一个威力较小的土制定时炸弹，防盗门被炸得变形，家里也面目全非，并波及了邻居的房子。我怀疑是那个黑社会团伙的余党所为，却一时无法找到他们的行踪。从此我家便笼罩在爆炸的威胁之中，这也是我的警察职业生涯中最不开心的日子。温如心搬回了娘家，还是整天提心吊胆，对我更加失望了。去年温如心办好了技术移民手续，到澳大利亚留学。她极少跟我联系，还拒收我寄去的财物。半年前她给我发来电子邮件，让我作出选择：一是技术移民到澳大利亚去，一是双方就此分道扬镳。她给我半年的时间去考虑。我在心里还是选择了留下来工作，也就是跟她分手。不过半年的期限未到，我还想拖下去。到年底她回国，我打算跟她长谈一次再作决定。可以说，我跟温如心的关系已经是名存实亡了。

我对张宾说："不要触及我的隐私。请记住，我不需要你关心我的私生活。第一次警告！"

张宾说："你不是想听真话吗？"

我严肃地说："第二次警告！"

张宾叹了一口气，重新躺在沙发上，说要上一趟厕所，却很快就打起了呼噜。这家伙实在太累了。

我先说一下我和邵幼萍的事儿。

第二天傍晚，邵幼萍又打来电话，说要请我吃饭。我正为蓝雪遇害一案忙得不可开交，就婉拒了她的好意。当时张宾正在我身边，问我是不是邵幼萍。我说不是，还摇摇头。这家伙却在坏笑着。

第三天傍晚，邵幼萍再请我吃饭，我就答应了。去年温如心去了澳大利亚，这一年多了我几乎没有在私下里接触过女人。邵幼萍是什么样子的，我倒记不清了。不过，在我印象中这个女人长得并不令人讨厌。我早就倾向于找个红颜知己聊聊天，现在终于有了较为合适的对象。只是局限于聊天，这好像就是该发生的事儿的全部了。不该发生的事儿，就不能让它发生。因为我暂时没有这种心理准备。

我和邵幼萍在一个较为高级的西餐厅见了面。这是她选的地方。她特意叫了一瓶价钱适中的红酒。我注意到这天晚上邵幼萍穿得非常漂亮，看上去简直就像一个二十五岁以下的女孩。

邵幼萍说："许教授，看你的脸，我觉得你特善良，特成熟，也特幽默。跟你待在一块儿，特有意思。"

既然邵幼萍把我当做是教授，我就将错就错，模仿着教授的模样说话："我可不喜欢成熟。从自然规律这个角度看问题，成熟不一定全是好事。就像田里的水稻，在它未成熟的时候，它很挺拔。可是它成熟后，谷穗儿沉沉的就垂下来，低头弯腰了。”

“许教授，你说得很有哲理，像哲学家。”

“那你说我像医生，还是像哲学家呢?”

邵幼萍想了一下，一本正经地说：“一般说来，男人泡妞的时候，喜欢海阔天空地撒谎，留下不用身份证就能开通的手机号码。不过，许教授，你应该是正人君子，你不会骗我的。我相信你是教授级名医!”

没想到邵幼萍会粗言谈及泡妞，我不由得笑了。

邵幼萍说：“许教授，你这不是泡妞。我请你吃饭，是感谢你的救命之恩!”

我说：“我受之有愧！你那感冒发烧，小毛病，说不定不用吃药也会好的!”

“当时我真是很不舒服！你们给我买了药，如果再送我回家，就十全十美了！不过，我还得谢谢你！谢谢你的朋友!”邵幼萍举起酒杯，“来，我敬你一杯!”

“随意吧，我还得开车!”我喝了一小口。这时候我一下子忘了我不用开车。刚才是张宾驾车送我来的，我让他回去了。他可能猜到我这是跟邵幼萍吃饭，就乖乖地走了。

邵幼萍浅笑着说：“你是教授级名医，当然就是那种白领，不，是网上所说的那种高级灰！高级灰只喝红酒，不喝白酒。要是别人硬是要他喝白酒，他就文绉绉地说，待会儿我还得开车。教授，请多喝点儿吧，这可是红酒!”

我非常惊讶，邵幼萍竟然掌握并使用“高级灰”这个网络新词汇。这个新词汇，我也是前几天才听说的。高级灰比白领更高一级，就是那些住洋楼、驾驶名车、经常乘坐飞机出差、携带笔记本电脑的首席执行官、项目经理、网络精英之类的人物。高级灰乘坐飞机如同叫出租车，在空中飘来飘去，故得名。说来也奇怪，我偶尔会这样：本来我对某一个人是抱有抵触的情绪的，却在某一瞬间因为某一件事而改变了对这个人的看法。就像我原先无法接受明星孙红雷，觉得他是一个疯疯癫癫的中年男人，样子不好看且不会演戏，有关爱情的戏也演得不怎么样。可是，某天我无意中看了孙红雷主演的电视剧，他所演的人物心里有共产主义的信仰，愿意为之奋斗终生，就是这么一句台词，我一下子理解了孙红雷，觉得他作为一个大红大紫的明星是当之无愧的。现在就是因为邵幼萍说出高级灰这个新词汇，我也一下子接受了她，希望跟她进一步发展关系。

我指着餐桌上的剩菜说：“这菜的味道不错。邵小姐，你不多吃点儿?”

邵幼萍说：“我吃得也可以了。前一段时间，我心情不佳，多吃了点儿东西，一不小心就胖了。现在心情好多了，我的首要任务是减肥。”

“说到减肥上面去了，以后我可不敢请你吃饭了。如果你多吃了点儿，长胖了，还得花钱请你吃减肥药！减肥药可不便宜吧？”

“这顿饭是我请客。就算我一口吃成胖子，胖得像猪，也不能怪你，对吧？所以，我来埋单。”邵幼萍对服务员说，“请把账单拿来。”

我笑着摇摇头，“我来埋单。”

“我们是中国人，不能用荷兰付账方式吧？现在中国人的付账方式是，谁提出谁付账。我是个女的，你可不能搞性别歧视呀！”

服务员拿着账单走过来，在我身边对我说：“谢谢，四百八十三元。”

在服务员看来，理所当然是由男性来付账。她就把账单放在我面前不远处。邵幼萍立即把账单拿过去。

“邵小姐，让我来吧，这是男人的专利。”

“我早就说过了，由我来请客。我希望我们是平等的，在平等这个平台上交往。”

“男女平等可不是请客吃饭那么简单。”

“当然，女人更渴望在工作中得到平等的权利。这年头，女人辛辛苦苦地工作，就是为了在工作和生活中获得快乐和幸福。女人和男人一样，只要有能力，也能当上教授级名医、电影明星、体育明星、董事长。你说，为什么女人就不可以付账呢？”

“邵小姐，在法官未裁决前，还是我来付账吧。”我知道邵幼萍是真心想付账。但是我坚守男人付账的原则，这是我尊重对方的表现。我掏出钱包，抽出五张百元钞票，递给服务员。我还掏出银行卡，让服务员挑选。

“收现金更方便，请稍等。”服务员从邵幼萍手上把账单抽走，走向柜台。

邵幼萍说：“谢谢！这几天，我给你打电话，你老是说很忙很忙。不过这会儿看来，你不像不讲情面的机器人。”

我说：“其实，这几天我确实很忙。一天才睡那么三四个钟头。不骗你。说实话，谁愿意拒绝跟一个漂亮的白领丽人共进晚餐呢？”

邵幼萍妩媚地笑了，“真的吗？”

我认真地看着邵幼萍。

从餐厅出来，我和邵幼萍在人行道上慢慢地走着。

邵幼萍说：“你请我吃了饭，我请你喝咖啡，这才公平吧？”

我问：“你喜欢喝什么样的咖啡？”

“你先回答我，你喜欢喝什么样的咖啡？”

“我懒得动手，图省事，一般都是泡袋装的雀巢速溶咖啡。”我随便做一个泡咖啡的手势。

邵幼萍有意无意地轻打一下我的手，毁灭我做出的手势。她说：“还是高级灰呢！高级灰常说，炭烧太苦，蓝山太酸，卡布基诺还凑合！”

“看来，你才是高级灰！”我说，“卡布基诺好像也有速溶的。”

邵幼萍兴致勃勃地说：“去你家方便吗？我也想喝你泡的袋装雀巢咖啡，这不会花你太多的时间吧！”

我犹豫着想说什么，不过我已经点头同意了。我不能不想象到今晚会发生一些什么样的事儿。我也注意到邵幼萍再也没有客气地称呼我为许教授了。我想，她该怎样称呼我才合适呢？

我和邵幼萍乘坐出租车到我家去。在这长达二十多分钟的车程里，我没有想出有什么理由不把她领到我家里去。

温如心走了一年多了。一个没有女主人的家，屋里一定不会一尘不染和拾掇得整整齐齐的。更何况我每天都忙个不停，连睡觉的时间都不能保证，怎么会有兴趣和干劲搞家务呢？邵幼萍在客厅里随便地看了一下，就知道这屋里的大体情况了。

每晚回到这个独居的地方，我总是先把公文包或电脑包放在茶几上，喝几口凉开水，躺在沙发上看一会儿报纸和电视，然后上了卫生间，再进入厨房动手做饭。我做的饭非常简单，常常是面条，或者米饭加咸菜。肚里的油水少了，我就到超级商场买些肉类熟食。吃过饭后，把碗筷和盘子扔到一边去，一个礼拜统一刷洗一次。至于那个常用的钢精锅我也经常不洗。第二天晚上再用时，稍微冲洗一下就行了，反正高温消毒在后。所以，厨房里常常杯盘狼藉。尽管如此，凡是能推掉的饭局我都推掉了。对于有求于我的人请我吃饭，我从来都极为反感，更不愿意和陌生的人一起吃饭。我宁愿吃着简单的晚饭，让自己安静地看一会儿报纸和电视新闻，心情好的时候就一个人欣赏自己喜欢的音乐。

现在这一切似乎有了改变，这屋里多了一个女人。我请邵幼萍坐下来，自己也端正地坐着。

邵幼萍显得大大方方的，走进厨房就动手泡茶。

我在胡乱地看着电视。后来我把电视关上，拿起茶杯大口大口地喝着茶。接着我打开音响，打算播放女子十二乐坊演奏会的 CD 光盘。不过这个光盘长期裸露在空气中，上面是一层厚厚的尘埃，肯定是无法播放了。我不想听别的音乐，就拿起这个光盘，走进卫生间清洗。我发现盥洗台上还放着温如心所用的国内外各种名牌牙膏，大约有八九个品种。当然这些牙膏往日也是放在这里的，但是此刻我才真切地感觉到它们的存在。温如心很注意爱护牙齿，每天至少刷牙三次，每次刷牙还得用两种不同的牙膏。她坚决要求我也如此爱护牙齿。此外，盥洗台上还有温如心专用的洗面奶、剃刀这些东西。这一切让我不得不想起温如心，想到她可能会随时回到这里。我哼起了熟悉的流行音乐，欲驱散那些往日的情绪，回到当前的时光里。跟邵幼萍在一起，我产生了一种格调高尚的紧张和不安，像机械人一样运转着。

邵幼萍笑着问我："你喜欢音乐吗?"

我点点头，指着音响对她说："有时也喜欢古典音乐。"

"听说，听什么音乐，从这一点上，大致能评价一个人的知识层次、性格特征。也就是说，什么样的人喜欢什么样的音乐。"

我对此抱有同感。某个人喜欢古典音乐，这就说明了他的文化层次较高，心理素质也较成熟，具备深沉和坚韧不拔的性格。从他喜欢什么样的流行音乐，也能推测他是一个什么样的人，这比测字先生根据他所写的一个字来诠释他的命运更为准确。如果一个人最喜欢朴树的《白桦林》和郑智化的《水手》，就可以推测他肯定是受到过正规的高等教育，对音乐有较深的悟性，而且很可能是忠于爱情而且意志坚强、志向高远的人。如果一个人最喜欢《千里之外》或《童话》，这就说明了他的文化程度稍逊一筹，他也许怀念过去美丽的爱情，但是他并不一定懂得真正的爱情，而且可能不是一个胸怀大志、忠于信仰的人。那些在 KTV 雅间放声高歌"要是你饿了你找十娘"的人，如果不是失恋的高级知识分子，就是洋洋得意或者感情空虚的平头百姓。那些喜欢收看 CCTV3 同一首歌栏目的人，大都是步向中年或者上了年纪又倾向于怀旧的人了。那些喜爱李宇春的歌迷无疑就是歌手的同龄人了。

我问邵幼萍最喜欢哪一首歌。她熟悉的流行歌曲实在太多了，也许她从来没有遇上过这样的一个问题。她想了一会儿，说出了几首近年来比较流行的校园歌曲的歌名。后来她告诉我，也谈不上是最喜欢，但是她对郑钧的《回到拉萨》印象最深刻，为此她还去了一趟拉萨。这首歌我也非常喜欢，曾经多次在一个晚上反复听了十几遍。我认为，现代都市人去拉萨，第一次可能是为旅游的目的而去，第二次就不同了，再次出现在拉萨为的是寻找宗教的纯洁，并且在那一片净土上恢复自己心灵的宁静和寻求自身的净化。

我曾经设想，有这么一个女人，她是那种知识层次极高、收入颇丰的职业女性，却注定长得不怎么样。有学识的女人大都不漂亮，这是魔鬼规律。但是不能否认这个女人的涵养和风度使她有一种与众不同的恒久的美。她可能会因为其貌不扬和心高气傲这两个原因，对爱情并不抱有太高的希望，工作之余较少泡在风月场里，因而有足够的时间对人生观和价值观作出学术般的思考。还有，她很可能会喜欢《回到拉萨》这首歌。我乐于跟这种女人待在一块儿谈天说地而不介意她长得不怎么样。

但是我没有想到邵幼萍会特别喜欢《回到拉萨》。

我也喜欢这首歌。我们的心灵有了共鸣。

现在邵幼萍意外地凭着这首歌再次一下子把我们拉近了，而且她确实是漂亮的女人，比我梦想中的那个女孩更具魅力。我甚至相信缘分此刻就在我身边。然而，我认识邵幼萍不过才几天，应该说她还是一个陌生的女人。不管怎样，我觉得我应该尊重她，像对待初恋情人一样对待她。不过她的身体却透出不可抗拒的诱惑。

现在，五月中旬的天气还不算太热，但是我觉得内心却是火热的。至于邵幼萍有没有同样的感觉，我就不知道了。我打开空调，还从厨房里拿来两罐冷藏的可乐代替那热茶。我胡乱地想，这些冷却的空气和冷藏饮料能否制止还没有发生的事儿。

两罐可乐喝完了，客厅里的低温让人有点儿发抖。

邵幼萍抬头看墙上的时钟。我抬腕看手表。已是深夜十一点多了。很明显，邵幼萍此刻的注意力不在音乐上。她又看一下自己的手表，却没有要走的意思。我突然觉得，古典音乐并不适合现在的情景。正好在这个时候，音响开始播放女子十二乐坊演奏的日本电视连续剧《东京爱情故事》的主题曲《突然发生的事》，使此刻的空间变成一个陌生的、激动人心的世界。

邵幼萍说："很晚了吧？"

我说："我送你回去吧。"

邵幼萍站起来走动一下，朝四周看看，低头对我说："你这房子挺大的，有的是地方。如果你不赶我走……"

邵幼萍似乎在暗示要把一夜情给我。

尽管我早就有了些许的心理准备，但是除了温如心外，我还没有过跟别的女人上床的记录。包括张宾在内，没有人问过我有关这一方面的私生活的情况。现在这个问题并不是不能问的了。一旦有人问起来，我真不知道如何作答。如果我回答我从未有过婚外性生活，人家一定会认为我是一个像克林顿那样的不诚实的人。还不如虚假地承认有过那么一回事，以此显得我是一个完整真实的男人，倒让人家无话可说了。说真的，我曾经后悔未能跟初恋情人上床。

尽管一夜情就是赤裸裸的欲望，但是邵幼萍真的给我一种初恋的感觉。我打算用这个理由来跟她上床。我已经有一年多没有过性生活了，今晚我实在无法压抑那种汹涌的冲动。

这两天我正为一宗奸杀案不得安宁。死者蓝雪比我小几岁，她生前的照片使人觉得她是一个富有吸引力的女人。尤其是她遇害后赤身裸体，阴道溢出精液，这样一具寒冷的尸体仍然让我浮想联翩。

平时，隔三差四也会有公务电话在三更半夜打过来。不过这时候我绝不希望电话会突然鸣叫起来。无论是谁打来的。

我仍不敢看邵幼萍的脸庞，低着头说话："你真的不走了吗？"

邵幼萍笑了："你好像有点儿害怕。我不明白，你有高级灰的外表，却没有高级灰的理念。看来，你不是什么高级灰，而是孔夫子第二！"

我不好意思地笑了。

邵幼萍说："我那乡下表妹来找工作，都好几天了，找不到合适的活儿。她住我那儿，跟我一块儿挤一小床上，弄得我老是睡不好。今晚我就住你这儿了，留宿一晚。你不会反对吧？我这就给我表妹打个电话。"

我假惺惺地说："这，不好吧？"

"都什么年代啦，你还这么封建！男女合租一套房子，各自为政，早就不是什么新鲜事儿了。当然，你要是坚决反对……"

我还在犹豫着。邵幼萍这么说，一夜情的希望似乎没有了，我惘然若失，心里反而酸溜溜的。看来我对一夜情确是求之不得的。

"我都不担心，你担心什么？你是一个正人君子，一个值得信任的人。要是你不放心，你可以给我一把菜刀。晚上你强行闯进我屋里来，我就……"她微笑着做一个砍人的动作，"不过，我担心我砍不下去。我不敢杀鸡，怎么敢杀人呢！其实那也罪不该死呀！对吧？"

邵幼萍似乎又在暗示着什么。

我都快筋疲力尽了。

邵幼萍说："我困得要命，想早点儿睡了。你这儿有睡衣吗？"

"没有。"卧室的衣橱里自然还有温如心的好几套睡衣，但是，我不想让邵幼萍穿它。

"没有就算了。"邵幼萍打量着我，"你的太大了，我穿不了。"

我不安地关上电视，随即又把电视打开，却没看一眼，在客厅里来回走动。

邵幼萍走进卫生间。

不久，邵幼萍在卫生间里大声地问："有浴帽吗？"

我猜想此时邵幼萍一定未穿衣服。

我大声地回答："没有。"

邵幼萍很快就洗好了，从卫生间出来。她用大浴巾裹着身子，在我面前停留一下，大概是等我指给她那一间卧室。我没说什么。她朝我微笑一下，走进主人的卧室。这房子原来是我和温如心的卧室，由于我的鼾声如雷，温如心忍无可忍地把我赶到另一间卧室去。我自己也问心有愧，毫无怨言地服从了。温如心走后，我本来想给她留着这房子，等着她回来，也就没搬进来。可是人去屋空才两个多月，雨季来临后，卧室里就冒出霉气了。我只好搬进来，让这房子重新拥有人气。温如心走后一年多的时间里，我几乎没有认认真真地搞过家庭清洁卫生。除了这间卧室外，其他的房间即使没有散发着异味，也早就被厚厚的尘埃所覆盖。只好让邵幼萍住这间卧室了。我也跟着进去从衣橱里找出干净的床单、枕头和枕巾这些床上用品，替换我用过的卧具。邵幼萍没有说话，默默地整理着床铺。我觉得她也有点儿紧张。

我也走进卫生间洗澡。浴后，我穿着整齐的衣服走进卧室。我看着床头灯，考虑作出怎样的开场白。我打算让邵幼萍先说话。

邵幼萍背对着我。她坐在梳妆台前，像在看着什么，看得十分入迷。我大吃一惊，怎么温如心突然回来了？原来邵幼萍穿着温如心的睡衣。温如心不如邵幼萍苗条，但是在这套我所熟悉的睡衣的包装下，邵幼萍的背影确实在短时间内让我觉得温如心从天而降。然而正是因为我真实地感觉到温如心的存在，这使我不敢为所欲为了。另外，对邵幼萍自作主张地穿上温如心的睡衣，我是在意的。

我责备邵幼萍："你这人，怎么能随便穿别人的衣服呢？"

邵幼萍正在翻看相册，回头看我一眼，显然没有觉察到我的态度有所变化，指着相册问我："这是你夫人吗？"她还扭动一下身子，再问我："我穿这睡衣，像你夫人吗？"

我正推敲着措辞，要把邵幼萍从这间卧室请出去。但又有点儿难为情。因为她毕竟有一点儿主动要献身于我的意思，又始终不提任何要求。我有什么理由赶走她呢？

邵幼萍见我不做声，继续翻看着相册。突然她惊讶地看着我，仿佛我是一个突然露出马脚的凶手。

我问："你这是怎么啦？"

邵幼萍忿忿地说："你为什么骗我？"

我发现邵幼萍的身子有点儿颤抖。

"没有啊!"

"你真是教授级名医吗!"

这时候我突然想起来，相册里面有几张我穿着警服的照片。

我说："我是警察。"

"那你为什么说你是教授！是教授级名医！我怀疑你是别有用心的!"

邵幼萍非常认真地抗议着，让我有点儿难堪。

我故作镇定，拿过相册看一眼。照片中的我身穿警服，正在装模作样地翻看着那本我收藏了十多年的《福尔摩斯探案全集》。

我慢条理斯地解释："请你回忆一下，那不是我说的，吹嘘我是什么大人物的那个家伙是我同事张宾。他这人，就喜欢开玩笑，死性不改!"

邵幼萍没有理会我说的话。她环顾屋里一眼，问我："你的书呢?"

我一时听错了，有点儿虚伪地回答："我睡在客厅里，反正不在这里。"

"我问你的书橱在哪里?"未等我说我的书都在书房里，邵幼萍生气地说，"你们男人都是这德性，泡妞的时候，都不喜欢说实话!"

"我没泡妞。"

"你敢说你没泡妞吗?"

"怎么说都行，我没有存心骗你，也没有别有用心。这你应该是知道的。非常对不起。"

邵幼萍渐渐地平静下来。

邵幼萍指着照片问我："这本书还在吗?"

我说："还在。你也喜欢看侦探小说吗?"

邵幼萍说："拿来我看看。"

我跑到书房，取来那本《福尔摩斯探案全集》。

邵幼萍接过书，仔细看着封面。她有些激动，因为那本书在她的手上轻微地抖个不停。这使我大为不解。这根本不是一本激动人心的书啊！而且她显得比较成熟，不像容易激动的少女啊!

十多年一晃而过，这本书的模样变化不大，只不过稍为褪色和磨损。它的封面并没有特别之处。如果非要说到特别之处，封面的右下角有一个清晰的印鉴，甚至从一米远处也能看清它的字体。那应该是篆体，但到底是哪三个字，我看了十多年也猜不准。

邵幼萍竟像猜透我的心理一样，指着那个印鉴问我："认得这三个字吗?"

我摇摇头。

邵幼萍又问："这本书你怎么得来的呢？"

我唯有撒谎："我借来的，未还，据为己有。"

邵幼萍冷笑一声，再进而追问一句，有如审讯犯人："你认得我吗？"

莫非邵幼萍就是这本书的主人？就是当年那个漂亮女孩？那个与我有一面之缘的女孩，当时我绝对没有看清她的面容。我不相信世事竟会如此巧，当年那个令我魂牵梦萦的漂亮女孩今晚会来到我家里。

我迂回曲折地问邵幼萍念的是哪一所大学。她的回答让我松了一口气，因为她不是我的校友。我可不希望有人知道我这个警察当年竟是窃书贼。

我说："我们认识的吗？"

"我又没有犯法，不会栽在你手里。"邵幼萍放下那本书，不再咄咄逼人，"我们有缘有分，当然似曾相识。"

我听不懂这句话。

邵幼萍似乎想到什么，问我曾经就读于哪一所大学。我的回答让她的脸色再次出现天翻地覆的变化。随即她点点头，以示这是意料之中。

我觉得今晚的一切全都不可思议。

我决定孤注一掷，问："这本书是你的吗？A1、B2 和 C3 谁是真凶？"

邵幼萍答非所问："看得出你很爱惜这本书，对你来说这本书真的很重要吗？"

我毫不犹豫地说："我当上刑警全拜它所赐！"

邵幼萍作出反驳："你不是学法医的吗？当警察是命中注定的！"

"你怎么知道我是学法医的呢？"

"这个……"邵幼萍没有说下去，把那本书还给我。此时她竟然笑了，而且她的笑容充满神秘感，就像一个老奸巨猾的间谍。她朝我点点头，"可以说，它是你的圣经！"

我感到奇怪，这个时候邵幼萍怎么会笑呢？

邵幼萍走进客厅，坐在沙发上。她还是穿着温如心的睡衣。我也走出卧室。不过我意识到，她已经没有心思跟我上床了。我也不会主动要求她那样做。

邵幼萍仔细回忆了一遍，看着我说话："我最讨厌不说真话的人。不过，好像你没有骗我。你是没有说过自己是教授级名医。你为什么不告诉我你是警察呢？"

"警察也好，医生也好，都是一种职业，没有什么特别的地方。本来，今天晚上，我是想跟你说清楚我是干什么的。”

“在我们上床之后?”

“在合适的时候吧。”

邵幼萍想了一下，问我：“你是警察，说什么都等于命令。你就说，我是留在这儿合适，还是立马走人?”

我不假思索地说：“我知道最近你表妹来，你没睡觉的地儿。要走要留，你自己决定吧。别的房间都馊了，脏兮兮的。这沙发，还有这间卧室，你就挑一个地儿凑合一个晚上吧!”

邵幼萍的口气变软了：“我不能反客为主。你先挑吧。”

我说：“女士优先。”

邵幼萍挑了沙发。

因为没做亏心事儿，这天晚上我在卧室的床上睡得很沉，大概在快天亮的时候做了一个长长的梦，不过梦境中的一切都跟邵幼萍无关。

第二天我起来后，特地看一下邵幼萍的模样儿。看到我走近她，她就坐起来。她不是早醒了，就是没有睡好。她睡眼惺忪，有气无力地打着呵欠。在一个陌生的地方，以沙发为床，没睡好这不奇怪。我真想知道昨晚她想什么、做了一些什么样的梦。我差点儿就开口问她了。但是她不再理会我，倒在沙发上闭上眼睛又睡了。

这个晚上我跟邵幼萍相安无事。要是说了出去，这就像电影、电视剧和小说里的故事情节一样不可思议。现实生活不应该是这样的。但确实就是这样。我曾经被告知，当今这个社会，一个男人只有一个性伴侣或者没有性伴侣，并不是一件值得骄傲的事儿。后来我不停地想，为什么这个晚上我和邵幼萍没有发生关系呢? 这个原因绝对不是因为我是警察。我也不想做清教徒和卫道士。

我不得不去设想，如果我和邵幼萍发生了那关系，这个世界将会在瞬间变得绚丽多彩。但是，每个人都要为自己所获得的美好的享受付出沉重的代价。就像高纯度海洛因毒品，虽能让人的生命在瞬间变得无限灿烂，却让人耗费了金钱，甚至耗尽了生命。这可能是我的理智使然：我不愿意付出代价，更不愿意为一个陌生的女人付出代价。这才是我没有主动勾引邵幼萍的真正原因。

我经常自嘲：没有背叛并不意味着忠诚，只是因为诱惑的力度还不足够。

另一个问题是：邵幼萍来到我这个孤家寡人的家里，隐隐约约地挑逗我的是她，让我不得不死心的也是她。似乎她不为金钱也不为情性，她到底想干什么? 她到底是一个什么样的女人呢?

第四章　乔君烈

我和张宾在办公室里只睡了一会儿，就被值班的同事叫醒了。此时距离上班尚有两个多钟头。

从蓝雪被害到现在，已经超过九个小时了。随着时间的推移，乔君烈的作案嫌疑不断增大。

我第一时间问值班的同事："有乔君烈的消息了吗?"

值班的同事说："暂时没有乔君烈的消息。指挥中心来电话，六点左右，就在刚才，环城路派出所一个领导在家里丢了一支枪和五发子弹！盗枪者是一个年轻男人，被发现后朝天开了一枪，就逃去无踪。指挥中心要求我们立即组织警力在辖区内搜捕罪犯。"

我和分局领导通了电话，即刻部署警力去搜捕罪犯。

这时候蓝父和蓝母找到了我。蓝母强烈要求立即通缉乔君烈。我应付了蓝母几句，就找个借口跑去卫生间小解和盥洗。

蓝母又提出要求，让徐希愉主持该案的尸检工作，并且由蓝母领着两个医科大学法医学教授到现场监督。刑侦支队领导很快就批准了蓝母的这个要求。

法医解剖中心于去年落成并投入使用，坐落于本市东郊，拥有全套现代化设备。四周环境不错，大楼内装修华丽，地板光亮照人，就像宾馆一样。

解剖工作很快就完成了。蓝母和两个法医学教授一直在现场通过闭路电视旁观。蓝父还沉浸在痛失爱女的悲痛之中，没有勇气到法医解剖中心去。足见蓝母是一个非常坚强，要为女儿讨还公道的女人。

解剖尸体过程中，最重要的一环就是提取死者阴道内的分泌物。

那是男性的精液。

如果这宗案件被定性为奸杀案，这无疑是非常关键的证据。尸体的阴道口溢出大量的精液，这就意味着蓝雪的死亡时间极有可能跟她与他人发生性行为的时间重叠。简言之，精液是谁的，谁就是凶手。其实数小时前我们在案发现场就发现死者阴道正在溢出精液，我要求技术人员采集了三份样本。我一向谨小慎微，办案时采集样本不少于两份，这个细节常常让同行取笑我多此一举。

徐希愉在编写法医鉴定报告之前特意找到我，跟我谈一些有关乔君烈和蓝雪的情况。

我最关心的问题是精液。

我开玩笑地说："不会是乔君烈的吧？"

"当然不会！"徐希愉说，"你当警察也不止一年两年了，你推理一下，乔君烈和蓝雪关系恶化形同水火，他们怎么可能干那种事呢？"

张宾在我办公室，我们正好讨论着蓝雪被害这个案子。

张宾说："如果真是乔君烈的呢？"

徐希愉不满地说："开什么玩笑？"

张宾像傻瓜一样，就是不信邪。他承袭徐希愉的逻辑说话："如果那精液是乔君烈的话，就可以证明他们夫妇之间的感情是深厚的，乔君烈不会杀死蓝雪。"

"那不可能！"徐希愉冷笑一声，想了一下又作出补充，"乔君烈至少有一个情妇，他有发泄的地方，不可能找蓝雪做那种事的！"

张宾说："好，这精液不是乔君烈的。是谁的，谁就是凶手！既然精液不是乔君烈的，他就不是凶手！"

徐希愉思维中的逻辑全乱了。她做了一个深呼吸，又做了几个莫名其妙的手势，茫然地望着我。

我知道徐希愉认定乔君烈是凶手，却觉得那些精液不会是乔君烈的。矛盾就在这里。

但是徐希愉仍然揪住乔君烈不放。她说："乔君烈的嫌疑最大！案发现场，死者体内的精液向外溢出，这就意味着精液是谁的，谁就是凶手！"

我说："按照你的逻辑判断，那精液一定是乔君烈的，因为他是凶手！"其实我也理不出一个头绪来，无法判断那些精液到底是谁的，是否跟这宗凶杀案有关联。“乔君烈欲除蓝雪而后快，他会不会用先做爱后乘机杀死蓝雪这招数呢？”我大致知道徐希愉和蓝雪之间的亲密关系，不好意思使用奸杀这个词汇。

张宾立即附和：“对！我也是这么想的！”

徐希愉说：“如果精液不是乔君烈的，凶手又是谁呢？谁还想杀死蓝雪？不就是乔君烈吗？”

我说：“让鉴定结果来说话吧！”

张宾幸灾乐祸地说：“幸好DNA鉴定是非常准确的、排他性的！是不是乔君烈的，立马知晓！”

徐希愉不得不说：“我会接受鉴定结果的。”接着她很不甘心地重申：“如果那些精液是乔君烈的，那他就是一个变态杀手！”

张宾不无讽刺地说：“我见过乔君烈的照片，他不像苟且偷生着的凶手！”

徐希愉当即反驳：“你这是以貌取人！”

再争论下去意义不大，我说了一句等鉴定结果出来再说吧！我又问：“小徐，有没有更直接的证据呢？你知道吗？”

徐希愉摇摇头，做个手势让我听她说下去。

徐希愉和蓝雪是老同学关系。她们从小学至高中阶段都在同一个教室里上课。在蓝雪生前，每隔三两天她和蓝雪有事儿没事儿都互通电话，还经常到她家里吃饭。最近蓝雪跟徐希愉说过，乔君烈老是强迫她离婚，有时还对她动粗。蓝雪早就担心乔君烈在无法达到离婚目的的情况下，会铤而走险谋杀她。

徐希愉对乔君烈也比较了解。他毕业于名牌大学，是电脑专家，创办经营远大高科技电脑公司，在学术和经营上也都颇具建树。乔君烈的脑袋就像不断升级更新的电脑一样，思维极其缜密、敏捷、无懈可击。而且他意志坚强，只要他决定做某件事，就会全身心铆足劲儿去做。如果他真是凶手，警方要从现场找到证据、从他嘴巴里得到认罪的供述，可谓极不容易。

我问：“你认为乔君烈作案的可能性有多大呢？”

徐希愉没有回答这个问题，而是跟我说了一件事。

乔君烈喜欢看两种书，一种是有关电脑的专业书籍，另一种是侦探小说，包括刑侦纪实作品。据他本人说，涉猎侦探小说是消遣的最好方法。不过，徐希愉现在觉得，乔君烈看侦探小说绝对不是为了消遣。徐希愉之所以这样说，是因为乔君烈曾经向她请教过一个刑侦问题。即使不能由此证明他是有针对性地试图通过徐希愉之口摸清警方的破案手段，也不能由此证明他用反证法探索着一种万无一失的作案方式，不过可以认定他对刑侦问题非常感兴趣。那是两个多月以前的事儿了。那天，蓝雪请徐希愉到她家里吃饭。

蓝雪在炒菜。徐希愉站在旁边看着。

“雪儿，真香！你炒的菜有一级厨师的水平！”

“一级厨师大都是男人。油烟呛人，你还是到外头看电视吧。该播新闻了。”

“看你忙的，偏要做这么多菜。想给你打帮手，又帮不上忙。”

“快去看新闻吧！对了，到大卫屋里头看看，就说我不让他玩电脑游戏！长时间玩游戏会把眼睛搞坏的！你是学医的，就跟他讲一下医学上的道理吧！”

“好的。”徐希愉走出厨房。

乔小星果然在他的卧室里玩电脑游戏。这个淘气的孩子根本不听徐希愉的劝告，继续在电脑上深陷魔兽世界。徐希愉拿他没办法，就到客厅去看新闻联播。

乔君烈回来了。

徐希愉站起来打招呼，“乔老板！”

乔君烈笑着说：“稀客！稀客！欢迎！欢迎！”

徐希愉说：“应该说，你才是稀客！应该由我向你表示热烈的欢迎！”

乔君烈说：“这话从何说起？”

乔君烈示意徐希愉坐下来。他在她对面的沙发坐下来。

徐希愉说：“乔老板，你不知道，礼拜天晚上，我常常来这儿蹭饭，只是没见你回来！弄得我倒像这儿的主人似的！你们当老板的，在外面应酬多吧？今晚什么风把你吹回来了？”

乔君烈抓挠着头皮说：“我突然想起来，是应该抽点儿时间陪大卫他们吃饭……”

徐希愉说：“这就对了！老实说，现如今你们家不缺钱花，缺什么东西，你当然知道了，我是外人，就不好说了。以后就多点儿时间陪雪儿、大卫他们吃饭、聊天、逛街吧！乔老板，我快人快语，你不介意吧？”

乔君烈微笑着摇摇头，岔开了话题：“别叫我乔老板，怪难听的！蓝雪做了什么好菜呢？”

“菜多着呢，你自个儿看看去吧！”

乔君烈半躺在沙发上，说：“不好意思，我忙了一天，够累的，先歇一会儿！”

徐希愉随意地看着电视。

乔君烈百无聊赖地坐着，看着徐希愉。她注意到了，扭头朝他微笑了一下。

乔君烈坐正身子，煞有介事地说：“看到你我想起了一件事。这两天我让一道日本人的侦探IQ题难住了。”

“你改行当警察算了。”徐希愉说，“什么侦探IQ题？”

这道侦探难题是这样的：北海道札幌市有一个家庭，丈夫彻底迷上了一个年轻的女人，急于跟妻子离婚。妻子坚决不同意，费尽心机让丈夫回心转意，却毫无收效。最后妻子在天花板上挂一根绳子，站在椅子上，用绳子套住自己的脖子，做出以死抗争的样子。其实妻子并不想死，仅仅想吓唬一下丈夫而已，让丈夫知难而退。没想到心狠手辣的丈夫乘机一脚把椅子蹬开，妻子就这样活活地被吊死了。

乔君烈问徐希愉：“你是专家，你说，这个案子警察应该如何着手破案呢？首先，解剖尸体找证据，这必不可少。但是这好像没有任何意义。”

平时张宾喜欢猜这样的侦探难题，他也被吸引住了。

张宾说：“别说那是在日本，就是在中国，现在司法原则是重证据，轻口供，疑罪从无。就拿这道侦探IQ题里的案子说事儿，到了法庭，让那些有经验的律师捅几下，就会出现证据不足的大漏洞，结果不外乎是那个恶毒的丈夫的杀人罪名不能成立。如果有目击证人，证明是丈夫乘机一脚把椅子蹬开，或者能够证明在妻子上吊期间，丈夫和妻子待在同一屋里头，情况就会截然不同了。”

我说：“说来说去，关键还是证据，排他性的证据。目击证人的证言未必具有排他性。疑罪从无的立法精神最终将会起到关键的作用，那个杀了人的丈夫还是逃脱了法律的制裁。”

“乔君烈说，丈夫把椅子踹开，椅子上就留下他的脚印。警察可以勘验对比这个脚印找到凶手。”徐希愉小声地说，显然她并不认同这一看法。

张宾说：“凶手会这么愚蠢吗？这些脚印他可以擦掉的。再说了，凶手是这个家的主人，屋里家具上能不留下他在日常生活中的脚印和指纹吗？总之证据不足！”

“你们应该这样想，如果有目击证人，这个案子就会变得非常简单了，也就不会有这道IQ题了！IQ题，就是考人脑筋急转弯，答案一定是合情合理却又出人意料的。”我说，“比如什么蛋不能吃，笨蛋！”

张宾说：“对了，这类侦探IQ题，书本后面肯定附有答案。乔君烈猜不到答案，翻一下书本后面的答案，不就行了吗？为什么他要向徐法医请教呢？”

我说：“乔君烈可能对书本上的答案不太满意。”

徐希愉对我说：“我想，你应该是智慧型的警察，不应该想得那么简单。乔君烈研究案例，极有可能是为反刑侦做好准备。这件事不是偶然的，跟蓝雪之死必定有关。”

我说：“那些所谓的侦探IQ题，大都有一个哗众取宠、充满戏剧性的答案。那些答案看起来有板有眼，可是未必证据确凿。类似这道IQ题的案子我经办过。前年，有一个中年妇女在自己家里头吞老鼠药自杀了。她的丈夫有谋杀她的嫌疑，却苦于没有证据。正当我们束手无策的时候，附近某个超级商场的一个工作人员送货上门来了，说是上午女主人打电话订购的。有米、饼干、花生油、饮料、牛奶，甚至还有卫生巾……”

徐希愉恍然大悟：“对啊！女主人订购了那么多日常用品，那就证明了她还想过日子的，她又怎么会在极短的时间内自杀了呢？”

我说：“毫无疑问，蓝雪是他杀致死的。不过，几乎可以肯定，乔君烈没有借鉴这道IQ题置蓝雪于死地。”

徐希愉说话的语气加重了：“我们就不要扯得太远了！宋老师、大卫他们，不是咬定是乔君烈杀死蓝雪的吗？我坚持认为，乔君烈热心研究侦探IQ题，”她刻意地强调，“研究各种各样的侦探IQ题，这就有点儿反常。综合各种情况，乔君烈的作案嫌疑非常大，你们必须立即追捕他，别让他跑远了！”

我说：“现在还没有确凿的证据。我们正在想办法找到乔君烈。我们会严格按法定程序办案！”

徐希愉好像没有听到我的话，继续加重语气说话：“蓝雪是让熟人杀害的。蓝雪的熟人，充其量也不过一百来号。这个空间不算太大太复杂吧？许大队长，你要是拿不下这命案，你就别穿着这身虎皮，在老百姓眼皮底下晃来晃去！”

徐希愉未等我说什么就心事重重地走了。

张宾吓得吐舌头，说：“头儿，你怎么把徐法医给得罪了？”

我答非所问：“这精液不应该是乔君烈的。”

张宾不愿意岔开话题：“这个女人厉害！”

我没有搭理张宾。

大概是三年前吧，那时我是刑侦支队技术大队副大队长，主管大队里的全面工作。我看到同事们工作得太辛苦了，就想方设法让他们轻松一下或者激励士气。有时我会找空儿讲一些笑话。

有一次在农业大学试验田旁边的竹林里，发现一具形似自杀的女尸。估计这女人死了将近一个星期了。当时正值酷暑，尸体恶臭惊人，就连我这个资深法医也难以忍受，几乎呕吐出来。徐希愉领着一个年轻的法医就地解剖尸体，我则领着搞技术的同事在周围寻找可疑痕迹和物证。吃过中午饭，稍作休息的时候，一个年纪较大的同事老孙说，时光飞逝，明年就退休了。我打趣地说，要想让时间留住，有一个好办法。他就追问我那是一个什么样的好办法。

我说："大家都说过，办公楼里那个搞卫生的熊帼英最难看，还是长舌妇、老姑娘。谁要是娶了她，真是倒了八辈子的霉，度日如年、生不如死！对吧？"

好像大家都点点头。我估计当时徐希愉没有点头，说不定还瞪了我一眼。

我说："我可没这样说过。打死我也不承认。眼下的人变得高贵多了，动不动就告到法院去，要赔偿精神损失。我可没钱赔给熊帼英啊！"

老同事说："许队，今天你怎么拿熊帼英来穷开心呢？"

我对老同事说："老孙，你说过，一九六一年自然灾害，你还不到十岁，正是长身体的时候，却没能吃饱，难受极了！黄豆吃进肚子里头，有些没消化掉的，拉了出来。你妈如获至宝，把黄豆粒从大粪里捡出来，洗干净再煮一遍，让你吃，对不对？"

老孙说："别提了，想起来怪难受的。没想到今天有吃有穿的，赶上好日子啦！"

我说："没钱的日子最难熬。我就不多说了。此时此刻，老孙，如果熊帼英小姐愿意，你就娶她为妻吧，并且在一年内不许离婚。然后，跟钱作对，把属于你的钱都扔进股市里头去。"

大家都不解地看着我。

老同事说："娶了熊帼英，那我老婆怎么办？"

我说："这是另一个问题了。"

有同事问我："许队，你让老孙同志这样做，有什么特别的意思吗？"

"当然有。"我卖个关子，故意顿了一下才说出来，"按照现在社会上主流的人生观和价值观，老孙娶了熊帼英，手上又没有钱，那叫什么事儿啊！老孙必然度日如年，在退休前一年这段时间里，度过一生中最漫长的一年！"

大家恍然大悟，都表示赞同。

一个同事说："熊帼英那模样，最多也不过是四十五岁。老孙，你还是划得来的，老夫少妻，老年享福啊！"

我摇摇头，说："熊帼英都四十五岁了，别的男人无法接受她，这就说明了她有她的怪想法怪脾气。别的男人无法接受她，难道老孙就可以接受她了吗？"

徐希愉干咳一声，一字一顿地说："许大队长，你也是受过高等教育的，应该说，你是最不应该如此浅薄地取笑一个清洁女工的了，对吧？"声音不大却掷地有声。

场面顿时陷入僵局，大家面面相觑。

我无地自容。

此后，我意识到我和徐希愉之间仿佛横亘着一道马其诺防线。徐希愉对我很有意见，除了工作上的事儿以外，根本不愿意和我交谈，甚至连看也不爱看我一眼。我好几次试图好好跟她谈一下，以求打破僵局，但是她闭口无言。几年过去了，徐希愉仍待字闺中，听说甚至还没有男朋友，由此我不得不猜想，她对我心存芥蒂，是因我公开说过的那几个有点儿尖酸刻薄的笑话让她觉得那有针对她的嫌疑。我终于明白每个人在自己的私生活中各有不同的取向，不能用世俗的目光去看一个人。我理解她无法摆脱俗世的痛苦，也理解她为追求内心的宁静、自由而作出的努力。

对于自己因一时不慎而说出了深深地刺伤徐希愉的笑话，我永远都内疚不已。我明白祸从口出的道理，决心改掉乱讲笑话的毛病。当然，我和徐希愉之间的这些事儿，我是不会跟张宾说的。

平心而论，徐希愉是一个富有敬业精神的法医，比当年的我有过之而无不及。并没有因为她对我的不敬态度，我就刻意地为难她。我从来都没有这样想过。反而我向市局极力争取，要为徐希愉申报全国优秀人民警察荣誉称号。几个局领导也是很欣赏和爱护她的。没想到徐希愉听闻风声后，没有半点儿感激我的意思，却找到局领导开门见山地说，她根本不想沾名利上的事儿。她还暗示如果硬是把荣誉强加在她的头上，她将会辞职。就因为这一件事，我觉得她是一个值得尊敬的人。

第五章　证据

市公安局刑侦支队、分局刑警大队和光明路派出所就蓝雪被害一案联合组成专案组。我被指定为专案组常务副组长。副大队长蒋光亮和张宾都是专案组主要成员。本案发生在五月十三日，按照惯例把它命名为0513案件。另外，当晚发生的香格里拉花园高级住宅区保安监控室存档有关监控录像的硬盘被抢一案，暂时和0513案件并案处理，由专案组负责侦查。

徐希愉以最快的速度提交尸检报告。

综合鉴定结论是：死者被类圆形钝器击中额角后昏迷倒地。但是真正的死因是，死者被较细的绳索之类的东西勒住颈部而窒息致死。死者小便失禁，阴道内有精液残留物，而且受到粗暴的性侵犯，外阴撕裂和阴毛脱落，阴道内还插进了死者生前使用过的口红。死亡时间范围大致在死者进食后第三个小时至第四个小时内。或者根据尸温推测，死亡时间大致在法医进入作案现场之前两个半小时。

参照乔小星的证言，由此推定蓝雪的死亡时间范围可以缩小为晚上九时三十分至十时三十分之间。

我即刻召集0513案件专案组有关人员，开案情分析小会议。

从作案现场看，没有翻箱倒柜的迹象。看来凶手不是冲着财物而来的。尽管蓝雪腕上戴着的欧米茄女表的表带扣子已被打开，可是表带上的指纹却是她自己的。蓝雪的裙子、裤衩儿被撕破了，受到粗暴的性侵犯。这可能是凶手故意布下的迷阵，也可以解释为凶手的心理有问题，简直就是变态色情狂。防盗门和木板门都没有被撬的痕迹，凶手用钥匙登堂入室或者蓝雪开门让他进来。凶手应该是独自一人，而且凶杀第一现场在蓝雪的卧室，这就表明了凶手和蓝雪的关系非同一般，至少非常熟稔。根据现场痕迹技术分析，用于重击死者额角的是平日在梳妆台前摆放的圆形小凳子。事后凶手仔细擦拭过小凳子表面，没有留下指纹和掌印。至于那根绞死蓝雪的较细的绳索，现场没有找到，可能是凶手带走并销毁了。由徐希愉回忆和指认，蓝雪卧室的床头柜上曾经放有一盏台灯，现在该台灯不见了。综合各种情况推测，凶手极有可能用该台灯上的电源线勒死蓝雪，随后把它带走。凶手用现场现有的笨重的东西袭击蓝雪，这说明他此行并非一定有预谋要杀死蓝雪。然而凶手出手凶狠，似乎他有一种要置蓝雪于死地而后快的心理。凶手在作案后，至少在现场待了半个钟头以上。其间，可能还吸了一根烟，借着吸烟的工夫，让头脑保持冷静和清醒，把作案现场清理得非常彻底，甚至连蓝雪所戴的手表镜面、衣服上的纽扣儿表面也被仔细擦拭过，上面没有任何痕迹。

与会人员一致推定，凶手具有处惊不乱的冷血心理素质，善于思考且学历较高，体力也不弱，年龄为四十岁左右，身高约一米七五。而且，他可能对死者抱有变态的性心理。此时徐希愉特意指出，就体貌和心理情况而言，乔君烈和假想凶手是完全重合的。

与会人员再也不会忘记乔君烈的名字了。

在香格里拉花园高级住宅区保安监控室内，没有找到犯罪嫌疑人的指纹，却找到了几个较为完整的犯罪嫌疑人的鞋印。技术人员检查过乔君烈留在家里的鞋子，不能确定那就是乔君烈留下的鞋印。

此刻，光明路派出所值班人员打来电话汇报，昨晚香格里拉花园高级住宅区内丢失一辆雷克萨斯高级轿车，车主刚刚到派出所报案。前几天东邻那个城市的公安局发出协查通报，一个专门盗窃雷克萨斯轿车的团伙疯狂作案，两个月内盗窃了九辆雷克萨斯轿车，让雷克萨斯车主闻之色变。盗车团伙解除一辆雷克萨斯轿车的高级保安系统并发动汽车所需的时间不超过一个小时。如果案犯在保安严密的住宅区、停车场内作案，就会出示伪造的磁卡去缴费，轻轻松松地通过保安关卡出门去。其中也曾经出现过盗车后案犯袭击保安监控室抢夺监控录像带的案例。

由此推测香格里拉花园高级住宅区保安监控室被抢的监控数字录像硬盘可能跟盗车团伙有关，但是也不能排除这种可能：抢走监控数字录像硬盘的人就是杀害蓝雪的人。对杀害蓝雪的人来说，硬盘的下落可谓是生死攸关。如果硬盘落在警方的手上，因为作案者是蓝雪的熟人，警方会请蓝雪生前的同事、朋友、同学来辨认，凶手可能一下子就原形毕露了。然而，找到硬盘的前景不容乐观。如果硬盘落在盗车案犯的手上，还有保存下来的可能。要是落在杀害蓝雪的凶手的手上，恐怕早就销毁了。

张宾表示反对："为什么硬盘驱动器落在盗车贼的手上，还有保存下来的可能？这不可能！毁灭罪证还来不及，还要保留罪证？有这么蠢的盗车贼吗？"

我说："张宾，有时你应该这样想问题。盗车贼总有一天会栽在咱们手上的，这是历史的必然规律。他们留着硬盘，可能对侦破0513案有利，从而也就有可能将功赎罪，减轻刑罚。"

张宾点点头。

我说："专盗雷克萨斯，属高科技犯罪吧？那些盗车贼一定是有知识有文化的人，他们会经常上网玩儿的。我真想在网上贴帖子灌水，告诉他们千万别把硬盘毁了，硬盘里的录像他们肯定会用得上的。"

张宾说："对呀，说不定那伙盗车贼会良心发现，打抱不平，要为蓝雪伸冤，把硬盘的某一部分剪下来寄给咱们呢！"

张宾这话里有戏说的成分，徐希愉不满地瞪了他一眼。

我说："别扯太远了，继续分析案情！"

对于0513案件，为什么作案现场会有一团较浓的却不至于被引爆的煤气呢？为什么煤气阀最终被关上了呢？是谁关上的呢？

张宾说："谁都知道，凶手要逃避法律的惩罚，蒙混过关，都有一个本能的想法，那就是毁尸灭迹。"

徐希愉说："为什么许队和你进屋后，检查过各个煤气阀，发现煤气阀都是关上的？这可不是毁尸灭迹。"

张宾无法作答。

案发现场的卫生间里的热水器是电热型的。屋里只有厨房的燃气炉具是用煤气的。当时没有烧饭烧水的迹象。可以这样推测，凶手故意让煤气泄漏，后来不知道出于什么目的，又把煤气关上了，还特意打开窗子，让煤气尽快消散。而且，凶手还非常细心地拔掉了电话线，不让突然打进来的电话引爆煤气。

徐希愉在此又抛出她的观点："这就说明了，凶手可能是屋里那个小孩子乔小星的最亲的亲人。凶手试图焚烧作案现场，在打开煤气阀让煤气泄漏的时候，突然想起这样做会置乔小星于死地。虎毒不食子，他绝对不愿意杀死自己的儿子。于是，他手软了，决定放弃用这种方法焚尸灭迹，就把煤气阀关上，打开窗子透气儿，拔掉电话线。”

蒋光亮第一个点头，看来徐希愉说得不无道理。

我再三思考，还是谨慎地说：“别忘了，凶手是很有心计的老狐狸。这可能是凶手精心布置现场的一部分。凶手故意放出烟雾弹，要把我们搞糊涂。”

徐希愉说：“我还是倾向于把目标锁定为乔君烈。因为他有作案动机。还有一件值得重视的事。乔君烈故意把蓝雪的裙子、裤衩儿撕破，制造那些性变态心理行为。我觉得，除了乔君烈外，别的跟蓝雪相互往来的男人，绝不会这样对待她的。那种性变态的男人，蓝雪会让他进门吗?”

另一个问题是，死者右手旁边的地板上有一摊擦拭过的血迹，依稀可辨，这是蓝雪在临死前用手指蘸血在地板上写的字，却被凶手擦拭掉了。到底蓝雪所写的是什么意思呢?

张宾急于知道蓝雪到底写了什么字。在他看来，如果写的是凶手的名字，只要能鉴别出这个名字，蓝雪被杀一案就水落石出了。

在勘查现场时，我发现蓝雪右手的食指上沾有血迹。由此我推测她在生前曾经用右手的食指蘸血在地板上写了几个字，这几个字可能对凶手非常不利，凶手就把它擦掉了。当时我让技术人员进行细致的技术分析，还是无法把原先写的字复原。不过，凶手擦拭得并不彻底，还是留下一些支离破碎的笔画。后来，张宾向技术人员透露了乔君烈的名字。技术人员由此推测，那没被完全擦拭掉的字，有可能是乔君烈这三个字。不过，汉字有两三万个，相似、相近的汉字多如牛毛。从技术的角度来看，无法百分之百确认那几个字就是乔君烈的名字。

徐希愉认为，蓝雪的头部遭受重击后渗出不少血。理论上蓝雪有足够的血可供她把自己的冤情写下来。不过，她在遭受重击后随即陷入深度昏迷，此时即使没被凶手立即勒死，由于处于深度昏迷状态中，一时半刻醒不来，根本没有知觉去写字。即使她醒来了，由于脑部受损而导致记忆空白、模糊或迟钝，也无法动手有目的地书写。退一步说，此时蓝雪的手指沾上了血，也能动弹几下，她写出来或者画出来的东西，只有三岁以下小孩子的脑力水平，只能算做信手涂抹，不能作为证据。徐希愉接着说，现场勘查和验尸结果表明，蓝雪在遭受重击时根本没有反抗的动作，也没有护卫自己的动作。一般说来，人遭到打击时，假如他有知觉，出于本能就会作出反抗或者护卫自己的动作。蓝雪的前额有磕碰的伤痕，这就证明了她在倒地时，双手根本没有作出支撑动作，致使前额先着地。同时，蓝雪的双手、双臂完好，这也证明了她根本没有用双手、双臂来抵挡凶手的重击。如果有，蓝雪的双手、双臂上肯定有被击打的伤痕。这就说明了蓝雪在不知道自己被击中额角、被勒死的情况下，即使有书写的能力，她又能写些什么呢？

徐希愉就此作出总结：“所以，那些模糊不清的血字就显得扑朔迷离了。事实上，乔君烈是一个工于心计的人。那几个血字，也可能是乔君烈写的，紧接着他自己抹掉了，制造一个别人嫁祸于他的现场，从而达到他反证自己无罪的目的。”

看来徐希愉这番话归根到底还是针对乔君烈的。

张宾说：“也可能是凶手写的，但是那凶手不是乔君烈。”

徐希愉不客气地说：“张宾，你应该用事实来说话！”

徐希愉还扭头看了我一眼。不用说，她要让我尽快作出乔君烈就是凶手这个结论，从而报请上级单位立即通缉他。

我看到蒋光亮拿着一根香烟，我也取出香烟。但是也许由于徐希愉极力反对吸烟，蒋光亮正强忍着烟瘾，不便点燃手中的宝贝东西。他都能注意到因徐希愉在场而不能吸烟这一细节，我当然要做得更好。我看着徐希愉：“我说一句。作案现场被清理得干干净净的，这就说明凶手细致入微，非常冷静。这样的一个凶手，他怎么会在清理蓝雪写的血字时马虎了事呢？”

张宾说：“对啊，那些血字不足为证。”

张宾在指尖上熟练地旋转着细长的中性笔。徐希愉正在思考问题，不客气地伸手把张宾指尖上的笔碰落，自己却把玩着手中的派克笔，语气平和却非常肯定地说：“如果凶手不是乔君烈，那么在晚上十点左右，哪个人敢于稳如泰山般清理作案现场？他不担心屋里的男主人随时会回来？”

张宾说：“凶手不是跟蓝雪很熟悉的吗？也许凶手知道，乔君烈经常不归家，而且当晚乔君烈跟蓝雪闹翻了，更不会回家了。”

徐希愉说：“做贼心虚是什么意思？更何况杀了人：凶手不会是职业杀手吧？乔君烈算不上职业杀手吧？”

张宾说：“我也承认，乔君烈的作案嫌疑非常大。乔君烈的手机落在家里的鞋柜上。刚才我到移动通信公司查过通话记录，发现该手机在当晚八点半后，一直没有接听过。乔君烈跟蓝雪发生激烈的冲突后，匆忙离开家，没有拿上手机，这不奇怪。”

我做一个手势，紧急追问张宾：“蓝雪手机这几天的通话记录，查过吗？”

张宾说：“有，案发时分，有个手机打进蓝雪的手机，但那是神州行的SIM卡，移动公司没有登记其个人资料。我觉得……”

我说："不能放过任何一个可疑点、任何一条线索，继续跟踪吧。"

徐希愉朝我摆摆手，打断我的话："假设乔君烈和蓝雪发生激烈的冲突后，匆忙离开家，没有拿上手机。一个小时后，也就是在当晚十点左右，乔君烈偷偷潜回家里，找机会杀死蓝雪。既然他胆大心细，把作案现场清理得如此干净利落，为什么他会把手机落在家里呢？因为在此之前，乔小星极有可能已经看到他的手机放在门口的鞋柜上了。如果他在杀死蓝雪后，把手机带走，乔小星就有可能向警方证实乔君烈在九点左右第一次离开家后，又返回家里取出手机。这就等同于证实乔君烈是凶手了。"

过去徐希愉在案情分析会上，除了宣读尸检报告外，极少作有针对性的发言。但是今天她为了尽早地抓住杀害蓝雪的凶手，可谓是越俎代庖了。徐希愉说了这么多，有些话是有道理的。我觉得她也胜任侦探的工作，但我更觉得她太恨乔君烈了，先入为主地认定乔君烈是凶手，欲加之罪何患无辞，简直是在搞有罪推定。然而不能给她扣帽子。现在开案情分析小会议，与会人员都可以畅所欲言。其实到了这个时候，我也不知不觉地认为乔君烈就是十恶不赦的凶手。

但是证据在哪里呢？

一直没有发言的蒋光亮突然开口说话："乔君烈躲到哪里去了呢？"

我问张宾："乔君烈的公司联系上了吗？"

张宾说："通过114查到了电话号码，打电话过去也有人接听，是乔君烈聘请的职员，可是乔君烈就是找不到。"

我说："再试试看。"

张宾拿出手机拨打乔君烈公司的电话，对方回答乔君烈半小时前回到公司，听说警察找他，就匆匆忙忙地走了。

徐希愉当即跳起来，"乔君烈逃跑了！"

与会人员一齐看着我。

徐希愉紧盯住我："再不抓紧时间，他就会像拉丹一样难找了！"

我问徐希愉："乔君烈有没有私家车？"

徐希愉说："过去有，宝马。不过前年他酒后驾车肇事，心有余悸，就把车处理掉了，卖给了别人。"

蒋光亮说："可以找香格里拉花园物业管理公司保安部，把案发当晚进出汽车的牌号的记录全部复印下来，看看有没有可疑的车辆。"

我说："那里车辆凭磁卡进出和收费。外来车辆不作登记牌号。再说，监控数字录像硬盘没有了，就更难找到可疑的车辆了。"

徐希愉说："我说点儿个人意见。总而言之，我觉得乔君烈最可疑。坦白地讲，我跟死者蓝雪是老同学，感情很深。这案子，我回避也好，不回避也好，我都想提醒大家，事不宜迟，必须尽快采取必要的行动，否则一切会为时已晚！"

我说："我们的确要尽快找到乔君烈。有一点是可以肯定的，毫无疑问，蓝雪是让熟人杀害的。蓝雪生前是佳迅联合集团公司财务部经理，会不会跟社会上什么人有重大的金钱矛盾呢？会不会因为涉及严重的经济问题，被公司内部人员杀人灭口呢？除了乔君烈外，我们也必须从多方面入手，展开社会局部范围调查。"

"我仍然认为，乔君烈是第一犯罪嫌疑人。"徐希愉咄咄逼人地对我说，"眼下乔君烈无影无踪，你一点儿都不焦急吗？"

蒋光亮表态了："我同意小徐的看法，提请市局和省厅通缉乔君烈。"

我是这个案情分析小会议的主持人，与会人员一齐等我表态。

我正在犹豫着。

一个同事领着一个男人走进来。

徐希愉目瞪口呆。她大声地对我说："他就是乔君烈！"

其实，在徐希愉还未作出反应的时候，我已经把乔君烈认出来了。昨晚我仔细研究过乔君烈近年的照片，他的体貌早已清晰地刻录于我的大脑里。现在见到他本人，我觉得他和一般的 IT 精英没什么两样。他的妻子暴死，他理应衣冠不整和神情惶恐才应景儿。但是，看得出他为此行而刻意地打扮一番，精神也不错，使我们在视觉上无法把他归附于凶恶的杀人犯之列。不过我跟刑事案件打交道十多年了，从来不相信自己的眼睛，而是相信证据。由于职业习惯，我通常把一个人一分为二。他有一部分出现在我的视觉范围里，为我所认识或熟悉的，另一部分却隐藏在一个未知的世界里。我的第一感觉是乔君烈从未知的世界里来，而且有备而来。然而我敢肯定，我从乔君烈的眼里看到了恐惧和悲伤。

我看一下手表，现在将近中午一时了。我让同事把乔君烈带进讯问室。

徐希愉提议即刻做 DNA 对比鉴定，蒋光亮也强调通过精液找凶手是一条捷径，绝不会走冤枉路。我当然想搞清楚留在蓝雪尸体内的精液是不是乔君烈的。张宾受命去讯问室把乔君烈带到检验室，一会儿就搞定了检验样本。样本被火速送到刑警支队 DNA 实验室，那是国内权威的 DNA 检验机构。

我和与会人员紧张地讨论一下，拿出讯问乔君烈的提纲。蒋光亮提出由他负责讯问乔君烈，我不假思索就同意了，让张宾陪着他。

蒋光亮和张宾进入讯问室。我在自己的办公室里，通过闭路电视监视着讯问室里的情况。

乔君烈非常冷静，面对讯问总是事先稍作考虑后再回答。也可能，这是一个有科学头脑的人的说话习惯，并不代表他砌词狡辩。

乔君烈说他在昨晚九时多离家出门后，立即乘坐出租车到女朋友杨丽童的住处，一般说来路上要花费半个小时。整个晚上他都待在她那里。昨晚他们很晚才睡，原因是观赏网上下载的电影，由扮演角斗士的主角主演的好莱坞旧片《美丽的心灵》。他们都是影迷，看完后还热烈地讨论一番，凌晨一时多才睡觉，今天上午将近十一时才起床。他于十二时三十分到他的公司上班，才闻知蓝雪出事了。他说杨丽童可以为他作证，建议蒋光亮找杨丽童核实情况。他同时也提醒蒋光亮，香格里拉花园高级住宅区各个出入口、电梯内都装有监视器，并可能已作录像，录像可以证实当天晚上九时多他离家出门后，再也没有回去过。

我注意到乔君烈提到数字监控硬盘录像系统。硬盘被抢一案是不是他所为还不得而知。显然，他知道那些数字录像是非常重要的证物。

蓝雪的死亡时间大致在昨晚九时至十时之间。如果乔君烈是凶手，他在九时多离家出门后，至少要在二十分钟后，也就是乔小星睡着后，再次返回家里，才有机会掩人耳目地杀害蓝雪。事后他还得用超过半个小时的时间清理现场和自身衣物上的血迹，再花半个小时坐出租车到杨丽童的住处。这样一来，理论上，如果乔君烈是凶手，他来到杨丽童住处的时间，最早应该是晚上十时三十分。因此，杨丽童的证言非常关键，她将会证明乔君烈有没有作案时间。

蒋光亮说："我们会立即找有关人员核实情况的，这个你不用担心。不过，除了杨丽童以外，你还能找到其他证人，证明你当时不在案发现场吗？"

乔君烈说："刑事取证，一个人的证言不予采信吗？一定要两个人以上？"

蒋光亮说："因为，我们不得不考虑到杨丽童和你的关系比较特殊，这个你应该知道的吧？"

乔君烈说："现在的邻居关系跟以前的大不一样。家家户户都装上坚固的防盗门，关门闭户，别人家里头发生什么事儿都一概不知，也一概不管。平时跟对门的邻居碰一下面，一个月里头也不过是一两次，说不定还不认识对方，不用打招呼。再说，昨晚我匆匆出门离家，又有谁能给我作证呢？"

蒋光亮说："我再问你一些其他的问题。你知道最近蓝雪跟谁结仇了吗？有谁非要置她于死地不可呢？"

乔君烈想了一下，说："这我可不知道。这两年我和蓝雪的关系比较僵，分床而睡，大家极少说话，几乎没有交流。不过，佳迅联合集团公司是个大公司，她这个财务部经理，有那么一点儿身正不怕影子斜的骨气，我担心她可能会因金钱问题得罪一些人。你们应该从佳迅联合公司财务部入手，把问题搞清楚。另外，社会上传闻，佳迅公司内部经济问题比较严重，蓝雪也有可能卷入经济问题的漩涡里头。”

蒋光亮说：“我们会调查的。乔君烈，你听着，蓝雪临死前在地板上写了三个血字，虽然被某个人擦掉了，可是擦得不彻底，我们还能辨别出那是乔君烈三个字。还有，我们破门而入时，发现屋里头有一股煤气味儿。我们在煤气阀把儿上找到了你的指纹！你为什么打开阀门，又把阀门关上?”

乔君烈说：“我不会烧饭炒菜，几乎没进过厨房。煤气阀把儿上不可能有我的指纹。”

技术人员在煤气阀把手上没有找到任何指纹。蒋光亮分明是在套取口供。我感到非常惊讶。蒋光亮这样做，不但有打草惊蛇、操之过急之嫌，而且在法律上是不合适的。蒋光亮是退伍军人，从事刑侦工作的时间比我还长，有一定的办案经验，在工作上认真负责，办案风风火火的，问题是他有时不太讲策略，有点儿不择手段。

蒋光亮继续穷追猛打：“你撒谎！你把阀门关上的原因是，你突然想起乔小星在另一间屋里头，他是你的亲生骨肉，你非常疼爱他，不想让他成为陪葬品。所以你就把阀门关上了。”

乔君烈气愤地说：“首先我要说明，我不是凶手，我怎么会动那煤气阀呢?我从不做家务，极少进厨房，根本不可能在煤气阀上留下指纹！你们这是栽赃、诱供！还有，那三个血字，也是栽赃！你们除了刑讯逼供、诱供，还会什么?”

蒋光亮猛拍桌子，霍地站起来：“乔君烈，你这是什么态度？也不看看这是什么地方？告诉你，没有谁进了这地儿敢不老老实实的！现在你就是本案的第一犯罪嫌疑人!”

张宾在暗地里轻轻地拉一下蒋光亮的裤子，示意他冷静下来。

蒋光亮慢慢地坐下来。

乔君烈也清楚自己现在的处境，忍气吞声地说：“警官先生，一定是你们搞错了。还有，我可以提供一个反证，证明我没有理由杀死蓝雪。”

蒋光亮说：“你说吧。”

具体是哪一天，乔君烈一下子想不起来了，大概是二十多天前，反正是礼拜天，那天的天气一下子热得不得了。在乔小星的坚决要求下，乔君烈借来一辆丰田轿车，领着蓝雪和乔小星到海滨度假村游玩。

乔小星在沙滩上玩得很开心，蓝雪更是兴致勃勃。蓝雪是游泳好手，只是好几年没沾过水了。她无法抵御蓝幽幽的海水的诱惑，买来游泳衣，要到深海去搏击风浪。乔君烈也曾经是游泳健将，不过如今年近四十，只好望洋兴叹了。他推己及人，觉得蓝雪这样做未免太冒险了。

乔君烈好言相劝："岁月不饶人啊！那都是昨日的辉煌了！你已经是一个八岁孩子的母亲了，我劝你还是别逞能了！"

蓝雪赌气地说："我死了，你应该高兴才对呀！不是吗？"

乔君烈不放心，想拉住蓝雪的手。她不予理会，在叮嘱乔小星注意安全后，就趟水下海了。

蓝雪在离海岸较远的地方自由自在地畅游着。

乔小星踮起脚，眺望着大海深处，显得非常焦急。他好像懂事了，有了某种不祥的预感。

乔小星说："爸爸，妈妈不见了！我怎么也看不见！"

乔君烈说："没事儿，你妈妈会游泳。"

乔小星焦急地说："不，爸爸，妈妈不见了，你快去看一下妈妈！快去呀！"

乔君烈相信蓝雪有能力平安归来，笑着安慰乔小星："大卫，你妈妈真的会游泳！能游到海的那边去！"

乔小星不依不饶："不，爸爸，你快去看一下妈妈！要是妈妈死了，我跟你没完！"

乔君烈说："我这就去看看。不过，你就站在这儿，不能乱跑，明白吗？"

乔小星点点头："快点儿！"

乔君烈脱下衣服，让乔小星抱着。

蓝雪一条腿的小腿肚子突然抽筋。她竭力挣扎着，喝了几口海水，半浮半沉，断断续续地呼救。

乔君烈正好赶到，奋力相救。

蓝雪用双手拼命地缠住乔君烈的胳膊。他就像被捆绑住了，无法动弹。两个人都沉没了，几乎要同归于尽。乔君烈急忙挣脱开蓝雪的手，托着她游向防鲨网。经过一番生与死的搏斗，乔君烈和蓝雪到达防鲨网。这时候他们都精疲力竭了。乔君烈一手抓住防鲨网，一手扶着蓝雪。

蓝雪渐渐恢复了体力，推开了乔君烈的手。

蓝雪激动地说："你救我干什么？我死了，你就恢复自由了！"

"我不是这样想的。大卫不能没有妈妈！"

“还想着大卫，良心没让狗吃掉！”

乔君烈和蓝雪回到了海岸上。蓝雪拉着乔君烈的手走上沙滩，就像他们的感情从来没有出现过阴影和裂痕一样。

乔小星看着乔君烈和蓝雪，百思不解。不过他随即大喜过望，奋力扑向他们，张手抱住他们，大喊大叫。

乔君烈结束回忆，平静地看着蒋光亮和张宾。

乔君烈指一下张宾笔下的讯问笔录：“警官先生，请都记下来，我说的完全是真话！绝无虚言！我一心一意地拼了老命去救蓝雪，差一点儿把自己也赔进去了！你们想想，如果我真的有杀死蓝雪的动机，当时为什么还要冒死救她呢？我冒死救过蓝雪，在逻辑推理上、行为学上、情理上不就能证明我没有杀死蓝雪的作案动机吗？”

蒋光亮说：“不得不承认，你有最佳编剧的才华。蓝雪死了，死无对证，你说什么都行。但是，我们人民警察，还有人民检察官和人民法官，会相信你这个辅证吗？”

乔君烈一时语塞，很快又说：“你们可以去问我儿子乔小星。蓝雪跟他说过，他应该还记得。不过，乔小星还是小孩子，才八岁，不懂事，可能忘得差不多了。你们问他的时候，得有点儿耐性，想办法套出来。”

蒋光亮冷笑着：“别又是栽赃、诱供！”

乔君烈急忙地说：“警官先生，我为我刚才说过的话道歉。实在对不起！”

张宾说：“如果蓝雪在生前跟她的好朋友说过这件事，由她的好朋友出来作证，你这个辅证也许还是有作用的。你仔细想想，谁是蓝雪生前最要好、无话不说的朋友呢？”

乔君烈说：“谢谢你的提醒。让我想想，对了，可以找你们的一个同事核实一下，她叫徐希愉，是法医。徐法医和蓝雪是老同学，她们之间简直是无话不说，亲密无间。也许徐法医知道这件事，可以为我作证。”

蒋光亮说：“我们可以找徐法医谈谈。另外，还有一个问题。我问你，昨晚你离家出门，穿的是什么衣服？”

乔君烈想了一下，说：“白色的衬衫，浅蓝色的西裤。”

蒋光亮说：“我注意到了，现在你穿着浅蓝色的衬衫，米黄色的西裤，为什么？”

乔君烈说：“大热天，每天总得洗澡换衣服吧？我在女朋友杨丽童住处那儿换了衣服。因为我常常到她那儿去，那儿备有我的衣服。这个，你们可以找杨丽童核实。”

张宾说：“还有一个问题。蓝雪卧室床头柜上放着一件什么东西？”

这个问题非常重要。据推测，凶手极有可能是用床头柜上那盏台灯的电源线勒死蓝雪的。蒋光亮和张宾一齐盯着乔君烈，观察他脸上的细微的表情变化。

乔君烈轻描谈写地说：“在睡觉前，蓝雪爱躺着看一会儿书。床头柜上，应该摆着书吧。所有喜欢读书的人都是这样子。”

蒋光亮严厉地说：“不是书，你再想想！”

乔君烈摇摇头：“蓝雪那卧室，我极少进去。”

张宾问：“蓝雪躺在床上看书，用什么灯光照明？”

乔君烈说：“哦，是这样。那床头柜上当然得有一盏台灯了。”

张宾问：“那台灯是什么样子的？用什么材料做的？”

乔君烈说：“这我能告诉你们。我这人心特细，记忆力也不错。结婚那阵儿，我们买的是陶瓷工艺品台灯，很漂亮的。不过，有了孩子后，那小家伙爱动挺顽皮的，把那易碎的陶瓷台灯给摔了。后来，蓝雪就特意买了一个铜制的台灯，也摔过好几回，没破。”

蒋光亮追问一句：“那台灯的电源线有多粗？”

“那电源线合乎安全标准，应该有彩电电源线那么粗吧！”乔君烈面不改色地回答了这个问题。

蒋光亮说：“我还得例行公事问你一个问题，你必须如实回答。请问，昨天你和蓝雪同房过吗？”

乔君烈摇摇头。

蒋光亮说：“你们发生过关系吗？你回答有或没有！”

乔君烈清楚地回答：“没有！”

蒋光亮和张宾来到我的办公室。我们一起讨论讯问乔君烈的情况。

张宾说：“那精液真的不是乔君烈的？”

我说：“他和蓝雪有没有发生过关系，这个问题，他没必要撒谎吧？再说了，那精液也不应该是他的啊！”

蒋光亮不客气地将我一军：“你的意思是，凶手不是乔君烈？”

我不想跟蒋光亮较劲儿，因而没有进一步跟他辩论精液和凶手可能不是一码事儿。

蒋光亮说：“DNA结果很快就出来了，如果加急、特急的话只需要六个多小时！”

我知道DNA对比鉴定报告最快会在明天中午前出来，但是我不想就这个问题和蒋光亮理论。

看到我和蒋光亮意见分歧较大，张宾急忙岔开话题："乔君烈挺狡猾的，说话滴水不漏、针插不进。"

我说："不过，蒋队，你说那煤气阀把儿上有指纹……"

蒋光亮不服气地说："我知道！不过，凭我二十多年的办案经验，我那老一套，还管用！我敢说，乔君烈就是凶手！"

我不想和蒋光亮争论，就递给他和张宾各一根白沙香烟。没想到他嫌我的香烟不好，把它放在耳朵上，从自己的口袋里掏出芙蓉王，递给我一根，也递给张宾一根。

张宾说："蒋队，你是高级烟民啊！"

蒋光亮哈哈一笑，说："这烟应该不是假的。未来的女婿送的。"

张宾说："按说未来的女婿不敢送假烟！"

偶尔也有人给我送烟。我拉开办公桌底儿的抽屉，拿出两盒中华，扔给蒋光亮和张宾。平时我自己买的香烟，不是白沙就是万宝路。我喜欢吸劲儿大的万宝路，不过这种进口香烟价钱太贵了，几乎是白沙的三倍。不久前刑警大队在汽车集团公司侦破了一个内盗案件，该公司领导三番五次请我吃饭我都没有答应，就给我送来两条中华香烟。

我说："这烟也是别人送的，我不好一个人独吞了。你们抓紧时间，到徐法医那儿核实一下，看看蓝雪生前是否跟她说过乔君烈冒险救人那事，还有，立即找到乔君烈那女朋友核实情况。"

蒋光亮说："即使乔君烈冒死救了蓝雪，难道从此以后，乔君烈的头上就永远戴着不会杀死蓝雪的光环？就有了免死金牌？那是以前的事儿了，光荣只属于过去，此一时彼一时也！我想过了，当时乔君烈考虑到除掉蓝雪的时机还不成熟，如果蓝雪死在他面前，他就是跳进太平洋也洗不清啊！他没有选择，只好冒死救蓝雪！"

徐希愉证实，乔君烈所言不虚，蓝雪不久前跟她说过那件事。蓝雪是真正的游泳好手，一见到海水就兴奋不已。她一口气游到离海岸较远的地方，没想到右腿的小腿肚子突然抽筋，仿佛有一股巨大的力量把她拉向海底。她拼命挣扎，一慌就喝了一口水。正在这危急关头，乔君烈救了她。蓝雪进一步解释说，当时她正打算深吸一口气，纹丝不动地沉入海里，等到小腿肚子不痛了，再浮出水面。即使乔君烈没有出手相救，她也有信心有能力自救，最终摆脱险情。不过蓝雪也承认，乔君烈救她的时候，确实有点儿奋不顾身的样子。这事儿发生后，头几天蓝雪还幻想着乔君烈是真心爱她的、关心她的死活的，没想到后来乔君烈还是一如既往地逼着她离婚，并在争执中动手打了她。

徐希愉打电话来向我解释："在我的印象里，乔君烈还是那个乔君烈，本性难移。我没有别的意思，只是一时忘了，没有在案情分析会上说这件事儿。"

在蓝雪海上遇险这个问题上，尽管乔君烈和徐希愉各自的说法大同小异，但是乔君烈救过蓝雪是不争的事实。我在想，这件事意味着什么呢？

在整个讯问过程中，乔君烈表现得镇定自若、反应敏捷、思维严谨、逻辑性强、自圆其说、不露破绽。假如他真是凶手，即使由我亲自上阵，也无法从他嘴里套出什么。但是，乔君烈要摆脱杀人的罪名，仅仅凭着不久前他救过蓝雪一命还不够。他只能够指望杨丽童提供他没有作案时间这个非常关键的证据。

就算乔君烈是铜墙铁壁的堡垒，也可以暂时不管他，依法办理一个简单的手续让他在留置室里待一天。杨丽童是保险从业人员，她的心理素质和语言能力肯定没有乔君烈的那么高。假设他们早已商订攻守同盟，选择杨丽童作为破案的突破口是最好的办法了。

蒋光亮表示赞同我的想法："杨丽童准保没乔君烈那么难缠！"

张宾说："不过，据乔君烈说，杨丽童的推销业绩不错。由此可以看出，杨丽童还是挺机灵、能说会道的。"

我说："挺机灵，能说会道，这并不可怕。言多必失。就怕她不开口说话。"

张宾办理传唤证和办案取证手续，和女警察曾思敏一起，到杨丽童的住处找到乔君烈昨天穿的衣服，送到刑侦支队的检验室作技术鉴定，同时也把杨丽童请到刑警大队来。

还是由蒋光亮和张宾询问证人杨丽童。地点在小会议室。但是由于气氛较为紧张，看起来就像在讯问犯罪嫌疑人。

杨丽童显得有点儿紧张。

蒋光亮说："杨小姐，有点儿紧张吧？"

杨丽童点点头。

蒋光亮用既含蓄又严厉的语气问话："知道为什么把你请到这儿来吗？"

杨丽童摇摇头。

蒋光亮说："在我们这儿，我们问话，你不能用摇头、点头来代替回答，而是要开口说话，我们记录在案！"

杨丽童说："知道了。"

蒋光亮说："你要明白，法律是无情的，但是立法的原意是：严惩那些硬抗到底的主犯，同时也给那些有立功表现的从犯一个重新做人的机会。"

我常把这句话说给那些有文化底子的犯罪嫌疑人听，试图用立法原意来打动他们，同时也证明我自己精通法律，会依法办案的。我没有想到蒋光亮会引用我说过的话。

杨丽童点点头。

蒋光亮说："我重申，你不能用摇头、点头来代替回答，而是要开口说话！回答我，我们为什么要把你请来？"

杨丽童说："不知道。"

蒋光亮说："乔君烈没跟你说，你的竞争对手昨天晚上突然死掉了吗？"

杨丽童说："他没跟我说，我不知道。我的竞争对手是谁，谁死掉了？"

蒋光亮冷笑一声。

我在办公室里通过闭路电视监视着小会议室里的情况。我想，杨丽童也不是一个容易对付的主儿，除非她真的对蓝雪遇害毫不知情。

杨丽童还是有点儿紧张。这也不奇怪。任何一个善良的人突然被传唤到公安机关，在这么一个孤独无助的地方被询问，都会像杨丽童那样有点儿紧张。

蒋光亮问到昨晚乔君烈是什么时候来到杨丽童的住处的。杨丽童想了一会儿，就说具体什么时间她搞不清楚了，因为当时她没有看表。大致是九时左右。她强调乔君烈在当天下午已经打电话和她约好，晚上到她那儿过夜，九时前后到达。这种事儿跟往常毫无二致，不容易给她留下深刻的印象。她还证实，在乔君烈到来不久，她就用电脑播放电影《美丽的心灵》，他们都看得很入迷。

杨丽童所说的跟乔君烈所说的基本上一样，而且简直是说得无懈可击。她的证言等于证明了乔君烈没有作案的时间。

蒋光亮追问："乔君烈来了以后，当晚有没有离开过你的住处？"

杨丽童说："我睡得很沉，不知道。可能没有吧。"

蒋光亮再问："你注意到乔君烈是否心慌意乱、身上有伤痕吗？"

"他跟平常没什么两样。我们看那电影，他这人爱钻牛角尖，结果把剧情给理解错了，还跟我争论起来呢！他们夫妻闹离婚，经常打打闹闹，乔君烈胳膊上脸上被抓破挠破是常有的事儿。"

我立即注意到，杨丽童说了乔君烈把剧情给理解错了，还跟她争论起来。这个细节太重要了。这说明了他不光是看电影，而且是欣赏电影。如果这是真的，可以说他极不可能涉及命案。一个头一次杀人的凶手，肯定会把全副身心投入命案中，事后还极度惶惶不安，哪里还会有心情欣赏一部电影呢？我清楚地记得，乔君烈被讯问的时候，没有说到这一细节。

杨丽童谨慎地问："可不可以问一下？"

蒋光亮说："问吧。"

"是不是乔君烈的妻子……死了？"

"可以告诉你，乔君烈的妻子蓝雪昨晚死于他杀。你是怎么知道她死掉的？"

"看这样子，我猜到了。"

蒋光亮盯着杨丽童："你为什么把乔君烈那衣服洗掉了？"

杨丽童说："我常给乔君烈洗衣服。我自己爱干净，喜欢跟爱干净的人待在一起。乔君烈在我那儿备有衣服。他的衣服有点儿脏了，我就给他洗。"

"我可以看一下你的衣领吗？"蒋光亮站起来，走到杨丽童身边。

杨丽童主动把衣领翻出来让蒋光亮看。

蒋光亮对张宾说："她这衣服也是刚换上去的，挺干净的。"

杨丽童说："这天气，我几乎每天换一次衣服。"

蒋光亮故意提高语调说："可是，杨小姐，道高一尺，魔高一丈！乔君烈那衣服，虽然洗得干干净净的，上面似乎什么也没有，但是，我们公安局刚花了一百七十多万美元，从德国进口了最先进的红外线光谱仪，能检验出衣服上面各种各样的极其微小的痕迹。告诉你，乔君烈那衣服，即使你洗上一百遍，上面仍然有痕迹。也就是说，如果衣服上有血迹，你压根儿是洗不掉的！我们可以检验衣服上那血迹的DNA，看看是谁的血迹，然后再检验，这血是沾上去的还是喷溅上去的！"

杨丽童不敢看蒋光亮的眼睛。

张宾故意地问："蒋队，那血，沾上去的跟喷溅上去的，有什么不同吗？"借此向杨丽童施加压力。

蒋光亮大声地说："那当然不同，学问大着呢！沾上去的，就是人死掉后，接触尸体沾上了血迹。喷溅上去的，就是人还没断气，心脏跳动会对血液产生压力，压力把血从伤口里喷射出来，落在衣服或其它东西上，形成喷溅型血迹。如果乔君烈的衣服上沾上血迹，他还不一定是凶手。如果有喷溅型的血迹，而那血又是蓝雪的，那么就铁证如山了，杀人凶手就是乔君烈！"

杨丽童紧张得要命。

蒋光亮和张宾都觉得杨丽童似有隐情。

杨丽童苦想片刻，欲言又止。

蒋光亮一字一板地说："杨小姐，你告诉我，乔君烈那衣服上有血迹，对吗？"

杨丽童急忙否认："没有。"

蒋光亮说："杨小姐，你要抓住最后的机会。相信你不是法盲。作伪证、包庇犯罪嫌疑人，是要受到法律的严惩的！"

杨丽童想了一下，还是摇摇头。

蒋光亮说："你必须回答我，乔君烈那衣服上有没有血迹？"

杨丽童有气无力地回答："好像没有。我不能肯定，因为我不是进口的光谱仪器。"

我不再看对杨丽童的询问了。先不说蒋光亮采用攻心战是否存在争议，可以肯定的是这一套暂时没用。杨丽童虽然始终都有点儿紧张，但是她的回答无懈可击，同时也为乔君烈证实了他没有作案时间。

刑侦支队的检验室给我发来传真，说送检的衬衫和裤子被清洗得非常干净，上面没有留下任何可疑的痕迹。

蒋光亮和张宾几乎一无所获，来到我的办公室向我汇报。我让他们立即把乔君烈带到讯问室。我也看过好莱坞电影《美丽的心灵》，试图以该电影为着力点，找到乔君烈和杨丽童攻守同盟中的漏洞。现在我先假设这个攻守同盟是存在的。

"乔君烈，当晚你看了《美丽的心灵》，对吧？"

"是的。"

"是头一回看，还是第二、第三回看呢？"

"头一回。"

"那部电影六年前就有了，而且获得了奥斯卡奖，为什么现在才看呢？"

"我不太喜欢看电影。那部电影是杨丽童最近下载的。她要看，还极力推荐，我当然得陪着她看了。"

"你们因剧情有争论，是吗？"

乔君烈想了一会儿，就说了起来。他说那部电影又长又臭，全然不合他的口味儿，让他昏昏欲睡。在影片快结束的时候，他几乎睡着了。所以当乔君烈看到一个华人模样的老教授在主角的面前放一支钢笔的时候，他就说这个美籍华人叫李文和。杨丽童一直全神贯注地看着，而且全看懂了，立即作出反驳。乔君烈振振有词地说，这不是一部反间谍的电影吗？美国人不是说科学家李文和是中国的间谍吗……

我、蒋光亮和张宾再把杨丽童找来。她的证言和乔君烈的供述基本上吻合。

蒋光亮对我说："许队，你是刑侦专家，你看着办吧。"

我摊开双手，表示无能为力。

蒋光亮说："我看，又不是礼拜天，乔君烈和杨丽童不可能睡到第二天十点半！乔君烈一定和杨丽童仔细研究过，反复研究过对付我们的办法！这需要时间吧？乔君烈十二点后才露面，非常可疑！死者的父母能证实乔君烈有杀人动机，乔小星也能证实，徐法医也能证实！"

我说："可是，没有证据！乔君烈是老板，杨丽童是跑保险的，晚睡晚起这不奇怪。"

蒋光亮说："对乔君烈、杨丽童这种人要狠！知识分子不怕讲道理、钻牛角尖，最怕死！我可深有体会！你们这年龄，应该看过《红岩》吧？"

我跟张宾对视了一下。

蒋光亮说："那个甫志高，银行职员，戴着眼镜，算是知识分子吧？他让徐鹏飞逮住了，进了中美合作所，一看那些刑具就举手投降了，出卖江姐！乔君烈跟甫志高没什么两样，都是那种不见棺材不落泪的主儿！把棺材给他抬出来，他就老老实实了！"

我表示反感："蒋队，我们能抬那个棺材吗？"

蒋光亮说："我知道，不能抬。可是，支队不是有测谎仪吗？"

我说："心电图能得出一个人是否有心脏病的结论，血压计也能得出一个人是否患有高血压的结论。但是，测谎仪就不一样，人为因素占主动地位，不可靠！那家伙不是弄出几件大冤案吗？连咱们的警察也给冤枉了，差点儿还成了枪下冤鬼！"

蒋光亮不好再说什么。

我让蒋光亮和张宾继续询问杨丽童，昨天晚上她跟乔君烈是否有过性关系，一共有多少次。蒋光亮笑得有点儿怪，说他可能不适合问这样的问题，最好换一个女警察来办这事儿。他的手机鸣叫起来，他便走到一边去接听电话。张宾说他的容貌猥琐，由他发问等同于侮辱年轻美貌的杨丽童。他说应该从温馨、人文关怀的角度出发，在人格上尊重对方，让我这个有明星台型、像个正人君子的警察去发问才合适。听张宾这么说，我忽然觉得这个持有高中学历的退役军人、正在业余攻读大专文凭的家伙整天跟在我后面有出息了，知道不能鲁莽行事。经他这么一吹捧，我就不避嫌了，也不找来女警察，径自走进小会议室找杨丽童。

杨丽童对我的这个提问感到非常意外，也颇不自在。我跟她解释，我并不是故意冒犯和干涉她的隐私，这确实跟案情有关。如果乔君烈真的是无罪的话，那么她说真话、积极配合警方的调查取证工作，这对乔君烈有利无弊。

杨丽童接受我的解释，她说，没有发生性关系。乔君烈抱着她，很快就睡着了。我再去讯问乔君烈同样的一件事，结果也是一样的。

在一般人看来，昨晚乔君烈去找他的情人，不是想发生性关系，又想干什么呢？可以用弗洛伊德的心理学理论作出推理：假定乔君烈是凶手，当晚他必然会处在生死的关头，对女人是不感兴趣的，遑论提起精神来发生性关系了。不过，如此一概而论地断定乔君烈就是杀害蓝雪的凶手，未免荒唐。

但是我加深了对乔君烈的怀疑。

乔君烈在留置室想了一会儿，觉得这个问题比较严重，立即要求跟我好好谈一下。他小心翼翼地跟我说，昨天傍晚下班时间到了，公司里的职员几乎都走了。一个刚从大学毕业的职员还在他的办公室，向他汇报她的软件主体构想。他早就被她的年轻和天真吸引住了，一直想占为己有。任凭他的百般诱惑，她似乎被打动了，最终却还是挣脱他的手跑掉了。他一时无法控制自己的性冲动，给杨丽童打电话，当时她在远郊县，大概晚上八点后才能赶回来。乔君烈回到家里，又不想找蓝雪解决问题，就在书房打开电脑看一个由武藤兰主演的顶级毛片，一共自慰两次。另外，乔君烈强调他早就把他和杨丽童的关系定位为老夫老妻了，在性关系上未免有点儿麻木，一周才有一两次。昨晚他和蓝雪发生激烈冲突，而且之前自慰了两次，所以他来到杨丽童住处，几乎没有性的想象，纯粹是为了找个地方好好睡一觉。本来，他还是打算第二天早上提起精神和杨丽童发生关系的。但是他十时三十分才醒来，杨丽童急着要上班，当时他只好作罢，留待晚上再说了。

不难看出，乔君烈把自己乱七八糟的丑陋的隐私说出来，无非是试图开脱自己的犯罪嫌疑。我相信他说的是真话。我也可以找来他公司里的那个女职员了解一下情况。但是他说自慰两次，这当然只有他一个人知道，是无法证实的。

我跟蒋光亮、张宾交换了意见，都认为乔君烈仍然是0513案件中嫌疑最大的涉案人，决定提请分局领导批准，延长留置审查乔君烈的时间。杨丽童则心事重重地走了。

紧张的一天慢慢地过去了。第二天整个上午我不停地想着0513案件。面对着乔君烈和杨丽童之间的关系，我不由得想起邵幼萍。

我正想着邵幼萍，办公室的门被急敲几下，未等我应声，张宾已推门进来，手里拿着一张纸。

不用说，这肯定是刑警支队DNA实验室传真来的，有关蓝雪尸体内残留的精液和乔君烈的血液样本的DNA对比鉴定报告。

我还来不及发问，蒋光亮已风闻消息紧跟在张宾身后走进来。

我问："是乔君烈的吗？"

蒋光亮做出不用看鉴定报告就可以预测结果的样子，胸有成竹地说："是乔君烈的！"

我说："为什么这么肯定呢？"

"如果不是他的，他又怎么会是凶手呢！"蒋光亮极度自信，近乎蛮不讲理。

我倒不这么想。我在心里说，必定不是乔君烈的。我示意张宾公布结果。

张宾有点儿为难地看着我，却迫不及待地说："那精液样本确实是乔君烈的！"

第六章　让她走

昨晚我把邵幼萍领回自己家里，同居一室却又相安无事。像我这种出生在上世纪六十年代末的中国人，在性生活上的确较为保守，跟七十年代末出生的人、跟新新人类相比简直是不可同日而语。

事实上，随着某个人的权力或者财力大大提升时，他的肉体欲望自然也会按正比例而提升。老同学聚会，如果没有女同学在场，大家最津津乐道、畅所欲言的话题自然是升官发财，但是真正的共同话题却是各自的艳遇，泡到多少美眉。我最要好的一个老同学，我一直认为他是最老实不过的了。他最近发了点儿小财，就怂恿我和他一起去找三陪小姐。我想，他肯定觉得有我这个警察做伴，在进行那种不道德的交易时就会处于安全状态。在警察内部，交流泡妞经验的，比知识分子更加广泛和热烈。

有时我也想过，和一个女人偶尔发生一夜情，也不能算是道德沦丧吧？因为我没有滥交，我倒不害怕艾滋病。

当我想起我询问杨丽童的性生活问题时，我不由自主地想到邵幼萍，因为目前她是离我最近的女人了。

上午我要离家上班的时候，邵幼萍还躺在沙发上，好像还在酣睡。她头一次在我家里过夜，昨晚自然没睡好。我还是爱护她的，没有当即叫她起来，而是把闹钟调好，放在茶几上，准备十时唤醒她。我还留下一张便条儿，告诉她冰箱里有面包和牛奶，让她吃了东西再走，还请她务必把门关好。

下班的时间到了，幸好没有突发事件，我可以回家了。我不得不去想现在邵幼萍在哪里呢？我正要给邵幼萍打电话，张宾却走进我的办公室。

张宾说得有点儿可怜："头儿，我王老五一个，你也只有半拉家。咱们只能方便面对付着吃了。我营养不良，可又没开工资，快弹尽粮绝了。到你家增加营养，怎么样？"

我说："明晚吧，今晚我有事儿！"

张宾说："哦，跟邵幼萍约会！"

我说："不是！别瞎猜！"

张宾将了我一军："如果是，那就明晚吧！"

我不能重色轻友，只好假设邵幼萍不在我家里，说："好吧，张探长，你就增加营养吧！不过，老规矩，谁提出的谁埋单！你去把东西买回来！"

张宾说："头儿，我不蹭你的饭！单我可以埋，不过，我不会买菜，还得有劳你亲自出马！"

张宾确实不会买菜，买回来的东西，不是不新鲜就是次货。他吸取经验教训，不穿警服就不去买菜，看谁敢骗到警察头上！我就不同了。我曾经当过七年第一线法医，解剖过将近四百具尸体，还天生爱动脑筋。即使那些巧舌如簧的奸商，也别指望能把烂鱼臭肉卖给我。买螃蟹和西瓜是最容易受骗上当的，但是我也能得心应手地挑选到上等的货色。

张宾拉上我一起去农贸市场买了不少菜。

回到家门前，我没有任何预感。当我打开家门的时候，闻到一股清新的气味儿，还差点儿摔了一跤。原来地板刚打了蜡，光滑如镜。

我家里简直是旧貌变新颜。

没想到邵幼萍还在我家里。她笑眯眯地走过来，就像女主人一样向我和张宾打招呼。张宾有点儿吃惊地吐出舌头，我也大为尴尬，不知道如何跟张宾解释。

邵幼萍说："饭烧好了，还炖了老母鸡汤。三个人，正好，足够，不用浪费了！"

"我这人就有口福！这儿还有菜，全干掉它！"张宾把买回来的菜递给邵幼萍。

我看了张宾一眼，示意他不要轻举妄动。虽然整个下午我都想着要约会邵幼萍，但是现在当着张宾的面，我应该表达自己应有的态度。我硬邦邦地对邵幼萍说："你还没走吗？"

邵幼萍倒显得较为轻松："说来话长，先吃饭吧！"

张宾打个圆场："民以食为天，洗手吃饭！"

我走进卫生间，发现我扔在洗衣机旁边的一堆脏衣服全不见了。看来邵幼萍早把它们处理掉了。平时我下班回来，踏进家门就不想动，换下的脏衣服随手随地一扔。除非等着衣服换，否则我懒得动洗衣机一个指头。

张宾满脸坏笑，原来他发现邵幼萍的行李也进了我家，放在客用卧室里。他小声地说，好像这儿的女主人回来了。

忙了一天也够累的，我不想再演戏了。我和张宾在饭厅坐下来，享受酒店式的服务。邵幼萍把香喷喷的菜端出来。我想，她大搞室内清洁卫生，还做了满桌子的菜，肯定也忙上大半天了。

张宾拿起筷子，喧宾夺主地吃起来。他看了我一眼，说："教授级名医，你也吃呀！"

我朝厨房看了一眼，邵幼萍还在里面忙着。我觉得应该等她一起吃饭，就让张宾停下来。

张宾说："头儿，你的确要搞好警民关系啊！"

我就大声地说："邵小姐，出来一块儿吃饭吧！菜够多的啦，别弄了！"

邵幼萍在我身边坐下来。

张宾继续狼吞虎咽："我是美食家。不过，我饿了。就像慈禧太后，躲八国联军饿了好几天，吃嘛嘛香！"

邵幼萍说："我知道，你是说我烧的菜不好吃！"

张宾说："没这回事！"

我觉得应该表示友好，就对张宾说："去拿瓶酒来。"

张宾从客厅的酒柜里拿来一瓶红酒。

我一时忘记开瓶器在哪里，邵幼萍竟然准确地知道它的位置。张宾也注意到邵幼萍俨如这里名副其实的女主人，竟然问她家里有没有好烟，拿来让他享用。

我觉得应该再次表达自己应有的态度。我喝着红酒，考虑着得体的措辞。

我对邵幼萍说："这菜，你用了胡椒粉吗？"

邵幼萍说："怎么啦？"

张宾说："恰到好处，好吃！"

我笑着说："那是我爱人买的，至少有……有两年以上了，还能吃吗？"

邵幼萍说："这道菜就别吃了吧！"

张宾说："不吃白不吃！全给我吃！我不怕变成大胖子！"

我对张宾说："你就吃吧。刚才在沃尔玛停车场那儿，差一点儿见到温如心了！"

"是吗？嫂夫人回来了吗？"张宾对我在邵幼萍的面前提到我的妻子反应敏感。

邵幼萍却不为所动："许教授，你怎么说差一点儿见到了？见到就是见到，没见到就是没见到，没有'差一点儿'见到的道理吧？"

我说："是这样的。我在沃尔玛停车场那儿，看到一辆车牌号是32356的奥迪。温如心以前那辆破本田不是32357吗？就差那么一点儿，我不就见到我老婆了吗？"

张宾说："32356，32357，就差那么一点儿零头啊！不过，差得远啦！"

邵幼萍也取笑我："是钱的话就差那么一块钱，是电话号码的话你就永远也打不通！"

我说："我老婆这会儿在澳洲，买了一辆丰田吧，牌号是多少我倒不知道。"

邵幼萍微笑着："是大众高尔夫。"

一开始我并不在意，但是我无意中又一次看到邵幼萍的笑容充满神秘的成分，倏地联想到她似乎在更正一件事儿，温如心在澳大利亚用的是大众车而不是丰田车。我随即记起来，温如心在电话里随口说过这样的一句话：她购买的那辆轿车是大众高尔夫，这种车在当地颇受欢迎。

我有点儿吃惊。

我问："你认识温如心？"

邵幼萍平静地喝着鸡汤，说："她是你老婆，我听你们说的。但我不认识她。"

张宾这小子吃完饭喝了汤，就做出知趣的样子要溜掉。我不让他走。因为张宾在我家里看到的有关邵幼萍的事儿，根本不像他所看到和所想到的那样，如果他走了，我就说不清了。

"头儿，我什么也没看见！"张宾小声地说，就要夺门而出。

我下死命令："不能走！第一次警告！"

张宾见状只好留步。我让他洗碗，他却说洗碗是女人干的，他不能抢着干。他只是帮忙把餐桌上的东西搬进厨房里。

邵幼萍在厨房里洗着碗。

张宾说："头儿，最近几天没跟漂亮的美眉谈情说爱吧？"

张宾用这种设置有正反两个陷阱的智慧语言来考验我。他所用的这种说话方式，也是从我这儿学到的。如果我简单地回答没有，就像说明了最近几天没有，但是过去就有了。

我当然能轻车熟路地反击他："什么最近、漂亮的？过去也没有，丑陋的也没有！除温如心以外。说了你也不会相信，我跟这女人没做过任何事儿。"

张宾笑着说："我相信。我是鬼！"

"鬼才相信？"我说，"我真是跳进黄河也洗不清了！那你说，我该怎么办？"

"即使做过什么事儿，这也没什么大不了的啊！你们！"张宾说，"头儿，老实说，如果你过好那种生活，内分泌就平衡了，你会更加得心应手地处理日常工作，就是骂起我们兄弟也没那么狠！"

"气死我啦！要是我说了假话，这辈子我就别想开宝马坐奔驰了！"我发了毒咒。张宾知道我最喜欢宝马轿车。对我来说，这个毒咒的狠毒程度比常说的不得好死有过之而无不及！

张宾只好说："好，我相信你！"

我解嘲地说："这女人，充其量是个钟点女工。"

张宾说："头儿，在我记忆里头，你可不是那种尖酸刻薄、翻脸不认人的主儿啊！"

邵幼萍正端着一壶茶从厨房走出来。她显然听到我和张宾刚说过的话，想退回去已经来不及了。

邵幼萍笑了："我不介意，我就是钟点女工！往后每天我都来做钟点工！记住，民工工资不能拖欠！"

我说："别价，邵小姐，我郑重道歉，你压根儿不是钟点女工，而是白领精英！"

邵幼萍说："行行出状元！钟点女工同样值得尊敬！"

我苦笑不已。

张宾说："邵小姐，可以给做点儿夜宵吗？"

邵幼萍说："当然可以，想吃点儿什么呢？"

张宾说："冰箱里有什么，就做什么吧！"

"你来什么劲儿！"我瞪了张宾一眼，"刚饱餐一顿，又饿了？"我对邵幼萍说："邵小姐，你这钟点女工，也该下班了。"

"我自愿加班，这不违反劳动法吧？"邵幼萍走进厨房。

张宾站起来："头儿，我还是消失吧，给你腾个地儿。"

"不许走！"

“头儿，你放心！我是警察，有权利有义务维护你的隐私权！我仍然尊敬你！”

“别贫了！今晚你得留下来，就住我这儿！”

“你这儿？我睡不着。”

“这是命令！”

“好，我服从。求之不得呢！”张宾早就想搬进我家住。

张宾走进厨房。

一个小时后，邵幼萍把面条和咸菜从厨房端出来，放在餐桌上。

我还饱饱的，根本没有食欲。可是张宾硬拉着我走进饭厅。

邵幼萍又端着一盘热气腾腾的黑椒牛肉走进饭厅，放在餐桌上。我特别喜欢吃黑椒牛肉，就像古人嗜痂成癖一样。川菜是我的最爱。当年我渴望娶一个川妹子做老婆，假如她会做地道的川菜的话。我曾经认识一个湘妹子，爱吃虎皮尖椒和麻婆豆腐，人长得也水灵灵的。我真的很喜欢她，可是她根本看不上我。认识温如心是后来的事儿。她也是不错的姑娘，而我也到了非娶不可的年龄了。事后我才注意到她是浙江省金华市人。温如心受不了辛辣的东西，说那东西容易让人长青春痘。我想，如果温如心也爱吃川菜的话，我和她的关系就不会搞成这个样子了。

长篇小说《红岩》里有一个这样的故事：甫志高就因为惦记着老婆要吃麻辣牛肉干，不听劝告坚持把美食送回家，结果被捕当上了叛徒，还因出卖江雪琴而遗臭万年。张宾就经常取笑我，如果不让我吃黑椒牛肉，我也会当叛徒的。张宾故意把我的嗜好告诉邵幼萍，她为了讨好我，立即烧了这一道菜。

对我来说，这道菜的吸引力确实是太大了。我顿时食欲大振，来不及坐下来，就接过张宾递过来的筷子，挟了一大块牛肉往嘴里塞。味道好极了，而且牛肉一经咀嚼即化，口感相当不错。

我说：“邵小姐，老实说，我老婆也会做这道菜，可她是浙江人，先天不足，怎么也做不好，不地道。你比她强多了！如果你没这么年轻，也没这么漂亮，我真想请你做钟点工。”

“许教授，美丽是无罪的。”张宾说，“邵小姐，太麻烦你了，真不好意思！一起吃吧！”

邵幼萍说：“别客气，钟点女工嘛，做工拿钱。不过，得麻烦你替我向许教授讨工钱喔！”

张宾说：“这事包在我身上。幸好我们许教授这人好说话儿，不是那种赖账的主儿。”

邵幼萍对我说：“一个月多少钱？”

我哭笑不得。

邵幼萍对我说：“许教授，这房子挺大的，你一个人住着，利用率不高嘛！要不要动动经济头脑，把其中的一部分租出去？假如租给我，就抵消我的工资，怎么样？”

我说：“张宾老打这房子的主意。不过，我想一个人过。”

一年前，张宾第二次来我家里做客，对我一个人独住一套宽敞的房子非常羡慕，煽动我让他搬过来跟我做伴，给我烧饭炖汤，还说可以按高标准支付房租。我当即实话实说，让他别打这个主意。我说我从大学时代开始，就梦想拥有一套自己的房子，拥有一个安身立命的空间，也就是自己的家。我是很在乎家的。我的妻子离我而去了，我一直等着她回来。

张宾说：“别拿我说事儿，我跟邵小姐可明显不一样！男女搭配，干活不累嘛！不是我吹牛，这定律在任何地方任何时候都适用。”

我说：“张宾，别胡扯！”

邵幼萍撒娇地说：“这房子有三间卧室，就租给我一间，张宾一间，不正好合适吗？男女合租房子，各自为政，早就被新新人类发明创造出来了！许教授，你是高级灰，对网络时代的新生事物无法理解吗？”

张宾随声附和：“对啊！打这儿以后，邵小姐给做饭，咱们吃现成的，不好吗？”

“张宾，你想得倒美！别忘了，这房子，我做得了主吗？”这房子还没有完全买下来，我正在咬牙供着呢。况且这房子中的一半法定属于温如心，说不准哪天她就回来了，看到家里成了出租屋，肯定会暴跳如雷的。

张宾惋惜地说：“看来，这房子是租不成了。”

“你老婆那边，我负责解释清楚，关键是你这边同意与否！”邵幼萍简直语出惊人。

张宾也惊讶不已，马上追问一句：“你真的认识温如心？”

邵幼萍说：“住客大都不认识房东！”

张宾说：“我还以为你认识我大嫂！就算你是我大嫂的妹妹，她也不会同意你住进来啊，这叫引狼入室！你还说服得了我大嫂？你自讨苦吃去吧！”

邵幼萍笑了：“这叫送羔羊入虎口，说什么乱七八糟的！出于经济利益考虑，一切都简单得多！”

我看着邵幼萍，觉得这个漂亮的女人表面看起来有点儿单纯，但是她骨子里绝对是聪明的和有文化内涵的。而且，她的目光内的灵性就像神秘的物质，有一种谜一样的东西隐藏其中，对我有吸引力。然而我更担心。

我对邵幼萍说："谢谢你给我拾掇房子，给我做饭。谢谢。改天一定请你吃饭。对了，你表妹找到工作了吗？你还是回去吧。"我对张宾说："咱们不是有车吗？你送邵小姐回去吧。"

邵幼萍不高兴地说："不是说，有困难找警察吗？"

我走到离邵幼萍较远的地方，示意张宾送走她。张宾却站着不动。最终他们还是拗不过我。

张宾提着邵幼萍那简单的行李，邵幼萍跟着他，走出我家门。

邵幼萍让张宾在外面等一会儿，她又走进来，让我跟她到卫生间去。

邵幼萍指着新买的牙刷和毛巾说："新买的，你用吧！"

我说："我有牙刷、毛巾呀！"

邵幼萍说："早上起来，我想洗个脸刷个牙，可是你这儿没有富裕的毛巾、牙刷。实在没办法，我就用了你的。非常对不起！"

邵幼萍临走前，好像还说了让我别把她用过的毛巾和牙刷扔掉之类的话。

我心里突然涌起复杂的感情，甚至有点儿怅然若失的感觉。在我还未来得及处理好感情的时候，张宾回来了。

"邵幼萍快哭了。你看……"张宾看着我。

其实张宾这家伙肯定夸大其词。

我一时竟然沾沾自喜，妄自尊大地认为邵幼萍是为我而流泪的，随即一种怜香惜玉的感觉出现了。即使没有这种感觉，我也不能把邵幼萍强行赶出去。这时候我害怕张宾会看透我的心思，就转过身去。

但是不论在什么情况下，我都不能让邵幼萍留在我家里。张宾虽然是我最要好的朋友和同事，但是不能确保他会永远守口如瓶。在某一天他甚至可能会落井下石。有一句话给我留下了深刻的印象：没有永远的朋友，只有永远的利益。有时在关键的时刻，正是最亲密的朋友出卖了你。我不能冒着失去政治前途和家庭的危险，为一个我还没有深深爱上的女人而作出牺牲。另一方面，如果我在张宾面前落下小小的把柄，今后我将无法维护领导的权威，理直气壮地发号施令。

我觉得我是一个伪君子。

当然，如果张宾出面把邵幼萍留下来，我将不会反对。

"咱们是警察，谁敢偷警察的东西？"张宾还用上了激将法，"要是你家里头丢了东西，我赔!”

我苦笑着:“她又不是贼，赔你个头!”

既然张宾这么说了，我就可以顺理成章地把邵幼萍留下来了。

我说:“话又说回来，她搬进来，如果丢东西了，你赔?当我不知道啊，你皮夹子早就唱空城计了，吃点儿什么喝点儿什么，都得指着我付账呢!”

“扣我工资!”张宾知道邵幼萍可以留下来了，开心得合不拢嘴。

“有你担保，就让她再住一天吧！请神容易送神难，到时你负责把她送走!”我假装严厉地说。

“YES，SIR!”这家伙高兴得用英语回答我。

我再一次美滋滋地设想，要是今天张宾没来我家的话，也许我和邵幼萍会有亲密的接触呢。

第七章　释放乔君烈

张宾把 DNA 对比鉴定报告放在我的办公桌上。

我仔细地看了鉴定报告。我曾经戏说留在蓝雪尸体内的精液是乔君烈的，没想到竟然真是他的。我百思不解，但是这个事实顽强地引导我去想乔君烈就是凶手。

我问张宾："这说明了什么呢?"

蒋光亮抢先对我说："还用得着明知故问吗?"

我看着张宾。

张宾说："这个鉴定报告对乔君烈非常不利。"

蒋光亮说："他撒谎！他明明跟蓝雪发生关系，乘机杀死蓝雪。但是在讯问时他矢口否认和蓝雪发生夫妻关系!"

我说："他为什么撒谎呢?"

蒋光亮说："很简单，他想掩盖他是杀人犯的事实真相。"

我换了一个坐姿，示意蒋光亮和张宾坐下来。

蒋光亮点燃一根香烟，对张宾说："你有什么高见呢?"

张宾看着我，还给我扔来一根香烟。

我说："乔君烈是高智商的人，或者说他很狡猾。他撒谎未跟蓝雪发生夫妻关系，难道他不知道警方会提取精液作 DNA 鉴定吗?"

张宾说："不看书不读报纸的人都不会这么低能。"

蒋光亮一下子了无头绪，半晌才说话："他真的在这个关键的问题上撒谎了，非常愚蠢！"

我说："再问他一次吧，看他怎么解释。"

蒋光亮说："要问你就问吧，我看意义不大。"

我来到讯问室，张宾很快就把乔君烈带进来。

我说："我以下的问话，都跟案情有关。你老婆上节育环了吗？"

乔君烈说："上了环的，生孩子后就上了。"

我说："这样的话，平时你们过夫妻生活，有没有采取避孕措施呢？"

"蓝雪生前怀孕了？"乔君烈显然误会了，有点儿紧张。

我说："不是。你回答我的问话吧！"

乔君烈说："不用安全套。不过我和她很久没有那种关系了！"

我问："案发当晚你们没有做爱？"

"绝对没有！我有必要撒谎吗？"乔君烈的声音不高，态度却很坚决。

我说："DNA 鉴定你听说过吗？"

乔君烈说："当然知道。通过 DNA 鉴定，可以搞清楚这孩子是不是某人的亲生儿女，或者指认强奸犯。"

我问："你的记忆力应该没问题，语言表达能力也应该没问题。我再问你一次，5 月 13 日晚上，就是在蓝雪死亡前后两个小时内，你跟她有没有做爱？"

乔君烈斩钉截铁地说："没有，而且一个月内绝对没有！两个月内绝对没有！"

但是 DNA 对比鉴定报告的准确性是毋庸置疑的。乔君烈故意撒谎，背后到底隐藏着什么呢？

我递给乔君烈一根香烟，自己也吞云吐雾，盘算下一步如何讯问他。他也在猜测到底又发生了什么节外生枝的事儿。

乔君烈先开口："是不是蓝雪的体内有精液？你们不是可以做 DNA 鉴定吗？鉴定结果比盘问我得到的口供更可靠吧？"

我稍作点头，突然想起那个 AV 明星："你说那个韩裔日籍毛片主角叫什么武……"

乔君烈说："武藤兰，拍《女体观察》时青春美丽。"

我说："你再重复一遍，你看了毛片后，做了一些什么事情。如果你不觉得自己的隐私被侵犯了，全说出来吧！"

乔君烈被迫重复一遍他边看毛片边自慰的事儿。他一再强调："我都发泄过两次了，身体亏空了，怎么会再提起兴趣，而且冒着自寻不快的结果，向蓝雪求欢呢？如果确要再度发泄，我还有杨丽童这个选择啊！事实上，我和蓝雪在两个月内绝对没有那种事儿！"

我把半截香烟掐了，说："现在我可以告诉你，尸体内的精液是你的！"

乔君烈当即跳起来："这不可能！"

张宾站起来，预防突发事件，要求乔君烈坐下来。

乔君烈无法控制自己的情绪，指着我怒吼："你们这是蓄意栽赃！"

我说："你先冷静下来！"

张宾走过去，严厉地警告乔君烈："这是什么地方？坐下来！"

张宾按住乔君烈的肩膀，让他坐下来。

我说："我们秉公办案，为什么要栽赃陷害你呢？"

乔君烈说："徐希愉早就看我不顺眼，巴不得我死，给蓝雪陪葬！你们跟徐希愉是一丘之貉！"

我说："我有义务告诉你，提取精液样本的人不是徐希愉，做鉴定的是权威的检验机构，在公安系统内是数一数二的，检验的精确度可以跟美国的 FBI 相媲美。另外，我们跟徐希愉是同事关系，而不是一丘之貉！"

乔君烈倒吸一口冷气，他的坐姿更显露出颓态。

我说："你还有什么话要说的吗？"

乔君烈说："要杀要剐随你们。反正我声明，我已经有足足两个月未跟蓝雪过夫妻生活了！"

我说："那么请问，尸体内的精液从何而来的呢？"

乔君烈说："那是你们栽赃！"

张宾说："我们与你无冤无仇，为什么要栽赃冤枉你呢！"

乔君烈说："你们想速战速决破案，立大功加官进爵！这是你们一贯的做法！"

我没有生气，不急不慢地说："今天中午监督从你身体提取血样的是这位警官，张探长。我提醒你，我们只是提取你的血样，而非精液，请问我们从哪里搞到你的精液，栽赃嫁祸于你呢？"

乔君烈被问住了。

我说："其实，蓝雪是你的老婆，她体内有你的精液，这不奇怪，不一定就以此为证：是你奸杀她的。你要明白，撒谎更让你处于不利的境地。"

乔君烈猛然醒悟，手舞足蹈地对我说："对了，昨天我自慰后，两个安全套暂时扔在电脑桌下面的纸篓里。我要说明一下，我习惯戴安全套自慰。本来我会把这两个安全套扔进马桶抽水冲掉的，一下子给忘了。后来又跟蓝雪吵架，跑到外面去……"

我说："你的意思是……"

乔君烈说："那两个安全套内有精液，被人发现了，然后，有人做手脚，嫁祸于我！"

张宾冷笑一声，"你可真会编！"

乔君烈万分无奈，"你们不相信，这不奇怪。"

我说："听起来好像有板有眼的，但是可以肯定，那两个安全套已经不在电脑桌下面的纸篓里了，对吗？你无法证明别人嫁祸于你这个推测。"

乔君烈说："我可以领你们去现场看看。"

我说："不管怎样，你提供了新线索，我们有必要再勘查现场鉴定证物。"

搞技术的同事在乔君烈家的书房找到一盒开启了的安全套，里面剩下七个，但是没有找到乔君烈所说的扔在电脑桌下的纸篓里的那两个。但是纸篓里的半张废纸上，粘有疑是精斑的物质。

那半张废纸被提取，送往刑警支队 DNA 实验室。谁都不会否认，如果那半张废纸上的是精斑，那么肯定是乔君烈所有。

然而，假如乔君烈所言不虚，凶手在作案后进入书房，在电脑桌下的纸篓里找到那两个安全套，这个凶手真有点儿未卜先知的特异功能了。这是看似不可能的事情。

在留置审查两天后，乔君烈被刑事拘留。

0513 案件专案组请来刑侦鉴定专家做针对性的鉴定和论证工作。

再次解剖蓝雪尸体，在阴道深处和子宫里没有发现精液。经过鉴定所提取到的精液只属于一个人的，没有另一个人的精液存在于阴道里。

有关专家是这样解释的：精子可能失去了活性，无法游动到阴道深处和子宫里。

有生命力的精子被喷射入阴道里，会游动到阴道深处和子宫里，寻求与卵子的结合。然而此案中，蓝雪的阴道深处没有发现精液，此迹象表明有可能出现如下情况：一些已失去生命力的精子，被强行灌注入已失去生命的阴道中。因此，乔君烈所说的凶手嫁祸于他的可能性，在各方面专家的推理论证下，还是存在的。

精液排出体外，进入阴道，精子大致可存活四十八小时，或者在相似的环境可存活十二至二十四小时，直接暴露于空气中只能存活一小时。但是单凭确定精子的存活或死亡时间，由此推断蓝雪尸体内的精液是乔君烈直接喷射进去的，还是凶手事后灌注进去的，这在技术上存在难度。

问题是，如果乔君烈奸杀蓝雪，他会掐住她的脖子，有什么必要用硬物重击她的头部呢？

疑是精斑的物质经DNA鉴定，确实是乔君烈的。

乔君烈被刑事拘留九天后，我代表0513案件专案组向市局和分局有关领导汇报案情。虽然乔君烈有种种的作案动机和嫌疑，但是由于他有不在作案现场的证据，我提出依法释放他。今后的工作重点，专案组将继续围绕着乔君烈加大侦查力度，同时也扩大排查范围，开始在蓝雪生前所在的工作单位寻找破案线索。同时跟周边城市的兄弟单位紧密合作，加紧侦查盗车案件。昨天已把0513案件案发当晚进入香格里拉花园高级住宅区保安监控室的那个女犯罪嫌疑人的电脑模拟像发往周边城市的公安机关，还将派出警员到北方的城市去，寻找被销赃的雷克萨斯轿车，以此入手追缉盗车团伙各成员，查找被抢夺的数字监控录像的去向。

蒋光亮反对释放乔君烈。

蒋光亮胸有成竹地发表对0513案件的见解。徐希愉、死者蓝雪的父母和儿子都可以证明乔君烈有强烈的作案动机。他们众口一词，认定凶手非乔君烈莫属。蓝雪的指甲内有他人的皮肉屑，阴道里残留精液，经过技术鉴定证明是乔君烈的，这个证据非常重要，已经固定。这证明在蓝雪死亡的那段时间，乔君烈和她有过接触，毫无疑问他有作案时间。乔君烈拼命否认跟蓝雪发生夫妻关系，目的是证明他没有作案时间。蒋光亮也同意蓝雪在因头部遭受重击而昏迷后几乎不可能用手指蘸血写字的结论。由此推理，乔君烈的智商非比寻常，他故意写下自己的名字再擦拭掉，而且擦拭得很不彻底，以此迷惑警方，让警方认为是别人作案后嫁祸于他，借此为自己开脱罪名。凶手一度试图用煤气焚烧作案现场以达到毁尸灭迹的目的，却又突然放弃这一计划，是因为不想烧死自己的儿子。而且他爱子心切，打开窗户放掉煤气，拔掉电话线以防不测，这正是乔君烈作案的一大特征。由乔小星的证言可以推理，乔君烈当晚动手打了蓝雪后跑了出去，却大概在半个小时之内潜回家里杀害了蓝雪，百密一疏不慎把手机遗留在家里了。他在案发十四个小时后才出现，一定早已跟杨丽童订好攻守同盟。给乔君烈作出不在作案现场证言的证人杨丽童是不值得信任的，反而十分可疑。她正是那个引起事端的第三者，蓝雪死亡她正是受益者。乔君烈杀死蓝雪，可能是受到她的唆使，甚至可以设想她是同案犯。蒋光亮指出，即使杨丽童的证言是可信的，但是如果乔小星记错了时间，或者乔小星所提供的时间有误差，那么乔君烈完全可以在九时前杀害蓝雪，九时三十分左右来到杨丽童住处。另外，在心理方面，乔君烈和杨丽童均已承认在同居当晚没有发生性关系，原因正是他们在作案后心神不定，没有丝毫的性趣。徐希愉也作出旁证，乔君烈曾经向她咨询一个是自杀还是他杀的刑侦问题。这也间接地证明了乔君烈有作案的前期准备。由此可见，本案直接、间接证据已经形成一个较为完整的链条，基本上可以证明乔君烈作案的动机和事实。蒋光亮由此推定，乔君烈有重大嫌疑，不应该释放他，而是应该对他和杨丽童执行刑事拘留，进一步查实他们的罪证！蒋光亮进一步指出，本案不适宜于搞零口供。杨丽童是本案的软肋，如果迅速从杨丽童身上找到突破口，穷追猛打，本案将不日告破。

对于一般人来说，乍一听蒋光亮似乎把案情分析得头头是道、无懈可击。就连富有刑事侦查经验的上级领导也为之精神大振，纷纷表示赞赏。但是我非常清楚，这一切仅仅局限于推理和旁证，并没有实质的证据。这些旁证和推理，甚至可能处在似是而非的边缘，起到误导案情的效果。

我对蒋光亮反对释放乔君烈的发言感到惊讶。因为在向两级有关领导汇报之前，我和蒋光亮就是否释放乔君烈的问题争长论短，各持己见。最后蒋光亮勉强地表示同意我的意见，保留他自己的意见。没想到在两级有关领导的面前，蒋光亮显然是有备而来，发表了不同意见。

蒋光亮是刑警大队里最老资格的副大队长。三年前大队长之职虚位以待时，传说他曾经被有关主管领导内定为头号人选。对于我从天而降担任大队长职务，蒋光亮是有看法的，也产生了抵触情绪。他一直在暗地里跟我较劲儿。我也以此为鉴，时时刻刻严格要求自己。此时此刻，在两级有关领导面前，蒋光亮发表精心构思的反对意见，虽然在表面上可以解释为这是出于工作的需要，但是我认为他是有私心的，他的做法等同于冲着我猝然发难。几天前张宾提醒过我，蒋光亮的姑夫不久前接任分局政委职务。看来蒋光亮更是有了觊觎大队长位子从而将我取而代之的资本了。

我和蒋光亮之间心照不宣的私人恩怨，我暂时可以置之不理。我不能不考虑到对于每个人来说都是最宝贵的东西，那就是生命和自由。我念中学的时候，我最尊敬的班主任由于仗义执言，得罪当地一位有权有势的警察，被冠以莫须有的罪名，投入看守所达半年之久。班主任重获自由后，我发现他一下子老了二十岁。他希望我发愤读书，做一个好人，做一个自由的人，不要做警察。他抄了一首裴多菲的诗给我：生命诚可贵，爱情价更高。若为自由故，两者皆可抛！只有失去过自由的人才能更好地领悟到这首诗的真正涵义。我历来都把这位班主任视为自己的慈父。他身陷囹圄让我设身处地般地获得同样的感觉。我能深深地体会到自由是多么的重要！还有，班主任当时跟我说了一句培根的名言：一次错误的司法，比一次犯罪更可怕！当时我没有理解这句话。最近十年来，我才知道培根所提倡的这个司法理念是多么的重要。本来想当一名医生的我，由于命运不济当上了法医，并由此成为一名警察。我常常暗暗地向班主任发誓：我要当一名好警察！

对于乔君烈，他那可恶的欲望和私生活让我非常反感。即使他不是凶手，但是蓝雪之死在间接上或多或少都跟他有关联。我也希望尽早地看到他受到惩罚，不论是法律上或是道德上的惩罚。然而，从法律的角度出发，0513 专案组还没有找到有关乔君烈作案的实质证据，相反地，却有他不在作案现场的证据。在这种情况下，我认为必须执行疑罪从无的法律精神，释放乔君烈。另一方面，我顺便也要把蒋光亮给压下去，结束他在暗地里对我的挑战。

我在两级有关领导面前，解释案情的关键疑点，熟练地运用法律条文，发挥自己雄辩的口才，坚持要依法释放乔君烈。同时，我郑重地向领导保证，一定在短期内让凶手归案。

面对两极化的争论，市局和分局有关领导最终采纳了我的意见。乔君烈在法定的时限内离开了看守所，恢复自由。张宾把乔君烈的手机交还给他，要求他确保开机状态。

乔君烈被以取保候审的形式释放后，离开看守所就来找到我。他根本不知道我为他做了一些什么。

乔君烈刚被剃了个光头，头皮并不闪亮，但是精神状态不错。他没有感激，也没有悲伤。

乔君烈说："这些天我不好说，说了也不管用。现在我说了，第一，蓝雪不是我杀害的。第二，我希望尽快抓到凶手！"

我点点头。

乔君烈说："许大队长，你一定会怀疑，蓝雪是我杀害的。我承认，有一气之下打过蓝雪这情况，可以说这是普通的家庭暴力行为。但是，这距离要杀死蓝雪还很远很远！因为我没有理由！我绝对不会杀死她，让我儿子没有妈妈！章子怡、张曼玉的身价不是超过一亿元人民币吗？即使杨丽童就是她们中的一个，我也不会为此剥夺蓝雪的生命。”

虽然我坚持依法释放乔君烈，但是在真凶没有落网之前，他的作案嫌疑还是存在的。即使最能言善辩的人，最终也会言多必失，露出马脚。因此我想跟乔君烈聊一下。

我让乔君烈坐下来，给他倒了一杯水。

我说：“既然你来了，咱们随便聊一下。可以跟我说说，你和蓝雪是怎样认识的？你们以前相爱过吗？”

乔君烈一口气喝下一杯水，很认真、很努力地讲起他和蓝雪的爱情故事。可以看出，过去他是真心爱过蓝雪的。

我想起来了，蓝雪死的时候，腕上戴着的是一块欧米茄女表。据我所知，蓝雪还有一块伯爵女表和一块雷达女表。一般说来，女人极少给自己买贵重的首饰和手表。我最关心的是这些手表是谁送给蓝雪的。

我问：“你的手表呢？”

乔君烈说：“我原来有一块劳力士。前年到海南三亚市旅游，在宾馆客房里丢了。我报了案，不过没有找回来。手机有时间显示，电脑也有。我就像大多数现代人一样，对手表没多大的兴趣了。我对汽车和电脑有兴趣。现在我最希望有一辆宝马。”

“你是事业成功人士，应该戴名表。”我亮出腕上的手表，问乔君烈：“你说，这是一块什么牌子的表？”这是一块全新设计的帝舵王者系列手表。

乔君烈稍作辨认，“帝舵。”

我说：“案发当晚，蓝雪戴着一块什么样的表？”

乔君烈说：“我没太注意。她有几块手表，估计都是挺名贵的。她在佳迅集团公司负责财务工作，说不定有严重的经济问题。”

我问：“你有证据吗？”

乔君烈摇摇头，敏感地问我：“蓝雪之死，跟她那些名表有关吗？”

我说：“蓝雪有几块金钻名表，没有引起你的怀疑吗？你不觉得是她的情人送给她的？”

乔君烈说：“蓝雪应该没有情人吧？”

我说：“如果蓝雪对你不贞，你不在乎吗？”

乔君烈说：“老实说，我倒希望她有情人，那她就同意跟我离婚了。”

我说：“既然你知道她有几块名表，你为什么不问她、不想办法弄清楚是谁送给她的呢？”

乔君烈想了一会儿，说：“我承认，我对蓝雪非常冷漠。她干什么我一概不关心。”

我也考虑了一下，还是说了出来：“案发当晚，蓝雪戴着一块欧米茄手表。当时，表带扣子打开了，好像凶手谋财害命，要把它拿走。问题是，凶手并没有拿走它。表上也没有凶手的指纹。你说，表带扣子为什么打开了？”

乔君烈说：“表带扣子是不会自动打开的。那块欧米茄是包金的，不是上海牌全钢手表，凶手怎么会不拿走它呢？虽然我不了解案情，但是我相信凶手绝不是为了谋财。”

我说：“你能解释，表带扣子为什么打开了吗？”

乔君烈说：“让我想想。”

一个同事走进我的办公室，把一份侦查终结报告和一个案情卷宗放在我的办公桌上。这个入室杀人抢劫的案子在社会上影响极坏，市政法委一直催办。重案二组的同事们连续作战，在破案期限内把它拿下来了。我就让乔君烈走了，拿起结案报告仔细看一下，对某些关键的语句和字眼儿作出修改，让同事立即送到文印室去打印。一会儿后我将向领导汇报。

我始终觉得蓝雪之死和她那几块名贵的手表有关。

乔君烈在十一天前主动来找公安机关协助解决问题，现在他又竭力地证明自己心中无鬼，此案与他无关，从他的表现来看，确实很难把他想象为杀害蓝雪的凶手。如果他是真凶，那么他的演技和心理素质也太出色了。他不但可以骗过我，还可以骗过所有的人和测谎仪。他在恢复自由后会不会趁机逃匿，我心里没底儿。假如他在风声紧的时候负案潜逃，我这个坚持要释放他的人要负什么样的责任是不言而喻的。

蒋光亮建议我动用四个同事，分成两个小组，轮换着去监视乔君烈。我说如果有必要这样做，就不应该释放乔君烈，而是继续让他待在看守所里。

蒋光亮竟然用胜利者的姿态异常温和地说：“所以说，你不应该释放乔君烈。”

对于蒋光亮又提起这个问题，我非常反感。

我说：“这个，不是定下来了吗？”

蒋光亮说：“我承认，你坚持要释放乔君烈在法律上是有依据的。但是这太冒险了。别人不知道，还以为你以权谋私，收了乔君烈的好处呢！”

我气愤地看着蒋光亮，问：“你也是这样想的？”

蒋光亮仍然温和地说：“别人不了解你，难道我会不了解你吗？这是命案，谁敢以权谋私？我担心的是乔君烈会逃跑。既然释放了他，就让他在外面转悠几天。派人盯着他，看看他想干什么。过几天咱们有什么证据了，再把他请进来。不过，这监控工作很难做。”

蒋光亮的意思我明白，即“到时候别说我没提醒你！”

张宾也劝我派出警力监视乔君烈。

我就按照蒋光亮的说法，把四个同事分成两个小组，轮换着去监视乔君烈。但是如果乔君烈决意要潜逃，当班的两个同事很容易被他摆脱。无奈大队里人手短缺。这两天又出了两个重大刑事案件，分散了大队里的警力。

我陆续地接到报告，说乔君烈被释放后，乘坐出租车回到香格里拉花园高级住宅区自己的家门前。防盗门上却贴着光明路派出所的封条。大概乔君烈不想跟派出所打交道，就悄悄地离开，乘坐等候在楼下的出租车，前往五洲大酒店，入住0809号客房。不久，杨丽童也进了0809号客房。

我注意到乔君烈回到曾经是案发现场的家里。不管他是不是杀害蓝雪的凶手，回到那个地方，不会是一件愉快的事情。

中午，我和张宾正坐在办公桌旁，一边吃着盒饭一边讨论着不久前发生的港商被绑架杀害的案件。我和张宾还吸着香烟。办公室里自然全是呛人的烟雾。

几声急遽的叩门声，我尚未来得及应答，徐希愉就打开门闯进来了。听到如此的叩门声，我已经知道来者是谁了。徐希愉站在我面前，我已经知道她为何而来了。她忿忿地盯着我，大有兴师问罪的架势。我还注意到，徐希愉神情疲惫，眼睛里全是血丝。

我站起来，刚想说什么。

徐希愉指着我，说：“我简直不敢相信自己的耳朵……你说，你为什么坚持要把杀人犯放走？”

我知道徐希愉所说的杀人犯就是乔君烈。

我说：“因为我们没有掌握乔君烈的作案证据，而且他有不在场的证据，所以，我们只好释放他。”

徐希愉说：“恰恰相反，我认为，有足够的证据可以对乔君烈批捕的！蒋副大队长，还有两位专案组成员，都是持这种意见的，却让你强词夺理地给一笔勾销了！”

“小徐，请坐下来。”我示意张宾给徐希愉倒水。

徐希愉皱着眉头：“把烟给掐了！”

我和张宾乖乖地在烟灰缸里摁灭香烟。

“小徐，我争取在一两年后让这办公室变成无烟区。”我故作轻松地说。

张宾把窗户打开，让烟味儿散去。

徐希愉可能听错了我刚说的话，作出更加激烈的反击：“什么？一两年后破案？”

我继续耐心地作出解释：“小徐，我已经向领导汇报过了，争取在限期内破案，给死者家属一个说法！”

徐希愉说：“许大队长，我非常怀疑你的工作能力！我也怀疑你没有用尽全力侦查0513案件！我有权利找市局领导、支队领导、分局领导反映这个问题！”

这就是徐希愉的个性。我强忍着心里的不快，还是友好地说：“小徐，作为死者生前的好友，我理解你的心情。”

徐希愉打断我的说话：“别提谁跟谁是朋友！我也是有法律原则的人！这里没有交易，没有以权谋私，没有谁妨碍司法公正！请你注意，你的无能跟法律原则是两码事！我要说的是，你是无能的！非常无能！”

我也不示弱：“你有这个权利！”

徐希愉气恼地走向门口。

张宾急忙地打圆场：“徐法医，工作上的事儿，坐下来慢慢谈，好不好？许队为了侦破这0513，几个晚上没睡好！来来，喝杯水！”

徐希愉接过张宾递给她的水杯，转过身问我：“那你们有没有安排人监控乔君烈？”

我说：“我派去两组四个人，不断人监视。”

徐希愉说：“两个人不够！”

我说：“我们大队里人手不够啊！我再考虑、安排一下吧！”

徐希愉说：“闲话少说！乔君烈的确很狡猾，但是，你们不是可以考虑用GPS多道心理测试鉴定来对付他吗？还有那个为乔君烈作证的杨丽童，也应该上测谎仪啊！”

所谓的GPS多道心理测试鉴定，通俗地说就是使用测谎仪。我对这东西实在不感冒，甚至是敬而远之。目前国内生产测谎仪的厂家超过十家，可是却没有一个全国统一的产品标准。各个厂家到处推销测谎仪。操作者的判断、水平和经验的差别，甚至可能直接导致他们各自作出截然不同的测谎结论。有些技术力量薄弱的县级公安机关，基本上不具备使用测谎仪的各种条件，听说测谎仪管用就购买了，找一个会电脑的人培训几天就上岗操作，先入为主地作出被测者就是作案罪犯的结论。刑侦人员依此为据作出有罪推定，弄出了惊动全国的冤假错案。

这样的冤假错案接二连三地出现，这真是太可怕了！人为因素对测谎结果的影响实在太大了！

我说："小徐，你请坐。使用测谎仪这个问题，我不是没有考虑过。"

徐希愉没有坐下来的意思，说："可是，0513 案件就陷在那儿了，你们一筹莫展，黔驴技穷，难道你们不应该考虑使用测谎仪吗？你们总不能什么也不干吧？"

我说："乔君烈是电脑专家，心理素质比较好。他了解测谎仪的工作原理，可能有办法骗过测谎仪。另一方面，杨丽童的心理素质不太好，我也担心测谎仪得出的结论未必正确。美国司法机构使用测谎仪的历史比较长，有些被测谎仪认定的罪犯，后来却证明了那是被冤枉的。所以，我主张最好不要用测谎仪。"

徐希愉说："GPS 是伪科学，跟卜卦、占星、算命和求签没什么两样……这话是谁说的？"

我确实这样说过。我说："小徐，你曲解了我的意思。我是在一个非正式的场合说这话的，意思是，使用测谎仪一定要非常慎重，不可滥用。"

徐希愉说："我还是觉得，测谎仪是有科学依据的。假如乔君烈测谎过不了关，综合各种情况，就可以对他批捕了！你们就用不着担心他会逃窜，如此被动了！我还是希望你们考虑使用测谎仪。因为目前你们束手无策，这是唯一可走的路了！"

我只好苦笑着。

徐希愉离开没多久，蓝父和蓝母闻讯而来，更加严厉地指责我不顾事实放纵杀人凶犯。

蓝母直截了当地说："要是乔君烈逃跑了，一切责任由你许健来承担！"

蓝母扬言去找市政法委和市公安局的领导告状，就拉着蓝父气急败坏地走了。

张宾对我说："在你的一再坚持下，局领导就同意了解除对乔君烈的刑事拘留审查。但是，这并不意味着乔君烈逃跑了，局领导会替你承担主要责任啊！头儿，对 0513 有所了解的人，都在盯着你呀！尤其是蒋副大队长！这时候把乔君烈逮起来，在法律上在情理上都是可以解释过去的！"

我当然心知其意，张宾是让我好自为之。

我的心情更加沉重了。我开始动摇了，考虑找个什么借口把乔君烈重新抓回来，甚至考虑动用测谎仪。我几乎要让步了。但是半个小时之后我却回归到原有的惯性心态上。我充分意识到，如果这样做了，我们是省事儿了，死者的家属、朋友也觉得有点儿解恨了，然而，对乔君烈却是不公平的。

下午五时十分，蓝母给我打来电话，强烈要求我增派警力对乔君烈实行监视居住。

苦于人手不够，我向张宾抱怨："干脆由我这个大队长去监视乔君烈算了！"

港商被绑架杀害的案件有了眉目，我正准备带着张宾去抓捕案犯。张宾是一个勇敢的警察，对付亡命之徒从不畏惧。我总不能让他去监视乔君烈吧？

"头儿，乔君烈那边……"张宾做出一个把他抓起来的手势。

我还是摇摇头。

张宾说："头儿，那精液是乔君烈的，专家的意见仅供参考，但是负责任的不是专家而是你啊！领导也批准释放乔君烈了，但是出了问题，负责任的也不是领导而是你啊！精液是乔君烈的，他就有问题！"

这家伙平时对我百依百顺、唯唯诺诺的，现在也开始向我进言了。他的潜台词是反对或埋怨我释放乔君烈，同时也替我捏一把汗。

看来真理只在少数人的手上。我为自己成为少数人而悲伤。

我又接到报告，称蓝父和蓝母一直待在距离乔君烈不远的地方，跟踪监视乔君烈。

在抓捕绑架杀害港商的案犯时，我仍然想到有关乔君烈的问题。

第二天中午，蓝母给我打来电话。我感到她的声音全变了，预感到大事不好了。蓝母火烧火燎地说乔君烈不寻常地关闭手机，不知去向了。紧接着，负责监视乔君烈的同事也向我紧急报告同样的情况。

我不由得惊出一身冷汗。

第八章　乔君烈失踪

乔君烈是在五星级渔村酒家总店失踪的。按正常情况这让蒋光亮、张宾他们去处理就行了。但是此事涉及不少复杂因素，我亲自赶去了。

五星级渔村酒家是高档的海鲜食府，市内共有一家总店和四家分店。我好几次来过总店吃饭。出于职业习惯，我曾经仔细地观察过这里的内部和外部环境。进出食府大楼有一个大门和一个旁门，另外穿过伙房的小门也能走到外面去。由于场地复杂的原因，跟踪而来的两个同事一不小心，就让乔君烈轻易地跑掉了。

乔君烈把杨丽童留在五星级渔村酒家里。

杨丽童坐在一个小单间里。餐桌上的菜全凉了。餐桌上还有一个公文包，估计是乔君烈的。

两个穿着便衣的同事、蓝父和蓝母坐在杨丽童旁边监视着她。杨丽童显得很镇静，看来她习惯于跟警察打交道了。

蓝母一见到我，就强烈地指责我放跑了乔君烈。蓝父还是有理智的，他对蓝母说这是公众场所，让她少安毋躁，这才有助于解决问题。

我问杨丽童："乔君烈到哪儿去了？"

"我真不知道。半个多小时前，刚上菜，他才吃了几口，就捂着肚子说不舒服，上厕所去了。没想到都什么时候了还不回来！"杨丽童指着那个公文包，"这是乔君烈的。这么重要的东西都在这儿，他能跑到哪儿去呢？"

蓝母说："里头只有五百块钱，几本电脑杂志，没别的东西。乔君烈很狡猾，故意留下这个公文包，来个金蝉脱壳之计！"

杨丽童对我说："乔君烈去了哪儿，我真的不知道。我也觉得很奇怪。许警官，可以向你报警吗？"

我说："杨小姐，你给乔君烈打个电话，看他怎么说！"

蓝母说："打过了，乔君烈关机！他潜逃了，能开机吗？"

一个同事说："我们不停地打乔君烈的手机，一直是关机。"

我对两个同事说："你们再到附近仔细找找看！"

他们领命而去。

我对杨丽童说："再打吧！"

杨丽童把玩着手机，说："许警官，真是打不通啊！"

蓝母夺过杨丽童的手机，试图打开手机里的电话号码簿。

杨丽童立即提出抗议："许警官，我反对这个女人未经我的允许，强行动我的手机！我要求你立即阻止她的侵权行为！手机里头有几十个重要客户的资料，是商业秘密，还有我的隐私！"

我让蓝母把手机还给杨丽童。

蓝母却不予理会，盯着杨丽童说："老实点儿！乔君烈不是有几个手机吗？"

杨丽童说："我只知道乔君烈有一个手机。你们可以打电话到乔君烈的公司，问他的职员有没有其他办法跟他联系上？""

蓝母对我说："乔君烈至少有两个手机，这女人不可能不知道！她很狡猾的！"

我正想说什么，蓝母手上的杨丽童那个手机鸣叫起来。大家都为之一振。蓝母正想接电话，我急忙制止了她，让她把手机还给杨丽童。

我严肃地说："杨小姐，如果这电话是乔君烈打来的，记住，不能乱说话，先问他现在在哪儿。你应该劝他找我们协助调查。明白吗？最后，你让我跟他说几句话。"

杨丽童让手机鸣叫着，没有接电话的意思。

我说："杨小姐，你必须配合我们的工作，立即接听电话！另外，我再次提醒你不能乱说话！"

杨丽童表示服从，慢吞吞地接听电话："喂，我是杨丽童，杨丽童，你是谁？听不清，请大声点儿。我是杨丽童……不是，你找谁？喂，喂，怎么回事呀你……"她突然挂了电话，对我说："对不起，不是乔君烈，这个人打错了电话。"

杨丽童和电话另一方对话的语气和语调引起了我的怀疑。尤其是她那个挂电话的动作很慌张很短促，引起了全身性的极细微的震动。她的肢体语言已经准确无误地告诉我，她心里有鬼。

蓝母气愤地抓住杨丽童的手对我说："她骗了你！"

我严厉地说："杨小姐，请你立即把手机给我！"

杨丽童把手机递给我，一味地支吾着："许警官，你应该相信我。对方真的不是乔君烈，是打错电话的。我是搞保险的，客户很多，平日接触的人更多，社会各阶层的都有，三教九流……"

我打断杨丽童的话："杨小姐，现在你可以不说话。"

我立即查阅杨丽童手机的来电显示，往回打电话。

杨丽童立即向我提出强烈的抗议："许警官，我反对你未经我允许，强行使用我的手机！我的隐私是受法律保护的！"

蓝母大喝一声："不要脸的女人，你这是包庇犯罪嫌疑人，是犯罪！"

我示意蓝母别说话。

但是对方已关机了。我挂了电话，把手机放在餐桌上，盯着杨丽童。

蓝母追问一句："又关机了？"

我点点头。

蓝母提醒我："是什么号码？如果是动感地带卡、神州行卡、大众神州行卡，移动通信公司那儿就没有留下机主的身份证资料。如果是全球通卡，那就可以查到机主的身份证资料了！"

我正想说什么，两位穿着便衣的同事回来了，说在附近没有乔君烈的踪影。

杨丽童说："许警官，我要求取回我的手机！"

蓝母盯着我，"许大队长，你还等什么？杨丽童有提供伪证的嫌疑，也有包庇犯罪嫌疑人乔君烈的嫌疑！立即把她抓起来！"

正是由于杨丽童为乔君烈提供了案发时他不在现场的关键证据，我坚持依法结束对乔君烈的刑事拘留，释放了他。现在几乎可以证实乔君烈秘而不宣地失踪了。要找到乔君烈，杨丽童显然是至关重要的人物。但是她执意不配合，百般狡辩，而且行为非常可疑。为此，有充分的理由认定她不是一个可靠的证人，她所提供的证据也是无效的。

即使蓝母没有向我施加压力，我也会把杨丽童做拘传处理。

我询问过担负监视乔君烈工作的那四个同事，他们都说并没有惊动过乔君烈。我实在找不到答案：是什么原因促使乔君烈变成惊弓之鸟，仓皇出逃呢？如果乔君烈觉得有潜逃的必要，早在十三天之前就逃之夭夭了，不可能冒险到公安机关去找我们。我是这样想的：尽管乔君烈潜逃了，却不能依此认定他就是凶手。在找不到他的情况下，弄清楚他潜逃的原因至关重要。

不幸被言中，乔君烈潜逃了。现在我根本不愿意说什么。在我面前，同事们虽然不便说什么，但是我相信他们在背后一定议论纷纷。蒋光亮遇上我，二话不说，递给我一根最高级的中华香烟，还动手给我点上了。我知道平时蒋光亮吸的香烟，不是小熊猫就是芙蓉王，极少有中华。此刻蒋光亮动用珍藏已久的极品中华香烟，让我感到他在幸灾乐祸。让我奇怪的是，徐希愉为什么不劈头盖脑地数落我一顿呢？即使她忙得要命，她也应该打个电话来呀！我不是那种气量小的人，然而，在公在私，我都憋着一肚子气要把乔君烈找到！

我亲自讯问杨丽童。

我对杨丽童说："乔君烈之所以潜逃是由于负案在身的原因。乔君烈潜逃了，等同于承认他就是杀人凶手！"

紧接着，我把杨丽童的行为定性为作伪证、包庇犯罪嫌疑人和协助犯罪嫌疑人潜逃这三个罪名。

杨丽童终于意识到乔君烈的潜逃意味着什么，她将无可避免地摇身一变成了该案的从犯，背上三条不轻的罪名，并将要为自己的行为负上刑事责任。她痛哭流涕，一再表白自己对乔君烈杀害蓝雪的罪行一无所知，表示愿意跟专案组合作，如实作供，将功赎罪。

杨丽童坦白，事前她根本没有想到乔君烈会不辞而别。当天上午，乔君烈通过电话在五星级渔村酒家预订了单间，中午吃饭时兴致不错地点了不少菜，自始至终没有向她透露半点儿风声，也无异常的神情和举动，却不辞而别了。我相信这一次杨丽童讲的是真话。如果杨丽童是乔君烈的同谋，她落在警方的手上对他没任何好处，他一定会把她带走的。可见乔君烈有一套精心策划的潜逃计划。他为了安全起见，不相信任何人，包括杨丽童在内。他甚至可能是利用杨丽童的无知来欺骗警方。

我对乔君烈是如何逃脱的，已无多大兴趣。我最想知道的是，杨丽童到底有没有为乔君烈作伪证，也就是乔君烈到底有没有作案的时间。但是在这个问题上，如果杨丽童彻底颠覆了她此前所作的证言，就等于承认她作了伪证，将面临法律制裁。因此她很可能会抱着侥幸的心理，试图蒙混过关。所以我仍然担心杨丽童不说真话。

果然，杨丽童坚持说她此前所作的证言并无虚言。

我问杨丽童："假如乔君烈不是凶手，那他为什么要躲起来，要潜逃呢？"

杨丽童说："我真的不知道。"

看来让杨丽童讲真话并不容易。我只好让她告诉我乔君烈在昨天中午到今天上午这一段时间里都做了些什么事儿。

杨丽童说，昨天中午乔君烈被释放后，不便住在已变成凶杀现场的家里，就下榻于五洲大酒店，预交了半个月的房租。乔君烈入住0809号客房后，就打电话让杨丽童赶来。杨丽童注意到，距离蓝雪暴死十三天了，乔君烈基本上恢复常态。乔君烈这些天没睡好，匆匆洗了澡，把手机递给杨丽童，就倒在床上沉沉地睡着了。下午四时三十分，徐希愉给乔君烈打来电话，让他在五时三十分准时到学校把乔小星接回来。乔君烈去接乔小星时，就和杨丽童分了手。当天晚上，乔君烈和乔小星待在一起。今天上午十时左右，乔君烈给杨丽童打来电话，让她到五星级渔村酒家总店去。他叫了一桌子的菜，说要好好撮一顿。菜刚上来，他才吃了几口，就说肚子不舒服，要上一趟厕所。他把公文包放在餐桌上，叮嘱她给看牢，就一去不复返了。

在关键的问题上，杨丽童显然畏首畏尾，三缄其口。我把她交给蒋光亮和张宾。

我想尽快弄清楚乔君烈逃匿的原因。我给蓝母打电话，问她乔小星在哪里。我预料到她会恶言相向。

果然，蓝母满腹怨气地说："你问乔君烈去！"

我说："宋老师，我想找乔小星了解情况。如果你知道他在哪儿，请告诉我，我这就去找他。"

蓝母说："我不知道。这时候我估计他还没放学，在学校里头，第十三小学。你问一下徐法医吧！"

我说："我明白了。"

蓝母说："我告诉你，我正在政法委告你的状！我还是说得轻的了，说你玩忽职守，头脑简单！要是想把事情闹大，我可以说你收受贿赂，知法犯法！"

我也不想跟蓝母啰嗦，气恼地挂了电话。

我没给徐希愉打电话，就赶到乔小星就读的第十三小学。放学时间早过了，小学生们都散去，大门前冷冷清清。我看到乔小星背着新买的书包，孤零零地站着，眼巴巴地张望着，等着有人前来把他接走。

我把公务车停在学校大门前，正要下车，看到徐希愉从一辆出租车下来，匆匆地走向乔小星。她口没遮拦，骂起人来毫不留情。现在乔君烈逃跑了，我算是栽在她手上了，退避三舍还唯恐不及，却不得不跟她打交道。我希望她尽快地骂我一顿，完了就配合我做工作。

看到徐希愉，乔小星的脸上露出惊喜之色。

徐希愉也看到了公务车，不过她还是走向乔小星。我慢吞吞地下了车，也走了过去。

徐希愉说："大卫，对不起，我来晚了！"她对我说："我就猜到你要找大卫。你来得正好，我正要找你呢！"

徐希愉和乔小星上了公务车。我把车开向分局。

徐希愉一直保持沉默。

"小徐，你不会不知道吧？0513 第一嫌疑人逃跑了。"我忍不住开口了。因乔小星也在车里，我就不便提乔君烈的名字了。

徐希愉冷冰冰地说："我知道。"

我说："那你为什么不发表你的意见呢？这不是你一贯的风格啊！"

徐希愉叹了一口气："我不能在小孩子面前骂你。我就简单说几句吧。许大队长，你不听劝告，大错特错了吧？事到如今，就是骂你个狗血喷头，也于事无补！你是一个有智慧的警察，赶紧想个办法，大海捞针，把 0513 第一嫌疑人捞回来吧！捞不回来，你就引咎辞职吧！"

回到刑警大队，已到了吃晚饭的时间。我让张宾给徐希愉和乔小星打了饭。女同事曾思敏陪着乔小星在会议室边吃饭边看电视。我、张宾和徐希愉就在我办公室谈话。

张宾看到我没吃饭，就说："许队，没胃口吧？待会儿我请客。徐姐，也请你赏个脸！"

徐希愉对我说："你总得吃饭吧？"

我的确吃不下了，说："抓紧时间吧！"

徐希愉就把她所知道的有关乔君烈这两天的情况说了出来。

在案发后十一天的时间里，徐希愉让乔小星住进她的家里，肩负起照顾他的责任。乔君烈在昨天中午前恢复了自由。昨天下午五时左右，徐希愉就给他打电话，提醒他到第十三小学去把乔小星接走。半个小时后，徐希愉再给他发短信，他回答说已接到乔小星。不过几分钟后乔君烈又打来了电话，请她无论如何也要尽快赶到第十三小学去。

原来乔小星认定乔君烈是杀害他妈妈蓝雪的凶手，坚决不同意跟乔君烈走。乔小星用力捶打着乔君烈，歇斯底里地大叫大喊，让路人报警把乔君烈抓起来。

后来乔小星夺路而逃，乔君烈一把拽住他不放。

徐希愉是一个工作狂。然而她在工作之余，习惯在清静、悠闲和随心所欲的状态中打发时光。蓝母不愿意把乔小星接走，而她作为蓝雪生前的好友，不能撒手不管。但是才照顾乔小星十一天，她已被弄得心力交瘁。老实说，徐希愉并不愿意在日常生活中拉扯一个小孩子，再说她也没有抚养小孩子的经验。她心里充满矛盾。

徐希愉在乔小星面前，违心地以警察的名义向乔小星解释，乔君烈不是凶手。尽管她觉得乔君烈就是凶手，但是她实在没有能力照顾乔小星，只能把他交给乔君烈了。她相信乔君烈不会伤害自己的儿子。

乔小星最终被徐希愉劝服了，跟着乔君烈走了。

乔君烈领着乔小星去吃饭，但是乔小星绝食抗议。饭后，他们回到五洲大酒店0809号客房。乔君烈仍然很疲倦，倒在床上很快就睡着了。乔小星从乔君烈的钱包里偷了一大把钱，跑到外面去大吃了一顿麦当劳，还在玩具店买了一套玩具性质的警具，其中包括手枪和手铐。乔小星用手铐把沉睡中的乔君烈铐起来，用手枪敲击他的头部，在他耳边吼叫。乔君烈蓦地惊醒，拼命地挣扎着，却无法挣脱手铐。

乔小星喝令："杀人凶手，别动！动就打死你！"

乔君烈惊魂甫定，发现手铐和手枪都是仿真玩具。他仿佛受到刺激，火冒三丈，猛地从床上跳下来，瞪着乔小星，吼叫着让他打开手铐。

乔小星说："没门儿！杀人犯，你被逮捕了！快点儿坦白交待！"

乔君烈暴跳如雷："你敢把老子铐起来？兔崽子你活腻了！"

乔小星从来没见过乔君烈朝他发这么大的火，不过他并不害怕。他用手枪瞄准乔君烈，让他赶快交待杀害他妈妈的罪行。

乔君烈和乔小星争执不下。乔君烈想把手铐砸开，却毫无办法。他气歪了脸，扑向乔小星。乔小星机灵地躲闪，相继跳到床上和桌子上。乔君烈伺机一脚把乔小星扫倒在地上，在他的屁股上踢了几脚。

乔小星挣扎着，大声叫喊："救命啊！救命啊！"

乔君烈说："把手铐的钥匙给我！"

乔小星说："我宁死不屈！"

刚才乔小星已经给徐希愉打了电话。徐希愉这时候恰好赶到了。乔君烈拒不开门，服务员帮忙把门打开了。

乔小星不愿意打开手铐，乔君烈则把他压在墙角里。徐希愉让乔小星打开手铐，乔小星却要求她先把乔君烈抓起来。

徐希愉厌恶地说：“这家伙凶恶残暴、机关算尽，最终难逃法网！大卫，放开他！”

乔小星迫于徐希愉的命令，从电视下一个抽屉的角落里取出钥匙，把手铐打开。乔君烈狠狠地把手铐扔在地板上。

乔小星央求着：“徐阿姨，我外婆外公不要我了！徐阿姨，我哪儿也不去！我害怕，我去你家里头！住在警察家里头，我就没危险了！”

徐希愉处在两难的境地。她也了解过，乔君烈的父母在青海省边远地区，根本没有能力照顾乔小星。乔小星心理障碍严重，不愿意跟乔君烈待在一起，真是无家可归了。徐希愉考虑再三，迫于无奈，只好把乔小星带走了。

乔君烈留在五洲大酒店 0809 号客房。

徐希愉结束了讲话，正要到会议室去看望乔小星的时候，手机鸣叫起来。刑侦支队通知她去开一个紧急会议。她把乔小星暂时交给我，就让张宾开车送她走了。

我走进小会议室。

乔小星看到我这个陌生的警察，有点儿不安，问我徐希愉怎么不见了。我说她有事儿，办完了就回来接他。我给乔小星讲了狼来了的寓言故事，他说他早就听过了。我就表扬了他的聪明和勇敢，鼓励他说真话。

这个聪明的开始懂事了的孩子，就像大人一样较有条理地讲述昨晚发生的事儿。

我忽然注意到，徐希愉刻意地隐瞒了一件很重要的事儿。

第九章 疑点重重

乔小星问我："那测谎机，真是神通广大、火眼金睛，像照妖镜，能把坏人好人照出来吗?"

"大卫，你打哪儿听说测谎机这东西的?"一听到测谎机我就觉得有点儿不对头。

乔小星回忆说，昨天晚上他在五洲大酒店的客房里，用玩具手铐把乔君烈铐起来。乔君烈凭借身高体壮，把他踢倒在地，逼进墙角里，动弹不得。幸好事前乔小星已给徐希愉打了电话。徐希愉在关键的时刻前来救驾了。

徐希愉按门铃，乔君烈知道来者是谁，拒不开门。徐希愉以警察的身份找来服务员，才把门打开。

徐希愉痛骂乔君烈杀害蓝雪。乔君烈也不示弱，和徐希愉发生剧烈的争吵。

乔君烈心里窝火，非常不满地说："徐希愉，你是警察，不应该说无根据的话!"

徐希愉也被激怒了："乔君烈，我就看不惯你这副嘴脸！你别以为自己出来了，就彻底摆脱作案的嫌疑了！你的作案证据，迟早会浮出水面的！告诉你，聪明反被聪明误，反误了卿卿的性命!"

乔君烈说："徐希愉，你身为警察，竟然也说出这种不负责任、像法盲一样混账的话！蓝雪真的不是我杀死的！告诉你，这客房是我出钱租来的，是受法律保护的私人领地！如果你能拿出证据，你现在就可以枪毙我，把我从这窗口推下去也行！如果没有证据，请你立即滚蛋！”

徐希愉气得发抖：“把你放出来，是个别人的主意！大部分有经验的刑警都认为你是有罪的！你以为警察都是笨蛋傻瓜，拿你没办法是吗？你等着瞧！你有胆量上测谎机吗？你要说自己无罪，就对那最新型的测谎机说去吧！还有，你之所以被释放，是因为杨丽童为你提供了不在场的证据。杨丽童也得上测谎机！如果你们能斗赢那机器，我就服了你们！”

乔君烈仍然保持镇定，保持那种坦然无惧的心境。

乔君烈冷笑一声：“太好了！我正想找这么个机会洗刷罪名，让全世界的人，包括认识我的人知道我是无辜的！”

徐希愉说：“不见棺材不落泪，那就等着瞧吧！”

看着乔小星那张天真无邪、充满灵气的脸，我相信他说的是真话。是徐希愉没有完全把真话说出来。她刻意地隐瞒了她对乔君烈说过的有关测谎仪的话。她一直没有放弃使用测谎仪对付乔君烈的念头。如果她对乔君烈如此说话，我觉得这对于她的警察身份来说是不合适的。由此我推断，乔君烈猝然出逃，很可能跟徐希愉的这一番说话有关。

徐希愉在刑侦支队开完紧急会议回来了。我当即质问她。

徐希愉平静地说：“大卫未成年，你询问未成年证人的时候，必须由他的监护人陪着他。”

我说：“我这是非正式问话。我只想知道，是什么原因使乔君烈匆匆忙忙跑得无影无踪。”

徐希愉说：“对，大卫说的是事实，因为乔君烈那副得意的模样让我恶心死了！这并没有什么过错。我觉得你不应该把造成乔君烈潜逃的责任推卸给别人，而是应该从中找到事情发生的根本原因：他就是真凶！他潜逃是因为他是真凶！在乔君烈被刑事拘留期间，我坚持认为他非常可疑。你根本不应该释放他！”

我说：“我并不想推卸责任。我担心你的说话打草惊蛇，起到负面的作用。”

徐希愉的口气软了下来：“我接受你的批评。虽然我是蓝雪的老同学，跟乔君烈是老熟人，但是我确实不应该随便说话。该怎么处理就怎么处理，我没意见。我还要说一句，事情还是可以补救的。塞翁失马，焉知非福？杨丽童不是还在你们手上吗？你们应该用测谎仪考验她那证言的可信性。”

蒋光亮下班走了。我和张宾再次讯问杨丽童。

杨丽童还是矢口否认她为乔君烈作了伪证，咬定对乔君烈的去向一无所知。

我和张宾回到办公室，继续研究案情。乔君烈逃匿在外，没有钱他将寸步难行，要过上安稳的日子，必须要有金钱的支撑。如果抛头露面地去打工挣钱，这将使他很容易暴露目标。我让张宾明天到由乔君烈任董事长并占大部分股份的远大高科技电脑公司里，找到有关财务人员，核实最近几天乔君烈是否提取或转移大额现款。至于杨丽童，我们就办理搜查手续，到她的住处进行搜查。

我、张宾、曾思敏和杨丽童一起来到要搜查的地方。

杨丽童租住一个小套间。面积为二十平方米左右，里面有一个居室、一个小厨房和一个卫生间。居室里有电视、书桌和电脑，当然还有床。

我是一个吸烟者，杨丽童的电脑上放着一盒打开了的中华牌香烟，理所当然地引起我的注意。

张宾当即作出解释："0513 发生后的第二天下午，我和敏姐来的时候，这盒大中华就搁这儿了。杨丽童解释说，这是乔君烈在案发当晚买的。当时我数了一下，里头还有九根。"张宾拿起烟盒再数一遍里面的香烟："不多不少，还是九根。"

我说："杨丽童，乔君烈为什么没拿走这盒香烟?"

杨丽童说："兴许他忘了吧?"

我说："你再说一遍，这盒香烟是什么时候买的?"

杨丽童说："我记得很清楚，就是案发当晚，十三日晚上买的。一共买了两盒。还有一盒未拆，就放在他的袋兜里头。"

我问："十三日晚上，乔君烈到这儿，有没有拿着公文包?"

杨丽童说："没有。"

"平时他到这儿，有没有拿着公文包?"

"有时候有，有时候没有。说不准。"

"有没有拿着手机?"

杨丽童想了一下，"没注意。"

我再次回到有关香烟的问题上，问："乔君烈当天晚上买的烟，一个晚上就吸了十一根，那他一定是烟鬼喽?"

杨丽童说："只要他没睡着，他时不时吸一根香烟。我劝过他别吸得太凶了，可是他不听。"

我说："既然他是烟鬼，爱烟如命，烟不离手，那么第二天走的时候，他怎么可能忘了把烟拿走呢? 除非他……"

杨丽童说："我不知道。"

张宾严厉地说："杨丽童，你骗不了我们！你到底什么时候才愿意说真话？"

我示意张宾不要大声地说话。

我在这不大的小套间内空间里走来走去，仔细地看过了电脑、洗衣机、简易衣橱等东西。我看到书桌旁边的纸篓里盛着不少生活垃圾。我是一个爱刨根问底的人，也不嫌脏了，蹲下去动手翻动那些垃圾。张宾不以为然地笑了，大概他觉得当天晚上乔君烈和杨丽童有足够的时间毁灭证据。我看到了一张半只巴掌大小的超级商场电脑收款小收据。我仔细地看了小收据上的内容，问杨丽童这是什么东西。

杨丽童引颈看了一下我手上的小收据，似乎是松了一口气说："昨晚我到超市买东西，付款后收银员给的电脑小票。平时我都在超市买菜。省事，菜又干净。"

我说："十三日晚上，是乔君烈买的香烟，还是你买的香烟？"

"当然是乔君烈买的。我很少给他买烟。"杨丽童脱口而出。不过她显然意识到什么问题，脸色倏地变了。

我说："不是！这是在百得超级商场购买两盒中华香烟的付款收据，上面有电脑打印的时间：2008 年 05 月 13 日 22 时 26 分 31 秒！"

杨丽童更加神色惶遽了。

张宾和曾思敏精神大振。

我正色直言："杨丽童，如果你再不跟我们合作，再朝作伪证的路子走下去，你将受到法律的严惩！现在我请你清楚地回答我，乔君烈在五月十三日晚上，是什么时候来到这儿的！"

杨丽童嗫嚅地说："九点左右。当时我没有看表，没太注意时间！"

"你撒谎！"我扬着小收据，"时间精确到秒，当天晚上十时二十六分三十一秒，乔君烈还在百得超级商场买香烟！如果经我们核实，百得超级商场的电脑时钟在十三日晚上没有问题的话，那么可以认定，是你为乔君烈作了伪证！"

张宾说："杨丽童，你真是不见棺材不落泪！我们马上办理手续刑事拘留你！"

张宾掏出手铐，递给曾思敏。杨丽童害怕得发抖，很合作地并排伸出双手，让曾思敏把她铐起来。

根据《人民警察使用警械和武器条例》第八条规定，这么做并无不妥之处。但是杨丽童这个弱女子是不会逃跑的。我知道张宾给杨丽童上手铐，意在吓唬她。

我说："杨丽童，这是凶杀案，不要太糊涂了，一错再错！"

杨丽童泪流满面地说："我愿意跟你们合作！愿意合作！"

张宾说："那好，有关乔君烈作案的全部事实，你给我全撂出来！"

"让她冷静地想一想再说。先把人带回去！"我再补充一句，"立即请技术人员来一趟，把这儿彻底搜查！"

我和曾思敏把杨丽童带回刑警大队。她的电脑也被带回来了。

第十章　那一夜

在我的办公室里，杨丽童似乎彻底冷静下来了。也可以说，她的抵抗心理彻底崩溃了。她完全明白到自己的处境非常危险，试图为自己寻找一条从宽处理的路子。

除了讯问笔录外，还对杨丽童的说话进行了录音。这给她施加了更大的心理压力。她看着录音机，小心谨慎地说起来。

五月十三日晚上，杨丽童在自己的住处，躺在床上看着一本杂志。她的注意力大都不在杂志上。她不时地扭头瞟书桌上的时钟，或者拿起手机看一下上面的时间。因为当天下午，她给乔君烈打过电话，约他晚上到她这里过夜。但是现在已是第二天凌晨零时十分了。不过，她不便给乔君烈打电话，也不敢往他的手机发短信。因为她毕竟是第三者，而且乔君烈和妻子的关系如同水火，万一此时乔君烈在家里，她的电话或短信让他妻子截下来，就有可能惹下天大的祸。

杨丽童死了心，正要熄灯睡觉，突然传来轻轻的叩门声。

杨丽童亦惊亦喜，跳下床跑到门后面。为了安全起见，她大声地问："谁?"

"我!"

门外传来一个沙哑的声音。这个声音听起来有些陌生。

杨丽童感到奇怪，再次大声地问："谁?"

"杨丽，是我！快开门!"

此刻，杨丽童仍然不敢相信来者就是乔君烈。来者说他是君子，催促她快开门。杨丽和君子分别是杨丽童和乔君烈互相称呼对方的昵称，别人是不知道的。杨丽童确认外面的人就是乔君烈了，急忙打开门。乔君烈一闪而进，全然不管屋里的情况，而是警惕地掉头朝外面左右看看，迅速地把门关上。杨丽童这才注意到乔君烈一反常态地衣冠不整，一副十分狼狈的样子。

杨丽童大吃一惊地问："你这是怎么啦？"

乔君烈说："刚才，我在路上遇上两个持刀打劫的。他们抢走了我的皮夹子，逃掉了，我撵不上。"

"手机也给抢走了？"不久前杨丽童让劫匪抢走了手机，就想当然地认为乔君烈的手机也被抢走了。

乔君烈坐在椅子上。他心事重重，不愿多说什么，摘下眼镜揉着眼睛，顺势地点点头。

杨丽童说："怪不得没给我打电话。刚才我还以为谁敲错了门呢！"

杨丽童这才注意到乔君烈的左臂挂彩了，白色的衬衫上有血迹。

乔君烈说："给我倒杯水！"

杨丽童说："哎呀，君子你受伤了！怎么不到医院看看？我这就陪你去！"

乔君烈说："让那家伙的刀给蹭了一下，没什么。你想，就我这性格，能不奋起反抗一下吗？给倒杯水吧！"

杨丽童拉起乔君烈的左臂了看了一下。伤口很浅，止血了。她发现乔君烈的左臂上还有被抓破的伤痕。她猜测这不是劫匪留下的，而是他的妻子所为。她给他端来一杯水，他一饮而尽。

杨丽童不无痛心地说："这几条血道道……你又跟那女人打架了？"

乔君烈随口说："这我没注意。也可能是让劫匪抓破的。"

"那劫匪的指甲也太长了！你皮夹子里有多少钱？报案了吗？"

"比这要紧、还烦的事儿多着呢！算了！"

"君子，下回可得小心点儿！别逞强！那些劫匪要什么，给他们算了！我这儿有碘酒，给你消消毒吧！"

"还不如给我点儿酒，压压惊！"

"还喝酒？"杨丽童仔细地看着乔君烈穿着的衬衫，"这衬衫是我上个月送给你的生日礼物吧？皮尔·卡丹，都搞成这样子了！待会儿我给你洗了。时间长了，那血迹就洗不掉了。"

乔君烈说："杨丽，我特累，想睡觉。"

乔君烈站起来，杨丽童帮着他脱掉衬衫和裤子，把衣服口袋里的东西掏出来，放在桌子上。乔君烈倒在床上，突然叫住杨丽童。

乔君烈说："要洗掉血迹，我有办法。把衣领净喷在血迹上，记住千万别沾上水。然后用力反复揉搓，那血迹保管就没了！"

杨丽童拿着乔君烈的衣服走进卫生间，按照乔君烈的指点，果然把血迹洗掉了。她把衣服放进洗衣机里，开启强力功能挡洗涤。

杨丽童在乔君烈的身边躺下来。尽管她作出了暗示，并抚摸他的敏感部位，但是他没有生理响应，把她的手挪开了。她知道他的心情不佳，也就不再坚持要做那种事儿了。

乔君烈却怎么也睡不着。

杨丽童担心地问乔君烈哪里不舒服，他敷衍地咕哝几句，就不再吱声了。杨丽童知道他心里难受，就更加担心了。

乔君烈说："没事儿。我烟吸多了，睡不着。睡吧！"

杨丽童说："我知道，你是不会为丢了皮夹子、手机烦恼的。是不是跟那女人吵架、打架了，心里头不舒服？长痛不如短痛，你还是及早脱离苦海，到达彼岸吧！"

乔君烈说："杨丽，这个，我已经尽力了。你放心吧。要是我离不了婚，咱们就远走高飞，换一个地方，好好地活吧。"

这一夜杨丽童断断续续地进行了好几个时段的睡眠，做了很多光怪陆离、难以解释的梦。她隐隐约约地感到乔君烈辗转反侧，甚至在浅睡中说着让人不安的梦呓。

第二天杨丽童彻底醒来的时候，已是早上九时了。屋里没有动静，她知道乔君烈已经走了。乔君烈常常在第二天早上不辞而别，所以她没有特别去想他为什么走了。乔君烈很有事业心，每天都晚睡早起忙个不停。她就不同了，上班时间不受限制，时常可以睡个懒觉。

杨丽童正要起床，有人在外面重重地敲门，就像砸门一样。她怎么也想不到，乔君烈回来了，还带来了蓝雪于昨晚死亡的消息。杨丽童惊愕得说不出话来。这个世界实在变化得太快了，她不明白蓝雪为什么会突然死亡。她曾经远远地见过蓝雪的影子，曾经希望这个影子永远消失，不再影响到乔君烈和她的生活。不过，她也有软弱和善良的一面，绝不希望蓝雪以死亡的方式消失。

乔君烈的心情很坏，说出蓝雪死了这句不得不说的话后，就不再言语了。在杨丽童的追问下，他很不情愿地开口说话。

昨晚乔君烈没睡好，今天早上七时多他就走掉了，比平时走得早一些。昨晚他匆匆忙忙地出来，把手机忘在家里了，今天头一件事就是取手机。他走进香格里拉花园高级住宅区的时候，第六感觉就告诉他可能出事了。他发现周围停着几辆警车，其中有刑事勘查车。几个警察和便衣警察在垃圾桶、花草丛、下水道盖子等旮旮旯旯儿的地方，进行地毯式搜查，收集可疑物品。

不少人站在旁边看热闹。

警察不断地朝围观者喝令："散开！都散开！"

但是围观者却越来越多。有人精神亢奋，有人打着哈欠，神态各异地看着和议论着。

乔君烈悄悄地问身边的人："出了什么事？"

一个中年妇女说："听说D区3幢19楼昨晚发生了凶杀案，就像港产电影的一级谋杀案一样，一个女人被杀死了！"

犹如晴天霹雳，乔君烈几乎被劈倒在地。半分钟后他仍然多问一句："哪个房子？"

中年妇女说："D区3幢19楼，你往上看，就是那间房子。"

那正是自己的家。

"就死了一个人？"乔君烈急切地想知道乔小星的安危。

中年妇女说："听说只死了一个人，屋里头还有个小男孩，差点儿让煤气熏死，让警察带走了！"

虽说乔小星没出事儿，但是乔君烈仍然很痛苦。

跟乔君烈说话的是一个爱管闲事、饶舌的中年妇女，她在答话的时候，仍然专注地看着警察的一举一动，并没有认真看乔君烈一眼。事实上，在这个住宅区内，乔君烈跟谁也不相识，最多也不过是朝主动为他拉开便门的保安员点点头。各住户都不知道谁具体住在哪一套房子，谁的妻子又是什么样子的。

乔君烈本能地想跑回家去，却被自己脑海中一闪而过的感觉重击一下：莫非是昨晚自己梦游回家把蓝雪杀死了？乔君烈确信这不可能。此刻，作为一个电脑专家而特有的逻辑性、定向性起了关键的作用，他迅速地推定自己就是凶手。进而他认为，那些刑警或自诩为神探的刑侦专家的破案思维和手段也不过如此。

"凶手抓到了吗？"乔君烈再次发问。他假装渴睡的样子，用手揉着两只眼睛，借此掩盖自己的脸。

中年妇女说："听说还没找着。死者的父母说那是自家的姑爷干的，到处发疯地找那家伙。警察也在找那家伙。这不，天还未亮又开始找了，刚才还问过我呢！这年头，小区里头谁认识谁啊？帮不上忙喽！"

乔君烈不寒而栗。这时候他看到了蓝父和蓝母正在不远处，就慌不择路地逃离开，坐出租车回到杨丽童的住处。

杨丽童说："你给蓝雪打个电话，不，给家里头打个电话，看看到底发生了什么事儿，好不好？"

乔君烈说："如果蓝雪真的出事了，我家里头一定全是警察，接电话的人也一定是警察！我和蓝雪的关系非常紧张，昨晚还吵了一架，吵到操菜刀打起来的地步！我岳父岳母必定会认为我是凶手，警察也是这样想的，他们正在找我呢！在见他们之前，我得想好怎么样才能跟警察解释清楚。不然，我就很被动，跳进黄河也洗不清啊！"

杨丽童也急得六神无主。

乔君烈说："杨丽，你得给我作证，昨晚我就待在你这儿，没有作案时间！"

杨丽童恍然大悟，朝后退了两步，满腹狐疑地盯着乔君烈。

乔君烈生气了："你这是怎么啦？"

杨丽童说："蓝雪，是你杀死的？"

乔君烈勃然大怒，似乎不是朝着杨丽童，而是朝着苍天大喊："不是我干的！"

杨丽童不敢看乔君烈的脸。她想起来了，乔君烈是今天凌晨零时后才来到她这里的，比约定时间整整晚了三个多小时。他到来的时候，明显是心神不宁、坐立不安，还满身大汗，衣服上有血迹。在他的左臂上，有被抓破的伤痕。

乔君烈解释说，衣服上的血迹是他自己的，左臂上的伤痕可能是蓝雪留下的，也可能是劫匪造成的。他更加吃力地解释说，昨晚九时多，他离家出走后，怒气难消。他玩儿命似的吸烟，在大街上胡乱地走着。这是他的习惯行为，过去他没有把自己这个隐私告诉杨丽童。在生气或者思绪混乱难理的时候，他有时会采用这种方式给自己消气和解决问题。他走了将近三个钟头，也意识到正在走向杨丽童的住处，却极少想到她，没想过要给她打个电话。在距离杨丽童住处不远的地方，那里路灯较暗、人迹稀少。劫匪突然持刀跳出来实施抢劫，他奋起反抗，左臂就这样挂彩了。劫匪抢走了他的钱包。不过，他的手机没带着，可能是忘在家里了。昨晚杨丽童问及他手机是否被抢走了，他懒得说话，好像随意地点点头。他一再解释说当时他并不是故意欺骗她。

乔君烈越说越乱，引起杨丽童激烈的内心反应。

杨丽童突然觉得乔君烈变得陌生了，变成了一个非常可疑的人物，此刻他简直就像狡猾的狐狸想躲过猎人的追捕。她那惊疑、恐惧的目光不敢投向乔君烈。她拼命掩盖和制止自己的浑身颤抖。

在我的办公室里，杨丽童滔滔不绝地说着五月十三日晚上至十四日早上有关乔君烈和她的事儿。我觉得她说的是真话，就没有打断她，让她随心所欲地说下去。因为她已经意识到乔君烈极有可能是凶手，她必须说实话了。杨丽童特意作出停顿，说自己当时也觉得乔君烈所说的话有些自相矛盾，不能自圆其说。

面对着杨丽童的怀疑，乔君烈有口难辩，非常气愤，更加感到自己已经深陷于凶杀案而不能自拔。

乔君烈再次怒吼他不是凶手。说完这句话，他胸腔内的怒气仍然急剧膨胀。他忍无可忍，把杨丽童推倒在床上，几乎要痛揍她一顿。他还用双手掐住她的脖子。杨丽童几乎要大喊救命了。乔君烈在极短的时间内把杨丽童拉扯起来，逼视着她。

乔君烈低声怒喝："杨丽童，你看着我的眼睛！"

杨丽童却紧紧地闭着眼睛。

乔君烈再次怒吼："看着我的眼睛！"

杨丽童睁开了眼睛。

乔君烈说："我告诉你，如果昨晚我杀掉了蓝雪，今天也可以杀掉你！这个道理你还不明白吗！你不能这样怀疑我！你看着我的眼睛，你说，你觉得我会杀掉你吗？我发誓，我没有杀死蓝雪！我也没有雇用凶手杀死她！"

杨丽童不敢说什么。

乔君烈抚摸着杨丽童的脸，说："就像刚才一样，我可能由于感情冲动，动手打了蓝雪，但是，我有什么理由变成亡命之徒，杀死蓝雪、杀死你呢？我不想多说了。"

杨丽童终于变得敢于正视乔君烈了。她发现他的眼内饱含泪水，像一个委屈和悲痛的孩子。就在这短短的几分钟内，杨丽童的想象性结论出现了逆转，她和乔君烈几经风雨建立起来的互信再次被确立了。她不会由于乔君烈刚才过激的表现而联想到他就是易于暴怒、暗藏杀机的凶手。他被迫用那种极端的方式来证明自己不是凶手。她理解他面对险隘的痛苦心情。

杨丽童拥抱着乔君烈。

杨丽童说："君子，我相信你！可是，你能跟警察解释清楚吗？"

"就怕没法说清楚！我说昨晚我在路上走了两三个钟头，走到你这儿，中间还没给你打电话，警察能相信一个 IT 精英会这样吗？就是你，这世上最熟悉我的人，也不会相信！一路上，我没有遇上认识我的人，找谁给我作证呢？”乔君烈急出一身冷汗！

“这样解释，即使说的是真话，也没有人会相信你！晚上十点后，这么晚了，谁会在路上一个人走着，走了两三个钟头？这不合常理，也不合你的身份啊！”杨丽童也忧心忡忡。

“还有，我的衣服上有血迹。其实那是我自己的血。可是，警察会相信吗？秀才遇上兵，有理说不清啊！警察是不讲理的，我担心我进了公安局，就出不来了！警察搞有罪推定，超期羁押我，再刑讯逼供，屈打成招，我就别想活命了！”

乔君烈和杨丽童抱头痛哭。

杨丽童坦率地承认，乔君烈和她在一起，并非仅仅是为了解决肉体欲望的问题。他是尊重她的，甚至可以说是爱她的。他在她身上花了很多钱。最令她感激不尽的是，两年前她母亲患上尿毒症，当时他所经营的公司正面临着资金短缺的困境，却千方百计地为她筹措了七万元钱，分四次交到她手上。尽管最后她母亲还是药石罔效，病重不治，但是她在爱他的同时，还欠下他一个天大的人情。所以，她在相信乔君烈是无罪的情况下，必然会义不容辞地为他洗刷罪名，而不去理会采用的是什么方式。

乔君烈和杨丽童各自洗了脸，先冷静一下，再促膝坐在书桌旁，制订攻守同盟，以此相互策应而对付警察的讯问。乔君烈毕竟是一个头脑像电脑一样灵活的人。他把攻守同盟中的时间、要点、细节和应变措施全写在一个软本笔记本上，让杨丽童死记硬背，到时再灵活发挥。他们在上个星期看过了好莱坞电影《美丽的心灵》，那是比较熟悉的东西，就拿出来派上用场，说得有鼻子有眼儿，有血有肉。如果对另一方来说没把握的事情，那就双方都一律给予否定或者说不知道。

乔君烈作出解释：“比如警察问你十点多的时候有没有看电视，有没有电话打进来，你估计这是我所不知道的事情，你就必须要给予否定，说没有看，没有电话打进来。否则警察会追问电视里有什么节目，谁打来的电话，我就答不上了，麻烦就来了！”

乔君烈不停地思考，有了更多的对付警察的灵感。

乔君烈一再强调，要杨丽童尽量把昨晚他们待在一起的时间、细节说得模糊一些，不要说死了，这样既可以避免露出虚构的痕迹和演戏的成分，也好留下回旋的余地。但是归根到底要证明乔君烈在昨晚九时左右来到杨丽童的住处，中间没有离开过，两人一起处在酣睡中，到第二天上午十时左右双双醒来。

乔君烈反复鼓励杨丽童，他们是有足够的智商和办法对付警察的。而且他们之间心有灵犀，一定会配合默契。最关键的是，他本来就是无罪的！经过一个多小时不断的讨论、演练和修正，乔君烈和杨丽童的攻守同盟正式出台了。乔君烈终于放心地撕毁了那个写有攻守同盟的软皮笔记本，分五次把纸屑倒进抽水马桶里，冲进下水道。

杨丽童受到了鼓舞，必胜的信心大增。

乔君烈脱下浅蓝色的衬衫和米黄色的裤子，要换上昨晚他所穿的衣服。但是，他昨晚换下的白色衬衫和浅蓝色的西裤，虽然已经洗干净了，却还在洗衣机里，未干透且皱巴巴的。他想了一下，重新穿上原来那套衣服到公司亮相去了。职员果然把噩耗告诉了他，他便赶到公安局去。

经过乔君烈和杨丽童的全力拼搏，终于达到了预期的效果，乔君烈在留置室和看守所待了十一天，还是恢复了自由。但是这个攻守同盟也有疏忽的地方，就是乔君烈没有考虑到警察会追问他们在案发当晚的性生活。他们只好不约而同地如实回答没有。幸好警察没有在这个问题上得出什么结论，否则他们将会功亏一篑。

我认为，乔君烈最大的疏忽是他彻底忘记了那张购买香烟的电脑收款小收据。

杨丽童继续说下去。

乔君烈被释放后，当即把她叫到五洲大酒店0809号客房。他并不显得轻松，什么也不愿意说，甚至吃不下饭，睡着的时候老做噩梦，而且很快又醒过来了。不过，他从来没有说过要潜逃，也没有作出相关的暗示。那天在五星级渔村酒家总店的单间里，那个给杨丽童打来电话的人确实就是乔君烈，杨丽童一张口就说我是杨丽童！

杨丽童作出解释，乔君烈和她在五月十四日上午就作出这样的约定：无论在电话里、互联网上，使用自己的昵称或者对方的昵称，都是向对方暗示自己身边没有警察在监视着，也就是平安无事的意思。这也是乔君烈和杨丽童所订下的攻守同盟的一部分。

杨丽童对我说：“其实，我说我是杨丽童，乔君烈已经明白我身边有警察了。我这是头一次干包庇别人的坏事儿，没经验，担心你一下子把手机夺过去，就弄清楚对方是乔君烈了。所以，我一紧张就让你们看出来了。”

杨丽童在结束供述的时候对我说，她脑际中有一种强烈的非此即彼的感觉：要么乔君烈不是凶手，要么他就是凶手，而且是最狡猾最难被识破的凶手。

杨丽童随即作出了选择："乔君烈就是最狡猾最难被识破的凶手和骗子！"

此时，蓝母怒气冲冲地找到我。

下午，蓝父和蓝母到蓝雪供职的佳迅联合集团公司去要求收拾她的遗物。该公司有关领导以蓝雪的遗物可能涉及公司的财务秘密和商业秘密为由，表示必须经过公司财务和保卫人员清点和检查后，才能交还给他们。但是具体操作时间有待董事办公会议决定。届时还将向蓝雪的遗属发放抚恤金和交还其他财物。

蓝母据理力争，最后公司有关领导作出让步：在蓝雪的办公室内，除了办公桌抽屉内和保险柜内的物品以外，其他属于蓝雪的私人物品，蓝母则可以在征得财务人员的同意后带走。

蓝雪办公室的书柜顶上放着一只不起眼的纸箱，纸箱里有不少废旧的杂志，其中藏着一个不起眼的笔记本。蓝母敏感地认为这个笔记本藏得实在太严实了。事实上也是这样。张宾他们也曾经到过蓝雪的办公室搜集证物，带走一些他们认为有用的物品，却没有发现这个笔记本。

笔记本里有一篇写于五月十日下午的日记，内容是这样的："五月十日晚上，天气比较闷热，夜色黑沉沉的，心情怎么会舒服呢？我感到了不祥的预兆。乔君烈跟那狐狸精勾搭上了，好得如胶似漆。往日我所付出的爱，令我不堪回首！我不能容忍乔君烈在爱情上的任何背叛行为！坚决不同意离婚！但是，乔君烈近来把我往死里逼，还对我大打出手，大有不离婚就杀死我的苗头！迟早我会让乔君烈气死的！即使我没被气死，也必然会惨遭乔君烈的毒手！如果我突然不明不白地死了，那肯定是乔君烈谋杀了我！乔君烈的智商非同凡响，诡计多端，手段残忍，会天衣无缝、不留痕迹地置我于死地！如果我死了，谁发现我这个笔记本，请尽快送到警察的手上，戳穿乔君烈的阴谋，将他绳之以法！我再说一遍，如果我突然惨遭毒手，死于非命，凶手绝对是乔君烈！本人还郑重声明，这就是本人的遗书！"

笔记本里还有两篇内容如此这般的日记。这两篇日记都有涂改的地方，显然五月十日下午所写的那篇日记就是从前两篇日记誊写过来的。

三天后蓝雪就死于非命了。

蓝母声嘶力竭地说："我没说错吧？乔君烈就是凶手！这遗书就是证据！铁证如山！"

蓝母把这篇日记复印一份，把笔记本交给我，让我写了收据。然后她持着复印件，领着蓝父到我的上级单位告状去了，状告我故意释放乔君烈，导致犯罪嫌疑人潜逃而不能到案。

有一个疑点我怎么也不明白。就因为有这么一篇日记，这个笔记本显然对一个人非常不利，这个人不用说就是乔君烈。但是蓝雪为什么要把它藏在一个秘密的地方呢？我认为乔君烈应该无法进入蓝雪的办公室，蓝雪只要把笔记本锁进抽屉里就行了，这也便于在她出事后让警方找到它。如果警方没有找到它，它就没有存在的意义了。我进一步去想，蓝雪把它藏在一个如此安全的地方，必定是有她的想法的。也许她不希望让乔君烈找到它，也不希望它落在佳迅联合集团公司的某些人的手上。为此我仔细地研究这个笔记本，发现蓝雪在其中的一页上记满了数字。这些数字我无法弄懂，也许它和公司的财务秘密和商业秘密有关，或者它涉及严重的经济问题和腐败黑幕。我倾向于后者。但这仅仅是推测，没有确凿的证据。要找到那些证据，不是我所能干的事儿了，我没有那种职权。

我不由得更加怀疑蓝雪之死和佳迅联合集团公司某些人有关。

然而，几乎所有接触过0513案件的人，都不约而同地得出同一个结论：乔君烈就是凶手！

我被迫承认我所作出的释放乔君烈的决定是仓促的和冒险的。但是我声明，按照法定的程序，我必须这样做，必须保护乔君烈应该享有的法定权利！

然而，要负上责任的人、要被嘲笑的人，理所当然地就是我。在心里我没有后悔。

我发誓要把乔君烈抓回来！

我让曾思敏把杨丽童带进我办公室，继续讯问她。

我说：“你真的不知道……”

杨丽童用发誓的口气抢着说话：“如果我知道乔君烈在哪儿，我一定会把他捅出来，交给你们的！”

杨丽童的手机还是静静地躺在办公桌上。整个晚上竟然没有人打这个手机，包括乔君烈在内。

我开启从杨丽童住处带回来的电脑，让杨丽童输入密码，打开她的电子邮箱。她非常合作。

杨丽童的电子邮箱里有不少乔君烈的来信，大都是旧情书。只有一封信是一个多小时前发来的。

乔君烈在信上写道：“杨丽，你怎么样了？虽然我被放了出来，但是，警察和我丈人丈母娘都还是一致认定我就是凶手，只是苦于证据不足。有便衣警察盯着我，我丈人丈母娘也盯着我。警察历来都是搞有罪推定，尽管我是无罪的，但是他们认定我有罪，所做的工作就是把莫须有的罪名强加在我头上。我不能不躲起来。我现在在湖北。我很安全，别担心。别替我担心。相信我，我是无罪的！我不会杀死你，也不会杀死蓝雪！你要多多保重啊！等我安顿下来了，我们再见面吧！”

张宾和曾思敏有点儿兴奋。

曾思敏说：“鱼儿冒头了，乔君烈在湖北！”

张宾说：“乔君烈这会儿是在电子邮件里偷偷跟杨丽说的，应该是可信的。”

我摇摇头。

从我们这里乘火车或长途汽车进入湖北省的地界，只需要花三个小时，乘出租车或飞机就更快了。

但是，我认为不能完全认定乔君烈真的就跑到湖北省去了。上次他利用毫不知情的杨丽童作掩护而潜逃了，这证明了他是不相信杨丽童的，只是把她当做蒙骗警方的工具。他可能猜到杨丽童已经被警方控制了，就更不能把自己的藏身地点告诉她了。

这时候我想起了一部英国电影里的一个故事情节。当年看这个描述反法西斯战争的黑白片时，我还是一个中学生，没想到以后我会当上警察。这个与众不同的故事情节，给我留下了非常深刻的印象。皇家空军的轰炸机在沦陷的法国上空被击落，几个成功跳伞降落的英军遭到一个排的德军追杀。一个航炮射击手两腿骨折，实在是无法把他带走。英军头目在离开前对他说，他们将逃到西边的A山头藏起来，如果有机会就回来救他。其实英军头目欺骗了他，英军的目的地是北边的B山头。这是因为英军头目估计到这个射击手很可能会落在德军的手上，还设想到德军会对他动用酷刑，逼他说出其他英军的下落。英军头目就试图利用这个射击手，把一个错误的信息透露给德军。

所以，我怀疑这次乔君烈还会故伎重演，假借发给杨丽童的电子邮件来误导我们，而且以后仍将会假手于杨丽童来欺骗我们。我们必须耐心地和他周旋，才能最终确定他落脚的地方。

我问：“杨小姐，你经常上网吗？”

杨丽童点点头。

我问：“乔君烈的QQ号码是什么？”

杨丽童告诉了我，我记了下来。

我说：“杨小姐，上QQ，看看能不能找到乔君烈。”

杨丽童上了网，找来找去没有看到乔君烈在线。乔君烈对她的网上寻呼也不予理会。

由于为乔君烈作伪证，杨丽童被留置审查。曾思敏陪着她坐在电脑前等着乔君烈。

第十一章　大卫这孩子

乔君烈潜逃了，一种忍辱负重的感觉占据着我的全副精神。蒋光亮在工作中暂时占上风已经是事实了，而且他显得更加踌躇满志，俨然是刑警大队里最有威信的人了。但是我仍然用平常心看待这件事。

除了讯问杨丽童外，其他时间我都把自己关在办公室里，通过电话向同事发号施令或者交代工作。

晚上九时多，我突然想回家一趟。因为家是我的避风港，而且我已经两天没回家了。前天和昨天晚上，我和张宾都睡在办公室里。可是我又猛地想起邵幼萍还在我家里，真有点儿进退两难。

邵幼萍在我家里前前后后住了十五天了，就像当家做主了。我对张宾戏说这大有鹊巢鸠占的味道。我极为赞成邻居之间各自为政，都关上门过自己的日子，谁也不认识谁，也就是谁都可以把自己的隐私加以保密。不然的话，流言蜚语早就在小区里满天飞，邵幼萍在我家里根本待不下去了。当然，要是张宾没发现邵幼萍就在我家里，没夹在我和邵幼萍中间，一切会好办得多。反正我和邵幼萍的关系已经陷入怪圈了，张宾每每就我和她的事儿作出煽动，我就一次次地要把她送走。即使我不是出于真心实意，即使邵幼萍再以眼泪反抗，我也必须这样做。我一直清楚地知道不能让张宾知道我在生活作风上有不正当的地方。

另外，我注意到邵幼萍好像没有正式职业，整天足不出户。我对有关她的事情有点儿感兴趣了。至少我想知道她为什么一定要赖在我家里。

张宾这家伙好像看透了我的心思，有针对性地问我："怎么不回家去？这几天，我肚子里头没油水，饿得要命，你这当头儿的，总得关心一下下属吧？"

我摇摇头。

"冰箱里头有什么就做什么，我不在乎。不能让邵幼萍这钟点工闲着，便宜了她吧？"张宾死皮赖脸地缠着我。

我还是摇摇头。

张宾表示不明白，我就简单地说不好意思回家去了，得想办法把邵幼萍请走。

张宾说："头儿，我就像古代的忠臣，冒死进谏！头儿，要是你和我大嫂的缘分已尽，为什么不早日结束它，给自己一个重新开始的机会呢？"

我说："婚姻跟一夜情不同，不是那么容易开始、结束的。"

张宾说："我想表达一个意思，可是我表达不出来。你也知道，邵幼萍是个不错的女人啊！"

我假惺惺地作出回应："提她干吗？别哪壶不开提哪壶！"我又补充一句，"第一次警告！"

"刚才我给邵幼萍打了电话，让她煮夜宵了。"张宾幽默地模仿着我的口气，"第二次警告！"

我说："要是有枪，我真想给你一枪！"

张宾说："没办法，你说的，说真话是要付出代价的！"

我说："那你一个人去吧，把东西全吃了！撑死你！"

张宾迟疑了一会儿，还是问我："我大嫂到澳洲去，这一去一年多了，这段时间你怎么办？"

我知道张宾所问的是什么样的问题，只好苦笑着。

张宾说："除非你是同性恋或者ED。不过，你肯定不是那两种男人。既然不是，你总不能自己解决问题吧。"

张宾所说的ED，就是男性勃起障碍的英语缩写。另外，他所说的自己解决问题那个意思，我也明白。

张宾不像我的下级，反而像能和我无话不说的朋友。但是他在跟我说到ED、自己解决问题的时候，就表现得如履薄冰，生怕得罪了我。我仍然还是觉得很难堪。老实说，我不赞成他问这样的问题。

我说："这是最后一次警告了！"

张宾说："非常对不起，我不是想揭疮疤。我关心你。"

"那你也不应该当皮条客呀！"

"没有啊，违法的事儿我不会干的！在我眼里头，邵幼萍的身份就是钟点工，就这么简单！等一下你回到家里，就有现成的夜宵吃了，多好！"

"你不知道，这女人有点儿问题。咱们干警察的都应该多个心眼儿，送上门来的女人不可靠，会出乱子的！"

"不是！"张宾拼命地摇头，"头儿，你太不了解外面的世界了！不在乎天长地久，只在乎曾经拥有，一夜情，太普遍了！"

我说："开口一个闭口一个一夜情，你有过多少回一夜情？"

张宾说："没有，听说的。头儿，你跟黎明一个模样，就没有过一夜情？谁会相信呢？我都琢磨过了，邵幼萍看上你，就是因为你是黎明二世。要是你没黎明那影子，而是一个糟老头或者一个像我这模样的丑八怪，她会看上你才怪呢！"

张宾把我说得怦然心动了。

张宾又开始大放厥词："猫对狗说，鱼是天下最好吃的东西。狗说，我不相信，这不可能！假如猫是男人的话，那狗绝对不会是男人。天下哪儿有不吃腥的猫！"

我想，不能让张宾这小子太放肆了。

我瓮声瓮气地说："好啦！够了！你也不想一下，我怎么就没有那坐怀不乱、过美人关的勇气和忍耐力？这就是你这凡夫俗子只能当一个小小的探长，而我这仙风道骨就能当上刑警大队长的主要原因。我还想当部长呢！以后不许在我这儿诲淫诲盗！最后一次警告！"

张宾说："知道了！"

我说："给你一个死命令，明天无论如何也要把邵幼萍请走！让她到她该去的地方去！"

张宾的手机鸣叫着。他急忙接听电话。

"谁的电话？"我迫切地想知道是不是有了乔君烈的消息。

张宾轻声地告诉我："邵幼萍的。"

原来邵幼萍刚才出门到同楼层的安全梯处倒垃圾，没想到一阵大风把房门给撞上了。她被关在门外，无计可施。我一听就知道是怎么回事了。温如心走后，我一个人在家，曾经两次被关在门外。有一次我被关在门外，突然想起张宾他们刚抓到一个专破保险柜的大盗，竟然一时冲动要请他来开门。最终我还是跑回办公室取来备用的钥匙把门打开了。我想以后一定要把门锁换了，换成那种用手柄开门的门锁，像乔君烈家的那种，就不用担心风把门给撞上了。

我把家里的钥匙放在办公桌上，对张宾说："麻烦你走一趟了。记住，明天无论如何也要把事情办妥了！明晚我要回家去！"

张宾拿起钥匙："头儿，别跟自己过不去了。回你的家去吧，回到你那温暖的港湾去。也许夜宵煮好了。"

张宾软硬兼施，非要把我带回家不可。我就半推半就，跟着他走了。

我和张宾回到我家楼下。借着微弱的路灯光线，我看到石凳上坐着一个身条曲线优美的女人。张宾比我先看到了邵幼萍。邵幼萍也看到我们了，站了起来快步走过来。我注意到邵幼萍穿着温如心的睡衣，接着我发现她用惊讶的目光看着我。

这让我感到奇怪。

邵幼萍说："许教授，你不是累得支持不住了，今晚在办公室摔了一跤，头都摔破了吗？"

我一下子明白了："怎么，张宾是这样跟你说的？"

邵幼萍点点头。

我瞪着张宾："你胡扯什么？"

"头儿，我并没有咒你的意思！我只不过想利用邵小姐的善良、好心，骗一顿吃的！"张宾狡黠地说："邵小姐，炖了什么补品？"

我说："张宾，你这人，日本人给你一只小鸡腿，你就给他们当汉奸了！"

"鬼子就是给我一条恐龙腿，也没门儿！"张宾仍然嬉皮笑脸地问邵幼萍，"花旗参母鸡汤，炖好了吧？"

邵幼萍点点头，对我说："谢天谢地，你没事儿就好了！"

我说："这家伙的话，你信一半都会吃亏的！"

邵幼萍说："我觉得张宾当喜剧演员挺合适的。他在上班的时候也这样吗？"

"别在领导面前批评我的工作态度，这会给我添麻烦的！"张宾说，"对了，你怎么没直接给咱们的许大队长打电话？"

邵幼萍说："要是给许教授打电话，不是正好让他有机会把我轰走了吗？"

回到我家门前，钥匙在张宾身上，自然让他尽举手之劳打开门了。邵幼萍却用身子挡住锁眼。张宾明白她的用意，就把钥匙扔给了我。我想我家里总不会又让那些黑社会分子安装了炸弹吧，就佯装漫不经心的样子，打开门走进去。

我终于明白邵幼萍为什么坚持让我开门了。门后那干净的地板上放着花篮和水果篮，这些代表美好的东西正在等着我。老实说，从来没有女人给我送过花，包括温如心在内。我曾经想过，即使一个全世界最丑陋的女人给我送花，我也会把花收下来，在内心里非常感激她的。但是不幸的是，张宾这家伙正盯着我，我不能有所表示。

张宾适时地问我："喜欢这些花吗？"

我对邵幼萍淡淡地说："你上当了！我根本没有摔倒负伤！"

邵幼萍说："你没负伤就更好了，先喝鸡汤再说吧。"

在饭厅里，喝着鸡汤和稀饭，我考虑着如何驱赶邵幼萍的话。我承认我这样做是违心的，但是我不能不这样做。

我不无遗憾地对邵幼萍说："我也是属于工薪阶层，收入不高，请不起钟点工，更请不起你这种高端钟点工，我想……"

张宾对我说："不就是几百块钱吗？物超所值！邵小姐讲究卫生、手脚干净、知识面广、层次高，这样的钟点女工，打着灯笼也找不着！"他对邵幼萍说："许教授这人就爱开玩笑，还有点儿抠门儿！工资嘛，你适当让步就是了！"

我哭笑不得："张宾，这事儿你少掺和！"

张宾说："我做邵小姐的担保人！要是她干得不漂亮，我负责把她辞退掉！"

我对邵幼萍说："别理他！他这人厚颜无耻，信口雌黄！"

邵幼萍说："张宾也好，许教授也好，我觉得你们和别的男人不一样。你们都是值得信任的人。这样好不好，我这钟点工，试用期两个月，不用付工资，就当我交房租了，怎么样？不过，要是我的工作做得好，就得涨工资，张宾，你可要负责给我讨工资啊！那可是我的血汗钱！"

张宾看着我，我摇摇头，动手往邵幼萍的碗里舀汤。

邵幼萍说："够了！够了！喝不下了！"

我说："邵小姐，你是白领，不是钟点女工！你在业余时间里应该吃喝玩乐，然后在工作时间里好好地干白领精英应该干的活儿！这个你应该明白吧？"

邵幼萍开心地笑着说："这会儿我是你的钟点女工，你想骂就骂，想不给我饭吃就不给我饭吃！真的，钟点女工就是钟点女工，你不要对我期望太高了！"

我说："什么钟点女工？钟点女工也是有尊严的！再说，我这庙小，根本不需要钟点女工。我不是事先声明过了吗？你只能暂时留宿，你不是有地方住吗！"

我瞪了张宾一眼，示意他出面轰走邵幼萍，但是他竟然无动于衷，安然地享用食物。邵幼萍也是一副处惊不乱的模样。

我孤注一掷，把钱包里的钞票全掏出来，大约有五百多元钱。

我一字一板地说："邵小姐，就算你是合格的钟点女工，你也不能强卖强买啊！聘不聘用你，我有这个选择的权利吧？这点儿钱，是我的全部财产了，不，是全部周转资金了。这是你应得的血汗钱，你就拿走吧！不过，现在我得请你吃一道菜：炒鱿鱼！这道菜你必须吃下去！”

邵幼萍把这些钞票拿过去，像一个农村妇女一样把每一张钞票验明正身，却还是放心不下，用中指在舌头上蘸一点儿唾液，再飞快地收起中指，用食指使劲地擦拭着钞票表面。她反复这样做。最后邵幼萍清点了所有的钞票，满意地说这钱都是真的，一共是五百七十三元五角整。可以说，邵幼萍的黑色幽默表演非常成功，而我却觉得被她戏弄了。

张宾先是浅笑，最后竟然捧腹大笑。

我责骂张宾：“笑什么！”

张宾说：“邵小姐，你是让中央戏剧学院开除的吧？”

邵幼萍把钱递给张宾：“这钱是我合法劳动所得，干干净净。你拿着它，明天请我和许教授吃饭吧！”

张宾看了我一眼，把钱接了过去，再把钱放在我面前。

我说：“把钱给她！”

张宾作出反抗：“头儿，要是人人都铁面无私，不讲人情，你说，这世界还可爱吗？”

我说：“我听不懂你的话。把钱给她！”

张宾说：“头儿，恕我直言，如果你这样做了，那你就变得不可爱了！”

邵幼萍说：“张宾，不管怎样，这顿饭，我当你吃过了。吃人家的嘴软，你得替我想个办法，说话啊！”

张宾说：“咱们的许教授今天跑了两个现场，脚不沾地，连轴转，累得快趴下了，骨头架子快散了！邵小姐，会不会按摩？给咱许教授……”

我低喝一声：“张宾，别胡闹！”

没想到张宾这句话刺伤了邵幼萍的自尊心，她倏地发火了：“我不是三陪小姐！我不干了，行了吧！”

邵幼萍走进客用卧室，大概是动手收拾她的东西，要离开了。张宾走过去看了一下，又折回来找我。我低着头不理他，他就可怜巴巴地敲着餐桌。

“张宾，这麻烦是你惹的，你看着办吧。”我板着脸，站起来要走开。

张宾突然捧腹呻吟着，一副非常痛苦的样子。

我问：“怎么啦？”

张宾说：“肚子痛得要命，我得去医院看看！”

张宾没等我说什么，就奔向门口。我知道这小子鬼得很，一看势头不对，就要溜之乎也。

张宾走了不久，门铃鸣叫了起来。

我以为张宾又回来了，就走过去打开门。

来者是徐希愉，乔小星怯生生地站在她身后。乔小星背着书包，还提着简单的行李。张宾跟在他们后面。

邵幼萍提着她那简单的行李，走出客用卧室，正要离开。

徐希愉的目光绕过了我，投在邵幼萍身上。当然，她和邵幼萍互不相识。不过她没有理会邵幼萍。

徐希愉和乔小星突然降临，我明白他们是无事不登三宝殿的，自然又是为0513案件闹上门来了。我就公事公办地请他们进来。

邵幼萍走了。

“我不进去了。”徐希愉再看了一眼邵幼萍的背影，问我：“请介绍一下，这女人是……”

我说：“张宾的朋友。”

徐希愉说：“不会吧？你爱人呢？”

我说：“还在澳洲，一时半会儿还真回不来呢！怎么啦？”

徐希愉似乎下了决心。她一本正经地对我说：“乔君烈溜之大吉了，你要负全部责任！而且，你要受到惩罚！”

我说：“如果是公事，明天上班再说。”

徐希愉说：“是公事，不过现在就得办，不能拖到明天早上！”

我说：“什么事儿呢？”

徐希愉说：“大卫的情况，你是知道的。他外婆死也不愿意接受他。他爸爸又无影无踪了。我呢，可能几天后要到北京出差，参加国际什么刑事法医研讨会。可以说，大卫将无家可归了。大卫这孩子，自从出了那事儿，有心理障碍，非要跟警察住在一块儿才有安全感。我考虑过了，让大卫到你家来最合适，怎么样？”

我大吃一惊，张口结舌说不出话来。我看一眼张宾，他也是一副目瞪口呆的模样。

徐希愉说：“大卫，你不是想当警察吗？这是刑警大队许大队长，最厉害的警察！你在他家里头，绝对安全！你愿意到他家里来吗？”

乔小星说：“愿意。可是，他要我吗？”

我说："徐法医，我家里头，就我一个男的。平时我早出晚归，晚上一般都是十点多才回来，这张宾可以作证。大卫搁我家里头，不合适啊！谁给他做饭？谁接送他上学放学？谁辅导他做作业？况且，我又不会哄小孩子。"

徐希愉说："你不要狡辩了。这是你放走乔君烈所必须接受的惩罚！不过，大卫这孩子听话，挺懂事的，生活嘛基本能自理。我想，你一定会喜欢他的。就这样定了！"她对乔小星说："这就是你的家了！要听话，常给我打电话！"

徐希愉推了乔小星一把，让他走进来。

事情发展到这一步了，徐希愉坚持要把乔小星扔给我，推着他走进我家里，难道我可以大发雷霆，把乔小星拒之门外吗？

第十二章　怪人出现

我和徐希愉对峙着。准确地说，我在认真地看着她的脸。

我知道徐希愉对我抱有成见，但是我跟她的争论大都囿于工作之内。可以说她绝不是那种睚眦必报、争权夺利的小人。我不想把我和徐希愉之间的矛盾激化。我突然想起，蓝雪遇害的那个晚上，徐希愉穿着漂亮的裙子出现在现场。我发现原来她还是很漂亮的。我觉得她不应该是那种很难沟通的人。

我对张宾说："你回避一下，还有大卫。"

张宾领着乔小星走进我的卧室。

我近似讨好地说："小徐，咱们吃夜宵去，我请客，怎么样？"

我和徐希愉在九年前开始共事，除了单位里的聚餐外，我们几乎没有因为别的原因而走到一起吃过一顿饭。我甚至没有向她发出过邀请。所以，现在我请她吃夜宵，双方都感到挺别扭的。

徐希愉盯着我说："你这话，就像烟盒上那行字'吸烟有害健康'一样，是天大的废话！一顿夜宵，无法抵消你理应受到的惩罚！"

"我是真心实意请你吃夜宵的。小徐，要不要用测谎仪来验证一下我说的是不是真话？"我注意到不应该提到测谎仪，可是话已出口，收不回来了。

徐希愉说："要是对乔君烈使用测谎仪，他就无机可乘了！"

我说："一言难尽。总之，说真话是要付出代价的。我是真心想请你吃夜宵，愿意赏脸吗?"

徐希愉喟叹着:"我的许大队长,你这顿夜宵,我心领啦。你认识我,少说也有八九年了吧?这么长时间怎么都没请我吃饭,今晚突然心血来潮……我不想推测你的心理,这顿夜宵,我实在吃不下去。"

我说:"过去想请你吃饭,可是没机会。今晚补上吧。去吧,张宾也去,大卫也去,大家热热闹闹的,怎么样?"

徐希愉说:"好吧,我们也应该好好谈一下。就我们两个人去吧,大卫留在这儿。"

我心里暗暗叫苦。乔小星留在我家里,麻烦可就大了。我没哄过孩子,即使我有抚养、教育孩子的经验,我也没有时间呀!徐希愉撒手走了,这孩子叫谁来管?我曾经专门研究过徐希愉。她就是一个彻头彻尾的工作狂,除此之外别无他求,从来没有听说过有关她对哪个领导溜须拍马的传闻,平时更是不把我放在眼里。正是因为她别无他求,所以她无所畏惧,敢作敢为。说她是一个铁石心肠的女人毫不过分。我不得不相信,徐希愉要把乔小星扔在我家里是不可动摇的事实了。但是我有不明白的地方,就是蓝雪是徐希愉生前最要好的老同学,是什么原因促使她狠心地撂手不管不顾蓝雪的儿子呢?

我和徐希愉从我家出来后,她提出不吃夜宵,找一个安静的地方坐一会儿。我们便动用了公务车,来到一个高消费的咖啡厅。我是一个细心的人,早已把邵幼萍拒收的那五百七十三元五角钱装进钱包里,把钱包带来了。我还特意悄悄地吩咐张宾,无论如何也要把邵幼萍立即追回来,因为有可能要用上钟点女工了。

徐希愉说喝了咖啡肯定睡不着,我就为她要了橙汁。我被乔君烈搞得焦头烂额,也有失眠之虞,不过为了不在徐希愉这个女强人面前有失坚强,我还是要了咖啡,还声明不加糖和奶。

我注意到徐希愉的精神状态不太好,就关心地问她近日的情况。她说主要是受到失眠的困扰,精神状态越来越差,影响了工作。

徐希愉简单地讲述了乔小星来到她住处的情况。她的声音低微且沙哑,说话断断续续的,以致我有时完全听不清。看来她不太愿意细说。后来,我特意就有关问题跟乔小星交谈,经过综合推理和分析,终于弄清楚这十多天里徐希愉和乔小星是怎样度过的了。

蓝母无法面对蓝雪的死亡。她很爱蓝雪,愿意替蓝雪去死。因而她锥心泣血、痛不欲生的心态是可以理解的。蓝母坚持认为乔君烈就是凶手,恨不得亲手干掉乔君烈。因为乔小星的相貌酷似乔君烈,蓝母见到乔小星就如同见到乔君烈，顿时火冒三丈，非要拼个你死我活不可！在这种情况下，让蓝母抚养乔小星简直是天方夜谭。蓝父也曾劝说过蓝母，因为乔小星毕竟是他们的外孙呀，但是蓝母咬牙切齿地说："等到姓乔的判了死刑再说！"

即使徐希愉和蓝雪曾经情深似海，她必须责无旁贷地照顾老同学遗留在世上的孩子，但她毕竟是一个单身、未婚的女子，更是一个有特殊性格和感受的女性，无法承担起监护和抚养乔小星的责任。

当年徐希愉到刑侦支队报到，被安排住集体宿舍，和一个女同事共处一间不到二十平方米的房子。她一直没有结婚，所以无法享受福利分房的待遇。不过后来支队领导还是关心和照顾她的，安排她独住一间较大的房子。然而徐希愉却考虑到住在单位里，熟悉她的人常常会议论她为什么还未成家，心里很不舒服。因此，她在化工一厂宿舍区租了一套房子，三十多平方米，配套设施齐全，日常独来独往，周围没有人认识她。工作之余待在如此的环境里，她觉得这才是她所谋求的自由和愉快的生活。

乔小星在徐希愉住处的第一个晚上是这样度过的。

乔小星是电视迷、游戏迷。现在没游戏可玩，他就打开电视看儿童节目。可是儿童节目并不精彩。他在电视柜里翻腾着影碟，想找到他喜欢看的动画片。

徐希愉端着热气腾腾的菜从厨房里走出来，看到乔小星乱翻她的东西，显得很不高兴，低喝一声："不许乱翻别人的东西！把电视关上！以后要自觉，没经我批准，不准看电视！"

乔小星吓了一跳，呆若木鸡地蹲着。

徐希愉把菜放在小餐桌上，瞪着乔小星，用遥控器把电视关上。

"Sorry，徐阿姨。"乔小星动手整理影碟。

徐希愉说："不要你管了，去洗手吧，要吃饭了。"

乔小星噘着嘴，走向卫生间。

徐希愉走过去，皱着眉头蹲下去，仔细整理电视柜里的东西。

乔小星用纸巾擦着手，从卫生间走出来。

徐希愉看了乔小星一眼，教育他说："小孩子要节约，擦手没必要用那么多纸巾，一块足够了！纸是木头做的，中国的木头少，节约用纸是绿化环保，明白吗？"

乔小星点点头，但是他真的有点儿无所适从。

徐希愉做的饭菜数量足够却不太可口，乔小星还是硬咽了下去。

乔小星做完作业后，徐希愉让他洗澡。乔小星拿着毛巾、衣服和牙刷走向卫生间。在卫生间门口，乔小星回头问徐希愉："你这儿没有浴缸，怎么洗澡啊？"

"大少爷，你真是饭来张口、衣来伸手啊！"徐希愉指着卫生间墙上的喷头，"用它淋浴！淋浴你会吗？"

徐希愉把毛巾被递给乔小星，让他睡在沙发上。

乔小星害怕地说："徐阿姨，我要和你一块儿睡！"

徐希愉说："你在家里头不是一个人睡的吗？这么大的孩子了，要自己睡！"

乔小星心有余悸："我怕凶手冷不丁冒出来，他拿着手枪，或者拿着尖刀！"

徐希愉说："胡说！阿姨是警察，谁敢拿着手枪、尖刀闯进我这儿？"

但是乔小星还是感到害怕。

徐希愉说："阿姨习惯一个人睡，你和我一块儿睡，我会睡不着的！大卫，你是大孩子了，要勇敢点儿！坚强点儿！你看这样好吗，我在沙发旁边放一根棍子，万一有坏人进来了，你就爬起来大喊，用棍子打他！我听到了，立马跑出来支援你，一齐把坏人抓起来！"

经过徐希愉反复做工作，乔小星终于答应睡在客厅的沙发上。

徐希愉说她累了一天，得好好休息。如果休息不好，会直接影响她明天的工作。她三令五申，如果他半夜起来撒尿，先把沙发旁边的落地灯打开，看清路再走，千万别碰上东西了。要是碰上了东西，就会发出很响的声音把她弄醒了。她神经衰弱较严重，很难再次入睡，即使入睡了也睡得不深。总之夜深人静时只要一点点的声音都会把她弄醒，醒过来她就很难再入睡了！

乔小星懂事地点点头。

徐希愉走进卧室关上门后，客厅里只有乔小星一个人了。他环视客厅里所有的物件，蓦地产生了恐惧的心理。他走到卧室门前，要举手敲门，突然想起徐希愉说过的话，只好作罢。他正要蹑手蹑脚地走开，徐希愉却在卧室里朝他大喝一声。乔小星急忙跑回去躺在沙发上。后来，他拿起放在沙发旁边的棍子，到厨房和卫生间检查一遍，没有发现藏着什么人。他用几把椅子和几只茶杯把客厅的门堵住。

乔小星关掉落地灯，躺在沙发上，把被子蒙在头上，抱着棍子睡觉。黑暗中，乔小星身上的被子在颤抖着。一会儿之后，乔小星掀开被子，露出一双惊骇的眼睛。他伸手把落地灯打开。他不敢在黑暗中睡觉。过了很久，乔小星才勉强地入睡了。从他的翻身动作和睡觉姿势来看，他始终不得安眠。

子夜时分，乔小星梦见浑身是血的蓝雪。蓝雪把血手伸向他大呼救命，而凶手正在蓝雪旁边，手上还握着一把带血的尖刀。凶手的头蒙着女人的丝袜子，乔小星知道那是乔君烈！乔小星惊醒过来，从沙发上跳下来，惊恐万状地大喊大叫。他举着棍子，跑到徐希愉的卧室猛地敲门。

徐希愉刚刚睡着，突然被惊醒了。她从卧室冲出来，看到乔小星在不停地发抖，看到被椅子和茶杯堵住的门，什么都明白了。她把客厅里的灯全打开，搂着乔小星，不断地安慰着他。

乔小星依然担心血腥的一幕重演，甚至害怕做噩梦。尽管他是坚强、淘气和刚开始懂事的孩子，但是他那幼小的心灵还是被伤害得太深了，巨大的阴影无法抹掉。这可能是心理障碍或者后遗症吧？徐希愉考虑找个时间，领乔小星到医院去作精神检查。

这一夜徐希愉用尽各种办法，却再也睡不着了。她懊恼地看着天花板。

从此以后，每天一大早徐希愉就要起来，这比平时提前两个小时。她到街上把早餐买回来，唤醒乔小星，让他自己穿衣服、刷牙洗脸、吃早餐，紧接着乘公共汽车横穿市区，把他送到第十三小学大门前。中午的时候，徐希愉一下班就赶到小学，把乔小星接出来吃饭。要是中午她工作太忙难以分身，就打电话给她和蓝雪生前共同的老同学，请老同学过来帮一把。晚上徐希愉再跑一趟，把乔小星从小学接回家。她做好晚饭，强迫乔小星吃饱喝足，然后就辅导他做作业……

乔小星骤然成了没爹没娘的孩子，在狰狞之夜仿佛一下子长大懂事了。他原本是一个好动、养尊处优、家里一切围绕着他转的小少爷，进了徐希愉的住处，一切都不同了。他未免有一种寄人篱下的危机感，明白要是徐希愉不高兴了就随时可能把他轰走，所以他非常听话，每做一件事都谨小慎微，甚至学会了委曲求全、察言观色、谄媚奉承这些与他年龄不符的处世本领。徐希愉注意到乔小星所有的外表和内在的变化，也试图把事情做到十全十美。但是她心力交瘁，根本无法胜任一个母亲或者保姆的角色。

徐希愉尚未婚嫁、素爱独居，乔小星的到来，打破了她固有的生活节奏和人生理念，使她常常辗转反侧，彻夜难眠。这给她的工作造成很大的影响。

徐希愉处在难以忍受的心理底线上，精疲力竭地度过了十多天。她知道未来的日子更加可怕。她快要崩溃了。

这就是徐希愉要把乔小星送走的原因。

我推测还有一个较为重要的原因，那是因为乔小星泄露了徐希愉的身份秘密。

东郊公路上发生一宗引起极大争议的交通事故，交警支队请徐希愉去解剖尸体。这是前天晚上的事儿了。下班的时候，已将近晚上七时了。徐希愉这才想起乔小星，心里暗暗叫苦，火速乘坐出租车赶到第十三小学。大门前已空无一人。看门的老爷爷走过来，问清来者是谁，就递给徐希愉一张便条。原来乔小星自己乘公共汽车回去了。

徐希愉匆匆回到化工一厂宿舍区。她在较远的地方，看到在她的住处楼下楼梯间前有一个小孩子呆呆地站着。那应该就是乔小星了。她终于放心了，放缓了脚步歇歇气。

胖阿姨提着垃圾桶走出楼梯间，看到了乔小星。

胖阿姨就住在徐希愉住处的对门。平时胖阿姨见到徐希愉，老想跟她搭讪。她只是淡淡一笑就走开了。

胖阿姨关心地看着乔小星，问："你不是徐老师家那孩子吗？徐老师呢？"

"还没下班呢！徐老师？"乔小星有点儿糊涂了，"哪个徐老师？"

胖阿姨说："你不认识徐老师？不可能吧！徐老师是教毕业班的吧？都什么时候了，还没回来？"

乔小星说："徐老师我不认识，徐法医我倒认识一个。"

胖阿姨非常好奇地问："徐法医？你住的那房子里头的阿姨是法医？公安局的法医？"

乔小星说："我还骗你吗！"

胖阿姨百思不解："可是，你徐阿姨怎么会是法医呢？我没见她穿过警服啊！对了，你徐阿姨亲口跟我说过，她是教师，大概是教毕业班的。对了，她是英语教师，我还想找她给我们家胖胖辅导英语呢！"

乔小星突然想起徐希愉反复地跟他说过，不要泄露她的警察身份。要是有人问起来，就说不知道。他知道自己做错事儿了，不敢再说什么。

对于乔小星欲言又止，胖阿姨更感兴趣了。

"跟阿姨说说，你徐阿姨怎么会是法医呢？"

乔小星神秘地说："我不说了。徐阿姨不让说。"

"阿姨替你保密！阿姨保证不告诉别人！骗你是小狗！"

"我不信！"

胖阿姨伸出右手的食指："来，勾手指，我说了吃狗屎！"

乔小星忍不住跟胖阿姨勾手指，念着咒语："勾手指，如果你说了吃狗屎！"

乔小星还是不敢说出来。但是胖阿姨继续发誓和怂恿他，他终于忍不住了。他让胖阿姨弯下腰，在她的耳边小声地说了一些话。

胖阿姨惊讶地瞪着眼睛，还是不相信乔小星所说的话。

胖阿姨说："你徐阿姨亲口跟我说过她是教师。她怎么会撒谎呢？"

乔小星生气了："我干吗骗你！徐阿姨真格儿是法医！骗你是小狗！"

胖阿姨半信半疑地看着乔小星。

徐希愉早就走近乔小星和胖阿姨。她听到了乔小星所说的话，想制止他却来不及了。她非常尴尬和生气。她站了一会儿，进退两难，最终还是走过来。

乔小星看到徐希愉，大吃一惊。

徐希愉生气地说："大卫，你怎么自己跑回来了？你不知道路上有多危险吗？"

乔小星自豪地说："徐阿姨，没危险，真的！我知道你很忙、很累。以后，你就不用接我了，我自己回来！"

徐希愉说："不行！要是你丢了，我可没法交代！"

胖阿姨说："徐老师，大卫人小鬼大，挺聪明的，坏人拿他没办法，你就放心吧！徐老师，你教毕业班吧？都忙成什么样子了，现在才回来？"

徐希愉知道胖阿姨这个人快人快语且好管闲事儿，正在明知故问，一时无法作答。

胖阿姨说："可是，大卫这孩子说，你不是老师，是警察，法医！"

徐希愉的脸色顿时变了。

乔小星急得跳起来，指着胖阿姨骂起来："你混蛋！你不是发誓不说出来的吗！"

胖阿姨呆呆地看着徐希愉。

徐希愉平静下来，一把拉住乔小星，低声责备他："大卫，不能这样没礼貌！赶紧向阿姨赔礼道歉！"

乔小星还是很生气："她不守诺言，她错了，我不向她赔礼道歉！"

徐希愉坚决地说："大卫，你必须道歉，这才是好孩子！"

乔小星被迫作出道歉，"Sorry！"

胖阿姨说："大卫，对不起，阿姨没有信守诺言，也错了，请你原谅啊！徐老师，你和大卫都饿了吧？我家里头还有饭有菜，你和大卫就先吃上，垫垫肚子，好吗？"

"谢谢，不用了。"徐希愉对乔小星说，"我要跟这位阿姨说几句话，你先上楼去，在门口等我。"

乔小星不安地走进楼梯间。

徐希愉改变了主意："大卫，你回来。你也来听听。"

乔小星走回来。

胖阿姨歉然地说："对不起，我这人，口没遮拦，没心没肺，给你添麻烦了！我只想知道，你是不是警察。如果你是警察，你真是一个好警察！"

"大姐，我不怪你。我真是警察。"徐希愉从手袋里掏出工作证，递给胖阿姨，"我是法医，一级警司。"

胖阿姨接过工作证，好奇地看着。

徐希愉把工作证要回来，放进手袋里。

徐希愉说："大姐，你性格开朗，心地善良，愿意帮助别人，我是很喜欢你的。"

胖阿姨客气地说："谢谢你，徐警官。平时我有什么做得不对的地方，你尽管批评！"

徐希愉说："大姐，我不是存心骗你。警察里头，确实有些人有特权思想，觉得自己高出平头百姓一个头儿，有事儿没事儿都吆喝几声。老百姓是很反感的。我想以普通百姓的身份，跟左邻右舍和睦共处。就是这个原因，我说我是教师。大姐，请你替我保密，以后还是叫我徐老师，好吗？"

胖阿姨对徐希愉的话表示认同，郑重地点点头。

大约是四年前吧，我和徐希愉同在技术大队工作。有一天她到我办公室汇报工作，中途被同事叫到化验室去了。她走得匆匆忙忙的，把文件袋、笔记本和日记簿留在我的办公桌上。我对她的日记簿很感兴趣。我知道偷看别人的日记是不道德的，甚至于侵犯了别人的隐私权。但是好奇心使然，我竟然冒着风险偷看了徐希愉的日记，就像我偷了那位女学生的一本书。这一看不要紧，却让我感到徐希愉是一个很有个性、心有所求的警察。她在日记中写道：她不想让除同事之外的人知道她的警察身份，更不想别人知道她是法医。干法医这份工作，脏点儿累点儿没什么，她毫无怨言，也愿意倾尽全力把工作做好。但是，她渴望自己在社会里拥有一个平等和安静的空间，不希望别人用异样的眼光看待她，更不希望别人用不同寻常的方式跟她交往。比如说，别人看到法医，就自然会想象到他整天解剖死人，不愿意和他同坐一张桌子吃饭，甚至不愿意走近他以免沾上霉气。徐希愉渴望像教师、医生和工程师这些人一样平平凡凡、无拘无束地做人。她在工余时间，尽力忘掉自己是法医，忘掉一切不愉快的事情。她的住处非常整洁，没有一件与警察和法医有关的东西，甚至没有一本相关的杂志或书。遇到不认识她的人问起她的职业，她就自我介绍是教师。如果对方有兴趣多问几句，她就说自己是英语教师，有空儿也愿意热心地辅导别人的孩子学一会儿英语。当然，这是不收报酬的。辅导孩子学英语也是偶尔为之，因为她在工余时间里喜欢一个人待着。

此后，我一直后悔偷看了徐希愉的日记。我觉得了解别人内心世界的秘密简直就是罪过。

徐希愉在化工一厂宿舍区住了三年之久，对这个居住环境还比较满意。但是，她的身份已经暴露了。她根本不相信那个热心而饶舌的胖阿姨能替她保守秘密，可以想象不久之后她将成为别人议论的对象。即使别人发自内心地褒扬她、尊敬她，但在她看来没有比这更糟糕的事儿了。她需要的是自由和安静。她决定立即搬家，当天晚上吃饭前就打电话联系合适的住处，吃饭后就开始收拾家当儿。

乔小星知道自己闯祸了，不敢吭声，整个晚上都埋头做作业。

徐希愉曾经给蓝母打过电话，苦口婆心地跟她说了一大堆道理，恳求蓝母把乔小星接走。但是蓝母百般推诿搪塞，最后干脆蛮不讲理地说："这就是许健造成的，你应该把乔小星扔给许健!"

事实上，蓝母和蓝父整天疲于奔命，不是忙于告状，就是到处寻找乔君烈，哪里有时间照顾乔小星?

徐希愉认定我要对这件事负责任，必须承担照顾乔小星的义务。同时她也觉得我家里是乔小星最佳的栖身之地。

于是，徐希愉一定要把乔小星交给我。

徐希愉给我说一个寓言故事：风很大天气很冷，一个阿拉伯人待在一个小帐篷里取暖。他的骆驼在露天之下苦不堪言，就把头伸进小帐篷里，说它只把头伸进来就行了。阿拉伯人想反对却来不及了。后来，骆驼又把前身放进帐篷里。最后，骆驼把整个小帐篷占领了，把阿拉伯人踢了出去。

徐希愉软硬兼施地说："这个故事告诉我们，骆驼是一个得寸进尺的家伙。既然它已经把头伸进来了，阿拉伯人就无法阻止它把整个身子挤进来。这会儿，大卫在你家了，你想把他轰走，告诉你，晚啦!"

徐希愉用寓言故事来比喻我和乔小星的关系是不太准确的。乔小星不是骆驼，更不可能把我从我家里踢出去。但是，我没有心情和她玩文字游戏。我知道徐希愉把乔小星推进我家里后，绝不会大发慈悲把他领走。我在家里常常吃面条和咸菜，视洗碗筷和衣服为难事，不拖地板不擦窗子，我怎么能照顾好乔小星呢？徐希愉难以做到的事儿，换上我就能做到了吗？我心里叫苦连天，急得满头大汗。我真想跟徐希愉翻脸，大吵一场。

徐希愉说："你一个人肯定忙不过来，得请一个保姆。请保姆的费用，我可以负责。"

我说："这不是钱的问题……"

徐希愉打断我的话："对，正因为不是钱的问题，我才把大卫交给你！这样吧，你家里头那女人，是你情人也好，是你女朋友也好，我就饶了你了，不往外说了。我祝你幸福！不过……"她就像在讹诈我。

我说："你往外说，我告你诽谤！"

徐希愉说："我诽谤你干吗？不过，大卫这孩子真的是属于你的啦！算了吧，别推了，你推不掉的！"

"小徐，你听我说……"我还想作最后的挣扎。

徐希愉看到我愁眉苦脸的样子，安慰着我："我的许大队长，大卫这孩子喜欢警察，有悟性。他会让你喜欢上他的！"

"你不是也可以请保姆照顾大卫吗？费用我来付！"我知道说什么也无法让固执己见的徐希愉改变主意，但是我还是说了。

"算了吧！大卫这孩子，你痛痛快快接过去不就完了吗？这没得商量。今晚这账单，我来付。"徐希愉爽快地说，拍一下她的手袋。

我考虑了一下，拿出一个折衷方案。我对徐希愉说："我那儿有地方，要不，你和大卫一块儿住我那儿。大卫要是给了你，你这法医就当不成了。可是，要是给了我，我这大队长也干不成了。大家互相体谅，共同承担吧！"

徐希愉一口回绝："这不行！你还是考虑请个保姆吧，费用我来出，保证说到做到！"

不管怎样，我也觉得徐希愉太过分了，她绝对没有权利这样做。不过，乔君烈潜逃在外，让我无话可说。我把乔小星轰出门去也是不适宜的，不能把这件事儿闹大了。就此看来，我已经在心理上接受了乔小星进入我家里这个事实。我就不想再说什么。

正要掏出钱包付账的时候，我发现徐希愉紧紧地盯着一个迎面走过来的男人。这个和徐希愉年纪相仿的男人油头粉面，西装革履。他身后紧跟着一个妙龄女郎。她光彩照人，特别是身上散发着一股法国香水的味儿，就更加引人注目了。从这个女郎的打扮和神色来判断，她应该是一个高级的三陪小姐，只是我不能判断徐希愉和这个男人是什么关系。

后来我知道这个男人叫陈求真。

陈求真有点儿尴尬地向徐希愉打招呼，寒暄了几句。他还认真地看了我一眼。陈求真停留不到一分钟，就领着那个三陪小姐，跑到一个徐希愉看不到的角落去了。

我付了账，服务员还没有把余款送回来，徐希愉就迫不及待地催着我走了。

我用公务车送徐希愉回家。

我问："要不要找几个人给你搬家？"

徐希愉说："不用麻烦了。请搬家公司，才两百多块钱。请你的人，得搭上好几百块钱请你们吃饭、抽烟、喝水，划不来。你还是专心照顾好大卫吧！"

"算你狠，把大卫扔给了我！"我说，"对了，刚才那位先生，挺潇洒风流的，你们是朋友？"

徐希愉叹了一口气。

整个晚上我被徐希愉弄得非常不愉快，决定报复一下她，就像小人一样恶毒地说："那是你以前的男朋友？"说完这句话，我极力忍住了笑。

"胡说！我哪有这种花花公子男朋友！"徐希愉想了一下又说，"那是我的老同学！"

"老同学？中学的还是大学的？"

"中学的。"

我立即说："如果是你的中学同学，那也就是蓝雪的老同学了，对吧！"

"这不是废话吗？"

"是废话又怎么样？逗你穷开心！当年你有没有暗恋过他？"

徐希愉生气地说："胡说！当年他暗恋过蓝雪。那时，他是真心的，死心塌地地爱过蓝雪。现在不同了，他大概有钱了，到处寻花问柳！男人就是这德性！"

我说："这种男人不值得你爱！"

徐希愉叹着气。

服务员把找头送回来了，徐希愉心不在焉地接过来，要放进她的手袋里。看得出她在闷闷不乐地想着什么，我就没有吱声。后来她恍然记起是我付的账，这找头应该是我的，就把钱扔在我面前。

徐希愉伤心地说："好啦，不许再说了！你还有心情逗我穷开心！不过话又说回来，我放心了，这证明你还没有恨我恨到骨子里头去！"

我说："差不多了！"

第十三章　诱捕乔君烈

送徐希愉回到她的住处，再回到我家里，已近凌晨一时了。

走进家门，我首先看到了邵幼萍的行李。张宾把她找回来，我就放心了。

乔小星还不敢睡觉，坐在沙发上一边看电视，一边等着我，一看到我就更加紧张了。张宾和邵幼萍也坐在沙发上。

乔小星痛失母亲，父亲又负案在逃，蓝母和徐希愉又拒不收留他。他不敢看我一眼。我觉得他挺可怜的。其实他长得还算机灵和帅气。当初我也想要个男孩，可是温如心一直不合作。我和温如心之间的关系如此紧张，这也不能怪她。

俗话说既来之则安之。应该安慰一下乔小星，让他愉快地住在这里。

我说：“大卫，听说你想当警察，是吧？你念三年级了吧？我考你一道IQ题。一个小女孩，念二年级，个子比你矮一大截，她家住三十一楼。可是，这小女孩每回一个人乘电梯，她都按二十九楼，不按三十一楼。为什么？”

乔小星在想着：“叔叔，她怎么这么笨？”

我说：“她一点儿也不笨，大卫，你可得仔细想想喔！”

乔小星想不出来：“她闹着玩的？”

我说：“因为那小女孩个子矮，够不着三十一楼那按钮儿，最高也只能够着二十九楼那按钮儿。小女孩上到二十九楼，只好爬安全梯再上两层楼了。大卫，你的IQ好像有问题喔！”

乔小星恍然大悟，哈哈大笑了，顿时觉得我非常亲切。

我摸着乔小星的头，问他洗澡了吗？他说洗过了。我实在累得要命，不打算洗澡了，简单洗个脸就睡觉。

我说："不早了，都睡吧，明天要上班的，要上学的，都有。"

张宾说："头儿，谁送大卫上学？还没明确……"

我说："当然是钟点工了。别的事儿，明天再说吧。"

我走向卫生间。突然我想到我曾经不太礼貌地对待邵幼萍，现在总应该简单地表态一下。

我走回来对邵幼萍说："你愿意留在这儿干吗？"

邵幼萍说："干钟点工？"

我说："不是钟点工，是菲佣。知道什么是菲佣吗？就是来自菲律宾的高级佣工。菲佣有文化、懂英语。哦，不，你不是菲律宾人。准确地说，你担当像菲佣那种角色，接送大卫往返学校，教他学习，给他做饭吃。"

张宾见缝插针说："邵小姐，如果你愿意，打今儿起你就管许大教授叫大房东吧，管我叫二房东吧！"

张宾看了我一眼，我不置可否。

邵幼萍狡黠地笑了："我可要考虑一下，给我一天的时间吧。还有，多少工资？"

我说："待遇问题，好商量！"

邵幼萍说："两千块钱！"

我以为对方在开玩笑："打五折吧，怎么样？"

邵幼萍说："一分钱也不能少！"

我说："那我的房租呢？你付给我多少房租？"

邵幼萍说："我不是钟点工了，是高级佣人。你总得为我免费提供住宿的地方吧？"

我这才觉得邵幼萍不像开玩笑。张宾也有同感，看了我一眼。

我说："一千二百块钱吧。"

邵幼萍说："一千二百块钱也行，不过每月得按时开工资！"

我点点头，对张宾说："我出大头儿，七百块。如果你愿意出五百块钱，你就搬来住吧。大卫住多久你就住多久。"

张宾说："五百块钱？"

我说："怎么，还嫌贵？我这房子，水电气费、物业管理费，你知道多少钱吗？小子，最大的受益者就是你！”

张宾得意忘形地模仿着唐老鸭的笑声，近似讨好地说：“头儿，一切好商量！我明天就搬过来住？”

我说：“今晚就留宿这儿吧，自己去收拾房间！你和大卫住一个房子，你睡上铺吧！”

张宾走进小卧室里。

邵幼萍对我说：“要你一千二百块钱，不痛快吧？”

我说：“不会的。物有所值。辛苦你了，你就好好干吧！”

邵幼萍笑了：“客气什么！说穿了还是不够痛快！”

我放在茶几上的手机鸣叫起来。邵幼萍正好坐在茶几旁边的沙发上，刚要伸手拿手机，替我接听电话，被我拦阻了。

我说：“对不起，邵小姐，我的电话你不能碰。因为我们单位有保密法。”

邵幼萍扮了一个鬼脸。其实，我想借用保密法，不让邵幼萍动我的手机。一个男人让一个女人动他的手机肯定没什么好处。

我接听了电话。

是曾思敏打来的。她非常了解我的心情，第一句话就说有乔君烈的消息了。刚才，乔君烈给杨丽童发来电子邮件，约她凌晨一时三十分在老地方见面。

我的睡意一扫而光。我对曾思敏说我即刻就赶回去。对于我来说，听到有关乔君烈的消息，就像饿足了三天的人见到面包一样。我和张宾仅花了十多分钟就回到了单位，走进微机室。从杨丽童住处拿来的电脑就安置在这里。

现在是一时十七分。

我立即看杨丽童电子邮箱里的邮件。

杨丽童心情复杂地望着屏幕，击键的动作显得较为迟钝。她的电子邮箱里果然有那么一封信，字面儿上挺简单的：“杨丽，挺想你的。不知你什么时候才看到我这伊妹儿。今晚一时三十分，或明晚一时三十分，这两天咱们想法儿在老地方见面，好吗？到时不见不散！”

不过电子邮件所涉及的情况可不简单。杨丽童跟我说过，称呼她为杨丽的人必定是乔君烈，而且他这样称呼她还有一层意思，即他平安无事，他的身边没有警察。不过，他跟杨丽童所说的老地方，这老地方究竟代表什么意思、具体在哪里，我就不知道了。

我问：“老地方是什么意思？”

杨丽童说：“一个四星级酒店的客房。”

“哪个酒店?”

“假日酒店。”

“哪间客房?”

“3206。乔君烈高兴的时候，常常约我到那儿去。”

张宾激动得跳起来：“头儿，咱们这就到假日酒店布控吧!”

我朝张宾使了个眼色，他即刻跟着我走到门外。

我说：“凭直觉，我认为他们的老地方不是假日酒店。”

张宾有如丈二和尚摸不着头脑：“是吗？在哪儿?”

我说：“乔君烈有心眼儿，什么事儿都想得很细，从不冒险。你想一下，他怎么会住进假日酒店呢？这不是给咱们送上门来了吗？还有，今天下午，咱们看到乔君烈那一封电子邮件，他不是说他在湖北吗？他到底在哪儿，咱们不能光听他跟杨丽童胡说什么。”

张宾有点儿明白了。

我说：“不过，咱们收到什么样的信息，都不能错过。张宾，你领两个人到假日酒店看看吧。在3206客房见不到乔君烈，再到服务总台了解一下情况。要是没什么特别的，立即赶到杨丽童住处附近看看。我认为那也是所谓的老地方。”

张宾领命而去。

我在杨丽童身边坐下来。

还没有到一时三十分。

我说：“杨小姐，按说乔君烈应该躲在一个人迹稀少的地方，而不是躲在根本躲不住的酒店里头。不错，是有人说过，最危险的地方就是最安全的地方。但是，这条规则对一个负案潜逃的人来说并不适用。所以，我不相信你们的老地方就是那个假日酒店。”

杨丽童有点儿不安地看着我。

我说：“杨小姐，曾警官也在这儿。她和我共事好几年了。你问她，我是那种吹胡子瞪眼睛拍桌子，然后大声喊：说！说不说！我是那号警察吗?”

杨丽童抬头看一下曾思敏。曾思敏刚想说什么，我举手制止了她。

我说：“警察怒吼：说！说不说！是没用的。得有事实证据。杨小姐，刚才乔君烈给你来信儿了，约好老地方见。这就是事实证据！今天晚上，要是我们见不着乔君烈的影子，你说，能说得过去吗？你要想一下，对你来说，后果是非常严重的!”

我站起来，为杨丽童倒了一杯水。我继续说下去：“要是抓到了乔君烈，要是蓝雪真是他杀害的，那么，乔君烈将面临着死刑。你曾经是他的恋人，你当然不想置他于死地，也不想出卖他。这是可以理解的。如果我是你，我也会有这种想法。可是，在法律上，你没有选择，也不能患得患失了！你必须告诉我，老地方是什么地方?”

曾思敏看看手表，严厉地对杨丽童说：“就快一点半了。杨丽童，你要抓住最后的机会!”

我知道再说下去也没效果，就对曾思敏说：“把她带到留置室去!”

我在电脑前坐下来，盯着屏幕。

杨丽童说：“许大队长，我愿意跟你们合作!”

曾思敏问：“快说，老地方在哪儿?”

杨丽童指着电脑：“网上！就是聊天室!”

曾思敏说：“那为什么刚才你说是假日酒店3206客房?”

杨丽童说：“许大队长，过去我和乔君烈常常在假日酒店3206客房见面。那儿真是我们的老地方。不过今晚乔君烈所指的老地方，应该就是在网上。”

曾思敏说：“杨丽童，你所说的每一句话，都会记录在案的。你会为自己作伪证、欺骗警方付出代价的!”

“杨小姐，欢迎你跟警方合作。就看你有没有诚意了!”我让杨丽童在我身边坐下来。

曾思敏说：“张宾他们怎么办？要不要撤回来?”

我知道杨丽童并没有彻底招供，她所说的话不可以全信。既然张宾他们已经出动，就辛苦他们跑一趟了。

张宾打来电话告诉我，假日酒店3206客房入住的客人是日本人，入住时间是大前天。接着他到服务总台询问，没有什么特别的情况。我让张宾按原计划赶到杨丽童住处附近。

曾思敏对杨丽童说：“看你把警察给累的!”

我摆摆手让曾思敏不要说了。我对杨丽童说：“等一下跟乔君烈对话，我会判断出你有没有暗算、欺骗我们！你骗不了我们！我请你记住，这是最后的机会了!”

杨丽童点点头。

这时候一个网名叫自由浮云的人出现了，要求和网名为冰雪聪明的杨丽童对话。

我看一下手表，对杨丽童说：“会不会是乔君烈呢？怎样跟他说呢?”

杨丽童说："发脾气，骂他！就说姑奶奶今天脾气不好，是正人君子的话，有话就说！不是就滚蛋！"

不能完全听信于杨丽童，我盘算一会儿，觉得她的说法还是可行的，就把她的话传发给自由浮云。

自由浮云传发过来几句话："杨丽，别这样。你怎么就没有预感呢？自由浮云就是我，我就是君子呀，你在哪儿呢？还好吧！"

杨丽童指着屏幕惊叫道："这就是乔君烈！他出现了！"

我问："怎么回答他呢？"

杨丽童说："就说我在雀巢里吧！"她向我解释，她所住的房子是乔君烈给她租的。乔迁新居那天，乔君烈买来很多食品，有雀巢品牌的咖啡、奶粉、巧克力和饼干，因此雀巢这个词就这样引起了杨丽童的注意。另外，那房子不大，恰似一个雀巢，一个温暖的雀巢。所以应景而生，她和乔君烈就把她所住的房子叫做雀巢。

要是说杨丽童正在雀巢里，万一乔君烈已经核实过杨丽童不在那里，他就会明白事情肯定不对头了。要是说杨丽童在某个网吧里上网，这也是不合常理儿的，因为雀巢里就有电脑。不过，我判断此时乔君烈不在本市了，他不可能亲自到杨丽童的住处去作实地核实。另外，我问清楚杨丽童的住处没有固定电话，也就不担心乔君烈会突然打电话到雀巢了。

我一边敲击键盘一边发问："这样说，行吗？你打字快不快？"我把我代替杨丽童说的话打出来，请杨丽童看。

"我看这样行，没问题。"杨丽童说，"别忘了管他叫君子，这样他就知道我身边没有警察了！"

我通过互联网告诉乔君烈："君子，我不是在雀巢里等着你吗？你不知道我多着急！多担心！昨晚我一夜没睡好，老是做梦看到你，浑身是血！太可怕了！你在哪儿呢？那天在渔村酒家，菜刚上来，你没吃几口就说肚子痛，上厕所去，不辞而别了，一去不复返了！我在那里整整等了你四个多小时，怎么也想不明白，差点儿报警了！可是我又不敢报警。后来你给我打电话，正好警察来找我问话，我用暗语通知了你，你没事吧？到底出了什么事儿？你干什么去了呢？你真的是畏罪逃跑了吗？上帝，我好害怕啊！"

乔君烈很快就回音了。他应该收到了我传发过去的信息，但是他视若无睹，却提出一个出人意料的要求："杨丽，你从书架上取下那本《风中的烛光》，把第二十六页的第一行至第四行全念给我听听！也就是全给我传发过来，我想欣赏一下。”

杨丽童向我解释，《风中的烛光》是一本关于戴安娜王妃的爱与死亡的书，那是大半年前她和乔君烈逛书城时买下来的。有时乔君烈在睡觉之前，躺在床上拿着它随意地看一会儿。

我知道乔君烈此举的目的是试图证实杨丽童是否在她的住处，也就是试图证实她的话是不是可信的。这家伙真是多疑多虑、极其谨慎且煞费苦心。但是，他真的把我难住了。现在怎么可能一下子找到那本该死的书呢！没有这本书，杨丽童只好哑口无言了。

不能让乔君烈得逞！

我问：“杨小姐，你尽可能地回忆一下，还能想起那本书二十六页第一行至第四行的大概意思吗？”

杨丽童摇摇头。

我又问了曾思敏。

曾思敏说：“这本书我没见过！往杨小姐住处跑一趟，还来得及吗？”

我和杨丽童都摇摇头。

凌晨时分交通顺畅，我估计张宾他们从假日酒店赶到杨丽童的住处只需要二十分钟，此时他们距离目的地应该不远了。

我给张宾打电话，他说他已经到达指定位置，来到杨丽童住处的门前了。

我让他立即采取措施进入杨丽童的住处，找到一本叫《风中的烛光》的书。张宾说有一道防盗门，没有工具根本没办法打开进去。我说这是死命令，必须在两分钟之内破门而入！

我说：“杨小姐，对不起，我们需要火速进入你的房间。希望你能够理解。所损坏的东西，我们照价赔偿，给你恢复原状！如果要办理搜查手续，我们会补办的！”

虽然我这么说了，但是我也能想象到，张宾凭着赤手空拳在极短的时间内砸开那钢铁制造的防盗门，那简直可以打破吉尼斯世界纪录了。而且，在夜深人静之际破门的声音将惊天动地，邻居肯定提出抗议，甚至打电话报警。

不能造成如此恶劣的影响。我打电话通知张宾暂停砸门，让曾思敏把钥匙送去。

杨丽童急忙地说：“还有一套钥匙用胶布粘在防盗门里侧，伸手就可以摸到！”

杨丽童要过我的手机，指点张宾找到钥匙。她告诉我和曾思敏，也许是出于爱她或者关心她的原因吧，乔君烈这个IT精英非常细心，亲自在防盗门里侧用封口胶布粘上两把钥匙，在门外看不到却伸手可及，以备不虞之需。

看来杨丽童是真心跟我们合作的。此时我真心感激她！

张宾火速进入杨丽童的住处，从书架上找到《风中的烛光》这本书，拨打我的电话，把书中二十六页的第一行至第四行念给我听，我立刻通过互联网传发给乔君烈。乔君烈所提出的这道难题就这样迎刃而解了。不过，这个狡诈多疑的家伙是否会相信杨丽童，还有待证实。

杨丽童对我说："叫他别疑神疑鬼的。再次追问他，为什么要不辞而别，把我扔在渔村酒家？既然不是他作的案，为什么要逃跑？逃跑不是适得其反，把问题弄糟了吗？"杨丽童仿佛正在质问乔君烈，有点儿怒气冲冲的模样。

上述问句都是杨丽童最想弄明白的问题。我也是这样想的，就把这个问题传发给自由浮云。

乔君烈立即回答："表面上我被放了出来，可是，我发现有警察在秘密监控着我。他们肯定会窃听我的电话，还会用先进设备远距离窃听我的讲话，用高倍望远镜盯住我！反正各种现代化监视监测设备全都用上了！我还是有疑点让警方揪住不放的。另外我岳父丈母娘到处告状，这些都对我非常不利，就像两把利剑悬在我的头上！我担心什么时候风吹草动，警方就会再次把我抓起来，搞刑讯逼供，我就完了！屈打成招、冤死的人还少吗？这年头，报纸上什么样的新闻都有！我不得不三十六计，走为上，避一下风头啊！"

我给乔君烈传发一句话："现在不是法治时代吗？警方不会搞刑讯逼供的！"

乔君烈说："你不知道，即使警察不敢明目张胆地搞刑讯逼供，他们灵活多变，上有政策下有对策，搞变相体罚，不让嫌疑人睡觉、吃饭，把嫌疑人铐在空调机的室外机送风口下。这谁受得了？人不是钢铁，斗不过警察！我肯定过不了刑讯逼供这一关！我是秀才类型的人，秀才遇上兵，有理说不清呀！还有，被关进号子里头，肯定会让同室的牢头活活打死的！我也过不了监狱这鬼门关！"

杨丽童对我说："许大队长，我想跟乔君烈对话。我保证不乱说，你就在旁边监视着我。"

我表示同意，让杨丽童操作电脑。我一再强调："必须经过我同意，你才能发送说话。"

杨丽童说："我明白。"

杨丽童通过互联网对乔君烈说："没那么可怕吧？既然你真的没有杀害蓝雪，问心无愧，你就找警察说清楚吧。你躲起来，这不是办法。你总不能一辈子都躲起来吧？你家的孩子怎么办？时间会把一切事实冲刷得面目全非的。你这一走，就等于认了自己是凶手了！我担心，最终你不得不吞下这个苦果：自己证明自己是凶手！”

乔君烈滔滔不绝地说：“前几年出了一个震惊全国的大冤案！云南一个警察有杀妻嫌疑，他的同事就把他抓起来，先是动用测谎仪，证明那警察应该是知情者或者直接参与作案，后来就刑讯逼供。整得太狠了，快要死了，谁能扛得住？能不屈打成招吗？最可恨的是，还有个狗屁记者为此写了一篇报告文学，文章的结尾有一段点题的文字：这个杀妻的警察在认罪后，作出了忏悔。搞得大伪似真啊！可是，一年之后，警方无意中抓到了真正的凶手，这才真相大白！你想想，这有多可怕！就差那么一点儿，真比窦娥还冤！”

杨丽童说：“刑警大队长许健，我跟他打过交道，也算是认识他，对他还是有一点儿了解的。他也是秀才类型的人，讲法律讲真凭实据的。他不会搞刑讯逼供的。你和他直接联系一下，好吗？”

乔君烈立即警告：“绝对不能信任警察！绝对不能把我的事儿告诉警察，包括许健！你也会惹祸上身的！你应该怎么办，我早就跟你说过了！切记切记！”

我对杨丽童说：“想办法问清楚乔君烈在什么地方，你要去见他。不过不能急，慢慢说。”

杨丽童说：“君子，我知道你是无辜的。我天天为你祈祷。我总是睡不着。我想死你了，想跟你见一面，行吗？”

乔君烈说：“我也念着你。我在湖北武穴市郊外一个住宅小区里头租了一套房子，住得马马虎虎，不过，挺安全的。不要念着我。对不起啊，杨丽，咱们暂时不能见面。我担心警察会尾随你而来。你再等一阵子吧，风平浪静了，我会偷偷跑回去找你的。”

杨丽童说：“许警官，怎么办？”

我说：“你就把握分寸，缠着要跟他见面。”

曾思敏说：“你过去怎样撒娇放电的，这时候就怎样撒娇放电吧！”

杨丽童对乔君烈讲了不少情意绵绵的话儿，强烈要求跟他见面。乔君烈借口快二时三十分了，网吧要关门了，今晚就谈到这里。他说当天下午还要给杨丽童打电话，让她千万不要关机。他就这样下线了。

杨丽童刚才的表现还是令人较为满意的。我寄希望于乔君烈打杨丽童的手机，会把他所处的位置暴露出来。

乔君烈再次对杨丽童说他在那里——湖北省武穴市郊区。但是我还是姑妄听之，暂时搁置派出同事前去追捕他的计划。我打算办理有关手续，请北京市某总网站给予协助，在网上监控，通过分析乔君烈上网的时间和对应的 IP 地址，确定乔君烈的准确位置。同时，我还向有关单位打报告请求批准警方和移动通信公司合作，在乔君烈使用手机的时候确定他的具体位置。由于蓝父和蓝母到处告状，0513 案件的影响颇大，我相信这两个要求最终会得到有关单位批准的。

互联网这东西太有意思了。自己本是雄性是穷光蛋是文盲是凶恶的人，在网上却可以把自己说成是雌性是百万富翁是 MBA 是善良的人，怎么说都不必担心会负上法律责任。还可以在里面无拘无束地聊天、交友、谈恋爱、购物、虚拟结婚生子，最终发展到在网上不求同年同月生，但求同年同日死。如果觉得网上不过瘾，还可以走进现实中，发生一夜情。总之，互联网是爱好表现自我的人的天堂。然而，我整天忙成那个样子，除了关注在网上追捕逃犯的动态资料之外，根本没有时间泡在网上。不管怎样，我必须表明我最喜欢互联网的说话方式。因此我可以冒名顶替杨丽童和乔君烈好好谈一下，再进一步诱捕他。假如不是互联网而是电话，既狡猾又有如惊弓之鸟的乔君烈，早就闻风销声匿迹了！

第十四章　反侦查

尽管乔君烈在网上，也就是在私下里告诉杨丽童此时他在湖北省武穴市郊区，但是凭直觉我认为乔君烈仍然在本市。一个逃犯在他乡若能藏起来，能像普通人一样过日子，那他必须要有一定的经济基础，也就是手上有钱。如果囊空如洗，就不得不抛头露脸去挣生活费，那么就很可能落入法网。

我派出去调查乔君烈经济情况的同事向我汇报，昨天晚上十时，乔君烈从他的生意合作伙伴手上取走二十万元。我终于明白了，乔君烈绞尽脑汁地蒙骗警方说他在湖北省武穴市，目的是为了扰乱警方的视线，让他在警方的眼皮子底下拿到一笔作为潜逃经费的资金，再从容地离开本市。他的合作伙伴在被警方询问时一再表明，他并不知道乔君烈就是杀害其妻子的犯罪嫌疑人，这二十万元是乔君烈合法所得的项目工程款的一部分。这笔钱不少了，可以让乔君烈在外地舒舒服服地过上好几年。他冒险地拿到这笔钱后，很可能就远走高飞了。我希望他贪心不足，在本市多逗留几天，继续为筹措潜逃经费而奔走，从而暴露行踪。

相应地，我派出同事在一些关键的地点布控。

乔君烈说过当天下午要给杨丽童打电话。我考虑到乔君烈狡猾多变的特点，在上午就严阵以待了。

中午，同事们纷纷到食堂吃饭了。杨丽童被留置审查，按规定她的饭由自己解决。曾思敏问她要不要替她到外面买一个盒饭。杨丽童摇摇头，说是吃不下。

我发现杨丽童进来才一整天，她那张没化妆的脸简直今非昔比，显得憔悴多了。

我说："杨小姐，不吃东西可不行啊！"

杨丽童说："真的吃不下。不要管我，我没事儿的。"

我说："我们这儿食堂人多为患，没什么好吃的了。还有，进了公安局的滋味儿不好受，关进监狱里头就更不好受了！因为你愿意跟我们合作，我就网开一面。这样吧，杨小姐，我们到外面吃顿饭，怎么样？因为办案经费有限，餐费不能报销，我们AA制，好吗？这对你有好处。到了外面，你就暂时回到自由的世界了！"其实这一举动，仍然在向杨丽童施加心理压力。我希望她明白自由是可贵的，也明白自己必须将功赎罪，在全力促使乔君烈早日归案的情况下，才能重新回到自由的社会里。

杨丽童说："好啊！要不，我请客！"

张宾说："杨丽童，记住你的身份，别打那种主意！我们不可能请你吃饭，也不可能让你请我们吃饭。不过，你应该感谢我们。我们给你放风！跟兜风差不多了！"

杨丽童说："谢谢！"

我说："杨小姐，争取早日离开我们这儿吧！如果你要为乔君烈付出代价，在监狱中消耗青春，我认为那是不值得的！"

杨丽童点点头。

有时我们工作忙不过来，错过了吃饭的时间，食堂关门了，我们就搞AA制，上馆子撮一顿。张宾常常穿着警服，那些餐馆老板不看僧面也得看佛面，至少不会宰得我们脖子上全是血。我们按工作餐标准点菜，一般是三四个菜外加一个汤，每人交上二十元钱足够了。有时张宾吃过饭后，一高兴就说我太抠，不会开发票找地方报销。我就告诉他，我还想当局长呢，等我高升了，我请他到五星级饭店吃满汉全席！

我们在餐馆刚坐下来，杨丽童的手机鸣叫了两声。我知道那是她的手机收到短信了。张宾从他的公文包里取出杨丽童的手机，查看对方的号码。只要找到乔君烈所使用的手机号码，我立即通知早已在移动通信公司待命的同事，请该公司用卫星定位系统来确定来电手机所处的具体位置。

张宾说："奇怪，这不是手机号码吧？"

杨丽童说："我这手机可以接收从互联网发来的短信。"

我拿过杨丽童的手机一看，这条短信果然是通过互联网传发的。看来，乔君烈已经充分地估计到我们会动用移动通信的定位功能来确定他的位置，所以弃用了手机。但是要申请由北京市某总网站的协助，在网上监控，确定乔君烈上网时的准确位置，则要办理更为复杂的法律手续，在短时间内将难以成事。

我们暂时无法用高端的科技对付乔君烈，只好用传统的办法，即是跟在杨丽童后面顺藤摸瓜。

乔君烈在传发给杨丽童的短信里声称，他已经从湖北省武穴市回来了，在一个可靠的朋友家里待着。他答应和杨丽童见面，让她立即乘坐出租车前来，在23路公共汽车总站下车，往东走一百米，在一个叫美食天地的小饭店门前等他。他反复叮嘱杨丽童要当心，乘坐出租车时要不停地观察前后左右四方，如果有警察盯梢，必须当即单方面取消见面。

我马上组织警力前往乔君烈指定的那个地方。

在23路公共汽车总站附近，果然有一个叫美食天地的小饭店。我秘密布控，就等乔君烈钻进来。

我把杨丽童送到离现场一公里外的地方。

我说："杨小姐，乔君烈可能在23路公共汽车总站附近。你一个人打个车去。我的同事跟在你后面。你放心，不会有危险的。不过你要小心。你到了23路总站，可能乔君烈就开始监视你了。你不能露出破绽，一定要把乔君烈给引出来。明白吗?"

杨丽童点点头。

"杨小姐，"我说，"乔君烈是凶手，不是别的!"

杨丽童说："我明白。"

杨丽童叫上出租车，前往23路公共汽车总站。

张宾驾驶一辆不起眼儿的日产轿车跟在杨丽童身后。

我站在美食天地小饭店斜对面的小商店里，隔着茶色玻璃监视着周围的动静。但是半个小时慢慢地过去了，还没有见到一个外貌像乔君烈的人。

杨丽童站在美食天地小饭店大门前，也有点儿按捺不住了，比我还焦急。

乔君烈这个老狐狸又一次胜利大逃亡了?

曾思敏打电话告诉我，乔君烈又通过互联网给杨丽童传发来短信。

这一条短信是这样的：杨丽童，你这个大骗子，你背叛了我，领着警察来捉拿我！警察吓唬你一下，你就害怕承担法律责任，出卖了我！这是可耻的！我根本不是什么杀人凶手！相反，我还要找到事实的真相，抓住真正的凶手，为蓝雪报仇！所以我不能落在警方的手上！告诉你，我一辈子也不想见到你！但是我有朝一日会告诉你我是清白的!

我无奈地把警力撤走了，同时通知在机场、火车站和高速公路出口执行布控任务的同事提高警惕。

乔君烈这家伙把我们玩儿了一把，他究竟想干什么呢？难道他真的就在附近，发现了杨丽童是我们放出去的诱饵了？从乔君烈最近传发给杨丽童的短信可以看得出来，乔君烈表面上是在骂她，实际上是为自己辩护，为自己洗刷犯罪的嫌疑。我不得不猜想，乔君烈这家伙在演戏，一有机会就让杨丽童当配角，演戏给我们看。我憎恨他，但是我并不讨厌他，我愿意跟他这样的对手交锋。

蒋光亮对我兴师动众却没有半点儿收获颇有微词。

我说："我的蒋副大队长，你说乔君烈在哪儿？本市、本省，还是外市、外省？"

蒋光亮正在学习电脑操作，争取在短期内学会上网查阅资料追捕罪犯。他也知道乔君烈通过互联网向警方间接地挑战。因此他朝我表示同情地苦笑了一下。

蒋光亮说："当初，要是没把乔君烈放走，就没事儿了。"

我说："你这话的意思是，宁可错杀一千，也不放过一个。现在不是争论谁对谁错的时候。最主要的还是把乔君烈给捞回来！"

蒋光亮说："我明白了，杨丽童全蒙在鼓里头，什么都不知道，让乔君烈当枪使了。乔君烈一开始就利用杨丽童来误导咱们，迷惑咱们，把咱们引向歧途。我认为要分两条路子走。一是走老路子，先欲擒故纵，把杨丽童放出去，到时一箭双雕，把乔君烈和杨丽童一齐逮回来！二是走科技的新路子，尽快办好手续，派个人到北京总网站去，在网上追踪乔君烈！"

我心里冷笑着。我还以为蒋光亮会发表什么高见，却全是拾人牙慧的东西。我已经办好有关手续了，市公安局特别指派下属的计算机监察所的电脑警察飞往北京市了。我向蒋光亮说明，这个电脑警察是网络奇才，在那个总网站的支持下，一定会找到乔君烈的。

"对，还是让学电脑的人和学电脑的人斗！看人家的啦！"蒋光亮故意把看人家的啦这句话说得很清脆，仿佛没我的事儿了。

最近烈士陵园附近接连出了三个抢劫伤人案，作案手法极为残忍，影响也比较大。我就让蒋光亮去负责侦破这三个案子。我当然不能歇着。我等待着乔君烈的出现。

又过去了一天。

从北京市传来消息，发现有人于今天下午四时十一分在四川省绵阳市访问乔君烈的电子邮箱。

这个人应该就是乔君烈。此刻他在绵阳市。

昨天晚上，我以杨丽童的名义和口气，往乔君烈的电子邮箱里传发了三封信。那三封信的内容都是一样的：相信他是无罪的，关心他的处境，希望和他好好地谈一谈。现在，乔君烈应该看到这三封信了。

我对杨丽童说："准备好。就按咱们说好的办。"

杨丽童点点头。

但是乔君烈并没有即时上网和杨丽童对话。我们一直等到第二天凌晨一时二十分，乔君烈才姗姗来迟，向杨丽童打招呼。

乔君烈终于在网上现身了！

杨丽童连珠似的发话："君子，你让我整整等了三十六个小时了！前天，你让我打车到美食天地小饭店门前，我马上赶去了，一分钟也没有耽搁。而且，一路上我小心地看了，前后左右都没有警察的影子啊！我在美食天地小饭店附近，来来回回走了十多趟，也没有看到警察的影子啊！你藏在哪儿，看到我了吗？你怎么说我背叛了你，把警察带来了呢？我是理解你的人，相信你不是凶手。你这样对我，我太伤心了！你不相信我，我再也不想见着你！我只想告诉你，我不是背叛、出卖你的人！"

乔君烈立即回答："杨丽，你没经验，看不出来，你身边全是便衣警察，你被警方锁定了！当时我看到了你，却不敢出来，费了好大的劲儿才脱身呢！很危险啊！我还当那些警察是你给领来的，错怪你了。看来，咱们暂时无缘见面，只能在网上说说话了。"

从北京市传来消息，此刻乔君烈在四川省攀枝花市。

杨丽童说："你一个人在外面，不寂寞吗？我一个人，日子挺难过的。咱们俩待在一块儿，永不分离，不好吗？你在哪儿，我去找你。这几年，你呵护着我、给我好日子过，现在你不能扔下我不管啊！"

乔君烈说："是啊，寂寞难受又担惊受怕！我就在郊区，植物园附近。过几天吧，警察盯得不紧，咱们就一起远走高飞，找个安全的地方好好过日子！"

我对杨丽童说："看到了吧。这时候乔君烈在攀枝花市，离这儿两千多公里，他还说在郊区？他一个人周游全国，挺潇洒的！可是，他却蒙骗了你，利用你来迷惑我们，把我们引向错误的地方。这种人，还值得你信任吗？"

杨丽童气愤地说："没想到这家伙这样狡猾！许警官，你们赶快去人，把他逮起来呀！"

我说："我们有办法的。别急，慢慢来，套住他！"

杨丽童继续和乔君烈对话："君子，你也太神经过敏了！我是没经验，可是，我左看右看，上看下看，我觉得当时我身边根本没有人注意我，更没有警察。你现在在哪儿呢？咱们还是见见面，好吗？"

张宾对我和杨丽童说："杨小姐这样说话，像中学生课本上的话，规规矩矩的，平淡死板。这不像杨小姐对乔君烈说的话。两个人说悄悄话、心里头的话，不是这样的，倒像警察说的话。头儿，我旁观者清，看问题很准确吧？"

曾思敏随声附和："我也有这种感觉。"

我说："杨小姐，你就当乔君烈不是凶手。虽然你们相隔千里，但是你日日夜夜想念着他，有一种生死离别的感觉。你就带着这种感觉，非要见到他的人不可。所以，你说话的时候，无论有多么酷、多么肉麻、多么色情、多么变态，都不要紧，最要紧的是把乔君烈给引出来！你明白我的意思吗？"

我的话音未落，乔君烈又回话了，他果然是婉拒和杨丽童见面。

我说："杨小姐，不要难为情，继续引他上钩吧！"

杨丽童点点头，在考虑着措词。

杨丽童继续缠着乔君烈："君子，我真不敢相信，你不辞而别后，咱们就不能再见面了。你还记得我们在一起的那些日子吗？我想请你回忆一下那些甜甜蜜蜜的细节。我最记得你说过的一个关于房子的细节。你说，很久很久以前的猿人，居住在洞穴里，渐渐形成一种心理习惯，就是认为住在十多平方米的洞穴，那是最安全的环境，容易入睡，安眠无扰。这我也明白。让我睡在体育馆里，我怎么睡得着呢？我知道你喜欢脱光衣服睡觉。你说好莱坞百分之七十的女明星喜欢脱光衣服睡觉。你不止一次给我描述，你走进十多平方米的房子里，拉上厚厚的窗帘，打开噪音极低的空调，把温度调节到十八度，然后脱光衣服，躺在床上，盖上厚厚的被子，在睡前看一会儿印刷精美的电影画报，这才是 BOBO 一族的超级享受啊！我觉得这还有一种与世隔绝的感觉。如果外面还下着大雨或者大雪，那感觉就更好了，风花雪月入梦来！当时，我不好意思说，如果这房子里有一个美丽的女主角，就更好了！难道你不想着我吗？"

乔君烈沉默不言了。

杨丽童继续对乔君烈说："君子，亲爱的，我希望能跟你在一起，到一个没有人认识我们的地方去，我们一起分担痛苦，分享快乐！一起平平安安地过日子。我希望好梦重演。如果将来日子没法过了，我们就一起成为阶下囚。不过，君子，我相信你问心无愧，上帝会保佑你的！警察会抓到真凶的！君子，有时我狠心地祈祷，这个世界，整个人类社会，只有我们两个人。不，应该有三个人。

那个第三者，不是警察，而是北京烤鸭店的厨师。他不会威胁到我们的，只会整天为我们烤香喷喷的烤鸭。君子，你说我是不是想你想坏了?”

乔君烈作出回答：“杨丽，亲爱的，我不知道说什么才好。我还在郊区某个地方，挺安全的。和你一样，我也很想见到你，拥抱你，吻你个不停，让你不离开我。我比任何时候都想你。可是，这不行啊！警察没有抓到真凶，就会把我看成凶手，这一点我是一清二楚的。我躲在外面，整天担惊受怕，就是白日也做噩梦！我是一个喜欢自由自在的人，要是没有自由，日子就没法过了！同时，人也是有尊严的！所以我绝对不能成为阶下囚，过那种人不人鬼不鬼的生活！杨丽，再忍受一段时间吧，不用多久了！我们会见面的！如果失去忍受痛苦的勇气和力量，说真的，我们可能就不能相见了！相信我！不要失望！要学会忍受！我下线了！”

乔君烈下线了。

我、张宾、曾思敏和杨丽童不说话，都在回味着乔君烈和杨丽童刚才的说话。

曾思敏说：“有时候乔君烈说得挺悲伤的。”

张宾说：“就不知道他说的是真话还是假话。”

我说：“杨小姐，你说，乔君烈说的是心里话吗?”

杨丽童说：“说不准。现在，我觉得乔君烈完全陌生了。不知道他所说的哪一句是真话，哪一句是谎话。有时候，我还真不知道他是谁。这太可怕了，这世界一下子全变了个样子!”

张宾说：“乔君烈远在湖北或四川，通过遥控杨丽童，在本市把咱们玩儿了一把，这是为什么呢?难道他不担心玩火自焚、引火烧身吗?”

我正想说什么，乔君烈又上网了。

乔君烈对杨丽童说：“杨丽，我心里面怎么想的，你是明白的。因为我们的心是相通的。你就放心睡觉吧，要注意身体，明天会更美好的！有件事拜托你。蓝雪死了，肯定是熟人作案。我一直怀疑，凶手就在佳迅联合集团公司里头。你想个办法，找关系问一下，警察有没有到佳联公司明查暗访?有没有重点调查哪一个人。记住，你一定要非常小心谨慎，不要随便、冒险打听，以免引起警察的怀疑。切记，小心谨慎！有消息给我发个电邮。”

杨丽童说：“知道了。”

紧接着乔君烈说：“好像蓝雪的阴道内发现精液，那精液肯定是凶手留下的。你听说了那精液是谁的吗?”

乔君烈当然知道那些精液是他的，因为我在讯问他的时候，曾经拿精液说事儿。但是乔君烈没有把这件事告诉杨丽童。现在他突然发问，如果杨丽童回答不知道的话，这显然是正确的答案，因为警察不可能把案情透露给作为证人的杨丽童。如果我代替杨丽童回答，回答得拖泥带水的话，必然会引起乔君烈的怀疑和警觉。

乔君烈很想跟杨丽童见面，又害怕她被警方控制了，因而再三想办法试探她，期望她言多必失露出破绽。

乔君烈睿智且多疑的面目又一次显露出来。

我谨慎地回答："这件事我没听说。这是保密的问题吧，可能打听不到。根据精液的 DNA 就能抓到凶手，证明你是清白的！"

接着乔君烈和杨丽童交谈了几句，就匆匆地下线了。从他跟杨丽童所说的话可以看出，他对她仍然不放心。

我和张宾走出微机室，在走廊吸烟。

张宾问："乔君烈要摸清咱们的破案动态，还是……"

我说："不管乔君烈是不是凶手，他都很想知道咱们在干些什么。不光是他，比如蓝老师和宋老师，他们也很想知道 0513 破案进展情况。前天，乔君烈给杨丽童的手机发短信，虚张声势地说杨丽童把他出卖给警方。其实，他心里头没底儿，他不能确定杨丽童会不会把他撂出来。他一个人潜逃在外，是很寂寞很难受的。他这种人，过惯了花天酒地、逍遥自在的日子，哪里受得这苦头！他很想和杨丽童见面，让她像过去一样陪着他打发时光，可是又不敢让杨丽童去找他，害怕警方顺藤摸瓜。所以，他利用互联网，想办法摸清楚杨丽童是耶稣还是犹大。同时，他也想通过杨丽童来了解警方的动态、0513 的进展情况。"我想了一下又作出说明，"至于乔君烈到底是怎么想的，只有他自己知道了。"

张宾说："这小子，够咱们喝一壶的！"

我说："乔君烈利用杨丽童声东击西。当初乔君烈对杨丽童说他在湖北，在外地，其实他却在本市。他想把警方的注意力引向外地，好让他在本市安全地筹集潜逃的经费。一旦他拿到了钱，估计是二十万到五十万块钱，就立即潜离本市，却对杨丽童说他还在本市郊区，打算让警方在本市好好地忙一阵子。"

张宾想了半天才说话："这家伙的智商太高了，还有反侦查能力。头脑简单的警察，还真让他牵着鼻子走。"

我把张宾领到小会议室，看那幅特大的中华人民共和国地图。

我说："乔君烈昨天在绵阳，今天在攀枝花，明天他可能移动到云南的大理市或楚雄市，也可能退回四川的南充市或德阳市。估计他一般不会在省会城市或特大城市停留，也不会去小县城。特大城市流动人口太多，可能被别人认出来。小县城流动人口太少，一个陌生人太引人注目。明天一早我就向领导汇报一下，你领两个人到大理市、楚雄市去。电脑警察周锷不是在北京那个总网站那儿待着吗？到时两地互相配合，确定乔君烈的具体位置，他就插翅难飞了！”

张宾跃跃欲试。

第二天一早，张宾把简单的行李带到了单位，只等一声令下就可以出发。

正在这个时候，一个极度危险人物可能潜入本市。这家伙一气之下杀害三个工友，公安部发布A级通缉令在全国范围内通缉他。据分析他将在本市转换交通工具前往广西北海市或者海南省海口市，省厅要求市局务必拿下他。全市的刑警、巡警紧急总动员，严密布控和排查。上级领导指示，鉴于目前警力紧张，暂时由网络警察继续在网上监控乔君烈的动向，摸清他的移动规律，在时机成熟的时候再派出警力前往抓捕。由此我估计张宾他们到外地追捕乔君烈一事，至少要在一个星期后才能成行。

杨丽童有作伪证、包庇犯罪嫌疑人的犯罪嫌疑。我征求过蒋光亮等同事的意见，决定报请对杨丽童实施刑事拘留。杨丽童后悔莫及，迫不及待地请来一个当律师的朋友，要求把她保释出去。这个律师指出，对于杨丽童的犯罪嫌疑，也可以理解为那是由于深受乔君烈的误导和蒙蔽所致，而非蓄意所为。而且，现在她不遗余力地与警方合作，有将功赎罪的表现。

我最头痛的是如何处理杨丽童的去留问题。要是把杨丽童撒了出去，弄不好她就会向乔君烈通风报信，甚至弃保潜逃，跟乔君烈会合。如果采取不间断盯死她的战术，大队里的警力也不足以应付。但是继续把她关起来，一旦乔君烈发现她被我们控制了，就不会再和她联系了，我们将失去诱捕乔君烈的筹码。

然而，我赞成在法律许可的情况下让更多的人获得自由。

我同意杨丽童取保外出。

第十五章　监视杨丽童

杨丽童就像自由的空气一样，重新融入这个有九百万固定人口和四百万流动人口的大城市，也重新融入我们这个有十三亿人口的国家。我担心她将不再受到限制，随意到她想到的地方去，做我们所不知道且担心的事儿。

杨丽童被我们控制的时候，她通过QQ和电子邮件跟乔君烈联系和对话，都在我们的严密监控下进行的，可以说被监控得滴水不漏。但是，在杨丽童恢复自由后，要在网上监控她与乔君烈的联系和对话，难度非常大。目前OICQ的注册用户已超过一亿之众，在某一段时间内同时上网的注册用户通常也超过两百万。在网上重新注册一个OICQ号码并不难，只要他们重新注册，一下子就把我们甩开了。我们要在OICQ上重新找到乔君烈和杨丽童，有如大海捞针。除了QQ外，网上还有为数不少的聊天室，可供乔君烈和杨丽童随意使用。除此之外，他们还可以使用电子邮箱和论坛。

我无时无刻不在担心杨丽童会向乔君烈通风报信。

下班后，我把张宾支使走了。我让他早点儿到我家去，给邵幼萍打帮手做饭，或辅导乔小星做作业。我只想一个人待着。

我在大街上随意走着，暂时不去想那些我不得不想的事儿。我倏地发现，我和乔君烈还是有相似之处的。我和他在烦恼且又有时间的时候，都喜欢走一段长长的路。我想就一直走下去吧，两公里外有一个全市最大的书城，到那里去淘几本书。这时候我很孤独。我需要和一个知心的朋友聊天。最好就是我所仰慕的女人，别的红颜知己也好，那些肮脏的欲望可以抛开一边，只作纯粹的聊天，说出心里话。问题是我并没有红颜知己。虽然在本市有一个我非常仰慕的女人，我天天想着她，可是我跟她在时间上的距离足足有十五年了。这些年里我只能在梦中见到她。在潜意识的作用下，我竟然过书城的大门而不入，走到杨丽童住处的楼下了。

几天前我曾经到过杨丽童的住处，在纸篓里找到一个关键的证物：乔君烈购买两盒中华香烟的电脑收据小票。

我是多么希望把乔君烈抓回来啊！或者说我是多么希望跟一个红颜知己聊天！抬头看上去，杨丽童的屋里亮着灯。我也没有多想什么，按着原有的感觉走上楼去。

杨丽童打开门看到我的时候，有点儿吃惊。她没有想到我会一个人来找她。我也沉默寡言。过了一会儿她才想起来让我坐下来，给我端来一杯水。屋里飘溢着一种极度诱人的饭菜香味儿。我突然记起自己还没有吃饭，那种饥肠辘辘的感觉陡然被放大了十倍。

杨丽童热情地说："许警官，你来得正是时候。我买了很多菜，还炖了鸡汤，足够两个人吃的。就请你吃一顿我做的饭。要是不对你的口味儿，明天再到大酒店宴请你，将功补过！"

我说："谢谢。我吃过了。正好路过这儿，顺便上来看看你。打扰你了！"

我不便吃这顿饭，就忍着饥饿撒谎。但是我想饥饿肯定会通过我的肢体语言准确无误地表达出来。这样的撒谎不应该受到责备，我倒希望杨丽童能看透，挽留我吃饭。当然吃不吃由我自己决定了。

杨丽童说："那你至少得喝碗汤！"

我对杨丽童礼貌待客还是满意的。虽然我不可能是她的客人，盛情难却，我不遑多让就喝了一碗汤。喝完汤我就站起来，找来餐巾纸擦嘴，以示到此为止了。杨丽童也站了起来。

"许警官，我知道你为什么来找我。因为你不放心，担心我会……"杨丽童主动地开了一个头，不过却话锋一转，"我是保险从业人员，一个自由职业者。我晚睡晚起，没人叫我起床。我不会有上班迟到的现象，因为上班时间个人自由，没人管我。我想吃顿好的，就自己做或者进自己看得上也消费得起的中餐厅或西餐厅。我想穿什么样的衣服、看什么报纸书刊，就给自己买。我想什么时候洗澡睡觉，就自己定时间。当然，为了生存，我必须拼搏，尽量多拉到一些保单，挣到足够的钱。但是，这都是在自己愿意的情况下进行的……”

“就像乔君烈所说的那十多平方米的房子……”出于复杂的心理原因，我特意提到了乔君烈。

杨丽童却打断了我的话：“进了你们的黑房子一趟，我明白到自由实在太可贵了！人也是有尊严的，哪怕他是一个最贫穷的人，哪怕她是一个妓女！就是这个原因，许警官，你也是读过很多书的人，我想，你应该能理解我，我是多么地渴望像过去一样，享有自己的自由。我会做一个守法的公民的。你放心，我会想尽一切办法，把乔君烈引蛇出洞，抓住他。刚才，我又给乔君烈发了个伊妹儿。底稿还在电脑上，你要看吗?”

我朝杨丽童摆摆手，表示信任她。我注意到她有点儿不愿意提起乔君烈这个名字。假如乔君烈真的是凶手的话，我也希望她能早日忘记他，从而有一个新的开始。另外，我知道杨丽童所说的黑房子就是留置室。失去了自由和尊严，就像待在没有阳光的黑房子里头。杨丽童说的是这个意思。

杨丽童说：“我想问你一个问题，可以吗?”

我说：“问吧。要是有意思的问题，我们可以探讨一下。你所说的自由，其实是自由自在的生活方式。”

杨丽童在开口之前，还是有几分犹豫的。她说：“你有没有失去过自由和尊严?”

我说：“我知道，自由和尊严都很重要。警察犯罪了，知法犯法罪加一等，一样被送进监狱。相对而言，警察所享有的自由，会比平民百姓享有的自由少一些。比如说，警察犯了严重的错误了，就要被关禁闭。不过，我从警将近十五年了，还没有进过禁闭室。”

杨丽童说：“我有包庇、作伪证的犯罪嫌疑。我知道，我差点儿就有了牢狱之灾。法律上的事儿，还是由人执行的。许警官，正是因为你对法律理解得很深刻透彻，坚持原则，我才可以回到自己的窝儿里，好好地睡觉吃饭，想干什么就干什么。当然，是干法律许可的事儿。其实，现在你担心我给乔君烈通风报信，完全可以找茬儿把我关起来。真的，太谢谢你了！”

杨丽童所说的这一番话，说明了她对我还是理解的。正是这一番话拉近了我们之间的距离。现在我有时可以不用对她说话了，改用肢体语言来表达自己想表达的意思。

城市里漂亮的年轻女人自然不少。我突然觉得这个把头发染成褐红色的年轻女人与众不同。她在谈到自由和尊严的时候，我发现她的文化素质使她有一种特有的魅力，我就是在这个时候开始注视她的。我不可避免地被她吸引住了。我不得不去想，当年乔君烈喜欢上她，是不是就是因为这种女性魅力呢？但是乔君烈让我感到厌恶，正是他把杨丽童害苦了。不管乔君烈是不是凶手，我在心里再一次希望杨丽童能忘记他，有一个新的开始。

坦白地说，我不是那种下流无耻的好色之徒，一有机会就试图把漂亮的年轻女人弄到床上去。应该说我更注重于欣赏美好事物的内在的东西，就像我喜爱古典音乐一样。我出现在这里，正如杨丽童刚才所说的那样，我担心她会向乔君烈通风报信。当然，和她共进晚餐也是一件愉快的事儿。

杨丽童在我不在意的时候，给我盛了一碗饭。杨丽童烧的菜实在太香了，那种辣味儿让我神魂颠倒、垂涎三尺。本来就饥肠辘辘的我就不客气地吃了起来。我喜欢吃川菜和湘菜，梦想娶一个川妹子做妻子。我知道杨丽童是贵州省贵阳市人。

杨丽童说："喝酒吗？我这儿有红酒。"

"不啦。警察当班的时候，不能喝酒。"我特意强调自己正当班，"菜很香，分量足，就是饭不够。我看你才煮了一两碗饭。怎么办？"

杨丽童笑了："这好办，我下点儿面条，也就一会儿工夫。许警官你先吃菜，别客气！"

杨丽童跑进小厨房煮面条去了。

我吃着可口的饭菜。

为了避嫌，我走过去把里门打开一条缝。正是这个多此一举的动作，让我发现蓝父和蓝母站在防盗门外，蓝母正贴着门偷听屋里的动静。

我吓了一跳！

蓝母盯着我。

我说："有什么事儿吗？"

蓝母先声夺人地说："许大队长，你在这儿干什么？"

我正端着饭碗，一时不知道如何作答。

蓝母的话更难听了："孤男寡女的，有什么好事儿！"

我知道蓝母对我非常不满，不便回应以免激发矛盾。杨丽童闻声走过来。她领教过蓝母的厉害，不想多说什么，要把里门关上。

蓝母说："慢着，我有话要说！"

杨丽童想走开，蓝母大喝一声："你别走！"

我说："你去看着面条，别煮糊了！"

蓝母说："面条不要紧，把火关上不就完了！"

杨丽童走进小厨房，把燃气炉具关上，又走过来。

蓝母说："要是不怕影响，这儿说也行！"

杨丽童只好忐忑不安地打开防盗门，把蓝父和蓝母请进来。

蓝母说："许大队长也在这儿，我就开门见山地说话吧！杨丽童，你是乔君烈的情人，在蓝雪被杀害这个案子里，你充当什么角色，不得而知。不过，我相信你是善良的，你和案子完全没关系。但是，你一定知道乔君烈在哪儿，希望你能说出来。"

杨丽童说："我发誓，我真的不知道乔君烈在哪儿！如果知道，我早就向警方报案了！"

蓝母说："别把我当傻瓜了！秤不离砣，公不离婆。你怎么会不知道乔君烈在哪儿呢？"

杨丽童说："对不起，我真的不知道！我和他本是同林之鸟，大祸临头各自飞。许大队长也在这儿，要是我欺骗了警方，我愿意承担法律责任！"

蓝母说："这么说，乔君烈真的是凶手，躲起来啦？"

杨丽童不想说话了。

蓝母步步进逼："杨丽童，你明明知道乔君烈是凶手，你为什么蓄意为他作伪证？为虎作伥？还窝藏罪犯？"

杨丽童说："我有权利不回答你的问题，请你立即离开！"

蓝母突然换了一种口气，苦口婆心地说："杨小姐，我知道你脑瓜子一下子拐不过弯来。乔君烈千真万确就是凶手，你不能再护着他了。及早回头，把乔君烈交出来吧！你要是立了功，是不会被追究刑事责任的！"

杨丽童对我说："许大队长，你是警察，我作为一个公民，我向你报警，要求你把他们请出去，离开这个属于我个人的地方！"

蓝母没等我说话就抢着开口："我有权利上门讨个公道！许大队长你不是专案组实际负责人吗？我问你，什么时候能破案，为蓝雪伸冤？一眨眼十几天过去了，你不可能什么也不干，吃干饭吧？"

我说："宋老师，你和蓝老师还没吃饭吧？走吧，我打个车，送你们回家！对了，大卫在我家里头，挺好的，要不要去看看他？"

蓝母说："别跟我提那个长得像乔君烈的小丧门星！吃饭？我命不好，没饭吃，也吃不下！不像你，和犯罪嫌疑人一块儿吃香喝辣的，还风花雪月多有意思！不过，你可得小心，我有时间就找你们督察长，找你们局长、政法委书记参你一本，找新华社名记者，让你名扬四海，吃不了兜着走！”

杨丽童说：“你不要太过分了！你是人民教师，为人师表，要讲道理！许大队长到我这儿来，是为了工作……”

蓝母打断杨丽童的话：“说的比唱的还好听！什么工作，骗幼儿园的小朋友那还差不多！警察调查取证，收集证据、证言，必须要有两个以上的警察在场！你是什么人，当我不知道？既然你可以勾引乔君烈，也可以勾引别的男人！”

蓝父对蓝母说：“没证据的话，就别说了。”

蓝母说：“好，我就当场弄个明白，看看有没有事实证据。杨丽童，你先说，在这儿能做什么工作呢？”

杨丽童正要说什么，我朝她摆摆手。

我说：“宋老师，对不起。我们干什么，有时候要保密。其实，你需要的只是结果，对吧？我们就是为了把结果拿出来而工作。”

蓝母说：“得啦，这全是骗人的鬼话！打着工作的旗号，干着不可告人的勾当！我问你，什么时候能结案？这句话我问了无数遍了吧？”

蓝母在这里折腾了将近半个钟头，才让蓝父生拉硬拽地走了。蓝父后来对我说，他的身体不太好，特别是心脏有问题，得经常吃药。但是他担心禀性刚烈的蓝母会把事情搞得一塌糊涂，不得不跟着她，在失控的时候充当灭火器的角色。

我和杨丽童重新回到小饭桌旁。饭菜全凉了，而我们都失去了食欲。

我说：“好菜，搁冰箱里头，明天再吃吧。”

杨丽童说：“什么时候有空，欢迎光临，我做几个拿手好菜，好好请你吃顿饭。”

“我还想请你吃顿饭呢！你不相信吧，我很会买菜，买到的菜又好又新鲜，不信你问张警官。”我话锋一转，“但是，要是你知道了乔君烈的行踪，你会如实告诉我们吗？我想听到真话。”

杨丽童想了一会儿，反问我：“要是你，你会吗？”

我说：“我担心你不会。”

杨丽童说：“如果是我亲生父母、亲兄弟姐妹，可能不会。如果是其他人的话，可能会。”

我说：“看来，我问这个问题有点儿愚蠢。”

“我知道，你很担心这个问题。对了，刚才好像那两位老师并没有揿门铃，你怎么知道他们在外头的？他们在外头监视着我吧？”杨丽童对我说，上午她从公安局回来后，蓝父和蓝母闻讯赶来，就在她的住处附近走来走去。

“我是当警察的，有特异功能。也不能说是特异功能，而是职业敏感。听到门外有一丁点儿动静，我以为乔君烈回来了，就走过去把门打开。”我故意这么说。其实当时我打开门纯粹是为了避嫌。

杨丽童说：“你说，乔君烈会在半夜的时候回来找我吗？”

我说：“什么情况都可能发生。”

蓝母上门胡搅一番、胡诌一气，仿佛一言惊醒梦中人，我更加强烈地感到杨丽童是一个女人，是一个有青春魅力的女人。如果以前我不认识她，不知道她那么多的事儿，也许我会渴望和她约会，共度美好的时光。男人走向女人都是为着这个目的。然而我和她之间什么都不会发生。我明明白白地感觉到，虽然我和她就在这间不大的房子里，但是两个人心灵之间的距离却是非常遥远的。我不知道她怎么想，而我强迫自己不去想那些无法实现的东西。

我还是适时地离开了杨丽童的住处。

走下楼来，我没有走多远，看到一张石凳就坐下来，一边吸烟一边观察周围的情况。平时我烟瘾不大，最近比较烦，几乎一天要一盒半香烟。张宾这小子挺会来事儿的，看准了就扔给我一根浓烈的万宝路，说这种烟能让我铆足劲儿工作一整天。刚才在杨丽童的住处，我几乎忘了吸烟，也不好意思在她那个雀巢里吸烟。

一想到杨丽童，她就走过来了。她看到我有点儿吃惊。

杨丽童说：“许警官，你还没走吗？”

我说：“吸烟。”

杨丽童回头朝她住处的方向看一眼，又看一眼我。她的意思我明白，她觉得我在监视着她。

老实说，我也不知道自己在干什么。

杨丽童说：“我打算逛商场买点儿东西。要不，一块儿走，我送送你？”

我和杨丽童走着。我觉得我们一定像情侣一样。杨丽童把我领到一个咖啡馆前，说要请我喝咖啡。我婉转地推掉了，因为我无法确定她是否出于真心。这时候我更加不知道自己在干什么了。我否定自己动用美男计。因为我虽然有点儿像黎明，却不一定具备美男应有的外表条件，况且我也没有那种精神准备。

反正我在盘算着如何把乔君烈捉拿归案！但是，有谁听说过警方会使用美男计捉拿犯罪嫌疑人的？

我竟然无聊地想象，如果杨丽童是邵幼萍就好了。

听张宾说，邵幼萍每天接送乔小星往返学校，操持家务，都认真负责勤勤恳恳，像个高级的佣人。

我回到家里，已是晚上十点多了。

邵幼萍在客厅里拖地板，张宾坐在沙发上研究着体彩。

五月下旬的天气比较热，邵幼萍可能不习惯干体力活儿，早已汗流浃背。

张宾问："大房东，吃了吗？到哪儿去了？"

"吃过了。"我走过去打开空调，"怎么不开冷气？"

张宾说："邵小姐说了，要给你省点儿电费。谁要是娶到邵小姐，真是三生有幸！"

我说："二房东，怎么不帮忙干活？"

张宾说："没看见我在忙着吗？"

我说："白日做梦！"

张宾说："大房东，头儿，我要是中了大奖，我就买大房子，买宝马，改行当房地产老总，再也用不着受你老人家的气了！"

邵幼萍正擦着张宾脚下的地板。张宾半躺在沙发上，两只脚抬起来，把墩布让进来。

邵幼萍说："二房东，世上没有十全十美的事儿。熊掌与鱼不可兼得。有人说过，情场失意，赌场得志。二房东，你就去找你追不上的女孩，问她要她的生日：哪年哪月哪天哪个时辰。她不愿意给，你也得套出来。然后，你就把她的生辰当做你的幸运数字，买彩票。很快，你就中大奖了！"

"对呀！可以这样试一下！"张宾对我说，"大房东，你家里头又多了一个彩迷了！"

我说："邵小姐，你也买过彩票？"

"我在澳洲……"邵幼萍好像觉得说漏嘴了，连忙改口，"我有个同学技术移民到澳洲，当上了裁缝。他就整天研究彩票，结果中了大奖，在悉尼郊外买了大别墅，买了宝马530，还跑回来娶走了我们的班花！"

张宾问："班花？你不是你们班最漂亮的吗？"

邵幼萍说："不是！"

"肯定是！"张宾模仿着葛优的口气。

张宾问："你到过澳洲吗？"

邵幼萍摇摇头。

我却觉得邵幼萍有到过澳大利亚留学经历的样子。刚才她说漏了嘴，我正要乘势追问下去，张宾这小子竟然把话题岔开了，和邵幼萍就某个歌星的演唱会聊了起来。我看到邵幼萍干粗重的家务累成这个样子，也就不便追问了。总之，我不会相信邵幼萍削尖脑袋挤进我家里来就是为了成为我的情人或当一个保姆。

最近烟吸多了，我的喉咙痒痒的，刚想喝水却咳了几下。张宾看了我一眼，误会我在向他暗示，就站起来说要去洗澡，打算给我腾地方了。

我说："二房东，别走！在我家里我要给你安排工作！以后咱们轮着值日，搞卫生清洁。"

张宾说："这个没问题。"

虽然张宾这么说了，但是不能相信他。他和我一样都是懒虫，到时一定会百般狡辩，把活儿推给邵幼萍。

我说："二房东，到时不许偷懒！大卫呢？"

邵幼萍说："大卫在他屋里学习，这孩子挺乖的。"

我说："二房东，有空就辅导大卫一下，减轻邵小姐的负担。"

张宾说："知道了。我知道你心疼邵小姐。"

邵幼萍说："别开这样的玩笑，大房东可吃不消！"

我说："没有的事儿。我喜欢幽默，只要不损害别人的权利就行了。"

乔小星走进客厅，声称自己做完作业了。

我说："好吧，大家辛苦了一天，歇一会儿吧。邵小姐，劳驾给泡一壶好茶。"

我们都坐在沙发上喝茶。

我说："大卫，要好好学习，将来考上清华大学啊！你知道清华大学里头有四个字的校训，是哪四个字呢？"

乔小星摇摇头。

我说："是行胜于言！记住，行胜于言！"

我无法考取清华大学，二十年过去了，直到今天我还耿耿于怀呢！我想我的孩子将来一定要考上清华大学！

张宾笑着对邵幼萍说："咱们大房东没孩子，拽着人家的孩子来教训，过把瘾，穷开心！"

乔小星追问我："北大的四个字的校训是什么呢？"

我说："是物厚载德！"

乔小星跟着念："行胜于言！物厚载德！"

邵幼萍突然吱声了："是厚德载物！"

我觉得惊奇。我一下子分不清究竟是谁对谁错。"厚德载物"这个词汇就像文言文，今天不再流行了，我这个学医科的弄错了不足为奇，必须承认我对中国语言文学知之不深，那简直是我的弱项。也许真是我记错了。但是一个当保姆的女人却对它举重若轻，这说明了什么呢？

张宾也觉得惊奇："这么深奥的东西，邵小姐你也懂？难道你是北大毕业的？"

邵幼萍开玩笑地说："我是北大开除的。"

张宾作出崇拜状，说："还真别说，北大开除的也厉害啊，也不是省油的灯！"

我继续沉思着，如果指出我的错误的是北京大学的教授或学生，我倒不会惊讶。看来，邵幼萍的资质水平，一定不低于那些北京大学的学生。难道她果真曾经留学澳大利亚？一个学问如此高的女人，在我家里头究竟想干什么呢？

我找了个借口，走进书房里查阅词典，确定是自己弄错了，还弄错了这么多年。接着我还发现书橱里少了几本关于人生哲学和市场经济的书，那一定是邵幼萍拿去看了。像张宾这样的人是不会对那些书感兴趣的。

张宾为这件事也走了进来。

张宾说："头儿，是你弄错了吧？"

我点点头。

张宾说："这个女人是谁呢？知道清华、北大的行胜于言、厚德载物的人，在全国能有几个？难道她在北大待过？对了，我看到她上网查阅资料，挺熟练的。"

我说："现在喜欢上网的人，那就是网迷，数不胜数，这不奇怪。她知道北大的厚德载物，就奇怪了！"

张宾说："她到底是谁呢？"

张宾再次说明，在0513案件案发当晚，他和我抱着购物的目的逛大街，西服没买成，却偶然遇上邵幼萍。他吃力地回忆起来，恍惚在此之前，也见过这个女人。总之他觉得邵幼萍有点儿面善，因而可以推测她是有预谋地进入我家的。

我渐渐地认同了张宾的感觉。一会儿之后张宾却轻松地解释，邵幼萍进入我家未必是为了图财害命，相反，很可能是一个美丽的传奇故事。这我就不相信了。

我说："张宾，你找个时间把她的行李翻一下，看看有什么可疑的东西！"

张宾说："虽然这是在你家里头，可是，头儿，乱翻人家的东西，这合法吗？要不要办个手续？"

我说："估计也搜不出什么东西来，你还说这是违法的，算了吧！"

张宾说："翻一下也无所谓。天知地知你知我知，别人不知，这就不算违法了。"

我说："算了。"

后来张宾不无担心地说："你说，邵幼萍会不会是什么犯罪团伙的卧底呢？"

我说："不会吧。我这个大队长，撑死了只不过是个芝麻绿豆官儿，犯罪团伙犯不着用一个知道北大校训厚德载物的美貌女人来做卧底。她要当个惊天动地的卧底，最次也要找咱们局长大人啊！"

张宾说："她会不会是乔君烈的卧底？"

我说："别瞎猜了！你想一下，这怎么可能呢！别费劲儿了，在我这儿卧底，她能捞到什么好处？还不是做牛做马，照顾孩子做家务！你倒白捡了，在我家里头蹭吃蹭喝的！"

张宾不再说什么，还是对邵幼萍的身份非常担心。

我在书房看了一会儿书，打算到卫生间去洗个澡。我便穿戴整齐，拿着干净的内衣要走出卧室。家里有一个外来的女人自然不方便，不得不时刻穿戴整齐。不过现在夜已深，估计邵幼萍应该睡着了。

但是邵幼萍还坐在客厅的沙发上看书。

邵幼萍说："对不起，大房东，没经你同意，拿了你的书。"

"窃书不算偷。"我说，"对了，这本书，你应该读到圣·托马斯·阿克那斯在1250年说过的一句话：小心那些只读过一本书的人。这句话的意思是，小心那些极少读书的人。看来你读书不少，就用不着小心你了！"

邵幼萍放下书本，为我倒了一杯茶。我只好把内衣揣进口袋里，礼貌地在她的对面坐下来。我认识邵幼萍已有二十多天了，她在我家里也住了超过半个月了，我对她还是不甚了了。我也想这一次和她好好地聊一下。

我喝了一口茶。这茶泡了很久，又浓又苦的。这时候我嗅到一股若有若无的香水味儿。这种香水肯定不是温如心留下来的。因为温如心用的每一种香水，我都用心研究过。因此我对香水有一种特别的记忆。当年我负笈就读的那一所大学是新创办的，名字不太响亮。同学们大都是普通家庭的孩子。参加周末舞会的女孩，几乎没有洒香水的。那时我多么渴望能和一个洒有诱人的香水味儿的女孩跳舞。我一直认为一个女孩洒香水不是为了吸引男人，而是为了尊重他人。但是那时生活在八十年代的女孩，不可能有足够的钱去购买昂贵的法国香水。所以，温如心成为我的妻子后，我就鼓励她用香水，不管她花多少钱我都不会皱眉头。

这种香水肯定是邵幼萍带来的。我喜欢这种味儿，它让我享受一种感觉，仿佛全世界最美丽最纯洁的女孩就在离我不远的地方。经过一番推测，我确定邵幼萍把香水洒在空气中，而不是洒在自己的身上。一个人的身边多了一个漂亮的女人，总是有点儿麻烦。要是他心里多了一个漂亮的女人，那就更麻烦了。但是有时候我渴望这种麻烦。

邵幼萍说："大房东，你们干警察的，没上下班的概念，挺累的吧？"

我说："当上警察，就变成了工作狂，变成了烟鬼，也就忘了累了。对了，这么晚了你还不睡觉？"

邵幼萍说："我习惯很晚才睡的。"

我说："那你是文学艺术界的，晚睡晚起？"

邵幼萍说："你不是当警察的吗？你的目光应该是准确的。你说是就是吧。我是艺术家！"

邵幼萍说到自己是艺术家的时候，甩头把她那秀发重新摆布了一下。我发现她不是很漂亮，却有点儿明星的气质。这种气质容易让女人变得真正美丽起来，并保持长久的青春。相反，那种公式般的漂亮却是容易衰老的，经历短暂的时光便荡然无存。我喜欢那种由气质营造的美丽。

我说："你是艺术家，每天却周而复始地接送大卫上学放学，辅导他学习，还要买菜煮饭，搞清洁，你不觉得太没意思了吗？"

邵幼萍说："这个，现在我不回答你。你觉得我烦了吗？"

我说："看不出来。"

邵幼萍说："你根本没有注意看！"

"是吗？茶真好喝！"我没话找话。

邵幼萍低头想着什么。

我喝了一口茶，站起来想到卫生间去洗澡。

邵幼萍用语言留住我："书房里头有一个镖靶。你飞镖百发百中吧？"

我说："还行。"

邵幼萍说："平时你不佩带手枪吗？我这是听大卫说的。"

我说："我是个儒将。"

邵幼萍说："你开枪击中过罪犯吗？"

我摇摇头。

本来我就是一介书生，后来由法医摇身一变成了刑警。当上刑警大队的领导后，我曾经恶补过射击。前年的有关统计资料表明，每一个刑警自走上工作岗位后平均每年实弹射击训练总计为六十发，一些贫困县的刑警远远达不到上述平均数字。而我利用职权，一年内射击一百二十发，枪法也算是高明纯熟了。我自信能和昔日美国西部牛仔媲美。但是我认为我作为刑警大队的领导，不能靠枪法制胜，必须靠智慧和法律取胜。所以除了危急时刻外，平时我几乎都不佩带手枪。我把手枪放在枪械室的保险柜里，每半个月取出来保养一次。我并非是懦夫而不敢持枪在第一线打攻坚战，我也非常崇拜银幕英雄周润发，因为他是亚洲持枪动作最有台型的明星。每次围攻持枪硬抗的犯罪分子的时候，都是蒋光亮和张宾挺身而出做急先锋，我只是站在安全的地方指挥作战。同事们都自觉地爱护我这个警察中的知识分子，为此大家都清楚地知道我从未正式向犯罪分子发过一枪。其实这是不太准确的。去年年底两个流氓团伙持刀械斗，情况相当危急。我就领头鸣枪示警。我才开了一枪，张宾这家伙竟然开了三枪。

邵幼萍说："你不太像警察，倒像法官、检察官、律师，更像大学教授！不过，我觉得你穿起警服，一定很像《无间道·终极无间》里的那个黎明。"

我说："黎明就那样死了，太冤枉了！"

邵幼萍说："黎明演得挺不错的。"

"是吗？"我说，"邵小姐，老实说，你能在我家里头待多久呢？"

邵幼萍说："你要是讨厌了我，我就走啦！"

我说："大卫搁我家里，没有你，我吃不消！"

"看在黎明的分上，你什么时候讨厌我，我就什么时候走啦！"邵幼萍又甩一下她的头发，似乎在向我暗示什么。

我不能去猜邵幼萍在向我暗示什么，更不能作出回应。

第十六章　身体交易

下班了，我催促张宾早点儿回到我家去，积极地找一些力所能及的活儿干，别让邵幼萍一个人忙坏了。我还说我不回去吃饭了。这小子坏笑着，乖乖地走了。

我提着刚出炉的烤鸭到杨丽童的住处去。在楼下我左右看看，没有看到蓝父和蓝母。我担心他们会借题发挥，到什么地方告状。但是我必须和杨丽童保持密切的联系。

杨丽童打开门，看到我提着烤鸭，竟然不觉得意外。既然这样，我就大大方方地在沙发上坐下来，喝着她泡的茶。

我仔细地察看杨丽童的住处有没有男人留下的痕迹。但是我找不到可疑的地方，也就无从确定乔君烈在昨晚或者今天来过。我注意到电脑正在上网，却没有乔君烈的音信。我摸一下电脑的显示器和主机，估计开机两个小时以上了。

我和杨丽童坐在小饭桌旁吃着饭。

杨丽童对我说如果明晚来吃饭，就先给她打个电话，让她好好准备一下。我点点头。

其实，我一声不吭地跑来了，就是搞突然袭击，希望能从杨丽童的住处找到乔君烈的蛛丝马迹。如果事前给她打电话，可能就达不到这个目的了。所以以后我来吃饭，也不会先给她打电话的。我把自己喜欢吃的菜带来了就行了。

杨丽童说话很温柔，好像并没有厌恶我上门蹭饭，反而有点儿特别的意思。她如此表态，竟然让我想起温如心，她以前也是这样对待我的。

杨丽童说："这烤鸭挺好吃的，哪儿买的？"

"老街北京全聚德。"

"跑这么远？我真舍不得吃了。"

"吃吧。以后有空我再去买。"

"少了一样东西！你猜猜！"

我看着杨丽童微笑的脸，乐于去猜缺了一样什么东西。

我说："有吃的了，是不是没有喝的？"

杨丽童点点头。

杨丽童从角落里拿来半瓶法国红酒。我当然知道这是她和乔君烈喝剩下的。这我倒不介意，问题是上班时间不能喝酒。应该说我还在当班呢。杨丽童好像看透了我的心思，取来两个精致的酒杯。

她说："半个月以前吧，几位老同学到我这儿聚了一下，就开了这瓶红酒。全都是女的，当然喝不了一瓶啦。快八点了，你就别客气了，说什么警察当班不能喝酒！警察也是人！你要是醉了，我送你回家去！"

杨丽童有点儿撒娇地看着我，我就不好再推辞。

我和杨丽童喝起了红酒。

我说："对了，你上班了吗？"

杨丽童说："上班了。今天我还下了一张订单呢！"

"祝贺你啊！"我跟杨丽童干杯。

我不太会喝酒，曾经好几次喝到非常难受的程度，还有一次在庆功酒会上被同事们灌倒了，摸进卫生间里呕吐不已。我暗自叮嘱自己，这一次千万不能喝醉了。

我的脸很快就红了。杨丽童也是这样。

杨丽童告诉我，她毕业于上海一所名牌大学，但是学的是冷门专业。由于就业竞争压力太大，她一下子找不到合适的工作，看上去推销保险挺不错的，正好她能说会道，就计划先跑一两年保险，再跳槽搞营销，最终目标是创办自己的公司。没想到推销保险挺顺利的，一干就是三年了。我好几次想问一下她是如何认识乔君烈的，却不好意思，要问也得找一个合适的机会。我想她极有可能是在推销保险的时候认识乔君烈的。

杨丽童说："有人向你拉过保险吗？"

我说："没有啊。你想向我拉保险？"

杨丽童摇摇头："我也没向乔君烈拉过保险。我和他认识，不是因为保险的事儿。我从来不拿保险跟他说事儿。他买的保险，还是向别人买的。"

我说："是吗？"

杨丽童说："我的业绩不错，但是我极少向最要好的朋友拉保险。今晚咱们不谈保险，好吗？"

我说："好吧。不过，做人很难脱俗，很难摆脱尘世间的烦恼。我还得了解一下，今天乔君烈和你联系过吗？"

我这是特意提到乔君烈的名字。我的本意是要说明我正在工作，而且也是提醒杨丽童，乔君烈这个人还存在着，随时可能出现在这间屋子里，我和她不应该发生什么事儿。但是我不胜酒力，变得迟钝了。我担心此时要是乔君烈和杨丽童联系上了，我将无法准确地处理这个关键的问题。更要命的是，杨丽童在我眼里变得更加漂亮了。

"我开着电脑上网等他，他却没有回音。"杨丽童指着电脑让我看。

我没有去看电脑。我问："你有没有预感，乔君烈会在什么时候来找你呢？"

杨丽童说："只有心灵相通才会有预感。别提那个人了。我的心早就死了。不过，要是他在网上找我，他给我打电话来，我会想办法对付他的。"

我和杨丽童海阔天空地聊起来。在我们聊到各自美好的大学时光的时候，那半瓶红酒彻底被喝光了。我抬腕看一下手表，才九时十分。杨丽童泡了一壶茶，我们喝着茶又没完没了地聊起来。

深夜十一时，我应该走了。

杨丽童却定定地看着我，不想让我走。

我说："要是有乔君烈的消息，立即通知我。我的手机不会关机的。"

杨丽童却说："别走，我害怕。昨晚我几乎没睡着，老是在做噩梦。"

我说："你在这屋里头，没事儿的。这防盗门挺结实的。有事儿你给我打电话。"

杨丽童说："你可以留下来，睡沙发，看着这电脑。"

杨丽童说这话，是暗示也好，还是根本没别的意思也好，反正她让我和她同居一室。我一时怦然心动，注入酒精的热血在我体内沸腾。

我说："我让一个女警察来陪你，就是那位曾大姐，行吗？"

杨丽童突然抱住我，低声抽泣起来。

我喝下的那些红酒的劲儿还在，我不能完全地把持住自己的身体。即使我完全清醒，一个女人抱着我哭泣，我也不能把她一把推开。任何男人也不应该这样做。

杨丽童那轻轻的哭声充满这个狭小的空间，这让我火热的心无法冷却下来。我更加想保护怀里的这个年轻的女人。

杨丽童说："我真的害怕。我害怕乔君烈会突然回来。我最害怕的事儿，是晚上睡觉梦见他。他是杀人凶手。不用说，我相信，他年轻时爱过蓝雪，那种深度肯定超过现在他爱我。既然他杀害了蓝雪，也会杀害我的。我害怕呀！"

我说："别害怕。你这防盗门还行，乔君烈没这么容易破门而入。"

杨丽童说："乔君烈那事儿，我知道得太多了。他有这儿的钥匙。我害怕他偷偷溜进来，往我喝的水里投毒，杀人灭口。"

这时候我还知道自己是一个警察。我想请杨丽童说清楚，她所说的对乔君烈的事儿知道得太多了，是什么意思，她有没有把乔君烈那些事儿向警方和盘托出。但是现在追问她，有点儿不合适。

我说："你换一把锁啊！"

杨丽童说："换了。"

杨丽童还在我的怀里。她更紧地抱住我，颤抖地对我说："有了你，我就放心了！不害怕了！我都不知道自己说什么了，但只要你能明白就行了！"

我也紧紧地抱着杨丽童。我承认，自从温如心到澳大利亚去了之后，我还没有和任何女人如此亲近过，包括邵幼萍在内。那些娱乐城的 KTV 房我也进过，别人把三陪小姐推到我身边，我只是让她陪着我唱歌，从不动手动脚。即使和最要好的老同学进 KTV 房，他们是绝对不会出卖我的，我也清楚地意识到没有任何人监视着我，不过我还是不会在三陪小姐的身上做出儿童不宜的动作。倒不是我想充当伪君子，也没有觉得那些三陪小姐太脏了。我一直渴望再有一次爱得死去活来的爱情经历，同时也有相应的欲望，而那些欲望应该被爱情所包容。就像我至今仍然苦苦地等着梦想中的初恋情人给予我纯真的爱情和性一样。老实说，寻求另一次爱情，这比去找三陪小姐干那种事儿更加可怕，那意味着会妻离子散家庭破裂。然而，谁能拒绝美好的爱情呢？

我明白，在资讯时代，再也没有经得起考验的爱情故事了。可以肯定的是杨丽童不可能给我爱情。当然她也不是那种逢场作戏的三陪小姐。除了她的美丽青春和所受的教育之外，还有一个让我喜欢她的原因，即她愿意为乔君烈付出代价，也就是愿意冒险地按照他的意思，为他做出他没有作案时间的证言。她当然知道法律是无情的，但是她爱乔君烈，因此会在没有获知真相之前坚定地相信他，不会出卖他，愿意为他做傻事儿。如果恋爱中的人，在一方大难临头的时候，另一方就不分皂白地舍弃对方，这个世界也真是太不可爱了。

杨丽童曾经被留置审查了两天，在那段天气炎热的时间里她没有洗澡，我走近她身边，能嗅到她淡淡的体臭。杨丽童是一个漂亮的年轻女人，我对她的体臭并没有反感，觉得这种女人的味儿挺熟悉的。当年梦想中的初恋情人的身上就有这种味儿，让情窦初开的我如痴如醉。我曾经产生怜香惜玉的念头，打算让曾思敏陪她去洗澡。不过我不便这样做。我注意到有关杨丽童的这些细节，并非是因为温如心不在身边导致我有点儿心理变态了。那是由于漂亮的年轻女人总是吸引男人的。

我的感觉早就告知我，我怀里的是一个我所渴望的女性身躯。我抚摸着杨丽童的头发，嗅着她身上散发出的青春气味。还有我体内那些法国红酒也给我带来了浪漫的劲儿。少年时的强烈冲动再现于我的身上。我热烈地吻着她，她也作出了相应的反应。我就像一个置身于沙漠中已好几天没喝水的人，突然看到面前有水，即使那是含有剧毒的水，我也会把它喝下去。我并不责备自己的肉体欲望。那些抵抗得住成熟女人诱惑的正常的男人，只会在电影和小说里才会出现。尤其是那个坐怀不乱的故事，只不过是古代的道德文章而已。

我关掉屋里的灯，动手脱杨丽童的裙子。她还是顺从的，但是拒绝让我脱她的内衣。我还以为她出于羞涩的本能，适当地作出抵抗。我努力了几次，终于明白到她确实作出了刻意的抵抗。

我不想说出虚假的话，也不想引诱她和强迫她。

我说："你不愿意吗?"

杨丽童似乎有话要说。

我放开了杨丽童，整理自己的衣服和头发。

杨丽童却又抱住我。我再次燃烧起来。

杨丽童说："我有为乔君烈作伪证、包庇他的犯罪嫌疑。虽然我被保释出来了，可是听蒋警官说，我那事儿还没完。弄不好，你们还会把我关起来，我还要被公诉被判刑，是吗?"

我不知道如何作出回答。

杨丽童抽泣着："我不敢想象，坐牢，是多么可怕啊！我越想越害怕！"

杨丽童紧紧地抱着我，我却说不出话来。

只有在乔君烈被抓获归案、侦查终结后，才能弄清楚杨丽童是否有为他作伪证、包庇他的犯罪嫌疑。如果我们认为她有上述犯罪嫌疑，将会把该案移送检察院审查起诉，同时也会视杨丽童是否有立功表现等各种情况，建议法院从轻或从重判决。杨丽童受过高等教育，应该有一定的法律常识。

杨丽童委屈万分地问我："如果我真的犯罪了，你们有足够的证据证明我有犯罪嫌疑，法院怎么判决，我都认了。那是我罪有应得。可是，你能让我有知情权，提前把情况告诉我，让我有心理准备好吗？"

我猛地明白杨丽童话里的意思，同时也明白了她为什么主动地要献身于我。她的目的是以色相勾引我！总之，她试图用自己的身体来换取我向她通风报信，甚至使用手上的权力，让她免受牢狱之灾。

我极为震惊，感到自己被戏弄和侮辱了。我轻轻地推开了杨丽童，欲言又止。杨丽童却再次抱住我。

正在这个时候，外面有人在重重地敲门。

我和杨丽童都大吃一惊。杨丽童就像受惊的小女孩一样，更紧地抱住我，认定只有我才能保护她。这太重要了。我认为男人是必须要保护女人的，我觉得她把我视为英雄般的男人。我脑子里那种杨丽童要用肉体来跟我做交易的感觉一下子消失掉了。一个女人需要男人的保护，男人会置她于死地吗？除非这个女人是美女毒蛇，才能得到肯定的回答。法律是无情的，我不会那样做，但是我在心里原谅了她。我理解她渴望自由的生活、害怕蹲在监狱里的心情。

我在杨丽童的耳畔小声地说："可能是那两个老教师，没事儿的，千万不要慌张！"

杨丽童放开了我。不管门外的人是乔君烈还是别人，我急忙重新整理自己的衣服和头发。杨丽童则飞快地拿起被我扔在沙发上的裙子，跑进卫生间里。

我没有开灯，走过去把门打开。

蓝父和蓝母站在门外。

蓝母横眉竖眼地看着我。

蓝母低吼一声："你在干什么？"

我说："我在干什么，用不着告诉你！"

蓝母说："你可以不告诉我，但是，政法委、检察院、公安局纪委，这几个衙门，我挨个儿告你去！让你跟他们说去！我还找记者去！给你曝光！题目就是，女犯罪嫌疑人对专案组警官性贿赂！打中要害了吧！"

"你所看到的根本不是事实！你以为我在干什么？我守在这儿，等着乔君烈。"说真话是要付出代价的，这一次我不能说真话。我指着正在工作着的电脑大言不惭地说，"我在工作，知道吗？"

蓝母说："屋里黑灯瞎火的，鬼才相信你们在工作！还有，满嘴酒气的，你喝酒了！杨丽童这妖精躲在哪儿？叫她出来！"

杨丽童打开卫生间的门，大声地抗议："你不要血口喷人！你要是破坏警方工作，没逮住乔君烈，警方反告你妨碍公务！我还要告你私闯民宅！"

蓝母指着我愤怒地说："你身为警察，不干正经事儿，跑来这儿和这风骚的女人鬼混，该当何罪！生活作风问题，我可以不告你，但是你必须告诉我，什么时候才能逮住乔君烈？我等不下去了！"

我虚张声势地说："先把事情说清楚！我早就知道你们在楼下蹲着了。你们看到这屋里头灯灭了，就跑上来，对不对？请问，你们最终看到什么啦？"

蓝父朝蓝母开口了："算了。没证据的事儿，不要乱说！你看，这电脑不是开着吗？既然许警官说要抓乔君烈，你不应该反对吧？"

蓝母闹腾一会儿，就拉着蓝父走了。

这时候我才把灯打开。

杨丽童给我拿来一瓶冷藏的绿茶，我全喝下去后，心情才慢慢地平静。杨丽童刚才提出的要求，或者就说那是交易吧，我就不去想它了。如果她再提出来，我将会警告她。我不会做违法的事儿，也不会接受由交易而来的性。

杨丽童默默地坐在我身边，拉着我的手不放。

我站起来。

"你真的要走？"杨丽童问。

"我不得不走啊！"我说。

杨丽童走了几步，把我的去路挡住了。

"我好像忘了你是谁。不过，你是一个好男人。"

"谢谢。"

杨丽童说："不要把我看成是坏女人。我永远不会像你所想象的那么坏。"

我表示理解地点点头。

杨丽童说："明晚你来吃饭吗？"

我摇摇头，但是我的脑里却出现另一种选择。我说："要是来，我会提前给你打电话的。晚上睡觉，你从防盗门里头上锁，外面是打不开的。安心睡觉吧。对了，还要注意看电脑。"

杨丽童点点头，接着轻挥右手朝我敬礼。

我忍不住笑了。面对一个年轻的漂亮女人，我一不留神就笑了。

我慢慢地离开杨丽童的住处。我没有回头张望，也没有介意她有没有透过窗子目送我远去。我想慢慢地离开，享受着一种感觉。对于由于种种原因我和她未能成事，我未免抱怨自己的运气不佳。我真想亲身感受杨丽童在床上是什么样子的。

然而我也庆幸自己没有和杨丽童发生关系。她试图用肉体来达到她的目的，我未敢苟同。她要求一个和她有肌肤之亲的人让她获得自由和尊严，与她用自己的肉体进行金钱交易相比，前者可能不会那么令人讨厌。虽然两者都是一种不道德的交易，甚至是违法的。我历来都对任何不正当的交易非常反感。杨丽童在表示要交易的时候，并没有赤裸裸地表露出来。这是一种艺术，她取得了初步的成功，至少我会怜香惜玉的。我再一次原谅了她。在我临走的时候，她让我不要把她看成是坏女人这句话占了上风，我相信她是一个不错的女孩。作为一个新新人类，她和一个自己喜爱的男人上床，并不需要对方满足很多附加条件。一夜情就是那么简单，只是意味着两方要共同享受生命的激情，除此之外空无一物。

我慢慢地走着，离杨丽童的住处越来越远了。这时候如果我回头，肯定看不到她的住处了，更不可能看见她的影子。我买了一罐冷藏的可乐，一口气把它喝光，把刚才喝过酒的感觉压到最低点。此时一阵阵的凉风扑面而来，把我身上的热量裹挟而去。随着欲望的冷却，我心里那些见不得人的想法也消退了不少。我非常庆幸我和杨丽童没有发生关系。这并不是为我的初恋情人和妻子守身如玉。我要好好地活下去，也希望在工作中不出现横生枝节的事儿。只有这样我才能继续自己的爱情梦想，找到那纯真的、爱得死去活来的爱情。

只有在合法的情况下，我才会捍卫杨丽童的自由和尊严。我是不是有点儿虚伪，就像在演电影、电视剧一样？

就算我有点儿虚伪。在绝大部分的时间里，在我没有任何机会犯错误的时候，我想做一个诚实的人，做一个好警察。

第十七章　钟点工谜团

离开杨丽童的住处，我漫无目的地走了一个多小时。我的大脑皮层的神经细胞仍然很兴奋。其间我接到两个同事打来的电话，处理了一些繁琐的公事。我意犹未尽，还想多走一会儿。直到又有一个同事打来电话，我才说了几句话，手机就没电了。我用公用电话给这个同事复机，总算没有误事。我不得不火速赶回家里给手机充电。不然我还会走个不停。

张宾见到我正想说什么，看到邵幼萍走近我，他就不说了，走回了他和乔小星合住的卧室。

邵幼萍让我坐在沙发上。

她是这样对我说的："大房东，看你这样子，寂寞让你如此美丽，你谈恋爱了?"

我的心因此紧跳了几下："我谈什么恋爱！你也知道，我早就使君有妇了!"

邵幼萍说："自由恋爱，谁也挡不住。何况你那个夫人远在国外呢!"

我说："嘘，小声点儿，上帝会听到的!"

邵幼萍说："真是热恋上了，说话都浪漫透了!"

我说我都快四十岁了，就想要个白白胖胖的小孩子，不再图谋什么浪漫的爱情。这当然是骗人的鬼话。人往往会言不由衷。邵幼萍根本不相信我的话，不痛不痒地把我挖苦了一顿。这时候我发现，邵幼萍谈吐间的词汇和语气，可以没有偏差地证明她受过高等教育，而且也表露出她一直处于养尊处优的环境和一直从事着被众人视为白领的工作。她曾经说过从事高等白领工作的人就叫做高级灰。

今晚我进一步确认她就是高级灰，属于中产阶级。

我无意中发现，邵幼萍所戴的耳环是LV产品，虽然没有LV皮具系列那么价钱昂贵，却能衬托出用家的内在品位。更令我惊讶的是，她的腕上竟然戴着一块卡地亚手表。我突然对邵幼萍产生了莫大的兴趣，请她把手表摘下来，让我欣赏一下。邵幼萍毫不在意地说，一块破表有什么好看的，现在的新新人类不喜欢戴手表，要戴就戴花里胡哨的手镯，反正手机上有时间显示。她说她表妹捡到这块手表，就缠上了她，非要她花两百元钱买下来，她表妹再用这些钱去买手镯。我想，这个顺嘴胡诌的故事一点儿也不动人。邵幼萍看着我怀疑的眼神，只好承认这块手表是她以前的男朋友送给她的。送给她一块价值六万多元钱的艺术品般的手表，那个男人也算是出手不凡了。

我突然记起来，今天中午我和张宾到开发区某个工厂建筑工地看现场，在吃午饭的时候张宾和我聊了一会儿邵幼萍。他说最近两天邵幼萍在干活儿时拖拖拉拉得过且过，而且有点儿心不在焉，昨天失手摔破了一个饭碗和一个碟子。根据种种迹象分析，她想甩手不干了。原因可能是自从乔小星加入我们这个大家庭后，她的工作量成倍地增加了，她实在不堪其苦。其实她根本就不是真正的家政女工或钟点女工。我也记起来了，昨天下午邵幼萍给我打电话，说她有急事，没空去接乔小星回来，请我想办法。当时张宾正在忙着，我就劳烦曾思敏跑了一趟。经常劳烦同事不是一个好办法，我得着手找保姆了，以免在邵幼萍撂挑子的时候没有人接班。我就对张宾说，请曾思敏帮忙找保姆，也让他到劳务市场看一下有没有合适的人选。

看来，邵幼萍待在我家里的时间不长了，已经进入倒计时。今晚我对邵幼萍如谜团一般的来历和身份非常感兴趣。我真想知道是什么原因促使她愿意屈尊到我家充当家政女工的。

我说："邵小姐，就算你不是高级灰，没有整天打波音的，在天空上飘来飘去，至少是个戴卡地亚手表的白领丽人，对吧？你骗不过我的眼睛，别忘了我是干什么的！"

邵幼萍微笑地看着我。

我说："我想知道你这是为什么，为什么要忍辱负重、逆来顺受地当一个家政女工？能告诉我吗？"

邵幼萍说："你不是警察吗？你推理一下吧！"

邵幼萍进入我家，从来没有明确地表达她要达到什么目的。邵幼萍愿意做家政女工，但是这并不是她的本来意愿。应该说，她不是脑袋有问题，就是阴谋家。她一定另有企图。我也不愿意去猜测，我担心会得出一个肮脏的结果。

邵幼萍也没有作出清晰的暗示要和我发生一夜情，此时此刻我意识到自己曾经有过的胡思乱想都是自作多情。或者说由于种种原因，我和她在感情上始终无法擦出火花。

我说："你就说吧，言者无罪。反正你在我家里所做的事儿都是合法的，我不会怪你的，更不会要求追究你的法律责任！"

邵幼萍整理一下头发，站起来在客厅里走了几步，好像在思考着什么，却把背影和侧面展现在我眼前。我承认她是一个漂亮和苗条的女人。我还是定定地坐着，欣赏着她那美丽的身姿。

邵幼萍转过身来问我："大房东，你说，我漂亮吗？"

我点点头。

邵幼萍说："你说，你会喜欢上我吗？我这样问你，没特别的意思。就像我们在网上模拟谈恋爱吧！"

男人是很容易爱上女人的。不过我可不能这样回答。

"该怎么说呢？我尊重你，也不希望你受到伤害。"我想了一下又说，"以后，我和二房东换下来的衣服，我们自个儿洗。其实把脏衣服扔进洗衣机里，挺简单的。"

"难道这就是尊重吗？尊重别人，这很重要，"邵幼萍说，"可是，我觉得你并没有尊重我。"

"是吗？我先郑重地赔礼道歉！"我不知道自己对邵幼萍在什么地方有不周之处，"是不是我不应该把你当做家政女工？其实，我早就给你定位过了，你是高级的白领丽人！"

邵幼萍笑着："你的确不应该把我看成家政女工。不过你不用道歉。那是我自找的。"

我说："这两天你在忙什么呢？找到工作了吗？"

邵幼萍说："不谈这个。"

我也站了起来，说："那么，你能告诉我，你到我家里来到底想干什么呢？这个问题一直困扰着我。你应该提前告诉我。我可以给你一块免死金牌，不，是免罪金牌。无论出现什么情况，你都无罪。"

邵幼萍看着我，像孩子一样狡黠地笑着，却不愿意回答我的问题。我走进厨房，从冰箱里拿出两罐雪碧。我们喝着饮料。我甚至打开音响，播放古典音乐，尽可能把音量调到最小。这不会把张宾和乔小星吵醒，也不会干扰我们的思考能力。我想让邵幼萍在音乐声中感觉到她在做一件浪漫的事儿，而且有足够的时间思考问题，最后把一个成熟的答案告诉我。即使她愿意说真话，但是对她即将公开的答案我不敢乐观。如果不是难以启齿，她早就说出来了。

邵幼萍说："可是，你会相信我所说的话吗？"

我说："你说吧，我很感兴趣。"

邵幼萍说一个多月前，她还是某个外资企业的人力资源部经理。一个刚出任总经理的美籍华人经常找机会对她性骚扰。这个总经理的体貌特征跟名主持崔先生差不多，要是他同样具有崔先生那种幽默感，或许她就会在心情好的时候容忍他了。事实上她根本不能接受这个总经理，一次次地想方设法躲着他。一个月前一个中午，这个总经理喝醉了酒，闯进邵幼萍的办公室强行抱住她，要和她来一个法国式的激吻。她坚决地拒绝了。他却志在必得地撕破了她的衣服。邵幼萍忍无可忍，给了这个总经理两记响亮的耳光。这件事闹得太大了。邵幼萍和这个总经理最终都无法立足于这个外资企业。邵幼萍变成了失业游民，这一个月以来一直在寻找着合适的职业。

如果邵幼萍所说的这个故事可信，那么她显然不是那种随随便便就和男人上床的女人。

我问："那你还能在我家里待多久呢？"

"找到合适的工作就走。不过僧多粥少，找工作不容易啊！"邵幼萍说，"不对，我更正一下，找到合适的工作，我就辞掉你家这份家政工作。不过，我还租住你的房子，我不搬。"

我说："到时再说吧。"

邵幼萍说："大房东，谢谢你！你是担心我们会日久生情吧？"

我极力忍住笑。

邵幼萍认真地说："再过半个月，我肯定会喜欢上你的，疯狂地爱上你的！如果你不喜欢我，我会因为爱得太深而恼羞成怒！告诉你，女人的仇恨是可怕的！常言道，最毒妇人心！我会杀死你，肢解你，毁尸灭迹，再把我的指纹擦拭干净，破坏现场。我拿上我的全部东西，跑到天涯海角藏起来！这个生死恋，可怕吧！"

说完后邵幼萍笑了起来，我也忍俊不禁。

我说："你真会杀了我？在警察家里头住了二十多天，就学会毁尸灭迹、破坏现场了？活像个职业杀手！”

邵幼萍看看手表，说：“才十二点。对于我们来说，还早着呢！走吧，到外面喝点儿东西！”

我说：“喝什么？红酒吧？我这儿有呀！”

邵幼萍说：“这儿没意思，到酒吧去！”

我正想说什么，我那放在书房里充电的手机鸣叫起来。这个时候来电话，肯定有急事儿。我即刻跑向书房。

杨丽童来电话说，她正在网上和乔君烈对话，让我赶快到她住处去。

我即刻领着张宾赶往杨丽童的住处。在路上，我给远在北京市的网络警察周锷打电话，让他想办法尽快确定乔君烈的位置。

乔君烈太有心计了，可能在杨丽童的住处附近安排有耳目。为了预防万一，我让张宾在较远的地方把车停下来，逐一悄悄地来到杨丽童那里。

杨丽童和乔君烈的网上对话还在进行着。这时候他们正谈到徐希愉。

乔君烈对杨丽童说：“杨丽，你反复问我，既然我是无罪的，为什么我还要藏起来呢？我可以告诉你，我和徐希愉法医比较熟，她是市公安局的技术骨干、法医专家，勤勤恳恳、忠于职守、屡建奇功、不为名不为利。可是，在徐法医脑子里，那种警察的特权思想意识仍然从中作祟。就在我被迫逃离的前一天晚上，徐法医对我说：‘你不要高兴得太早了！若要人不知，除非己莫为！警察就是掘地三尺，也要抓到你这个凶手！你就是真凶！别人拿你没办法，我就不信治不了你！我明天就把你送上测谎仪，让你原形毕露！’杨丽，你也受过高等教育，学过法律，你说徐法医这是不是在搞有罪推定？这说明了有罪推定的司法原则仍在警察的脑海里根深蒂固。徐法医威胁我我倒不怕，我最担心警察搞有罪推定。你想一下，像徐法医这么优秀的警官，都这样不顾事实和法律而意气用事，这太可怕了！我还能相信警察吗？这就是我为什么要远走他乡的原因之一。”

看来，乔小星向我提供的证言，大体上准确地还原了徐希愉所说过的话。我彻底明白了，正是徐希愉的这一番说话，强烈地刺激了乔君烈，导致他突然作出潜逃的决定。

毫无疑问，徐希愉要为乔君烈的潜逃负上一定的责任。

我打算明天再找徐希愉核实情况，现在先对付乔君烈。

杨丽童旁若无人地用各种各样的情意绵绵的话勾住乔君烈，非要跟他见面不可。乔君烈似乎动心了，但是最后还是用漂泊流浪、居无定所这个借口婉拒跟杨丽童会面。他很快就下线了。

杨丽童把她和乔君烈对话的所有内容拷贝进优盘里交给了我。我对她的表现还是满意的。

网络警察周锷打电话来告诉我，此时乔君烈在湖南省衡阳市。刚才我估计乔君烈会从云南省转入广西区，再进入广东省。没想到他跑到湖南省去了。

怎样才能堵住四处逃窜的乔君烈，这真不是一件容易的事儿。

第二天早上我向市局、分局和刑侦支队等领导汇报了0513案件破案工作的进展情况。各位领导支持我把杨丽童撒出去，放长线钓大鱼，用最古老的办法钓乔君烈。

据悉，蓝雪所供职的单位佳迅联合集团公司内部存在严重的经济问题，有关纪检监察单位陆续接到检举揭发材料。因此我认为，虽然乔君烈是0513案件头号犯罪嫌疑人，但是蓝雪因为触及经济问题而被杀害的可能性也不容忽视。除了加紧追捕乔君烈外，我还打算全面排查跟蓝雪彼此熟悉的人，首先从佳迅联合集团公司开始。两级领导却反复强调警力紧张，指示我当务之急是寻找机会锁定乔君烈，把他捉拿归案，同时也要办好其他的案件。

我向两级领导说明一个现实问题：乔君烈自以为很聪明，来去无影无踪，用高科技跟警方周旋，但是总有一天他会栽倒在高科技上的。只要他失去警觉，没有经常挪窝，我们就会通过卫星定位和互联网监控技术把他揪出来。我希望能将破案期限顺延半个月，因为我们确实需要时间等待最佳时机而行动。市局领导再次警告我，死者蓝雪的父母活动能力非常强，走的是上层路线，整天往检察院、政法委、市政府和市委跑，状告公安局行政不作为。一个个有关领导作出批示和打电话，严令市局加紧破案。各位领导一再说留给我的时间不多了。如果我不能及时地把乔君烈捞回来，揪出杀害蓝雪的凶手，就得有人为0513案件侦查不力负上主要责任。我知道不是我一个人备受煎熬，我顶头上的两级领导也受到非常大的压力。死者蓝雪的母亲当初提出要亲自监督尸检，让我已经觉察到她的胆量、勇气和寻求破案的决心。她跑上层路线，似乎无可厚非，不外乎是要求法定机构来监督我们的破案工作。然而我也注意到，我们在强大的压力下，也有可能作出错误的判断。

在郊外植物园大门前不远处，又有一辆雷克萨斯轿车被盗。据车主报告，昨天晚上他和女朋友驾车兜风，植物园附近行人不多。女朋友心血来潮，想在此地散步，看看月光和呼吸新鲜空气。车主就把车停在马路边上。他清楚地记得，当时他已经给方向盘上了安全锁，并打开电子防盗装置。没想到一个小时后，他们散步归来就发现雷克萨斯轿车不翼而飞了。车主当即报警。不过他心存侥幸，觉得那是由于他在马路边上违章停车，交警按章拖车。但是今天警方证实，他的雷克萨斯轿车被盗了。

经过分析，这一宗雷克萨斯轿车失窃案，很可能和那个专门盗窃雷克萨斯轿车的团伙有关。联想到前几天周边的城市也有一辆雷克萨斯轿车被盗，作案手法大同小异，应该是同一个盗车团伙所为。这个团伙坚持采用打一枪换一个地方的战术，屡屡得手且来去无踪，给我们造成很大的压力。我最耿耿于怀的是，正是由于他们抢走了香格里拉花园高级住宅区的保安数字监控录像硬盘，导致0513案件因失去关键的证据而变得扑朔迷离，不能确认乔君烈就是凶手。

如果能确认乔君烈是凶手，我们会请求动用更多的国家资源和民间力量，对乔君烈围追堵截。蒋光亮当初公开、坚决地反对释放乔君烈，现在他俨然成了胜利者，可以不紧不慢地发表自己的看法。他说，查缉犯罪嫌疑人靳如超和马加爵，是自一九八三年追捕“二王”以来我国警方所采取的规模最大的两次集中搜捕行动，全都在限期内就把目标人物抓捕归案。我们只要采取规模较小的搜捕行动，悬赏抓凶，乔君烈也就不能那么舒服地上网和杨丽童聊天了。

相反，我因主张释放乔君烈而造成了非常被动的局面，现在就不好随意发表自己的意见了。我只能忍辱负重地做事儿，等着乔君烈被绳之以法的那一天。

我有信心在现有条件下把乔君烈捞回来。

乔君烈说过他之所以逃跑，是因为徐希愉一气之下恐吓或威胁用测谎仪来对付他。我找到了徐希愉，把这个问题摊到桌面上来。徐希愉承认她说过那样的话。她说，蓝雪之死使她非常悲伤，她认定乔君烈就是凶手。对于刑侦人员无法取得有效的证据给乔君烈定罪，她难免有点儿气急败坏，所以那天就口无遮拦地怒斥乔君烈。事后她也意识到这是违反纪律的，而且问题比较严重。她打算给市局领导写一份检讨书，请求批评处分。但是，徐希愉否认她的脑子里存在着某种警察的特权思想，同时也否认正是由于她的言论而导致乔君烈仓皇出逃这个说法。她尖锐地让我反思造成破案受阻的各种原因，不要把一切责任都推到她身上。

被徐希愉一顿抢白后，我心情更加沉重。

这天傍晚下班后，我觉得非常疲乏，哪怕睡上两个小时也好，就和张宾回到家里。我告诉邵幼萍别让任何人吵醒我，如果有电话打进来，就叫张宾接听。至于乔君烈会不会又在凌晨的时候和杨丽童对话，就等我起来再说了。

我简单地洗了个澡，刚躺在床上，徐希愉来了。这是她头一次正式到我家里做客，我不敢怠慢，一下子就忘了睡觉。

徐希愉提着一个购物袋，里面装着两套童装，那是给乔小星买的。

乔小星正好打破一个花瓶，邵幼萍在打扫着地板。他看到徐希愉，就不敢大声说话了。

乔小星刚来到我家的时候，还没能完全从蓝雪之死的恐怖中解脱出来，有一定的心理障碍，晚上偶尔被噩梦惊醒，在床上大喊大叫。短短的一周过去了，乔小星似乎摆脱了心理障碍，重新变成了天真烂漫的少儿。准确地说，他恢复了一个顽皮捣蛋的小家伙的本来面目，把这里当成了自己的家。听邵幼萍说，昨天他还从她的钱包里偷了两百元钱，利用课间时间溜出学校，跑进麦当劳餐厅大吃大喝，当天晚上就没有了食欲，不思茶饭。孩提时如果我犯了小错误，父亲就用鸡毛掸子狠揍我的屁股。如果偷了一元钱，如同触犯天条，父亲则要对我动用酷刑。那酷刑同样是用鸡毛掸子狠揍一顿屁股和两腿，再穿着短裤出去示众，让老老少少的邻居们欣赏我腿上的伤痕。由于受到羞辱，我在一段不短的时间里变得老老实实，不敢惹是生非了。长大成人之后，我觉得父亲简单而粗暴的教子方式是奏效的。我和邵幼萍把乔小星宠坏了，长此以往绝对是不行的，这等于坑害了这个孩子。我得找个时间，好好给这小家伙上一课。不过我不能采用我父亲的那一套，否则即使乔君烈不跳出来，徐希愉也会出面控告我虐待未成年人。对了，我想不能让徐希愉在把乔小星扔给我后就高枕无忧了，她也有教育乔小星的义务，就让她来教训乔小星。

徐希愉对我说，她主张严格管教孩子，如果乔小星不听话，就严厉地处罚他。

徐希愉盯着乔小星，指着地上的花瓶碎屑，先入为主地问：“这是你干的好事吗?”

乔小星狡辩：“二房东推了我一把我才撞倒花瓶的。二房东是主犯，我是从犯!”

张宾说：“我没推他!”

“还学会了撒谎!”徐希愉说，“这花瓶值多少钱，许健你先记账！大卫你要赔！扣你的零用钱!”

张宾刚要说乔小星偷走邵幼萍两百元钱那事儿，乔小星意识到了，堵住张宾的嘴不让他说。

徐希愉说：“大卫，又干了什么坏事儿？让张宾叔叔说!”

张宾还是铁面无私地揭发了乔小星偷钱的事儿。徐希愉严厉地批评了乔小星，还教育他不要乱花钱。如果他手上有五块钱，打算买零食，不巧遇上一个乞丐老婆婆讨钱，就给老婆婆五块钱：让她找回四块钱。这样既不亏了自己的嘴巴，也帮助了别人。乔小星终于再次遇上令他敬畏的主儿，乖乖地站在客厅的角落里，表示痛改前非。我也觉得徐希愉挺会管教孩子的，她适合当教师。

徐希愉继续对乔小星说，坏人的待遇好，天天吃麦当劳，也可以天天吃山珍海味。坏人住洋楼别墅，住五星级饭店总统套房。坏人开最好的汽车，还有很多漂亮的女人围着他转。总之，做坏人得到的好处比做好人得到的好处多一万倍。她让乔小星选择做坏人还是做好人。乔小星说还是想做好人。

看到乔小星还不糊涂，大家都笑了。

徐希愉教训乔小星正在兴头上毫不忌讳，就直截了当地说，他妈妈不在了，他爸爸肯定被判处死刑，他这么小不能没有爸爸妈妈，他希望谁是他的新爸爸妈妈呢？张宾这家伙也推波助澜，就同样的问题追问乔小星。乔小星还是一个没有完全懂事的孩子，在没有退路的情况下，用手指点一下邵幼萍。

张宾兴奋地说："哦，这就是你妈妈！"

乔小星还没来得及表态确认或否定，张宾又追问谁是他的新爸爸。他朝我指点一下。包括徐希愉和邵幼萍在内，大家都善意地笑了。

徐希愉说："大卫，为什么说许健叔叔是你新爸爸？"

乔小星老老实实地说："我怕他会把我轰走！"

张宾说："最值得关注的问题是这个：大房东是大卫的新爸爸，邵小姐是大卫的新妈妈，那么，这个新爸爸、新妈妈又是什么关系呢？"

邵幼萍算是爱说爱笑、见多识广的女人了，也几乎招架不住。我也非常不好意思。

乔小星发表高见："我们班上陈小东，陈先生是他爸爸，林女士是他妈妈，可是陈先生和林女士就不是两口子，因为他们早就离婚了！"

这算是解了围，我朝乔小星竖起大拇指，大家都笑了。

邵幼萍跑到厨房做饭去了。我向张宾严肃地发出第一次警告。张宾知道这个玩笑只能到此为止，就不敢再做声了。

我把徐希愉领到厨房里，介绍她和邵幼萍互相认识。在我介绍徐希愉的身份时，乔小星走过来，拉一下我的手，向我挤眉弄眼作出暗示。这时候他就像非常聪明懂事的孩子。我一下子明白了，不能说徐希愉是警察或者法医，就说她是一个中学英语教师。

邵幼萍对徐希愉说："我知道，这是徐老师，久闻大名，大卫常常提到你！"

张宾这家伙在外面发出了笑声。我估计他发笑的原因是徐希愉冒充教师。因为张宾多次说过她这样做是多此一举。徐希愉也明白张宾的意思，朝厨房门外看了一眼。

徐希愉大声地说："笑什么？今天我来做客，主随客便！"

张宾明智地没有说话。

徐希愉回到客厅，让乔小星试穿新衣服。衣服显得宽松了一点儿。

徐希愉说："我特意选择大一码的，明年还可以穿。"

张宾说："就是，反正小一码大一码，价钱一个样，又何必便宜那百货公司呢！"

张宾说这话倒没什么大不了的。不过，我让他到厨房去给邵幼萍打帮手，以免他那臭嘴巴又闯祸。

邵幼萍整个下午都有点儿不舒服，头晕和恶心一齐袭来。不过她没有说出来。徐希愉头一次上门做客，说什么她也得强打精神做好这顿饭。以前乔小星也向邵幼萍提到过徐希愉。少儿的嘴巴不会那么严实，他透露过徐希愉是法医，不过他没能把徐希愉所具体负责的工作说清楚。邵幼萍一时好奇，就问了张宾。张宾这丑星当即极度夸张地做了一个开膛破肚的动作吓唬邵幼萍，还询问她是否觉得恐怖。她还是不很明白。张宾就详细地说开了。全市那么多警察，缺了许健和张宾，甚至缺了局长都无关紧要，不过缺了徐希愉就万万不可了！他危言耸听地说，全市范围内，最脏最难看的尸体，全都由徐希愉主刀解剖。那血淋淋的场面并不可怕，最可怕的是不再有红色的腐尸。

事后邵幼萍已经无法重复当时张宾所营造的恐怖的戏剧气氛。当时她硬着头皮听下去，做梦也没有想到一份那么可怕的工作竟然由一个女人来承担。张宾表现出色，邵幼萍的想象力也太强了，仿佛腐尸就在眼前。此时邵幼萍的身心已不堪一击，正要哀求张宾停止宣扬恐怖事件的时候，她已经不可遏止地呕吐起来，甚至连把呕吐物吐进几步之外的垃圾桶里的自制力也丧失了。她实在太难受了！

这顿饭改由张宾掌勺儿了。

邵幼萍躺在床上，我走进来问她要不要到医院去。她说躺一会儿就好了。她还说我不是教授级名医吗，让我给她看病。我就在床边坐下来，让她多喝温水。邵幼萍给我讲述了张宾闯祸的经过，还心有余悸。我就痛骂张宾，安慰了她几句。没有体温计，我用手摸了她的额头和手心。她突然握住我的手。我突然想起我和她分别是乔小星的新爸爸新妈妈，不由得可气又可笑。可能邵幼萍也想着同样的问题。这时从客厅里传来徐希愉的笑声，我急忙把手抽回来。我说她只是小感冒，休息一两天就没事儿了，当然还得吃点儿感冒药。我站起来要给她拿药，她却让我坐下来。她说她不是那种喜欢在背后议论别人的特嘴碎的女人，可是她就是弄不明白，既然徐希愉是好警察是好人，她怎么会那么狠心地把老同学的孤儿扔给别人呢？这说得过去吗？我也不好说什么，就说等抓到乔君烈再说吧。邵幼萍笑了，说乔君烈潜逃在外逍遥自在，而办案警察却要替他辛辛苦苦地照顾孩子，这世界真是颠倒过来了！我也苦笑了起来。这时候徐希愉走进来，说明天由她接送乔小星上学放学，让邵幼萍休息一下。

张宾做好饭后，我把饭端到邵幼萍的床边上。我悄悄地告诉她，这饭不是徐希愉做的。张宾做饭也有几下子，你就放心地吃吧。没想到她一听到徐希愉的名字，一下子又倒了胃口。

这天晚上，乔君烈上网的时间比往日早了两个小时。接到杨丽童的电话，我和张宾就火速赶到她的住处。

第十八章　抓捕乔君烈

在北京市的网络警察周锷告知我，此刻乔君烈在湖北省十堰市。

杨丽童问乔君烈在哪里，他却反问她在哪里。杨丽童说她不在住处，又在哪里呢？她强调她一有时间就待在住处守着电脑作祈祷，盼望着传来他平安的消息，也盼望着和他多说几句话。乔君烈却责骂杨丽童欺骗他，说他知道此刻有警察站在她身边。

这使我、张宾和杨丽童都大吃一惊。我们站在阳台上和窗户边朝外看，观察着外面的情况。几乎可以肯定外面不可能有乔君烈的耳目，那是他疑心生暗鬼，一直无法确定杨丽童是否成了警方的掌中之物。他只能够故弄玄虚和投石问路。我让杨丽童沉住气，反过来责备他不信任她。杨丽童也不含糊，用委屈、受伤害和撒娇的语气，向乔君烈讨还公道。

乔君烈说："杨丽童，没想到你也会利用我的感情欺骗我！真正心里头伤得厉害的是我！警察就在你身边站着！你别忘了，我是电脑专家，我会对付黑客，我自己也是半个黑客！你绝对不是使用你住处那根电话线上网的！通过 IP 地址分析，我知道你在什么地方！杨丽童，你这个犹大，多多保重，好自为之！再见了，请代问你身边的警官先生好！"

乔君烈迅速下线了。杨丽童吃惊地看着我。

乔君烈不由分说地指出杨丽童绝对不是使用她住处那根电话线上网的，这使我意识到他在信口开河，不由得松了一口气。我让杨丽童给乔君烈的电子邮箱发信，矢口否认他的言论！一口咬定她就待在住处里面，而且身边根本没有警察！杨丽童敲击键盘，拖动鼠标把这条信息传发给对方。

我渐渐地摸透了乔君烈的心理。乔君烈每次上网和杨丽童对话，显然是有备而来的，一次次虚张声势、陈词滥调地试探杨丽童目前的处境和今后的取向。乔君烈有心眼儿，极具反侦查能力。而且他作为职业 IT 工程师，非常清楚警方可以通过电话、柜员机、互联网这些网络系统来定位并追踪犯罪嫌疑人。他在网上逗留的时间一般都不超过半个小时。他前脚从网上下来，后脚拔腿就跑，离开那个城市，让我们无踪可寻。如果他没有逃脱的把握，就不轻易上网。而且，他所光顾的网吧大都在城市中心，让他易于隐身于人海里。他似乎是一个逃跑能手。

一般说来，不管是什么人，如果永远让他做同一件事，过不了多久他肯定会感到疲倦。就像某个人爱一个人或恨一个人，这两种感情也是很容易使人疲倦的。特别是一个人潜逃在外，整天提心吊胆、寝食不安、寂寞难耐，那更是一件很不好受的事儿。一天又一天，逃离一个城市，奔向另一个城市，不能冒险坐飞机，只能选择坐火车、客车和出租车，过不了多久就麻木了，抱着侥幸的心理不想挪窝了。即使他不会投案自首，也想安稳下来过日子。我就等着乔君烈陷入这种境地。

乔君烈虚张声势地痛骂杨丽童是犹大，那是昨晚的事儿了。今天上午九时左右，张宾来到我办公室，汇报一个非法拘禁案件的侦查情况。张宾汇报完毕，问我有什么指示。我在考虑着乔君烈的问题，就让他按既定的办案程序办事。张宾说 0513 案件就陷在这儿，别说是神探，就是神仙来了也无计可施。他乐呵呵地说，如果买彩票中奖了，房子下一步再说，优先买辆轿车，追上一个漂亮的女孩就向她提出结婚的要求。他说他住在我家里，看到我、邵幼萍和乔小星俨如一家子似的，我和家小过得有滋有味，他妒忌得不得了，真不想知道我有多幸福。我大喝一声别拿话埋汰我了，中午由他请客，必须花费五十块钱以上。张宾正想狡辩，杨丽童的电话就打进来了。

杨丽童说乔君烈用手机给她发来了五个短信。那个电话号码她未曾见过，肯定是乔君烈新启用的手机。后来查证那是在湖北省武汉市购买的动感地带。把五个短信连接起来就构成如下的内容："杨丽，我知道你恢复自由了。对不起，我让你受牵连受苦受累了！我是冤枉的，我发誓我没有杀死蓝雪！我选择潜逃，是因为我不想蒙冤致死在法场！如果我死了，真正的凶手必然就逍遥法外了！我不但要保住性命，还要找到真凶，将真凶绳之于法，替蓝雪报仇！杨丽，我被公安机关搜捕，亡命天涯，疲于奔命，无法亲自追查真相，多么需要你的帮忙啊！我冒险写这封信给你，希望你千万别出卖我。我需要你的帮忙，也很想见到你。请你在收到这封信后，两天内秘密赶到安徽省淮江市，入住江南大酒店。入住后，立即发伊妹儿到我的电子邮箱里，我会再跟你联系的。请多带些旅费，无论多久都在江南大酒店等我。晚上你就在酒店附近散步。记住，是每个晚上都在酒店附近散步。我会看到你的。我一定会和你联系，去找你的！切记切记，一路上要多加小心，时刻注意身后有没有尾巴！”

首先让我意想不到的是，为什么乔君烈突然出现在特大城市呢？为什么他放弃互联网而转用手机呢？这两者都会导致他更容易暴露行踪。这会不会是他一时疏忽造成的呢？另外，他真的就相信杨丽童不会出卖他了？如果是为了发泄肉体的欲望，他可以找三陪小姐，为什么偏偏还要冒险地把杨丽童叫去呢？

乔君烈的这一举动带来了很多未知数。我们搞不清楚乔君烈的葫芦里卖的是什么药。当然，我也接触过犯罪嫌疑人纯粹是为了爱情而冒着巨大危险亲自返回接走情人的案例。我觉得乔君烈也会这样做。

0513 案件似乎有了转机。

市局接到国家有关部门的通报：经过四个小时不间断地监测，发现目标人物所使用的手机，四个小时前还在武汉市，现在已经进入了河南省境内，大体上是沿着京广铁路干线继续向北移动。

看来乔君烈约杨丽童到安徽省淮江市会面是虚晃一枪。这家伙诡计多端，到底想跑到哪里去呢？

我让杨丽童用她的手机打通了乔君烈的手机，但是对方没有接听。

张宾却一下子兴奋起来。他说既然有卫星协助跟踪乔君烈，而河南省境内充其量只不过有几条大公路，外加一条主干线铁路和一条黄河水道，请求河南省公安厅协助布控，设卡堵截，乔君烈还往哪里逃？张宾还没有说完，我就骂他是不是头一天当刑警？乔君烈不是公安部发布 A 级通缉令在全国范围内通缉的案犯，请求河南省公安厅兴师动众地布控排查是不合适的。况且每一条公路上有那么多私家车、出租车、客运巴士、营运汽车，还有铁路上的火车和河流上的船只，全国有那么多各种各样的犯罪嫌疑人，单是在逃的贪官就有四千多个，不就得经常兴师动众，在多个地方设卡堵截，这不将造成极大的扰民负面影响吗？再说乔君烈不是傻瓜，他会一直开启着手机，让卫星定位系统锁定他，束手就擒吗？我还骂张宾不动脑子，让他赶快把自己的脑子转起来。张宾这小子脾气挺好，挨了骂还唯唯诺诺的，说他愿意做我的出气包，只要我愿意请他吃河南的名菜。我倒笑了。其实我并不是真心骂他。如果要找茬儿骂他，在如此紧张的时候他又提到要在河南吃好喝好，早就挨骂了。其实河南没有什么名菜。

我向两级主管领导提出兵分两路的抓捕方案：由重案二组三个干警组成第一抓捕小组，根据卫星指示的方位行动；由我带领两个刑警和杨丽童，到乔君烈约定杨丽童会面的地方即安徽省淮江市执行守株待兔计划。

我费尽口舌，终于争取到市局和分局两级领导批准这个抓捕方案。这也不能怪领导们不全力支持我的工作，主要是乔君烈把了解 0513 案情的上上下下的资深刑警都弄糊涂了。我当然知道 0513 案件对我来说非常重要，所以我主动提出要亲自带领第二抓捕小组前往安徽省。我觉得乔君烈没有诓骗杨丽童。如果我是他，我也会在两天内和杨丽童见面，那个地方就在安徽省境内。

两个抓捕小组分头出发了。

大队里办案经费不足，平时我们都是乘坐火车跑长途的，只有在紧急情况下才乘坐飞机。负责后勤工作的同事说火车卧铺没有了，给我搞来四张软卧车票。永不言愁的张宾乐呵呵的，说是沾了我的光开洋荤了。但是他看到我的脸如铁板一样，就不敢再笑下去。

我和张宾两个男性刑警领着杨丽童出差自然不方便，必须得有一个女性警察协助行动。因此，曾思敏负责贴身盯着杨丽童。我们四个人同在软卧车厢 9 号厢房里。张宾和曾思敏吃完苹果后昏昏欲睡，不久就睡着了。我和杨丽童没有睡意，就站在软卧车厢的过道里，不过我们久久没有说话。

杨丽童大概意识到我们沉默的时间太长了，扭头看一下 9 号厢房的门还关着，就轻轻地抓住我的手。我木然地想，这个漂亮的年轻女人算不算是我的情人呢？如果是的话，她应该协助我做我最想做的事儿，那就是抓住乔君烈！

"你很想抓住乔君烈，是吗？"杨丽童好像看透了我的心思。

这还用问吗？我甚至没有点头。

"我也很想抓住乔君烈。"杨丽童说。

我认真地看着杨丽童的脸，试图在她的脸上找到乔君烈的影子。我对自己这样做感到不解，因为我知道这是徒劳的。

我忍不住地问："乔君烈也算是你的情人了。从美好的角度去设想，你们是相互真心爱过对方的。如果真是这样，你会协助我们抓捕乔君烈吗？"

"你不止一次谈及这个问题了。"杨丽童说，"如果他犯的是其他的罪，我可能会原谅他，甚至会帮助他，甘愿犯作伪证罪、包庇罪，即使进监狱也在所不惜。但是乔君烈犯的是杀人罪，而且是杀死他的妻子，这根本不可以原谅。我一直在努力使自己忘记他，也在努力忘记自己是谁。我面对现实，让自己从头再开始。请你相信我！”

我还在看着杨丽童的脸。她有点儿不好意思，用手整理一下头发，把她那洁白、平滑的脖子展示出来。实在太有女人味儿了。我很喜欢她那用离子处理过的直发。如果她在后脑勺扎一小束短短小小的马尾巴，那她就完美了。因为我理想中的初恋情人在大学时期曾经扎着长长的马尾巴，尽管在时尚观念里那是土得掉渣儿的东西了，但是我永远觉得扎马尾巴的女孩是可爱的。某些上了年纪的漂亮女人，扎起马尾巴则更显得风姿秀逸。

我说：“你把头发扎起来，哪怕是随随便便的，就像伏明霞、郭晶晶跳水比赛时在后脑勺扎一个小刷子，挺好看的。”

杨丽童半开玩笑地说：“只要你喜欢，我愿意奉陪。”

杨丽童也在看着我，这会儿是我不好意思了。杨丽童的手还在捏住我的手，我能感觉到她这只手的热乎而湿润。这时候我听到一点儿响声，急忙摆脱杨丽童的手。

是一个陌生的人穿过过道。

杨丽童轻轻地嗤笑着我，再次抓住我的手。我却朝她扮个鬼脸，再次挣开她的手。如果有事儿发生，这也是以后的事儿了。在乔君烈未落网之前，我不能对她抱有任何幻想。

杨丽童说：“我觉得你不像警察。你很有人情味儿。”

我不想和杨丽童谈人情味儿，就转换了话题。

我说：“要看实际情况，因人而异。如果抓到一个极度危险的恐怖分子，当然要狠一点儿，让他立即把同伙招供出来！”

杨丽童说：“是不是那种类似美英联军虐待伊拉克战俘的情况？我是一个弱女子，你就手软了？”

我说：“你还不明白吗？我担心将来你要坐牢。”

杨丽童叹了一口气：“如果我坐牢了，我不怪你。你是警察，你应该秉公执法。对了，你带枪了吗？”

我点点头。

杨丽童说：“如果乔君烈拒捕怎么办？你会开枪吗？”

“那就要看情况了。”

“跟持枪歹徒枪战，你害怕吗？”

“如果不是亡命之徒，不是拍电影，谁不怕死？告诉你，你看港产警匪片，那些香港警察手持左轮手枪，躲在小汽车后面，让手持 AK47、M16 自动步枪的匪徒乱枪扫射，这都是假的！那些自动步枪的威力很大，打穿小汽车薄薄的钢板那可真是绰绰有余，那些香港警察早就变成马蜂窝了！”

尽管杨丽童说过她要忘掉乔君烈，但是我想了解乔君烈在日常生活中一些鸡毛蒜皮的事儿，从中摸清他的习惯举动，因而不得不提到乔君烈。杨丽童便如数家珍一样说出来。乔君烈爱吃川菜和粤菜，有时也吃日本菜。他有空儿的时候，不管心情好不好，都喜欢到书城看书，主要是电脑科技方面的书，有合适的就买几本。他也喜欢到宾馆去洗桑拿。杨丽童说到这里，又补充了一句，乔君烈并不是想搞那种色情按摩，而是想让自己放松一下。乔君烈还喜欢散步。有时候他心里烦恼，就不用任何人陪着，吸着烟，一个人散步。所以，命案案发当晚，他对杨丽童说他一个人走路，一直走到她那儿，对此她一点儿也不觉得奇怪。乔君烈喜欢上网是不用说的了。不过他上网极少找人聊天，而是做有关他的本职工作的事儿，偶尔也在网上找对手对弈几局。除了喜欢围棋外，他还是足球迷和赛车迷。

我暗暗地感叹着，如果没有发生 0513 凶杀案，乔君烈这家伙活得挺滋润的。我也喜欢在网上找对手下围棋，说不定我还和他下过棋呢。

午饭的时间到了。列车上的饮食太贵了，我想让各人简单地吃一个盒饭算了。乘务员把餐车推过来，我就买了四个盒饭。张宾和曾思敏还在酣睡中，就不叫醒他们了，我和杨丽童先吃起来。我很快地就把热乎乎的饭和菜吃光了。再喝上半瓶水，算是填饱了肚子。杨丽童勉强吃了一半，吃不下去了。

我说：“火车上的东西，是不好吃。不过得吃饱啊！”

杨丽童说：“我饱啦。”

我说：“你吃得不多。晚上到了淮江，要是有时间，找个好馆子撮一顿。”

“可是，这饭菜，不就浪费了吗？”杨丽童看着我，“我妈说了，浪费粮食可不是好孩子！”

我说：“你想留着晚上吃？”

杨丽童把盒饭递给我：“要不，你吃了它，这就不浪费了！”

在今天，一个女性的新新人类对某个男人说不要浪费粮食，就等于她说她爱这个男人的意思。在杨丽童逼着我吃她吃过的饭的时候，我就是这样想的。这不是一个庸俗的逻辑。我实在无法拒绝，就埋头吃了起来。杨丽童却一脸坏笑。

在我吃完后，杨丽童递给我餐巾纸。她痛苦地说：“我有艾滋病，你也得完蛋！”

我真想对杨丽童说，那就把我们隔离在同一个孤岛吧。但是我立即明白，这句话应该留在抓到乔君烈之后，什么时候有机会了再说。

我说："我放心，你才没有那鬼病呢！"

杨丽童埋怨地说："你又不是医生，怎么知道我没有艾滋病呢？医生是全世界最没有情趣的人了。"

我让从医的人无辜地挨骂了。我正想说几句无伤大雅的话来对付杨丽童，张宾却打开厢房的门出来了。他两眼盯着盒饭，就像爱读书的人盯着珍贵的书籍一样。此刻他根本不会去考虑其他的事儿。

现在，我用最简单的思维方式，相信乔君烈对杨丽童所说的话，也就是相信他们会在本次列车终点站所在地安徽省淮江市见面。如果真的是这样，乔君烈就会使用他那转得特别快的脑瓜子，来推测我们有没有察觉到他们的这一次会面。那么我必须做的一件事就是让乔君烈相信我们真是对此一无所知。

我突然想到一个盲点：我竟然一直没有注意到我家里现在的情况。乔小星住在我家里，乔君烈有可能知悉这一情况了。如果他往我家里打电话，万一乔小星漏了嘴，一张口就凭空地恐吓乔君烈说我出差去抓他了，多疑的乔君烈岂不闻之色变？我急忙打电话给邵幼萍，让她不要向任何人泄露我出差在外的消息，就说我晚上加班，很晚才回家，并尽量不让乔小星接听电话，或者干脆把我家里的电话给掐了。打完这个电话后，我真是有点儿哭笑不得。乔君烈这家伙把我整成这个样子！

我们到了安徽省淮江市，入住乔君烈指定的江南大酒店。杨丽童住在九楼一间客房。我让曾思敏住在对面的客房，因为乔君烈没有见过曾思敏，也就不会认识她。我和张宾住在十楼的客房。张宾戴上大墨镜，估计乔君烈就是看到了他，也没那么容易把他认出来。我就整天待在客房里，用望远镜监视着酒店大门前来来往往的人。

我让杨丽童继续打乔君烈那个在武汉市开通的手机。该手机还处在待机状态，就是不接听。给他发短信，他也没有回复。

据国家有关部门监测，这个手机正接近北京市。

莫非乔君烈暗度陈仓，跑到北京市了？

我有点儿失落，但是还是抱有信心，坚持在淮江市守株待兔。此时距离乔君烈约定杨丽童在两天内赶到此地的最后时限还有十九个小时。这一夜张宾很快就睡着了，我却在他的鼾声中久久未能入睡。那些0513案情已经在我脑海里滚烂熟透了，我就不去想它了。杨丽童就住在楼下的客房里。我想了一会儿杨丽童。

但是进入我梦里的自始至终都是乔君烈，他在黑暗中朝我冷笑，而我却无法射击、跟踪和监测他。这样的梦儿真是难受极了。不用说我的眼眶内肯定布满血丝。

第二天一大早，我又接到通报，乔君烈所使用的那个手机，正要离开河北省进入河南省。

不管乔君烈在哪里，他约好杨丽童在这里见面，有点儿不见不散的味道。因此我决定耐心地在此地等下去。

漫长的三天过去了。在这段时间里，我不断接到通报，乔君烈所使用的那个手机，在武汉市和北京市之间来回移动着。第一抓捕小组的同事登上京广线的列车，却无法找到乔君烈。他也没有在淮江市露面。这家伙仍然杳无音信。如果我是一个私家侦探，我当然有足够的智慧和时间在淮江市守株待兔。但是我是一个警察，所要承受的压力实在太大了。我得经常向领导汇报工作，领导也焦急地等着好消息，经常主动打电话来询问情况。在这种情况下守株待兔，或者等鱼上钩，我真担心我一时沉不住气，把事情搞砸了。我不断鼓动自己豁出去了，就是被撤职查办也要以平民身份扎在这里，等着乔君烈这个狡猾的狐狸！

到了第五天傍晚，张宾说暂时没有抓住乔君烈，却不能灰心丧气，以后还是有机会的。他提醒大家都到了补充营养的关键时刻，应该找一个好馆子，美美吃一顿淮江的招牌名菜。我在客房里蹲了整整五日五夜了，也想乔装打扮一下，到外面走一会儿。正在这个时候，杨丽童拿着一个特快专递信封走进来，兴高采烈地说有乔君烈的消息了！这个特快专递是从山东省威海市发来的，信封里里外外的字全都是乔君烈亲笔所为。乔君烈请杨丽童在收到此信后立即起程前往安徽省合肥市，并强调务必于明天中午十二时整在合肥工业大学大门前等他。

特快专递的收件人地址正是江南大酒店，而且还有收件人杨丽童的手机号码。如果投递工作人员找不到杨丽童，就会给她打电话询问如何把特快专递交给她。总之杨丽童肯定能收到。乔君烈使用上特快专递，这是我一时没想到的。这家伙的鬼点子实在层出不穷。这个特快专递至少证明了两个问题：一是两天前乔君烈还在山东省威海市；二是乔君烈这几天肯定不在淮江市，因而他未能确定有没有警察盯住杨丽童。但是根据这个特快专递，却不能确定此刻乔君烈在哪里，这就是乔君烈突然用上特快专递的高明之处。

张宾兴奋地瞪大眼睛看着我："头儿，这是真的吗？"

曾思敏也在摩拳擦掌。

我看着杨丽童。

杨丽童郑重地点点头："应该是真的。"

张宾说："好，今晚我请客！四百块钱以上！"

但是，经有关部门用卫星技术测定，乔君烈那个手机此刻正在武汉市。

乔君烈两天前肯定在山东省威海市，这几天他分身无术，根本不可能在武汉市、北京市和威海市之间来来回回晃悠着。我豁然醒悟，这几天乔君烈的手机在武汉市和北京市之间来回跑一趟所用的时间，正好等于特快列车往返一趟的周期。情况一定是这样的：乔君烈把这个在武汉市开通的手机，藏在特快列车上某个极为隐蔽的地方，还把手机的响铃方式设置为静音，即使有电话打进来或收到短信，该手机都不会发出声响，因而不会让任何人发现它的存在。我估计，再过一两天，这个手机就耗尽电能了，届时将会自动关机。

乘坐取道高速公路的专线大巴，从淮江市到合肥市只需三个半小时。如果明天早上六时三十分就出发，最迟也会在十一时整到达合肥市。到时我们只剩下一个小时了。在这么短的时间内，要请合肥市警方配合，在合肥工业大学大门前完成布控工作，未免太仓促了。我决定立即乘坐出租车到合肥市去，明天一早就联系合肥市警方。

不过，我强烈地预感到，此刻乔君烈正在江南大酒店外监视着杨丽童。而且，他很可能尾随杨丽童前往合肥市。如果他能证实杨丽童身边没有警察，他就和她会合了。

于是，我派出曾思敏到酒店内外查看。一个小时后，我再把张宾派出去。他们都没有发现乔君烈的影子，也没有看到酒店内外有可疑的人。但是，我还是预感到乔君烈就会在今晚出现。

为了预防乔君烈在江南大酒店附近监视着我们，我极为谨慎地制订了赶赴合肥市的计划：让杨丽童乘坐第一辆出租车离开江南大酒店，曾思敏乘坐第二辆出租车尾随而去。五分钟后，如果没有特殊情况，我和张宾乘坐第三辆出租车离开江南大酒店，到高速公路入口处，与杨丽童和曾思敏会合，再同乘一辆出租车取道高速公路前往合肥市。

可以看得出，张宾和曾思敏都认为我太啰嗦、太折腾人了。他们都不相信乔君烈就在淮江市。但是他们还是执行了我的计划。杨丽童和曾思敏临行前五分钟，张宾打电话找服务员退房，我却突然作出擦枪的决定。我经常提醒大队里的每一个同事，在截查可疑人物的时候，一定要两个搭档紧密合作，一个上前检查，另一个要随时操家伙准备射击。这样就可以避免被一些亡命之徒打个措手不及。张宾惊讶地看着我擦着枪，不明白我想干什么。对方不就是一个文弱书生乔君烈吗？我告诉张宾，昨晚我做了一个梦，梦见子弹瞎火了，我这枪怎么也打不响，所以得好好擦一下。其实我也得找个事儿做，打发这无聊的十分钟。张宾拿出他的手枪看了一下，又放了回去。

十分钟过去后，我和张宾从江南大酒店的后门离开，很快就叫来一辆出租车，直奔高速公路入口处。

在出租车上，我和张宾左右张望着，寻找那些可疑的车辆和人。我给曾思敏打电话，她说她所乘坐的出租车正紧紧地跟着杨丽童所乘坐的出租车，目前一切正常。我说大家都饿着肚子，三个多小时后到了合肥市，我一定请客吃饭。张宾一听到有吃的便大声嚷嚷，提醒曾思敏提高警惕。我开玩笑地说，今朝有酒今朝醉，说不定什么时候遇上亡命之徒就光荣牺牲了。

这时候前面那辆雷克萨斯轿车引起了我的注意。最近一段时间里，只要一看见雷克萨斯轿车，我就会想起那个专门盗窃雷克萨斯轿车的团伙，也就会想起正是这帮人抢走了香格里拉花园高级住宅区保安监控室的数字录像硬盘，于是便打起精神来研究我所看见的那辆雷克萨斯轿车有没有可疑之处。我正要把这辆雷克萨斯轿车的可疑之处对张宾说，它却一头撞向路边的路灯杆子，一声巨响后，趴在那里不动了。我立即命令出租车司机停车，和张宾一起跳下车跑过去。

雷克萨斯轿车内传出两声枪响，右边的后门随即打开，一个强悍的年轻男人闪电般地跳下车，提着沉甸甸的密码箱夺路而逃。我让张宾追赶他。张宾拔出手枪，大喝一声追上去。这家伙蹿上人行道，跑得更快了。

这里是闹市区，过往的行人对这宗突然发生的交通事故目瞪口呆。骤然传来的枪声更让他们惊慌失措。

我也拔出手枪，把公文包扔在地上，慢慢地接近雷克萨斯轿车。这时，另一个强悍的年轻男人打开左边的后门跳出来。

我随即大喝一声："不许动！警察！"

这是我一生中最响亮的叫喊。这家伙一动不动地站着。

我定睛细看，这家伙一脸横肉，身体非常壮实，离我不到三米远。他左手提着一个密码箱，右手握住一支手枪，正对准了我。他没有开枪。我立即明白了，这家伙想置我于死地，但是他也想保全性命。我也没有开枪。就在转瞬之间，双方心照不宣地达成共识：一方开枪未必能完全致使对方丧失战斗力，却必定导致双方开枪而最终同归于尽。

这家伙颤抖地说："这密码箱里有两百万，你可以拿走一百万，放我一条生路！"

我毫不理会，再次大声喝令："放下武器！"

我紧紧地盯着他的眼睛，随时会根据他细微的表情变化而抢先开枪。我发现他也非常紧张地盯着我，但是他的视点却落在我的枪口上。不知道过去了多少时间，这肯定是我一生中最漫长的一分钟。我没有察觉到我把自己的嘴唇咬破了，血水在不断地渗出来。我注意到对方面无人色，全身发抖且冷汗直冒，小便失禁令他几乎站不稳，枪口在渐渐地下坠。终于，他把手枪和密码箱扔在地上，做出了美国大兵那种标准的投降姿势。

半年后，这家伙通过他的律师给我寄来一封信，讲述当时他是怎么想的。这家伙写的字歪歪扭扭的，但是都能辨认出来。他在信上说，他不是主犯，也不是那种亡命之徒。最重要的是，他的妻子快要生孩子了，他想活下来，即使几个月后被判处死刑，他也许能等到那一天，看到他的孩子是什么模样的。现在，淮江市中级人民法院判处他无期徒刑，他没有上诉，因为这已经达到了他那个可以活下来的预期目的了。尽管他还没有见到他那刚满月的儿子，然而这只是时间问题。

这家伙最感念不忘的是我没有开枪。当时双方持枪对峙的时候，他真担心我沉不住气，因为贪生怕死而抢先开枪。他说如果他是警察，他早就先下手为强了。他说他的脑子里闪过抢先开枪打死我的念头，而他侥幸未被打死。接着他又想到，即使他能侥幸地未被我回击打死，但是打死了警察，会赶来更多的特警，一发现他就集中火力射击，他还能活下去吗？他继续在信中对我说，双方都没有开枪，这在现实中几乎不可能，这可能是天意。他把这件事归结为我是训练有素的警察，更是不怕死的警察。而他最敬佩不怕死的人。

这家伙最不能忘记的是我嘴上的血和我那乌黑发亮的枪口。那些从我嘴里不断渗出的血让我在他的眼里成为一个真正的英雄。而他盯住我的枪口则产生一种错觉，觉得我那乌黑的枪口渐渐变大了，变成了令人恐惧的黑洞。正是这两种东西让他彻底绝望了。我公文包里的手机在鸣叫着，他便联想到这是无数的警察在为我助威，而他这个单枪匹马的劫匪，将成为警察的瓮中之鳖。

就这样这家伙选择了弃枪投降。

最后这家伙在信里词不达意地说，也许在二十多年后，在将满五十岁的时候他刑满释放。到那时他可能会忘掉了金钱、女人，但是他不会忘记我。

这家伙的文化水平不高。但是，这封信确实是由他亲笔所写的。他以自己有限的文笔，把他所要表达的东西全表达出来了。看来，这家伙在深牢大狱中有了深层次的心得体会。

我也非常感谢他，还感谢他写来这一封信。我给他写了回信，希望他力争早点儿离开监狱，重新做一个有用的人，成为他儿子心目中可亲的父亲。

去年全国不幸殉职的警察不到五百人。其中执行查缉、追捕任务而牺牲的警察共三十九人，遭暴力袭击而牺牲的警察共六十八人。但是，因交通事故而牺牲的警察共二百零四人，因积劳成疾而倒在工作岗位上的警察共一百四十七人。我之所以记住这些数据，是因为根据这些数据推定，拥有几百万成员的警察队伍是不可战胜的。当然，作为一个身处险地的警察，能在对方即将射出的子弹面前奇迹般地活下来，除了诸多的客观原因外，还需要一些运气。

我在非常危险的关头，还能坚持到最后一刻，把自己的生命留了下来。事后我常常做噩梦，这就证明了当时的气氛确实是极其恐怖和壮丽的。有时梦见自己死了，有时梦见对方死了，但是更多的是梦见双方都活了下来。在每一次梦醒之后，我都有一种死里逃生的极其轻松的感觉。我真不敢去想为什么自己竟然能活下来。悲观地说我就像死过一次的了。作为死过一次的人，我更加珍惜自己的生命，也珍惜别人的生命。既然能活下来，这就证明了上帝是站在警察这一边的。我还是要当警察。

后来，我才注意到我依然还是一个不发一枪的警察。

此时此刻，我将近虚脱了。我不太熟练地给这个放弃抵抗的家伙戴上手铐。周围的行人看到没有危险了，就壮着胆子走近看热闹。我把他们喝住了。不知道有没有人报警，我想到要给当地警方打个电话，把这家伙移交给他们。我这才注意到公文包里的手机在不停地鸣叫着。刚才在生与死的关头，我根本没有听到手机的铃声。我一看是曾思敏打来的，想都没有多想就接听了。

没想到曾思敏朝我大喊："许队，乔君烈逃跑了！"

我没有听清楚，问："谁逃跑了？"

乔君烈这家伙竟然真的就在淮江市！

第十九章　狡猾逃脱

杨丽童坐在出租车后排的位置上，从江南大酒店前往高速公路入口处。全程大约需要不到三十分钟的时间。走了几分钟后，杨丽童扭头朝后面看，隐约地看到曾思敏正坐在另一辆出租车前排的位置上，亦步亦趋地跟着。她便放心了，根本没有去考虑乔君烈会突然出现。她便着手做一些琐碎的事儿：精明地看一眼司机，问他有没有绕道而行。司机拍胸脯说他保证按最短的线路行车。杨丽童正想说些什么，有人打她的手机。她拿出手机一看，是一个完全陌生的号码。陌生的号码会引起她的猜想，她不假思索地想这绝对不会是乔君烈。他只用手机给她发过短信，还没有给她打过电话呢。他是不会这样做的。她以平常的心态接听电话了。

对方竟然就是乔君烈！

乔君烈简单而坚决地说："杨丽，听我的，千万别挂了电话！我就在你后面跟着，你让司机把车停下来！千万别挂了电话！"

杨丽童一阵狂喜，正要打电话向我报告，但是乔君烈坚决不让她挂了电话，她又没有另一个手机，只好待机而动。她认为曾思敏就在她的后面，曾思敏自然会跟我联系的。杨丽童回头看一眼，试图看清尾随而来的那些出租车，哪一辆是乔君烈所乘坐的，曾思敏又在哪里。可是乔君烈再三让她把车停下来。如果再不停车，乔君烈就会怀疑她的。于是她擅自作出了让司机停车的决定。出租车在路边停下来，另一辆出租车在旁边嘎的一声刹住了，一个男人飞快地下车，再飞快地钻进杨丽童所乘坐的出租车里。

事后，杨丽童作出如下的供述：

一个男人闪电般地上车，坐在杨丽童的身边，用沙哑的声音催促司机立即开车。不用说他就是乔君烈。据说，人的嗅觉会比视觉、听觉更加敏感。这个男人头发蓬乱且留着胡子，使她未能一下子把他和乔君烈那往日的体貌联系起来，也就是说未能一下子把他认出来。但是他的体臭，却倏地把她的记忆唤醒了。这个男人不是乔君烈又会是谁呢！此时乔君烈非常激动，就像劫后余生一样，没想到还能相见。他紧紧地拥抱着杨丽童。杨丽童没有忘记乔君烈的特殊身份，然而为了稳住他，也紧紧地拥抱着他。

司机回过头来看了乔君烈和杨丽童一眼。不用说，司机会觉得他们之间的会面未免有点儿鬼鬼祟祟，就像一对婚外情人偷偷地约会一样。

此时杨丽童心跳剧烈，这甚至使她肌肉抽搐、四肢无力。她跟乔君烈解释说她实在太激动了。其实她害怕得要命，也为即将抓到乔君烈而兴奋不已！

杨丽童悄悄地回头，可是怎么也看不到曾思敏所乘坐的那辆出租车。杨丽童心急如焚，隐藏不露地拿出手机打电话给我。乔君烈敏感地觉得情况有异。他命令杨丽童把手机给他，被她拒绝了。乔君烈强行夺过手机，查看她给谁打了电话。当时我正与那个持枪劫匪对峙着，处在生死关头而无暇接听电话。乔君烈已完全意识到他已经陷入危险的处境。

乔君烈瞪着杨丽童，在她的耳畔质问她为什么出卖他？

杨丽童一言不发，心里明白此刻说什么也没用了。乔君烈气急败坏地打了杨丽童一记耳光。杨丽童没有躲闪，也没有作出其他的动作，只是呆呆地看着乔君烈，时刻准备着在他逃跑的时候一把拽住他不放。

这一路段行人稀少，而且路灯的亮度不够，四周显得较暗。

乔君烈喝令司机停车。

杨丽童死死地拉扯着乔君烈，无奈力不从心，让乔君烈摆脱了。

出租车还没有停稳，乔君烈就打开车门跳下去，朝黑暗的地方跑去。杨丽童也跳下车，朝前紧追几步，大声叫喊快抓抢劫犯！她力气不济，只好停下来，四下里寻找着曾思敏。

杨丽童所作的供述，基本上无法考证。乔君烈上了杨丽童所乘坐的出租车，在出租车里发生的事儿，就连坐在他们身边的司机也不甚了了，对于坐在另一辆出租车里的曾思敏来说那就更不知道了。

刚才，一辆出租车紧追着杨丽童所乘坐的出租车，曾思敏就觉得这有点儿蹊跷。不过她没有作出进一步的假设，因为她想当然地认为乔君烈还在三百多公里外的合肥市。直到杨丽童所乘坐的出租车突然停下来，那一辆出租车也应声停下来，一个男人飞快地下车，再飞快地上了杨丽童所乘坐的出租车，曾思敏这才一下子紧张起来，觉得自己太粗心大意了。这个男人无疑就是乔君烈！曾思敏虽做刑警工作将近十年了，但是一直是内勤，这次外出执行任务，只是由于杨丽童是女性，必须得有一个女警察从中配合。曾思敏没有抓捕犯罪嫌疑人的经验，唯有紧急地打电话给我。她考虑到我计划周详，早已有所准备，现在乔君烈提前送上门来，无疑是天大的喜讯。然而，此时我还在与那个持枪劫匪对峙着，没有接听电话。乔君烈突然又下车，朝黑暗的地方拔腿跑去。曾思敏所乘坐的出租车的车速较快，她喝令司机停车，这时却有一辆丰田面包车按着喇叭从慢车道强行切线超车。司机磨磨蹭蹭地就势把车开出老远，嘴里不停地咕唧些什么。曾思敏急得像热锅上的蚂蚁，拿出手枪表明身份。司机这才靠边停车，还开口追讨车资。

曾思敏打开车门跳下去。

杨丽童朝曾思敏大喊大叫。

乔君烈已经跑到几十米外的公厕门前。接着他拐了个弯儿，他的踪影在曾思敏的眼里就彻底消失了。大概他潜入了这个城市的老城区密集的居民点内。

曾思敏和杨丽童气喘吁吁地跑到公厕门前。目标已经融入黑夜之中，她们急得直跳。

杨丽童提醒曾思敏赶快给我打电话。

这时候我已经制服了那个持枪劫匪。听到曾思敏的报告，我的神经又变得紧绷绷的。尽管事前我针对乔君烈就潜伏在淮江市内而采取了一些必要的措施，但是我并没有完全确定乔君烈就在这里出现，原本我寄望在合肥市一举解决乔君烈的问题，因而没有布下天罗地网非要在此地抓获乔君烈不可。我更没有想到还有两个持枪杀人的劫匪从天而降，把我和张宾给拖住了，打乱了我的抓捕乔君烈的计划。

张宾持枪奋力追赶另一个劫匪。这家伙看来是职业杀手，逃窜得挺快的，面对众多的行人无所畏惧。眼看这家伙就要接近一家热闹非凡的百货大厦。这不但使抓捕的难度增大了，还会危及大众的安全。张宾当即朝天鸣枪警告。这家伙没有理会，拼命地往人海里钻。张宾不好再开枪了，只好奋力追上去。这时候两个巡警从张宾的右侧跑过来。他们没有看到高速逃窜的劫匪，反而把张宾当做是凶徒，如临大敌，厉声喝令张宾放下武器，不准乱动。及至这两个巡警搞清楚张宾的身份和他在干什么，那个劫匪早就逃得无影无踪了。

我把所抓获的持枪劫匪交给当地警方，简单地讲述了案发经过，并讲述了我们此行的目的和乔君烈在逃的情况。当地警方派出十个刑警，和我一起赶往乔君烈逃脱的地方。除了曾思敏和杨丽童在焦急地等着我以外，哪里还有乔君烈的踪影？

持枪劫匪在雷克萨斯轿车里打死了某公司董事长及其司机。经过突击审讯那个被我所抓获的持枪劫匪，当地警方初步弄清了今晚所发生的杀人抢劫案的前因后果。某公司从事违规经营活动，当天下午从银行提取三百万元现金，由董事长在晚宴后交给生意合作伙伴。那个逃脱的劫匪是主犯，有杀人抢劫的前科。他从秘密渠道获知这个消息后，认为这是一个一夜暴富的大好机会，而且比打劫银行更简单快捷，就找来被抓获的那个劫匪，鼓动他跟着他一块儿干大事情。他们铤而走险，在酒店的停车场强行登上董事长的座驾雷克萨斯轿车。两个劫匪分工合作，一个对付董事长，一个对付司机兼保镖，威逼雷克萨斯轿车驶向某条省道入口处。劫匪原定的潜逃计划是：取道车流稀少、没有收费站的省道，在途中的荒山野岭地带把董事长和司机打个半死，再做捆绑及封口处理，扔到山坡下面，让他们无法报警。但是未出市区，那个司机兼保镖突然发难，与那两个劫匪搏斗。董事长也奋起反抗。结果他们都被那个逃脱的劫匪枪杀了。雷克萨斯轿车随即失控撞毁，那两个劫匪由于系上安全带而未伤筋骨。那个逃脱的劫匪发出跟他走的命令，抢先拿起一个装有大量现金的密码箱下车，朝西边狂奔而去。那个被抓获的劫匪在雷克萨斯轿车撞上路灯杆子的时候，手枪掉在车里了。他觉得手枪就是生命，必须把它找回来，就耽搁了短短的几秒钟，结果被我堵住了。

我把有关乔君烈的照片、体貌特征、指纹和笔迹等资料交给了当地警方，请求他们在当晚和今后的搜捕行动中，把乔君烈列为目标人物。

淮江市公安机关立即动员各种警力，在当地所有的进出口严密设卡截查，并在刚才劫匪和乔君烈分别出现过的那两个地点进行地毯式拉网清查。市区内各派出所对辖区内的重点部位和场所反复清查。

我希望淮江市成为乔君烈的滑铁卢。

这一夜我和张宾都在来回奔忙着。曾思敏对我说，杨丽童也没有睡着。

第二天下午，由于一个出租车司机提供了线索和一个三陪小姐的告发，那个一时侥幸逃脱的劫匪在另一个三陪小姐所租赁的房子里被捉拿归案。但是三天过去了，乔君烈却无声无息地消失了。

淮江市公安机关的调查报告表明，杀人抢劫案案发后第三天，一个出租车司机在接受警方询问时反映了一些情况。案发当晚九时多，也就是在曾思敏和杨丽童丢失目标后那段时间里，一个中年男人在老城区肯德基快餐店附近上了他的出租车，前往新城区鸿发旅店。到了目的地后，那个中年男人要求出租车司机等候一分钟，跑进去把简单的行李取出来。旅店老板在里面嚷着他把住宿费给多了，他却没有理会，一上车就催促司机快走，到阜阳市去。他说他家老奶奶不行了，在撑着要见他最后一面。阜阳市在淮江市的西北面，两地相距约一百多公里。听那中年男人的口音却不像阜阳人。给出租车司机留下深刻印象的是，那个中年男人和爱打扮的女人一样，在赶路的时候还用电动剃须刀刮胡子和往头发上打摩丝。这可不像奔丧的样子，不过出租车司机不便多问。后来中年男人反复地问公路收费站还有多远。最后，在位于郊外的公路收费站前四百多米处，那个中年男人借故下了车。他说他的姐夫在这里打工，他得找到姐夫再一块儿回家去。由于那个中年男人多给了出租车司机一百元钱的车资，而且他也不像坏人，司机就没有往复杂的地方去想，把车倒过来往回开。直到司机看到市区内那么多警察在彻夜不眠地忙碌着，这才觉得那中年男人有点儿问题：他找他姐夫去，为什么弃车而步行呢？他不是多给了一百元的车资，想到哪儿去都没问题的吗？

那个出租车司机所描述的那个中年男人的体貌特征，和乔君烈颇为相似。司机看了乔君烈的照片，犹豫了一会儿，还是指着照片说就是他。似乎可以肯定，当晚乔君烈估计到当地公安机关会在公路收费站前设卡严查，就提前下车，步行绕过收费站，再搭乘其他的车辆，向河南省方向逃窜。

我亲自询问过那个出租车司机。我不得不相信，乔君烈成了漏网之鱼，辽阔的国土将是他的汪洋大海。他还可能游到国外去。从此以后，他将更加狡猾多疑，不会再相信杨丽童，并且和所有认识他的人中断联系。我们要把他钓着也就更难了。

我和张宾成了侦破淮江市持枪杀人抢劫大案的头号功臣，淮江市政法委主要领导亲切地接见了我们，决定在几天后举办大型庆功会，表彰我们的英勇行为。当地电视台新闻专题节目组的记者也找到我们，说他们将在案发地点重新摆上那辆撞毁了的雷克萨斯轿车，让我重演我和持枪劫匪对峙的动作和表情。我即刻想起当时我把自己的嘴唇咬破了。我坚决地拒绝了记者的要求，还表明我不愿意在电视上露脸。我觉得自己嘴里渗血不是一件应该公之于众的事儿。同时，我也觉得我抓住劫匪，就像瞎猫碰到死老鼠一样。猫捉老鼠是天职，不应该吹牛。我当然知道，记者会美化英雄的，在录像的时候，绝对不会提到我的嘴里渗血，相反，化妆师还会给我化妆，让我展示出自己最英武的一面，甚至添油加醋地拔高我的形象。那么，观众和读者看到的将是镀金的我，那些熟悉我的人一定会在暗地里嘲笑我在吹牛。要是让死者蓝雪的父母看到了，他们更不会认同我的做法，不愿意多看一眼我那副嘴脸，不用说就会破口大骂。我认为，无论是警察也好是普通老百姓也好，都应该像澳大利亚的袋鼠那样默默地做事儿。袋鼠是最疼爱孩子的，把孩子含在嘴里怕化了，捧在手上怕掉了，就把孩子兜在怀里。可是，有必要赞美袋鼠，赞美这种与生俱来的母爱吗？从某个角度来看，当警察就像当医生一样。一个外科医生一生中做过无数成功的手术，不幸的是，就因为他一时疏忽或失误，致使某次手术失败，病人死在手术台上，这是不可以原谅的。我的确带领刑警大队侦破了不少大案和要案，但是如果 0513 案件无法告破，同样是不可以原谅的。

尽管张宾、曾思敏和杨丽童一再怂恿我出演那个新闻专题节目，我还是无脸面站在摄像机前。因为我时刻想象着死者蓝雪的父母就站在摄像机后面面无表情地看着我。

我最关心的还是 0513 案件。

那天晚上在安徽省淮江市，乔君烈已经上了杨丽童乘坐的出租车，这说明了乔君烈是信任杨丽童的，也证明了在此之前杨丽童并没有向乔君烈通风报信，而是一心一意地协助警方把乔君烈引诱入圈套里。但是数分钟后乔君烈就仓促下车，在夜幕的掩护下拼命地逃窜。就是一个完全没有刑侦经验的普通人，也会认为当时杨丽童至少让乔君烈察觉到一种危险的征兆，甚至向他通风报信。

在客房里，我当着张宾和曾思敏的面，严肃地讯问杨丽童：“你有没有故意向乔君烈泄密，导致我们的抓捕计划落空了？”

杨丽童感到很委屈：“没有。乔君烈让我干什么，我就干什么。我知道只要我拖住他，你们赶来了，就能逮住他！”

我问：“你们历尽千辛万苦才久别重逢，是什么原因促使他突然离开了你，继续逃窜？”

杨丽童说：“当时我立功心切，生怕夜长梦多，就偷偷给你打电话，结果让乔君烈识破了。”

我说：“我们早就计划好了，曾警官不是在你后面跟着吗？你应该明白不需要打这个电话的。你也知道打电话这个动作根本无法隐蔽，乔君烈怎么会察觉不到呢？我全然不明白，你为什么多此一举？”

杨丽童说：“我确实是立功心切，生怕夜长梦多。我没有故意向乔君烈泄密！我发誓！”

杨丽童的答话并非无懈可击，但是她还是把话说得合情合理的。

那天晚上，曾思敏把那辆杨丽童所乘坐的出租车的车牌号记了下来。我请当地警方帮忙，很快就找到那个当晚当班的出租车司机。那个司机一张嘴就说他非常愿意和警方合作，随即打开话篓子，把当晚他所看到的、听到的和想到的全说出来了。他还强调他清楚地记得那个男人曾经气愤地责备那个女人出卖了他。根据那个司机所提供的情况，我们也不能证实杨丽童有故意提醒乔君烈逃跑的行为。我们只可以认定那是因为杨丽童临阵发挥不佳，让乔君烈看出了破绽。曾思敏独木难支，自然无法控制场面，乔君烈逃脱是难免的。不管怎样，还得由我承担主要责任。我在绝大部分的时间里下了好棋，却在收官阶段一招不慎，顾此失彼，致使抓捕计划落空了。

我们两手空空地踏上了归途。

张宾和曾思敏又睡着了。杨丽童有没有睡着，我倒不知道。我没有心情跟她说话，她也躲着我的眼光。

在高速行驶的列车上，我时而觉得列车跑得太快了，时而又觉得列车跑得太慢了。这种矛盾的心理一直持续着。我无法面对那些期望我取胜和盼着我认栽的人们。我还是设法把全副身心投入到 0513 案件，黯然神伤地吸起烟来，竟然忘了在密封的硬卧车厢内是不准吸烟的。乘务员很快就走过来，不客气地命令我把烟掐掉。我把烟头塞进喝了一半的饮料瓶子里，没有理会任何人，继续思考着问题。

我坐了一会儿，想在列车上找一个没人的地方，一个人待着。我来到两节车厢的接合处，看到左右没有人，就拿出香烟，又吸了起来。

杨丽童过来找到我，递给我一罐雪碧。她为我打开雪碧，似乎有话要说，我也有话要对她说，不过我们都欲言又止。

回来了以后，我忘了车马劳顿带来的疲倦，急着找一个合适的地方和杨丽童见面。这是我最急着要做的一件事儿。

杨丽童领着我走进一个五星级酒店的西餐厅里。我小心地走着，生怕自己的鞋子把羊毛地毯弄脏了。我没有说话，忘掉了自己来吃这顿饭的目的，先让自己的心情融入这个餐厅里高雅的环境之中。过去我和温如心谈恋爱时，没有到过这种高消费的地方，想吃西餐了就找一些中档的西餐厅。婚后就更不用说了。姑妄言之，杨丽童就是我的女朋友，没有她我是不会涉足其间的。

餐厅里的椅子和桌子都取材于名贵的木料和皮料，我好像感觉到，那些能工巧匠在完成精雕细刻般的工作之后，把满意的作品留下来，刚刚愉快地离开。开口杯子里的烛光，是一个美丽的女孩点燃的，我没有注意到她是不是这里的服务生。接着是一个名扬世界的萨克斯演奏家悄悄地经过扬声器从天而降，他那一首传遍全球的乐曲是如此的震撼心灵，把餐厅里所有的空间注满情感。当然还有一些特级的西餐厨师将要登场。

我以一副若无其事的样子坐在这里，然而我不能不感觉到此时的感受与平日的心理确实大不一样。杨丽童喝了一口橙汁，轻轻地摇晃着杯子，凝神聆听小冰块在杯子里发出的若有若无的声音。她问我也听到了吗，我点点头。餐厅里的音响无疑是顶级水平的，它能营造闹中有静的环境，让人们可以在音乐声中轻轻地交谈。

杨丽童要了布丁、色拉、薄饼和意大利浓汤，还要了小牛肉作为主菜。她问我是否喜欢吃牛排，我说别忘了我是嗜吃川菜的，我更钟爱七成熟的牛排。她说这道主菜小牛肉将是对我的考验。那是美国加利福尼亚州的农夫用啤酒糟喂养的小牛，屠宰后立即空运过来。作料有日本的小辣椒、巴西的咖喱。她说如果我想换一种较为软弱的方式吃它，可以请厨师把它煮熟。我摇摇头。

我特意要了一瓶有五年历史的法国红酒。

我诚惶诚恐地享受着一顿革命性的晚餐。我觉得小牛肉在作料的调味作用下，的确极为鲜美，并且让我把自己幻想成十九世纪美国西部勇敢的牛仔。

杨丽童津津有味地吃着小牛肉，她说她吃过这道菜。

我问："跟谁？"

当然是乔君烈。

杨丽童既撒娇又严肃地说："你又不是我的男朋友，你问这个干吗？人世间没有一件事儿比昨天更遥远的了。昨天正在远去，不可能倒回来了。"

我说："告诉我，那天晚上在淮江市，你是不是故意把乔君烈放走了？"

杨丽童表示抗议："你为什么这样对我？你伤害了我！你和我在这儿吃饭，就说明了我们的关系非同一般。我不是法盲。在这儿讯问我，我也不介意。因为我们的关系非同一般，不过你应该回避，让其他的警察来讯问我。"

杨丽童不再吃东西，呆呆地看着那瓶红酒。我让服务生为我们倒酒。我默默地举起杯子，示意杨丽童喝酒。

杨丽童说："你想让我酒后吐真言？平时我说的全是真话。如果你不相信，你应该找一个与世隔绝的、阴森森的地方，像徐鹏飞对江姐那样刑讯逼供……"

我笑着说："你也看过《红岩》？今年你几岁了？"

杨丽童点点头，"二十四岁。"

“我不是那个意思，你误会了。”我仔细地品尝着红酒，“这是五年的红酒。告诉我，时光倒流五年，五年前你在哪儿?”

杨丽童没有说话。

我说：“在学校里头。那年你才十九岁，念大二还是大三？那时你觉得天很蓝，草地很绿，一切都充满着希望。十八、十九岁，是一个女孩一生中最漂亮最健康最纯洁的时候。来吧，喝了这红酒，看看你能不能回到五年前。”

杨丽童看着我，似乎在回忆着五年前的事儿。她接受了我对红酒的看法，把杯里的红酒慢慢地喝掉。

我问：“有没有感觉?”

杨丽童把左手的食指放在嘴唇上，示意我别出声。一会儿之后，她对我说：“有这种感觉。”

我说：“可以说，这瓶红酒见证了这五年的历史。酿酒工人在五年前就酿造这瓶酒，让我们在五年后收获它。如果让一个人做一件事儿，一件五年后才有收获的事儿，你说，这个人会不会做?”

杨丽童说：“那要看他是什么样的人。如果他是一般的人，他可能不干。不过如果是酿酒厂老板，他一定会做。”

我说：“我觉得红酒很有意思。”

杨丽童说：“看来，喝红酒，不但要花很多钱，还要回忆起过去。你说，这有意义吗?”

服务生为我们倒酒。杨丽童撒娇地，要我给她倒酒。我说在这里就让服务生侍候我们吧。就像刚才我们在酒店门前下车时，门童走过来给我们打开车门，用手护着车门的顶部，不让我们的头撞在上面。我还哄逗着杨丽童，说我过去不来这儿吃饭，是因为我的妻子和情人不如这里的服务生漂亮。杨丽童问我她漂亮吗，我看着她的脸点点头。

吃完这顿昂贵的西餐后，我和杨丽童到江边散步。一阵阵凉爽的风给我们带来美好的感觉。

看着杨丽童的笑脸，我狠着心开口了。

我说：“我知道，说真话是要付出代价的。”

杨丽童警觉地看着我，说：“这是你的开场白，你又要追问淮江市所发生的事儿?”

我考虑过很久了，觉得杨丽童在这个问题上是不会说真话的。我应该换一种方式和她谈话。我和杨丽童沿着大堤走了一会儿，都不开口说话。大堤上有不少人在烧烤，一股诱人的香味扑鼻而来。杨丽童的心情似乎有所好转，她又说起刚才那顿美味的西餐。我已经忘掉那种小牛肉的味道，想着今晚约见杨丽童的主题。

我说："我今晚说的话，是非正式问话。也别说是问话吧。你就当我是神甫，上帝在天上，这儿是忏悔室，你就忏悔吧。你说什么，都不必负法律责任。"

我给杨丽童讲了凶手向神甫忏悔的经典故事。一个凶手向一个神甫作出忏悔，坦白自己就是一个杀人案子里真正的凶手。该案的嫌疑犯刚被一审法院判处死刑，正在提起上诉。这个神甫本应该向警察局报告该案的真相，然而有关的宗教教规严禁他把忏悔的内容泄露出去。如果这个神甫就这样保持沉默，一个无辜的生命含冤而死，而真正的凶手却逍遥法外。这使这个神甫的良心备受煎熬。但是要打破教规，对于这个早已发誓把一生奉献给上帝的神甫来说，这是无论如何也做不到的。最后，他决定坚守教规而没有向警察局告发。不过他觉得自己是有罪的，于是来到同为神甫的朋友面前作出他的忏悔。结果，出现了多米诺骨牌效应，不久之后全国几乎所有的神甫都知道这个案子的真相，他们互相忏悔，就是没有一个神甫站出来检举揭发真正的凶手。

杨丽童说："神甫身上没有微型录音机，你身上有吗？"

我说："没有。你应该相信我。"

杨丽童显得很镇静，走到离我较远的地方，慢条斯理地说："你为什么非要在那件事儿上较真呢？除非你能抓到乔君烈，否则，谁能证明我撒谎了呢？"

对于杨丽童不愿意说真话，我心里未免有点儿急躁，但是我还是耐心地寻找机会说服她。

杨丽童说："你真的认为我在淮江市故意放走了乔君烈？"

我说："现在，说真话不用付出代价。你就说吧，我想听真话。我不想被欺骗。"

"今晚你请我吃一顿九百多块钱的晚餐，就是为了让我说真话。说真话，才值九百多块钱？我说了真话，这顿饭就算是最后的晚餐了吧？"杨丽童看着我，嘴角露出一丝冷笑。

我严肃地说："请你吃这顿饭，是因为我们是朋友！我想知道你在淮江市是不是故意放走了乔君烈，如果是，应该说他还是信任你的，我们还想利用你来诱捕乔君烈！"

杨丽童说："如果我真的故意放走了乔君烈，你们就不可能信任我了，还要治我的罪。你们要诱捕乔君烈，应该寻找更适合的人选。"

我说："我可以给你最后一次机会！"

杨丽童盯着我："你是说，即使我在淮江市故意放走了乔君烈，你就像那个神甫一样，替我保守秘密，不向任何人泄露？"

我非常痛苦地点点头。我明白不能这样做。我和那些神甫不同。我极有可能会打破缄默，把真相说出来。

杨丽童好像看透了我的心思："如果我说出来了，总有一天你会出卖我的。是吗？"

我摇摇头。

杨丽童斩钉截铁地说："许警官，请你不要无中生有地怀疑我！我绝对不可能故意放走乔君烈！我还是那句话，当时我立功心切，生怕夜长梦多，就偷偷给你打电话……好啦，我都解释了好几遍了。你们可以调查取证呀！我承认我不是合格的卧底，但是我在主观愿望上绝对没有故意向乔君烈泄露你们的行动机密的意图！"

我对杨丽童所说的话半信半疑。我希望杨丽童说的是真话，实在不想亲手把她送进监狱去。不过我还是有点儿失望。我开始构思第二套抓捕乔君烈的方案。

杨丽童看到我低着头，她也不说话了。今晚我们不欢而散。

在我们回来之前，淮江市政法委和公安局领导多次打来电话，通报我和张宾在淮江市立功的消息。在这种情况下，虽然我没能把乔君烈带回来，领导们对我还是褒大贬小的。但是蓝母没有放过我，仍不依不饶地攻击我。蓝母领着蓝父来到我的办公室，质问我大半个月过去了为什么还没有抓到乔君烈。幸好蓝母不知道这几天我出差在外就是抓捕乔君烈去了，要是她知道乔君烈在警方眼皮子底下溜走了，她一定会暴跳如雷的。我不想回答蓝母的问题，张宾就出面把当前的实际困难说了一遍。蓝母嘲笑地说，有一个办法可以判处乔君烈死刑。她稍作停顿，然后作出了解释：那得把时光老人请来，让时光老人拿出一百年，在自然规律作用下，乔君烈总逃脱不了一死吧！蓝母话里的意思我明白，言外之意是过了几十年乃至一百年，乔君烈就寿终正寝，用不着我们去抓他了！蓝母最后大声地说，要是遗传学家攻克了人类的基因问题，人的平均寿命提升到五百岁，这又怎么办呢？

没有人不喜欢幽默。但是，我并不欣赏蓝母针对我而作出的幽默。这是黑色幽默。

乔君烈潜逃后，我们通过市局先后发出协查通报和通缉令。地级市公安机关发布的通缉令，不像公安部发布的通缉马加爵的 A 级通缉令那样声势浩大，在全国各地大街小巷所有显眼的地方张贴着。本地普通的老百姓，大都不知道有这么一道通缉令，更别说外地普通的老百姓了。

两天后，蓝父一个人来找我。我觉得很奇怪，认真地前后左右看了一眼，没有见到蓝母。

蓝父手里拿着一张A3复印纸，有一肚子的话却一时无从说起。蓝父和蓝母截然不同。蓝母是一个得理不饶人、爱钻牛角尖、天不怕地不怕、誓不低头的人。而蓝父是一个温和宽厚、谦虚恭谨、以理服人、胆小怕事的人。平时蓝父都跟在蓝母身后，唯其马首是瞻。在蓝母提出要求或据理力争的时候，他从不插话。但是在蓝母慷慨激昂地提出有点儿过分的要求或出口伤人的时候，他就站出来劝说蓝母保持冷静。

我说："蓝老师，你好，有事吗？怎么不见宋老师？"

"许大队长，我爱人宋莹到湖南去了。请你给看一下好吗？这合法吗？"蓝父把那张A3复印纸递给我。

原来这是一张蓝母编印的寻人启事。上面附有乔君烈的照片。

寻人启事的内容是这样的：乔君烈，男性，原籍甘肃省武威市郊区，现在沿海一带经商，是IT从业人员、民营远大高科技电脑公司董事长。乔君烈今年37岁，身高1.78米，微胖，肤色较白，戴近视眼镜，四六分头，上海口音，近期或许留有胡子和不戴眼镜。乔君烈身份证号码为110106197108243041。乔君烈于2008年5月16日下午突然失踪。其家人一直在全国各地寻找他，万分焦急！若有知其下落者，务必不要知会乔君烈本人，请直接紧急电告13686684526宋某，重酬人民币五万元整！

看来，蓝母希望在重赏之下捉到乔君烈。我猛地想起一件事。在我出差去安徽省的时候，蓝母来到乔小星就读的第十三小学找到他，问他是谁杀死了他的妈妈。乔小星直呼其父之名。蓝母便大骂警察是废物点心，小偷都抓不到，更别说抓杀人凶手了！

蓝母说："你看见乔君烈砸死你妈妈了吗？"

乔小星说："我都睡着了，什么也不知道。"

蓝母说："那晚九点多乔君烈跑出去了，后来回家了吗？"

乔小星说："不知道。"

蓝母说："你想逮住杀人凶手吗？"

乔小星坚决地点点头。

蓝母说："你见到许叔叔，就跟许叔叔说，那晚，十三日晚九点多，乔君烈打了你妈妈，跑了出去，一会儿后又回来了，先到你屋里哄你睡觉。记住了吗，大卫！你是聪明的孩子，一定能记住的！那天晚上乔君烈跑了出去，一会儿后又回来了！”

乔小星说：“为什么？”

蓝母说：“那天晚上，乔君烈确实是在跑出去后又回来了，杀死你妈妈！可是你睡着了，什么都不知道。没有人看见乔君烈杀死你妈妈，警察叔叔就没有证据，不知道是不是乔君烈杀死你妈妈呀！明白吗？即使警察叔叔逮住了乔君烈，也没有证据给他定罪啊！定不了罪，乔君烈将会又被放出来，像好人一样吃香喝辣，又给自己找个老婆，给你当后妈！这样一来，怎么给你妈妈报仇啊！”

乔小星是一个很有悟性的孩子，毫不含糊地说：“不可以。这是作伪证，欺骗警察叔叔！”

蓝母早已料到乔小星会这样回答，就软硬兼施地说：“你才八岁，未满十六岁的孩子，说什么都不犯法！作伪证也不犯法！乔君烈杀死了你妈妈，这谁都知道，就是许叔叔不相信。许叔叔不相信，他抓乔君烈的时候就留着劲儿，没全使出来。咱们要想尽办法，让所有的警察叔叔都相信乔君烈就是凶手，让所有的警察叔叔都想办法去抓他。能抓住乔君烈，替你妈妈报仇，骗一下警察叔叔，这算得了什么！何况这不是骗！弄得好了，这叫计谋，叫聪明！大卫，你别生外婆的气！外婆不是不要你。外婆挺忙的，整天在外头找乔君烈，要逮住他交给警察叔叔。等到逮住乔君烈了，外婆就接你回家！你想吃麦当劳、肯德基，外婆全依了你！”

乔小星觉得蓝母言之有理。但是他最终明白不能欺骗警察叔叔，就给我打了电话，把这件事告诉了我。

我不想责备蓝母在弄虚作假。我知道，她为了早日抓到乔君烈，可谓不遗余力，不择手段。

蓝父把话说得很委婉、很谨慎。他说蓝母觉得公安机关在0513案件上的侦查力度明显不够，虽说也发布了通缉令，但是显然没有达到像追捕马加爵的通缉令那种铺天盖地的效果，更没收到立竿见影的成效。于是，蓝母在一个当律师的学生指点下，擅自编印了这则寻人启事，一下子印刷了五千份。其实这则寻人启事，就相当于蓝母发布的追捕乔君烈的通缉令或悬赏令。一旦蓝母收到了乔君烈的行踪消息，她会立即跟刑警大队联系，请求配合她的行动。蓝父最后不无忧虑地问我，蓝母到处粘贴这则寻人启事是否违法？

我让蓝父去请教律师，但是他表示信任我，一定要听听我的意见。

我认为这是一份普普通通的寻人启事，丈母娘寻找姑爷，言词并不过激，和大街小巷里粘贴的那些寻人启事没什么两样。即使乔君烈过分地注重自己的名誉权和隐私权，有本领在鸡蛋里挑骨头，从蓝母编印的寻人启事里挑出侵权的嫌疑，但是目前负案在逃，而且还不敢露面，又能把蓝母怎么样呢？我让蓝父放心，不会有人找蓝母麻烦的，最坏的结果大概是某些城市的城管人员会表现得铁面无私，按章处罚蓝母打扫街道。真正的问题是，中国这么大、这么多人，蓝母这样做未免势单力薄，无法在短时间内涵盖全国，让乔君烈的模样在大多数人的脑子里混个脸熟。简单地说，这就像大海捞针。而且，我还担心这则寻人启事会打草惊蛇，导致乔君烈望风而逃，不停地变换落脚的地点，不利于警方的抓捕工作。我知道没有人愿意花费金钱和时间去追捕逃犯。有人越俎代庖地去做了，那是被迫的。未能抓到乔君烈，我实在问心有愧。我让蓝父转告蓝母，请相信我们公安机关是有能力把乔君烈捉拿归案的，这只是时间问题。我希望蓝父想办法把蓝母劝回来。

我也明白蓝母一旦决定去做某件事，谁也不可能制止她。

两个小时后，蓝母就用那个在那则寻人启事上公布的手机给我打来电话。她和平日一样，不客气地质问我到底在干什么，什么时候才能把乔君烈捉拿归案。蓝母告诉我，她把家里的积蓄全都掏出来了，亲自上阵追捕乔君烈。只要能抓住他，她愿意付出任何代价，即使倾家荡产也在所不惜。如果乔君烈不逃到国外去，她就一定有办法找到他。她在发泄愤恨后，渐渐地态度变得平和了，要求和我们互通信息，提高双方的工作效率。比如说我们和她要是谁知道乔君烈有可能躲在什么地方，就马上通知对方。

以前蓝母也经常给我打电话，说话像机关枪，翻来覆去地说一些死理儿。我不胜其烦，左手拿着话筒，定时敷衍地哼一声以示我还在听着，大脑和右手却在干着别的事儿。这一次蓝母来电话，我不敢怠慢，认真地听着她在说什么。我想劝说蓝母偃旗息鼓，把抓捕乔君烈的事儿交给警方。可是我说不出口。

蓝母说："听说你以前是个法医。好好证明自己现在是干什么的吧！别让我骂你了！"

我突然想起蒋光亮在背地里损我："他只会在死尸上面拉几刀！"

蒋光亮的意思是，我只配当解剖尸体的法医，撑死了也只是法医专家，不配当刑警大队大队长。这比用国骂来对付我更让我难受。这不但全盘否定了我就任大队长以来的工作成绩，还亵渎了所有法医的神圣的使命感。我发现，蓝母经常来大队里催办0513案子，摸清了我的底子。她也讥讽我只会在死尸上面拉几刀。

抓不到乔君烈，我根本无法在刑警大队待下去。别人不把我的警服扒下来，我自己也没脸面穿着它。

我发誓要把乔君烈抓回来，可是却有劲儿使不上。最痛苦的就在这里。

第二十章　谜底揭晓

已经不能再利用杨丽童诱捕乔君烈了，我就没有借口去找她了。

今天下班后，没什么特别的事儿，我的食欲因而大振。前些天晚上我大都待在杨丽童的住处，后来还到安徽省淮江市跑了一趟，差不多有十多天没回家吃饭了。邵幼萍做的饭菜并不十分出色，不过今晚我很想吃她做的家常便饭。

张宾这家伙一下班没和我打招呼就跑了，不用说回到我家去了。除了出差之外，最近一段时间我总是丢下家里晚饭不吃，很晚才回来，这家伙一定敏感地推测我在外面和某个女人谈情说爱去了。他有没有猜到那个女人是杨丽童，我就不知道了。我打电话骂了张宾一顿，让他帮忙做饭，减轻邵幼萍的工作负担。张宾傻笑几声，催促我快点儿回来。

我一进家门，就使劲儿地嗅着饭菜的香味，可是只闻到空气清新剂的味儿。我不解地问张宾，是不是我鼻塞了。张宾一时没有明白我的意思。我走进厨房，里面没有一点儿动静。我喊了几声乔小星。往日这个时候，邵幼萍早已把乔小星接回来了，并且动手做饭了。这时候邵幼萍穿着漂亮的裙子，从她住的卧室出来。她让我别出声，乔小星正在做作业。她的身体却不由自主地动了一下，让我再次注意到她的裙子。这套裙子应该是从意大利进口的高档货，在大街上还好像没有见过，穿在邵幼萍的身上，也算是实现了那个时装设计师的创作初衷了。

我说："邵小姐，穿得这么漂亮，罢工了，不做饭？"

邵幼萍满面春风："大房东，你嫌我烧的饭不好吃，长期有家不归，我豁出去了，作为补偿，我请两位房东，还有大卫，好好撮一顿！"

我说："太阳打西边出来了？"

张宾狡黠地笑了："不，打北边出来了！"

邵幼萍说："不，今天是阴天，太阳没露脸！"

"家政女工，你中了头奖了，哪儿来的钱？"我仔细地看一下邵幼萍，"哇，还化了妆，这裙子还是迪奥这个牌子的！"

乔小星跑出来了，"做完作业了！"他听到我说着邵幼萍的裙子，就神气活现地说："这裙子，是我陪邵阿姨买的！我当的参谋！就在那个什么大卖场，离我们学校不远，四千多块钱呢！"

张宾说："四百多块钱吧！"

乔小星说："二房东，这么简单的数学题，我怎么会弄错呢！那大卖场专卖店的裙子，都是几千块钱一套的！你土了一把了吧！"

张宾吓得扮了个鬼脸："等一会儿你请我们吃的那顿饭，不会是满汉全席吧！"

邵幼萍让我们挑一家最好的海鲜酒家。原来他们有预谋的，就我一个人蒙在鼓里。张宾说五月花号酒家最近异常火爆。乔小星却说五星级渔村酒家总店的海鲜好吃得要命。我当然不会忘记，乔君烈就是在那个地方金蝉脱壳地潜逃的。我突然也想回到那里去，寻找破案的灵感。于是我们便来到五星级渔村酒家。这里食客如潮，单间早已被预订一空。要是再晚一点儿，就是在大厅里也难找到座儿。

邵幼萍开宗明义，她刚找到一份很不错的工作，要请我们好好地吃一顿饭。张宾问她具体干什么样的工作，在哪个单位，她都含糊其词。我知道在这段时间里邵幼萍紧张地阅读各种各样的书，应急充电，有时还打电话向我请教一些问题，跟我打听是否认识某某公司老总。每天出门的时候，她就像经常要面见非常重要的人物一样，打扮得有如一个超级白领丽人。偶尔她很晚才去接乔小星，也不做饭了，领着乔小星去吃麦当劳快餐。她即将离去是意料中的事儿了。

我最关心的问题倒是将由谁接班做我家的保姆工作。我想让张宾给徐希愉打电话，客气地说要请她吃饭。很快地我觉得这个电话应该由我来打才不至于造成误会。尽管徐希愉实在不好对付，我不得不跟她谈一下我抚养和照顾乔小星所遇上的重重困难，说什么也不能让她过得舒舒服服的，她也有难以推搪的责任。

徐希愉问："为什么请我吃饭？"

我随便说一句："互相沟通一下，把工作做好。"

徐希愉冷冷地说："我正在做饭呢。不用了，我明白你的意思。大卫嘛，就有劳你多费心机了。要请我吃饭嘛，等到抓到乔君烈再说吧。"

"大卫我会照顾好的，这你放心。不过，这顿饭你一定得吃。"我站起来，走到离乔小星较远的地方，愁眉苦脸地通过电话对徐希愉说，"照顾好大卫，别提要花多大的劲儿！我向你诉说一下，总可以吧！你总不能让我有苦无处诉说，憋在心里头，对吧？另外，你也应该了解和监督一下大卫在我家里究竟过得怎么样，对吧？来吧，今晚就是天上下刀子，你也得来！"

徐希愉哼儿哈儿一会儿，还是拗不过我，就说由她请我吃饭，让我们等半个小时。

我走回到我们就座的餐桌旁，请大家再等半个小时，徐希愉很快就赶到了。这时候我突然记起，邵幼萍在我家头一次见到徐希愉时，让张宾吓唬一下，吐得一塌糊涂。我非常不安，就用询问的眼神看着邵幼萍。

张宾干脆直言发问："邵小姐，你还会不会吐？"

邵幼萍连喝了几口茶，让大家看到她不会吐了。

邵幼萍说："徐法医干那一行，作出了极大的个人牺牲。我认为她是应该受到尊敬的。上回我吐了，是因为我身体不舒服，那并不能正确地反映我对徐法医的态度。今晚我应该请徐法医吃饭，以示赔罪！"

张宾说："用不着这么隆重。刑警大队谁没吐过？吐过几回就习惯了，不害怕了。法医解剖中心未建成的那时候，解剖室就在刑侦支队里头。有一回我借调到支队办那个船厂宿舍爆炸大案，晚上住在支队里头，准备随时出击。有一个晚上，一下子来了两百多个特警，支队里所有的会议室、办公室全住满了。我没办法，不信邪，就躺在解剖室那解剖尸体的尸检床上。"

我瞪了张宾一眼："又来了，死性不改！别吹了！"我担心他的话又让邵幼萍有如条件反射般地呕吐起来。

其实，躺在尸检床上的是蒋光亮，而不是张宾。张宾这是把别人的壮举张冠李戴到自己的头上，还大言不惭。我也不好就此揭穿张宾的谎话，以免又重新回到解剖尸体的话题上。但是，蒋光亮这个老刑警也有栽倒在尸臭的时候。去年在本市开发区一个弃置的牛棚里发现一具女尸，估计在溽暑的天气里至少搁了一个星期，出现了尸斑，蛆虫蠢蠢欲动。那股尸臭味儿简直可以把星星和月亮给熏下来！一开始蒋光亮自恃是老刑警，没戴口罩就进了案发现场，才几分钟就挺不住了，跑出来狂吐，吐得翻江倒海，就像用真空泵猛吸他的肚子一样，把腹内所有东西都吸出来了！此后两天里，这个老刑警在吃东西的时候直想吐，一看到卤鸡卤肉之类的东西也同样惊心动魄。

我说："邵小姐，老实说，我以前也是干法医的。"

邵幼萍说："大房东，你又老调重弹了。俗话说，跟着木匠会拉锯，跟着瓦匠会和泥。跟你们这些不信邪不怕鬼的警察待在一块儿，我什么都不怕！"

我们整整等了一个小时，徐希愉才姗姗来迟。其间，我们都早已饿得发慌。看到服务员穿梭不停地给别人上菜，人家大快朵颐地吃着海鲜大餐，我们更是馋涎欲滴。不过乔小星挺懂事的，他说要等徐希愉来了才点菜。这等于提醒了我，我给乔小星要了一份点心，先让他填一下肚子。

徐希愉在我身边坐下来。我仔细地看了她一眼，知道她在赴宴前洗过了澡，自己动手做发型，精心地化了淡妆，还穿上质地考究、缝制精良的套装裙子，洒上香水，精巧的皮鞋也擦得光可鉴人。我是这样形容徐希愉的，她就像好莱坞的女明星穿着盛装出席奥斯卡金像奖颁奖典礼晚会。我差一点儿就把这个比方说出来了。不过我谨记住不要在徐希愉的面前乱开玩笑的教训，就强迫着自己慢吞吞地品茶。

张宾好像欣赏着一头稀有动物一样看着徐希愉，就连乔小星也对她刮目相看。

徐希愉有点儿腼腆地笑了，"你们怎么了？"

我更加觉得徐希愉是一个漂亮的女人，心里产生了些许的怜爱，就替她开脱："各位是否注意到，有些饮食娱乐场所门前放着告示牌：衣冠不整，恕不接待。今天，咱们的小徐穿得像好莱坞的明星一样，为的是尊重大家。"

张宾说："这么说，徐姐，我倒想问一下，你具体尊重哪一个人呢？"

徐希愉戏谑地说："尊重今晚结账的人！"

"今晚由我结账，谢谢！"邵幼萍说，"徐姐今晚漂亮得我都快认不出来了！"

"我说一句煞风景的话儿。"徐希愉看着邵幼萍，正要说什么。

我知道徐希愉是直肠子，担心她会直截了当地问邵幼萍会不会还吐得趴下，便举手截住徐希愉将要出口的话儿。

我大声地说："各位，还没点菜呢！小徐，你迟到了，罚你点菜！"

徐希愉说："这些天，你们照顾大卫，特别是小邵，忙上忙下够辛苦的。这样吧，今晚正好我有机会了，我请客！"

"说好今晚我请客的。徐姐，你要是真想请客，回头你再请我们。"邵幼萍说，"大卫，想吃点儿什么，你点菜。"

我说："大卫，你点菜吧。今晚我请客。小邵照顾大卫劳苦功高，怎么能让你请客呢！"

乔小星就出语惊人地点菜。这小家伙轻车熟路，专门挑着这里的招牌菜来叫，一口气叫了大龙虾、大虾刺身、大闸蟹、象拔蚌、鲍鱼和元贝。

张宾吓了一跳，"我的大卫少爷，你真大手大脚的，这顿饭可要好几千块钱啊，你想让谁破产啊！"他对服务员说，"我来点菜，听我的。"

邵幼萍说："我说过我请客的。我好久没吃过澳洲芝士焗龙虾了，龙虾要了。就清蒸日本北海道元贝吧。大卫，你点菜吧，你说了算！还有什么好吃的？"

张宾吃惊地看着邵幼萍："你不是家政女工吗？"

邵幼萍说："放心吃吧，一两顿饭我还是请得起的！"

在等着上菜的时间里，徐希愉说到我在安徽省淮江市立功的事儿。她非常后怕，万一我在那个地方壮烈牺牲了，乔小星怎么办？她坦白地说，她是最希望我能活着的人。

我有点儿感动，笑着对徐希愉说："恶有恶报，善有善报。好啦，别谈这个。淮江是一个让我伤心透了的地方。"

徐希愉三句不离本行，又说起三天前，在东部沿海高速公路市郊路段工地上，挖掘机挖出一具尸骸，估计死亡时间超过十年了，颅骨粉碎性骨折，死因非常可疑。蒋光亮他们在现场整整忙了一天，仍然找不到可供破案的线索。今天下午支队的电脑工程师已作电脑颅像重合照相，拿出了相貌复原图，还是一个漂亮的姑娘呢！

张宾说："徐姐，我亲爱的姑奶奶，你就让我像普普通通的人一样，吃一顿无忧无虑的饭，好吗？"

徐希愉说："对不起，OK！"

不过我还是拾起了无法回避的话题："小邵马上要离任了，我们失去了一个高级的、忠于职守的、受人欢迎的家政女工。当务之急，我们要找到合适的接班人。小徐，这个艰巨的任务，你是责无旁贷的。"

徐希愉也忧心忡忡："我想办法找找看。不过，像小邵这种高素质、负责任的家政女工，可能是百年一遇，千年等一回。你们要有思想准备。"

我说："还有，小徐，在未找到保姆前，你要想办法解决给大卫做饭的问题。接送上学放学的事儿，可以由张宾暂时负责。至于午餐，就在外面吃。"

徐希愉说："做饭？到你家给大卫做饭？"

邵幼萍表示赞同："要是徐姐到了大房东家里头，这个家，就是名副其实的警察之家了!”

徐希愉当即拒绝:“这不行!”

我想跟徐希愉理论,她到农贸市场买菜、在我家里做饭,每天最多只在乔小星身上花费不到四个小时,然后就可以回家了。其他更复杂、更琐碎的事儿则落在了我头上。但是,我领教过徐希愉的脾气,这件事不能操之过急,只能等着合适的时机。

没有想到的是,徐希愉喝了几口雪碧后对我说:“每天下午下班后,我到你家去,买了菜做好饭,我的任务就完成了,可以走了。洗碗这种小事儿,难不倒张宾吧?如果有特殊情况,我很晚才下班,就没办法了,就让大卫到外面吃麦当劳吧。”

我非常高兴。

张宾说:“徐姐,你可以吃了饭再走,回家就不用再做了。”

“再说吧。”徐希愉看一眼乔小星,对我说,“你们通过中间人,在网上经常和0513联系吧?”

我当然明白徐希愉所说的中间人就是杨丽童,0513就是乔君烈,但是我不知道她想说什么。

我点点头:“那是以前的事儿了。”

徐希愉说:“0513知道D－a－v－i－d就在温家吗?”

徐希愉的意思是乔君烈知道大卫就在温如心家里吗?温如心家就是我家。我记得乔君烈在网上跟杨丽童说了一大堆话,却从来没有提到乔小星。我想他早已打听到乔小星身在何方了,至少他会想象到自己的儿子就待在徐希愉家里,暂时不必操心。

乔小星茫然地看着我和徐希愉,不明白我们在说什么。张宾和邵幼萍愣了一下,很快就会意地看着我们。

我说:“应该知道吧。”

徐希愉说:“以后有机会,让中间人转告0513,先把Money电汇过来。”

张宾说:“对呀,不能便宜那家伙了!吃吃喝喝的,总得实报实销吧!”

我觉得这样做有点儿不妥。要是传出去了,肯定是大笑话。

我说:“算了,我先给他垫上。迟早我会找他要的。”

徐希愉话中有话:“到了找他算账那一天,也该喝庆功酒了!继续努力啊!”

这顿丰盛的海鲜大餐,让我和张宾越吃越开心却汗颜。我的钱包里只有八百多元钱,估计徐希愉和张宾也没带上足够的钱。我掏出信用卡,但是邵幼萍已经抢先用现金把这个将近三千元钱的饭局结账了。徐希愉也觉得眼前的事儿不可思议，偷偷地问我邵幼萍到底是小富婆还是家政女工？

我预感到谜底很快就被揭开了。

深夜一时多，我躺在床上看着昨天的报纸，正打算熄灯睡觉。我卧室的房门从不上锁。房门被轻轻打开了，邵幼萍穿着睡衣走进来，迅速地把门关上了。我便坐起来，戴上眼镜，让她坐在床边的椅子上。

邵幼萍没有坐下来，而是定定地看着我。

我意识到这个晚上会发生一些浪漫的事儿。

我故作平静地说："睡不着吗？告诉我，找到一份什么样的工作啦？让我也高兴高兴！"

邵幼萍指着床头柜上的电话："我把线拔掉了。你把手机也关了吧。"

因为工作需要，我的手机是不能关机的。但是我不能无所表示，就用报纸把手机包裹起来，再把报纸扔到梳妆台底下。

邵幼萍说她要到广州市去待一段时间，要是工作顺利，在那里站稳脚跟了，就不回来了。她说得有点儿伤感，就像生死离别一样。

我明白邵幼萍在向我暗示什么。如果我拒绝了她，我觉得这不会是一件高尚的事儿。我让她坐在床上，我们好好地聊一下。

我和邵幼萍自然而然地上了床。唯一有点儿障碍的是，我怎么也找不到安全套。邵幼萍在我耳边说，她正处于安全期，让我别担心。我坚持去找那东西，这意味着我还是有理智，还是爱护对方的。后来那东西还是让我找到了。邵幼萍撒娇地说如果是草莓味儿的就好了。这句几乎听不清的话让我像动物一样只具有单纯的欲望了。

在我摘下邵幼萍的乳罩后，她急忙用手掩着自己的乳房。她不好意思地说，比不上你老婆的吧。我对这句话并不在意。现在的女性都希望自己有一对坚挺的乳房，认为那就是信心，甚至不惜忍受痛苦，通过做隆胸手术来达到提升自身吸引力和信心的目的。邵幼萍的乳房虽然不算完美，但是我觉得女性最吸引男人的地方，还是她的容貌。过去每当电视里播出天气预报，我都争分夺秒地转换频道，敬而远之。然而最近我发现CCTV新闻频道那个在每个小时末段天气预报前后亮相的女孩有一张青春靓丽的面庞，从此我允许天气预报出现在我家里的电视上了。当然我的注意力没有集中在天气预报上，而是为了多看一眼那个有一个美丽名字的女孩。我喜欢邵幼萍那一张酷似那个女孩的脸庞。

激情过后，邵幼萍先洗了澡。我所住的卧室里，有一个小卫生间，可以放心地洗澡，不必担心走到卧室外，让张宾碰见。我洗澡的时候，邵幼萍走进来，说要给我搓背。我记得很清楚，婚前温如心还给我搓背，婚后她就不愿意那样干了，我也没有勉强她。我脊背上的污垢，至少有四年没彻底清除过了。此刻邵幼萍为我搓背，让我有点儿感动，也让我设想今后我和她之间的事儿会是什么样子的呢?

我很在意邵幼萍是否留在我的卧室里与我同眠。我希望我们之间是有感情的，也是有共同话题的。至少，她应该给我讲一些她过去的故事。我想知道她是一个什么样的女人。

邵幼萍留在我的卧室里。我和她都无法入睡，就东拉西扯地聊起来。没想到这样更让我们失去了睡意。我突然记起来，刚才邵幼萍间接地提起过我老婆。我想，那是不可能的，她不会认识温如心，只是见过温如心的照片。

我还是多此一举地问："你认识温如心吗?"

邵幼萍犹豫了一下，"不认识。"

这简单的一问一答过后，我们不约而同地不再言传，却始终无法入睡。邵幼萍要回到她住的卧室去，我拉住她的手，让她在我身边多坐一会儿。后来我还是让她走了。

清晨我睡得很沉，在醒来之前还做了两个甜蜜的梦。平时都是我把张宾叫起来的，这天他先醒过来了。我睁开眼睛，非常清醒，感觉良好，努力地追忆着刚才那两个梦。

这天上午，邵幼萍带着简单的行李离开了我家。她给正在上班的我打了电话，说她已经进入候机室，如果飞机正点起飞的话，一个多小时后她将到达广州市。我客气地说她应该跟我说一声，由我送她去机场。她说不用了，让我在今天晚上十时左右查看一下电子邮箱，她将给我发来一封电子邮件。同时，她会在十一时左右通过网上聊天工具和我说几句话。

到那时那个谜底将会被彻底地揭开了。邵幼萍在一个多月前进入我家里，其中的不解之谜一直深深地困扰着我。然而，经过一个缱绻和激情之夜，邵幼萍悄悄地走了。在这种情况下，我非常想念她，再也没有兴趣去知悉那个谜底。我知道那个谜底会产生消极作用的。我真想给邵幼萍打电话，让她不要说出来。

这天晚上，过了约定的时间，在十一时后，我果然收到邵幼萍发来的电子邮件。我匆匆地浏览一遍，不由得大吃一惊，有一种不寒而栗的感觉。现在绝对是六月，我却觉得我置身于四月。因为四月里有个愚人节，戏剧大师莎士比亚也是在这个月份呱呱坠地的。我搞不清自己是被愚弄了，还是在充当什么角色。过去，我凭着较为丰富的刑侦经验，曾经把邵幼萍想象为妓女、毒贩子、流窜犯、逃犯、间谍，就是从来没有正式揣度过她是温如心的好朋友。我总算弄清楚邵幼萍是谁了，可是我久久不能明白，温如心是谁，我又是谁呢？

刚才浏览了一遍，现在我沉下心来，开始仔细地阅读邵幼萍发来的电子邮件。

四年前邵幼萍到澳大利亚留学，去年在悉尼市经朋友介绍认识了温如心。她们一见如故，成了无所不谈的好朋友。去年邵幼萍拿到澳大利亚的绿卡，还获取工商管理硕士学位。但是在这双喜临门的时候，从老家传来不幸的消息，她的父亲因车祸去世了，而她的母亲也年老多病，让她好不牵肠挂肚。正在这个时候，曾经多次立下海誓山盟的男朋友，竟然弃她而去，跟一个有钱的中国女人结婚了。促使邵幼萍回国就业的主要原因还有，现在她以外国人的身份，在国内南方沿海的大城市寻找一份年薪十万元至二十万元人民币的工作，再也不是特别困难的事儿了。如果能在中国当上打工皇帝，就能把日子过得比在澳大利亚的有过之而无不及。就这样她变卖了所有值钱的东西，回到她的出生国。

临行前，温如心关心地对邵幼萍说，在未找到工作之前，可以寄宿在她家里。温如心请邵幼萍放心，一再强调她的丈夫是一个正人君子，绝对不会冒犯邵幼萍。这是温如心第一次跟邵幼萍提到她的丈夫。邵幼萍知道温如心和她丈夫的关系名存实亡，甚至从不提到她的丈夫……

我死死地盯着邵幼萍所写下的每一个字。换言之，我是在抠字眼儿。温如心说我是一个正人君子，我还是感激她的。不过，我最想知道的是温如心在澳大利亚是否有男朋友。如果让我猜测的话，我在内心里不得不作出肯定的回答，因为她早就不在乎我了。即使她真的这样做了，我觉得我持有对此表示理解的态度是最合适的。此时，我真想给邵幼萍发个电子邮件，让她如实回答我：温如心有没有男朋友？不过我预感到她不会回答，反而会看不起我。我最多只可以找她要温如心的电话号码。当然我不会给温如心打电话，因为说什么都为时已晚了。

我继续看着邵幼萍发来的电子邮件。

当时邵幼萍担心地对温如心说："要是你丈夫是一个伪君子，醉后兽性大发，我这个弱女子可怎么办？"

温如心想了一下，肯定地回答："他极少喝酒，也不是那种强人所难的人。除非你故意引诱他。"

邵幼萍笑了，"除非他非常非常帅，像《无间道》的主角一样。"

邵幼萍这一句不假思索说出来的话，却让温如心有了一个奇怪的想法。

温如心说:“我不是赌徒,但是我想押下大赌注,跟你赌一把。不,不是跟你赌。我跟谁赌呢?也不能说是跟许健赌。准确地说,是跟我自己赌一把。”

邵幼萍说:“说什么呀?”

温如心把邵幼萍拉进一个酒吧里。里面挤满了人,她们便不说话,默默地喝着新西兰的紫星苏打酒。在会喝酒的人看来,这不算是酒,而是添加了少许酒精的汽水。但是这种像汽水的饮料很容易让人醉。结果她们都喝得脸红脖子粗的。她们来到酒吧旁边的草坪上,背靠背地坐着。一个多小时后,她们脸上的红潮才渐渐退去。

温如心说:“想个办法,你混进我家去。你就引诱许健。如果他进了套子,你就喊停!”

邵幼萍吃惊地看着温如心:“不用说,他肯定会进套子的。这样做有什么意义呢?”

温如心说:“我想跟他离婚。他进了套子,就哑口无言了,我让律师去摆平他,快刀斩乱麻办好离婚手续。你呢,我先给你一万块钱,人民币。还有一万块钱,事成后再给你。有了这两万块钱,你就可以租一套合适的房子住上一年了。”

邵幼萍摇摇头。这种荒唐的事儿,她怎么能干呢?

温如心说:“我想过了,你不会有危险的。许健进了套子,急于要跟你上床的时候,你就说:请等一下,我让你看看温如心写给你的信。这信很简单,我想好了,是这样写的:许健先生,住手,请好自为之。如果确有需要请外出找三陪小姐。邵小姐是我的好朋友,她只是协助我做一个心理测验。你在这个心理测验中得到什么样的评价,稍后我会告诉你的。我署上我的大名温如心。我敢打赌,许健看到这封信,绝对不敢再轻举妄动了。他也算得上是正人君子。”

邵幼萍告诉我,假如一开始我就自作多情地要和她发生一夜情,那注定会失败的,这封信就派上用场了。幸好我没有轻举妄动。在电子邮件里,邵幼萍让我拉开电脑桌那个抽屉,这封信就被压在那一摞电脑资料下面。我找了一下,果真如此。

邵幼萍在电子邮件里,继续讲述了她和温如心的一些对话。我早就觉得那有如一个剧情充满悬念且出乎意料的电视剧剧本。

邵幼萍非常不安地对温如心说:“这个玩笑开得太大了,我担心难以收场。我不会去做的。”

温如心拉住邵幼萍的手,说:“可是,你想一下,如果许健拒绝了你,说不定我会感动的,不再提出跟他离婚了。”

温如心这才后悔没有把我的照片带到澳大利亚去，因为她急于要向邵幼萍说清楚我是一个美男子，以此说服邵幼萍。温如心甚至钻牛角尖地说，如果邵幼萍能顺利地完成这个任务，就算是通过中国的厚黑学考核，可以在中国大搞特搞营销管理了。邵幼萍终于被说服去执行这个充满戏剧性的艰巨任务。邵幼萍向我解释，当初她答应了温如心的要求，纯粹是出于好奇和挑战的心理，同时也想帮温如心一把，报酬倒是次要的。一两万元钱对于邵幼萍来说，从来都没有多大的吸引力。最后，邵幼萍再次对我说对不起。

邵幼萍告诉我，她第一眼看到我，觉得我真是有点儿像大明星黎明。问题是，我这个警察终归是警察，整天沉浸于工作中，缺乏明星般的情趣和亮点。她不禁去想，如果当初黎明被埋没了，以警察为职业，那么认识他的人充其量不会超过两千个。他没有足够的资金去注射羊胎素、肉毒杆菌素，不会有私家的专业健身教练指导他进行保持体形运动，穿戴也不是响当当的名牌，做梦也不敢想象经常会到世界各地去度假……总之，那个被埋没了的黎明就是许健。

邵幼萍断断续续地盯着我两天了。

她觉得这样做有意思。

一直到0513案件案发当晚，邵幼萍才有机会接近我。那是因为张宾那死盯漂亮女人的老毛病根本改不了。

走在大街上，张宾就以警察特有的警觉打量着周围的人，那些鬼鬼祟祟的人逃脱不了他的眼睛，而那些漂亮的女人也成了他眼光的焦点。就这样张宾在无意中协助邵幼萍完成了温如心的计划。那天晚上邵幼萍离开宾馆客房的时候，并没有感到身体不舒服。她尾随着我们来到商业大街后，突然觉得自己有点儿发烧了。就这样我乘人之危，在张宾的帮助下认识了她。但是，应该指出的是，邵幼萍最终没有让我钻进她所设下的套子里。邵幼萍在这封电子邮件的煞尾部分向我表明，在进入我家里几天后，她觉得我还是有吸引力的，就作出决定，不管在什么情况下她都不会动用那封温如心写给我的信。前几天她给温如心打电话，说我没有乘人之危对她性骚扰，是一个经得起考验的正人君子。

看来，这封电子邮件让邵幼萍花了不少的时间。这等同于她写了一个神秘的爱情故事。我想她也会在网上好好地和我说话的。我期待着那个时刻。

晚上十二时，邵幼萍在网上聊天室出现了。

我首先礼貌地问及邵幼萍在广州市的工作和生活情况。她说数码盾保安系统有限公司是一个国际著名的制造和销售防盗器材的公司，她在这个公司的广州代表处任职销售总管，试用期为半年，每月工资五千元钱。正式聘用后，每月底薪是七千元，另加销售额提成。她估计到那时年薪十万元没问题。另外，她住得不错，正打算买一辆日本轿车。她在澳大利亚曾经买过一辆由市政府某部门处理掉的公务车，那是辆行驶不足五万公里的佳美轿车，车况良好，几乎等于是新车，所需的费用仅仅相当于八万元人民币。若在国内购置一辆同样的二手车，至少要花十五万元。她决定用二十多万元购买一辆全新的国产雅阁轿车。有了车子后，下一步再考虑添置房子。

聊了一会儿之后，我决定转入正题。

我说："温如心写给我的警告信，我看到了。我不想说出荒唐这两个字。当然，做错了的人不是你，而是温如心。她无论如何也不应该这样做。"

邵幼萍说："对不起。为什么?"

我和邵幼萍上了床，双方都赤裸裸地展示过自己，因此我们之间再没有隐私可言。我就坦率地说："假如有一个很丑的女人来找我，情到深处，我可能也会犯下同样的错误。何况是你。即使像克林顿那样老谋深算的政治家，也会犯下同样的错误。我声明，我丝毫没有不尊重你的意思，我只是就事论事。"

邵幼萍说："我不同意你的看法。我觉得这个世界是美好的。温如心也觉得这个世界是美好的。你也将会觉得这个世界是美好的。就在刚才，我主动给温如心打了电话，仍然说你是一个值得信任的男人，希望你们夫妻能再续前缘、重温旧梦。当然，温如心是否相信我的话，她打算怎么做，我就不知道了。"

我说："我不想跟温如心离婚。我希望她能回国。可是，我不是那种温如心所喜欢、尊敬的男人。"

邵幼萍说："你也应该反思一下自己有什么不足的地方。"

我说："我觉得，如果所有的中国男人都是那种温如心所钟情的男人，这个世界未免太不可爱了。按说我不应该说自己妻子的坏话，事实上，在此之前，我没有对任何人说过温如心的坏话。但是，你又不是外人，我把自己的心里话说出来，可以吧?"

邵幼萍说："假如温如心不是我的好朋友，那就好了！其实，你是一个好男人。我会记住你，常给你打电话的。你真是一个好男人。"

邵幼萍让我等了一会儿，才把一些她羞于说出口的话告诉我。

邵幼萍说她已经竭尽全力劝说温如心和我重修旧好。另一方面她坦率地承认，出于各种复杂的原因，主要的原因是她觉得我是一个应该被她记住的男人，于是，她在临走前画蛇添足地和我上了床。直到现在她还是坚持认为，她应该这样做，这并没有伤害到任何人。她问我是否会永远记住她。

现在我回想昨晚的事儿，才注意到我和邵幼萍分别各有一次提起过温如心，那时她的确对温如心有所顾忌、讳莫如深。当时她赤身裸体地躺在好朋友的丈夫的身边，当然有点儿名不正言不顺。当然，随着时间的推移，一切美好的愿望都既成事实了。

我坦率地告诉邵幼萍，温如心离我而去，对我的伤害很深。除了死亡外，世上任何一件事在掉进深谷后都会触底反弹。这种伤害是我在认识邵幼萍之前所必须经受的。我没有理由憎恨或讨厌邵幼萍。我会非常珍惜和她在一起的日子，永远回味着她对我说过的所有的话。如果有机会，我会到广州市去看她的。

其实网上聊天可以延展为网上对话、争辩、责骂等等。我在键盘上慢吞吞地敲打着汉字的时候，不由得对互联网的这些功能激赏不已。从此我喜欢上网了。双方处于不同的空间，可以让对方看不到自己的表情和动作，听不到自己的声音，却用一成不变的印刷体字儿表达自己的意思。这就像双方都戴上了面具，并且还躲藏在暗地里。这种表达方式，肯定有利于说谎者，让谎言更不容易被戳穿。我是不善于说谎的人，但是有时不得不说一些没有杀伤力的谎言，达到让听者从中受益的目的。同时，一些说不出口的话，如果要靠第三者来传递，这互联网就是最可靠的第三者了。

一些貌似平常的东西，往往在失去它之后，才会觉得它可贵。更何况是美丽的东西。我即将进入不惑之年，却以弱冠少年般的心态，天天都在想着邵幼萍。我的每一个美好的梦，总是千篇一律地在最含情脉脉、最激情四射的时候突然中断了，醒来的我唏嘘不已。

我和邵幼萍都不约而同地沉默了一会儿。

我大口地吸烟，走到离电脑较远的地方，仿佛我担心呛着它。

突然邵幼萍对我说："我们是什么时候认识的？"

我怎么会忘掉那个特殊的日子？如果没有0513案件，那又另当别论。

我说："5月13日晚上。"

对于我迅速准确地回答，我想邵幼萍肯定会赞美我的。

邵幼萍却说："其实我们早就见过面了。"

我颇为惊讶："哪一年的事儿了？"

邵幼萍说："好些年吧。"

我一下子明白了，立即为那件值得回忆的往事而发狂："亲爱的，《福尔摩斯探案全集》是你的？"

邵幼萍好像有阴谋似地笑着："我们的故事还远远没有结束，得留下一些悬念。所以，这个问题我不能回答你，让你猜个够吧！”

虽然窃书行为不光彩，但是《福尔摩斯探案全集》这本书落在我的手上，让我踏出做警察的第一步，可以说它改变了我的命运，由此我觉得谁都会原谅我当初那窃书的冲动。而且那本书的主人是一个漂亮的女人，真是最好不过了。

我说：“一定是你！天啊，就像电影一样！我想问，当初你觉得受到伤害了吗?”

邵幼萍说：“我否认我是那本书的主人，让你猜个够吧！”

一切与此无关吧，我却更加爱邵幼萍了。

我也天天在等着温如心的电话，想听一下她要对我说些什么。不出所料，她没给我打电话。

第二十一章 网上现身

将近下班的时候，我的手机鸣叫起来。我即刻接听电话，可是对方就是不吱声。邵幼萍到了广州市后，一直没给我打电话。我最渴望听到的就是她的声音。我那个极其聪明、警觉的脑子一下子变得混混沌沌的。我竟然愚蠢地、自信地说："喂，幼萍吗？怎么不说话呢？"

对方当即挂了电话。刚才我似乎听到对方喘气的声音。那一定是一个漂亮的女性，并且生气了。我想不会是温如心，她不可能突然回来了，也不可能如此有情调地对待我，更不会恶作剧般地捉弄我。我不得不想一下此刻张宾在哪里，在干着什么。这家伙在闲着的时候，没干什么好事儿。如果真是他，我得好好地教训他，让他永远不敢再如法炮制可恶的鬼把戏。

我忐忑不安地拿着手机，研究着来电号码，是移动公司的手机。这个电话又打进来了。我稍为调整一下自己的情绪，再次接听电话。

杨丽童冷冷地说："是我，杨丽童。我按菜谱做了几个外国菜和湘菜，想给你一个惊喜。很忙吗？快下班了吧，不知道有没有空儿？"

我听出了杨丽童内心的热情。

我说："可能有空儿吧。要是去不了，我会给你打电话的。你把菜留着，晚点儿我过去吃夜宵。"

这几天我没有去找杨丽童，也没有打电话给她。因为我觉得再也不能指望她协助我们抓到乔君烈了。在这种情况下还去找她，确切地说这就叫做泡妞了。我是有理智的人，如果要泡妞，也不能泡在逃的犯罪嫌疑人的女朋友呀！但是，听到了杨丽童的声音，我竟然一时心血来潮，答应到她那里去。我还非常担心会出现突发事件，让我吃不上那顿热的饭呢。反正今晚我一定要见到杨丽童。

杨丽童准备了牛扒和羊扒，还有好几样菜和红酒。她说她煎牛扒和羊扒时特意在上面多着了点儿黑胡椒，还买了一瓶叫不出名字的1995年的法国一级红酒，这红酒是沃尔玛商场的特价商品，才四百块钱。

天上堆积着黑云，偶尔还有雷声，可是这场雨就是下不来，天气非常闷热。杨丽童忙得满头大汗。有个女人在为我花钱和操劳，这使我不由得有点儿激动。我点燃小饭桌上的蜡烛，右手竟然微微地颤抖。杨丽童对我说锅里正在清蒸着辣椒鱼头，让我在七分钟后准时熄火，再把这道菜端到小饭桌来。她拿着几件衣服匆匆走进卫生间。

一会儿之后，杨丽童从卫生间出来。在这么短的时间里，她洗好了澡，头发也洗过并弄得半干了，还换了衣服。此时她显得挺精神。

我们开心地共进晚餐。

我喝了不少红酒，后来又喝了两杯浓茶，不得不上一趟卫生间。我从卫生间出来，发现杨丽童在翻我的公文包。一个刑警大队负责人的公文包里，总会有一些属于保密级别的东西。她是在逃的犯罪嫌疑人的女朋友，应该极力避免瓜李之嫌才对。但是我又不能板着脸批评杨丽童。当然我也有一定责任。不过平时我严格执行保密纪律，极少违反规定把需要保密的东西带回家里。

杨丽童注意到我不说话了，明白我在想着什么。她露出了窘态，但是我不能确定她是否有点儿惊慌。

杨丽童沉重地说："对不起，以后我一定不再翻你公文包里的东西。我知道，不尊重你、不信任你，翻你的公文包，这是没礼貌、非君子的行为。但这只是侵犯你的隐私权的民事过错。如果我窃取国家机密、绝密文件，问题就大了，那是刑事罪行。"

我点点头。

杨丽童说："我想看看你的包里头有没有女人的情书。"

我忍不住笑了，"你给我写过情书吗？现在写情书的人，跟发电报的人一样少了。我是怀念情书的。"

"是呀，从某个角度来看，用电子邮件、网上聊天室、电话这些东西来代替情书，可不是文明进步行为。可是，我又没资格给你写情书……不谈这个，咱们说些别的。”杨丽童对我说，假如在一个风雨交加的晚上，许健驾驶着一辆只能再坐上一个人的微型轿车，行驶在郊外的公路上。在一个公共汽车站里有三个人。一个是曾经救过许健性命的外科医生，一个是心脏病突发的老婆婆，一个是漂亮的女孩。他们在风雨中苦苦地候车。但是半个小时过去了，那该死的公共汽车却无影无踪。杨丽童提出问题，许健应该让哪一个人上车？

我说：“这个IQ问题，就像那个老掉牙的问题：未来的丈母娘和未来的妻子都掉进水里了，危在旦夕，那个未来的姑爷应该先把谁救起来。老实说，这个问题挺讨厌的。”

杨丽童狡黠地说：“不对，你要用心想想。”

我说：“是啊，一个名牌大学高才生出的问题，不应该那么俗的呀！让我再想想！”

杨丽童说：“你是受人尊敬的人民警察，当然不应该做出令人失望的事儿。那个漂亮的女孩，你想都别想把她拉走。那个医生嘛是你的救命恩人，就请他咬牙再等一会儿，你回头再拉上他。没有选择，你那辆只能拉上一个人的该死的微型轿车，看来注定要把那个身患重病的老婆婆送到医院去了！”

我说：“是啊，谁叫我是警察，谁叫我是中国人。”

杨丽童故作神秘地说：“恕我冒昧，如果你这样做，你就不是一个好警察。”

我说：“我可实在不敢把那个漂亮的女孩拉走。”

“愚蠢的家伙！”杨丽童哈哈大笑。

杨丽童告诉我，对于这道IQ题，大家很可能只有一个共同的心理活动，那就是必须选择让那老婆婆上车，而对老婆婆视而不见让其他人上车则是可耻的。很少有人可以跳出这个传统道德的怪圈。其实这道IQ题有一个十全十美的答案，就是许健把车交给那个外科医生，请他把老婆婆送到医院去。许健则留下来，陪着那个女孩等公共汽车。这样既可以挽救老婆婆的生命，说不定还能赢得那个女孩的青睐，一场天长地久的爱情长剧就此拉开序幕。

原来这不是一个令人烦恼的问题，而是一个求之不得的机会。

我顺着思维的惯性去想，杨丽童是否可以由一个让我喜忧参半的女孩，变成一个让我能心安理得地去爱她的女孩呢？这是不可能的。我突然明白这不是一个IQ问题，而是现实问题。

杨丽童做的菜实在太多了，今晚总的来说我还是心情愉快的，海吃海喝还是无法把所有的菜干掉。

“好啦，别撑着。”杨丽童不解地说，“你大小也是个官儿，没人请你花天酒地吗?”

我说:“你做的饭太好吃了!”

吃完饭后,杨丽童迅速地把残杯冷炙端走,清理干净小饭桌,再把水果盘和橙汁端上来。其实在一个多小时前,我走进这里就得出一个结论:杨丽童是精心地策划这一个烛光晚餐的。

我们喝着茶,一时没有说话。

杨丽童打开电视。

杨丽童说:“你肯定没时间看电视吧?那你就更不看电影了。”

我说:“我喜欢看电影。曾经非常崇拜美国大片,尤其喜欢看好莱坞的警匪片。现在嘛,我喜欢看姜文、葛优、章子怡、赵薇主演的电影。买影碟回家看。我买的都是正版碟。不过电脑软件我买盗版碟。”

杨丽童说:“章子怡主演的电影,我也喜欢看。最遗憾的是,还没有章子怡穿时装演的电影,不知道她穿裤子是不是也是非同一般的美丽呢?那些所谓的大导演,就会导那些历史剧。其实,现代剧要拍得让观众忘不了,还想接着看第二遍、第三遍,不容易。你肯定看过《无间道》吧?”

我说:“你也喜欢《无间道》那类型的电影?”

杨丽童摇摇头。她走过去拉开电脑桌上的抽屉,把她所珍藏的 VCD 和 DVD 影碟拿给我看。

杨丽童说:“我喜欢悲剧电影,《泰坦尼克号》、《人鬼情未了》、《爱情故事》。最使我感动的是《泰坦尼克号》,我看了好几遍。我说好几遍,是因为我记不住到底看了多少遍。我注意到一个细节。泰坦尼克号沉没后,杰克冻得快死了,临终遗言,要露丝好好活下去。杰克死掉后,救生艇才掉头回来。这时候露丝把死掉的杰克推开,亲眼看着杰克沉下去,然后吹响哨子向救生艇呼救。在泰坦尼克号沉没前,露丝已经上了救生艇,但是她执意离开救生艇,回到杰克身边,愿意和杰克永远在一起。这个举动,可以理解为那是她选择和杰克一起死在这里的意思。既然露丝和杰克是真心相爱的,为什么她会毫不犹豫地把死掉的杰克推开,让他沉没在冰海里呢?这太狠心了,她应该作出一些永远纪念杰克的举动才对呀!”她充满期待地问我,“你看过《泰坦尼克号》吗?”

我说:“看过。不过,你说的那个细节,我是无法解读的。因为我毕竟不是电影艺术家。”

杨丽童说:“并非一定要有电影艺术家的身份才能解读电影里的细节。其实可以通过电影艺术来投射现实生活。比如我,在五月份里,我受到了重大的挫折，有了危机感。这段时间，在你、在警察的帮助下，我觉得我回到坚实的陆地上，和其他人没什么两样。乔君烈那个人，对我来说曾经是非常重要，但是，没有他，我也能好好地活下去。就像《泰坦尼克号》的露丝，杰克死了，她就毫不犹豫地把他推进深海里，跟他永别，然后自己好好地活下去。”

既然杨丽童主动地提到乔君烈，我也觉得那个关于乔君烈的话题是无法回避的。我打算敞开心怀，和杨丽童好好谈一下。我想告诉她，我和她只能是普通的朋友。当然我必须把话说得像电影一样含蓄，却又要突出主题。即使她认为我接近她是为了利用她来诱捕乔君烈，那是卑鄙的行为，我也打算不作辩解了。

我说："乔君烈和杰克截然不同。我突然想起来，一百多年前，海军官兵死在军舰上，战友们就为他举行海葬。露丝把杰克推开，让他下沉，就是举行海葬。现在，你只是离开了乔君烈，而不是埋葬了他。”

杨丽童说："埋葬乔君烈，是警察和法官的责任。”

我说："看悲剧电影，多愁善感，为别人担忧和哭泣，对于你这个弱女子来说，这也是你向社会奉献爱心了。同情别人和多愁善感会使一个女孩变得非常美丽。”

杨丽童听见我提到乔君烈，把头低下去，说话也是轻轻的。不过后来她听到我说的那些话和乔君烈无关，又抬起头看着我。

我说："有个国内的作家说过：悲剧是将人生有价值的东西毁灭给人看。有个国外的作家兼哲学家也说过：悲剧是某人得到了人生最宝贵的东西，或者没有得到。我觉得某个没多大名气的作家说的关于悲剧的一句话，却是说得最深刻的。他说，银幕上的悲剧让人感到美而回味无穷，但是现实生活中的悲剧却让人悲痛欲绝、不堪回首。”

杨丽童说："谁都害怕生活中的悲剧。真的，你不是警察，你像大学者。”

杨丽童没有领会我到底想说什么，反而感到我和她的心理距离缩短了。她走到我身边，拉住我的手，依偎着我，最后躺在我怀里。我不得不把手里的茶杯放下来，抱着她不让她掉到地上。

杨丽童咬牙切齿地说："陈世美！葛朗台！希特勒！”

我笑了："我是那种人吗？”

杨丽童说："我不知道，我恨死你了！”

我说："你恨我干什么？”

杨丽童说："想听听吗？我想到了一个最恶毒的报复方法。”

我说："说吧。”

杨丽童却按捺不住而哈哈大笑。她好不容易才忍住笑，把她那个恶毒地报复我的方式说出来。首先假设她骗婚成功，我答应娶她，还按照她的要求举办基督教式的婚礼。地点在历史最悠久的教堂里，主婚人是受人尊敬的主教大人，证婚人是市长。所有的亲戚、朋友、熟人和贵宾趋之若鹜地参加这个盛大的婚礼，世界各地的名记者不请自来，本地电视台还派来了两辆现场直播车。可以说，这个婚礼几乎可以跟几年前举行的丹麦王室的世纪婚礼相媲美。主教大人神泰自若且满面春风，例行公事地发问，我当然回答同意娶杨丽童为妻。杨丽童模仿着主教大人那老气横秋的声音发问："杨丽童小姐，你是否愿意嫁给许健先生为妻，按照《圣经》的教训与他同住，在神面前和他结为一体，爱他、安慰他、尊重他、保护他，像你爱自己一样。不论他生病或是健康、富有或贫穷，始终忠于他，直到离开世界?"主教大人的声音刚落，杨丽童用自己的声音声嘶力竭地回答："我不愿意!"她分别用英语、德语、法语、日语和俄语说了一遍。最后她觉得还不解恨，用汉语再说了一遍："呸，打死我也不愿意!"

杨丽童说出这个笑话后，竟然不再笑了，眼角却闪着泪光。我收敛了笑容，用餐巾纸替她擦拭眼泪。她紧紧地抱着我。

我知道，恨是因为爱得太深的缘故。然而我真的不敢相信杨丽童会爱上我。虽然杨丽童是乔君烈的情人，但是我敢担保她不是那种卑鄙龌龊的三陪小姐，也不是那种仅用一顿饭、一点儿金钱和权势就可以把她弄上床的女人。况且我只是一个芝麻绿豆官儿，人也比她年长十多岁。可是，不管怎样，我不愿意去伤害她。

话又说回来，如果杨丽童不是乔君烈的情人，我会觉得这个世界将会更加精彩。

杨丽童说："我想离开这个城市。以后，我也不跑保险了，我不想跟那么多的人打交道。我想搞技术，整天静静地待着。现在我可以离开这个城市了吗?"

杨丽童应该还记得她身负为乔君烈作伪证、包庇他的犯罪嫌疑，是被取保候审外出的。我也想委婉地告诉她，她还不能走，现在还不是时候。

此时杨丽童的手机收到了短信，鸣叫了一下。她不予理会，也不想说话了，静静地躺在我怀里。

我却有了预感。我把杨丽童轻轻地推开，走到床边把放在枕边的手机拿起来。我猜对了，果然是久违了的乔君烈发来的。这是通过互联网发送的短信。乔君烈要求杨丽童在半个小时内把我叫到她的住处，他要和我对话。有了一星半点儿有关乔君烈的消息，我欣喜若狂，就像猎人发现了猎物一样。杨丽童迅速地从我的表情中看到了答案，问我是不是乔君烈发来了短信。我问杨丽童最近乔君烈有没有和她联系过。她向我保证绝对没有。

自从乔君烈在安徽省淮江市逃脱后，他有如石沉大海，警方无法侦查到有关他的任何蛛丝马迹。被派到北京市的电脑警察周锷，一连十天没有在网上发现乔君烈的踪影。市局领导以另有重要任务为由，把周锷召回来了。现在乔君烈极有可能再次在网上冒出来，我们却一时没有办法在网上监控他。

既然乔君烈指名道姓地要和我对话，我就让杨丽童打开电脑上网，我坐下来等着他。我突然记起了相关法律规定：在办案时至少要有两个警察在场，于是打电话让张宾领着周锷火速赶来。

乔君烈用一个新注册的 QQ 号和我对话。

乔君烈首先和我寒暄了几句，说他知道乔小星在我家里，给我添麻烦了，深表感谢！他会托人给我送来乔小星的生活费和其他费用的。我向乔君烈说了一些乔小星的近况，请他放心好了。

很快，乔君烈直奔主题："你一定很想知道我是怎么知道大卫在你家里的吧？其实，虽然我想方设法躲起来，但是我一直试图搜集证据，找出谁是真凶，证明我不是杀害蓝雪的凶手！"

我说："谁是真凶，现在还没有定论。你仓皇出逃，把案情搞得更加复杂了。你应该主动配合我们的工作，让我们找到真凶。希望你能回来。"

乔君烈说："许警官，如果我回去了，回到公安局的讯问室里，我们还有平等、公正的对话平台吗？绝对没有！我以前学过刑事诉讼法，蓝雪出事后，我更加仔细研究法律。刑事诉讼法规定，要在案件移送审查起诉之日起，犯罪嫌疑人才正式有权委托辩护人。我明白，我等不到那一天。报纸上为警察歌功颂德的真实报道，常常是这样写的：对某某犯罪嫌疑人攻心数十个小时后，或者对某某犯罪嫌疑人斗智斗勇数天后，犯罪嫌疑人供认不讳。其实，长时间攻心、斗智斗勇这些字眼儿，就是刑讯逼供或变相刑讯逼供的意思！谁架得住几天几夜不睡觉？这和凌迟处死一样让人生不如死！不如什么都认了，死个痛快！说到这里，我想指出，只有在网上，我们才有平等对话的机会！改革开放后，美国大片进来了，我们常常看到，好莱坞电影里头警察在拘捕嫌疑犯的时候，不管多么忙、心情多么不好、形势多么紧张，都必须在给嫌疑犯上手铐的时候念念有词：'你有权保持沉默……'当时我想，保持沉默有什么用？这太可笑了！后来我终于弄清楚了，这句话是'米兰达警告'。犯罪嫌疑人保持沉默是多么的重要，可以完全避免被刑讯逼供、屈打成招。刑事诉讼法明确规定：'只有被告人供述，没有其他证据的，不能认定被告人有罪和处以刑罚。’‘证据不足，不能认定被告人有罪的，应当作出证据不足、指控的犯罪不能成立的无罪判决。’立法者的立法原意提倡无罪推定原则，但要真正使执法者广为接受无罪推定原则，则仍需漫长的等待与艰苦的努力。这几年，我从报纸上、杂志里看到不少冤假错案，执法者严重滥用国家权力的丑行乃至暴行时有所闻。就像徐希愉这样的优秀人民警察，脑子里也有一种特权思想。她吓唬我，要强行用测谎仪来对付我……”

我耐心地看着乔君烈的言论。

乔君烈继续说下去：“……全省拥有本科文凭的警察不到百分之十，拥有本科文凭的法官不到百分之二十五，拥有本科文凭的检察官占百分之几，我手头上没有数据，估计不会好到哪儿去。因此，我对公检法人员的整体素质、执法水平和服务意识，还是心存疑问的。再有，公检法人员中也存在腐败问题。综合上述问题，不能不说中国存在着司法信任危机。培根说过一句话：一次不公正的司法，比一次犯罪更可怕。”

乔君烈这一大段慷慨陈词，无疑是早已准备好的，贮存在电脑里。看来他为这一次和我的对话作了充分准备。我也从他的言语中，找到了我们共同关注的问题。我更加兴奋地和他对话。

我说：“培根这句话，我深有体会。这是无罪推定的立法原意。无罪推定就是宁可放过，不可冤枉。还有，我对‘米兰达警告’也是非常感兴趣的。我研究过它的历史，也研究过它在中国是否适用。‘米兰达警告’极具美国智慧，最集中地表达了美国公民保护个人不受政府强权伤害的决心。如果有了沉默权，将可以完全有效地抑制侦查人员对犯罪嫌疑人刑讯逼供的冲动。可是，沉默权并不是万能的。当警察向犯罪嫌疑人提出一些对他稍后出庭有帮助的问题时，如果他保持沉默，所提的问题将会在以后法庭审理时作为证据，这将对犯罪嫌疑人以后的辩护产生非常不利的影响。”

乔君烈说：“这个你放心，我有足够的智商作出判断，知道什么时候应该保持沉默，什么时候要说出一些对自己有利的证据。不管怎样，沉默权是非常重要的。如果你们给我沉默权，我当然愿意回去，协助你们调查取证。可是，你们能确保我拥有保持沉默的权利吗？话又说回来，在网上，我有沉默权，我可以自己决定什么时候睡觉，避免刑讯逼供、强行测谎、超期羁押。甚至我可以请一个律师指导我接受你们的讯问。这就是我选择在网上和你对话的原因。我知道，案发当晚，我头上确实笼罩着不少对我非常不利的证据。我也相信，杨丽童已经向你们说了真话，你们会更加主观地认为我就是凶手！我再次郑重声明，我不是凶手！今晚可能你准备不足。以后你需要我解释什么，请你先列出一个提纲，发到我的信箱里。我在方便上网的时候，一定尽可能真实、详细地回答你们提出的问题。”

我说：“我办案一直主张实行零口供，无罪推定。我们这一套办案原则，相信你是清楚的。我实话实说，你头上确实笼罩着不少对你非常不利的证据。可是，正是由于当时杨丽童给你作证，我们认为你没有作案时间，有不在场的证据，所以，我们就依法解除了对你的留置审查，没有对你实行刑事拘留。因此，请你相信，我们办案原则是重证据、重调查研究，并自始至终围绕着这个原则办案。我们绝不冤枉一个好人！”

乔君烈说：“假如就因为你这一句话，我相信你们，相信警察，那么你想，我会蒙受不白之冤，历尽千辛万苦，在外面到处逃亡和流浪吗？在这儿我把话说死了，我是不会回去的。你们只能通过互联网讯问我或者向我取证。”

我已无话可说，不得不揭穿乔君烈：“你说的这些话我是不会相信的。你说你在外面历尽千辛万苦？你手上不是有好几十万吗？你暂时还可以过得很潇洒，花天酒地，醉生梦死。”

乔君烈被激怒了：“我没有，我简直就像苦行僧！没有抓到凶手，我一刻都不敢放纵享受一下，甚至不敢笑一声……”

乔君烈再次慷慨陈词。他非常渴望自由自在地过日子，强烈反对任何人限制他的人身自由和剥夺他的尊严。因此，他不敢面对警方的刑讯逼供，甚至不敢设想在看守所里度过哪怕仅仅才一天的暗无天日的日子！在不自由毋宁死的信念作用下，他被迫选择潜逃。他承认确实随身携带着三十二万元钱，但是他把每天的开销都作记账和分析，力求能省就省。他一天才花八元钱吃两顿饭，喝免费汤或白开水，有时还吃更便宜的速食面。尽管他的烟瘾和他的烦恼成正比，可是他还是把烟戒了，省下不少的钱。他要用这三十二万元钱，作为活动经费去寻找真正的凶手，并且养育自己的孩子。假如有一天他回来了，或者警方抓到了他，他一定把剩余的钱全交出来，再让警方核查他的账本，计算他到底花掉多少钱。他这样做是为了告诉警方，他潜逃在外，根本不是为了钱！

乔君烈对我说，他绝对不是杀害蓝雪的凶手。蓝雪被杀的原因是经济问题，他请我们尽快到蓝雪生前供职的佳迅联合集团有限公司去排查。他自己也想办法去寻找凶手。他告诉我他是不会先于凶手出现在我们面前的，但是他愿意付出任何代价让凶手原形毕露。

乔君烈还记得，在他被解除刑事拘留后，来到我的办公室，我和他谈到蓝雪腕上的那块欧米茄手表的表带扣子打开了，我问他那是什么原因。当时他无法作出解释。现在他告诉我，他还是没有想明白。他猜测那不可能是凶手打开的，因为凶手不是冲着财物而来的。

我想再向乔君烈说点儿什么，但是我明白无论自己说什么，那些言词都会显得苍白无力。乔君烈在我脑海里，已经变成我的老朋友似的。我几乎要请他多多保重了。但是说多多保重的是他，说完他就下线了。

我意犹未尽，思绪还停留在和乔君烈的对话上，视线迟迟没有离开电脑屏幕。作为一个刑警，我知道不能根据犯罪嫌疑人说的话而主观臆测他是无罪的，就像不能忽视证据而根据犯罪嫌疑人的有罪供述来给他定罪一样。我作出了两种截然不同的判断：乔君烈是全世界最出色的演员，同时也是最狡猾的凶手，否则刚才他对我说的全是真话。但是我明显倾向于相信后者。

张宾和周锷早就赶来了。

周锷先干咳一下，引起我的注意，然后对我说："这个人好像……"接着他用叹气代替说话。

周锷是清华大学计算机科学系毕业的，分配到市局当上了网络警察。这个年轻的电脑专家和一般的警察有所不同。我看了他一眼，发现他的脸上堆满同情的表情。他的潜台词我是明白的，他觉得乔君烈不像凶手。

张宾却糊涂了："这家伙真是乔君烈吗？如果他是凶手，躲起来还来不及呢，干吗要冒险找警察，做这么多不漂亮的事儿？这家伙就像疯子一样难对付！"

周锷说："那种自由被限制、没有任何消息的日子可不是那么容易熬过的。"

我朝张宾和周锷使了个眼色。此时我面无表情，不用说这个眼色很僵硬也很糊涂。但是张宾和周锷领会了，知道不能在杨丽童面前随便说话，就闭口不说了。

我向杨丽童要了一个光盘，把我和乔君烈的对话内容刻录一份。我打算请市局和分局领导看一下，希望他们和我能达成共识，然后请他们再考虑一下，批准我们花大力气到佳迅联合集团公司排查杀害蓝雪的凶手。

我和张宾、周锷离开杨丽童的住处后，周锷告诉我，他和设在北京市的总网站联系过了，初步认定乔君烈是通过手机上网的，上网地点在湖南省株洲市，此外没有进一步的信息了。但是周锷补充说明，乔君烈是电脑专家，说不定还是半个黑客，懂得伪造上网的IP路径，可能会把我们引入歧途，也就是说他极有可能不在株洲。

第二天上午，我把我昨晚琢磨了很久的一些问题详细地写了下来，发往乔君烈的电子邮箱，请他相应地作出回答。此后我就等着他给我发来电子邮件。直到晚上他才给我回了信儿。IP 地址显示乔君烈还在株洲市。

针对我的提问，乔君烈在发给我的电子邮件里逐一作出了回答。他说在蓝雪被杀害的那天晚上，他是九时多离开家里的，在街上胡乱转了一圈，情绪渐渐地稳定下来，就决定到杨丽童的住处去。其实当天下午他已经和杨丽童说过要到她那里去的。既然今晚和蓝雪彻底闹翻了，他就可以无所顾忌地不回家了。他不想以愁眉苦脸的模样出现在杨丽童面前。他有一个心理习惯，也可以称之为怪癖，就是在心情沉重的时候，总是独自一个人走路，以此方法自我卸载。他徒步前往杨丽童的住处，路过百得超级商场，在那里买了两盒中华香烟，时间大约为十时左右。后来他继续走路，在不知不觉中走了两个多钟头，抄近道穿过街心花园，不远处就是杨丽童的住处了。大概将近零时了，附近几乎没有路人，两个劫匪持刀剪径。他是一个不畏强暴、不轻易服输的人，不甘心被抢去钱包，于是奋起反抗，手臂被劫匪的刀蹭了一下，所以衬衫上留有自己的血迹。乔君烈特别作出解释，他遭到抢劫却不报案，是因为他觉得往派出所跑一趟也无助于把钱包要回来，就没有多此一举。

乔君烈的供述和杨丽童第二次作出的供述基本上吻合。

乔君烈作出解释，杨丽童一向讲究清洁卫生，是她主动为他清洗那些带血的衬衫和裤子的。不过指导她怎样彻底洗掉那些血迹的是他。他辩解说他有那方面的经验，就此作出正确的指导不足为奇。他就我问他为什么劫匪没有抢走他身上那两盒名贵的香烟而作出回答：劫匪先抢走了他的钱包，遭到反抗后就打退堂鼓了，夺路而逃，他也就没有再丢失什么东西了。还有，当时杨丽童问他手机是否被抢走了，他不拿手机当一回事儿，就顺势点点头。后来他仔细想了一下，判断极有可能把手机落在家里了。据调查，乔君烈在不同场合多次发出手表是身份和地位的象征的言论。他曾经有一块劳力士手表，但是他对蓝雪漠不关心，达到视而不见的程度，不太了解她有多少块名表，也不去追问这些名表来自何方。我觉得这是不可思议的。为此乔君烈举了一个例子。有一次徐希愉到他家里做客，指出客厅里黄色的沙发太刺眼了，和其他摆设无法融为一体。那套沙发是蓝雪自作主张买的。蓝雪轻微色盲，一直没有觉察到沙发的颜色有问题。而乔君烈对家里的一切不感兴趣，也没有在意。直到徐希愉这么一说，乔君烈才注意到果真如此。因此，乔君烈认为他没有注意到蓝雪那些名表就不足为奇了。另外，乔君烈对我腕上的帝舵手表非常在意。就我作为一个刑警大队负责人的收入而言，肯定买不起一块这么昂贵的手表。因而他觉得我是贪官污吏，是不值得信任的人。

乔君烈解释说，基于当晚他和蓝雪发生激烈的冲突、衣服上有血迹、九时多出门却在零时左右才到达杨丽童住处、尸检表明尸体内有他的精液，这些都会被理所当然地视为他就是杀害蓝雪的凶手的证据，他将百口莫辩。他在危急关头作出了一个在现在看来是非常愚蠢、不可救药的选择，那就是让杨丽童为他作伪证。当时他坚定地认为只有杨丽童才能够让他摆脱作案的嫌疑。他和杨丽童整整花了两个多小时反复演练和论证，订下了似乎是针插不进的攻守同盟。但是最终适得其反。这个攻守同盟被警方击破后，起到致命性的反作用，使警方深信不疑乔君烈就是真凶。综合上述各种原因，还有徐希愉在乔君烈最胆战心惊的时候，声称要用测谎仪对付他，使他不敢想象如何面对警察和监狱，更不敢想象失去自由和尊严的痛苦和绝望。于是他决定踏上逃亡之路。

乔君烈在这封电子邮件的末尾对我说，他愿意全力和我们合作，找到真正的凶手。他希望我们尽快到佳迅联合集团公司排查犯罪嫌疑人，有什么好消息请随时告诉他。

我给乔君烈写了回信。

正在此时杨丽童再次约见我。我说我很忙，让她到我办公室来一趟。她回答说不愿意进公安机关，让我在下班后无论多晚都到她的住处去。我一时英雄气短，竟然答应了。

晚上我来到杨丽童的住处。

杨丽童为我煮了咖啡。我说我近来休息不好，想顺利入眠，不打算在晚上喝咖啡。她以女主人的身份让我一定要喝，就像喝药治病一样。她说咖啡喝多了，反而会引发睡意。我只好遵命了。

我说："乔君烈跟我在网上聊天的内容，你也看到了。你说，他说的是真话吗？"

杨丽童说："以我这身份，这个问题，我应该回避。"

我说："这是非正式谈话，你回避什么？"

杨丽童说："那我说一个流行的观点。在网上，谁说真话？"

今天上午周锷找我研究工作，也说了一句同样意思的话。本来我打算把我和乔君烈互相通信、对话的内容呈交给主管领导的，但是由于周锷在无意中提醒了我，我只好作罢。

杨丽童又说："乔君烈是一个雄辩、思维缜密的人。他有可能是阴谋家。"

我喝着咖啡，转换话题："味道不错。"

杨丽童也在品尝着咖啡：“当警察是可悲的，不得不跟那些不是朋友甚至是穷凶极恶的人打交道。”

杨丽童把咖啡杯子放在茶几上，接着把我的杯子夺去了。她坐在我怀里，紧紧地抱着我，用餐巾纸擦掉嘴唇上的口红。我知道她要吻我了。杨丽童拥有青春和浓密的长发。但是现在我发现，她最性感的地方是她的牙齿，这使她的口形非常好看。即使那些红得发紫的明星，也未必拥有像她那样雪白、均匀和整齐的牙齿。我常常期待着她开口说话，当然更期待着和她接吻。她吻着我左侧的脸。我在进入这间房子时，就猜到会出现这样的事儿。我先是看到茶几上那两个杯子里的咖啡还在冒着热气，后来我闭上了眼睛。我在闭上眼睛之后，恍惚地看到了乔君烈，所以我不敢作出任何反应。

我非常痛苦。

杨丽童是否真的爱上了我，这暂时无法得出结论。然而乔君烈渐渐地赢得了我的尊重，这使我不敢夺走他心爱的女人。我甚至设想有一天乔君烈被证实无罪，当他回来的时候，我将怎样面对他呢？

“乔君烈真是阴谋家吗？他看到我戴着一块瑞士名表……”

我提到乔君烈，杨丽童就慢慢地安静下来了。

我让杨丽童看一下我腕上的手表，说：“他怀疑我是贪官污吏，不值得信任。其实，这块手表是我妻子送给我的三十四岁的生日礼物，不是来历不正当的东西，绝不是乔君烈所想象的那样。”

被乔君烈误会了，我觉得心里很不舒服，就在杨丽童面前一吐为快。同时我也借机会提醒杨丽童，我是使君有妇的人了。

杨丽童说：“这个，你跟乔君烈说去吧。我很想了解你的过去。这样吧，既然说开了，就从这块手表开始，你谈一下你的过去，好吗？”

我说：“我们六十年代末七十年代初出生的人，在念大学之前，几乎没跟女同学说过话。在念大学的时候，如果有幸有女朋友，也不过拉一下手就到头了。七十年代后期出生的人，就大大不同了。那些八十年代出生的人，那真是无所畏惧的人。现在社会上，一夜情是很平常的事儿了。你说，我们能把这临时的感情坚持下去，坚持一年吗？”

杨丽童看着我，半晌才说话：“你这是说什么呢？”

“苏格拉底对学生们说，每个人尽量把胳膊往前甩，然后往后甩，从今天起，每天做三百下，大家能做到吗？学生们都笑了，这么简单的事儿谁做不到呢？可是一年之后，苏格拉底问起来，学生们中只有一个人坚持下来，这个人就是柏拉图。”我拿起还暖和的咖啡喝起来，已经不太可口了。“其实一夜情，要坚持下去，这也容易。但是要把柏拉图式的爱情坚持下去，这就不容易啦！”

杨丽童说：“我认为，只有一个真正严肃、有意义的哲学问题，那就是爱情。现在，网络时代，真有柏拉图式的爱情吗？”

“可能有。”为此我想再次故意提起乔君烈的名字，用以打压杨丽童此刻的激情。如果乔君烈说的是真话，那么他就是苦行僧，在他的心里肯定上演着柏拉图式的爱情。但是我知道自己是警察，说话必须有分寸。何况乔君烈所说的未必全是真话。他曾经是风流成性的家伙，谁能保证他在外面不拈花惹草呢？而且我说乔君烈是柏拉图式爱情者，这无异于向杨丽童暗示乔君烈的犯罪嫌疑问题被淡化了，她甚至会误认为他是无罪的。

我想让杨丽童彻底领悟我的意思，就补充了一句：“但是我们什么也没有。那是太遥远的事儿了。”

在我的怀里，杨丽童把身体挪了下窝儿，背对着我，不愿意看我，也不让我看到她的表情。虽然我把话说得迂回曲折、含糊不清，但是我想她应该明白我的意思。她还可以借助于观察我的肢体语言，彻底搞清楚我的心理活动。那就是我和她之间是不可能发生那些事儿的。

杨丽童离开了我的身体，走到离我最远的地方。

杨丽童断断续续地说：“哦，我总算明白了，你在利用我来捉拿乔君烈。我不过是你们警方的一件工具而已。我是诱饵，我感到非常可悲，还感到恶心！”

“你不要这样想。你是一个可爱的好女孩。”

“你是一个警察，你有权这样做！你放心，作为一个公民，我会全力协助你捉拿乔君烈的。现在，你可以走了。”

我不便再说什么，心情沉重地走向门口。

“请等一下。”杨丽童走到我面前，低着头却坚决地说，“请告诉我，真正的理由是什么？”

我明白杨丽童的意思，她想知道究竟是什么理由使我和她不能成为情人。但是我不好意思说出来。

杨丽童却不加掩饰地说：“是不是因为我曾经是犯罪嫌疑人乔君烈的情人？”

我不置可否。

杨丽童痛心疾首地说：“你错了！我是那种可耻的女人吗！”

杨丽童哽咽着，说不出话来了。我试图作出合情合理的安慰，却一下子找不到合适的句子。我想起了沉默是金这个词汇。也许沉默是最好的办法。

杨丽童渐渐地冷静下来。她走过去坐在沙发上，示意我在她的对面坐下来。

我坐了下来。

杨丽童把一个咖啡杯子推到我面前，也在她自己面前摆好一个咖啡杯子。我一时不明白她的意图。

杨丽童说："有一个小有名气的男演员，老是主演一些自以为是、目空一切的正面或反面的角色。昨晚深夜我睡不着，看了他主演的一部警匪电视剧。他饰演一个毒贩头子，要毒死一个人。"

杨丽童模仿着那部电视剧里的毒贩头子作出示范，让我充当那个将要被置于死地的人。她做好了菜，在小餐桌旁坐下来，动手倒了两杯红酒。她突然想起来要用上冰块，就让我到厨房的冰箱里去拿。我刚走开，她就站起来把我那个盛有红酒的杯子拿过去，坐下来，接着从自己的西服口袋里取出一个装有剧毒粉末儿的小纸包，打开小纸包把粉末儿倒进我的杯子里，再站起来取来我所用的筷子，再坐下来，搅拌我杯子里的红酒，让粉末充分溶解。然后她又一次站起来把我的杯子和筷子重新摆放在原来的位置，又一次坐下来等着我回来喝下这杯毒酒。

此时，杨丽童就像最酷的冷血杀手。

杨丽童说："最后，你就不用接着演你喝了这杯红酒，因中毒七窍出血而死了。反正理论上你会死得很惨的。但是，那些编剧、导演，特别是那个小有名气的男演员充其量只能算是业余杀手，这段戏是有缺陷的。职业杀手应该是这样的。你看，这两个杯子外观一样，里头的红酒也是一样。职业杀手应该往自己面前的杯子里投放毒药，用自己的筷子搅拌，然后手脚麻利地把自己的杯子和筷子调换给对方，这才是最简单、最标准、最保险的投毒杀人操作方式。"

我又想起了昨晚杨丽童对我说，她在教堂里大声地说她不愿意嫁给我，以此报复我伤了她的心。现在她更进一步要杀死我。我又想起了邵幼萍说过的有关毁尸灭迹的话。自从这两个女人接触了我这个当警察的男人后，都自然而然地产生了一种微乎其微的逆反心理，就是想杀人且毁尸灭迹。我不禁哑然失笑。

我忍不住地发问："还有一个技术性的问题，你打算怎样毁尸灭迹呢?"

杨丽童说："这你有经验，你给指点一下吧。"

"这儿不合适，你应该选择合适的杀人地点。对不起，咱们换个话题吧。"我非常抱歉地说，"这样吧，找个地方，请你喝点儿什么。"

杨丽童冷冷地说："谢谢，我不想喝什么。我要说的话全说了，请你走吧。"

离开杨丽童的住处后，我心里有一种怅然若失的感觉。这时候我是脆弱的，她也是脆弱的。我不应该伤害她。但是只能这样了。

我把我脑海里有关杨丽童的记忆全部激活，仔细地感知一番。最痛苦的是，那一切都应该结束了。

第二十二章　蓝母追凶

为了抓捕乔君烈，大家都想尽了办法。

蒋光亮认为，乔君烈在安徽省淮江市逃脱之前，已是充分估计到杨丽童极有可能被警方控制了，但是他割舍不了旧情，仍甘愿冒着巨大的风险把杨丽童叫去和他会面。因此蒋光亮推测，乔君烈还有可能再次和杨丽童见面。目前只能用最古老的办法，以不变应万变，那就是全面盯死杨丽童，不怕鱼儿不咬钩。

蒋光亮那老生常谈式的讲话却让我获得了灵感。我突然想知道乔君烈最爱的女人是谁呢？如果那个女人不是杨丽童，那么他一定会去找她的。张宾走访了乔君烈的同学、朋友和同事，向他们询问乔君烈的初恋情人的情况。最令我感兴趣的结果出现了。乔君烈的初恋情人在山东省日照市，两年前离婚了，没有生养孩子。

乔君烈是一个风流成性的家伙，我不由得猜测他可能会躲在那个不明真相的初恋情人那里，或者和她有联系。

张宾问我如果我落难了，会不会去找初恋情人？我让张宾不要拿我来说事儿。我不太相信乔君烈说过的不乱花一毛钱那样的话。他手上有钱，就有条件和那个已经恢复单身的初恋情人好好地过一段日子。换句话说，有了落脚的地方，乔君烈将更不容易被找到。我告诉张宾，不要放过任何一线希望。

张宾领着一个同事出差到日照市，找到乔君烈的初恋情人。她矢口否认乔君烈来找过她，而且她已经十多年没见过乔君烈了。张宾把自己的名片留给她，希望她和警方合作。

不久前蓝父拿着一份蓝母编印的寻人启事到我的办公室找我，当时我把它复印一份留个底儿。虽然我不赞成蓝母那样做，但是我非常同情和理解她。张宾他们出差在外，我就让他们带上一些寻人启事，每到一个地方，有空儿就到大街小巷粘贴。我和张宾都觉得粘贴寻人启事这件事儿有点儿可笑，心里真不是滋味儿。不管怎样，那就算帮蓝母一把吧。张宾他们在日照市待了一天一夜，粘贴了两百多份寻人启事，总算不虚此行，聊胜于无吧。

张宾刚回来，乔君烈的初恋情人就把电话打过来，说今天上午无意中看到了关于乔君烈的寻人启事。因为张宾曾经以警察的身份告诉她，乔君烈是被警方通缉的犯罪嫌疑人，可是这则寻人启事的内容却是丈母娘寻找姑爷乔君烈，把她搞糊涂了。她按寻人启事上出示的电话号码致电蓝母。蓝母简明扼要、不容置疑地说明乔君烈是杀害她女儿的凶手，同时对她打来的电话抱有希望，问她是否见到了乔君烈。她再次否认掌握乔君烈的音讯。但是她被蓝母为女儿伸冤的勇气和韧性打动了，决定向警察说明一些情况。乔君烈的初恋情人依然强调，她和乔君烈失去联系至今已达十多年之久，更别说和他正式见面了。不过，大约在两天前，她下班走出单位的大门，看到马路对面有一个中年男人在注视着她，模样有点儿像乔君烈。然而她当时的想法是，如果那个男人真是乔君烈的话，他一定会走过来和她会面的。况且十多年过去了，乔君烈现在到底什么模样，她无法想象出来。尽管如此，这件事还是给她留下了印象，因为那个男人让她重新想起了乔君烈。她想给乔君烈打个电话，却没有他的电话号码。第二天上午，她坐在公共汽车靠窗的位子上，仿佛又看到乔君烈在人行道上慢慢地走着。

乔君烈的初恋情人又一次重申，她不能肯定那个中年男人就是乔君烈。所以当时张宾找到她，她觉得没证据的事儿不能乱说。但是几天后她被蓝母说动了，考虑到乔君烈是被警方通缉的犯罪嫌疑人，她理应知情必报，遂向警方提供了这个信息。

我又想起了乔君烈说过的话，他说在未抓到凶手前，不会寻求享受和乱花一毛钱。如果他持有这种心理的话，他未必会和初恋情人快意当前地重温旧梦。但是，在逃亡的日子里，他的精神无所寄托，远远地看一眼初恋情人，寻找活下去的理由，这也是可以理解的。

至于要不要派出同事到日照市去，我有点儿举棋不定。正在这个时候，蓝母从贵州省六盘水市给市局有关领导打来电话，说她得到可靠的消息，乔君烈在日照市露头儿了，要求市局指派得力的干将前去搜捕。蓝母从报纸上知悉我在淮江市的英雄行为，觉得我算是一个不要命的主儿，因此强烈要求由我担任追逃小组的负责人。

我领着张宾等三个警察十万火急地赶到日照市，首先找到乔君烈的初恋情人反复了解情况。当天晚上蓝母也赶到了。

蓝母兴奋地说，下午她飞抵青岛市，刚出机场就接到一个日照市退休老工人打来的报信儿的电话。他说今天早上在当地看到一个中年男人，这个目标人物就像寻人启事所附着的照片上的那个人。在日照市除了乔君烈的初恋情人和一个保安员之外，这个退休工人是第三个打电话告知蓝母看到乔君烈的人。

我们和蓝母立即找到那个退休工人。从外貌判断，那个退休工人六十多岁了，待人很热情，爱打抱不平。我们测试了一下，他的记忆不错，视力却不太好。我请他看了几张乔君烈近年的照片。最后他承认不能肯定今天早上他看到的那个人就是乔君烈。

那个声称看到乔君烈的保安员也未能提供更进一步的消息。

我们和蓝母都非常失望。

根据犯罪心理学分析，乔君烈是在逃犯罪嫌疑人，已经成了惊弓之鸟。他肯定不敢长时间地在大城市里露面，大城市流动人口多，很可能被熟人认出来。但是过去他长期生活在大城市里，过着快活逍遥和花天酒地的日子，已不习惯长时间地待在小县城里。因此，他只能躲在中等城市里。日照市是一个不太显眼的中等城市，水陆交通方便，易于逃离。这种地方恰好适合于藏身。他来过这里并不奇怪，问题是他还在不在这里。

尽管乔君烈的踪迹还是未知数，但是既然有人提供了相关的情况，我们就不能放过任何一个机会。我决定在这里大海捞针，蓝母更是蛮不讲理地说，死马也得当活马医！

我给乔君烈发去电子邮件，希望和他在网上谈一下。我想借此确定他到底在哪里。

我们寻求当地公安机关大力协助。我们当然也没有闲着，分头走访全市的宾馆、饭店、旅馆和小旅馆。特别是那些私人经营的小旅馆，时常出现违规经营，即客人无需凭身份证、无需登记就可以入住。如果乔君烈不愿意多花钱，又想达到掩人耳目的目的，这种小旅馆无疑是他的首选。经过两天多的努力，终于有了眉目。一个私人经营的小旅馆的老板娘说，确实有一个酷似乔君烈的中年男人于几天前在她这里住了三天。我询问老板娘，这个中年男人都干了些什么，他有没有携带笔记本电脑？她说这个中年男人如果不外出，就把自己关在客房里，从不找人聊天，叫门时老半天才开门。他好像一直在睡觉。他向老板娘解释他不舒服，想好好休息一下。问他想吃点儿什么，他礼貌地摇摇头，顺势做了一个送客的动作，把老板娘请了出去。他吃的当然是方便面了。老板娘不太明白笔记本电脑是什么东西。我作出了说明。她很快就明白了，想来想去却说，那个中年男人虽然戴着眼镜，但是他穿得并不显眼，随身行李也是一副寒酸相，怎么可能是那种使用贵重、高科技的东西的人呢？

我们试图在这个小旅馆里找到乔君烈留下的痕迹。但是正如我们所估计的那样，虽然老板娘为那个中年男人作了住宿登记，却没有记录下身份证号码。他叫李大有，入住前声称身份证丢失了。

那个中年男人曾经入住的客房，现在正住着一对外地来的年轻夫妇。不用说现场被彻底破坏了。老板娘突然猛拍一下自己的头，如释重负地说有了。她说公安机关不是能检验指纹吗，她有那个中年男人的指纹！原来老板娘去年年底收取一个来自广东省汕头市的住客两张面额都是百元的假币，还倒贴给人家五十五元，真是倒了血霉了！从此她吸取教训，不管收到谁的大面额的钞票，都用铅笔在上面画蛇添足地做一个记号。经营这小旅馆是小本生意，每个星期的营业所得在下周星期一汇总一次，存进银行里。换言之，就是几天前那个中年男人所支付的一百五十多元钱的住宿费，还藏在老板娘卧室床底下一个破纸箱里。

我们分别在老板娘所提供的一张一百元和一张五十元的钞票上提取到七枚清晰完整的指纹，通过互联网传发回去。经过对比鉴定，其中一枚指纹有十七个特征与乔君烈的相同。由此确认乔君烈于几天前在这家小旅馆住宿过。

但是乔君烈还在日照市吗？这才是关键的问题。

我突然想起一个外国的笑话。一个初出茅庐的小警察一不小心让狡猾的犯罪嫌疑人溜掉了。他的上司暴跳如雷，骂这个小警察是窝囊废。小警察委屈地申辩，他的脸上留下了那个犯罪嫌疑人的指纹，而并非一无所获。那是因为他被那个犯罪嫌疑人打了一记耳光。但是我不好把这个笑话说出来，以免打击士气，带来负面影响。我们用各种手段侦查乔君烈的行踪，甚至动用了国家的各种通讯和网络监测系统。然而乔君烈好像看透了我们的一举一动，一次次地逃脱了。刑警大队大部分同事都让乔君烈搞得灰头土脸的。我先后三次憋着一口气对上级领导和下级同事立下军令状，抓不到乔君烈，我把自己的警服扒下来！

我们在日照市公安机关的协助下，在市区内进行排查。

乔君烈一直没有给我回复电子邮件。莫非他知道我们正在搜捕他，他作出了规避，并因为害怕暴露行踪而不敢贸然上网？我还是把杨丽童视为乔君烈的情人，因而她也是潜在的通风报信的人。我注意到杨丽童大约有十多天没给我打电话了，她是不会知道我出差在外的。现在徐希愉代替邵幼萍住在我家里，要是乔君烈打电话到我家去，徐希愉当然不会泄密，还知道怎么对付他。

我再次给乔君烈发去电子邮件。

四天过去了，乔君烈的初恋情人收到一束玫瑰花和一封信。花店的老板说，一个星期前一个中年男人在她的花店里预订二十朵玫瑰花，当即支付了买花的钱和送货上门的费用，还留下一封信，请老板在七天后把一束玫瑰花和那封信送到他所指定的人的手上。乔君烈的初恋情人在单位里意外地收到玫瑰花，心里想着自己早就是半老徐娘了，谁拿自己穷开心呢？当她看到那封信时，不由得吓了一跳。十多年以前，情人之间不是借助于互联网、电话沟通心灵，而是通过古老的书信方式传情。至今她仍然记住乔君烈折叠信纸的样式。所以一看到信纸的折叠样式，就知道是何人所为了。她也依稀认得乔君烈的书写特点。尽管书信上没有乔君烈的签名，但是完全可以确定这是来自乔君烈的东西。她急忙和我们联系。

这封信被作为证物交到我们的手上。其实信封内只有一张普通的复印纸，上面写着几句简单的问候语，大意是祝愿对方永葆青春美丽。

那束玫瑰花和那封信，让我们得出乔君烈已经离开了日照市的结论。但是蓝母却坚持认为那是乔君烈有预谋地把我们骗走，其实他就打算在这里安营扎寨，寻找机会和他的初恋情人再续前缘。我们也没有放弃，继续在市区内搞排查。

蓝母病倒了。自从蓝雪遇害后，蓝母悲伤过度，后来又到处告状、奋起追捕乔君烈，终日奔波精疲力竭。我在日照市见到蓝母时，仔细看她一眼，发现她比大半个月前的她自己或同龄人苍老得多了。我带上水果到医院去看望蓝母。此刻躺在病床上的她更是惨不忍睹。她撑持着坐起来，喘着气命令我把水果提回去给同事们吃，并且强烈要求我扩大排查区域，不能中途而废。

蓝母不客气地说，她这病完全是拜我所赐。但是，只要能抓到乔君烈，就算搭上她那老命，她也认了。她指责我整天碌碌无为，让乔君烈像孙猴子一样到处乱跑。私人侦探从地下作业逐渐浮出水面，她相信他们的工作态度和能力绝对比我们这些正规军强！蓝母表示即使倾家荡产、砸锅卖铁，也要在每个城市聘请一个私人侦探追踪乔君烈。由此产生的所有费用，她最终会算在我们的头上。届时她会起诉我们行政不作为，要求国家赔偿！

我知道这女人脾气犟，是一个说一不二的女中豪杰。我只有叹气的份儿。

蓝母只在医院里待了两天就出院了。

又过了三天，我们发现乔君烈在福建省泉州市访问了他的电子邮箱，由此可以认定他正在泉州市。我们和蓝母终于死心了，决定当天移师泉州市。正在这个时候，杨丽童给我打来电话。她说乔君烈正在网上等着我，要求我在十五分钟内上网，要和我谈论一下有关香格里拉花园高级住宅区保安监控数字录像硬盘那件事儿。如果十五分钟内他没能等到我，他将下线走了。

我花了五分钟的时间在大街上找到一个网吧，立即上网进入聊天室。

乔君烈问："我已经说过了，香格里拉花园高级住宅区，在每个进出口处、每一条路径、每幢楼的楼道里、电梯里，都有监控录像。只要你们看一下当晚的录像，就会确定我在案发当晚九点多离开以后并没有返回来，也能够确定什么人在九点多后出现在我家门前。就这么简单。你们得出结论了吗？"

我不能对乔君烈说那些数字录像硬盘已经被抢走了。

我说："那些录像我们研究过了，作为证据已经被封存起来。现在还不是对外公布结果的时候。"

乔君烈说："难道你们在录像里，没有找到可疑的人吗？"

我说："对不起，这个问题也是保密的。"

乔君烈说："谁是可疑的人，你们有游戏规则，我不应该问。不过我有一个想法。我是一个最反对使用测谎仪的人，但是，用测谎仪来考验那些证人的证言是否可信，也未尝不可。如果那些证言经不起测谎仪的考验，公安机关就不能采纳那些证言。比如杨丽童的证言，我知道她在我躲起来后，作出的证言一定对我非常不利。用测谎仪考验她的证言是否可靠，也许你们会得出一个结论，就是我要求她作伪证，那是因为事出有因，只是愚蠢行为，我是被迫的，并非我就是真凶。我建议，还可以对那天晚上九点后出现在我家门前的人进行心理测试，那些结果或许有参考价值。"

我有意和乔君烈侃下去，尽可能拖延时间，希望电脑警察周锷能抓住时机确定此时乔君烈的具体位置。同时，我也希望能说服乔君烈自动归案。

我说："乔先生，对于使用测谎仪的问题，显然你是有双重标准的。你绝不希望自己被测谎，但是你却要求对别人测谎，以达到为自己洗刷罪名的目的。我理解你急于为自己洗刷罪名的心情。但是我不赞成你的意见。法律面前人人平等，是否被测谎不能因人而异。你躲在外面，使蓝雪被害一案复杂化。希望你相信法律，相信我们是依法办案的，协助我们侦破此案。"

乔君烈说："对不起。我打过几回经济官司，我有过硬的证据，律师在法庭上也辩得很好，按说我会胜诉的。可是几个月后结果出来了，我却输了。在中国，相对于法官、检察官而言，律师是最没有实权的，不少名律师也得请法官吃饭，给法官送东西。可是，在美国就不同了。总统大选，戈尔和布什就差那么几票，他们急了，不是去找领导、找法官，而是找律师去。布什是共和党人，竟然找了民主党人当律师。可见在美国律师是有职业道德的，有至高无上的权威。我的刑警大队长，你能给我找到这么有权力的律师吗?”

我急忙换一个话题，缠住乔君烈。

我说：“对于律师问题，我没有专门研究过。我研究过最近几年一些刑事案件的判决结果，法官已经基本上做到重证据、轻口供了。我们再谈一下测谎仪吧。徐希愉法医早已意识到，动用测谎仪来对付犯罪嫌疑人是需要授权的，不是随便一个警察就可以决定使用的。你也知道，小徐说话有点儿冲、带刺儿，何况她是你的老熟人，说话难免口没遮拦。其实你也知道，她是一个一丝不苟地工作的好警察，我一直非常尊敬她。她郑重地向你道歉，希望你能回来和我们合作，抓到真正的凶手。我曾经在给你的电邮里说明，我也是坚决反对滥用测谎仪的人。有人宣称测谎仪的准确度为百分之九十八左右。虽然我不是搞电脑的，不过我相信科学，愿意接受科学的成果。测谎仪算不算是电脑，先不去管它。但是它就像电脑一样，必须要用科学的态度来一分为二地看待问题：这世上最可靠的是电脑，最不可靠的也是电脑。一方面，由测谎仪得出的结论，存在人为因素和偶然因素等缺陷，而且测谎结果本身就不能用作证据。另一方面，要是测谎仪真是那么神通广大，还要警察、检察官和法官干什么呢？试想一下，如果测谎结论说明了被测谎者是有作案嫌疑的，这就相当于推出了一个方向性的结论，引导警察不得不去寻求证明相应的答案，证明被测谎者是有罪的，这岂不是等同于有罪推定？所以我是坚决反对滥用测谎仪的。”

乔君烈说：“正是如此。只会出现强者用测谎仪对付弱者，不会出现倒过来的情况。这不公平。你说我可以用测谎仪来证明警察是否有对我刑讯逼供、诱供的心理冲动吗？显然这是不可能的。今天我找你，主要是谈一下香格里拉花园高级住宅区监控录像的事儿。从里面，你们肯定能找到凶手。我不明白你们为什么会忽视这个如此重要的线索和证据呢？你们究竟在干什么呢？你们就墨守成规地认定我是凶手？那么你们错了，全体刑警将以你们为耻。”

乔君烈说一声再见，就迅速下线了。周锷的电话也打过来了。此时乔君烈的确在福建省泉州市。

我请示了主管领导，领导指示我们以最快速度赶到泉州市。

我们火速地赶到青岛市，再乘坐将在四个小时后飞往福建省厦门市的航班，到时再转车到泉州市。全过程大约只需九个多小时。

我们买好了机票，距离起飞时间还有四个小时。我们在日照市辛苦劳累了十天，没有正正经经吃过一顿饭。青岛市是海滨之城，新鲜的鱼虾可不少。虽然我没胃口，但是我们得抓紧时间吃顿好饭。经当地人指点，我们在汽车总站附近找到一家价格实惠的饭店。我特意挑选一些最生猛的鱼，吩咐饭店老板给熬碗浓汤。我的一个老前辈是美食家，他曾经告诉我，要想在饭店里吃到美味佳肴，一定要动脑子和不怕麻烦。挑选到新鲜的肉、鱼虾等原材料，只是做好了一半。接着必须在伙房里进行不间断监视，否则那些已经挑选好的优质原材料就极有可能被狡猾的饭店老板掉包儿。现在我接受了上述的忠告，指派一个同事到伙房去看着厨师熬鱼汤。

蓝母是喜欢吃鱼的。她喝了这一碗味道鲜美的鱼汤，感慨地说她已经很久没有品尝过这么好的东西了。到伙房里监制鱼汤的那个同事作出了技术性的烹调过程说明，还说这一碗来之不易的鱼汤是我特意叫来给蓝母补身子的。蓝母也知道我让张宾他们替她在日照市粘贴寻人启事。当然，蓝母不可能不知道乔小星在我家里给我添了很大的麻烦。

但是蓝母毫不领情，还是依然如故地板着脸看我。蓝母说如果抓住了乔君烈，她要是借不到钱就卖掉房子，请刑警大队所有的干警吃饭。她这一番话让我们都食不甘味。

在泉州市还是无法找到乔君烈，我们再一次无功而返。

乔君烈一直在国内漫游着，在一个地方最多停留两三天。我过去的推测得到了证实，每次他在网上和我谈话后，就当即离开所在的城市。这是他惯用的手法。他很警觉且不厌其烦，也有点儿神经质。

香格里拉花园高级住宅区保安部向警方报告，有人前来打听今年五月十三日晚上的监控数字录像硬盘是否还在，或者有没有复制副本。保安部负责人警惕性很高，觉得这件事非同小可，已经强行把那个人留住。我让张宾立即把那个人带回来。

那个人是乔君烈所经营的远大高科技电脑公司的职员，也是乔君烈的好朋友。昨天乔君烈给他发来电子邮件，要他无论如何也要想办法弄到今年五月十三日晚上香格里拉花园高级住宅区的监控数字录像硬盘。乔君烈一再提醒他必须讲究策略，不要让别人抓住把柄。但是他觉得应该光明正大地办这件事，才不会引起别人的怀疑。他矢口否认他是乔君烈的同谋或知情者，只想帮助乔君烈抓到杀害蓝雪的凶手。

我知道乔君烈冒险找那些数字录像硬盘的目的是试图在里面找到杀害蓝雪的凶手。我对那个人说，他帮助在逃的犯罪嫌疑人是要负刑事责任的。不过他有将功赎罪的机会。他一听就有点儿害怕，表示愿意和我们合作。我决定将计就计，让他给乔君烈发去电子邮件，说那些录像内容的副本已经搞到手，问怎么才能给乔君烈送去。乔君烈回答说，把录像内容压缩成 AVI 文件，适当分批发往他所指定的新浪网 VIP 电子邮箱里。看来乔君烈还是非常清醒和警觉的，不会轻易地上钩。

一天之后，乔君烈终于察觉到香格里拉花园高级住宅区的监控录像是有问题的，于是给我发来电子邮件，询问这到底是怎么回事。我还是借口那属于警方办案的秘密，不能够对外说，尤其是不能对他说。

周锷说乔君烈此时在广东省汕头市。

没过几天，周锷发现某些网站的 B2S 上出现了一些帖子，有人高价寻找今年五月十三日晚上香格里拉花园高级住宅区的监控录像。我们都猜到这是乔君烈所为。

又过了几天，乔君烈通过互联网给公安厅领导和市公安局领导都发去一个电子邮件。两天后，两份特快专递信函也分别寄到了省市两级公安机关领导的手上。电子邮件和特快专递信函的文字内容是一样的。看来乔君烈对这些文字所表达的意思抱有很大的希望，甚至把它当做救命稻草，迫切需要让有关领导看到它和重视它。因此，他除了按照自己的习惯在网上发送电子邮件外，又追加了特快专递信函。这是因为他担心电子邮件不可靠，还是白纸黑字不会误事儿。

乔君烈写给省市两级公安机关领导的信件，最后都批转到我手上。该信长达一万多字，里面的内容是我非常熟悉的，此前乔君烈已经反复向我谈过或强调过。乔君烈首先大喊冤枉，声称自己绝对不是凶手，接着说迫使他潜逃在外的原因是他担心受到办案警察的刑讯逼供、超期羁押、强行测谎和有罪推定。他说他愿意尽可能地在网上回答警方的讯问。信中最关键的内容是，他建议办案警察不要单一地把他确定为唯一的犯罪嫌疑人，必须及时调整侦查方向，一方面尽快把香格里拉花园高级住宅区的监控数字录像硬盘找回来，从中找出真凶，同时也要派出侦查人员进驻佳迅联合集团公司彻底拉网排查。

省市两级公安机关领导对乔君烈在万言书中所作的案情分析、自我辩解、破案建议和慷慨陈词只是作出简单的批示，要求专案组加强侦查工作，必须在破案限期内解决问题。我的顶头上司对我说，市局有关领导和他都已经注意到乔君烈和一般的犯罪嫌疑人是有区别的。他原则上同意派出侦查人员到佳迅联合集团公司搞排查，同时也严令我打掉盗车团伙，把香格里拉花园高级住宅区的监控数字录像硬盘找回来。最后他警告我，0513 案件务必在原定的破案期限内一举侦破，否则坚决追究有关人员的责任。

然而到今天为止，距离破案期限的最后时间只剩下不到十一天了。

目前的困难是明摆着的。蓝雪命案和团伙盗窃雷克萨斯轿车案一筹莫展，整个刑警大队都处于重压之下，士气低落。这真让我寝食不安。

此时，一个同事悄悄地告诉我，蒋光亮预言我头上的乌纱帽就要被摘下来，正在倒计时。我不会忘记我在上级领导和下级同事面前立下军令状的事儿，我的确不能食言而肥。但是蒋光亮倒是让我感觉到他有点儿幸灾乐祸，完全把他自己置身于事外。他巴望尽快取代我这个大队长的位置，而不是真正地把全副身心投入到 0513 案件的侦查工作中。如果他有办法把侦查工作做好，我倒愿意让贤。问题是他的办案手段只局限于用古老的守株待兔式的方法去对付像乔君烈这样的犯罪嫌疑人，那显然是力不从心的。

当天晚上发生了一个大案。两个劫匪在本市繁华路段抢夺公文包和手机，事主奋起反抗，身中两刀倒地。一个当班的交警挺身而出制止劫匪的暴行，却被劫匪当胸刺了几刀，几分钟后不幸伤重不治。另一个赶来增援的当班交警也惨遭毒手倒在血泊中。两个劫匪夺路而逃，窜进了梅林山公园。警方迅速调动警力包围梅林山公园搜捕劫匪，同时在市区所有的进出口处设卡严密盘问可疑人物。但是两个劫匪还是逃脱了。这个公然杀害警察一案造成极为恶劣的社会影响，从而惊动省市领导。市公安局被责成在半个月的限期内侦破此案。市里各警种的警察都出动了，展开拉网排查。我领着刑警大队的同事，对辖区内的重点部位和场所反复清查，忙得大家在读秒声中吃饭和上厕所。

但是我不敢忘了 0513 案件。我决定增派侦查人员进驻佳迅联合集团公司全面排查犯罪嫌疑人。

蒋光亮自告奋勇担当这项工作。

这是我没想到的。张宾说据他所知，蒋光亮和佳迅联合集团公司某个中层管理人员是表亲关系，可以说他是有门路的。不过我想，让蒋光亮在 0513 案件中担任更重要的角色，对我来说也是有利的。如果该案悬而未破，他就必须和我一起承担相应的责任。蒋光亮不是一直盯着大队长的位置吗？到时看他还有什么好说的？我认为应该让更有能力的人担任这个职务。但是蒋光亮主动往 0513 案件这个火坑里跳而不是避重就轻，这使我不无感动。这时候我还是想了一下，蒋光亮总不会像张宾所猜测的那样乘机在佳迅联合集团公司里收受个人利益吧？

第二十三章　重逢

邵幼萍离开我家后，徐希愉在我的强烈要求下，不得不填补这个空缺，当上了钟点女工。徐希愉愿意屈就，是因为她必须担负照顾老同学的遗子的义务。但是这是有条件的。当时我和她谈判，不得不作出让步。她每天的责任是，只需在傍晚到农贸市场买菜，然后做一顿饭，就可以离开我家了。别的事儿就不用她管了。即使晚上乔小星有急事儿，我也不能打电话找她，她可以安枕而卧了。我笑着对她说，她别想让我承担造成她失眠的任何责任。

徐希愉只负责买菜和做一顿饭。早上送乔小星去学校的任务，就非张宾莫属了。我和张宾谁有空儿谁就在中午到学校去把乔小星叫出来吃快餐，傍晚再接乔小星回我家。要是谁都没空儿的话，我就请大队里其他的同事帮忙。一般情况下，张宾把公务车开走了，我就坐出租车去办事和挤公共汽车回家。我考虑过要把乔小星转学到我家附近的学校，不过要给接收的学校支付三万多元钱的费用。花多少钱我可以和乔君烈商量一下，问题是转学后我们用在乔小星身上的工夫却没有减少。更大的问题是，如果这辈子我抓不到乔君烈，乔小星就永远留在我家里了。

晚上，徐希愉做好饭，就可以轻轻松松地走了。不过，我们当然留她吃饭。反正饭菜分量足够，吃不完就浪费了，不吃白不吃。徐希愉也不推辞，就坐下来吃饭，不过她声明她会向我支付伙食费。她坐在乔小星身边，强迫他吃什么菜、必须吃多少，还给他讲大道理，把他搞得每到吃饭的时候都非常紧张，向我求救。我慑于徐希愉那一本正经的样子，哪敢乱说话？吃完饭，徐希愉就走了。偶尔她会多留一个多小时，辅导乔小星做作业。洗碗这个活儿，自然落在张宾头上，这是他舒服地住在我家里所必须付出的代价。他也认了，吹着口哨或者哼着歌儿，把碗洗得干干净净。最烦人的是搞室内清洁卫生。张宾这个大男人试着搞了一次大扫除，其间吸了九根烟，整整花了五个小时。他找邻居打听，有人请钟点女工搞清洁卫生，每次三个半小时左右，收费为三十元。张宾便找来钟点女工试一下，效果不错，我的心情也好多了。张宾说每个月打扫两次，才花六十块钱，包在他身上好了。此外，有时候地板偶尔搞脏了，谁的心情好谁就拖几下子，或者让乔小星来干。

不久前乔君烈从福建省泉州市给我寄来一万元钱。准确地说是寄到市局领导那里，请他转交给我。乔君烈在留言条上写得很清楚，这是乔小星的学费和生活费。看来他是非常细心的人，不想让别人误会我受贿。局领导这才知道犯罪嫌疑人乔君烈的儿子竟然放在我家里，找我了解一下才明白这是怎么回事。他感慨地说当一个刑警不容易啊！

今天下班回到家里，打开房门我就闻到一股熟悉的饭菜的香味儿。虽然我没有预感，但是凭着这饭菜的香味儿我知道邵幼萍回来了。我心里暗暗地兴奋起来。

我走进客厅里看到的第一个人是张宾，就明知故问是不是邵幼萍回来了？张宾有点儿惊讶，问我是不是有第六感觉？他所说的第六感觉让我怦然心动。我知道这个名词的意思，它也可以解释为有情人之间心有灵犀一点通。张宾向我暗示，他知道我和邵幼萍是情人关系。我故作轻松地说是邵幼萍打电话告诉我了。张宾坏笑着说我撒谎。

半个小时前张宾和乔小星回来了。他们有专车，相比之下我晚下班且要挤公共汽车，难免姗姗来迟了。邵幼萍买好了菜，坐在楼前的石凳上等着我们。她是乘坐下午二时五十分的航班回来的，一下飞机就打车直奔市区最大的农贸市场，挑市场里最好的菜买，要给大家露一手。张宾看到这么多好菜，急忙给徐希愉打电话，让她不用逛家乐福超市了，回来等着吃现成饭。接着他要给我打电话，让我买一瓶过得去的红酒。邵幼萍这才知道漏买了什么，急忙让张宾不要打电话了，说要给我一个惊喜。她掏出五百元钱，让张宾帮忙买红酒和水果。她想了一下又说，再给她买毛巾、浴巾和牙刷，这两天她就住在我家里。她估计我的毛巾快破了，让张宾也给我买毛巾。

张宾羡慕地看着我，说邵幼萍离开我家足足三个星期了，连我用的毛巾快破了都记住了，简直是什么事儿都给我记住了，让一个女人这样关心着，就是死也值得了，吃点儿苦算什么。经张宾这么一说，我也觉得邵幼萍是这世上对我最好的人了。什么我的妻子和我的初恋情人，此刻我都不去想她们了。

邵幼萍说她近来比较开心，这个周末回来看看我们，也算是休息一下吧，想在我家里小住两天，征求我的意见。我还没有开口，张宾和徐希愉就走开了。

邵幼萍买了牛排、大闸蟹、母鸡和桂花鱼。她把菜烧得很可口，那炖着的母鸡汤更是香气四溢。徐希愉也忍不住连声称赞，说邵幼萍的厨艺比她强多了。我极少和徐希愉一起吃饭，不知道她也喜欢吃辣。她特意吩咐邵幼萍在一部分牛排上多搁点儿黑胡椒。怪不得她有时候有一股辣劲儿，敢作敢为。

乔小星食欲大振，吃了很多菜，还吃了两碗饭。大家都喜气洋洋，把餐桌上的菜和酒全吃光喝光了。

张宾提议打麻将，但是我和徐希愉都不会这东西。后来我们就打扑克，玩四个人两副牌的升级游戏。在我的脑子里，徐希愉是那种不苟言笑且死板的人，我不明白她为什么会同意和我们一起打牌。她说念大学的时候，谁没有打过升级？今天就重温旧梦吧。没见过徐希愉如此开心，我就舍命陪君子了。徐希愉说得也对，想当年大学生宿舍晚上十一时停电熄灯，只有走廊里的灯还亮着。那些升级发烧友正在兴头儿上，便把桌子、椅子挪到走廊里的灯下，继续奋战。玩桥牌的同学也有，不过那太费脑子了，不如玩升级痛快。可能现在的在校大学生大都待在网上，没几个人打牌。张宾和邵幼萍还较为年轻，但是我和徐希愉都是三十五岁以上的人了。没想到还会重新拾起青春时的游戏，而且大家都劲头十足，跃跃欲试。

张宾让邵幼萍做他的搭档。我一时不明白张宾的意思。开局十分钟后，我终于明白了。张宾不愿意和徐希愉搭档，而他又不忍心让邵幼萍和徐希愉搭档。因此与徐希愉搭档的苦差事儿就落在我头上了。

念大学的时候，我打牌还是认真记牌和计算的。不过当上警察以后，我觉得打牌纯属娱乐，凭感觉出牌，喜欢作稀里糊涂式的进攻和孤注一掷式的反攻。这种打法自然带有一定的盲目性，常常一招不慎导致形势逆转，满盘皆输。张宾和邵幼萍也是抱着娱乐的目的打牌的。但是徐希愉就不同了。她把打牌看得就像做工作一样来不得半点儿差错，或者可以说她是一个职业赌徒，把胜负看得至关重要。她谨记各方已出的牌，计算和猜测着各方手上还有什么牌，然后有针对性地出牌。她打得很费劲儿，却不时让我因一时兴起而招致败着连连，把胜算全给搅和糟了。她便多次不客气地指责我不负责任乱打牌，最后忍无可忍，大声问我到底在干什么？大家都有点儿尴尬。我知道她太投入牌局了，没有太在意，就轻声地对她说，我在想着几个案子，特别是想着那个0513。徐希愉看我一会儿，似乎理解了我。从此即使我犯下大错，她也是报以苦笑。

最后还是我和徐希愉赢了。徐希愉高高兴兴地走了。张宾和邵幼萍都如释重负，就连观战的乔小星也松了一口气。

深夜的时候，邵幼萍又躺在了我的床上。

这次造爱是这个晚上最值得我期待的一件事儿。不久前和邵幼萍分别后，我非常平静，没有那种悲伤的感觉。我知道我和她很快就会见面的。从那时起我就设计着怎样和她见面。如果今天邵幼萍没有回来，我也会找个机会去广州市探望她的。我发现我不具备那种无牵无挂的心理素质，是不能搞一夜情的。我热衷于天长地久的爱情。我更加厌恶那些纯粹为了化解肉体欲望而找一个陌生女人的行为。

我不得不承认，自从温如心走后，我过着的都是很不人道的生活。我终于明白了温如心这是在惩罚我，而这种惩罚是可怕的。没有了女人，体内总是潜藏着不灭的火种，把我折腾得老是妄想着奇迹会出现，一种巨大的失落感和烦躁感随即便代替奇迹出现了。晚上我常常做一些离奇古怪的梦，无论睡多久都不能给我一种睡眠充足的感觉。即使好梦是假的，但是它带来的快乐却是真的。可惜我在睡眠中得不到好梦。要战胜肉体的欲望并非不可能，问题是我认为我不应该用不寻常的勇气和付出令人心酸的牺牲而赢得这种胜利。在上次和邵幼萍同床后的几天里，我感到自己好像突然脱胎换骨了，变得比从前更有爱心和更勇敢了。有时我也觉得人离不开性，一夜情没什么不好。我真的离不开邵幼萍了。我需要一个爱我、我又爱她的女人出现在我身边。这个女人不是邵幼萍又是谁呢？这可能是我的一厢情愿。我和她的关系到底能维持多久呢？

邵幼萍问了一个令我意想不到的问题。她说她觉得我是一个有魅力、很可爱的男人，为什么温如心会舍我而去呢？这个问题我无法作出回答。我想了一会儿，只能告诉她一个已经不在人世的伟人的故事。美国前总统里根在有生之年的最后十年里得了老年痴呆症，他的第二任夫人南希始终对他不舍不弃。但是在里根正值壮年的时候，他的元配却离他而去，嫁给了别的男人。

我突然记起邵幼萍的父亲去年死于车祸。我有点儿担心她会把我当做一个像她父亲的男人，也担心她是因为暂时需要一个成熟的男人的呵护而靠近我。这使我不能安寝入梦。我竟然忍不住问邵幼萍愿意嫁给我吗？这句话说出来后，我就后悔了。因为我和她今晚同床的主题，绝对和婚姻无关。我觉得她在这间长久缺少女主人的卧室里，已经明白到婚姻是一个充满幸福或者充满痛苦的中年人的问题。作为即将步入中年的她还需假以时日才能面对。

邵幼萍还没有回答我的问题，我就说对不起，可能我和她各自的想法是不同的，我们之间有代沟。邵幼萍说她也是传统型的女人，渴望着美丽浪漫的婚姻，一个温馨的家庭对她来说非常有吸引力。她打心里喜欢我，除了我是一个好男人和好警察外，还因为我和她一样，是一个有梦的人。但是她害怕将来她会像温如心一样讨厌我。她要求我给她足够的时间。

我早就想找到一个红颜知己，好好地向她倾吐心事。不到两年之后我就四十而不惑了。即使人的平均寿命为一百岁，但是根据世俗之见，我已属于中年人了。到了我这个年龄，已经渐渐地开始怀念过去发生的事儿了。其实回忆过去并不是一件坏事儿。我会怀念邵幼萍的，即使她没有嫁给我。

未娶温如心之前，我心里早就形成了一个完整的家的概念。我渴望着家里有一个美丽、善良和勤劳的妻子在等着我。每天下班后，急急地往家里赶，回到宽敞、舒适和温馨的家里，闻着可口的饭菜的香味儿，心里就有一种踏实、不畏艰辛的感觉。娶了温如心这样的女人，我也满足了。那时我只有几万元钱的积蓄，要购买一套价值七十多万元的房子力不从心。温如心的积蓄比我的多。她的兄长多年来在澳大利亚、新加坡和国内三地跨国经商，早就是工商界巨子。她从兄长那里借来六十万元钱，一下子就买下了这套有两个卫生间的房子，再花十多万元钱装修。

我比任何人更赞成抽水马桶是上世纪最伟大的发明这个观点。我最渴望拥有的就是随时可供使用的卫生间，不存在先入为主的现象，也没有人和我竞争。家里有两个以上的卫生间，更能体现人的尊严。这都是因为小时候家里没有卫生间的缘故。当年人有三急就得跑到臭不可闻的公厕。有一次五个顽皮的小孩子居心险恶，把公厕里的五个坑位全霸占了，长达半个小时内占着茅坑不拉屎，把所有上厕所的人都憋得哭爹喊娘。寒冬的晚上，撒尿可以用夜壶，拉肚子就麻烦了，得顶着寒风上公厕。当时我做梦都想拥有一个私家厕所。现在我已经拥有两个卫生间了，少年时的梦想算是实现了。我最怕做的梦就是晚上不得不到公厕一游。

家里有个书房，那是一个完全属于我的空间。小时候我家五口人只有一间大房子，父亲的藏书只好放在床底下，本来就让白蚁啃得差不多了，年少无知的我进一步采取行动，把它弄得粉身碎骨。那些书要是能留到现在，至少值好几万啊！我有了书房，就可以把珍藏的邮票、古董和书藏起来，严禁将来必然会有的幼儿随意跑进去捣乱和破坏。书房的另一个好处是，晚上我看书、看电视里的体育节目和听音乐，无论看多久听多久，再没有人抱怨我影响她休息了。当然，我少不了会在书房里上网，有贼心无贼胆地和异性谈心。如果发生夫妻大战，书房可以用做避难所。

我还想在客厅里放一台钢琴。就因为有一台钢琴，客厅立显高雅的品位。可惜这个想法还没有变为现实，我家门前就被那些犯罪分子有预谋地安放了定时炸弹。一个宁静的家随即变得一塌糊涂，温如心也因此离开了这个家。

一间房子无论多宽大多豪华，要是没有一个女人，它就无法变成一个由传统意义所认可的家。有时我们不能违背传统。

邵幼萍对我说，自从她喜欢上我之后，非常害怕我家里又发生可怕的爆炸事件。她毫不遮掩地说，她觉得自己就是这儿的主人，也觉得我就是她的亲人，不由自主地担心灾难会再次降临。她拐弯抹角地说，温如心竟然让她来施展美人计，没想到却成全了她。温如心是这样认为的，她不喜欢我就等同于邵幼萍也不喜欢我，于是就放心地让邵幼萍前来令我出丑。不过她错了。当然，我没有把这个对温如心心理的猜测告诉邵幼萍。我们之间还得保持着一些神秘感，各自还得乔装打扮一番，把自己最美丽的面目和精神状态展现在对方的面前。

前年我家挨炸后，市局刑侦支队重案大队接管了这个案子，尽心竭力地大举侦查，但是只能怀疑这是犯罪分子的报复行为，始终理不出一个破案的头绪。这就成了悬案。

我曾经考虑过把这房子卖掉，可是房子都这样了，给人一种不吉利的感觉，谁会要这样的房子？即使有人愿意接受这种房子，我也得亏掉二十多万元。再说，就算我搬了家，犯罪分子要找到我那个新的住所安放炸弹也不难，不如就住在这里算了。温如心越来越对我不满的原因各种各样，并非仅仅是心疼这套房子和担心挨炸。

我并不恨温如心，不过我恶作剧地设想，如果此刻温如心突然回来就好了。最好她还保留着这房子的钥匙，不用叫门就直接打开门进来。在进门之前，可能她已经想象到我的床上有女人，为此掏出随身携带的小镜子，把她那副表示理解、宽宏大量的表情预演一遍。她走进卧室，正要再表演一遍，以显示她是绝对的胜利者。没想到她认为不可能发生的事情出现在她的面前。这个女人比温如心年轻和漂亮，同时也是她的好朋友，还是她特意派来的。而且，这房子里还有一个孩子和一个充当半个清洁工的男人张宾。在这种情况下，温如心是否能感觉到我是幸福的呢？如果她有这种感觉，我就认为我已经温柔地报复了她。

"我早就把你的情况告诉温如心了，她没给你来过电话吗？如果我是她，我会……"邵幼萍没有说下去。这时候她就躺在我身边，再说下去好像有点儿滑稽了。

我说："没有。"

邵幼萍好像早就想好了，给我一个成熟的建议："我觉得你应该给温如心打个电话，沟通一下。"

"我也想打这个电话。可是，没话可说。如果我们还能相互沟通，我早就去做了。"

"你们真的无可挽回了吗？"

"我想，我跟温如心是到头的了。温如心也是这样想的。不然的话，她也不会开这样的玩笑，让你来接近我。"

邵幼萍同样是胸有成竹地说："既然你们之间无话可说，我倒可以充当说客，找温如心谈一下。既然大家合不来，就了结了吧，不要再拖下去了。"

我没有说什么，默许了邵幼萍的说法。

这一个晚上邵幼萍留在我的床上。我醒来的时候已经是第二天早上七时多了，此时邵幼萍不在我身边。她躺过的那半边儿床上早就没有了体温。她在离开这间卧室之前把她用过的枕头也拿走了，放进了衣橱里。这天是星期日，我打算晚点儿再到大队里去看看。期末考试即将到来，乔小星要到学校里补课，张宾把他送走了，然后赶去侦查他承办的案子。

邵幼萍在卧室的门上敲了几下，叫我出去吃早餐。她准备好了牛奶、鸡蛋和面包。

我以最快的速度盥漱完毕，走进饭厅张口就吃早餐。

邵幼萍问："味道怎么样？"

我说："进步太大了。不知道是心理作用还是你的厨艺真的突飞猛进了。"

邵幼萍说："是啊，我做什么都好吃！"

邵幼萍在我身边坐下来，我给她喂了一口牛奶，又喂了一口面包。后来她表示抗议，说她不是我的女儿。

我佯嗔地说："你是我女儿？我真的这么老了吗？"

邵幼萍说："廉颇老矣，尚能饭否？就看你能吃多少面包，喝多少牛奶了！"

衡量一个人是否老了，如果仅仅观察这个人的外表和饭量，只能得到肤浅的结论。重要的是要看他是否有一颗年轻的心。邵幼萍应该知道这点。她只是在开玩笑。我就用同样的方式回答她，即使给我一头牛，我也能吃下去。

就像旁边有人一样，邵幼萍小声地说："你就是牛。昨晚你打呼噜，那声音气壮如牛。"

我说："对不起，过去温如心就受不了我。"

邵幼萍说："她要吃安眠药？"

"我睡另一间卧室。"我看着邵幼萍，犹豫了一会儿，"我想问一个问题。"

邵幼萍说："问吧。"

"昨晚你没睡好吧？"我说，"你以前有过男朋友吗？"

邵幼萍点点头："不过他打呼噜没这么厉害。"

我装着若无其事的样子吃着东西，说："我只想知道你有没有男朋友。我对他是否打呼噜不感兴趣。"

邵幼萍笑了："怎么，吃醋啦？说真话不行吗？对了，你常说，说真话是要付出代价的。"

我说："你误会我的意思了。我的确常说，说真话是要付出代价的。但是后面有一句话我没说出来。我还想接着说，即使要付出代价，我还是选择说真话。这句话才是我所要表达的意思。"

"你想说真话？"邵幼萍说，"这是一个很沉重很严肃的问题。今天是礼拜天，咱们应该轻松一下。你说真话吧，你一定常吃醋！"

我摇摇头："恭喜你答错了！麻烦你到厨房看一下，我家没醋。我最讨厌醋那味道。吃饺子我蘸麻辣酱。像毛泽东一样，我喜欢吃辣椒。"

"你吹牛！"邵幼萍说，"不过我能想象，你吃醋的样子一定很可爱！"

邵幼萍拉着我的手，想在我脸上亲一下，却不停地打着呵欠。她真的没睡好。

我有点儿心疼："要是你是我妻子，晚上我睡到哪个墙旮旯儿去，哪怕就是耗子洞我都不在乎。听说可以做手术，在上颚植入什么材料做的柱子可以有效地治疗打鼾。"

邵幼萍说："拉倒吧！我还开个玩笑，要是我是你的妻子，我就不在乎你打呼噜，我会适应的，不会让你住耗子洞。就像那个相声，假如某天晚上你不打呼噜了，我反而睡不着。"

我和邵幼萍一边说笑，一边把餐桌上的东西全报销了。

星期日早上下了一场大雨，天气挺凉爽的。下午我们到郊外的公园烧烤。大家都乐而忘返。

邵幼萍在我家里住了三个晚上，星期一上午走了。临走的时候，她递给我一个巴掌大小的盒子。我对英语粗知一二，知道这是一盒高级的古巴哈瓦那雪茄。她告诉我，等到捕获乔君烈那一天就吸这个两百元钱一根的雪茄来庆贺。这时候我才明白，邵幼萍也非常希望我们抓到乔君烈。抓到乔君烈，我就解脱了，乔小星也可以回到他外公外婆家去，大家都用不着围着他团团转了。但是那一个吸雪茄的日子还无法预期。我先把雪茄锁在书房的抽屉里。在胜利来临之际，我就把它放进公文包里。

这三天都是邵幼萍买菜做饭。徐希愉就没有到我家来。我特意打电话请她来吃饭，她说有事儿来不了。

星期一晚上，徐希愉吃过晚饭后，没有像平常那样匆匆地走掉。她坐在沙发上看电视，又给我们泡茶。我感到她有话要说。她是那种直肠子脾气的人，从不吞吞吐吐的，今天到底怎么啦？

乔小星进小卧室做作业，张宾去洗澡，徐希愉终于开口了。

徐希愉十分女性化地说："那个邵幼萍是你的女朋友？"

老实说，徐希愉的说话方式和所提出的问题让我很不舒服。我有点儿难堪和不安。我估计不管是徐希愉还是张宾，甚至是人小鬼大的乔小星，都可以从我和邵幼萍的言谈举止中看出我们是一对情人。但是我还是本能地作出否认。

徐希愉很费劲地说："她适合你吗？"

这句话让我有点儿明白了徐希愉的心思。我倒不去想邵幼萍是否就是温如心的翻版、我和她是否有共同点、我和她在价值观上的差距是否就是障碍等等问题。我倒觉得徐希愉关心这件事让我百思不解。在反复解读徐希愉的说话后，我心情沉重。我想那肯定是我胡思乱想了，曲解了徐希愉的意思，否则那是不可能的。

徐希愉走后，张宾也来找我。他一如常态开门见山地说话。

"大房东，我有预感，你的桃花运来了。"

张宾这小子当然不知道邵幼萍和温如心是什么关系，但是他应该知道我和邵幼萍之间的事儿。这事儿逃不过徐希愉的眼睛，更逃不过他这个探长的眼睛。

我也想就这事儿和张宾谈一下，不过我得有所保留，尽可能地让张宾客观地表达他的意见，同时也不能让他知道得太多。

我说："二房东，你可以保持沉默。"

张宾说："我也有说话的权利。你的桃花运真的来了，还是一个酷毙了的桃花运！恕我直言，你给警察争了光！"

张宾用幽默的口气和我说话，我却没有笑。我认为这是一个严肃的问题。

张宾看到我没有说话，就知趣地改变自己的说话口气："邵幼萍还算年轻，知识、智慧和美貌集于一身，还是一个小富婆，收入是你的十倍，十全十美了。大房东，你常说，说真话是要付出代价的。谁叫我是你的好朋友呢？我就说真话吧，你说，这是祸还是福呢？"

张宾这话的意思和徐希愉那话的意思几乎如出一辙。我没什么好说的，就站起来要去洗澡。

张宾说："大房东，我是支持你的。因为我是受益者，有大闸蟹吃！"

我说："就知道吃！我警告你，第一次警告！"

张宾说："这件事，我就保持沉默吧。谁问我，打死我也不说。对了，得先征求你的意见。我打算跟邵幼萍提出来借一万块钱，可以吗？"

我感到不解："你借钱干什么？"

张宾说："我想买辆车。"

我有点儿吃惊："买车？你买车干吗？你房子还没着落呢，有钱你也得先考虑买房子呀！"

张宾说："别忘了，我是个超级车迷！"

这家伙喜欢足球，更喜欢赛车。他常常眉飞色舞地向我侃赛车，把我说得心痒痒的，害得我也喜欢上汉密尔顿了。别人属于莱科宁的追星族，他却说谁是冠军就追谁，那真是太俗了。他崇拜英国黑人汉密尔顿。莱科宁驾驶那辆操纵性能无懈可击、动力性能完美却又几乎不会爆缸、不会抛锚的法拉利赛车夺冠，在张宾的眼里反而成了不公平的典型。每次比赛结束，没等莱科宁第N次举起冠军奖杯，此时假如张宾正在电视前，他一定抓紧时间换台了。张宾对我说，如果他是亚军或季军，和莱科宁一起站在领奖台上，朝莱科宁的头上喷香槟，那他一定把那个特大号的香槟瓶子砸在那个可恶的家伙的头上。张宾说他最不想见到的就是那一张脸。国际汽联也对法拉利车手势如破竹地夺冠头痛不已。张宾还说假如去年汉密尔顿不是因一分之差而与总冠军无缘，那么这个世界将会变得更加多彩美丽！莱科宁是继塞纳和舒马赫之后出现的最伟大的赛车手，他给张宾留下如此的印象，让我想到了两个答案：一是物极必反，二是张宾确是超级车迷，有自己独特的见解。

有一次张宾到宾馆里喝茶，和站在身边的服务小姐才聊上两句，人家就问他开什么车来的。过去的人先敬罗衣后敬人，现在的人先敬车后敬人。没车就等同于没有财富、浪漫和男性魅力，根本追不到好的女孩。张宾受到了极大的刺激，发誓就是砸锅卖铁也得买辆车。他认为这样既可以满足爱车的愿望，又可以快马加鞭地追女孩，实在是两全其美。

张宾是一个不折不扣的车迷。他常常驾驶着我们的公务车切诺基追赶奔驰轿车和宝马轿车，偶尔超车成功，他就高兴地自卖自夸赶超世界先进水平了。他曾经谈过恋爱，女朋友问他爱她吗，他回答说那爱的程度超过丰田佳美2.4了，就快达到富豪S80。可惜后来他遗憾地告诉我，他和女朋友的关系最终没有达到宝马740i，未能有情人终成眷属。张宾最同情福特公司的老板，他只能驾驶着自己公司生产的廉价福特轿车到处跑，而无法享受到驾驶本特利轿车和法拉利跑车的乐趣。

然而，张宾张口说要买车倒让我觉得那不切合实际。他这个当警察的，收入不高，每月最多也只能节余一千块钱。张宾极少有灰色收入，这我是知道的。即使社会上掀起了汽车消费热潮，但是张宾没有买车的钱，没必要赶趟儿呀。况且他还没有房子。他总应该有了房子，住得舒舒服服了，再得陇望蜀吧！但是一套房子动辄一百多万，这也是一个大难题。

我说："找邵幼萍借钱，这不好吧？现在谁都不太愿意借钱给别人，即使他是大富翁大富婆。当然，你找她借钱，我也不拦着。凭什么我拦着呢？这跟我无关呀！我担心你会碰一鼻子灰，就这么简单。"

张宾说："大房东，那我问你，你打算借给我多少钱？你总不能一毛不拔吧？"

我说："你别指望我，我爱莫能助。我住好房子，穿好衣服，戴名表，表面风风光光的。别人不知道，可你清楚我是个清官呀！我皮夹子里头最多也只揣个几百块钱。"

张宾说："大房东，为了友谊，就借给我一万块钱，怎么样？"

我说："没门，不要幻想，因为我没有钱。不过以后要是我借用你的车，保证给你把油加满了，绝对不让你吃亏。"

张宾失望地扮了个大鬼脸。

第二十四章　又一人命

蓝母十万火急地给我打来电话。

在广州市发现乔君烈的行踪！

我们在山东省日照市、福建省泉州市两地大举搜捕乔君烈却空手而归。不久之后，蓝母分别在湖南省益阳市和湖北省宜昌市给我打来电话，说发现了乔君烈的行踪，让我亲自带队火速赶去。我问她是否确认那个人就是乔君烈，她向我发誓这情报绝对准确，还恐吓我如果我延误时机将会以渎职罪起诉我。每一次我都对蓝母所提供的情报表示怀疑，却不得不抱有一点儿的希望，然而最后还是扑空了。如此兴师动众，刑警大队的同事们都啧有烦言了，但是他们看到我板着脸，也不敢多说什么。

乔君烈被警方通缉，他的照片、指纹、笔迹和体貌特征这些个人资料已在全国刑侦信息网络系统中发布。因此，我坚持认为，乔君烈要规避警方的追捕，必须躲在中等以下的城市里。这也是0513专案组全体人员共同的看法。像广州市这种特大都会，流动人口多，警察的素质高，网民更是无处不在。乔君烈潜入这样的地方岂不是等同于钻进口袋里吗？

这一次我对蓝母那未经核实的情报同样不抱有太大的希望。这些天我让交警遇害大案搞得焦头烂额，就指派蒋光亮领着两个同事到广州市去。蒋光亮不大愿意，因为他也明白此行绝对没有收获，而且肯定还会挨蓝母的责骂。他就以正在佳迅联合集团公司搞排查且一时走不开为借口，建议我找别的人去。我坚持认为蒋光亮是0513专案组成员，现在大队里人手短缺，一个萝卜一个坑，哪怕广州市就是刀山火海也得有人去作出牺牲吧？蒋光亮也知道我书生气很重，发起火来可不得了，只好同意到广州市去执行任务。

当天晚上十二时多，蒋光亮在广州市给我打来电话。他一张口我就知道他有怨气。他说哪里有乔君烈的行踪，全是蓝母捕风捉影、虚张声势吓唬我们的。他指责蓝母抱着一种她离家在外心情不舒服因而也不想让我们过得舒服的狭隘心理，就把我们玩儿了一把。我明白蒋光亮的言外之意是，他觉得自己不舒服，也不想让我过得舒服。我就安慰蒋光亮一下，要他密切和蓝母合作，在广州市有所作为。蒋光亮敷衍我几句，把电话挂了。

第二天晚上，也是十二时左右，蒋光亮打来电话，第一句话说得结结巴巴的，我一时没有听清楚，但是我意识到大事不好了。后来他又重复了一遍，我才知道蓝母突然死亡了！蒋光亮第二句话迟迟接不上。看来他也非常惊愕。原来蓝母于四个多小时前在市区马路遭遇车祸，不幸当场身亡。另外还有一个行人受了重伤。

蓝母在广州市的大体情况，我还是事后了解的。

蓝母到处粘贴寻人启事。她估计乔君烈有可能常常进网吧和逛书店，就把大部分的寻人启事粘贴在网吧、书店附近。她还拿着好几张乔君烈的正面和侧面的照片，挨个儿去问那些网吧、书店和小旅馆的老板或工作人员。可是，问了许多人，还没有人声称自己曾经见过乔君烈。

有一天，一个男人给蓝母打电话说，他昨天在天河购书中心见到一个有点儿像乔君烈的人。他无意中看到了这个寻人启事，觉得莫名其妙，无法猜透其中的谜团，就打来了电话。蓝母问了他几个问题，他反问她是不是宋老师。蓝母一下子想起对方是谁了。在十多年前，他曾经是蓝母所任教的高中二年级三班的学生。让蓝母记住对方的原因是，对方曾经狂热地追求过比他小三岁的蓝雪，被她数次找去谈话，有一次还相当严厉地批评和警告了他。最后他勉强地写下保证书，表示不再缠着蓝雪，也不再给蓝雪写情书。他调到了隔壁的四班，还躲着蓝母，蓝母后来极少见到他。一年后他考上了大学，蓝母特意问蓝雪，他有没有给她来信，蓝雪说没有。看来他不是伤透了心彻底绝望了，就是有了别的想法。这十多年里，蓝母不知道他的任何情况，却不会忘记他。此时他告诉蓝母，大学毕业后他在广州市找到了工作，几乎每年都返家乡一两次，看望父母或跟友人叙旧。他知道蓝雪的丈夫是乔君烈，大致记得乔君烈的相貌特征。蓝雪出事后，也有人打电话告诉他。昨天他走进购书中心的大门，一个似曾相识的男人正好迎面走过来。这个不戴眼镜、留着短胡子、面目黧黑的男人引起了他的注意。他想这不是蓝雪的丈夫乔君烈吗？但是随即他又否定了自己的结论。因为乔君烈是戴眼镜的、充满自信的、文质彬彬的学者型人物，而眼前这个人不修边幅，只是貌似而神不似。然而当他联想到乔君烈可能是犯罪嫌疑人后，自责不已。作为犯罪嫌疑人的乔君烈，应该就是这个样子的。他一直考虑着要不要报案。

于是，蓝母紧急约见他，地点就在购书中心。他的心情非常沉重。他反复强调无法确认那个人就是乔君烈，只是有几分相像。他建议蓝母在电视里、报上搞寻人启事，或许效果会更好。蓝母说那得花很多钱，万一让乔君烈看到了，他就会望风而逃。还是粘贴这寻人启事，小打小闹一番，反而会收到意想不到的效果。他就说在这里寻人启事之类的小广告被称为牛皮癣，城管人员和清洁工人都认真负责，一发现牛皮癣就扒下来。他认为应该把一部分寻人启事粘贴在不太显眼的地方，让它尽可能长久地保存下来，也许在某一天就起作用了。蓝母接受了他的意见。蓝母本着不能放过任何机会的想法，假设这个人看到的那个人就是乔君烈，然后用不容质疑的口吻要求我立即领着追捕小组前来。

0513专案组成员大都被搞得疲于奔命，耗费了大量旅差费，却一无所获。但是蓝母强词夺理、永不罢休。她一急了就说乔君烈是我故意放跑的，我有责任把他捞回来。否则她找我的上级领导说理儿去。我忍住心里的不快，想一下也觉得不应该错过任何一个机会，就把蒋光亮派了出去。

蒋光亮领着追捕小组乘坐飞机赶到广州市。蓝母颇为不满，指责蒋光亮带来的人手太少了，在这个特大城市里，根本起不到任何作用，这说明了警方对0513案件不够重视！她扬言要找市政法委领导说理儿去。蒋光亮一向对受害者或受害者家属缺少耐心，不是冷言相向就是大声呵斥。不过蒋光亮知道蓝母有通天的本事，也领教过她的厉害，就细声细语地向她作出解释。我也明白蒋光亮早就想代替我出任大队长，他可不想让蓝母这把火烧到他身上去。

蒋光亮按照蓝母的寻人思路，让几个同事分头到广州市内多如牛毛的网吧、书店和小旅馆去寻找乔君烈。

蒋光亮和两个同事分头跑了一天，没有发现乔君烈的踪影。当晚九时多他们聚在一起，在粤菜餐厅里喝着鱼头汤。他们认为要是往这汤里搁点儿辣椒油就更对口味儿，接着议论着这个城市满地都是豪华轿车。他们印象最深的是，星级宾馆和酒店数不胜数，只是房租贵得惊人，根本住不起，只好挤在令人憋气的招待所里。他们不大谈及寻找乔君烈的事儿，都觉得乔君烈根本不在这里。就在这个时候，蒋光亮的手机鸣叫了起来。

对方问蒋光亮是否知道对方所用的手机的主人是谁？蒋光亮当然知道这是蓝母的手机，今天蓝母曾经好几次打电话给他。他便厉声追问对方是谁。这时候他的脑海里立即涌现出刑警的惯性思维，推测蓝母一定遭遇抢夺或抢劫案，手机被抢走了。对方表明自己的身份，接着说这个手机的主人在一个多小时前死于车祸。因为这个手机在今天先后四次打了蒋光亮的电话，所以他就认为蒋光亮是知道这个手机的主人身份的。蒋光亮一听说对方是当地交警，就觉得有点儿不对头。当他听到蓝母的死讯时，惊得说不出话来，几乎听不清对方接着所说的话了。

蒋光亮和两个同事当即找到了负责处理这宗交通事故的交警。办案交警在核实蒋光亮的身份，并搞清楚蒋光亮和蓝母的关系后，脸上不再是铁面无私那个样子，表示愿意提供相关的具体情况。现在蓝母的尸体在殡仪馆里，肇事司机则被暂扣起来。

这宗交通事故发生在一条六车道马路上的校区路段。这条马路是市区的动脉，流量大且车速快。长达两公里多的校区路段是半封闭的，中间安装有一米半高的栅栏儿，行人要横穿马路，必须假道于人行天桥。但是在校区路段上只有两座人行天桥，这给那些经常要横穿马路的小贩、民工和学生造成极大的不便。某些安全意识薄弱的人，不断地在栅栏儿上做手脚，平日无须费多大的劲儿就可以钻过栅栏儿上的豁口，走到对面去。路面因此而险象环生。交管部门不断地修复被破坏的栅栏儿，却架不住被反复地有针对性地破坏。只图方便而不惜冒险者大有人在，近年已有两人丧命于此。今晚发生在这路段的交通事故，就是蓝母和另一个男性行人重蹈覆辙所致。

肇事司机在交通事故发生后，胆战心惊地下车，不敢停留弃车而逃。后来他乘坐出租车赶到附近的派出所投案时，还不能恢复常态。他供述说，他驾驶着公司的班车，把下班的同事送回家后，再返回单位。当时天色尚未完全转黑，路灯已亮着，汽车灯也打开了。他驾驶中型客车在主车道上行驶着，车速大约为每小时七十公里。不时有一些性能、车况较佳的车在他左侧的超车道上超车。正是由于不断有车辆在他左侧超车，让他觉得不可能有行人从左侧冒出来横穿马路，他只要把右侧出现的问题处理好便行了。他还在想着一件心事儿，就是他必须以最快的速度把车子开回单位去，然后打车到南海渔村喝表弟的新婚喜酒。如果再耽搁半个小时，酒席就结束了。他咒骂着不同意给他调班的公司办公室主任。在这种情况下，当他看到蓝母从左侧突然蹦出来后，立即紧急制动，并转动方向盘试图往右侧避让，最终没有成功。他一再强调在行车时没有看到在车祸中受重伤的那个男性行人。他竟然一口咬定自己真是见鬼了，才闯下这个大祸。

现场勘查结果表明，蓝母横穿马路，高速而至的中型客车制动和躲避不及，把蓝母撞个正着。在一声巨响中蓝母被抛起来，坠地时再次被中型客车的保险杠撞着，颅骨破裂当场死亡。不过死因还有待进一步证实。还有一个男性行人也被中型客车带倒在地上，因制动而抱死的车轮正好压在他的一条小腿上，在水泥路面上作滑动磨擦，留下一条长达五米左右的血肉痕迹。这个扛着二级警督警衔的办案交警也坦然承认，这宗血腥的交通事故现场让他感到颇大的压力。

交通事故现场站着好几百个看热闹的行人。办案交警好不容易才找到两个目击者。他们的说法和肇事司机的供述大体一致，不过他们看到了那个男性行人。

那个男性行人先行钻过马路中间栅栏儿上的豁口，把头转向右侧，时刻注意着右侧来车的情况，小跑着横穿另一半马路，安全地到达慢车道上。在两个目击者的眼里，那个先横穿马路的男性行人无疑是民工，这是从他的打扮和横穿马路的熟练程度得出的结论。相比之下，女死者就显得鲁莽和盲目。女死者跟在他的身后，觉得安全就钻过豁口，小跑着横穿马路，没想到在超车道上一辆高档轿车呼啸而来，这才觉得大祸临头，尖叫着朝前猛跑试图躲开这辆轿车。她躲过了轿车，却无法躲开主车道上的中型客车。大概她在惊慌失措时没有看见那辆也是飞驰而来的中型客车，或者所采取的避险措施失当。也许那个男性行人听到了女死者求生的尖叫声，回头看了一眼并随即转身，似乎有跑过去搭救女死者的意思。但是他根本没有时间接近女死者，反而失去了逃脱车祸的时机。那辆中型客车一下子就夺走女死者的生命，他自己也几乎遭受灭顶之灾。这两个目击者都异口同声地说那个男性行人可能就是舍己救人的英雄。

蒋光亮还告诉我，交通事故现场有一副摔破了的望远镜，那肯定是蓝母的物品，看来蓝母是为寻找乔君烈而惨遭不测的。

蒋光亮似乎在向我暗示着什么。

蓝母无疑是因代替警察出差而殉职的。我是这样认为的。我无法得出蓝母之死和我无关的结论。

蓝母的突然消失让我感到非常痛心。我承认我曾经有点儿讨厌她，但是我是最希望她活着的人。否则，即使我抓住了乔君烈，或者抓住了杀害蓝雪的真凶，可是那个苦苦地等待着这个结果的人却永远也无从知晓了。可以想象，蓝母死不瞑目，她的灵魂无法得到安息。我不相信这种迷信的说法，也不相信将会有一个鬼魂在我身边徘徊，然而在我的脑海里，会长久地出现蓝母的身影、表情和语言。此时我就会对自己说：本来这个悲剧可以避免，却由于你没有竭尽全力而发生了！

我呆呆地站着。

张宾提醒我应该立即向市局和分局的值班领导汇报。我先给徐希愉打电话。我知道这个噩耗也会使她彻夜不眠，所以我必须尽快告诉她。电话打通了，这时候我精神恍惚，突然觉得我和徐希愉都是蓝母的亲人，因此我和徐希愉都要面对着失去亲人的痛苦。就这样我竟然一下子说不出话来。

徐希愉知悉蓝母的死讯后，也没有说话，话筒里传来她呼吸的声音。我简单地把蓝母的死亡原因、地点和时间说了一遍后，就放下了话筒。在电话即将挂机的瞬间，我听到了她的叫骂声，她骂我是混蛋！接着她好像害怕我没有听到，把电话打过来，再次骂我是混蛋，骂我是凶手。未等她骂完，我怔怔地把电话挂了。

我隐隐约约地意识到，蓝母突然死亡将对我的警察职业生涯造成重大的冲击。我预感到我在刑警大队大队长这个位子上极有可能待不下去了。其实所谓的大队长也只是一个芝麻绿豆官儿，丢了它也没什么大不了的。未见得缺了我，刑警大队就瘫痪了。相比之下蓝家在短短的一个多月的时间里接连丢了两条人命，这才是不能接受的结果。如果我不拚了老命做事儿，真是对不起蓝家那些死去和活着的人。

我静静地坐了一会儿，就把蓝母死亡这个突发事件分别向主管领导和市局的值班领导汇报。由于蓝母在生前到处告状，领导们对0513案件是非常熟悉和重视的，他们相互间在电话里三言两语就能够把问题说清楚。半个小时后市局领导作出指示，尽管目前警力非常紧张，仍然决定往广州市增加搜捕乔君烈的刑警，由我带领六个同事以最快速度赶过去，和蒋光亮率领的追捕小组会合，寻求当地公安机关的协助，寻找乔君烈的下落。市局领导严令我一定要抓住乔君烈，给死者家属一个说法。此外，再派出两个内勤人员陪同蓝父去广州市料理蓝母的后事。蓝父的心脏有问题，我担心他无法经受刺激。如果蓝父再出问题，这将是所有的人都不愿意看到的。

我给六个同事逐一打电话，通知他们收拾好行李，明天一大早就到单位去集合。

我无法入睡了。我觉得徐希愉有权骂我，而且她骂什么我都无所谓。我知道她一定没睡着，除非她服了安眠药。无论如何我也得和她谈一下，就在现在。我给她打了电话。徐希愉没有再骂我，也没有说什么，只是让我去找她。

我和徐希愉来到一个通宵营业的酒吧。我们没有说话和喝酒，只是不断地喝着矿泉水。

徐希愉盯着我："说吧，找我有什么事儿。"

徐希愉的声音非常沙哑，我几乎没听清。

我说："我们要有两个内勤陪蓝老师到广州去处理宋老师的后事。蓝老师的身体状况如何，我们大家都知道。我想避免再出现意外的事儿。你跟蓝老师比较熟，他是信任你的。就这个原因，你能不能陪我们到广州去？如果你同意，明天一大早我就向局领导提出申请。希望你能同意。"

徐希愉说："你想让我代人受过？"

我说："你要骂我，现在你就骂吧。"

徐希愉说："我跟蓝雪亲如姐妹。有时，我觉得她的父母就像我的父母。我已经骂过你了，不想再骂你。我要让你受到惩罚！众口一词，都说要是你把乔君烈刑事拘留了，他就无法逍遥法外，游遍全国，后面的事儿根本不会发生了！你说，宋老师之死，跟你有没有直接关系？"

我明白，知情者一听到0513案件就想起两个关键词：放跑和抓不到。我至今仍然认为，当时我解除对乔君烈的刑事拘留，这是合法的。我认为他有自由的权利，我也应该保持他的尊严。今晚我不想就这个问题和徐希愉争论。争论是徒劳的，在这个时候谁也无法说服对方。

我说："我很难过，觉得死掉的就像我家的亲人一样。"

徐希愉说："我是问你，宋老师之死跟你有没有直接关系？你只要回答我是或者不是，就可以了。"

我看着徐希愉的眼睛，不想申辩也没有点头认可。

我说："我知道你肯定愿意协助我们处理好宋老师的后事。理由很简单，谁都希望蓝老师能渡过这一关，好好地活下去。"

徐希愉说："现在你不能用蓝老师的生命来压我！你不知道你错在哪儿，错得多要命！有一句话你常挂在嘴边。你说，说真话是要付出代价的。我知道，说真话需要无比的道德勇气。说真话吧，然后接受你应该受到的惩罚！"

我说："我的确常常说，说真话是要付出代价的。但是后面还有一句话我没说出来。这句话是：即使要付出代价，也要说真话。我就说真话吧。虽然大队长不过是一个芝麻绿豆官儿，可是我不想丢掉大队长的职务，原因是我觉得我比别人干得好，我是称职的。这个理由站得住脚跟吧？上世纪初，法国一个叫做老虎总理的人，克列孟梭，他说过一句话：战争太重要了，不能把它交给将军们……”

克列孟梭这句话的核心意思是，将军是职业军人，打仗是他的拿手好戏。然而战争关系到国家的命运，这不是单纯的军事头脑所能驾驭的，必须要由有政治头脑的人来做主。在十多年的警察职业生涯中，我经历了很多似是而非、悲恸欲绝的事儿，我就把克列孟梭这句话演变为：刑事案件太重要了，不能把它交给警察们。准确地说，这句话的主要意思是，公民的权利对于每一个人来说实在太重要了，警察的权力将可能改变一个人的命运，因此刑事案件要交给那些几乎就像法官一样对法律有深刻理解的、严格依法办案的警察。那些以权谋私、贪赃枉法、刑讯逼供的警察，暂且不去说他们，因为他们算不上是警察。我要说的是，在正常的情况下，一个分局的副局长就有权签字决定对某个人实行刑事拘留、行政拘留和劳动教养。按照习惯的看法，这个人从此就招惹上牢狱之灾，暂时不算是人了，只能像半人半鬼一样活着。更能说明问题的是，一个普通的刑警在执行拘捕犯罪嫌疑人的任务时，在某种情况下可以自行作出向对方开枪的决定。如果枪法次一点儿，想打对方身体上的非致命部位却打在致命部位上，结果对方一命呜呼了。当然，向对方开枪必须具备某些条件，比如对方不听警告继续逃跑或者对方持械反抗拒捕。问题是，通常都说只有法官才能给犯罪嫌疑人定罪和判刑，但是，实施刑事拘留、行政拘留和劳教，开枪击毙犯罪嫌疑人，这些都没有经过律师辩护和法庭判决，警察单方面就可以执行了。因此可以说，在某些时候，警察的权力比法官的权力还大。如果某些有特权的警察对法律没有深刻的理解，不难想象他们就会一手制造冤假错案。

我一口气对徐希愉说了一大堆话，最后我说：“所以我说，刑事案件太重要了，不能把它交给不懂法的警察们。你也说句真话，我是那种对法律有深刻理解、严格依法办案的警察吗？”

徐希愉没有说话，只是认真地看着我。我相信我的这一番话已经打动了她，她是持欣赏态度的。虽然过去她曾经对我那不拘小节的幽默感大为不快，但是自从她把乔小星扔进我家后，她开始和我好好地聊天了。我和她之间的关系也变得融洽了。然而蓝母之死，又使我们之间的关系变得紧张起来。

徐希愉说：“你告诉我，对于宋老师之死，你真的没有一星半点儿的悔意，没有悲伤吗？”

我说：“没能抓住杀害蓝雪的真正凶手，是造成宋老师意外死亡的原因之一，这我承认。在这一点上，我问心有愧。我是0513案件的主要负责人，此案破不了，我责无旁贷。老实说，我当这个大队长，当出了焦虑症。但是我还想干下去。不抓到凶手，我誓不罢休！”

徐希愉说：“如果你对宋老师之死，没有半点儿的悲伤，在某种意义上，你不能算是人。”

徐希愉告诉我，前几天她收看 CCTV 的法律栏目。中南某省某个派出所的领导，在接到受害人的家属报警后却置之不理，结果在不久之后受害人被杀害了。这个冷漠、渎职的警官在接受电视记者采访时，面对着摄像头断然否认自己在受害人的家属报案时在场。从他的脸上根本看不到撒谎的痕迹，可以说他比最优秀的演员的表演还出色，让观众不由得相信他是无辜的。但是这个警官最终还是被证实说了谎话。此时他又以自己事务太多以致无法具体顾及每一个案子为由来搪塞责任。最后他哭了，哭的是自己怎么会背上渎职的罪名，从中不难看出他一味觉得自己太不走运了。让栏目主持人和徐希愉都非常遗憾和不满的是，这个前警官对自己因渎职而造成受害人致死的恶果竟然没有些微的悔意，甚至没有半点儿的同情，就像被害人的生命被毁灭是理所当然的一样。

徐希愉说：“你知道吗，悔意很重要。我知道你很难过。这证明你还是人。你首先是人，才能当好警察。”

我说：“你应该相信我。即使将来我不是警察，我成了失业人员，即使杀害蓝雪的凶手在十年后仍然没有落网，办案的材料被锁在档案室里，几乎没有警察记起这个案子了。甚至，即使我退休了，但是，我都记住了。我会永远对抓不到杀害蓝雪的凶手这件事耿耿于怀，永远做噩梦。我会踏破铁鞋，掘地三尺，直到抓住真凶那天，这事儿才算完！”最后，我还想慷慨激昂地说，我就是为侦破蓝雪遇害一案而生的！但是我忍住了。

徐希愉不停地叹气，却说出另一番话：“这个时候，骂你是没用的。你需要鼓励。你能明白丢了芝麻大小的官儿不要紧，司法公正要紧，我就放心了。你说，你还有没有办法逮住乔君烈？哪怕是一点点的希望？”

我坚决地点点头，其实我心里没底儿。但是我必须这样做，也必须抓到乔君烈。

这一个夜晚，徐希愉来到我家看望了熟睡中的乔小星。在我、张宾和徐希愉出差后，我将安排曾思敏来照顾他。

后来我和徐希愉坐在客厅的沙发上，都没能入睡。

第二天一大早，经领导批准，我领着六个同事，徐希愉领着两个搞内勤的同事陪着蓝父，一起出发到广州市。

鉴于蓝父的身体情况，我们暂时隐瞒蓝母已经不在人间的噩耗，只是告诉他蓝母突发重症，病情正在不断恶化中，试图让他有过程地、有抵抗力地逐步接受这个残酷的事实。蓝父一看到我，就问我0513案件的进展情况。我含混地说了几句。蓝父看我这样子，明白案子还是陷在那里。他便在暗暗地为蓝母的病情着急，不再和我说话。我想，要是蓝父知道了蓝母的死讯，一定会像徐希愉所说的那样把账记在我的头上。谁都是这么想的。

在广州市蓝父惊闻蓝母的死讯后，本来就衰弱的身体一下子垮了，住进了重症监护室，从此不再说话，在一个星期里所说的话不超过十句。而且这十句话，都是对徐希愉说的。对于处理蓝母的后事，别人说什么，蓝父都是用点头和摇头来回答。他没有什么特殊的要求，几乎全由徐希愉做主。从蓝父沉默和紧闭双眼的面孔上，我感到一种能量巨大的悲愤和复仇之情。我不敢面对这样的一张面孔。我知道蓝父是极端憎恨我的。即使今后我抓到杀害蓝雪的凶手，他也不会原谅我。因为无论怎样，体格强壮和意志坚强的蓝母却人死不能复生了。

第二十五章　异地大搜捕

广州市的市区范围除了原来已有的城区外，还有番禺、花都两个大区。它的市区面积大、人口多，高等院校也特别多，因此它的网吧数不胜数。它的小旅馆也为数不少。

蓝母生前粘贴了大量的寻人启事。那些粘贴在显眼地方的，大都让城管人员扒掉了。那些粘贴在不太显眼地方的，乔君烈也没那么容易看得到。因此我们假定，乔君烈不会因看到那些寻人启事而转身收拾东西离开广州市。我们逐步排除乔君烈像流星一样掠过此地的各种可能性，进一步推定乔君烈冒险潜入广州市是有目的的，还会在这里逗留一段时间。

我考虑过了，如果乔君烈还在广州市，他不会住在朋友、亲戚和熟人的家里，因为他不相信任何人。他只会入住在治安管理松懈的小旅馆。他就像一只老鼠，白天躲在某个黑暗的角落里，不敢露脸儿，到了晚上在夜幕的掩护下才出来活动一下。另外，他给人的外表印象可能出现极大的变化。如果蓝母的那个学生在天河购书中心所看到的那个男人就是乔君烈，那么他有可能用隐形眼镜代替平时所戴的金属框眼镜。白天他要是出来，就会戴着墨镜。原来梳着讲究的分头，现在可能留着短发和胡子。还有，他有可能不再穿着那些与众不同的名牌衣服，而是穿得和普通的工人差不多。乔君烈极力改头换面，还改变了生活方式。不过我早就有了对策，请市局的画像专家帮忙，在电脑上制作出乔君烈化装成普通工人或农民的模拟画像。

在当地公安机关的大力协助下，我们分别挨个儿走访网吧、书店、小旅馆和邮政报刊亭。不用说，我豁出去了，一定要得出一个结论：乔君烈到底在不在这里？同时我也有一种死马当活马医的心态，幻想着奇迹会出现，在这里一举抓住乔君烈。

在第三天，我们发现了乔君烈的踪迹。

这是一件较为意外的事儿。张宾和一个同事在郊外搞排查，一个上午走访了三十七个网吧和十三个小旅馆，一无所获。张宾把这些情况记录下来，就领着搭档的同事去喝汽水。这段时间酷暑难当，据当地气象台说这是四十三年来最炎热的天气。他们各自喝了两瓶汽水，才觉得好受了一些。正在这个时候，一场期望已久的大雨终于到来了。售卖汽水的老板娘的心情也好起来，拿出两个小凳子让他们坐。他们一时走不了，就和老板娘聊天。一个小时后，热门的话题全聊遍了。闲聊中张宾就拿出乔君烈的照片和模拟画像，请老板娘看一下。老板娘听说张宾是警察，而且她对破案工作很感兴趣，就接过照片和模拟画像认真地看起来。她一下子激动起来，说这个人就住在她家的楼下。老板娘进一步解释，她一家人居住的是丈夫所在单位的房子，但是这个人并不属于她丈夫所在的单位，而是临时租住楼下的房客，入住的时间大概不到半个月。她只见过他两次，觉得他像个身份低下的北方人，由此担心他是个流窜犯，会在这里蹲点作案，让家里人特别防着他，也特别关注他的一举一动。他似乎整天都足不出户，好像躲在屋里做着什么不正当的事儿。不过在张宾请她仔细想一想后，她又说不能确认，不过她答应一会儿雨停之后，她回家吃午饭，顺路领张宾去实地查看。

张宾和搭档并没抱有多大的希望，只是觉得应该尽职尽责，就跟在老板娘身后，走进某研究所的宿舍区。敲了半天门，屋里没有反应。无法确认里面有没有人。楼上楼下的邻居听到动静，都走过来看热闹，轮着看乔君烈的照片和模拟画像，接着又七嘴八舌地发表自己的看法。张宾渐渐地感觉到，抓获乔君烈的希望出现了，必须立即把这房子的门打开。

我和蒋光亮接到张宾的电话后就火速赶来。我让蒋光亮领着一个刑警守住宿舍区的大门，做好收网的前期工作。

当地派出所的警察和某研究所保卫科的负责人把房主找来了。房主承认在六天前把房子租给一个外省人。那个外省人说看到了房产主粘贴的招租广告后，就打来电话要求看房子。本来房主不愿意把房子租给一个从外省来的陌生人，他心目中理想的房客是有固定工作的本地人。但是那个外省人说话非常有礼貌，而且答应按他的要价一次性支付三个月的房租和一个月的水费、电费、煤气费、物业管理费押金。在这种情况下，房主就没有按有关法规搞备案和纳税，轻易地把房子租了出去。实际上在这个宿舍区内对外出租的房子不少，却没有几个房产主按规定办事。现在这个房主明白了，即使那个外省人不是在逃的犯罪嫌疑人，他违规把房子租出去也将受到惩罚。房主不敢怠慢，掏出备用钥匙开门。但是防盗门上的锁已更换，怎么也打不开。经房主同意，派出所有关人员火速找来锁匠把门捅开。

我和张宾走进去。这是一套两室一厅的房子，还有卫生间和厨房。我们在客厅里首先看到茶几上放着两箱方便面和两箱纯净水。卧室里只有一张简易床和两个旅行袋。房客的东西几乎全放在旅行袋里，仿佛他随时会提上旅行袋走掉。我示意张宾打开旅行袋。

旅行袋里有几件换洗的衣服和一副近视眼镜，还有一些诸如《刑法》、《刑事诉讼法》和《人民警察法》等法律书籍。

另一个旅行袋里也是装着一些衣服和法律书籍。有一瓶隐形眼镜清洗液被衣服裹着。看来这家伙弃用近视眼镜而改用隐形眼镜了。还有一个笔记本，里面的文字全是一些对法律的理解和疑问的读书笔记。看到这些熟悉的字体，我几乎要跳起来。张宾猜到了什么，问我这里是不是乔君烈的落脚点？我沉着气做个手势让他继续搜查。

阳台的杂物堆里有一个并不起眼儿的烂纸箱。我把它拉出来，觉得它挺沉的。

张宾动手打开纸箱，里面放着一个旅行袋。旅行袋里装着少量的衣服，衣服里藏着二十多万元人民币钞票、一个记有明细账目的笔记本、很多车票和住宿费收据，还有一台 IBM 笔记本电脑。我启动电脑，屏幕上出现请输入密码的提示。张宾忍不住大声地说这就是乔君烈！

我立即打电话，通知随队而来的刑侦技术人员速来提取指纹，确定这家伙是不是乔君烈。同时我通知把守宿舍区大门的蒋光亮高度警戒，让乔君烈有来无回，还安排张宾领一个同事在该单位保卫科工作人员的协助下，在宿舍区内继续查找有关乔君烈的蛛丝马迹。

我打听到房主有那个房客的手机号码，那是无需凭身份证登记即可以投入使用的动感地带用户。这个电话当然得立即打，至少要证明对方有没有开机。但是乔君烈是一个极度多疑、神经过敏的人，绝不能打草惊蛇，我就让房主找一个恰当的借口，在通话时先对那个房客说他房子楼下的那套房子的卫生间顶部渗水，楼下那套房子的业主找人来维修，要进入他的房子方可动工，就把他叫来了，可是他用原来的钥匙开不了门。接着，房主再进一步询问对方在哪里，什么时候能回来。然而那个房客的手机一直处于关机状态。尽管如此，所有的同事都精神大振，确信能毕其功于一役，这里就是乔君烈的滑铁卢。

很快就传来振奋人心的消息。指纹对比鉴定表明，那个房客就是乔君烈。这几天我们只是一直在网吧、小旅馆、书店和报刊亭这些特定的地方搜寻乔君烈，没想到他的落脚点竟然是出租的民宅。如果不是意外的原因，我们将无法找到他。但是我不明白的是，他选择这么一个较为固定的藏身地点，预付三个月房租，莫非他将长时间地在这里潜伏？

夜幕降临了，我和同事们不思茶饭，仍在这个宿舍区内苦苦地守株待兔。可是乔君烈一直没有露面。

晚上十时多，徐希愉送来盒饭。同事们都没有心思吃饭，只是不停地喝水。

我心情沉重地蹲在这个宿舍区大门前一个隐蔽的地方吸烟，紧盯着进出大门的每一个人。蒋光亮在我身边蹲下来，找我要一根烟。他的烟瘾更大，早就把香烟吸光了。我们讨论了一下，认为今晚乔君烈不可能不回到这里。我还是非常有信心的，甚至还埋怨自己怎么没把邵幼萍送给我的古巴雪茄带到广州市来。

一辆出租车要驶进宿舍区，穿便衣的同事在门卫的协助下在大门前把出租车截下来，查看车里的乘客。蒋光亮和张宾快步走过去。他们曾经讯问过乔君烈，是最熟悉乔君烈的同事了。张宾惊奇地看到邵幼萍坐在出租车里。邵幼萍看到张宾也愣了一会儿，吃惊得几乎说不出话来。她立即作出解释，一个同事病了，好几天没上班，她来看望一下。之后她才问张宾怎么在这里？她听说我也在这里，就走过来看我。

邵幼萍看到我所说的第一句话就是嗔怪我，怪我为什么到了广州市没去看她，甚至没给她打电话？

我对邵幼萍说，蓝母在这里遭遇车祸身亡，我们前来是为了办案。我们受到的压力是前所未有的，如果抓不到乔君烈，将无脸回去。其实在来广州市的路上，我曾经想过给她打电话，找时间和她共进烛光晚餐，再共度良宵。可是到达这里后，我和同事们日夜到各网吧、小旅馆这些地方搞排查，没有半点儿空闲时间。而且，我的心情越来越紧张，没有半点儿给邵幼萍打电话的闲情逸致。

邵幼萍看到我确实没有时间，就对我说有空儿的时候一定给她打电话。她看一下手表，匆匆地走进宿舍区大门，看望她的同事去了。大约半个小时后，邵幼萍出来了，还来和我聊上几句，说实在太想我了，让我别忘了跟她联系。

这个晚上我亲自守在乔君烈所租赁的房子里，张宾在宿舍区大门内蹲着。但是乔君烈却无影无踪。

漫长的五天过去了，乔君烈始终没有出现。难道这家伙有未卜先知的特异功能，又一次逃脱了？对于这个疑问，我持有肯定的答案。如果乔君烈不是狼狈出逃，他是不会把自己的全部家当扔在这里的。自从我们进入这个宿舍区后，我就布下了口袋，就等着乔君烈钻进来。我认为我们把这一切做到了万无一失。但是事与愿违，我们在备受折磨的等待中迎来了一个让人极度沮丧、百思不解的结果。我甚至怀疑我们中间有人向乔君烈通风报信。不过我明白这个怀疑是没有任何根据的。

是什么原因使乔君烈又一次逃脱了呢？

我怀疑乔君烈给乔小星打电话，那小家伙年幼无知，经不起乔君烈的蒙骗或刺激，就把我、张宾和徐希愉出差在外的秘密泄露出去了。但是我通过电话询问乔小星，他坚决否认了乔君烈曾经给他打过电话。曾思敏也证实乔小星在我家里没有接听过电话。

我给乔君烈发去电子邮件，告诉他蓝母已经死亡，我想和他在网上谈一下。我估计乔君烈很可能还不知道蓝母的死讯，我得告诉他，还想知道他对此有何感想。我估计乔君烈在疲于奔命、四面楚歌的情况下是不大可能和我对话的。

但是四个小时后，有人用手机给我发来短信，约我在两个小时后在网上对话。对方留名是乔君烈。给我发来短信的手机号码，就是那个房主所提供的乔君烈的手机号码。所以我认为对方就是乔君烈。

我请当地公安机关网络警察协助我们确定乔君烈所在的位置。

当地公安机关网络警察对我说，乔君烈是在两个小时前于市区内一个网吧里访问自己的电子邮箱的。如果乔君烈和我在网上聊天室聊天，网络警察大约只需五分钟就能完全确定他的位置。

我把市区划分为九个区域，再把九个同事布置在每一个区域的中心地点。一旦乔君烈被确定在市区内任何一个网吧内上网，我们至少有一个同事在十五分钟内赶到那个网吧。而且我们还得到当地公安机关巡警的协助。如果乔君烈就在市区内，那么只要他在网上和我聊天的时间超过十五分钟，他将无法逃出天罗地网。

我早就坐在电脑前忐忑不安地等待乔君烈。这时候我非常清醒。我意识到乔君烈早就知道我们在广州市大举追捕他，并且找到了他的巢穴，否则他不可能扔下自己的全部家当逃离某研究所的宿舍区。我甚至觉得乔君烈已经藏在离广州市很远的地方了。

果然，乔君烈在浙江省杭州市出现了。当地公安机关网络警察无法跨省测定乔君烈所处的准确位置。

乔君烈如约出现在聊天室里。

乔君烈对我说："宋老师死了，这我知道。我感到非常悲伤。如果你们能及时找到真凶，她是不会遭遇飞来横祸，死得这么惨的！最使我愤怒和焦急的是，你们侦查蓝雪被杀一案，一开始就走错了路，却坚定不移、大步地走下去。事实上，你们没有依法办案，一开始就把我内定为凶手，利用你们手中拥有的国家资源死死地追捕我。许健，你是我所见过的最诚实、最善良和最友好的警察，也是很有才华、尊重法律的警察。如果我是一个漂亮的年轻女人，我一定会爱上你的！但是，你为什么会犯下这样的错误呢？对于蓝雪被杀一案，你正确的做法是，承认前期工作的错误，冷静下来，找到侦破的突破口。"

乔君烈所说的话，最让我感到不解的是，他说如果他是一个漂亮的年轻女人，他一定会爱上我。在这个紧张的时刻，他怎么会说这种幽默不起来的话呢？他那一贯的语言风格并非如此。这时候我想到了我和杨丽童的关系，或许乔君烈就是针对这个问题似有所指。不过我问心无愧，随他信口浑说。此外，如果他不是杀害蓝雪的真凶，那么他对蓝母的暴死必然会痛心疾首。因此我也能理解他那极度愤怒的心情。

虽然我苦苦地追捕着乔君烈，渴望将他捉拿归案，但是我从来不能证明他就是凶手。

我说："我也觉得你不是真凶，但是你必须协助我们证明你不是真凶。你潜逃在外，无疑让我们得出相反的结论。宋老师发誓要抓到你，结果在广州市遭到不测。你对她的死心里难道不感到内疚吗？我还是非常希望你回来，协助我们侦破蓝雪被杀一案。我向你保证，我们将严格依法办事，绝不搞刑讯逼供，还可以让你享有沉默权。我非常希望你能相信我。"我暗暗地想，不对乔君烈搞刑讯逼供，这可以办得到。但是让他拥有沉默权，我是没有这个权力的。我只是有权建议主管领导满足乔君烈这个特殊的要求。

乔君烈说："你凭什么向我保证？你在两个月的限期内未能侦破0513案件，而且蓝母之死不能不说与此案有关，所以你是难以推卸责任的。由于蓝母的社会活动能力极强，她生前找各级领导告你的状，你早已臭名远扬。我也是谙熟官场政治的，如果你没有强硬的后台，那么你在你的对手的攻击下，你在刑警大队大队长的位子上待不久了。我为你感到悲哀！"

我几乎无言以对。

乔君烈继续说下去："你已经拿到了我留下的二十九万一千块钱了吧？我日常所花掉的钱，都有记录，你可以查看。我花一万八千块钱买了一台高配置的联想 Thinkpad 笔记本电脑。我花了这么多钱是因为 Thinkpad 笔记本电脑是最不容易损坏的，我不能为省下几千块钱买一台不可靠的笔记本电脑而被迫经常抛头露面去维修它。我在出来的时候，携带着三十二万元，扣除购买笔记本电脑的开支，在一个月二十七天的时间里，我只花了不到一万块钱，大部分用于交通费、住宿费，吃喝才花了不到一千块钱。如果不是为了安全起见而多花钱，我舍不得多花一毛钱。你查看我的账本，就明白我说的是真话。我再次重申，我潜逃在外并不表明我是凶手，我只是对你们没有信心。我不是为了钱为了享乐而亡命天涯。现在我已经几乎身无分文。没有钱，我仍然能享有自由和保持尊严。我终于认识到，这个世界缺少的不是钱，而是公正和良心！我不是杀人凶手，但是我不能让你们抓到，我要好好地活下去！无论出现什么情况，我都要好好地活下去，活到看到你们抓获真正的凶手那一天！"

我忍不住把自己的心里话说出来："你就像美国的总统候选人一样，把话说得冠冕堂皇、天花乱坠。众所周知，你是不是凶手，都得由法官凭证据来判决。你潜逃在外，即使你不是真凶，你也是懦夫，没有面对现实的勇气！我一直都认为，你是最可疑的犯罪嫌疑人。我不会让你逍遥法外。我追捕你，是因为我是警察。我有一个特点，就是越有困难的事儿我越加倍努力去做。我一定要抓住你。即使我被免职，不是警察了，我也会永远记住你的名字和蓝雪被杀一案，永远为抓不到凶手而耿耿于怀，永远追捕你，直到抓到你为止！直到真正的凶手被绳之以法为止！"

乔君烈说："很多事情，并不是你所想象的那样！你说过，说真话是要付出代价的。可是你不愿意付出代价，不愿意有错就改！你应该彻底改变侦查 0513 案件的方向，重新开始在佳迅联合集团公司搞排查！凶手一定就在佳迅集团公司内！你必须动作快点儿，才有可能挽回败局，保住自己的乌纱帽！其实，0513 案件毫无进展，你不能怪领导，怪宋老师，你只能怪自己不够果敢、没有坚持原则，因而被别人所左右、误导、克制，走进了死胡同！告诉你，不要想着抓住我。你是抓不到的！别再浪费纳税人的钱了！即使你抓住了我，也是没用的！我根本不是凶手！记住，赶快到佳迅集团公司去！刻不容缓！为抓到真凶、为你自己而战！"

乔君烈下线了。

我目瞪口呆地看着屏幕。

此刻乔君烈在杭州市让我大惑不解。他明明于四个小时前在广州市访问自己的电子邮箱，看到了我发给他的电子邮件，却能在这么短的时间内赶到杭州市，这说明了他除了乘坐飞机外别无他法。但是他是通缉犯，乘坐飞机是最不明智的选择，他却偏偏这样做了。我们通过机场公安部门查阅了今天离港的旅客记录资料，没有发现当中有一个叫乔君烈的旅客。我推测乔君烈一定使用了别人的身份证或者伪造得能以假乱真的身份证登机的。

我把有关乔君烈的情况向主管领导汇报，并作出案情分析。我认为乔君烈非常谨慎，只会在绝对保证自身安全的情况下才和我在网上聊天。即使我们现在就在杭州市，也没有多大的把握找到他。因此，我建议不必到杭州市去搜捕乔君烈了。现在最好的办法是加紧在佳迅联合集团公司搞排查的工作。主管领导在半个小时后通知我把队伍撤回去。至于捉拿0513案件真凶的具体事宜，在我回去后再议。

我到广州市十一天了。这些天都是在非常忙碌、焦虑中度过的。有时我会非常想念邵幼萍，但是我那受到极度压抑的浪漫心情却始终未能唤起我给她打电话的冲动，更不要说约会她了。事实上也没有那时间。明天我就要走了，今晚我一定得和她见上一面。我甚至想把心里的苦水在她面前倒出来。

我打了邵幼萍的手机。她在电话里对我说，最近她工作很忙且经常出差，在空中飞来飞去。她约我在晚上十一时见面。

我觉得这个时间最合适。我不好意思在晚上九时前找借口离开同事们。同事们在这里不分昼夜地整整忙了十一天，没有功劳也有苦劳。包括蒋光亮在内，同事们都累得快趴下了，而且士气低落、心里窝火。我更是累得昏头昏脑，好几次忘记把裤链子拉起来。自从我宣布明天撤回去后，同事们都不愿意说话，更是讳言与此行有关的所有事儿。我领着他们去吃粤菜。在一个还过得去的酒家里，我叫了不少菜，不过声明只能喝啤酒，不能喝白酒。蒋光亮提议在饭后让同事们分散自由活动，逛大街买点儿什么的，算是没白来一趟。我说大家都腰酸背痛的，但是绝对不准搞异性按摩。同事们都笑了。蒋光亮随即说了一个黄段子，更是引起哄堂大笑。

张宾想当然地推测我佳期在即，不便跟在我左右。他就狡猾地说，他得去拜访两个多年不见的老同学，就匆匆地走了。

我一个人在大街上慢慢地走着，等着邵幼萍给我打来电话。我买了一份晚报，坐在百货大厦门前看着。我翻过去倒回来把报纸看了好几遍，无奈时间尚早，又买了一份上个星期的周刊。我却在想着邵幼萍，此刻实在太想她了。接着我胡思乱想，走进百货大厦里买了一盒安全套。我多么希望她那里没有这东西。如果她那里没有这东西，我会觉得她是属于我的，是值得我爱的女人。

我再也坐不住了，朝珠江的方向走去，一路上喝了两罐汽水。我正为到哪里上厕所而发愁的时候，邵幼萍给我打来电话，让我坐出租车到她的住处去，并把地址告诉了我。

邵幼萍在某个住宅区大门前等着我。她在小区内租住一套两室一厅的房子。走进去一看，居住条件很不错。这房子装修过，各种家用电器和家具齐全，邵幼萍还买了电脑和很多书。

邵幼萍特意煮了德国的咖啡，让我尝尝那种味道。这几天我的心情不好，味觉受到拖累，即使尝到世上最美味的东西，也会觉得味同嚼蜡，但是我还是说这咖啡不错。

邵幼萍说我身上有一股汗臭味儿，衣服也不太干净，肯定是洗澡少没勤换衣服。她让我赶紧把衣服脱下来，她这就用洗衣机给我洗干净，明天早上起床前肯定能晾干。我坐在沙发上，累得不想动了。她硬把我拉起来，要脱下我的衬衫。我不好意思地挣脱了。我已经是快四十岁的人了，虽然在空闲且心情好的时候，也打几下沙袋、扛几下杠铃，除了腹部和腰部外，其他部位还算是健美的。但是腹部和腰部还是不可遏止地变成啤酒桶的模样。我非常不满意自己不穿衣服大腹便便的样子，更不想在一个较为年轻的女人面前如此暴露自己，就像邵幼萍羞于让我看到她那不太丰满的胸部一样。最后她说都老夫老妻了还难为情，再不洗衣服明天早上就干不了。她拿出一套男人的睡衣给我，让我立即洗澡。

我在卫生间里仔细地研究这套睡衣。我发现它没穿过也没洗过，应该是新买的。看来这是邵幼萍特意给我买的。

我洗完澡出来，看到邵幼萍坐在沙发上吃方便面。我这才记起，刚才在小区大门前她曾经问我吃过饭了吗，我以为这是她表示客气的套语，没有在意，只想快点儿到她的住处去上厕所，就说吃过了，没有问她吃过了没有。

我说："没吃饭吗？刚才怎么不说？"

邵幼萍说："你不是吃过了吗？这么晚了，就不出去吃了，只要咱们能见上一面就行了。"

我说："是啊，看我忙的。来广州都十一天多了，今晚咱们才有时间见上一面。对了，怎么这么晚才回来？"

邵幼萍说："出差到外地去了。本来打算明天回来的。你明天要走，我就赶回来了。”

“到什么地方去了？”我问。

邵幼萍正在咽下最后一口面条。她含混地说出一个地名，我没听清楚，正想问个明白，顺便打听她的业务成绩。她却拿着方便面的纸杯快步走进厨房，接着我听到垃圾桶响了一下。她打开水龙头洗手，从冰箱拿出一个苹果硬要我吃。她走进卫生间，把我的脏衣服塞进洗衣机里。她想了一下，又把她的脏衣服塞进去一起洗涤。我正想说什么，她微笑着关上卫生间的门。

邵幼萍洗澡的时候，她的手机在坤包里鸣叫着。我把手机递进卫生间去。一会儿之后，她让我把她的通讯录拿过去。我在她的坤包里找通讯录。这时候我无意中发现通讯录里夹着一套今天往返杭州市和广州市的机票和登机牌。原来今天邵幼萍出差到杭州市去了。这使我又想起了乔君烈躲在杭州市和我对话的事儿。真是太凑巧了。邵幼萍在卫生间里大声问我找到了没有，我急忙把通讯录给她拿过去。

邵幼萍用浴巾裹着身子从卫生间出来。她不好意思地说她正处于危险期，让我到外面去买安全套。她注意到我穿着睡衣，也觉得我就这样跑出去未免有碍观瞻。她这里没有那个东西，倒让我有点儿自豪和激动。我不好意思小声地说那东西我准备好了，刚才我一个人逛大街百无聊赖，想起来就买了。我就知道她这里没有那东西。她含羞地在我的手臂上狠狠地掐了一下。

我太疲倦了，而且老在想着工作上不愉快的事儿，身上的激情竟然像惊鸿一样稍纵即逝，无法为一个美丽的身躯而不息地狂野。我非常内疚，就对邵幼萍说对不起。她含笑地看着我，用双手抚摸着我的两颊，让我在她的身上多躺一会儿。她说我瘦了，我发现她也瘦了。

我和邵幼萍都没有睡觉的意思。

我说：“对了，今天你到杭州去了？”

邵幼萍说：“哦，我夹在通讯录里的机票你看到了是吧？”

我说：“是啊。上有天堂，下有苏杭。可惜你当天往返，没玩儿上吧？”

邵幼萍说：“还说呢！还不是急着赶回来看你！这两年汽车消费热持续升温，很多人买了车，高档车的销售也不错。水涨船高，我们公司是做汽车保安系统、防盗锁生意的，就更火啦！我常到各大城市出差，特别是省会城市。杭州我都跑了两趟了，就是没工夫到处走走。对了，你这睡衣就是今天在杭州买的。我在候机的时候，觉得应该给你买套睡衣，就在候机大厅那商店里挑了一套。本来我想先把它洗了，再让你穿，却来不及了。这料子是纯棉的，穿起来还舒服吧？”

“挺好的。”

“睡衣就留在这儿吧。什么时候有空儿就来看我。这个要求不算高吧!”

“我知道你是真心爱我。可是我不明白为什么你会这样，对我这么好。”

“很简单，你让我拥有安全感。”

“就因为我是警察?”

“你是最好的警察。”

我终于忍不住向邵幼萍大倒苦水：“我这警察可能当到头了。大卫的爸爸跑出去一个月二十七天了，我们精兵尽出，却连他的影子也没捞着。今天，我和大卫的爸爸在网上还聊了天，我劝他投案自首，可是他根本不听我的。我明明知道他在杭州，却拿他没办法。现在我不得不去想，不当警察，我又该干什么呢?”

邵幼萍说：“抓住大卫的爸爸，你的一切就会好起来，是吗?”

我说：“当然会比目前好一点儿。”

邵幼萍说：“可是，假如他不是凶手呢?”

“假如他不是真凶，我们会继续寻找真凶。这个问题，不是三言两语能说清楚的。算了。”

“我知道，你是一个有头脑、有责任心的警察。可是，也许凶手另有其人。你应该抓住最后的机会。你是有机会的。你一定能抓到真正的凶手!”

我觉得邵幼萍这一番话的意思和乔君烈的言论如出一辙。这也不奇怪。她在我家里待了一段时间，我和张宾研究案情的时候，只避着乔小星，有时却忘了也应该避着她。她对蓝雪遇害一案也略知一二。我唯有一再地让她不要为我担心，这种复杂的问题就让当警察的男人去解决。

邵幼萍显然没有睡着。我知道她还在为我以及那个蓝雪遇害一案而黯然神伤。我伸手摸她的脸，发现她满脸泪痕。我就极力劝慰她别为我担心，我会渡过难关，抓住真凶的。她紧紧地握住我的手，没有再说什么。

第二天早上六时左右，我被一些从客厅传来的轻微的响声弄醒了。邵幼萍正在给我熨衣服。我的裤子是羊毛的，衬衫是纯棉的。用这两种质地的衣料儿缝纫的衣服，穿在身上感觉挺好，缺点是易皱和不耐洗，必须拿到洗衣店去作干洗处理。如果丢进普通的洗衣机里搅拌一通，这衣服就会像抹布一样皱巴巴的，极难恢复光彩的本色。我曾经试过了。现在邵幼萍要把我的衣服熨平，那非得下苦功不可。

邵幼萍不太熟练地使用电熨斗。我看到她的额上沁出了汗珠，觉得她就像我的妻子一样。应该说她比温如心更像我的妻子。我想既然我和温如心的婚姻无法挽回了，就应该把这个问题解决掉。我开始期待着向邵幼萍正式求婚那个时刻的到来。

我洗脸刷牙后，穿上笔挺、干净的衣服，心情更加好了。

我看一下邵幼萍，知道她没睡好。

我说："我打呼噜，你没睡着？"

邵幼萍笑了："那就像电影上的拖拉机一样，我习惯了。我不做早餐了，咱们找个地方喝早茶去。"

我不好意思地说："对不起，我没时间了。我想去看望一下那个活雷锋。这大概花两个小时左右。然后再赶去乘坐火车。车票是十点四十分的。"

邵幼萍好像没有听明白，吃惊地看着我。

我说："你怎么啦？"

邵幼萍问："活雷锋？谁是活雷锋？"

我对邵幼萍说，据说蓝母在遭遇车祸前的一刹那，曾经有一个男性行人试图出手相救，却引发更大的悲剧。那个行人身负重伤，不知道现在怎么样了。为此我认为，那个男性行人为了抢救蓝母而落得如此的下场，也算是蓝雪遇害一案的间接受害者。我觉得至少我应该去探望一下他。不过我有点儿担心他的亲属会找我的麻烦，譬如要求我向他作出一定的经济补偿。要是闹出这样的事儿，我根本无法处理。然而，我总得有所表示吧？

邵幼萍不高兴了，转过身去不和我说话。

我说："你怎么啦？"

邵幼萍说："天黑了，谁能确认那个人就是活雷锋呢？"

我此刻注意到邵幼萍指出那宗车祸是发生在天黑的时候的。可是我似乎从来没有把车祸发生的时间告诉过她，她是怎么知道的呢？一时我只是觉得她在跟我赌气，信口乱说而已。

我好奇地问："天黑了，你猜到的？"

"天黑就容易出车祸。"邵幼萍看着墙上的时钟，在提醒我尽快作出去不去喝早茶的决定。

我说："如果他真是活雷锋，付出了这么大的代价，我是应该去看看他的。"

"世上那么多活雷锋，你都得去关心他们吗？如果你有充足的时间，你认为有必要，你当然应该这么做。可是你没有时间呀！你来广州都十几天了，你关心过我吗？"

没想到邵幼萍这么不讲理，不过我喜欢她这种在乎我的心态。这说明了她是爱我的。我也是这样的，盼望双方长久地在一起。

我说："宝贝，对不起，我改变主意了。还有两个多小时，我们到外面走走吧。"

邵幼萍立即转怒为喜，飞快地换衣服。

我和邵幼萍就近找到一家还算干净的小酒店喝早茶。大厅里人声嘈杂，但是我还是不愿意待在单间里。因为在大厅里可以随便吸烟，在单间里吸烟就必须征求同座女士们的同意。即使对方同意了，烟雾无法迅速排出去，谁都不好受。邵幼萍知道我近来因为烦恼而烟瘾大增，就不打算对我实行禁烟，还主动提出坐在大厅里。

我最喜欢吃蛋挞，邵幼萍则钟情于鲜奶。我吃着蛋挞，看着她美美地喝着鲜奶，就问她打算买一辆什么样的轿车。

"什么？乔君烈？"邵幼萍好像没有听到我的说话，甚至有点儿神经过敏。

我说："什么乔君烈？我问你打算买一辆什么样的轿车？"

邵幼萍离题万里地说："我越来越觉得，司法公正太重要了。"

我说："你是一个年轻的女人，还是搞营销的，典型的经济宝贝，注意了，我不说你是经济动物。你怎么关心起司法来啦？"

邵幼萍说："近朱者红，近墨者黑。谁叫我认识你？我认为，证据是最重要的。难道你们找到大卫的爸爸作案的证据了吗？"

我没有回答。因为我不能和邵幼萍谈及任何与案情有关的问题。事实上我们也没有找到乔君烈杀害蓝雪的确凿的证据。我们苦苦追捕乔君烈，是因为他背负极大的作案嫌疑却潜逃在外，而且我们受到了很大的非侦查因素的外部压力。

邵幼萍说："假如大卫的爸爸让你们逮住了，如果他打死也不说，那么你们还是没有找到有效的证据证明他就是凶手啊！如果他不是凶手，你们紧追他不放，这又有什么意义呢？显而易见，大卫的爸爸跑掉了，把你们的破案思路搅得一塌糊涂。其实，你们应该另起炉灶，独辟蹊径，在大卫的妈妈所认识的人里搞排查。不能否认，你精通法律，有捍卫司法公正的心理准备，可是你却极有可能走了弯路，造成悲剧性的结果啊！"

我看着邵幼萍。

"昨晚我做了一个梦，一个奇怪的梦。"邵幼萍卖了一个关子，慢吞吞地说，"我梦见你在大卫的妈妈生前工作的公司里抓到了凶手，我替你高兴，却醒过来了。真是好梦不长啊！"

我渐渐地觉得邵幼萍的话似有所指，但是我无法猜透她那晦涩的潜台词。我忽然想起旁观者清这个成语，因而我认为邵幼萍言之有理却未免啰嗦，她在替我担忧和焦急呢。

第二十六章　另种暧昧

我们从广州市回来后，主管领导立即召集0513专案组成员开会。主管领导同意加大在佳迅联合集团公司排查的力度，还严令我必须想办法尽快抓到乔君烈。这个会议有一个关键词就是负责任，即必须有人要为0513案件迟迟未能侦破、蓝母之死负上责任。每一个与会人员都清楚地意识到我将受到处分的结局呼之欲出。我当然比任何人更明白这一点。

我仍然对自己抱有希望，幻想着在最后的时刻抓住机会，把自己留在刑警大队、留在大队长的位置上。当然，抓住乔君烈和侦破蓝雪被杀一案是我最大的愿望。

祈求乔君烈突然投案自首是不现实的，要把他抓获也没那么容易。乔君烈潜逃时所携带的绝大部分钞票，已经在广州市被我们缴获。乔君烈在国内长途奔走，东躲西藏，必然花费不少钱。如果他没有了钱，就蹦不了几天了。可是，怎样才能把乔君烈获得资金的渠道堵死，这是一个大难题。乔君烈是远大高科技电脑公司的董事长，也是最大的股东，要拿到一大笔钱可不是一件特别难办的事儿。我们调查过了，乔君烈所经营的公司并没有丢荒，而是由其他几个股东共同接手主管经营，还勉强维持着。问题是乔君烈有先见之明且生性多疑，在好几次侥幸逃脱我们的追捕后，早已成了惊弓之鸟，惶惶不可终日，绝不轻信任何人。也不排除他不敢向生意合伙人、朋友要钱的可能性。不过，乔君烈是科技人才，无疑是有一技之长的，可以通过打工挣钱。但是他是通缉犯，如果重操旧业，抛头露面地打工，将很容易暴露出来。

我们曾经到远大高科技电脑公司去，向公司员工宣讲有关的法律条文，要求他们向我们提供乔君烈的消息，并且不要向他提供金钱。不过我觉得此行的收获不大。

蒋光亮仍然负责到佳迅联合集团公司搞排查。但是他和两个同事在佳迅联合集团公司前前后后忙乎了十多天，还是未能向我提交任何有价值的线索或证据。一个协同蒋光亮搞排查的同事向我汇报，他听说蒋光亮和佳迅联合集团公司的总经理胡志良经常在某些酒店和娱乐场所共同出现，双方称兄道弟，关系非同一般。

我便把蒋光亮找来。蒋光亮汇报他们在佳迅联合集团公司曾经锁定了三个目标，可是最终都一一排除了。在毫无进展的情况下，他也考虑过请市纪委和市监察局有关人员协助一下，调查该公司的经济问题。但是就目前情况看来，实在没有这个必要。同时他申明他和胡志良搞好关系，是为了更好地开展工作。

我质疑蒋光亮的工作方式，但是现在我不便正面批评他。从广州市回来后，蒋光亮就开始高调儿地行事，对大队里的任何事儿都指手画脚。对于处在混乱状态的0513案件，他也积极地大包大揽，给人一种临危受命的感觉。可以看出，他正在刻意地向大队里所有的同事发出明确的信息，他将是这里的行政主官。

前天晚上，徐希愉在饭后没有立即走掉，特意留下来和我好好地谈了一会儿。一开始她的神情非常严肃，却在开口说话之前连打几个呵欠，渐渐地变得无精打采了。她说她本来不该像长舌妇一样，但是她觉得还是应该把实际情况告诉我。她说蓝父比蓝母更憎恨我，根本不想见到我。蓝父把0513案件无法侦破、蓝母之死这两个责任都归咎于我，奋笔写下慷慨激昂的万言书，复印了数十份，向各有关单位负责人提出强烈要求，由我承担相应的责任并撤销我的职务，再任用称职的警官负责侦破0513案件。他正在向新闻记者求助，制造舆论声势。另外，他将争取名律师的无偿法律援助，把我送上法庭。徐希愉还向我透露，蓝父有两个三十多年前的学生分别在省政府和省公安厅担任重要职务。蓝父不止一次地抱病去求助于他们。不用徐希愉多说什么，我明白到那两个大权在握的人将在我的警察职业生涯中留下不可磨灭的烙印。

我知道大势已去，但是我仍然决定当即到佳迅联合集团公司走一趟。

佳迅联合集团公司的前身是生产电视机的国有企业，先后兼并了同是国有企业的照相器材厂、复印机厂等，进行股份制改造，一跃成为资产逾十亿元的大型国有控股企业，曾经辉煌一时。但是该公司在上世纪九十年代后期已经不景气。胡志良走马上任撑持危局，下车伊始立下三年扭亏为盈的军令状，大刀阔斧地进行经营改革，却收效甚微，企业濒于破产。然而胡志良却经常通过新闻媒体热炒自己的形象，号称是有魄力、改革型的企业家。前年胡志良又提出了企业体制及产权改革方案，该方案在去年底被审查批准，现在正在实施中。

我和张宾赶到佳迅联合集团公司的时候，该公司保安部负责人立即给胡志良打电话。胡志良在电话里热情地向我大讲客套话，请我务必等他一下，他正在市政府办事，很快就赶回来。我说请保卫部负责人协助我搞排查就可以了，不必打扰他的工作。胡志良说他已经三令五申，公司上上下下都会协助公安机关办案的，要人有人要车有车。他让我先开始工作，但是务必要等他回来。

半个小时后佳迅联合集团公司就下班了。我已经跟财务部新上任的经理和一部分财务人员分别见了面，提出一些有针对性的问题要求他们回答。有财务人员向我反映，胡志良的企业体制及产权改革方案造成巨额国有资产流失，流向胡志良幕后操纵的一个民营公司，胡志良因而轻而易举地成为亿万富翁了。蓝雪作为财务部经理，在胡志良实施其所谓的改革方案过程中发现了他的阴谋，开始积极寻找证据并极力抵制，准备向上级有关部门检举揭发。因此，胡志良是有杀人灭口动机的。

我查看了蒋光亮在佳迅联合集团公司搞排查的工作记录。记录上表明胡志良在0513案件案发当晚，和朋友在国豪娱乐城打保龄球，因而没有作案时间。蒋光亮就这样让他过关了。但是我决定公事公办，一定要认真核查胡志良在案发当晚到底干了一些什么。

胡志良在下班后回来了。他显然对我的到来非常重视，认真地和我谈了一会儿，一再请求我尽快抓获杀害蓝雪的真凶，平息目前公司里广为流传的对他非常不利的种种猜测和谣言。他热情地邀请我吃饭。我极力推辞。但是胡志良给我的主管领导和蒋光亮打电话，他们立即答应赴宴。主管领导坚持让我陪他喝一杯，我就无法推辞了。令我惊奇的是蒋光亮竟然如闪电般飞快而至。胡志良还想拉上张宾吃饭。我说张宾有事儿，就让张宾赶紧去把徐希愉接回家，省得她挤公共汽车劳累一番。这几天她跑来跑去给我们买菜做饭，也挺辛苦的。

胡志良把我和蒋光亮领到一家五星级饭店，主管领导随后赶到了。我很快就发现主管领导和蒋光亮的腕上分别戴着不同款式的劳力士手表，胡志良也戴着劳力士手表，不由得怀疑他们是一伙的。胡志良兴致很高，点了几个贵菜，还要了一瓶轩尼诗XO。我不会喝酒，也很少说话。

平时每到傍晚，我就给徐希愉打电话，告诉她我是否回家吃饭，以便她按人头做饭，不至于浪费粮食。今晚徐希愉主动打来电话，问我回家吃饭吗？我这才记起没有跟她打招呼，就对她说给我做一点儿，还得注意别让张宾吃光了。

主管领导很感兴趣地问我徐希愉会做菜吗？在他的印象里，徐希愉是一个不懂得享受的工作狂。接着他叹着气对我说，没想到0513案件会搞成这个样子。他一定要让我喝几杯，明天继续好好干。我就喝了一杯，没怎么吃东西。我觉得餐桌上的菜都变了味儿。

胡志良对主管领导说，下班前他收到台风通报，一个叫什么名字的特大台风将于明天上午九时左右登陆本市，已经通知大部分职工明天不用上班，只留下少数职工值班。主管领导说，明天我们也歇一天，不要紧的事儿都推到后天吧。我正要给大队里的刘教导员打电话，让他明天领着几个人值班。蒋光亮说就让他值班。我看出蒋光亮有当家做主的热情，在这儿就不便打击他的积极性了。

饭后，胡志良和主管领导还要留下我打保龄球。我以喝了酒身体不适为由推辞了。蒋光亮驾车送我回家，再折回去打保龄球。

张宾把钥匙丢了，我把我的钥匙给了他。我回到家里只好叫门了，徐希愉给我开了门。平时在这个时候她已经走掉了。今晚她多留了一会儿，给乔小星缝补开绽的校服。

我和徐希愉简单地说了几句话。我有点儿口渴，就喝了不少茶水，还打算看一下电视里的新闻。

徐希愉问我吃饱了没有，我摇摇头，说自己没胃口。徐希愉从厨房里端出菜和面条，把我叫进饭厅。我发现面条里有辣椒酱，那用微波炉加热过的黑椒牛肉更是香味扑鼻，就坐下来，大口地吃起来。我觉得这顿家常便饭比星级饭店的酒席更有吸引力。

我说："谢谢。张宾呢？"

张宾这几天总是神出鬼没，不知道在干些什么。乔小星正在歇暑假，整天在书房里上网。我觉得张宾也在上网，找对手下象棋或找人聊天。我想这小子过得挺不错的。

徐希愉说："张宾把我拉到农贸市场就跑掉了，还说不要烧他的饭。对了，领导跟你说了些什么？"

我说："没说什么呀。"

徐希愉问："他们对你热情吗？"

我明白徐希愉的意思，她挺关心我的。

我说："你担心我在大队长的位置上待不久了吧？放心吧，我能挺住。暂时还没有听到风声，没有收到暗示，我就做一天和尚撞一天钟吧！"

徐希愉说："乔君烈抓不到，现在唯一的办法是在佳联公司搞排查。我突然觉得，唯一的办法并不是最坏的办法。你得抓紧时间啊，时间不多了！"

我点点头。

我说："明天早上九点多刮台风，最大风力超过十二级。你就别来了。好好休息一天。我早点儿起来买菜，让张宾做饭。"

徐希愉看一下手表："哎呀，都快八点半了。我得赶去新华书店给大卫买本奥数教程。"

我说："还是我去买吧。我领着大卫一块儿去。"

乔小星期末考试的成绩非常不理想，因而名次靠后，比上学期滑落一大截。不能再这样下去了。我和徐希愉商量，反正乔君烈有钱在我们手上，就为他请一个家庭辅导老师，在暑假里认真复习功课。

我和乔小星送走了徐希愉，再乘车到新华书店去。

在新华书店里，我和杨丽童竟然不期而遇。杨丽童看到站在我身边的乔小星，愣了一会儿。不知道她是否晓得乔小星是乔君烈的儿子。我没有向她透露我的家庭情况，也没有说过乔小星就住在我家里。我看一下乔小星，他毫无反应，这证明他不认得杨丽童。

我说："你也来买书吗？"

"是呀，买几本书，给自己充电。"杨丽童指着乔小星，"这是你儿子吗？都这么大了！念几年级了？"

乔小星说："下学期四年级。"

我对杨丽童说："你仔细看看，这孩子像谁？"

杨丽童说："不像你，像你妻子？"

我摇摇头，让杨丽童再仔细看看，还作出提示："你看这孩子的眼睛、鼻子。"

杨丽童有点儿明白了，却没有说话。

乔小星是漫迷，最喜欢日本漫画。他一走进新华书店里就很兴奋，再也按捺不住，跟我打声招呼，朝少儿读物书架走去。

望着乔小星的背影，我对杨丽童说，这是乔君烈的儿子。我问她有乔君烈的消息吗？她说如果有肯定会告诉我的，还请我在有空儿的时候到她那里吃饭。我点点头，心里却想最近我们把工作重点放在佳迅联合集团公司内搞排查，乔君烈已被放在较次要的位置上。在这种情况下，我自然没有借口到杨丽童的住处去。

第二天早上七时多我才醒来。我觉得昏头涨脑的，明白昨晚没睡好，就赖在床上。冰箱里空无一物了，我必须赶在台风前把菜买回来。过了一会儿，我正要硬挺着起来看看天气，这时候我的手机鸣叫起来。我想谁在这个时候不早不晚地给我打电话，一点儿也没有打扰我睡觉，真是个大好人。我接听电话，却是徐希愉。徐希愉告诉我不要去买菜，她已经买好了，还买了一些早餐。

张宾和乔小星还没有起床。我坐在沙发上看电视，看本地电视台滚动直播的天气预报。

外面的风势渐渐地增强了。徐希愉还没有到我家，我不禁担心起来。她那苗条的身体，十级左右的台风就可以把她掀倒，更不用说十二级的台风了。我坐立不安，就急急忙忙跑到小区大门前等她。到了外面，我才发现自己的装束不太雅观。我身上的短衣短裤实在太旧了，还趿拉着破烂的拖鞋。风势和雨点越来越大，我也顾不上那么多了，只想早点儿把徐希愉接到我家去。

我看到一个穿着雨衣的女人，提着两个大大的购物袋，在风雨中几乎走不动。我想那就是徐希愉，急忙顶着风雨走过去。我的眼镜上全是雨水，在狂风中摇摇欲坠。我把眼镜摘下来，眼前依然一片模糊。没想到那个女人不是徐希愉，她还以为我是劫匪，一时惊恐万状。

我在大门前等了一会儿，没见到徐希愉。想给她打个电话，手机却没有带着。我硬着头皮找保安员借用手机。保安员一开始不太愿意，听说我是警察，就爽快地把手机递给我。徐希愉责怪我太蠢了，她说她乘坐出租车进入地下车库，再从车库进入电梯，早就顺顺当当地到了我家。

我狼狈地回到家里，徐希愉和张宾都在取笑我。徐希愉叫我快点儿洗个澡换衣服，别不小心感冒了。她让张宾给我找衣服。我在卫生间里洗热水澡，张宾在外面叫门。我把手伸到门外拿衣服，张宾说这衣服是徐希愉选定的，即使我不满意也不能怪他。我一看是冬天的睡衣。现在气温骤降，穿这种衣服也是合适的。我觉得徐希愉还真是个好女人。

徐希愉买了很多好菜，还买了不少奶油蛋糕。

我让张宾尽量少吃，把他那份儿蛋糕给我一点儿。我说我不吃午饭了，吃饱了就抓紧时间好好睡一觉。我想徐希愉回不去了，就问她打算在这屋里什么地方休息，她让我不要管她。我说书房里有地方，就让张宾把行军床支起来，再到我卧室的衣橱里找干净的被子。徐希愉没说什么，等于默许了。

张宾到我卧室找被子，小声对我说，今天这鬼天气徐希愉都来了，买这么多好菜，目的就是想让我们吃好点儿。准确地说她的目标人物是我，可是我却视而不见，避重就轻地觉得蒙头大睡才是最好的，这未免太不领情了，会伤了她的心的。张宾补充说一句，刚才我顶着风雨到大门前等徐希愉，也算是回报了她的一片好心。我知道自己忽略了一些很重要的细节。随即我觉得我家里的一切变得复杂了。我就说我暂且不睡，让张宾动手做午饭。

外面狂风怒号，饭厅里却欢声笑语。我们围着餐桌，吃着热气腾腾的饭菜。张宾还拿出半瓶红酒。这是上次邵幼萍来的时候买的。不过张宾识趣地没有提到邵幼萍的名字。

吃过午饭后，大家都睡午觉。

躺在床上才知道我很久没睡过午觉了。在这种天气里，出了什么乱子，也没那么快有人报警。什么都得等到风势减弱后。即使有人报警，就让蒋光亮领着值班的同事去处理吧。我放心地躺在床上，什么也不去想。要是天天这样，该有多幸福啊！我在这种感觉中安然入梦。

台风在傍晚过去了，却带来了倾盆大雨。

吃过晚饭后，我打算回单位看一下，张宾便要打电话向单位要车。今天蒋光亮值班，我把平日几乎由我专用的公务车给了他。我想保持低调儿行事，不让张宾打电话，和他一起到外面找出租车。

主管领导和蒋光亮在小会议室里打牌。主管领导赢了两百多元钱，玩得挺高兴的。他让一个同事退位，叫我入席加入他们的有奖游戏。我说我不玩儿。他们也没有强求我。

我在办公楼里巡视着，主管领导从我身后走过来。看来他是特意来找我的。他递给我一根中华香烟，他自己扔掉烟头，接着又吸一根。

主管领导说，胡志良是大名鼎鼎的企业家，一个濒于破产边缘的大国企的命运、数千个职工的饭碗就掌握在他的手上。按说，这种有头有脸的人物怎么会铤而走险杀人呢？即使他要杀人灭口，也不会亲自上门杀人，而是选择雇凶杀人啊！主管领导向我指出，如果我执意要调查胡志良，这必然会削弱他的威信，打击佳迅联合集团公司领导层的士气，助长流言蜚语，造成极为不良的影响。况且要调查胡志良，也应该先取得市委市政府领导同意啊。他指出目前最要紧的事儿，还是抓到乔君烈。

主管领导态度诚恳地和我谈了很久，其实他在给我扣帽子，暗示我不服从领导。这反而使我认为胡志良更加可疑。我坚持要在佳迅联合集团公司内搞排查，但是现在不是和主管领导争论的时候。我考虑着用什么方式调查胡志良在蓝雪遇害当晚到底干了一些什么。

我和张宾回到家里的时候，徐希愉正要走。我提议她别走了，晚上就住在书房里。邵幼萍走后，张宾就从小卧室搬出来，住进邵幼萍曾经住过的那间卧室。现在可以让张宾和乔小星合住小卧室，把那间卧室让出来。

徐希愉说不走了，就住在书房里吧。我说我要用电脑，她便觉得可笑，说书房是我的，不必取得她的同意。

我打开电脑上网，看到我的电子邮箱里有两封信，是乔君烈写来的。如同猎手发现猎物一样，我立即阅读它。

乔君烈在一封信里，开列一份课外读物清单，请我在有空儿的时候把那些书买回来，务必督促乔小星在暑假里阅读。另外他还在信中附上几道 IQ 题，用以测试乔小星的智力。这让我觉得乔君烈的心情挺好的。

乔君烈在另一封信里告诉我一件非常重要的事儿。那些国内沿海大城市的豪华轿车车主大都购买了国外某防盗器材公司生产的汽车数码防盗锁。但是这种号称坚不可摧的数码防盗锁，竟然被国外某个黑客所破解，而且国内某个盗车团伙已经购得该项破锁技术并用于作案。那些高科技的盗车贼，随身携带笔记本电脑，那是主要的作案工具。某些只是掌握传统破锁技术的盗贼便渐渐地在盗车团伙内失宠了，甚至被抛弃了，因而失去巨额的经济来源。有一个盗车贼在被迫离开盗车团伙后心理极不平衡。他在网上看到乔君烈的帖子后，给他发来一个电子邮件，表示愿意帮助乔君烈找到香格里拉花园高级住宅区五月十三日晚上的监控数字录像硬盘，索价五十万元。那个盗车贼是这样证实那套监控录像是存在的：盗车团伙在香格里拉花园高级住宅区作案当晚，小区内发生一宗命案，凶手很可能被录像。正是这个原因，盗车团伙的头目认为那套监控录像很有利用价值，万一该头目有朝一日落入法网，在警方完全掌握他作案罪证的情况下，他就会考虑把那四个监控数字录像硬盘交给警方，以此将功赎罪减轻刑罚。因而没有立刻按常规销毁它。

那个盗车贼最后还特别说明，当晚他在香格里拉花园高级住宅区还看到一个中年男人从发生命案的那幢楼鬼鬼祟祟地走出来，说不定那家伙就是凶手。

乔君烈在信上说，那个盗车贼所说的情况是真是假，一时无法认定。况且乔君烈现在不名一钱，根本无法满足那个盗车贼的要求。他把和那个盗车贼联系的方式和相关的事宜告诉了我，希望警方全面介入，先想办法抓获那个盗车贼和盗车团伙各成员，再进一步想办法找到那四个监控数字录像硬盘。

乔君烈所提供的信息让我一阵狂喜。我宁愿相信这是一个有价值的情报。据我所知，从前年底到今年上半年，为数不少的豪华轿车被盗，促使很多车主购买科技含量极高的数码防盗锁。安装有这种防盗锁的车辆让盗车贼望而却步。至于盗贼是否掌握了破解数码防盗锁的技术，我就不知道了。

我突然想起邵幼萍不就是数码盾保安系统有限公司广州代表处的销售总管吗？对于这个国际著名的防盗器材品牌是否已被黑客所破解、国内盗车团伙是否掌握了破锁技术，她应该是知情的。于是我给邵幼萍打了电话，听到她的声音就开门见山地询问有关汽车数码防盗锁的几个问题。她认真地作答，并且对数码防盗锁可能已被黑客所破解这件事忧心忡忡。我没有和邵幼萍谈情说爱，谈完工作上的事儿后，匆匆地把电话挂了。我必须立即研究所得到的信息。从邵幼萍的答话中我得出一个结论，就是乔君烈所提供的信息的可靠程度还是相当高的。

我把张宾叫进书房里。我们研究了一下，决定明天就开始诱捕那个盗车贼。

我的心情好了起来，再给邵幼萍打个电话，这一次纯粹是和她聊天。我觉得她好像有点儿不开心。我向她解释，刚才我打电话给她，是工作需要，一时顾不上和她多聊几句，对她关心不够。她就问我 0513 案件有眉目了吗，我简单地回答希望还是有的。至于案情细节，我不能告诉她。我问她什么时候有空儿，飞过来看看我。她说最近很忙，过些日子再说。

我和徐希愉、乔小星坐在沙发上看电视，让张宾给大家煮夜宵。

我用乔君烈发来的 IQ 题考问乔小星。不过 IQ 题中人物的名字是我给起的。IQ 题的内容如下：有一个军事游戏，由红蓝两方对垒。不管哪一方捉到对方的俘虏，都按每捉到一个俘虏奖励一百元计算。张宾和乔小星加入红方。张宾和乔小星跟随红方大部队行动，一连几天都找不到蓝方大部队的踪影，有点儿心灰意懒，就找个地方睡觉。结果乔小星醒来后，发现红方大部队已经开走了，前方出现蓝方大部队。乔小星欣喜若狂，告诉张宾要发大财了。张宾赶紧让乔小星点算人数，乔小星好不容易才统计出来蓝方一共有一百人。张宾得意忘形地说这一次净赚一万块钱，比买彩票好多了。

乔小星还是聪明的，笑着说倒是张宾和他当了俘虏，让蓝方的人发了小财，净赚两百块钱上网去了。

我和徐希愉哈哈大笑。徐希愉对我说看得出我的心情不错。

吃过夜宵后，已是晚上十一时。

我在阳台上吸烟，徐希愉走过来。她说这会儿阵雨变小了，雨停了她就走。

我说：“不是说好了，你在这儿休息的吗？台风后的阵雨说不清，说不定浇你个落汤鸡。”

徐希愉说："我不习惯在别人家里睡觉。中午我就没睡着。还有，我没带睡衣来，就更难睡着了。"

"不早说，你可以穿你嫂子的睡衣。"我特意强调那是温如心的睡衣，打消她的顾虑。

徐希愉却哪壶不开提哪壶，问："嫂子的睡衣？不会是那邵幼萍的吧？"

我说："不会。"

徐希愉说："邵幼萍穿过了，我不能穿。"

我说："没有。"

徐希愉一改快言快语的风格，结结巴巴地说："我觉得那个女人不适合你。这句话我早就跟你说过了。你忘掉了吧？"

我说："我记住了，不过，不是那么回事儿。"

徐希愉说："你否认不了。你使君有妇，不能这样。"

徐希愉说起不久前我们出差到广州市，在最后那个晚上，我因私人原因离队且彻夜不归，引起同事们议论纷纷。她说这不一定是张宾嘴巴不严不小心说出去了，而是同事们的想象力不错，甚至可能有人推波助澜。她提醒我必须清楚自己此刻的处境，一定要小心行事，夹着尾巴做人，不能让别人抓住那个生活作风有问题的小辫子。我觉得这话不像出自徐希愉的嘴巴。她是那种高调行事且无所畏惧的人。不过我明白她的苦心。她绝对不希望我中箭落马。接着徐希愉又回归到刚才她提出的论点：邵幼萍不适合你。徐希愉进一步说，即使你真心爱邵幼萍，她仍然不适合你。

我只好沉默了，不再打算说服徐希愉留在我家里休息。我要送她回家，被她拒绝了。不过，我还是冒着阵雨到外面叫出租车。她在上车前说，还有一句最重要的话要说：记住蓝雪和蓝母是怎么死的，记住自己的任务。我朝她郑重地点点头。

第二十七章　关键线索

我和张宾马不停蹄地做两件事儿，一是诱捕那个盗车贼，一是到佳迅联合集团公司搞排查。

但是在刑警大队的上空飘荡已久的传闻得到了证实。主管领导把我叫去作简单的谈话，然后把上级部门对刑警大队领导层作出调整的决定文件向我宣读。蒋光亮取代了我的职务，我被警告处分且调到城区边上那个派出所任职副指导员。

蒋光亮在退役前是武警部队的少校参谋。他转业走马上任刑警大队副大队长的时候，我还是一个普通的法医。前年，在前任大队长涉嫌为走私和黑社会团伙提供保护伞的罪名而被逮捕时，蒋光亮在副大队长的位子上待了将近十年，据说当时的主管领导把他内定为大队长头号人选。但是市局领导层突然被调整了，我这个在本市公安系统内寥寥可数的全国优秀人民警察、刑侦支队技术大队副大队长，出人意料地被点将接任分局刑警大队大队长职务。张宾后来告诉我，刑警大队内议论纷纷，说我因那软弱气质、书生本色而注定了我不宜于担任铁血刑警头目这个角色。我知道以蒋光亮为首的一些老刑警不太服我，不时和我较劲儿。可是我不动声色，默默地证明给他们看我是称职的。一方面，我努力团结老刑警，调动他们的工作积极性；另一方面，我向上级单位力争从公安大学和刑警学院分配来的本科生。我打算在三年内让年轻、高素质的刑警成为大队里的骨干力量。我自认在任上已经取得了同事们广泛的尊敬，也取得了一定的成绩。然而，我所苦心经营的刑警大队，还是落在了蒋光亮的手上。如果落在一个智者的手上，我还无话可说。可是蒋光亮是智者吗？

对于自己被贬为派出所的副指导员，我还冷静，没有为自己辩解。平心而论，我的确应该为蓝母之死负上一定的责任。我知道和蓝母横尸异乡街头相比，我受这一点儿委屈根本算不了什么。但是我遗憾的是，我不能留在刑警大队里，继续抓捕那个盗车贼，侦破0513案件和盗车大案。也许那个盗车贼就是侦破0513案件的关键人物。我向主管领导表态，我接受组织处分、服从上级安排，不过我希望能以普通刑警的身份继续留在刑警大队，参与0513案件的侦查工作。待侦查工作结束后，我再到新的工作岗位去。

主管领导当场拒绝我的要求，希望我尽快到新的工作岗位去。他说如果是块金子，放在哪里都会发光。我觉得主管领导这句话虽然逆耳，却是放之四海而皆准的真理。这促使我立即回到办公室，退还我使用的公家物品，结算我的借款和单据，收拾自己的东西，还把蒋光亮和刘教导员叫到我办公室交接工作。我主动地对蒋光亮说，我办公室里办公设备齐全，让他明天就搬进来。蒋光亮忙不迭地摆手说不着急。

刘教导员肯定了我在刑警大队所取得的成绩，问题是我的运气实在太糟了。现在我下台了，他们也不便再批评我没有对乔君烈实施刑事拘留从而导致满盘皆输。蒋光亮更是显得惺惺相惜，非要送给我一支镀金的派克钢笔作为留念。我接受了。

蒋光亮说："乔君烈在各地逃窜，还发来什么电子邮件向警方挑战，也太欺负咱们了。他就像疯子一样！"

我当然得反击一下，就慢吞吞地说："说乔君烈是疯子，这是不正确的。疯子是不需要负上刑事责任的。要把对方视为对手，否则，跟一个疯子较劲儿，自己也差不多是疯子了！"

蒋光亮高姿态地笑了："许队，你又抠字眼儿了！不管乔君烈是不是疯子，咱们一定要逮住他！"

我说："蒋队，刘教，《福尔摩斯探案集》看过吗？"

蒋光亮和刘教导员都点点头。

我说："《福尔摩斯探案集》，每一个侦探故事到了最后一刻，凶手即将出现在我们眼前的时候，我们在心里都会大喊一声：就是他！咱们这个0513案件到了最后一刻，到了大喊一声的时候，我敢肯定乔君烈未必就是真正的凶手，而是另有其人。"

蒋光亮说："我觉得，先抓到乔君烈，才能证实他是不是真正的凶手。"

这时候张宾兴冲冲地走进来。

我说："有消息吗？"

张宾大声地说："有！"

我说："蒋队、刘教都在这儿，正好。你向他们汇报吧。从现在起，我不是你们的大队长了。有什么消息，说吧！"

张宾一时转不过弯儿来。我觉得他应该沿用嬉皮笑脸的招数来掩饰自己的尴尬，他却严肃地环顾这间办公室里所有的人。我只想了解案情，催促他快说话。张宾作出汇报，他根据乔君烈所提供的线索和联系方式，已经想办法把那个盗车贼吸引住了。张宾在口头上答应给他二十万块钱购买那一套监控录像。他们约定在今天晚上八时见面，一手交钱一手提货。

大家都非常兴奋。

蒋光亮说："张探长，会不会是对方的圈套？"

张宾说："是圈套也好，是真心交易也好，咱们不见兔子不撒鹰，到时候让他有来无回！"

我站起来对蒋光亮说："蒋队，请批准我参加这次行动！"

蒋光亮看一下手表："还早着呢。不过抓捕现场要好好布置一下，还得研究一套可行的抓捕方案。不管那小子有没有那四个硬盘，先把他逮住再说。逮住他，也许盗车大案就有眉目了。"他看了我一眼，说："老队长，你是吃技术饭的，类似这种抓捕行动、攻坚战，就让我们当过兵的来。你也辛苦了，还是好好休息几天，等我们的好消息吧！"

蒋光亮这句话是针对我重用公安大学和刑警学院的本科生有感而发的。他也不想让我插手0513案件，夺了他的头功。他管我叫老队长，我倒没有意见。

蒋光亮让刘教导员和张宾到小会议室去。张宾最后一个离开这间办公室，特意回头看了我一眼。我大声地对张宾说，别忘了我是超级球迷。即使我不能参加一场激烈的足球比赛，也不能亲临现场观看，但是我渴望知道比赛的结果。到那时请第一时间告诉我谁是杀害蓝雪的凶手。张宾说几年前的欧洲国家杯足球锦标赛，希腊国家代表队以神话般的方式夺得冠军。属于我们的神话在今晚可能会出现。他朝我做了一个OK手势，就匆匆地走了。

下班前我就离开了工作两年多的刑警大队，带走一些私人物品。平时一般是张宾到第十三小学把乔小星接回来的。现在我有空儿，不能再麻烦张宾了。当我乘坐出租车赶到第十三小学时，才发现学校已经放假，校园内几乎空无一人。乔小星此刻就在我家里，根本没有上学。我哭笑不得地站在学校大门前吸了一根烟。

走进家里，我闻到一股煮螃蟹的香味儿。乔小星高兴地嚷嚷有螃蟹吃，还告诉我今晚徐希愉请客，买了很多菜。

我走进厨房，看到徐希愉正忙得满头大汗。

我苦笑着："小徐，你傻得可爱！这是干什么！以后用不着麻烦你了，我有的是时间。你要是有空儿，倒欢迎你来看看大卫。"

徐希愉停下来，扭头看着我。我取来餐巾纸让她擦汗。但是她的双手上全是鱼血，她没有接过餐巾纸。

徐希愉说："给我擦一下吧。"

我有点儿不好意思。

徐希愉说："别假正经了。好了，不要你帮忙。"

徐希愉把手洗干净，拿过餐巾纸擦拭额上的汗珠。她告诉我最近几天她花了很多时间分别去找市局里的局长、政委和纪委书记。好不容易找到这些大忙人后，她就为我据理力争，希望我还能在刑警大队占有一席之地，继续从事目前的侦查工作。因为这不是为自己歌功颂德、申辩是非，而是无私地为别人，所以她理直气壮、言无不尽地说项。她还分别给市委书记和市政法委书记写了同样言论的信。现在看来她的努力是徒劳的。今天下午她找到支队长，支队长对我还是感兴趣的，说先避开风头，过了两三个月后再考虑把我调进刑侦支队重案大队，任职副大队长。

市局刑侦支队支队长姓庞，身材高大肥胖，市局领导在非正式场合管他叫胖支队或胖猪，同事们在背地里也这样称呼他。胖支队长是一个精明圆滑、精力充沛、霸气十足的人。不过话又说回来，如果不这样，也很难凭借支队里不到两百个刑警管住全市五百多万常住人口和将近一百万暂住人口的刑事案件。他对我一直不太感兴趣。但是现在胖支队长的日子也不好过，近来支队里挂着几个大案要案，在调配使用警力时未免捉襟见肘，正是用人之际。我因为侦破0513案件不力而被降职调离使用，也算是给他敲响了警钟。为此我觉得他有把我拉起来的可能。他使用我，等于向上级领导暗示不要经常地将中层干部降职调离使用。

"就说那个交警遇害案子，都一个多月了，咱们的胖支队一筹莫展，也是焦头烂额、度日如年啊！我得找个适当时间跟他谈一下。"我看着徐希愉，"对了，我跟你非亲非故，你为什么要帮我呢？我应该谢谢你，如果我找领导自我辩护，效果可能适得其反。而你替我说话，情况就大大不同了。"

“我记得你说过的那两句话。说真话是要付出代价的。还有，刑事案件太重要了，不能把它交给刑警们。记住，要说真话，然后搞好你的刑侦工作。”徐希愉强调，“就是因为你说了这两句话。”

我说：“我想过了，不当警察，我能干什么呢?”

徐希愉很感兴趣地问我：“那你能干什么？当个中学教师?”

我说：“我不会武功，不能打，保镖我当不了。对于医学，我也是一知半解，不能当医生。谁都想当企业家，可是这条路我铁定是走不通的。我这性格注定我根本不适合当企业家。想来想去，我什么也不会干。要饭我也不会。我还得当警察。”

徐希愉说：“那你明天就到那个派出所报到上班去吧。不要乱说话，不要发脾气。小不忍则乱大谋。”

我说：“放心吧，我又不是小孩子。”

徐希愉叹着气：“有时候你就像小孩子。”

徐希愉做了很多好吃的菜。她问我张宾什么时候回来。我想了一下才回答，他可能很晚才回来，不要等他了。

徐希愉叹了一口气，不客气地说：“这个人是马屁精，大家都知道。他拍的马屁，都拍到你骨子里去了。这会儿你不是大队长了，老蒋的大腿粗，他就抱着不撒手了。你看吧，不出三天，他就搬出你这儿了。你亲近这样的小人，大错特错了!”

我不想说话，从衣兜儿掏出手机看一下。手机没关着，张宾也没给我打电话。

看着这么多好吃的菜，我却没有多大的胃口。不过我强迫自己吃下去，不然会辜负徐希愉的一片好意。虽然我和她曾经失和，但是我们现在都毫不介意，像亲人一样待在一起。我觉得徐希愉像我的母亲，是那种无微不至地关心我的人。

徐希愉说：“看你，吃螃蟹像吃药一样!”

我说：“我在想着张宾他们。他们出去抓人了。”

徐希愉说：“你已经不是大队长了，刑警大队的事儿，你就放一放吧。抓人老蒋还是有几下子的。”

我没说什么。

徐希愉突然想起来：“哦，是抓跟0513案件有关的人?”

我点点头。

乔小星一直在猛啃大嚼着，嘴角沾满油。

乔小星说："抓我爸爸?"

我说："不是。"

乔小星不满地说："别骗我了！我上网多了，0513，我妈妈就是5月13日死掉的!"

徐希愉非常自责，替乔小星擦掉嘴边的油，对我说："给张宾打个电话问一下啊!"

我说："这不合适，他正在行动中。他会给我打电话的。"

徐希愉说："可是他没给你打电话啊！待会儿咱们到刑警大队看看去。"

"对了，你也是专案组的人啊，我就不是了!"我不再明说0513专案组了，以免再触动乔小星。

徐希愉说："到刑警大队走一趟，谁也不敢把你怎么样啊!"

我和徐希愉来到刑警大队。我把她领进小会议室，找来当天的几份报纸给她。值班的同事端来两杯水，但是他也不知道蒋光亮和张宾是否抓到目标人物了。

一直到晚上十一时，我的手机才鸣叫起来。徐希愉盯着我的脸。这是张宾打来的电话，他兴奋地告诉我抓到了目标人物，也缴获了一个硬盘。不过这个硬盘是否和0513案件有关，有待进一步证实。我问他把抓获的人送到哪里去了，他回答是刑警大队。徐希愉似乎比我还兴奋。

蒋光亮和张宾回来了。

张宾端着饭盒从小会议室门前走过，没想到我和徐希愉正在这里。张宾走进来，小声地向我讲述今晚的抓捕行动的具体情况。张宾说蒋光亮虽然在表面上非常重视这个抓捕行动，但是他并不相信对方就是真正的盗车贼。张宾却非常有信心，一再向参加抓捕的同事们说这是我搞来的情报。张宾解释他这样做是为了让同事记住我，这有利于将来我重新回到刑警大队做工作。接着张宾眉飞色舞地讲述他如何和目标人物斗智斗勇，最终把这个非常狡猾、细心的家伙引蛇出洞的纪实故事。我没有认真去听张宾的自吹自擂，而是考虑着如何讯问这个盗车嫌疑犯、审查录像中出现的人物和情况。

蒋光亮听说我和徐希愉来了，便走进小会议室和我们见面。他一开口就说他让同事买回来很多食物，问我们要不要吃。

徐希愉说："我们吃得很饱，晚饭有海鲜河鲜。可惜张宾没有吃到。"她有意当着蒋光亮的面将张宾一军。

张宾大大咧咧地说："蒋队，我住在许队家里。徐姐给我们做饭，有好吃的都没我的份儿!”

张宾住在我家里，徐希愉负责买菜做饭，这些事儿同事们都知道，蒋光亮也应该知道。这些琐碎的事儿，现在我不想去管它。我打断张宾的话，问蒋光亮什么时候讯问那个盗车嫌疑犯。

蒋光亮说：“这不，吃过夜宵后，大家研究一下，就开始审。”

我说：“蒋队，这个案子我最熟了，让我参加好吗?”

蒋光亮拍着我的肩膀，说：“我的老队长，你也太辛苦了，好好休息几天吧。这种简单的事儿，就交给我办吧。你要对我有信心啊，我也是老刑警了!”

既然蒋光亮这样说了，我就不好强求了。

徐希愉话里有话地说：“蒋大队长，你的运气真好，新官上任就立下大功!我知道张宾每顿吃三碗饭，这家伙常常把填饱肚子的功劳归功于第三碗饭!”

张宾听懂了，知道徐希愉在指桑骂槐，强忍住没笑出来。蒋光亮也听懂了，有点儿尴尬，不过他采取高姿态，笑说这几年来他只吃一碗饭。

我让徐希愉回去休息，她却不愿意走。这时候乔小星给张宾打来电话，说有点儿害怕，问我们什么时候回去。我们这才想起乔小星一个人待在家里，就请徐希愉回去照看一下他。徐希愉说今晚她不走了，就住在我家的书房里，有什么好消息就给她打电话，反正她也睡不着。我继续留在小会议室里等着讯问盗车嫌疑犯的结果。蒋光亮看我赖在这里横竖不走，不得不说他把讯问室的图像传过来，让我在我原来的办公室里收看。

我回到原来的办公室，通过监视器收看讯问室里的情况。

那个叫廖伟明的盗车嫌疑犯二十七岁左右，戴着流行且精致的近视眼镜，穿着名牌西服，系着红色碎花真丝领带，乍一看就像一个事业成功的 IT 精英。看到他的时候，我眼前一亮，再也坐不住了。

蒋光亮和张宾负责讯问廖伟明。

三个小时过去了，廖伟明仍然拒不承认自己是盗车贼，也断然否认自己知道那个杀害蓝雪凶手的情况。更要命的是，他带来的那一套数字录像硬盘也是坏的，据他说是从电脑城的电脑维修中心花十元钱买来的。他还表明他从来没有踏足香格里拉花园，甚至不知道有这么一个高级住宅区。廖伟明说他无意中在网上看到乔君烈的帖子，就想利用乔君烈那种抓获凶手的迫切心理，从他那里诈骗一笔巨款。廖伟明一再强调这就是他的作案动机。

蒋光亮和张宾已经看过那一套被寄予厚望的数字录像硬盘，那确实是不能再用的废硬盘。蒋光亮让搞技术鉴定的同事提取廖伟明的指纹和掌纹，虎头蛇尾地结束了讯问。蒋光亮朝着摄像头向我做出一个无可奈何的、被愚弄的动作，让我赶紧休息。

我关闭监视器，心里有很多有关这个案子的话要对蒋光亮和张宾说。我正要去找他们，张宾已走进来了。他有点儿垂头丧气，半躺在沙发上。

我无话找话地说了一句："抓到了一个诈骗犯。"

张宾说："头儿，你还是我的头儿，永远是我的头儿。我多么希望这家伙能把杀害蓝雪的凶手带出来啊！如果这样，就算是你的第一、第二碗饭，而不是他老蒋的第三碗饭！可是，我的希望落空了！"

我慢吞吞地说："这家伙不是诈骗犯，而是货真价实的盗车贼！"

张宾眼里立即闪出强光，坐了起来看着我。

"我亲爱的头儿，看样子你不会骗我吧？"

"你认为我有心情开玩笑吗？你还记得那一盘新闻记者摄制的录像带吗？"

"是有那么一盘带子，有用吗？"

"那盘带子你是看过的。我问你，刚才你们盘问那家伙，他说他居住在哪个地方？"

"我们验明他的身份证。那身份证是真的。他是福建宁德市人，这几年一直住在厦门。他连香格里拉花园这么一个高级的住宅区也没听说过。这家伙是今天下午两点多乘坐飞机赶来的，一下飞机就到处找废旧硬盘，太可恶了！"

我说："那盘带子真的没给你留下什么印象？"

蓝雪遇害当晚，大批记者闻讯火速赶到香格里拉花园高级住宅区，其中有本市两家电视台的影像记者。所有的记者被挡在警戒线外，无法获取有分量的新闻资料，都非常着急，只好在警戒线外采访围观者。电视台影像记者也只好把摄像头对准围观者和警车。后来影像记者采访过我，我请他们把当晚的录像带复制一份副本给我，他们照办了。我和张宾在第二天晚上审看过那盘录像带，没有发现可疑的问题。

我说："这家伙一再否认自己不知道有这么一个香格里拉花园，目的是隐瞒自己曾经在那儿干过一些什么。"

张宾问："你有证据吗？那盘带子里有这家伙？"

我说："那我建议你再看一遍。"

张宾说："不是在你这儿吗？"

我说昨天我已经把它移交给大队档案室了。张宾立即跑过去把刚刚躺下的蒋光亮拉起来。蒋光亮将信将疑，说什么事儿等天亮后再说吧。张宾急了，一定要看那盘录像带，他能肯定廖伟明就在里面。蒋光亮想了一下，说反正也睡不着了，档案室的钥匙在曾思敏手上，就别往她家里打电话了，干脆把档案室的门撬开算了。

档案室的防盗门比较牢固。张宾找来手电钻强行破锁，花了半个小时才把门打开。蒋光亮洗了个澡回来了，我们一起在我原来的办公室里审看这盘由电视台影像记者提供的录像带。

其实，我也不能确定廖伟明曾经出现在那盘录像带里。我的脑海里只是有一个比较模糊的印象。但是我心急如焚，迫不及待地要看这盘录像带，全然不顾可能会因为搞错了而被蒋光亮笑话，同时把张宾给骗了。这家伙历来都相信我的判断能力，咄嗟立办地缠着蒋光亮硬要这盘录像带。

真是苍天有眼，廖伟明在这盘录像带里现身了。

当晚影像记者曾经把摄像头对准了处在围观者当中的廖伟明，他察觉后立即转身躲避。一般说来，围观者面对着摄像头，如果谢绝采访，都会用手遮掩自己的脸或者转身走开。当时我审看这盘录像带时，认为那些躲避摄像头的人是最值得注意的，于是就盯着他们。在那些躲避摄像头的人当中，出现一个二十七岁左右的男人。虽然现场光线不理想，致使图像效果不佳，但是仍能看到这个年轻的男人穿戴整齐，还挺讲究地系着红色碎花领带。当然，这领带是不是真丝的，从图像里就无法辨别了。在大热天的深夜里，待在自己的家里或所在的小区内，不必像出席晚宴那样衣冠楚楚，所以大部分围观者都穿着如睡衣、休闲服和运动服之类的较为宽松的衣服。围观者当中个别穿戴整齐的人，要么是刚从外面归来的本小区住户，要么是本小区住户的来访客人。当时看过这盘录像带后，这样的一个年轻男人只是给我留下一定的印象。然而现在再揣度这个叫廖伟明的年轻的男人，我觉得他非常可疑，很可能就是盗车贼或者杀害蓝雪的凶手。那个盗车团伙在以往的作案现场留下一些蛛丝马迹。通过检索指纹库，就能确认廖伟明是不是盗车嫌疑犯。

不用我再作说明，蒋光亮已经明白廖伟明非常可疑。他顿觉案情重大，一下子兴奋起来，决定连夜突审廖伟明，并亲自去留置室把廖伟明提出来。我们都了无睡意，有了胜利在望的预感。

张宾看着我，欲言又止。

我知道张宾想问我蒋光亮如此连夜突审廖伟明算不算是刑讯逼供。不过这时候的形势非常急，张宾不能不意识到不宜商讨这样的一个问题。后来，在一个比较轻松的环境里，我们谈起这个问题。连夜突审，不让对方睡觉，或者以其他的方式冲击对方的生理或心理极限，迫使对方在身心完全崩溃的状态下举手投降，这种疲劳战术等同于刑讯逼供，那些典型的冤假错案常常就是如此产生的。我一直坚守程序正义和司法公正的底线，极力反对用这种办法获取口供。但是，此时我求胜心切，而且我已经不再是刑警大队的行政主官了，我就默认了蒋光亮的做法。我突然记起乔君烈在网上对我说过的话，他说如果如此的情况发生在他身上，他宁愿早点儿死掉。于是我对张宾说，如果有一天我成了犯罪嫌疑人，我渴望拥有沉默权。张宾想了一下，他说他也想拥有沉默权。

蒋光亮和张宾在走进讯问室前，就露出了非拿下廖伟明不可的气势。蒋光亮胸有成竹却满脸怒容，也不轻易开口说话，这倒让廖伟明自觉不妙，不敢把头抬起来。张宾则显得非常轻松，认真地在讯问笔录上填写着时间、地点和人物。

蒋光亮首先发动心理战。他咄咄逼人地发表声明，这里不搞刑讯逼供而是搞公平竞赛，他也几乎一整天没睡觉了，就陪着廖伟明点灯耗蜡熬夜，看谁笑到最后。蒋光亮继续对廖伟明说，讯问犯罪嫌疑人必须有两个人在场，这是铁的规定，所以还得由一个同事陪着。这个同事是无辜的，他可以睡觉吧？蒋光亮便让张宾趴在桌子上睡觉。接着他请廖伟明抬头看着他的眼睛，朝着廖伟明怒吼，不把廖伟明拿下来他这大队长就别当了！

蒋光亮和张宾在讯问室里不停地吸烟。廖伟明也被允许吸烟。

我估计即使讯问室里有戏也可能是十多个小时后的事儿了，但是我根本睡不着。我到小会议室去，把旧报纸全找出来，拿回到办公室里慢慢地看。平时因时间有限我很少读报，这旧报纸上的东西对我来说大都是新闻。

天亮前我睡了一个多小时。我梦见蒋光亮和张宾昏昏欲睡，就一下子醒了过来。

上班后不久，刑侦支队技术大队发来传真，经过检索指纹库确认廖伟明就是盗车嫌疑犯。

廖伟明终于放弃了幻想，交待了他伙同盗车团伙成员在省内各大中城市盗窃十七辆雷克萨斯轿车和三辆宝马轿车的作案经过。他进一步解释，盗车团伙在掌握破解最先进的数码防盗锁技术后，渐渐地冷落他，最后抛弃他，不让他参与盗车和染指赃款。廖伟明坚持说，现在他已经和盗车团伙失去联系，不知道他们躲藏在什么地方。

最后廖伟明说了一件事，可能和蓝雪被杀一案有关。

今年五月上旬，廖伟明和同伙三次潜入香格里拉花园高级住宅区内踩点。他观察到几个地下车库里有不少奔驰、宝马和雷克萨斯等高级轿车，但是车库里安装有先进的摄像系统，摄像头全方位来回摆动。如果在这里动手，即使一切非常顺利，摄像系统也会把他们的体貌录制下来，同时监控室里的保安员也会看到他们的举动，到手的车子根本弄不出去。地面上的停车场，有某些停车位处在摄像系统的盲点。据廖伟明推测，停放在楼下而没有进入地下车库的大都是来访客人的车子。客人把车子停放在楼下，进入主人家里办完事儿就出来，把车开走。不少客人认为这里非常安全因而麻痹大意，或者图个省事儿，没有启用车内成套保安系统。这将让盗车团伙更容易得手。廖伟明还发现，晚上十一时以前，保安员极少来回巡查，是动手的合适时机。因此，在晚上十一时以前，盗窃停在盲点上的轿车，再用伪造的磁卡骗过大门的电脑保安系统，就可以安全地把轿车开走了。

五月十三日晚上九时三十分，盗车团伙的头目领着廖伟明等四个同伙潜入香格里拉花园高级住宅区，计划盗窃一辆雷克萨斯轿车。一辆八成新的黑色雷克萨斯轿车被他们看中了。它正好停在 D 区某幢楼楼下盲点位子上，而且现场光线微弱，这对他们来说是一个作案的好地方。

那个女同伙是头目的情妇。头目搂着情妇的腰，像普通的情侣一样亲密地谈情说爱。他们慢慢地接近目标车辆。头目伸手摸一下这辆轿车水箱前的栅栏，还相当热。这证明它停在这里不到半个小时。他无法确定这是住户的车还是来访客人的车。但是他认为时机已经成熟，就通知同伙准备动手。

头目随即领着情妇来到保安监控室附近。监控室设在小区会所大楼内一层的一间房子里，透过合拢得不太严的窗帘，可以看到里面只有三个保安员，正在吃方便面或欣赏音乐。头目立即通过手机命令廖伟明动手，他和情妇留在原地暗中监视着保安监控室里的情况。

廖伟明让两个同伙动手。他的盗车技术水平有限，在关键的时刻只能担当望风的角色。这也是他在盗车团伙内没有地位，最终被扫地出门的原因。

没想到这辆雷克萨斯轿车的电子保安系统牢不可破，两个同伙整整忙了二十分钟还是无能为力，只好半途而废了。就在两个同伙撤离的时候，一个中年男人从这幢楼的电梯间大门出来，走下台阶，疑是车主。廖伟明作为望风者，站在距离雷克萨斯轿车较远的地方，急忙大咳几声并走向车主，以此吸引车主的视觉，不让车主发现他的同伙。廖伟明走到车主的身边，车主警惕地看了他一眼，从而让他看清了车主的大致模样。

车主是一个既矮且瘦的中年男人，提着特大号的公文包，显得心事重重。他走到雷克萨斯轿车旁边，打开公文包，一下子找不到车钥匙。他蹲下去，把公文包放在地上，胡乱地翻着里面的东西，好一会儿才找到钥匙。他急匆匆地打开车门，拎着公文包进了车里，当即发动引擎，打开车灯，把轿车开走。廖伟明在此特意强调车主是急匆匆的。轿车发动机点火后需要空转三十秒以上，这一习惯将延长发动机的寿命，一般情况下大多数司机都是这样做的。只有心急如焚的司机才打破常规。

斜对面突然蹿出一条巴儿狗，朝这辆雷克萨斯轿车奔过去。不过轿车没有减速，而是一冲而过越开越快，那模样就像逃跑。巴儿狗没被轧着，惊叫几声狂奔而去。

巴儿狗的主人火了，一个劲儿地朝着远去的雷克萨斯轿车破口大骂。

头目看一下手表，才晚上十时二十分，保安员将在十一时开始作经常性巡查。还有四十分钟的时间。他不甘心空手而归，继续在小区内寻找机会。最后他们在E区楼下偷了一辆雷克萨斯轿车。这辆轿车没有启用电子保安系统，而它的机械防盗锁几乎不堪一击，让他们在不到十分钟的时间内轻易得手。廖伟明无意中发现，不远处的墙角上竟然安装着一个摄像头，正对着这辆雷克萨斯轿车。它在夜幕下非常隐蔽，以致一直没有被发现。但是头目在电话里告诉廖伟明，他观察到监控室里那三个保安员不是在打电话聊天就是在玩手机，若没有特别的情况，就按原计划行事，先把车子开出小区再说。

车子顺利地离开了香格里拉花园高级住宅区，停在一个安全的地方。头目认为这一次盗车行动的过程被录下来，那些录像将会成为警方破案的线索和法官给他们定罪的证据，因而必须把它毁掉。头目领着廖伟明等三个同伙返回小区内，同时还安排一个同伙驾驶雷克萨斯轿车埋伏在小区大门前不远处的一个地方，随时接应他们。

头目的情妇按计划走进监控室，以假山旁边蹲着一条疯狗为名，把两个保安员骗到外面去。然后头目领着廖伟明等两个同伙伺机闯进去，击昏留守的一个保安员，再夺走四个数字录像硬盘。

头目领着廖伟明等两个同伙迅速离开监控室，走出香格里拉花园高级住宅区大门，看到两辆警车疾驰而来，进入小区内。头儿当即决定让廖伟明返回小区内探查情况。

廖伟明发现小区内发生一宗命案，地点就在他们拿不下来的那辆雷克萨斯轿车的停车位附近的那幢楼的楼上。头儿命令廖伟明继续留在小区内探听虚实。正是这个原因，混在众多围观者当中的廖伟明一不小心就进了电视台的摄像机镜头里。

廖伟明说头目拿走了那四个数字录像硬盘，声称先看一下再作销毁。据说最终没有销毁。因为录像里可能有凶手的身影，头目认为它有潜在价值，在以后必要的时候就拿它跟警方或凶手讨价还价。

蒋光亮和张宾立即领着廖伟明到香格里拉花园高级住宅区指认现场。

那个地方正是D区3幢，也就是乔君烈家的楼下！

我们都隐隐约约地觉得那个既矮且瘦的中年男人就是凶手。

而且，廖伟明所说的那个中年男人离开现场的时间和蓝雪死亡的时间基本吻合。

第二十八章　重要证人

蒋光亮新官上任伊始，就幸运地遇上侦破 0513 案件和盗窃高级轿车特大案件的契机，不由得踌躇满志、意气风发。他像一个运筹帷幄、决胜于千里之外的将军，不断地发号施令。

昨天晚上到今天中午，我一直在刑警大队原来的办公室里待着，等着相关的确切消息。老实说，我不能妒忌蒋光亮，也没有资格妒忌他。我真心地希望他能把杀害蓝雪的凶手揪出来。不少同事小声地对我说，他们都知道抓获廖伟明的线索是我提供的。吸烟的同事不断地把香烟递给我。他们这些简单的言行等同于对我的理解。这时候我内心里突然产生一种冲动：我敢于承认我间接地欠了蓝母这条性命，她是由于我的工作不力而牺牲的。我必须竭尽全力，为的是让她的亡灵在幽冥地府里得到安息。如果能这样，即使我被调派到本市最边远的派出所任户籍民警，我也毫无怨言。

廖伟明所犯下的参与盗窃价值约为一千五百万元的高级轿车的罪行，将会使他受到法律的严惩，所面临的最高刑罚是死刑。在这种情况下，虽然他被迫开口说话，但是他的供述有可能避实就虚、避重就轻、不着边际。甚至，廖伟明故意编造一个嫌涉 0513 案件的人物，把自己标榜为有立功表现的犯罪嫌疑人，借此减轻自己面对的刑罚。蒋光亮是一个很有经验的老刑警，不会不明白这一点。

蒋光亮让张宾领着几个同事到香格里拉花园高级住宅区寻找相关的证人。张宾很快就查实，在蓝雪遇害那个晚上，有一个六十多岁的男人在D区遛狗，那只巴儿狗差一点儿被一辆轿车轧着了。不过这个老大爷老眼昏花，没有看清那辆轿车是什么样子和什么颜色的，更不能判断那是一辆什么牌子、什么型号的轿车。所有进出小区各个大门的车辆，都会被录制于监控录像里。最大的问题是，那些录像没有掌握在我们的手上。而且所有的车辆凭磁卡进出和收费，各个大门的保安员没有对进出的车辆作牌号和时间记录。因此要搞清楚那辆轿车的车主是谁，就目前的情况而言不容乐观。

蒋光亮和廖伟明都非常疲倦了。蒋光亮决定允许廖伟明在吃过饭后休息三个小时，他自己草草地扒拉几口饭也抓紧时间休息了。

张宾拿着两盒饭走进我原来的办公室。不久前我已经吃过饭，还喝了两杯咖啡。张宾饿极了，以风卷残云的食相干掉两盒饭，还喝了一杯我给他冲调的加奶速溶咖啡。昨天我把一些私人物品带走了，其中包括咖啡、炼乳和方糖这些东西。现在我们喝的咖啡，是我刚才跑出去买回来的。张宾喝过咖啡后，歪躺在沙发上睡着了。

三个小时后，蒋光亮把张宾和廖伟明都叫起来。

蒋光亮对廖伟明说，根据警方所掌握的证据，你犯下的是重罪，已经有一只脚踏进鬼门关里去了，要想避免灭顶之灾，把那只脚从鬼门关抽回来，还是有希望的。张宾便搬出我在讯问犯罪嫌疑人时常用的触底反弹理论。张宾说，你已落入法网，你的所有罪证将会被警方全盘掌握，无疑你跌进人生中的底部。这是不容置疑的。只要你协助警方彻底端掉那个盗车团伙，抓获杀害蓝雪的凶手，你将会强劲地反弹，反弹的结果是很可能在四十岁之前，在那个最有价值、最年富力强的人生时刻重获人身自由，融入主流社会。

最后张宾模仿着我的口吻文绉绉地说，刑事诉讼法所追求的目的之一是从轻量刑，希望你能将功赎罪，争取从宽处理。

廖伟明睡了三个小时，显得有点儿精神了。他表示愿意将功赎罪，全力协助警方侦破那两个大案。

我在原来的办公室里，通过监视器收看讯问室里的情况。我最关心的是和蓝雪被杀一案有关的情况。

廖伟明再次反复地说不知道盗车团伙目前躲藏在什么地方，也不知道那四个数字录像硬盘是否最终被盗车团伙的头目销毁了。不过廖伟明猜测，头目可能销毁了录制有盗车团伙成员体貌或身影的图像，那些与他们无关的图像可能保存下来。头目曾经说过，杀人凶手的体貌和身影极有可能就在这些录像里。将来或许会用这些图像和警方或凶手交涉，谋取利益。

看来要等到那个盗车团伙的头目落网后，才能知道那些数字录像硬盘的下落。

蒋光亮追问那个既矮且瘦的车主的体貌特征。

廖伟明低头想了一会儿，蒋光亮拍桌子让他把头抬起来。

蒋光亮在精神不振的时候，习惯于洗头洗澡把疲倦冲走。刚才他在起床后洗了一个澡，还换上了一件新买的白色梦特娇T恤。

廖伟明看到蒋光亮所穿的梦特娇T恤，突然记起那个既矮且瘦的车主也穿着这样一件梦特娇T恤，可能是黑色的。因为廖伟明对自己的穿着打扮非常讲究，也常常对别人的穿着打扮评头论足，而且他的记忆力非同一般，所以他能记起对方的打扮。这使蒋光亮和张宾精神大振，对廖伟明的记忆寄予厚望。

蒋光亮说："廖伟明，你仔细回忆一下，你还记得那个既矮且瘦的车主的相貌吗?"

廖伟明说："有点儿模糊。我第一眼看人，一般是以衣服取人，而不是以貌取人。"

蒋光亮说："廖伟明，你仔细回忆一下，那车主真是既矮且瘦吗？在光线较暗的情况下，你真能看得很清楚吗？那车主会不会是既高且胖或既高且壮实呢？他到底有多高?"

廖伟明说："这不可能搞错。因为电梯间大门前的台阶下有路灯，光线应该没问题。而且我走到离那车主不远的地方，他穿的黑色梦特娇T恤口袋上的那朵花我都看见了。他肯定比我矮，比我瘦。"

能看到对方的梦特娇T恤口袋上的那朵作为商标的花，如果真是这样，廖伟明离对方只有几步之遥。

蒋光亮也知道，廖伟明的身高和乔君烈的差不多。

难道不是乔君烈？

蒋光亮说："你看清楚了，那是一件黑色梦特娇T恤?"

廖伟明说："就跟你这件T恤一个样。我念大学的时候，一直渴望能穿上这么一件真丝T恤，穿给女朋友看，挣面子。不过太贵了，当时连想都不敢想!"

蒋光亮说："那么你回忆一下，那个既矮且瘦的车主所穿的裤子分别是什么样式和什么颜色的?"

廖伟明在绞尽脑汁地回忆着。

蒋光亮翻看着笔记本，我想他一定正查看着乔君烈在案发当晚九时左右离家出门时所穿的衬衫和西裤分别是什么颜色的，以及在杨丽童住处所换上的衬衫和西裤分别是什么颜色的。我觉得，蒋光亮还是试图把那个既矮且瘦的车主和既胖且高的乔君烈重叠在一起。

廖伟明摇摇头："记不清楚了。大概是浅色的休闲裤子，不是特别引人注目。"

蒋光亮说："还有，你是非常专业的盗车人，用高智商高科技作案，而且你承认自己的记忆力惊人，你回忆一下，那辆八成新的黑色雷克萨斯轿车的牌号是多少？"

廖伟明说："那车子肯定是挂你们这个城市的车牌，至于具体的牌号，我倒没注意，没多大印象，反正全是数字，没有英文夹在数字里头。那数字嘛还算可以，比较吉祥，有八没四！"

蒋光亮说："我不相信。凭你那能耐，你能没记住那车子的牌号？都是雷克萨斯轿车，你们就会根据牌号确定哪辆车能偷，哪辆车不能偷。一句话，你们是非常注意车子的牌号的！要是公检法的车子，你敢动吗？"

廖伟明说："我没撒谎。这辆雷克萨斯轿车跟我没利害关系，我恨不得立即让你们抓到那个该死的车主呢！实在没办法！"

我紧紧地盯着监视器，期待着更多的线索出现。

我的手机鸣叫起来，是邵幼萍打来的。我们简单地说了几句闲话，她就问我渡过难关了吗？抓到凶手了吗？她不知道我的近况，不过我暂时还不想告诉她。我看一眼监视器，就不假思索地说，抓到一个出现在案发现场的盗车贼，他也算是目击者，正在盘问着呢。我只能说这么多了。我补充一句，晚上再打电话给她，就匆匆地挂机了。

半个小时后，我的手机断断续续地鸣叫一会儿，收到十条短信。都是乔君烈通过移动通信公司的动感地带手机业务发来的，其实那只不过是五条短信，乔君烈担心我没有收到，就分别发送了两遍。这五条短信构成了一条将近三百字的信息。

乔君烈告诉我，如果抓到那个盗车贼，把那些数字录像硬盘找回来了，那么就要注意录像里有没有人提着旅行袋，更要注意那个提着旅行袋的人是不是穿着乔君烈的衣服。

乔君烈接着作出解释，杀害蓝雪的凶手身上的衣服和鞋子上可能沾上血液。擦掉鞋子上的血迹不难，但是衣服上的血迹是难以清除的。乔君烈认为香格里拉花园高级住宅区的治安管理不错，小区的每个大门至少由两个保安员把守，如果凶手穿着有血迹的衣服，容易暴露目标，很难通过大门外出。即使凶手驾车而来，他在乘电梯下楼的时候也难免被别人发现。他估计凶手随身携带替换的衣服来作案的可能性不大。为此乔君烈推测，凶手极有可能换上乔君烈的衣服，再把脱下来的有血迹的衣服装进旅行袋带走，找一个合适的地方销毁这些罪证。至今乔君烈仍能准确地记得他家里的衣橱内放有什么样的衣服，并把衣服的种类、品牌、颜色、款式、数量等内容详细制表罗列，并当即把上述资料发送到我的电子邮箱里。他请我派人到他家里清点一下，确认是否丢失了衣服。

我随即注意到廖伟明所说的一句话：车主走到雷克萨斯轿车旁边，打开特大号的公文包，一下子找不到车钥匙。他蹲下去，把公文包放在地上，胡乱地翻着里面的东西，好一会儿才找到车钥匙。以此可以推理出，车主的车钥匙原本是放在自己衣服的衣兜里的。但是他换上了乔君烈的衣服，把自己那些有血迹的衣服装进特大号的公文包里，因而车钥匙也就跟着衣服放进公文包里了。所以就出现了车主在公文包里好一会儿才找到车钥匙的情况。

我打开电脑上网，看到我的电子邮箱里果然有一个电子邮件，正是乔君烈发送过来的资料。在那份资料里，一件黑色的梦特娇T恤赫然在目。我立即把那份资料打印出来，并在上面写上几句话，请曾思敏送进讯问室去。

蒋光亮和张宾看到那份资料，也惊讶不已，一起找到我，研究下一步该怎么走。

我本想自告奋勇到乔君烈家清点他那些衣服，不过这明显有和蒋光亮争功之嫌，他肯定不会同意。我只好作罢。过去我信得过所有的同事，放手让他们大干，我在后面看着。可是今天我却非常担心蒋光亮和张宾把案子搞砸了。

蒋光亮亲自出马，领着张宾争分夺秒地前往我家，从乔小星手上拿到钥匙，再火速赶到香格里拉花园高级住宅区。他们在乔君烈家里翻箱倒柜，就是无法找到那份资料上所罗列的一件黑色的梦特娇T恤和一件蓝黑色的华伦·天奴西裤。蒋光亮在回来的路上，突然想到杨丽童的住处也存放有乔君烈的衣服，便马不停蹄地去找杨丽童。杨丽童把乔君烈的衣服全都拿出来，就是没有一件黑色的梦特娇T恤。杨丽童证实乔君烈确实有一件黑色的T恤，那是法国巴黎梦特娇原厂产品。但是他极少穿那件T恤，她只是见过一次，那是去年夏天的事儿了。因为当时她直言相告他不适合穿黑色的衣服，此后他不再重犯这个错误了。

我到蒋光亮的办公室去找他。

蒋光亮说："有可能是乔君烈在他儿子睡着后，偷偷潜回家里杀死蓝雪，然后换上黑色的梦特娇T恤，用特大号的公文包装上血衣，驾驶雷克萨斯轿车走掉。”

我说：“乔君烈并非既矮且瘦，而且他没有雷克萨斯轿车。”

蒋光亮说：“没有雷克萨斯轿车，他可以找别人借。至于既矮且瘦这个概念，我坚持认为廖伟明在光线不够明朗的情况下无法把握尺度。而且，廖伟明并不是一个可以信任的证人。”

我说：“廖伟明离那个车主只是几步的距离，他的判断应该是准确的。”

蒋光亮仍然不死心，让廖伟明辨认乔君烈的照片。廖伟明表示对此人毫无印象。

蒋光亮认为，高大壮实的乔君烈所穿的那些衣服，对于既矮且瘦的人来说，必然是大了一号，穿上去肯定不合身。那个车主穿成这个样子，自然难免有失体统，配不上驾驶雷克萨斯轿车了，这么一来，习惯于对人评头论足的廖伟明怎么会看不出来呢？因此我的这些推断是不成立的。

这也是一个让我百思不解的问题。

在我的提议下，蒋光亮又一次讯问廖伟明，穿在那个车主身上的衣服会不会显得大了一号？廖伟明想了一会儿，就说那种真丝梦特娇T恤有一定的弹性，虽然某些人矮小精瘦却肩膀较宽，穿着大一号的T恤却不一定会显得特别难看或别扭。所以那种衣服大了一号的可能性还是存在的。

我觉得蒋光亮在询问这个衣服是否大了一号的问题上，他的语言表达是不恰当的。他不应该如此过于露骨地把自己期望出现的情况和现象表达出来，这未免有指供的嫌疑。廖伟明急于将功赎罪，而且他口齿伶俐、颇有悟性，因此很有可能顺着蒋光亮的问话的指引，不符合事实地自圆其说。事实上，廖伟明已经十分乖巧地表明那种衣服大了一号的可能性是存在的。廖伟明的这些供述必须谨慎地对待，否则会导致侦查工作走向错误的路子。

廖伟明证实那辆雷克萨斯轿车的型号是LS460。本市一共有五百多辆这种型号的雷克萨斯轿车。廖伟明还说，那两个动手盗窃车子的同伙可能会知道更多有价值的具体情况，比如那辆雷克萨斯轿车是哪一个年份版本的产品、哪些地方有补漆或划痕，特别是车内有哪些与众不同的饰物。但是廖伟明再次表明无法找到那两个同伙。

蒋光亮决定在本市范围内追查那辆雷克萨斯轿车，同时全力寻找那个盗车团伙。

蒋光亮找我要走了所有和乔君烈有关的资料，包括那些乔君烈发来的短信、电子邮件和聊天室谈话内容。

网络警察周锷通知蒋光亮，乔君烈又在广州市出现了。蒋光亮就让刘教导员带队到广州市搜查乔君烈，张宾也随队而去。

我在刑警大队待了快两天了。在过去这是常有的事儿，不过今后再也不会这样了。失去刑警这份工作，特别是在侦查杀害蓝雪的凶手最后阶段的关键时刻英雄无用武之地，使我扼腕长叹。张宾曾经告诉我，他道听途说只要走对路子花八十万元人民币就可以买到一个分局局长的位子。现在我愿意倾家荡产买到刑警大队大队长的位子，为的是能够亲手抓住杀害蓝雪的凶手！

草草地吃过曾思敏送来的盒饭，我看一下墙上的时钟，还不到晚上八时。我腕上有手表，可是我好像没有力气把手腕抬起来。我不想无所事事地待在刑警大队里，就把办公室的门锁好，把钥匙退还给曾思敏，悄悄地走了。

走到大街上，我想买一个李贞贤演唱会的 DVD 光盘。不久前我在电视里看到这个亚洲最健康、最具活力的韩国年轻女明星劲歌狂舞，再也忘不了她。虽然我不懂朝鲜语，但是我在劲歌狂舞中受到了鼓舞。此刻我需要用劲歌狂舞来激活我的勇气。可悲的是我只能用这种方式来激活我的勇气，我再也想不出别的什么方式了。不过在两个较大的音像店里我都找不到所需要的光盘。我只好退而求其次，打算用家里已有的古典音乐来代替。然而，我不想回到家里。徐希愉正在我家里，我担心她会问长问短。我需要的不是别人真心的关心和安慰，而是振奋人心的消息。我需要受到鼓舞，需要获得最大的勇气，我要横渡过警察生涯中最不得意之河！

我尿憋得非常难受，就像小偷一样，找一个掩人耳目的地方小便。我把烟蒂扔在大树下，再把它浇灭。此刻我觉得自己非常卑微和猥琐。即使到了这种地步，我还迫不及待地幻想着抓住杀害蓝雪的凶手，让自己扬眉吐气地做一个警察！以后在缄坐在马桶上的时候，我也咬牙切齿如此这般！

我在大街上仔细地想了一下，在抓到廖伟明不到一天的时间内，乔君烈似乎探听到消息，立即给我发来相关的短信和电子邮件。是谁向乔君烈通风报信的呢？这个问题实在太严重了，把我吓了一跳。邵幼萍和徐希愉渐渐地出现在我的脑子里。昨天我一时不慎，把抓获廖伟明的消息简单地告诉了邵幼萍。她在我家里当了将近一个月的家政女工，对蓝雪遇害一案略有所闻。但是，她和乔君烈非亲非故，甚至双方素昧平生，全然没有向他透露消息的动机，更没有联系的渠道。徐希愉倒认识乔君烈，然而她一直认定乔君烈就是杀害她的老同学的凶手，恨不得立即把乔君烈捉拿归案绳之以法。可以说她是最不应该受到怀疑的人。我只好认为，那是一件非常巧合的事儿，或者通风报信者另有其人。

我惦记着乔君烈，就乘坐公共汽车来到杨丽童住处的楼下。她的小套间内没有灯光，可能她不在里面。我就在石凳上坐下来，等着她回来。她是取保候审的犯罪嫌疑人，在被传讯的时候必须及时到案。但是在最近一个月里我们觉得没有传讯她的必要。我已经有一个多星期没见过她了。她也没有主动给我打过电话。

蒋光亮是喜欢搞守株待兔的人。我猜测他有可能在这里秘密布控，等着乔君烈自投罗网。但是我在附近走了几圈，没有见到过去的同事们。

两个多小时过去了，我的香烟也吸完了。我抬头看一下杨丽童的小套间，还是没有灯光。我决定还等下去，不过我得先去买一包香烟，香烟是我的情绪稳定剂，没有它我受不了。我从石凳上站起来，看到我面前站着一个老人。刚才我曾经看到一个老人，没想到他就是蓝父。他满脸怒气地看着我。

“你在这儿干什么！”蓝父低喝一声，就像他是警察我是小偷一样。

“我在工作。”我真诚地对蓝父说，“真对不起，我的工作没做好！”

蓝父大声地说：“说对不起就够了吗！你在这儿坐了两个多钟头，你敢说出来你在干什么吗？你是有妇之夫，还敢泡杀人犯的情人！这简直是利用职权作奸犯科！”

我这才意识到重病缠身的蓝父代替了死去的蓝母在这里守株待兔，等着乔君烈。我问心有愧，热泪几乎要夺眶而出。我不敢看蓝父的脸，无法把自己的心里话说出来。

“我不想说话。”我唯一想说的话就是这一句。

蓝父说：“我永远也不会原谅你！走吧，回头是岸！做一个好人！”

我再也忍不住了，不得不对蓝父说：“蓝老师，我承认我对不起宋老师，也对不起你！也许你不相信，我承认我未竭尽全力，我在内心里忏悔了！我发誓要抓到杀害蓝雪的真凶！即使将来我不是警察了，即使那个真凶隐藏得很深，即使今后所有的警察都忘掉了这个案子，但是，我不会忘记！我会耿耿于怀，一辈子都在追寻那个凶手！即使掘地三尺，耗尽一生的时光，我也在所不惜！请你相信，我不是那种无耻的人！”

蓝父怔怔地看着我，半晌才说话：“我也是讲道理的人，即使我相信你，但是，难道你想让我等一辈子吗？你看我这身体，我能等上十年吗？”

我说：“蓝老师，你没有代替警察去抓凶手的义务，你的身体也不好，这儿就交给我吧。请你相信我。”

我和蓝父此时都有点儿意气用事，全然没有察觉到杨丽童就站在我们的身边。她可能听到了我和蓝父所说的某些话。蓝父面无表情，慢慢地走开了。杨丽童显得很冷静，对我也不太热情。我看到她手上拿着一本新书，可能是刚买回来的。一个星期前，我领着乔小星到新华书店去，与杨丽童不期相遇，她说她要买几本什么书。

杨丽童问："许警官，有事儿吗?"

我说："我等你很久了。最近有乔君烈的消息吗?"

"请你放心，我不会忘记的。如果有消息，我会立即通知你们的。"

"我已经不是专案组的负责人了。不过，我很想找到乔君烈。"我竟然把杨丽童当做是知心朋友，把自己的近况一五一十地告诉她，就如同把满腹苦水倒出来一样。我急需一个倾听的对象。

杨丽童认真地倾听着，在我住口之后对我说："那边有个酒吧新开张，我请你喝一杯吧。"

我说："不必了。"

杨丽童说："是这样的，我找到一份合适的工作了。这是几天前的事儿了。走吧。"

我和杨丽童在新开张的酒吧里喝着淡淡的酒。

杨丽童认真地看着我。

杨丽童说："你瘦了。哪儿不舒服吗?"

我摇摇头，问："找到一份什么样的工作啦?"

杨丽童说："我是学电子的。大学毕业后，到几个很有名气的大单位应聘，没有成功。那时正好一个老乡跟我吹，跑保险容易发大财，而且我也喜欢具有挑战性的工作，就上了那条贼船。也不能说是贼船吧。反正，我明白了，那条船不适合我。我想干老本行。最近一个规模比较大的民营广告公司需要学电子专业的人，我去应聘，挺顺利的，他们录用了我。"

我说："那就恭喜你了。"

杨丽童说："这没什么。"

刚才杨丽童坐下来，就把那本新书压在她的小背包下，推到离我较远的地方。我猜那一定是一本和她的工作有关的书。我和杨丽童似乎没话可说了，我只好拿她那本刚买的书做话题。我问她那是一本什么样的书。她此刻的表情给我的感觉是，仿佛那本书是见不得人的禁书。她拿起了酒杯，好像没有听到我的话。我好奇地又问了她一次，她犹犹豫豫地把书递给我。出乎意料的是，那是一本有关伤残护理的医学方面的书，完全不必掩人耳目。杨丽童很不开心却认真地解释，她父亲在楼梯上不慎重重地摔了一跤，腿骨多处开裂和折断，她打算有针对性地买一些补药、营养品寄回家去，所以就买来这本书研究一下。我真心地安慰她几句，问了她家里的一些情况。我觉得杨丽童瘦了不少，她说这全是给累的。

杨丽童的手机鸣叫起来，把我吓了一跳。我奇怪了，自己怎么会被吓了一跳呢？

杨丽童接听电话，借口听不清，走到一个较为安静的地方。我觉得酒吧里的音乐声并不刺耳，不至于干扰接听电话，因为我能清楚地听到手机传出的女声。正是因为那是女声，对方不可能是乔君烈，因而我也没有深究这件事。

回到家里我看一下墙上的时钟，已是零时了。徐希愉还没有睡觉，我觉得她一直在等我回家。张宾出差到广州市去了，她要照看乔小星，不得不在我家里留宿。我知道她很难入睡，就催促她赶紧睡觉。她说没事儿。她没有开口问我什么。我明白她最关心的是什么，就把0513案件的进展情况简单扼要地告诉她。她说她刚才给张宾打去电话，张宾告诉了她。我觉得她变得会体贴人了，知道我的心情不好，就没有给我打电话。

徐希愉昨天买了一只老母鸡和一些药材，炖了一锅汤。没想到我和张宾都没回来。她和乔小星喝了一天多，才喝掉一大半。我说我没胃口。她说这汤反复冷藏和加热了三次，即使没有变质，味道也不好了。我心里一热，就走进厨房，把汤烧热喝了。徐希愉担心我喝坏了肚子，不让我多喝，我还是喝了两碗。

张宾到广州市去了，我没法在第一时间了解0513专案组调查那辆雷克萨斯轿车的情况。其实，我认为那不是一件十分复杂的事儿。蓝雪遇害的原因极有可能源于佳迅联合集团公司内部的经济问题，因此排查全市的雷克萨斯轿车，应该先从佳迅联合集团公司开始。据我所知该公司有两辆雷克萨斯LS460。而且，还应该安排廖伟明辨认胡志良，确定胡志良是不是那个可疑的车主。当廖伟明第一次提到那个既矮且瘦的车主时，我就想到了胡志良。

我到佳迅联合集团公司，找到一本胡志良为自己立丰碑而自编自印的精装书。这本书里有大量印刷精美的图片，其中包括一张胡志良穿着黑色的梦特娇T恤的照片！这让发生在三个多月前的一个片段蓦地闯进我的脑海里：胡志良穿着这件T恤进入乔君烈家里杀害了蓝雪，由于它上面溅上血迹，他必须换一套衣服离开现场，就去找乔君烈的衣服。没想到乔君烈正好有这么一件同样的T恤。胡志良便换上这件T恤，虽然大了一号，还勉强能对付过去。接着他把自己沾上血迹的衣服塞进那个特大号的公文包里带走。我心目中的凶手即将呼之欲出，就在胡志良和那个车主之间画上了等号。我就等着蒋光亮证实这个等号。

一个星期后，我等到了不无失望的消息。廖伟明辨认了佳迅联合集团公司那两辆雷克萨斯轿车和胡志良的几张照片，都无法作出肯定的回答。更令人担心的是，五天前胡志良领着秘书到北京市出差，今天这个秘书分别打电话向北京市和本市两地公安机关报案：胡志良失踪了！

第二十九章　顺藤摸瓜

所有关注0513案件的刑侦人员即时有了一个共同的心理活动：胡志良就是杀害蓝雪的凶手！

胡志良神秘地失踪后，最被动的人是蒋光亮，而最痛苦的人是我。蒋光亮看到我，都不敢把头抬起来。不过他拼命地为自己辩护。

蒋光亮说，就算胡志良有一件黑色的梦特娇T恤，也不能由此证明他是凶手。相反，如果他没有这么一件T恤，倒还可以推测他有可能穿着乔君烈的那件T恤逃离现场，由此证明他有杀害蓝雪的嫌疑。还有一个关键的问题，就是无法解释为什么胡志良会赤膊上阵，跑到乔君烈的家里亲手杀害蓝雪。这对于一般人来说尚有违背常理之处，何况胡志良还是一个极为有头有脸、有权有势的人物。正因为胡志良有这样的身份，公安机关不能轻易地对他采取措施。蒋光亮还引用我经常提到的福尔摩斯和好莱坞。他说即使福尔摩斯再世，也不一定能确认胡志良是凶手。说胡志良是凶手，只有好莱坞的编剧才能编出这样的银幕故事。

我也突然察觉到一个关键的问题。我曾经见过胡志良那个特大号的公文包，把两件夏天的衣服塞进去应该没问题。但是乔君烈家里还丢失了一盏台灯，那极有可能是杀害蓝雪的凶器。把一盏台灯和两件衣服塞进那个公文包里，就勉为其难了。如果胡志良就是凶手，他是怎样把那盏台灯带走的呢？

几天后传来未经证实的消息，由于知情者不断举报，胡志良非法转移国有资产、贪污受贿逾亿元的特大案件端倪渐显。胡志良将被省纪委立案查办。胡志良在收到通风报信后立即潜逃。有迹象显示他早已作好出逃国外的准备，目的地极有可能是加拿大。不久后又传来可靠的消息，目前胡志良已经出境。

蒋光亮在得知胡志良出逃的主要原因是经济问题后，松了一口气，恢复了工作的自信，继续在刑警大队里吆五喝六。但是有人心急如焚，那就是我。刑侦工作需要的是确凿的证据，我又想起了那四个在案发当晚被抢走的储存有监控数字录像的硬盘，关注着什么时候才能端掉那个盗车团伙，把硬盘找回来。

我在家里休息几天后，到城区边上那个派出所报到上班了。郑所长对我挺客气的，中午我们两个人到酒店去吃了一顿饭。郑所长点了不少菜，还逼着我干了两杯白酒。郑所长说他们这个派出所是个小庙，放不下我这个全国优秀人民警察唐僧。我要求到所里的刑警中队工作，郑所长连连摇头，说杀鸡小活用不上我这把牛刀，让我负责所里的宣传工作，没事儿就休息一下，最大的事儿就是想办法回去，回到我原来的工作岗位上去。我明白郑所长没有恶意，挺了解我的，却不想让我插手所里的事儿。我还是把他看成知心的朋友，便举起酒杯和他痛饮一场。这是我在警察职业生涯中第二次醉倒。

后来我在上班的时候就端着一杯茶，站在办公室门口看着刑警中队的办公室。那些年轻的同事挺喜欢我的，有什么问题便跑来向我请教。我就请他们额外地为我注意每一辆雷克萨斯轿车、每一个穿黑色的梦特娇 T 恤的人和其他与 0513 案件相关的事儿。郑所长默许了我的所作所为，却不欢迎我参加所里重大的工作。不过，我觉得待在这里还是愉快的。

十多天之后，刘教导员和张宾从广州市无功而返。

张宾回到家里，就对我说在广州市遇上了邵幼萍。我不以为然，问他在那个拥有一千多万人口的城市里，想碰上一个熟人就这么容易吗？张宾指天誓日绝不撒谎，让我马上打电话向邵幼萍求证。我还是半信半疑。

吃饭的时候，徐希愉特意地把一碗饭放在张宾面前。

“说明一下，这是昨晚的剩饭，委屈你一下。”徐希愉说，“张宾，什么时候搬走呀？”

张宾很不明白：“搬走？”

徐希愉说：“我帮你解决这个问题吧，省得你不好意思提出来。找到房子了吧？”

乔小星糊涂了，但是我和张宾都明白徐希愉所要表达的意思，顿时陷入窘境。

张宾对徐希愉说:“为什么让我搬走?你搬过来照顾大卫?”

徐希愉说:“你的头儿换了一个人,你应该面对现实,不要让新的头儿讨厌你!我这是为你好!”

张宾端起饭碗,猛地吃了几口饭。

“对,大家都说我骑马不带鞭,净拍马屁!而且还是二十一世纪初最成功的马屁精!可是,我也是有人格的,也有自己的道德底线。如果我及时调整方向拍蒋光亮的马屁,他会瞧不起我,所有的同事也会瞧不起我。因为今天我背叛老队长,明天也会背叛蒋光亮。我和老队长,就像……”此时张宾露出了丑星的本色,问徐希愉,“徐姐,有一条很有名气的船,叫诺什么,诺基亚方舟?”

徐希愉说:“诺亚方舟!”

张宾说:“老队长就像诺亚方舟的主人,我有幸登上了诺亚方舟,想到达彼岸,没想到诺亚方舟的一头穿了一个洞。如果我自作聪明,走到诺亚方舟的另一头去,远离这个洞,而没有和老队长一块儿想办法堵住那个洞,你告诉我,有用吗?”

徐希愉说:“当然没用。好家伙,真的有长进了!”

张宾对我说:“老队长,大房东,我记得你说过的一句话:说真话是要付出代价的。我说的是真话。”

徐希愉说:“那你真得付出代价,你们新上任的头儿将不会喜欢你的。”

张宾说:“其实,老队长对我好,我也没捞到什么好处,即将三十而立还是一个小小的探长,还累得要命。唯一的好处是,我有住的地方,还不用花钱。对了,大房东,借给我一万块钱,我会给你一个惊喜的!”

我说:“我不会借钱给你的。你还是等着彩票中大奖吧!”

张宾最崇拜的偶像是美国人杰克·惠特克。惠特克在数年前十二月中了强力球彩票大奖,独得彩金税前3.65亿美元。还有国内河南一彩民仅花了176元买了88注福利彩票双色球,揽获3.599亿元的奖金。可是张宾买了近十年的彩票,几乎是一无所获,只是在自己的心目中形成了一个自己是资深彩民的概念。为此他经常叹气,然后再一次次鼓励自己坚持不懈,把中奖希望进行到底。这家伙屡次开玩笑地说,只要他中个税后两百万元人民币就足够了。有了这笔钱这辈子就不用担心了,不过还当警察借此打发日子。他会用一百万元买一套舒适的房子、一辆不太寒酸的轿车和一个大队长的官职。

临睡觉前我答应了张宾的借钱要求。我觉得这家伙有点儿正义感,也挺讲义气的。另外,我这个派出所的副指导员,是不配备公车的。有时候急需用车,还得找张宾借车。

在买车的时候张宾拉上我，花了两天时间跑遍市内所有的汽车经销市场。他对高尔夫轿车爱不释手，却由于囊中羞涩，不得不锁定一辆千里马轿车。他申办购车按揭，支付首期购车款，余款分三年付清。

在这个星期天的下午，张宾拥有了他一生中第一辆轿车。

张宾把车钥匙拿到手后，我就警告他，花了这么大的本钱，如果在一年之内找不到老婆，就罚款一万元。这家伙嬉皮笑脸，还沉浸在成为车主的喜悦之中。我们驾车兜风，后来把徐希愉和乔小星也叫上了，一起到郊外游玩。

在机场附近，我接到邵幼萍的电话，她说来看我。我猜她是乘坐飞机来的，就问她什么时候到，想用张宾这车去接她。她说她刚下飞机，正在找出租车。我就说不用找了，我有车而且正好在机场附近，我这就去接她，十分钟之内一定赶到。邵幼萍忙不迭地说不用了，她还有一些重要的事儿等着办，办好了就给我打电话，大概下午我们才能见面。

邵幼萍一向说话都挺利落的，今天我倒觉得她似有隐情，有点儿不对劲。

我放心不下。半个小时后，我给邵幼萍打电话，她说正在办着事儿，待会儿给我打电话，我们一块儿吃饭。徐希愉不愿意和我们一块儿吃饭，不过我还是把她生拉硬拽上了。

邵幼萍提前办完事儿，赶来和我们聚餐。我说我们都是来祝贺张宾拥有车子的，这顿饭应该由他付账。张宾在百般狡辩。邵幼萍声明由她请客，点了很多菜，可是她对我似乎不像过去那么亲热和无拘无束了。邵幼萍专心地吃着螃蟹，却显得心事重重。她问我抓到那个凶手了吗？乔小星在这里，她不便明说她所说的那个凶手是杀害蓝雪的凶手。大家都明白她的意思，那个凶手不是乔君烈还会是谁。我考虑了一下，要不要把我的近况告诉邵幼萍。张宾见我没有开口，就代替我回答了她的问题。我在想着各种各样的问题，心思全不在吃饭上。邵幼萍坐在我的右边，把一切看在眼里，让我多吃点儿。我就应了一声，举起筷子夹了一块肉放进自己的嘴里，也没有品出什么味道。我猛地发现，我嘴里咀嚼着的是一块鱿鱼，竟然是从坐在我左边的徐希愉那碗里夹走的！大家都惊讶得说不出话来。

我跟邵幼萍说好了晚饭就在我家里吃。烧饭的是张宾和徐希愉。可是烧好了饭，邵幼萍还没有来。徐希愉不高兴地对我说怎么不管好自己的女朋友。其实，我隐隐约约地觉得我和邵幼萍之间的事儿已经蒙上了阴影，现在她还算不算是我的女朋友，我也说不清楚。我让大家在餐桌旁坐下来，正要给邵幼萍打电话，门铃鸣叫起来。邵幼萍回来了，拿给我几本书。我一看全是 MBA 备考资料。徐希愉和张宾也看了一下那些书。

我说："MBA？你给我想办法弄一套 FBI 的教材还差不多，我想当联邦密探。"

"别开玩笑了，你都这样了！你要记住我的这句话，"邵幼萍一字一顿地说，"不要认为自己老是对的，要经常反问自己，自己做错了什么！"

大家都呆住了。

我问："你能具体说明我错在哪里吗？"

邵幼萍说："总之要经常反问自己。我还说一句话，你更应该奋发向上，改行当 CEO。你是喜欢读书的人，我想你一定能学好工商管理的。"

我幡然醒悟，邵幼萍知道我的近况了。有人向她告密，这也不是坏事儿，我就不必为这件事忐忑不安了。其实我早就应该告诉她了。

我说："改行？我只会当警察。对了，你们公司需要保镖吗？"

邵幼萍说："我们公司不需要保镖。如果需要的话，也只会聘用海军陆战旅的退役士兵，而不会看上你这种教授模样的人。"

我听懂了邵幼萍的话。

徐希愉对邵幼萍说："他呀，现在整天无所事事。有时候晚上还跑到那个凶手的情妇楼下，一坐就是好几个小时，守株待兔。这不是浪费时间吗？这样能抓到凶手吗？"

徐希愉说得并不准确。大概她是从蓝父那里听来的。其实我只在那里守望了三个晚上。我渐渐地相信乔君烈将不会是凶手，因而最近我不再前往杨丽童的住处。我倒是经常在晚上来到香格里拉花园高级住宅区内，在灯光较暗的地方像幽灵一样徘徊着。目前，0513 案件第一犯罪嫌疑人胡志良已经潜逃国外，他怎么还会在那个地方出现呢？在一般人看来，在这里抓获胡志良简直是一个天方夜谭式的神话。然而我没有放弃。我并没有幻想着胡志良会突然在那里现身，我的正确之处在于我清楚地意识到胡志良还没有最后被确定为凶手。我希望在漫长的思索中，有一天终于能捕捉到灵感，从而踏上一条通向破案结果的正确之路！我没有告诉任何人我到底在干什么，因为没有人相信那种灵感存在。

同样地，我无法把我的想法向在场的每一个人解释清楚。

邵幼萍在我身边坐下来，苦口婆心地对我说："即使你在工作中有过失，但是你已经竭尽全力，而且为此付出了代价，你应该得到谅解，就不必再作出忏悔式的工作了。你还有机会，要抓紧时间干有价值的事儿。你不能再浪费时间了。

总之你从前做的事儿，有一些是对的，有一些是错的！”她补充了一句，“你能告诉我，你的价值观是什么样子的吗?”

我愿意和邵幼萍谈及自己的价值观，但是当着这么多人，我不想说出来。

我说菜都凉了，请大家吃饭。大家都不做声，低头吃着饭。

饭后徐希愉没有要走的意思。这些天她一直住在我的书房里，邵幼萍是知道的。邵幼萍便在附近的宾馆开了房。

在客房里，我和邵幼萍也没有过多地说话，只是就电视剧里女演员的体貌聊了几句。后来我们都盯着电视，却对曲折和紧张的剧情无动于衷。因为无话可说，我提起了吃午饭的时候我神差鬼使般地夹走徐希愉碗里的菜。她淡淡地说这没什么。

我在客房里洗了澡，邵幼萍没有说什么，却表现得有点儿漠视我的存在。一开始她不太愿意和我同床，但是我紧紧地抱住她，最终她还是半推半就地行事。她没有表现出激情，却在我费劲儿的时候对我说，我只有转行、奋发向上才不会被这个社会淘汰。这让我顿时兴味索然，觉得肉欲是可耻的。

邵幼萍洗了澡，穿上外衣躺在床上认真地看着电视剧。我知道她穿上外衣，就是把我当做外人了。

我在洗澡的时候冷静地想，是什么原因促使邵幼萍改变了对我的看法和态度呢？难道仅仅是因为我失去了大队长的职务？我打算和邵幼萍好好地谈一下。我洗完澡出来，穿好衣服和鞋子，坐在离邵幼萍较近的椅子上。我发现她也有话要说。

“其实，我是爱你的。我知道，你是一个最诚实、最善良和最友好的警察。你所说的那句话，说真话是要付出代价的，这表明了你愿意说真话，有愿意为说真话而付出代价的道德勇气。从你的脸上，我知道什么叫做坚毅。我也知道踏破铁鞋、冲破迷雾，最终抓到狡猾、残暴的凶手是多么的悲壮和不容易！但是你彻底失败了！”邵幼萍越来越激动，就从床上爬起来，站在我身边，“你应该认识到，这样对你不公平！你也是有价值的人，你有选择生存方式的权利，你应该选择最适合自己的工作，发挥人生最大的潜能！”

我说：“我觉得自己最适合当警察。”

邵幼萍说：“过去你认定乔君烈是凶手，那是错误的。”

我说：“全力追捕乔君烈是我们的职责。因为他是在逃的犯罪嫌疑人。可是，我并没有确认他是凶手。”

邵幼萍说：“无可否认，你们是错的，你也是错的。”

“乔君烈是犯罪嫌疑人，潜逃在外，我们一定要追捕他。大卫的外婆还为此付出了生命的代价。”我突然意识到什么，盯着邵幼萍，“你认识乔君烈，见过他吗?”

邵幼萍避开我的目光，却回答得很迅速和自信：“没有。和你们住在同一间屋子里头，大卫也待在那里头，我能不听说过乔君烈的名字吗？他的名字对我来说如雷贯耳。但是，我没有见过他。”

邵幼萍这么说了，我也不便再追问下去。我的脑子里渐渐地形成一个谜团。但是我很快就忽略了这个谜团。因为邵幼萍不是杨丽童，她和乔君烈甚至没有一面之交。乔君烈在她的眼里只是个在逃的犯罪嫌疑人。如果她见到乔君烈，那就像如获至宝一样，会立即通知我的，帮助我摆脱困境。即使她同情乔君烈的遭遇，也没办法找到乔君烈，向他通风报信。

邵幼萍用雄辩的口才对我说，她看过007系列电影和美国警匪大片。从前她觉得詹姆士·邦德和歇洛克·福尔摩斯在执行危险任务时非常潇洒，但是现实情况并非如此。像我这样在人家楼下苦苦地蹲守，哪里有充满惊险刺激的情节，简直太枯燥无味了。她还说：“你已经三十八岁了，足足花了十五年的时间才肩扛二级警督的警衔，当上副科级的大队长，也没什么值得自豪的，何况还被降职调离使用。”

最后邵幼萍说：“丢掉大队长的职务也不可惜。你才三十八岁，你应该抓住人生中最后的机会，在四十三岁时展开当CEO的职业生涯。我对你还是有信心的。我一定全力支持你，在你最困难的时候不离不弃。”

邵幼萍说得我心里热乎乎的，我陷入了沉思。

邵幼萍说一个人独守空房心里真不是滋味儿，而且我们必须经过长时间的等待才有机会见面，一再要我留在这个客房里过夜。我真想留下来。可是我不能留下来，因为徐希愉和张宾就住在我家里，如果我今晚不回去，他们会想当然地知道我待在哪里和做了一些什么。我还是有妇之夫，不能让朋友乱猜测，尤其不能让同事说长道短。我就对邵幼萍说，由于近来精神负担加重，我鼾声如雷，肯定会影响她的睡眠。邵幼萍表示不要紧，有我在身边她会觉得非常安全，会比平时睡得更踏实更多好梦。后来我还以近来治安警察经常突击检查各家宾馆和饭店的客房为借口。其实我还想多留一会儿。邵幼萍明白了我的心思，就不开心地催促我走了。

晚上十一时我回到家里。张宾和乔小星睡觉了，徐希愉还穿得很整齐，坐在沙发上看着电视。

徐希愉怪里怪气地说："回来了?"

我说："你不是看到了吗?"

徐希愉说："三更灯火五更鸡，正是男儿读书时。看书吧，早日考上MBA!"

我说："我的姑奶奶，别拿我开涮了!"

徐希愉有点儿激动："有些人认为，一个男人跻身于中产阶级，有一套漂亮的洋房，有一辆豪华的轿车，再包养几个年轻漂亮的情妇，就算是事业成功了。这是目光短浅的看法!如果人人都这么想这么干，这个世界还可爱吗?"

我没有回答。

徐希愉说："你告诉我吧，你是实实在在地当警察，还是异想天开地当CEO?我要听真话。这一句真话，是不用付出代价的!"

我不想说话。

徐希愉说："我不止一次说过，这个女人不适合你。不过，坦白地说这个女人很不错。你应该这样看问题：如果你不想当警察了，这个女人非常适合你。如果你继续想当警察，这个女人绝对不适合你。"

我一直站着，没有回应徐希愉的话。我走进卫生间洗了个澡，穿衣服的时候才记起刚才我在宾馆的客房里洗过了。不过在冷水的作用下我突然想到一个问题。

我走进张宾所在的卧室，把熟睡中的张宾拽了起来。

张宾迷迷糊糊的，劈头就问我："头儿，抓谁去?"

我把张宾领到阳台去。

我说："我不是大队长了，变成了派出所的副指导员，别叫我头儿。是你告诉邵幼萍的?"

我问张宾是他把我的近况告诉邵幼萍的吗?

张宾说："没有啊!你冤枉我了，绝对没有!"

我说："那是徐希愉说的?"

张宾说："可能吧!她直肠子，有一说一。"

徐希愉也走进阳台。

徐希愉说："什么呀，你们在背后议论我?"

我问："邵幼萍是怎么知道我被处分的事儿的?"

徐希愉十分不满地说："哦，你们怀疑我幸灾乐祸，满肚子坏水，想拆散一对鸳鸯?没有的事儿!我不是那种人!"

我急忙解释："这不是追究谁的责任。我不是那个意思。这事儿邵幼萍迟早会知道的，我会跟她说的。我想弄清楚，邵幼萍打哪儿听到了风声？不是你们，那会是谁呢？这就奇怪了！难道……"

徐希愉和张宾明白了我的意图，再次断然否认。可是，是谁告诉邵幼萍的呢？那个神秘的人是谁呢？最后徐希愉讽刺我，说没有第三者插足，让我安心睡觉。要是睡不着，找个合适的时间直接问邵幼萍。

我暗暗地想，真是见鬼了。

又一个星期日到来了，张宾用那辆还挂着临时车牌的千里马轿车把我、徐希愉和乔小星送到海滨公园看海。在回来的路上，大家都挺兴奋的，谈论着在海边的所见所闻。

市区内人多车多，行车速度比较慢。

张宾突然伸手指向市人民医院大门，问我那不是杨丽童吗？我看过去，那个年轻的女人确实是杨丽童，她正和一个中年男人一起吃力地搀护着一个老年男人，让他坐进出租车里。那个老年男人拄着拐杖。出租车司机急忙跑过来帮忙。三个人好不容易才把那个老年男人弄进车里。

徐希愉和乔小星也在好奇地看着杨丽童和那个老年男人。

我看到那个老年男人只有一条腿。

我突然记起来，一个多月前杨丽童曾经对我说过，她父亲不慎在楼梯上重重摔了一跤，腿骨多处开裂和折断。没想到最后她父亲还是丢了一条腿。

乔小星问我杨丽童是谁？张宾回答了这个问题。徐希愉和张宾都在叹息，如果一个人少了一条腿，该怎么办啊！

当天晚上，我觉得应该去探望一下杨丽童的父亲，就买了一篮子水果，来到杨丽童的住处。

杨丽童正要出门，看到我手上的水果，有点儿摸不着头脑。我走进小套间里，也觉得挺奇怪的。她的父亲在哪里呢？

杨丽童请我坐下来，动手泡茶。

杨丽童说："怎么想起来请我吃水果了？"

我问："你要出去吗？去哪儿？"

杨丽童说："想买点儿东西。不过不要紧，明晚再去。"

我说："你父亲好点儿了吗？"

杨丽童愣了一下，很快就回答："好多了，没事儿啦！"

我说："方便吗？什么时候领我看你父亲去？"

杨丽童说："哦，你想跟我走，看看我家乡的山山水水？我们那儿的风景确实不错。不过，我刚进入那个广告公司就请长假，这好像不太好。这样吧，明年到我家去过春节，怎么样？”

杨丽童这番话反而让我更糊涂了。

我说：“我不是想到你家去，我要看望一下你父亲。对了，你父亲在哪家医院？”

“早出院了，由我妈照顾他。医生说，伤筋动骨，得三个月才能动，才能下床走路呢。”

“买了轮椅了吗？”

“不用花那钱。在床上躺三四个月不就行了吗？”

我变得轻松了，觉得一定是自己看错了，杨丽童的父亲根本没有截肢。

我说：“今天中午十二点左右，我在市人民医院大门口看到了你和你父亲。当时我在车上，没能过去看看你父亲，过意不去，所以今晚想去看看他。他不住在这儿吗？”

杨丽童惊愕地看着我，结结巴巴地说：“不用啦，我父亲没事儿啦！”

我大惑不解：“去看一下吧，我说几句安慰的话就走！”

杨丽童说：“这不可能，你弄错了！”

杨丽童失去常态，没事儿找事儿般地打扫地板。

杨丽童还莫明其妙地打开电视机。电视里正播放着新闻，是一则特大车祸的报道，有好几个路人死伤。

一则殃及路人的车祸，突然让我产生令我颤抖的联想。

在最近一个多月里所有的积压在我脑里的各种疑问突然发生激烈碰撞，发出令我震颤的火光和响声。我紧紧地盯着杨丽童。杨丽童的肢体语言好像证明了那种火光和响声确实不虚。

我极其严肃地说：“杨小姐，今晚无论如何我要见到你父亲！”

杨丽童说：“我父亲在我老家。那是你看错了！”

“这不可能！张宾也看到了！”

“中午你所见到的那个人是我的同事！”

“那好，我也一定要见到你那个同事！你不是准备好出门了吗？走吧，把水果带上！”

我走过去要把门打开，杨丽童突然快步走过来，用身体挡住了房门。我严厉地要她让开，她堵住房门，哀怨地看着我。我拿出手机要给张宾打电话，让他火速赶来。杨丽童把手机夺走了。

我说："到底怎么回事，告诉我！"

杨丽童捂着脸抽噎着，非常伤心和痛苦。我意识到我的猜测是正确的，因而没有退让的意思。

我大声地说："好啦，有什么事儿，待会儿再说！把手机给我，去洗把脸再走，动作快点儿！"

杨丽童说："我对你这么好，我又不是什么坏女人，你怎么能这样对我呢！"

我说："到底出了什么事儿，你倒说出来啊！"

杨丽童说："我们都应该冷静下来。找个安静的咖啡馆，我们坐下来慢慢说，好吗？"

我说："不用，有什么就在这儿说吧。快说吧！"

杨丽童指着一把椅子："请你先坐下来。"

我严厉地说："快说！"

杨丽童说："我知道，我是取保候审出来的，如果我再出问题，我就完了。"

我再也按捺不住，大声地问："那个人就是乔君烈？"

"你不能把我投进监狱！我不想失去自由，像老鼠一样被关在黑暗的老鼠洞里！"

杨丽童受到乔君烈的影响，也把自由视为最宝贵的东西。

杨丽童小声地说着什么，扑进我的怀里。但是我粗暴地把她推开了。

刚才我突然想起来，在蓝母遭遇车祸的现场，还有一个男性行人被殃及，身负重伤。在还未证实乔君烈就是那个男性行人之前，我已经有了强烈的预感，我的心灵为此受到极大的震撼和刺伤。在通向破案结果的路上，蓝母已经付出了生命的代价，我绝不希望乔君烈受到几乎致命的伤害。即使他是杀害蓝雪的凶手，他也拥有做人的尊严。他应该受到公正的审判，而不是在寻求司法公正的路上遭受不幸。乔君烈真是为了抢救蓝母而丢掉那条腿的吗？还有，如果乔君烈就是那个男性行人，在两个多月前就丢掉了一条腿，那么他是怎样跑到杭州市去，继续周游全国的呢？

我说："我再问一次，那个人就是乔君烈？"

杨丽童最终不得不点点头。

我喟然叹气："乔君烈是不是在广州负伤的？"我非常关心这个问题。

杨丽童点点头。

我说："他真是为抢救宋老师负伤的？"

杨丽童索性直说："是的。他不是凶手，绝对不是凶手！他只不过无法摆脱作案嫌疑，害怕受到不公正的司法对待，因此被迫亡命天涯，吃尽了苦头，还失去了一条腿，面目模糊，几乎断送了自己的生命。现在，即使乔君烈站在你的面前，你也不一定能把他认出来！他那样子，惨不忍睹！但是，他仍然未能见到那一天，未能见到真正的凶手被绳之以法！”

杨丽童已经泣不成声，却显得对我抱有希望，试图说服我。

杨丽童断断续续地把乔君烈遭遇车祸的片段告诉我。综合我所掌握的有关蓝母在广州市的活动情况，我渐渐地了解了那宗车祸的前因后果。

两个多月前，蓝母从广州市给我打来电话，说昨天有人看到了乔君烈。现在可以证实这个情报是准确的，当时乔君烈真的正在广州市。而且，蓝母还找到了乔君烈。至于蓝母为什么不及时打电话把这个消息通知正在广州市执行追捕任务的蒋光亮，我是这样推测的：蓝母一下子未能确认那个男性行人就是乔君烈。原因是乔君烈已经彻底抛弃自己原有的中产阶级知识分子的形象，变成了一个彻头彻尾的外省民工。乔君烈觉察到被蓝母盯上后，为了摆脱蓝母的跟踪，冒险穿越马路。蓝母寻凶心切无视危险尾随而去。蓝母也许终于确认那个男性行人就是乔君烈，但是中型客车却像死神一样高速逼近，她惊恐地大喊大叫，甚至可能喊着乔君烈的名字。乔君烈试图转过身去搭救蓝母，却把自己也送到死神的唇上。

乔君烈大难不死让我深感欣慰，我急于见到乔君烈，让杨丽童立即领我去。

“我们都不是罪犯，况且你已经不是0513专案组的负责人了，你就放过我们吧！只要我们能自由地活着，我们可以答应你的任何要求！”杨丽童甚至说，“我们可以弥补你的经济损失！”

杨丽童的意思我完全明白，她想用钱收卖我。为此我感到我受到了侮辱。

我说：“杨丽童，我能有什么要求呢？就像搞软件的人扑在电脑上没日没夜也不觉得疲倦，我是警察就扑在案子上，侦查追捕犯罪嫌疑人也不会觉得疲倦。现在乔君烈仍然是犯罪嫌疑人，而且还是通缉犯，他必须归案，把问题搞清楚！你要是相信我，就请听我说一句，相信法律！”

杨丽童说：“你的口头禅是：讲真话是要付出代价的。你敢说真话吗？我知道，你正是因为乔君烈突然出走、无法在期限内破案而被处分降职。你恨透了乔君烈，你要报复！你要恢复你的职务！”

我说：“其实，你并不理解我。我那句口头语的潜台词是，即使讲真话要付出代价，也必须讲真话。我不想报复乔君烈，我只想抓到杀害他妻子的凶手！”

杨丽童认真地看着我，说：“那好，请你说真话，你喜欢过我吗？”

我说：“我不想回答这个问题。”

杨丽童说："我相信，这句就是真话。看来要说真话也不难。但是这个问题你必须回答，否则，你拼命标榜自己说真话就没有意义了！"

我看着杨丽童，不得不如实相告："我当然喜欢你，可是我不能那样做。我也想过了，假如你不是杨丽童，跟0513案件无关，你也不会喜欢我。我无法接受交易。"

杨丽童说："即使我跟0513案件无关，如果在一个适当的场合遇上你，我也会喜欢上你的。你是一个好人。"

"这话你就别说了，因为无法证明这是不是真话。"我看一下手表，"快点儿吧，去看看乔君烈。"

杨丽童把我的手机放在茶几上，要为我倒茶。我就走过去拿起手机，要给张宾打电话。

杨丽童急忙地说："让我再想一想！"

我说："不能再等了！"

杨丽童走过来，不让我打电话。我强硬地声明我在执行公务，她的行为是妨碍我执行公务，我有权采取强制措施。但是杨丽童还是采用牛皮糖战术拖延时间。

这时候杨丽童小背包里的手机鸣叫起来，她却没有接听电话的意思。我命令她接听电话。她不安地接听电话，只是生硬地说对方打错了就挂了。我发现她换了一个手机，就让她把手机给我。她犹豫一下，知道无法拒绝，就把手机递给我。我用她的手机打我的手机，一看来电显示就知道是新号码。我再打她原来那个手机，那个手机在小背包里鸣叫起来。这说明了她有两个手机，其中有一个手机是我们所不知道的。如果她用那个我们所不知道的手机对外联系，我们将一无所知。我查看那个我们所不知道的手机的呼出和来电电话号码记录，其中没有一个是我所熟悉的号码。我打刚才的那个来电电话号码，接听电话的是一个女人，她着急地问我是丽童吗？我问她是谁，她急忙挂了电话。令我惊奇的是，这个声音我似曾相识。

我说："这女人是谁？"

杨丽童说："不是说打错了吗？"

我说："怎么会打错呢？她着急地问我是不是丽童！你必须回答我，这个女人是谁？"

杨丽童说："我们都是那种有爱心的人，想帮助乔君烈，但是，我们不想有牢狱之灾，失去自由。"

我走向房门。

杨丽童哭了。

我说："杨丽童，你要忘了你曾经认识我。我们公事公办。我就在门外，你留在这屋里，绝对不允许外出、往外面打电话！我打电话通知0513专案组的同事，让他们来处理这个案子。"

杨丽童揪住我的衣服，我挣脱了。我触到她的手，沾上了她手上的泪水。我感到悲哀。但我还是坚持己见地要走到门外去。杨丽童突然大喝一声。

杨丽童说："你知道刚才来电话的是谁吗？她是一个你正爱着的人！"

我说："快说！谁？"

"邵幼萍！"

竟然是邵幼萍。我真不敢想象这就是事实。我又一次感到震惊和痛心。这实在太残酷了。

我说不出话来。

杨丽童说："邵幼萍是今天下午来的。她给乔君烈送来了一把轮椅。待会儿她还得给你打电话，跟你约会！你冷血无情，我只好投案自首了。在这儿，我就主动坦白交待，可是这算不算是自首呢？我问你，你总不能把邵幼萍也送进监狱去吧？你还是不是人呢？都到这份儿上了，你当警察还有什么意思呢？"

第三十章　可怕的供词

邵幼萍在接到我的电话时，一言不发地听着我说话。她显得很平静，让我等她一会儿，她立即赶到杨丽童的住处。

我担心邵幼萍会逃之夭夭。但是在十多分钟后，邵幼萍气喘吁吁地赶到了。杨丽童为她开门，再把门关上，让她坐在我身边。

这时候我倒希望邵幼萍立即潜逃国外，因为我根本不想在她的面前充当警察的角色，亲手把她送进监狱里。

邵幼萍说："刚才，你用杨丽童的手机给我打电话，我听出来是你的声音。我就说你打错了，把电话挂了。我知道，杨丽童落在警察的手上，不出两天就会把我供出来。所以，我打算投案自首。可是，在来这儿的路上，我后悔了。你知道我为什么会后悔吗？"

我明白邵幼萍说的是气话，没有回答。

邵幼萍说："要是你能早日抓到真正的凶手，大卫他外婆就不会丢掉性命，乔君烈也不会丢掉一条腿，我更不会包庇犯罪嫌疑人！老实说，我是经济动物，只想挣钱，从事那种弱肉强食、追求巨额利润的工作。可是乔君烈实在太惨了，我一时心太软，就帮他一把。我后悔，我怎么这么糊涂啊！"

邵幼萍不再说话了。

我们静静地坐着，谁也没有开口。邵幼萍问杨丽童要不要加奶的咖啡，杨丽童就冲调三杯雀巢速溶咖啡。邵幼萍喝着咖啡，把我最想知道的事儿缓缓道来。

两个多月前的一天下午，邵幼萍从外面回来，走进数码盾保安系统有限公司广州代表处的大门，穿过销售业务大厅，走向设在里间儿的她的办公室。她是广州代表处的销售总管，随时关注着大厅里的情况。她看到一个业务员和乔君烈正在认真地交谈着。那时候她还不认识乔君烈。在她的眼里，眼前这个乔君烈似乎是一个刚解决温饱问题的民工，根本不像腰缠万贯的顾客，甚至也不可能是潜在的顾客，这个业务员怎么会为他而浪费时间呢？

邵幼萍走进她的办公室，动手冲调一杯咖啡，坐下来上网查阅资料。她喝完咖啡后，透过单向透明玻璃看过去，那个业务员还在不遗余力地向乔君烈推荐产品。邵幼萍好奇地走过去，了解一下为什么会这样。

邵幼萍礼貌地请乔君烈稍等一下，让那个业务员到她的办公室去。邵幼萍在转身走开的时候，突然觉得乔君烈似曾相识，而且他的目光里充满智慧和期待，绝对不可能是普通的民工。业务员告诉邵幼萍，这个人对各种各样的轿车保安系统很感兴趣，不断地详细询问各种防盗产品的性能特点和技术数据，看来他非常熟悉电脑科技知识。给业务员的感觉是，他是一个在货比三家的买家，因而热情地接待他，为他解答各种技术上的问题。邵幼萍说怎么看这个人也像一个民工，业务员说人不可貌相，说不定他就是行为怪僻的大富翁。邵幼萍便让业务员把这个人请进来。

乔君烈走进邵幼萍的办公室。

后来，乔君烈告诉我，他了解到抢走那四个香格里拉花园高级住宅区的监控数字录像硬盘是某个盗车团伙所为，便打算找到那伙盗车贼，从他们那里入手查访杀害蓝雪的凶手的线索。乔君烈在那个盗车贼发给他的电子邮件里找到了灵感：那些盗车贼极有可能是在某些汽车防盗器材经销公司工作过的技术人员，从而掌握了破解各种汽车保安系统的专业知识。他上网查询得知，数码盾保安系统是一个国际著名的防盗器材品牌，沿海各大城市大部分豪华轿车车主都选用这个品牌的汽车保安系统。苦于无法找到那个盗车团伙，他只好盯上这个防盗器材品牌。他想通过了解汽车保安系统的工作原理及其不足之处，拐弯抹角地进一步了解盗车贼是采用什么手段盗窃汽车的。他知道这样做无异于瞎猫逮死老鼠，也认识到自己处于险恶的境地。虽然大街上没有粘贴通缉他的通告，但是从网上可以查阅到相关的资料，因而他进入广州市这样一个信息网络化的大都会必定是非常危险的。然而，他潜逃在外的目的就是想拥有自由和追查凶手。他早已对自己碌碌无为地在全国各地跑来跑去的举动感到厌烦，认定自己无论如何总得干一点儿事儿。

于是，乔君烈冒险来到广州代表处。

邵幼萍说了一番客气的话，给乔君烈倒了一杯水。这时候几个顾客走进销售业务大厅，邵幼萍便安排那个业务员去接待他们。

乔君烈声称要买一套绝对可靠的汽车保安系统，却对目前畅销的产品表示忧虑。他说他的一个朋友花了几十万元购买一辆新车，也用上了机械式防盗锁和电子保安系统，可是一不小心还是把车子给丢了。他表示不明白为什么偷车的人有这么大的本领。

邵幼萍渐渐地觉得这个不速之客的目的不在于购买汽车保安系统，而是另有隐情。乔君烈的体貌和表情终于让邵幼萍不由得联想到乔小星，他们之间似乎有一种不解之缘。邵幼萍在我家里住了一段时间，乔君烈的名字在她的脑海里不可避免地留下深刻的印象，而且她也曾经看过一些乔君烈的照片。虽然面前这个人与她所想象的那个活生生的乔君烈对不上号，但是她有了为此求证的兴趣。

邵幼萍一边和乔君烈聊天，一边操作电脑登录公安部刑事侦查局信息网络系统中的网上追逃主页，找到重大犯罪嫌疑人乔君烈的有关资料。乔君烈有所察觉，走近电脑屏幕。邵幼萍大吃一惊，意识到危险逼近，迅速伸手把屏幕关上，扭头呼喊外面的业务员。

乔君烈非常冷静地说："请等一下！请听我解释！"

两个业务员打开门走进邵幼萍的办公室。

乔君烈微笑着说："一个大蟑螂跑到办公桌上，把你们的经理吓得花容失色。你们去多找几个人来，看看能不能把该死的蟑螂驱逐出境。我这儿没刀没枪，杀不死蟑螂。"他拍了几下身上的衬衣和裤子，紧接着对邵幼萍说："就把办公室的门打开，蟑螂自己会跑出去。我就浪费你五分钟，再谈一下，怎么样?"

乔君烈退到距离邵幼萍较远的沙发上，坐下来把杯子里的水喝完。

邵幼萍觉得乔君烈不像十恶不赦的凶犯，未必有即时的危险，因而对业务员说："没事啦。记住，五分钟后，你们全到我这儿来，我有话要说。这门就开着吧。"

邵幼萍走到门边，这是一个安全的地方，随时可以跑掉。两个业务员安慰邵幼萍几句，就走到外面去，让门敞开着。

邵幼萍看一下手表，抬头紧盯着乔君烈。

乔君烈说："不错，你在网上所看到的那个令人讨厌、甚至令人恐惧的人就是我。但是那不是事实。可能你不相信我说的话，而是相信警察说的话，白纸黑字的东西。但是，如果你知道为什么我到你这儿来，你就会明白我不是凶手。”

邵幼萍说：“我认识你的儿子大卫，他说你是凶手。大卫的外婆也说你是凶手。我倒想听你说说，你怎么就不是凶手呢？”

乔君烈有点儿奇怪：“你是怎么认识大卫的？”

邵幼萍说：“这不重要。先回答我的问题！记住，你只有五分钟！”

乔君烈说：“在法律上，我没有义务证明自己不是凶手。但是不管怎么样，我愿意证明自己不是凶手。虽然我很讨厌自己的妻子，可是她被别人杀害了，作为一个男人、丈夫我想替她报仇。因此我比任何人都想抓到凶手。我家外面的电梯、楼道有监控录像，小区的大门有监控录像，小区内各主要通道有监控录像。可以说，凶手是我妻子的熟人，他在进入我家里之前或之后肯定被录像了。不可想象的是，那套录像却在案发当晚被某个盗车团伙抢走了。我怀疑那些盗车贼曾经在某个汽车防盗器材公司工作过，掌握了破解汽车保安系统的技术，所以我就到你们公司来了解情况。否则，我也不会冒这么大的险到你们公司来，一下子就暴露了。”

邵幼萍说：“我不能相信你。你有可能是凶手，还有可能是出色的骗子。”

乔君烈说：“我也是商人。我们就回到共同的目标上，从钱的角度谈问题吧。通缉令上悬赏的金额是五万块钱。这五万块钱我可以给你。”

邵幼萍说：“你是不是凶手，我不知道。但是，你最令人讨厌的地方就是认为有钱就可以解决问题。你错了！”

乔君烈说：“我也在网上贴帖子，悬赏二十万元找到那套被抢走的数字录像硬盘。不过，我每天的伙食费才十块钱。每顿吃一个三块钱的盒饭或者两袋方便面。我心里挺烦的，想借酒消愁，可是我又舍不得花钱，因为我没有买酒的钱。这是在牙缝里抠钱。我得把有限的钱用在刀刃上。”

“你不会打工挣钱吗？”

乔君烈说：“我只会电脑。不过抛头露面搞电脑，很容易让警察抓到。我考虑过当清洁工、油漆工、装卸工，反正是靠体力挣钱的工作。可是，我没时间呀。我得找到凶手。”

邵幼萍看一下手表，对乔君烈说：“这五分钟快满了！你还没有说服我。”

邵幼萍早就意识到我所苦苦追捕着的人就坐在她的对面。可以想象到，如果她把抓获乔君烈的消息告诉我，我一定会激动得热泪盈眶，在某些人面前扬眉吐气。面对着乔君烈那真诚、疲倦的面容，邵幼萍犹豫着。她知道她没有选择，即使乔君烈不是凶手，也必须把他交给警察。

“看得出，你打算把我交给警察。我早就知道有这么一天。”就像早已准备好了，乔君烈从衬衫的衣兜里掏出一个小笔记本，“这笔记本上，有一封信是写给我儿子的。就当是遗书吧。我告诉我儿子我绝对不是凶手。如果有一天，即使他的父亲因谋杀罪名成立而被执行死刑，也请他不要相信他的父亲就是凶手。不自由毋宁死这句话，以他小小的年纪和浅薄的人生经历，他可能弄不懂。但是他必须记住我说的话：他的父亲潜逃在外，并不是因为我是凶手，并不是因为我不敢面对现实，而是因为我想留在这个自由的社会里，保持我应有的尊严。我希望他挺起腰杆做人，谨记清华大学的四字校训行胜于言，努力学习，将来考上清华大学，做一个不图虚名的工程师，服务社会。最后，我更加希望他生活在自由的社会里。”

邵幼萍难以控制自己的情绪，竟然泪水涟涟。

邵幼萍哽噎地问：“你打哪儿知道清华大学的四字校训行胜于言的？”

“我听一个警官说的。”

邵幼萍明知故问：“哪个警官？叫什么名字？”

乔君烈说：“许健。”

乔君烈把一个小笔记本和两把钥匙放在邵幼萍的办公桌上，继续说下去：“我住在东郊那个研究所宿舍里，在阳台一个废纸箱里有一个旅行袋，里面放着二十九万一千块钱。我跑在外面东躲西藏地过日子，拿着这笔钱，其实我不是为了钱！就拜托你拿着这笔钱，找到那个盗车团伙，请他们把那套监控数字录像的硬盘交给警察，或者向警察提供凶手的情况。如果找不到那个盗车团伙，就请你把这笔钱转交给我的儿子，作为他的生活费和学费。我觉得你是一个值得信任的人，这些事儿就拜托你了！”

乔君烈朝邵幼萍鞠躬。

邵幼萍已经热泪满面。

邵幼萍能感觉到，乔君烈也流下了眼泪。

五分钟已满，几个业务员走过来。他们看到邵幼萍和乔君烈都在擦拭着泪水，有点儿不知所措。邵幼萍摇摇手，让他们回避。办公室里再次留下了邵幼萍和乔君烈两个人。

邵幼萍把门关上。

邵幼萍试图劝说乔君烈向警方自首。然而乔君烈再次慷慨激昂地表达了他对自由的热爱和向往。邵幼萍在澳大利亚生活了好几年，当然明白到自由是最宝贵的。

邵幼萍终于相信乔君烈不是凶手。即使他是凶手，但是他在邵幼萍面前展示的尊严、对儿子的殷切期望，还有他那临危不惧的坚韧意志，让邵幼萍觉得他是一个非常值得尊敬的人。她还非常同情他。

邵幼萍最终放弃让我扬眉吐气的机会，答应让乔君烈平安地离开。

但是乔君烈没有立即离开。他乘胜追击，请求邵幼萍提供一份自广州代表处开业以来所有工作人员的名单，那些辞职、离职而去的技术人员尤为重要，万万不可漏了一个。邵幼萍觉得办这件事难度较大，不过她答应尽力而为。

两天后，邵幼萍煞费周章才搞到一份不尽如人意的名单。她在当天傍晚约见乔君烈，把名单交给他，并答应今后有机会再搞一份详尽的名单，发到乔君烈的电子邮箱里。乔君烈颇为感激，要请邵幼萍吃饭。邵幼萍摇摇头，说后会有期。

邵幼萍送乔君烈走出代表处的大门。

这时候夜幕开始降临，路灯全亮了。

乔君烈抓紧时间，询问乔小星的近况。邵幼萍觉得乔小星这孩子挺可爱的，就和乔君烈聊了一会儿。她看到他面有菜色和身体消瘦，再次动了恻隐之心，要请他吃一顿丰盛的晚饭。她还打算在吃饭的时候，给乔小星打个电话，让他听听自己儿子的声音。乔君烈说他的身份特殊，不想连累她。他声明，她给他的帮助绝对不会出现像农夫与蛇的故事那样的结局，等到以后他真正地拥有了自由，一定请她吃饭。

乔君烈朝前走去，还回头看了邵幼萍一眼。邵幼萍看着他的背影变得模糊了，正要往回走，此时看到蓝母出现了。她在乔小星那里看过蓝母的照片，对蓝母有点儿印象。现在这个老年妇女正紧盯着乔君烈，邵幼萍很自然地猜到这个女人就是蓝母。

蓝母突然看到乔君烈的背影，就像猎人发现猎物一样，兴奋地紧追不舍。看来蓝母还不能完全确定不远处的乔君烈就是她的目标人物，她拿出望远镜一边走一边观察着，没有看清脚下的路差点儿被绊了一跤。邵幼萍尾随而去，立即打电话通知乔君烈。乔君烈意识到危险，看到马路中间的栅栏有一个豁口，立即作出横穿马路的决定。蓝母咬住不放，也冒险地横穿马路。蓝母钻过那个豁口后，对右侧来车的距离和速度缺乏准确的判断，也许她想当然地认为前面那个人横穿马路是安全的，那么她也在安全状态中。这时候蓝母终于能确定眼前那个人就是乔君烈了，狂呼着乔君烈的名字。站在马路这一侧的邵幼萍也能模糊地听到蓝母在喊着乔君烈的名字。接着邵幼萍看到，就快走到马路另一侧的乔君烈回过头来，看到近在咫尺的蓝母处于极其危险的境地，正要伸手施救，但是顷刻间蓝母已经葬身于中型客车的车轮下，他自己也让那辆因紧急制动而向路边打偏的车子带倒在地上，身负重伤昏迷不醒。

这宗极其恐怖的交通事故让所有的目击者都胆战心惊。

邵幼萍认定乔君烈必死无疑，不过她还是急忙打了120急救电话和122交通事故电话。警察比救护车先到现场，发现乔君烈还活着，不敢贸然动他，再次紧急呼叫救护车。救护车把乔君烈送往医院，邵幼萍乘坐出租车跟在救护车后面，目送着还处在昏迷之中的乔君烈被送进陆军医院急救中心。但是她不敢接近乔君烈。他毕竟是在逃的犯罪嫌疑人，她不想受到牵连。

三天过去了，一直在重症监护室门前徘徊的邵幼萍发现警察并没有对乔君烈采取强制措施，便壮着胆子探视他。乔君烈还处在高危期，而且他的左腿已被截肢，全身伤痕累累，面目全非。邵幼萍站在重症监护室门外失声痛哭。她知道不能让乔君烈孤独无助地面对着死神，便通过护士把一些鼓励他的话传递进去，希望他活下去，报杀妻之仇。几天后乔君烈对邵幼萍说，这不是最坏的结局，至少他还活着，他还有可能走到真凶被绳之以法的那一天。即使丢掉一条腿，也总比失去自由蹲在监狱里好多了。他绝不后悔。

邵幼萍被彻底打动了。对这个失去一条腿的男人，她不可能产生爱慕之情，但是她将会尽自己的能力无私地帮助他。她已经忘记他的特殊身份，忘掉自己可能卷入危险的漩涡里。

邵幼萍拿着乔君烈给她的钥匙，打算到乔君烈租赁的某研究所职工宿舍拿点儿钱和物品。她所乘坐的出租车刚驶进宿舍区门口就被截停了。张宾跑过来检查，看到她，他既惊奇又高兴，就把她领到我跟前。事前她并不知道我正在广州市，此时不用说她也知道我是为乔君烈而来的，她急忙撒谎，强调自己来这里探视生病的同事。她摆脱我和张宾，在宿舍区内转了一圈，就匆匆地走了。

邵幼萍担心我们会把触角伸到医院去，和乔君烈商量后，就用乔君烈的手机给我发短信，还乘坐飞机赶到浙江省杭州市，以他的名义和我在网上对话。这个对话产生了效果，我们确定乔君烈在杭州市后，就把队伍撤回去了。她的计谋达到了预期的效果，我们根本无法想象乔君烈已经身负重伤，根本不可能挪窝。事实上，我们在广州市大举搜查的时候，从来没有考虑到乔君烈会躺在医院重症监护室的病床上。即使福尔摩斯再世也没有这样的想象力。

重症监护室几乎就是与世隔绝的地方。

后来我才想起来，在广州市邵幼萍去某研究所职工宿舍探望生病的同事怎么会两手空空，就没带一些水果呢？如果仔细回忆起来，我也不难发现那些当天通过互联网从杭州市传来的话中确实有点儿邵幼萍说话的风格。当我在来到广州市第十一天后，在即将撤回去的前一天晚上，我和邵幼萍见面了。第二天早上我打算到医院去探视那个传说中要出手搭救蓝母的男性行人，却被邵幼萍蛮不讲理地制止了。另外，我记起邵幼萍最近曾经反复问我，是不是抓到乔君烈就会使我的一切变得好起来。她也曾经多次暗示或者直接告诉我乔君烈不是凶手。

原来就是这么一回事。

乔君烈在伤势稳定下来后，又开始关心蓝雪遇害一案的侦破工作。他让邵幼萍把有关那个盗车团伙的一些资料传发给我，使我们能够顺利地抓到盗车贼廖伟明。其后他又指使邵幼萍打电话向我探问情况，再用他的手机给我发来短信，告诉我凶手可能脱下血衣，换上他的衣服逃走，请我到他的家里查看他的衣服。当闻听胡志良成为杀害蓝雪的第一犯罪嫌疑人的消息后，乔君烈便认为警方必然会把注意力集中在胡志良的身上，从而使自己所面临的危险大大地降低了。他不听邵幼萍的劝告，决意潜回本市，在适当的时候继续寻找凶手的罪证。乔君烈自信地认为，即使我和他擦肩而过，也不能把他认出来。事实上确是如此。邵幼萍被迫请来四个民工，用担架把他抬上火车，陪着他回到本市，把他交给杨丽童。邵幼萍放心不下，下一个星期天就赶过来，到医院里探视乔君烈，顺便到我家看我。

今天邵幼萍收到一把不久前订购的德国轮椅，从广州市飞过来，直接把轮椅送到乔君烈的住处。本来她打算在杨丽童来到乔君烈的住处后，就打电话约见我。没想到杨丽童已经被我控制住了。

听了邵幼萍镇定自若的述说后，除了感到震惊之外，我还感到我被欺骗了，被最亲近的人欺骗了，心里充满一股寒气。我根本没有产生抓获乔君烈的成就感，即使有也被邵幼萍和杨丽童一下子无情地剥夺了。甚至我觉得今晚我做错了一件事。

杨丽童也开始讲述她和乔君烈的故事，我真想制止她。

两个多月前在安徽省淮江市，乔君烈侥幸地逃脱的那一幕真实地再现在我面前。

自从乔君烈潜逃后，杨丽童在我们的帮助下，终于意识到乔君烈就是狡猾的凶手。她非常憎恨他，认为自己被他愚弄欺骗了，不值得再为他作出牺牲，更不愿意让自己触犯法律成为失去自由的囚徒。全力协助警方把乔君烈抓捕归案，以此彻底洗刷自己为他作伪证、包庇他的罪名，这是杨丽童既定的决心和做法。她一度担心自己在再次见到乔君烈的时候，会突然陷入一个可怕的黑洞里，以致她那些既定的决心和做法被他们之间那些昔日的情愫所颠覆。在乔君烈突如其来地钻进她所乘坐的出租车里，催促司机开车后，就从那一刻开始，杨丽童的脑海里一片空白。乔君烈用冰凉的手抓住她的手。这时候她看着乔君烈的脸，而且是长久地看着那一张似乎变得陌生的脸。令她不解的是，她竟然觉得他的眼睛是纯洁的，是可以信任的。她清楚地记得这个男人曾经真心地爱过她。这种感觉令她的热血在体内不顾一切地激荡着，因而她不能自已地浑身颤抖。她意识到自己不应该出卖这样的一个男人，不应该亲手置他于死地。

司机好奇地扭头看了乔君烈和杨丽童一眼。

此时，杨丽童仅存的一点儿理智，就是她还能意识到司机的存在。她估计事后警方一定会找到那个司机，调查她有没有向乔君烈泄露警方的行动计划，帮助乔君烈再次逃脱。她决定保全自己，巧妙地用表情和肢体语言把乔君烈吓走。

乔君烈试图搂住杨丽童的头，却被杨丽童挣脱了。杨丽童悄悄地回头看一眼那辆一直跟在后面的曾思敏所乘坐的出租车，这当然逃脱不了乔君烈的警觉。杨丽童心里暗暗高兴，更是露骨地拿出手机给我挂电话。乔君烈敏感地注意到情况有异。他命令杨丽童把手机给他，杨丽童却显得惊慌失措，把手机掖在怀里。乔君烈强行夺过手机，查看她给谁打了电话。

乔君烈在杨丽童的耳畔严厉地问她是否出卖了他?

杨丽童没有回答，然而她的眼神却为她作出了肯定的回答。

杨丽童成功了。

乔君烈就这样明白了自己处于极度危险的境地，随即喝令司机停车，跳下车逃跑了。

从此，乔君烈觉得杨丽童是一个不可信任的人，再也没有和她联系。

第三十一章　女人间的秘密

直到一个星期前，邵幼萍突然给杨丽童打来电话，约她喝咖啡的时候，杨丽童从这个陌生的女人那神秘的口气里，意识到这件事可能与乔君烈有关，甚至乔君烈就在离她不远的地方。杨丽童在惊愕和激动过后，思想斗争激烈。但是她觉得不应该出卖乔君烈，同时也因为还没有确认这个女人一定就知道乔君烈的情况，便决定不通知我，火速赶到这个女人指定的咖啡馆去。

走进咖啡馆，邵幼萍从某个角落里走出来，示意杨丽童跟她走。这是杨丽童第一次见到邵幼萍。但是邵幼萍从乔君烈的描述中早已知道杨丽童是什么模样的。

邵幼萍直截了当地对杨丽童说，她是一个从前和乔君烈素未谋面的人，但是她相信他不是凶手，正竭力帮助他。她知道杨丽童和乔君烈相爱过，可是杨丽童曾经出卖过他。然而现在乔君烈残废了，非常可怜可悲，也值得尊敬，再也没有谁会心如铁石般地出卖他了吧？

杨丽童这才知道乔君烈的惨状。邵幼萍继续把乔君烈的有关情况说出来，杨丽童已成了泪人。

杨丽童跟着邵幼萍来到医院里，看到一个躺在病床上的可怕的人。杨丽童想象到那个人就是乔君烈。乔君烈显得非常衰老和虚弱，和她记忆中的乔君烈有了天壤之别。她简直不敢相信自己的眼睛。然而乔君烈的眼里仍然闪烁着乐观的光芒，这让杨丽童感到些许的慰藉。

邵幼萍悄悄地对杨丽童说，她相信情义、同情与良心就是防火墙，阻止杨丽童出卖乔君烈。更有甚者，希望她看在钱的分上，照顾一下乔君烈。这是邵幼萍故意刺激杨丽童的良心。杨丽童仿佛受到了侮辱，声明即使要付出代价，她也应该尽自己微薄之力照料他。

杨丽童请来一个木讷寡言的民工陪床照料乔君烈，还租赁一间处在一层的房子，让乔君烈在出院后住进去。

我被降职处分的事儿，也是杨丽童告诉邵幼萍的。

杨丽童结束了讲述，又冲调三杯浓浓的咖啡。

最后杨丽童告诉我，虽然说真话要付出代价，但是她仍然对我讲出实情。

邵幼萍对我说："我和杨丽童说的全是真话，满意了吗？"

我不得不点点头。

邵幼萍说："抓到一个丢了一条腿的人，况且还不是真正的目标人物，这有意思吗？算了吧。即使你放过乔君烈，放过我和杨丽童，也无损于你这个好警察的形象。"

我说："不能这么说。乔君烈还是通缉犯，必须归案。"

邵幼萍说："那我和杨丽童怎么办？都犯了包庇罪啦？"

我已经不想言语，就点点头，站了起来。

邵幼萍忿忿地说："我一生中只做了一件最不开心的事儿，你知道是哪一件事儿吗？"

我说："你别说了，都别说了。"

邵幼萍说："好吧，我知道自己罪有应得。我接受现实，就请你大义灭亲吧！我不怪你，因为你是没有感情的机器，是国家暴力统治的工具！"

我说："这样吧，我知道你们都是好人，好心做了坏事儿。你们去自首吧，这样可以减轻刑罚。这是最合适的做法了！"

邵幼萍打破了镇定的神色，激动地站起来，把茶几上的咖啡杯子碰翻了。

邵幼萍说："只能这样了？"

杨丽童也站起来，把邵幼萍拉开。

杨丽童说："我一个人去自首，再把乔君烈供出来。我承认我有罪。萍姐，你是好人，这件事从此跟你无关了，你就不必去自首了。我和乔君烈绝对不会把你供出来，即使刑讯逼供我们也不说！"她哀求着我："这样可以了吧！萍姐是你的女朋友，你就放过她吧。你这样做了，我觉得在职业道德和良心上你是不会受到谴责的。你就早日抓到真凶，让我和乔君烈洗脱罪名，恢复自由吧！这是我唯一求你的！"

我在犹豫着。

杨丽童对我说："萍姐是无罪的。她刚才的供述，只有你一个人听到，我没有听到。你是她的男朋友，你应该回避，你的证言在法律上是无效的！"

我非常为难和痛苦。我真想按杨丽童所说的去做，却万万不能这样做。我轻轻地摇头，看了邵幼萍一眼，对杨丽童说："我还想当警察。"

杨丽童说："我发誓！打死也不说！"

邵幼萍拉着我的手，说："就这样了？你真的让我和杨丽童去坐牢？你给我们一天时间，我们再冷静地考虑一下，好吗？"

我说："我没有权利违反法律啊！我真的还想当警察！"

杨丽童哀求着我："你就放过萍姐吧！要不，我跳楼死掉算了，不会出卖你！"

我吸了半根香烟后，最后作出决定："我先把杨丽童带走。"

邵幼萍说："那我呢？"

"看情况吧。弄不好，我真的当不成警察了。"我痛苦地摇摇头。

邵幼萍却火了："就因为她没跟你上过床，而我跟你上过床，你就饶恕了我，不饶恕她？"

我也火了，瞪着邵幼萍："不许胡说！"

杨丽童哀求着邵幼萍："萍姐，就这样，我们说好了。你也应该体谅他。如果他违背了法律，他心里就会有阴影，以后就当不好警察了！他可是一个好警察啊！"

我对邵幼萍说："杨丽童说得对！"

邵幼萍说："我知道，你是不会为着一个女人而丢掉自己的大好前程的！你比那些贪赃枉法、搞刑讯逼供的警察更可耻！"

我的手机鸣叫起来。张宾在电话里兴奋地告诉我，蒋光亮接到由市局转来的一封发自广州市的匿名信，信中说一个中年男人曾经到过数码盾保安系统有限公司广州代表处，后来他可能在某宗车祸中受伤，一条腿截肢伤残。那个人应该就是网上通缉令上的在逃犯罪嫌疑人乔君烈。大约在一个礼拜前，那个人已经离开广州市，目的地极有可能是他所居住的城市。蒋光亮欣喜若狂，立即领着0513专案组的同事到各个医院住院部搜查，刚刚抓获乔君烈。

我把这个消息告诉了邵幼萍和杨丽童。邵幼萍和杨丽童竟然都如释重负，一齐选择投案自首。这个结局是我最愿意见到的。

然而邵幼萍用鄙夷的目光看着我，杨丽童低头避开我的视线。我也不能名正言顺地看着她们。

我在焦躁中度过了两天。

0513 专案组没能从乔君烈那里得到新的证据和线索。办理保外就医手续后，乔君烈仍然住进医院里治疗他的腿伤。邵幼萍和杨丽童也以取保候审的形式离开看守所。不过他们是不能见面的。

相对于当初大张旗鼓地追捕乔君烈而言，最后抓到乔君烈只能算是草草收场。0513 专案组的同事们就像在收看一场已经知道比赛结果的重播录像，无论如何也无法兴奋起来。他们只是一次次地责骂乔君烈为什么丧失理智负案潜逃。这个答案不是唯一的。乔君烈的回答是，聚集于他身上的疑点实在太多了，他跳进黄河也洗不清，只好溜之大吉。只有我才确切地知道乔君烈为什么要那样做。他担心被刑讯逼供。确切地说，他为的是自由和尊严。

我和徐希愉到医院里探视乔君烈。在乔君烈潜逃后，时隔四个多月之久我才又一次见到他。

乔君烈看到我，就像和老朋友会面一样，脸上带着苦笑。

乔君烈开口就说，在外面的日子挺孤独寂寞的。他知道美国有个代号叫梯队的全球电子监控系统，一直在不间断地窃取情报。该系统用高速计算机总成记录和分析所截获的信息。不论是通信信号还是互联网上的数据，都在该系统的全天候监控之下，一旦出现与该系统数据库中的关键词相关的信息，该系统就会自动记录并辨别，然后将重要部分移交给工作人员深入分析。比如说，一个人在使用手机的时候，如果说到什么国防、潜艇、导弹这些关键词，该系统就会即时自动窃听。平时乔君烈不敢和情人、朋友和亲人联系，在百无聊赖、寂寞难耐的情况下，他真想上网和梯队的监听人员单向聊天，向他们吹嘘他即将发明成功世界最先进的隐形航空母舰，拿他们开涮。

乔君烈对自己的伤残只字不提。看来除了自由之外，他就喜欢痛痛快快地活着。但是我当然知道，他经历惨烈的车祸，要活下来非常不容易，需要超乎寻常的坚韧和乐观。

乔君烈还告诉我，对于那个为什么蓝雪倒地身亡后她腕上的欧米茄手表的表带扣子是打开的问题，他仍然百思不解。

邵幼萍以取保候审的形式获得有限度的自由后，立即约见我。

邵幼萍对我说，她曾经对杨丽童和乔君烈寄予厚望，相信他们不会把她供出来，让她还不至于失去自由和工作。但是她担心办案的警察使用酷刑，迫使乔君烈和杨丽童供出同伙。在这种情况下，她只好勇敢地面对现实，选择投案自首，以此减轻刑罚。

我觉得邵幼萍的做法是理智的。我也不想由此卷进去。

我和邵幼萍的见面地点在那条本市著名的商业大街上。我们第一次见面就在这里。当时她真的有点儿不舒服，坐在百货公司大门前的铁椅子上，一副楚楚可怜的模样。这一次邵幼萍指定在这里见面，我觉得这是她故意为之。她在向我作出暗示，是重新回到起点还是彻底结束了？似乎主动权就在我手上。

我注意到商业大街上的一切如旧，恍如四个多月前那个晚上。当我仔细地看清邵幼萍脸上的表情时，我心里出现一种物是人非的感觉。

邵幼萍冷冷地看着我，说："你还是那个样子。"

我说："是吗？我觉得我变了。"

邵幼萍说："我曾经爱上了你。即使你仍然是一个不起眼的警察，没有按照我的意愿成为MBA和CEO，我也会接受你的。我打算找个时间，跟温如心好好谈一下，让她结束了，从而我可以重新开始。现在，我改变了主意，我打算告诉温如心，她对你的评价是对的。她应该舍你而去，远远地离开你！"

我说："你卷入那个凶杀案件是意外。如果你没有卷进去，我们会好好地过日子。你要注意到意外这个关键词。其实，我这样做，是……"

邵幼萍说："够了，别说了！我知道你想说你要捍卫司法公正。不错，乔君烈说得对，这个世界并不缺少金钱，而是缺少公正和良心！你敢说你问心无愧吗？"

邵幼萍的学问并不在我之下，而且她飘洋过海见过世面，巧言善辩。我知道她憎恨我，现在我怎么说都无助于改变她对我的看法。我只好保持沉默。

邵幼萍说："这样吧，让时间来证明这一切的对与错吧。祝你好运。作为朋友，希望你有朝一日能改变自己的价值观、人生观，争取早日融入主流社会。我觉得你当律师比当警察更合适。"

简单地说上几句话后，犹如见了最后一面，邵幼萍匆匆地走了，把我留在商业大街上。

这一天邵幼萍说的最后一句话是，那本《福尔摩斯探案全集》是她的。

邵幼萍把所有的话、所有的悬念都和盘托出了。如果这是一出戏剧，到这里就应该结束了。也许可以说，这一出戏剧从那本叫《福尔摩斯探案全集》的书开始，也从那本书结束。只是如此的结尾不那么动人和圆满。

不管怎样，邵幼萍的话让我震惊。她认为我是一个怪人，是一个无法被社会接受的人。这些话对我的打击实在太大了，这比有人说我只配当法医给尸体拉一刀更甚。这些话也一笔勾销了那些邵幼萍留给我的美好的回忆。我在商业大街上走了很久，吸掉几根香烟，喝掉两杯可口可乐。我要方便一下时，几乎误入女卫生间。几个小时后，我才有信心下结论，邵幼萍那些话是不实之词。

尽管邵幼萍早已走得无影无踪，但是我已经想到我要对她说些什么。我想轻轻地对她说，或者撕破喉咙对她说："我谢谢你，也谢谢你那本《福尔摩斯探案全集》！"

我很晚才回到家里。

徐希愉和张宾都在客厅里等着我，看到我回来了，就把电视机关上了。

张宾说："大房东，怎么样？"

我不说话。

徐希愉说："像个大男孩那样失恋啦？"

我还是不说话，要走向卫生间。

徐希愉拦住了我："许健，坚强点儿。虽然你在事业上失败了，在爱情上也失败了。但是，不能说你不是一个好警察。即使宋老师之死，乔君烈丢了一条腿，这些事儿或多或少都跟你有点儿关系，可是我们看到了你在内心里感到对不起他们。更重要的是，你竭尽了全力。这些都是很重要的，证明了你还算是一个人，是一个好警察！我跟蓝老师谈过，他已经原谅了你。他打算来看大卫，也来看你。你要记住，老百姓在绝望的时候，为他们保持最后希望的人就是警察和法官！"

我竟然紧紧地抱住徐希愉，她也没有挣扎。这时候我的脑海里一片空白，我就像委屈的孩子抱住母亲一样。也许这个比喻不准确。我记得六十三年前，当第二次世界大战结束的喜讯传出后，美国某个城市一片欢腾。一个美国大兵当街抱住一个素不相识的美国女护士狂吻片刻即匆匆走了。当时摄影记者却抓拍下那个狂吻的场面，把处在狂欢之中的激情定格下来。那个吻没有猥琐、暴力的成分，却经得起时间的考验，成了热爱世界和平的美好的回忆。此时此刻我觉得我是纯洁的。我放开了徐希愉，却没有像美国大兵那样匆匆离开。张宾不知道躲到哪里去了。

我说："对不起，我没有恶意。"

徐希愉却冷冷地说："我说过，那个女人不适合你。你趁早振作起来吧。"

我说："我要忘记她。不过，我感到彷徨。我觉得你才是我的好朋友。"

“说起好朋友，还有张宾。”徐希愉把张宾叫出来，让他弄一点儿吃喝的东西。

最后我们决定到外面去，找一个通宵营业的娱乐城。我们在KTV房里像疯子一样放声高歌。就这样发泄了三个多小时。离开娱乐城后，我已经变成正常的人了。那些不愉快的事儿远远地离开了我。这一个晚上我们都睡得很香。

一个星期过去了，徐希愉在一个合适的时候对我说，即使在我和邵幼萍关系暧昧的时候，她仍然在等着我，希望我能爱上她。我知道她为了说这句话，必须鼓起很大的勇气，而且还等了很久。我很感动，认真地看着她，发现她更加漂亮了。

半个月后，徐希愉告诉我她已经提出辞职了。我几乎不敢相信自己的耳朵。

徐希愉是一个极具敬业精神的法医。市局领导说，她是局里非常重要的一颗棋子，是殿堂式的人物。特别是刑侦支队的法医解剖中心大楼刚落成，增添各种现代化设备，更需要工作态度认真负责的专业人才。长期以来，市局领导对徐希愉的工作是充分肯定和支持的，好几次要为她申报全国优秀人民警察荣誉称号，都被她拒绝了。现在她递交辞职报告，尽管市局领导答应立即解决她的住房问题，提拔她为刑侦支队技术大队副大队长，却仍无法挽留她。

徐希愉说：“我早就想好辞职了，所以那些荣誉、职务、住房，我一概不能要。如果我要了，就走不掉了。”

我说：“你是最认真负责的法医，是局里头的精英分子，以一当十。三军难得，一将难求啊！你说，市局领导会批准你辞职吗？”

“局里头的法医队伍，专业法医人才不少于五个，他们都毕业于高等院校，还受过严格的培训，有些人还有硕士学位，比我的文凭还高。而且，这一年来，我已经把我所掌握的专业知识毫无保留地传授给他们了。他们都是可以挑大梁的。何况，还有何法医、张法医那样的老法医。这七个法医，足够应付各种问题了吧？”

我说：“其实，数字不能说明问题。比方说，造一间房子，一个人得干三十天，十个人得干三天。三十个人呢，干一天就行了。要是三百个人呢，干一个小时就行了。要是三千个人呢，干六分钟就行了。这个小学生的数学问题，我懂。可是，三千个人干六分钟能盖好一间房子吗？七个法医，可能干不好一件事，就你这个法医，我最放心。你要辞职，怎么不跟我商量一下呢？”

徐希愉说：“你们只会说大道理。就是这个原因，我在辞职之前，从来没有跟任何人商量过。说大道理有用吗？你们问过我的感受吗？我是一个工作狂，干什么都特别认真，无休止地自我施加压力，每天都在那种冰冷的环境中度过。当警察，尤其当法医，那种巨大的心理负担是我所不能承受的。我得了神经衰弱症、抑郁症和焦虑症。我把自己的青春献给工作，作出很大的牺牲，这我永远不后悔。今年我三十二岁了，仍然待字闺中。人家都说我是优秀人民警察、好法医，可是有谁说过我漂亮呢？现在我想，我应该有一个美好的家庭，有一份安定平稳的工作，我可以照顾丈夫和孩子。这个社会的安定繁荣，我是出过力的。我也问心无愧。那些艰苦的工作，就留给男性去干吧。男性是应该保护女性的。”

徐希愉这番话才说了一半，我就理解她了。因为我也当过法医，知道那是一份什么样的工作。我发现徐希愉的眼睛饱噙泪水。此时我觉得她很有女人味儿。尽管她的眼角已经露出浅浅的皱纹，我仍然觉得她可爱，是那种楚楚可怜的女人，需要男人的保护。

徐希愉说，她担心别人会误解她，认为她以辞职相要挟，调离法医岗位。所以她不需要市局领导照顾她，安排她到别的工作岗位去。我这才知道，这几年她一直在攻读师范大学在职研究生英语专业课程，并于去年获得硕士文凭。前几天她参加市第二中学的英语教师招聘考试，成绩名列前茅，面试时间定在后天。虽然她的年纪稍大，这让她处于不利的位置，但是她仍然有信心获得这份工作。即使这一次失败了，她还可以继续寻找机会。她完全有信心能在这个社会立足生存。

我说：“如果市局领导不同意你辞职，我可以代替你，重新当法医。”

徐希愉说：“别书生气了。你知道为什么你会在0513案件栽跟头吗？那当然有你工作失误的因素在里面。主要的原因是，蓝雪她妈生前到处告状，上级领导给你的压力太大了，影响了司法公正。否则，你坚持正确的侦查方向，到佳联集团公司搞排查，也许胡志良早就成了网中之鱼，成为阶下囚了。你也不应该一味责怪乔君烈毫无理智地潜逃在外。你说的那句话是对的，刑事案件太重要了，不能把它交给一般的刑警们，确实应该把它交给精通法律的刑警。你应该振作起来，重返刑警的行列。你要记住，在作为弱势人物的老百姓处于绝望的时候，警察是他最后的希望。你才丢了一个大队长，相对于那些含冤而死的人，那算得了什么！”

我们不再说话，静静地站着。

最后徐希愉对我说，她不再是警察，变成了另一个人，将永远不和我谈及与刑事案件有关的事儿。

市局领导批准了徐希愉的辞职报告。半个月之后，徐希愉如愿以偿地成为市第二中学的英语教师。她的新同事们只知道她从前是警察，却不知道她是法医，就好奇地问她有关过去的事儿，她总是笑而不答。为此新同事们还以为她是被撵出警察队伍的。她的心情明显好转，精神面貌大为改观，变成一个美丽成熟的女人。我感到非常欣慰，几乎忘掉她曾经是一个整天面对暴力和死亡的法医。

徐希愉在学校里拿到一间房子，和一个年轻的女教师合住一个套间。她就把租赁的房子退掉，请搬家公司把她的家当搬过去。不过她还住在我家里，帮忙照看乔小星。

有一天晚上，乔小星睡着了，张宾还没有回来。这家伙有了千里马轿车不久，找到一个在保龄球馆工作的女朋友，没过几天就和她好得如胶似漆了，好几个晚上彻夜不归。张宾主动交待，每晚十一时左右，他就在保龄球馆大门外等着。女朋友一般在零时后下班，他就接上她吃夜宵，然后坐在车上聊天，累了就在车上睡觉。让张宾叹气的是，总是女朋友比他先睡着。

我睡不着就起来，走到书房门前，呆呆地站了一会儿，把手伸向门锁的把儿。但是徐希愉在里头把门锁上了。我估计她还没有睡着，就举手轻轻地敲门。她走过来打开门。原来她躺在行军床上看书，正打算睡觉。

我记得我曾经问过邵幼萍喜欢什么样的歌曲。我也想这样问徐希愉。不过我没有说话，就把她抱在怀里，还吻了她。她没有作出强烈的情欲反应。

我知道她当教师和当法医差不多，也非常认真负责。下班回来后，她还要在我家里做家务，累得精疲力竭。我不便在书房里待得太久，以免影响她休息，就回到自己的卧室去了。她拉住我的手不让我走，我说来日方长，还是走了。

在我的心里，我把徐希愉视为初恋情人。我会好好地爱她的。

第三十二章　真凶现身

有一天下班了，我走出派出所，看到一辆车头撞瘪了的千里马轿车，牌号也是我非常熟悉的。这正是张宾的宝贝座驾，他的驾驶技术不错，从来没有出过这么大的问题，怎么会搞成这个样子呢?

张宾说他一听到市公安局局长涉嫌贪污受贿、卖官一千五百多万元被双规后，就没有再说话，也不听同事们的议论。一个被称为人民公仆的人、被人民群众不断地举报的人，一直占据局长宝座长达七年之久，拥有几套高级洋房、几辆豪华轿车和几个年轻漂亮的情妇。而张宾为买一辆经济型轿车而到处举债借钱。他觉得自己是一个被欺骗、输光了钱的人。他在开车的时候，老是想着那一千五百多万元就像一座小山一样，足可以把他压死。结果他的车子径直撞向路灯杆子。他竟然没有刹车。

这个大案我也听说了。那个局长在暗地里如何搞腐败，这我不知道。但是他经常当众大谈茶道和旅游，吸最高级的中华香烟，我就看出那极为不正常。我记得莫哀里的一句话：人因为他的爱好而容易上当。不用说，那些行贿者投其所好，把那个局长拖下水了。

我还听说市纪委调查组正在调查蒋光亮，他涉嫌用三十万元向市局领导买官，那些钱是胡志良提供的。

不过在蒋光亮被停职前，0513 专案组找到一些重要的证据。那个盗车团伙的两个重要成员被刑侦支队重案大队抓获了。虽然香格里拉花园高级住宅区那套监控数字录像硬盘还没有下落，但是那两个盗车贼提供了那辆案发当晚停在乔君烈家楼下的雷克萨斯轿车的几个特征：采用米其林轮胎，左侧后视镜有擦伤的痕迹，车内的音响是 BOSS 品牌，仪表台上粘贴着一个米其林小胖人塑像。

经过侦查，那辆雷克萨斯轿车是佳迅联合集团公司的，而且正是胡志良的专车。0513 专案组立即传唤专车司机。司机最后供述，在蓝雪遇害当晚，胡志良声称要用车办点儿私事，让司机乘坐公司的班车回家。第二天上班时，司机看到雷克萨斯轿车的储物小箱子里放着一张香格里拉花园高级住宅区的停车收费单据。后来传来蓝雪在家里被杀害的消息，胡志良当即找来司机，严厉地警告他不要乱说话，赶紧把车子里里外外清洗一遍，并把那张停车收费单据烧掉了。

从某个角度来看，蓝雪被杀一案已经水落石出。包括蒋光亮在内，0513 专案组全体成员一致认为胡志良是杀害蓝雪的凶手，乔君烈是无辜的，邵幼萍和杨丽童也不必负刑事责任。

但是胡志良离境出逃，不知道躲藏在地球哪一个角落里。捉拿胡志良成了一个长久的话题。

我没有扬眉吐气的感觉。

我估计自己会很快被调回刑警大队。但是又传来坏消息，有几封寄往市纪委的匿名信举报我和原市局局长关系密切，而且还有经济和生活作风问题。我即刻找到市纪委调查组说明情况。

然而，最后出任代理大队长的是刘教导员。

张宾要和我讨论谁是担任刑警大队大队长的最佳人选。我不想谈论这个问题，便提起 0513 案件。张宾认为由于第一犯罪嫌疑人胡志良潜逃国外，0513 案件再次陷入死局。主管领导的意思是把这个案子挂起来，等到将来抓到胡志良再说。

如果胡志良在国外躲一辈子，0513 案件就似乎是一个悬案了。这个案子办到这里，再也无从下手使不上劲儿，无疑是更坏的结局。没有抓到凶手，我怎么向蓝父交代呢？我总不能对蓝父说，我们花了四个多月的时间，历尽千辛万苦，终于知道凶手是谁了，可是凶手已于上个月逃到国外去了，我们鞭长莫及。可以想象到的是，蓝父听到我如此一说，肯定会气得心脏病突发。

我苦苦地想了几天，如何到国外去抓捕胡志良呢？请国际刑警帮忙是一条路子，但是这条路子要走多久呢？我甚至想到请温如心等在国外的亲人或朋友帮忙。这一切简直是异想天开。我只能在梦中迷迷糊糊地抓捕胡志良了。

我在大街上漫无目的地走着，无意中看到一个男人提着一个特大号的公文包。胡志良那个公文包就是这个样子的。我突然想到，胡志良真的是凶手吗？我认为蓝雪之死很可能和胡志良有关，但是杀害蓝雪的不一定是胡志良。在这里我也赞成蒋光亮过去提出的观点，胡志良亲手杀害蓝雪有悖常理，他应该采用雇凶杀人。

我就买了一个特大号的公文包，拿到佳迅联合集团公司去，确认胡志良在案发期间正是用的这种公文包。然后我领着乔小星到百货公司去，买了一盏铜制的台灯，再拿去给乔君烈看。乔君烈一看还以为我们找到杀害蓝雪的凶器了，后来他证实蓝雪卧室的床头柜上就放着这么一盏台灯。

但是我和张宾无法把这盏台灯塞进那个特大号的公文包里。把这盏台灯砸烂了再塞进公文包里也没那么容易，必须要用上大号的铁锤，弄出很大的声响。问题是乔君烈家里没有那种铁锤，而那响声将会惊扰楼下的住户。不过楼下的住户证实在案发当晚，楼上并没有发出很大的响声。技术人员在勘查现场时也没有找到那些类似这盏台灯的碎屑。凶手应该考虑从乔君烈家里找一个旅行袋把这盏台灯带走，可是廖伟明再次表明那个雷克萨斯轿车的车主只提着一个特大号的公文包，没有提着旅行袋。

莫非凶手真的是另有其人？

张宾摇摇头："这不可能。胡志良从乔君烈家里出来都十点多了。还有一个人潜入乔君烈家里杀死蓝雪再清扫现场，在时间上来不及。不应该是这样。还是想办法到国外去抓胡志良吧。"

我说："能到国外抓胡志良吗？我们到国外就没有执法权了，而且还不知道胡志良在哪个国家躲着呢！"

张宾说："那就别操心了，你也问心无愧了。老实说，蓝雪、宋老师就像你家的亲人一样，你尽力了。"

我说："那我们可以去抓那个充当杀手的人。"

"有那么一个人存在吗？"

"这可以试一下。"

"头儿，你还是好好歇一下吧。"

"我不能孤军奋战啊，你得帮我一下！"

张宾不太在意："我是干什么的？我当然得抓凶手。不过，你弄得像私家侦探一样了！"

我差不多成了私人侦探。

一个周末的晚上，我生拉硬拽地要把张宾领到香格里拉花园高级住宅区去，他却嬉皮笑脸地拒绝了。他说如果他相信在胡志良之后还有凶手，他一定会忠于职守万死不辞。可是他不相信。他也极力劝阻我。他兴高采烈地驾车而去跟女朋友幽会了。我非常无奈，只好央求徐希愉陪我前往。她想了一会儿还是答应了。我和徐希愉在D区3幢楼下的电梯间询问进进出出的住户。

一个住户说他一直想跟我们说一件给他留下深刻印象的事儿。

这个住户是某外资公司的高级职员，经常出差在外，今天刚从意大利回来，也正巧遇上一个询问他的人。案发第二天他就出差到瑞士，在那里待了一个多月。某天他在电视里看电影，突然想起那件事儿。莫非那个男人就是凶手？他每天都忙忙碌碌的，但是在他想起来的时候，就想找到我们把那件事儿告诉我们。今天他终于碰上我们了。

案发当晚十时后，这个住户驾车从外面回来进入地下车库，然后乘电梯上二十二层自己的家。电梯在一层停下来，一个中年男人进入电梯。电梯里顿时充满一股难闻的香水味儿，那是劣质香水的味儿。可以肯定那股香水味儿来自那个中年男人的身上。一个中国男人往自己身上洒香水，容易给别人留下深刻的印象。这个住户说，他在这里住了六年多了，从来没有闻过那种香水味儿，极少碰上喜欢往自己身上洒香水的男人。那个中年男人一定是来访的客人。他还说那个中年男人比他先出电梯，也就是说那个中年男人是在二十二层之下走出电梯的。他便屏住呼吸忍受一会儿，上到自己的家所在的二十二层。

这个住户说，案发之后他再也没有见过那个中年男人。如果让他再闻到那种香水味儿，他会辨认出来。

我打算跟徐希愉讨论案情，她说她已经不是警察了。她说既然又有了新情况，我应该找0513专案组成员张宾。

直到凌晨张宾这家伙还乐而忘返。我给他打了电话，他才赶回来。

我和张宾就这个住户所说的事儿作出分析。

张宾说："这小区里的住户大都是富翁，不少人经常到国外去，比较洋气。他们学老外往自己的身上洒点儿香水也不奇怪。"

我说："不对。应该说，那个中年男人可能有比较特殊的毛病，男不男女不女的，说不定是同性恋者。"

"如果是同性恋者，他就更不应该去找蓝雪了。"

我说："那就是这么回事，他身上有股异味儿，他必须洒上香水压住那股异味儿，然后才去跟女朋友见面。"

"那他不一定去找蓝雪呀，也可能找别的女人。"

"那个中年男人在蓝雪死后再也没有出现过。"

张宾说："那个提供情况的住户不是经常出差吗？他所提供的情况不全面。对了，我们不是头一个进现场的吗？你闻到一股香水味儿了吗？"

我说："没有。现场有一股浓烈的煤气味儿。莫非煤气味儿把那股香水味儿盖住了？而且屋里的窗子大多是打开的，那股香水味儿早跑掉了！"

"不对。我认为煤气阀是乔君烈在作案后拧开的。他试图烧毁现场。可是，后来他想到大卫就在屋里头，虎毒不食子，绝对不能烧死自己的亲生儿子，就把煤气阀关上了。"

我说："又回到乔君烈的头上了？"

"我就事论事。只有这样才能圆满解释煤气阀被关上的问题。乔君烈还是有一点儿作案嫌疑的。不过，我仍然认为胡志良是第一犯罪嫌疑人。他就是凶手。不是别人。"

"虽然胡志良被你们内定为凶手，可是你们毕竟没有找到确凿的证据呀！这么说，胡志良和乔君烈都有嫌疑。"

张宾说："0513 案件里头种种的巧合和种种的疑问实在太多了！要是能抓到胡志良就好了！"

后来我询问乔小星，有没有一个身上有一股香水味儿的叔叔曾经来过他家里。乔小星说没有。我和张宾到佳迅联合集团公司去找，也没有找到类似的人。看来那个中年男人可能是一时心血来潮，偶尔为之往自己身上洒香水。也可能是那个中年男人根本就不是到乔君烈家里去的。

我没有罢休，又问了徐希愉。

徐希愉说："不会吧，蓝雪怎么可能会有情人呢？那个中年男人是不存在的，也许是别人的情人。"

我说："蓝雪遇害的时候，腕上戴着一块欧米茄女表。前几天我查过资料，那是一对情侣纪念手表中的一块女表，应该还有一块男表存在。哪个男人戴着欧米茄男表呢？你有印象吗？"

徐希愉说："平时我可没有注意到谁戴了手表，谁没有戴手表。我就没戴手表。"

我到医院去探视乔君烈。他知道我仍然在追查凶手，非常感动。他认为即使胡志良是凶手，也不会亲自操刀，而是雇用职业杀手上门行凶。

乔君烈和我探讨犯罪心理学问题，也谈到他的一些心理活动。他在潜逃外地的那些日子里，曾经多次设想在确保安全的情况下回家看看。现在胡志良是第一犯罪嫌疑人，逃跑到国外藏起来了，按说警方应该相应地停止侦查此案，把它挂起来了。如果凶手另有其人，那么这个凶手也许就会估计到自己完全安全了，进而产生一种类似劫后余生的心理冲动：到案发现场故地重游，亲临其境地好好看看，一边看一边庆幸自己作案成功，逃脱了应有的惩罚，享受着那种偷着乐的感觉。

我也有同感。有一次某单位宿舍区发生凶杀案，我和几个同事勘查现场，凶手就隐藏在围观的人群里盯着我们，一不小心让受害者的家属指认出来。但是我明白到现在要在香格里拉花园高级住宅区内看到那个杀害蓝雪的凶手像幽灵一样再现，那可能是一件比守株待兔更渺茫的事儿。也可以说那简直就是痴人说梦。还不如求签问卜，请神鬼或算命先生说出那个幽灵是谁，将会在什么时候出现。

然而，我竟然常常在晚上来到香格里拉花园高级住宅区，在乔君烈家楼下慢慢地走着。我在寻找着那个在假想中存在的幽灵，也在寻找着破案的灵感。我不便把自己的所作所为说出去，也不敢告诉徐希愉。徐希愉知道我在干什么，对我表示信任，默默地支持着我。

前几天晚上，我参加老同学聚会。在事业有成、春风得意的老同学当中，我是一个最潦倒的落伍分子。我很痛苦，几乎要放弃侦查 0513 案件，不再在香格里拉花园高级住宅区内做一个无为的守望者。但是我最终搬出蓝雪和蓝母之死、乔君烈的伤残来说服自己，让自己坚守下去。

我的这些痛苦是漫长的。

我迎来一个缺少快乐的中秋节。

这天晚上，徐希愉一定要我陪着她和乔小星赏月。经过反复考虑后，我让乔小星留在家里，把徐希愉领到香格里拉花园高级住宅区。她惊异地问我这是为什么。我让她不要问我，只要相信我是正确的就行了。她答应了。我们就坐在乔君烈家楼下不远处的铁椅子上。小区内很多人在赏月。除了我和徐希愉外，似乎没有人会想起在四个多月前这里曾经发生过凶杀案。

徐希愉在吃着水果和月饼，我在吸着香烟。徐希愉问我这种白色软包红梅香烟多少钱一包，我说三块五毛钱。她问我为什么吸这么廉价的香烟。我说我得把钱省下来娶她，另外的原因是我不停地吸烟，呼吸系统麻木了，根本分不出好烟和坏烟。徐希愉生气了，给我定下规矩，要选择高档香烟，但是必须少吸烟。

徐希愉看到我很烦恼，就劝告我向动物学习，像动物那样不必为今天发呆，也不必为明天忧愁。我苦笑一声，让徐希愉到小区内的超级商场买一瓶冰冻的啤酒。她很快把啤酒买回来了。我的酒量不大，一瓶啤酒喝下去，就有了醉的感觉。徐希愉心疼地为我按摩着太阳穴。

正在这时候，陈求真从我和徐希愉面前走过。

四个多月前的一个晚上，为解决乔小星的寄养问题，我和徐希愉在一个高消费的咖啡厅进行谈判。在我付账的时候，徐希愉看到了陈求真。陈求真穿着非常讲究，他的身后跟着一个貌似三陪小姐的妙龄女郎。当时我和徐希愉的关系吃紧，没有细问她陈求真的情况，她也没有心情主动告诉我她的老同学的事儿。我只是模糊地记得当时我闻到一股香水味儿。

一阵风迎面吹过来，把陈求真的体臭送过来。那种狐臭味儿相当难闻。徐希愉抬起头来，把陈求真认出来了，正要向他打招呼，我急忙抱住她，把她的嘴掩上。

陈求真慢慢地走着，抬头望着楼上乔君烈的房子，接着低头沉思一会儿。他就像电影里的人物在故地重游，追忆逝去的人物或事情。

我问徐希愉这个男人是否认识蓝雪，她重重地点点头，说这个男人叫陈求真，是她的老同学，也是蓝雪的老同学。虽然我不会喝酒，一下子喝了一瓶啤酒，脸色涨红头有点儿昏，但是我即刻意识到我所期待的事儿出现了！

我几乎要大喝一声，他就是杀害蓝雪的凶手！

这时，我非常感激乔君烈。他所提出的凶手在逃脱警察的视线后，可能会产生一种劫后余生的心理冲动，到案发现场好好地看看这个理论，使我获得了抓住凶手的灵感。我觉得乔君烈简直就是上帝的代名词！这时我觉得自己不是刑事警察，而是一个喝醉了的人，跟着感觉随意发挥。我不假思索地就认定陈求真是凶手！

陈求真再次走回来。他抬头望着楼上乔君烈的房子，感慨万千，唏嘘不已。

我再也忍不住了，大步走向陈求真。

陈求真有点儿吃惊，拔腿就走。

我说："陈求真先生，请别走！"

"你喝醉了！我不认识你！"陈求真还是要走。

徐希愉走过来。

我大声地问徐希愉："你认识陈求真吗？"

徐希愉朝我点点头，转身问陈求真："老同学，你来这儿干什么？"

陈求真故作镇定地说："希愉，你家在这儿吗？这是你的男朋友吗？"

徐希愉说："不是，你来找谁？"

陈求真说："找一个熟人。"

我说："请问这熟人叫什么名字？住在哪儿？"

陈求真没有理会我。

徐希愉说："对不起，老同学。他是警察，你必须回答他的问题！"

我说："你到这儿来，找谁？"

陈求真指着铁椅子，让我坐下来，他也坐下来。看样子他在强作镇定。即使我为0513案件出现转机而兴奋不已，但是陈求真身上的体臭也让我难以忍受。

陈求真说："好吧，实话实说。徐希愉也知道，我念高中的时候，就苦苦地追求过蓝雪。不管蓝雪承认也好，不承认也好，我都把她当做是我的初恋情人、梦中情人。蓝雪死了，可是我做梦还常常见到她。中秋之夜，月亮特别圆，我也特别难受，就到这儿遛个弯儿，追思蓝雪。"

我说："你腕上戴着的这块表，肯定是那对欧米茄情侣纪念手表中的男表，对吧？"

陈求真犹豫了一会儿，对徐希愉说："这是蓝雪跟你说的吧？"

我说："不是。蓝雪遇害的时候，她腕上戴着的是那对欧米茄情侣纪念手表中的女表，跟你这块表合在一块儿，就成了一对不见不散的情侣表。"

陈求真更加镇定了，说："警官先生，你喝醉了，酒气喷人。抓不到凶手，你可不能把案子栽在我头上！你别说得这么神，说猜出我腕上戴着什么情侣表，好像你什么都能看穿似的。这还不是蓝雪生前告诉了徐希愉，徐希愉再告诉你的？我没做过什么见不得人的事！我还告诉你，我是最不可能杀害蓝雪的人！因为我爱她，深深地爱她！这个，徐希愉可以证明！"

陈求真看着徐希愉，徐希愉却看着我。

我说："关于你腕上这块欧米茄情侣纪念表中的男表的故事，我们先不必争论。由于你涉嫌蓝雪被杀害一案，我们有权拘传你。我这就打电话回局里头办拘传证！"

陈求真平静地站起来，但是面孔却因愤怒而扭曲不已："我强烈抗议，你根本没理由拘传我！这是滥用职权！我是无辜的！"

我让徐希愉看住陈求真，走到一边去打电话向分局的值班领导汇报情况。分局领导非常诧异，肯定地说0513案件的第一犯罪嫌疑人是胡志良，这是铁板钉钉的事了，他不是跑到国外去了吗？怎么又冒出一个凶手？在我的坚持下，分局领导不耐烦地说先把人带回来再说吧。刑警大队值班的旧同事很快就把拘传证送来。

陈求真被送进刑警大队的留置室里。

蒋光亮因买官问题被停职，现在0513专案组的主要负责人是刘教导员。我突然把陈求真带回刑警大队，刘教导员有点儿吃惊，怎么也不明白这家伙会取代胡志良成为杀害蓝雪的凶手。他对值班的同事说，好莱坞的编剧也编不出这样的剧情，这是拙劣的编剧搞出来的。看来他对我颇有微词。

徐希愉对我说，我曾经问过她在蓝雪所认识的人当中有谁喜欢往自己身上洒香水的，当时她回答说没有。这些年她没有听说过陈求真和蓝雪藕断丝连且过从甚密，也觉得他绝不可能会向蓝雪痛下毒手。当年陈求真在追求蓝雪失败后，继而追求徐希愉。陈求真留给她的印象是，他是一个善良、诚实和自谦的人。但是她认为她和他之间没有缘分，没有接受他。她感到对不起他，一直为此深感内疚。正是由于这些复杂的原因，即使后来徐希愉想起陈求真偶尔会往自己身上洒点儿药物除臭剂，也不想看到昔日的老同学陈求真无端地受到警察的盘问和调查，也就没有把这一情况告诉我。

徐希愉回忆起当年的事儿：陈求真狐臭味儿大，同学们少不更事，就拿他来开玩笑，说他身上揣着两个厕所。陈求真为此挺自卑的。虽然他的学习成绩优异，可是他在同学们当中却抬不起头来。

现在陈求真是市政府某部门的公务员。在蓝雪遇害后，他好几次打电话问徐希愉有没有抓到凶手。昨天他还给徐希愉打过电话。徐希愉告诉他凶手已经逃往国外，这个案子暂时被迫搁置起来了。

我记得大学时代一个湖北籍的同学说过一句话：蔫狗更会咬人！现在我们假设陈求真就是凶手，不得不用有罪推定的方式为此寻找证据。但是我们最终需要的是确凿的证据。

第二天早上，0513专案组的旧同事到移动通信公司核查五月份陈求真手机的往来电话号码和时间记录，却没有找到可供参考的东西。

我怀疑陈求真还有一部手机。

我们依法搜查陈求真的住所和办公室，在他的办公室抽屉底下一个隐蔽的地方，找到一个神州行手机SIM卡，这个号码早已停用了。过去这个号码极少使用。对于陈求真来说，这是一个秘不可查的号码，用来干一些秘密的或见不得人的事儿，比如泡妞或招妓。

陈求真曾经使用这个神州行号码的手机，在五月十三日晚上二十二时零六分给蓝雪的手机打了一个电话，通话长度为两分钟。我们推测这个电话是在乔君烈家楼下打的，大概是他告诉蓝雪，他正在她家楼下，要上去找她等诸如此类的话。

我们还找到那瓶只用了一点儿的法国香水。我们把那种香水洒在陈求真的身上，请那个香格里拉花园高级住宅区 D 区 3 幢的住户辨认。我们并没有事先向那个住户特别说明是请他来辨认那股可疑的香水味儿的，只是告诉他我们请他来作证言笔录。他表示愿意和警方合作，很快就驾车赶来。我们先把陈求真领进一间门窗密闭的房子里待了两分钟，让他身上的味儿留下来后，就把他带走了。接着请那个住户走进这间房子。那个住户好像受到触动，猛地打了几个喷嚏，吃惊地说就是这种味道！后来，我们请那个住户通过单向透明的玻璃辨认陈求真的体貌。那个住户说大概就是这个样子。

陈求真强烈抗议，说人的嗅觉是不可靠的，根本不能由此得出排他性的证据。即使那个中年男人就是他，也不能认定他是凶手。这有可能是他去看望蓝雪，却有贼心无贼胆，不敢走进她的家里，在她家门前站了一会儿就走了。而且他坚决否认那个中年男人就是他。陈求真的心理素质非常稳定，绝对不轻易说话。即使开口说话了，也非常圆滑，八面玲珑，针插不进，从不让我们抓住把柄。我们越急越压迫他，反而激发了他的斗志。不过换个角度看问题，我认为陈求真的心态和心智正好符合 0513 案件作案者的心理素质特点，有能力在作案后有条不紊、无懈可击地清理现场。

张宾当然会例行公事地追问，五月十三日案发当晚，你陈求真在哪里？谁可以给你作证？

陈求真回答，案发在哪一天，他倒没有准确地记住。不过，他在五月中旬的一个晚上，大概是十时至十一时之间，曾在某个烟酒店买洋酒，他单位里有一个同事可以给他作证。

张宾找到陈求真的那个同事。这个同事是陈求真隔壁办公室的，跟他不太熟。不过这个同事如实地说，经过记忆和推算，应该是五月十三日晚上，因为他婚外情的女朋友的父亲第二天过生日，他悄悄地带着女朋友去买洋酒。本来那家私营的烟酒商店一般在晚上十点就结束营业了，但为了配合他挑洋酒，就延长了营业时间。他和女朋友挑了一瓶 700ml 轩尼诗 XO 和一瓶 750ml 蓝带马爹利。正在付款的时候，陈求真走进来了。他们相互打了招呼。他和婚外情的女朋友在一起，让同事碰上了，未免有些尴尬，此地不宜久留，就匆匆地走了。至于当晚陈求真穿什么样的衣服和表情是什么样子的，由于那是几个月前的事儿了，而且当时他实在没心思仔细地对陈求真评头论足，对此，现在他一点儿有关的印象也没有了。

陈求真的同事觉得不可思议："听说陈求真被抓起来了，他真是杀人凶手吗?"

张宾说："你说呢?"

陈求真的同事说："我觉得不像。不过，人不可貌相。就像某些侦探小说，杀人凶手都隐藏得很深。"

张宾说："我们可不是写侦探小说的。"

陈求真的同事说："真看不出来，什么人都可能是杀人凶手。"

陈求真对在案发当晚他去买洋酒的事儿的辩解是，如果他当时杀了人，他会这么悠然自得地去买洋酒吗？这事儿只能证明，他根本没有作案时间。

陈求真反复强调："你不是一直凭着推理要给我定罪吗？你也推理一下，如果我当晚杀了人，我会有闲情逸致去买洋酒送给领导吗？难道我是杀人惯犯，是超人?"

张宾和其他的同事也是这么想的。张宾甚至这么对我说："你总不能把对陈求真不利的东西强加给他，把对他有利的东西掠夺一空。也许你忘了，不能排除乔君烈就一定不是凶手。一、乔君烈可以乔装打扮潜回家里杀害蓝雪；二、蓝雪阴道里的精液，不就是乔君烈的吗?"

我知道张宾的话里含有戏说的成分，但是我认真地告诉他："尽管蓝雪死亡的时间，与陈求真买酒的时间有交叉之处。但是，陈求真买酒的时间，无法覆盖蓝雪死亡的时间。陈求真还是有作案时间的。"

张宾说："我并不是说陈求真不是凶手。要是在十年前，法院以目前我们所掌握的证据，早就可以给陈求真定死罪了。但是现在是法治社会，轻口供重证据，而且是过硬的证据!"

我说："所以，我们没什么好说的，找证据必须像掘黄金一样!"

那间陈求真和他的同事光顾过的烟酒商店叫中欧美烟酒商行，距离香格里拉花园高级住宅区约有四公里，距离陈求真的住处只有一公里。按说陈求真选择到这间烟酒店买洋酒，也不是一反常态的问题。这间烟酒店的老板查看当天的经营流水账，证实在五月十三日当晚，最后售出的一瓶洋酒是350ml蓝带马爹利。陈求真进一步说明，这瓶蓝带马爹利在购买后的第三天晚上，他送给了单位里的一位处长。

张宾找到陈求真单位里的那位处长，他证实陈求真所说不虚。他显得非常谨慎和配合，把那瓶摆放在酒柜的350ml蓝带马爹利取出来交给了张宾。他还向张宾解释，他极少喝酒，也舍不得喝这瓶五百元的洋酒。张宾把这瓶蓝带马爹利带回来让我看看。

我仔细研究了一下，这瓶蓝带马爹利极有可能是正品，从外表上看来没有什么特别的地方。特别的地方出现在感觉上。这瓶容量350ml的洋酒，跟容量在750ml以上的洋酒相比，未免显得出手寒酸，以此巴结领导好像不太高明。

我让张宾把这瓶350ml蓝带马爹利送到中欧美烟酒商行去，请老板辨认一下。老板看了一下告诉张宾，这瓶蓝带马爹利极有可能不是他们销售的，因为批号不对。这瓶蓝带马爹利应该是走私的，有人从香港零敲碎打地带进内地，再卖给洋酒经销商而从中牟利的。

但是陈求真对此坚决否认。他极力辩解，那瓶蓝带马爹利绝对是在中欧美烟酒商行买的，价钱500元，两天后他还购买一条中华香烟，如此的烟酒送给领导，就他这个清贫的公务员来说，也算是大方得体了。

张宾马不停蹄地找到陈求真的那位同事，但是他的同事的婚外情女朋友的父亲在四个月前喝了那瓶750ml蓝带马爹利后，当即把瓶子扔掉了，无法跟那位处长所提供的蓝带马爹利作对比。

不管怎样，在案发当晚十时至十一时之间陈求真出现在中欧美烟酒商行，我认为无论是时间还是那瓶蓝带马爹利，作为陈求真没有作案时间的证据，还是有所欠缺的。

0513专案组决定从陈求真的妻子入手。

陈求真的妻子侯玉兰大学本科毕业，智商不低，心理素质也不错，回答问题有张有弛，也很周全。她推说那些四个多月前的事儿太久远了，记不起来了。在那段时间里，引起她关注的是有关汶川大地震的系列新闻，她并没有觉得陈求真有什么不对头的地方。张宾问她是否知道陈求真的老同学蓝雪被杀害了，她说知道，是陈求真告诉她的。看来她不想大张旗鼓地为陈求真解脱。凭直觉我认为侯玉兰是知情者，但是她什么也不说。

0513专案组的旧同事走访陈求真的邻居，他们都不相信他会杀人。一个邻居反映，陈求真一旦见到血都会发晕，不管是谁的血，也不管是人的血或者动物的血。前几年大年夜，陈求真的邻居小张还是一个二十岁刚出头的女孩，她的丈夫不在，要杀鸡却没那个胆量，就请陈求真帮忙。陈求真怜香惜玉，竟然忘了自己的老毛病，充当英雄好汉亲自操刀，没想到割了鸡脖子，一看到不断流出来的鸡血和垂死挣扎的鸡就晕了，躺在小张家的沙发上半天起不来。陈求真的同事也证实，在单位里两年一度例行身体检查的时候，陈求真每次抽血都晕倒，成了大家的笑柄。

徐希愉是这样解释陈求真的晕血问题的：陈求真是那种死钻牛角尖、心理极度阴暗和自卑的人，失去爱情和尊严对他来说比死亡更可怕。在这个失去爱情和尊严比死亡更可怕的前提下，晕血又算得了什么呢？因此他极有可能在失去爱情和尊严的情况下，一怒之下亲手毁灭爱的载体，也就是杀死蓝雪，然后再克服晕血这个生理毛病，彻底清理现场。

我突然记起一个哲学家说过的话：一个人此时很勇敢，那是因为过去他曾经很懦弱；此时自暴自弃，那是因为过去他曾经长期抗争；此时恨得要命，那是因为过去他曾经爱得太深。我认为这个说法简直就是陈求真的心理写照。

这么一来，陈求真的晕血问题、杀死蓝雪的动机就可以迎刃而解了。然而正确的推测必须建立在事实的基础上，要证明陈求真有罪，就得有真凭实据。

刘教导员问我，就凭陈求真故地重游追思蓝雪就可以给他定罪吗？我也承认目前我们所掌握的证据不足，仅凭我们作出的案情推理无法给陈求真定罪。然而，刑警大队的旧同事们对我抓获陈求真的故事很感兴趣。虽然这个故事的情节非常平淡、冗长，让人昏昏欲睡，但是它的结果却令人惊奇和振奋，正如忽如一夜春风来，千树万树梨花开。

最直截了当、毫无争议地给陈求真定罪的方式，是做排他性的 DNA 对比鉴定，但是技术人员无法在案发现场或者尸体上找到可疑的血液、唾液、精液、指纹和毛发。尸体阴道内的精液还是乔君烈的。陈求真被刑事拘留十天后，显得越来越有信心了。他估计我们找不到过硬的证据，气焰嚣张地要求我们立即释放他。他还说如果我们起诉他，他将请来全国最有名气的律师和我们交锋。即使我们无中生有地炮制证据陷害他，他的律师必定会正确地运用无罪推定的原则为他洗脱罪名。我也担心 0513 案件就像美国前橄榄球明星辛普森杀妻案一样，控方由于找不到作案工具而半途而废。

还有，让陈求真感到庆幸的是，五月十三日晚上香格里拉花园高级住宅区的监控录像被抢走。但是陈求真未免高兴得太早了。

因为陈求真突然浮出水面，我们查看了早已在手的案发当晚的香格里拉花园高级住宅区外马路上的属于公安系统的监控录像。陈求真出现了，他分别在二十二时零六分徒步走进小区大门，二十二时四十一分走出小区大门，二十三时五十分又徒步走进小区大门，第二天零时四十九分走出小区大门。

从这几个监控录像的片段看到，陈求真第一次进入香格里拉花园高级住宅区，体态还算正常。但是在二十二时四十一分陈求真走出小区大门，二十三时五十分又徒步走进小区大门，第二天零时四十九分走出小区大门，这三段时间里，他显得遮遮掩掩的，明显地试图用手掌或衣服把自己的脸部隐藏起来。另外，陈求真在二十二时零七分走进小区大门，到二十二时十四分到达十九楼走出电梯，一直穿着颜色较浅的衬衫和西裤，只是无法通过只有黑白两种颜色的录像分辨出他衣服的颜色，然而，在二十二时四十一分陈求真走出小区大门时，他的手上分明提着一个旅行袋，而且他穿着的不再是衬衫而是一件深色的T恤，样子就像是梦特娇T恤。尽管他试图用手掩盖自己的脸，不过在他扬手叫出租车时，监控摄像头还是在刹那间把他的脸捕捉到了。

四个月前当我们取得这些监控录像时，考虑到徐希愉是蓝雪的老同学，急于抓到凶手，还有一定的破案经验，就把她请来，请她反复地看这几个录像片段。她看过后摇摇头，除了乔君烈外，找不到她觉得面熟的人。我们捉到陈求真后，未免产生一种先入为主的感觉，觉得图像中那个身影就像陈求真。我们再把徐希愉请来，她看过后也承认那个身影极可能是陈求真。她立即作出解释，这些监控录像的图像效果不佳，致使她当时未能作出大致的判断。即使现在看起来，她也不能断定那个人就是陈求真。她进一步解释，尽管有人认定陈求真就是凶手，并朝这个方向不懈地寻找证据，但是她始终觉得陈求真不像凶手。

张宾对我说："就假定陈求真是凶手吧，他有命案在身，既然他已在二十二时四十一分走出小区大门离开作案现场，为什么他不赶紧逃之夭夭，反而在二十三时五十分又返回小区。当时我们正在小区内追查监控录像被抢一案，难道陈求真不感到危险吗?"

我也一时不解，"让我想想。"

张宾说："是不是陈求真特意跑回来，看看我们是怎么破案的? 他想探探风声?"

我说："你姑且这么想吧。"

张宾说："可能没那么简单吧?"

刑侦支队重案大队在江西省南昌市抓获了那个盗车团伙的头目，让我们觉得好运不断。

这个头目装疯卖傻、软中带硬地顽抗四天，终于彻底绝望了，自知无法抵赖，就有限度地坦白交待问题，还把那四个案发当晚的香格里拉花园高级住宅区的监控数字录像硬盘交出来。这些硬盘保存得很好，看来这个头目真是用心良苦。

通过观看录像，案发当晚发生在香格里拉花园高级住宅区内公共地方的事儿重现在我们的面前。乔君烈在二十一时十一分走进D区3幢的电梯下楼，二十一时十五分走出小区大门后，再没有返回小区内。佳迅联合集团公司的那辆雷克萨斯轿车于二十一时三十三分进入小区大门，在D区3幢楼下停下来。胡志良提着特大号的公文包下车，进入D区3幢的电梯，于二十一时三十六分上到十九层楼后走出电梯。可以看到他穿着一件深色的梦特娇T恤。胡志良在二十二时零四分从十九楼返回电梯。也就是说胡志良在乔君烈家里待了大约二十八分钟。他的专车于二十二时十三分离开小区。陈求真在二十二时零七分徒步走进小区大门，一边走一边打电话。他在二十二时十二分进入D区3幢的电梯，二十二时十四分到达十九楼，走出电梯。此时他没有携带任何东西。

但是，监控录像大致于二十二时二十分中断了。监控录像于第二天一时二十一分恢复运作。此后，再也找不到陈求真再次出现的图像。

由此推算，在不到三个小时的时间里，陈求真先后两次在乔君烈家里各待了大半个小时。

香格里拉花园高级住宅区保安部和公安部门都作出说明，那些保安监控录像上所显示的时间应该是准确的，误差不会超过一分钟。

至少从录像上看来，乔君烈当晚一去不复返，不可能对蓝雪下毒手。原来曾经假设胡志良杀害了蓝雪，衣服上沾上血迹，不得不换上乔君烈那件相对于他来说是大了一号的梦特娇T恤，把血衣放进自己那特大号的公文包带走。但是从监控录像可以看到，胡志良穿着的衣服始终都是原来那个样子，并没有给人一种他的衣着大了一号的感觉。我们只能认为，是蒋光亮在讯问盗车贼廖伟明时有指供的言论，致使廖伟明捕风捉影地说胡志良从D区3幢出来时穿着大了一号的衣服。只有在胡志良离开乔君烈家里后蓝雪仍然活着这个前提下，陈求真才会在十九层那个地方待了这么久，否则陈求真早就跑出来报案了。如果陈求真没有进入乔君烈家里，他就无法弄到旅行袋和梦特娇T恤。而且只有容量较大的旅行袋才能把那盏用于作案的台灯带走。

现在借助监控录像和那个香格里拉花园高级住宅区D座3幢的住户的证言，陈求真所有的狡辩都已不攻自破。这就证明了先前我们针对作案者如何逃离现场而作出的推测是正确的，从而也证明了陈求真确实是凶手。

当晚发生在乔君烈家里的凶杀过程和细节，只有凶手一个人知道。于是我们根据种种证据和迹象作出如下的推定：在胡志良离开乔君烈家以后，凶手才有机会杀害蓝雪。凶手在二十二时后，先在小区内用自己的手机给蓝雪的手机打了一个电话，经蓝雪的许可进入乔君烈家里。凶手用梳妆台前的圆形小凳子重击蓝雪的头部，致使蓝雪昏迷倒地，接着用放在床头柜上的铜制台灯的电源线勒死蓝雪。凶手在杀害蓝雪后惊慌失措，以最快的速度逃离现场。他在路经保安监控室时，意外发现监控数字录像硬盘被抢走，觉得摆脱作案嫌疑的机会陡增，一种最大的勇气滋生于心，就返回作案现场。此后凶手在血腥中显得非常坚强和镇定。他首先考虑到要嫁祸于乔君烈，就抓住已经气绝身亡的蓝雪的手，用死者的手指蘸上血液在地板上写下乔君烈的名字，制造这三个字为蓝雪所写、提醒警察替她伸冤的假象。凶手把这三个血字马马虎虎地擦掉，让警察深信不疑地认定这是作案者乔君烈所为。凶手的衣服喷溅上蓝雪的鲜血，他就换上乔君烈的衣服，找来一个旅行袋把血衣装进去，也把那盏作为作案工具之一的铜制台灯塞进去。偷走作案工具，增加了我们破案的难度。凶手清扫作案现场完毕，经过反复仔细地推测和核查，自觉万无一失后，正要离开乔君烈家，突然听到楼上住户的宠物小狗狂吠几声。于是他想到自己身上有香水和狐臭综合的气味，很容易被警犬追踪。他便打开煤气，让浓烈的煤气充满整个作案的空间，再打开窗子把室内的气体排向室外。为预防煤气被点燃爆炸，他事前拔掉电话线。最后凶手关闭煤气阀门。此为一举两得，既可以掩盖自己身上发出的体臭气味，也让警察推测这必定是乔君烈所为——乔君烈原本打算毁尸灭迹，却突然想起自己的儿子乔小星就在作案现场，不能烧死自己的儿子，只好放弃毁尸灭迹的念头。凶手第二次清扫作案现场，没有留下任何可疑的痕迹。第二天零时四十九分前，凶手离开作案现场。

凶手机关算尽，却无法为自己摆脱罪名。凶手就是陈求真！

在这里我突然想到一个问题。陈求真受过高等教育，是一个善于发挥自己的聪明才智、有反侦查思维的人，他怎么会忽略小区内、大楼里的公共地方有监控录像这个现实问题呢？他怎么能闯过这一个大难关呢？现在陈求真依然充满信心，否认自己是凶手，断然不会正面回答这个问题。

张宾说可以从陈求真的妻子侯玉兰身上找到突破口。

张宾陪着侯玉兰看了那套监控录像。张宾说陈求真到乔君烈家里去，不是小偷小摸，而是杀害屋里的女主人蓝雪。侯玉兰突然哭了起来。俗话说，夫妻本是同林鸟，大难临头各自飞。陈求真的性格怪癖、有强烈的自卑感，动辄向侯玉兰发脾气，还跟三陪小姐有染，他们之间的关系一直不稳定。侯玉兰早就受够了。本来她不想在自己的丈夫大难临头的时候再向他捅出致命的一刀，一直在警察面前假托记不清四个多月前的事儿。现在在事实面前她失声痛哭。她没有想到自己的丈夫会是杀人凶手。

其实以蓝雪之死为时间参照物，侯玉兰还是能清楚地记起案发前后几天陈求真的一些相关的情况。案发第二天，一个和陈求真最要好的老同学在一天之内给陈求真打来四次电话，全是侯玉兰接的。昨天晚上陈求真没有回到家里，只是在电话里对侯玉兰说他有紧急任务，领导临时派他出差。这里所说的昨晚，就是案发当晚。当时侯玉兰将信将疑，打算第二天打电话找陈求真的领导核实情况。过去她也这样做过。不过她也考虑到如果又一次闹到陈求真的单位去，非但不能解决问题，反而会激化双方的矛盾。她只好逆来顺受，就当是陈求真真的到三陪小姐那里过夜，到时再跟他算总账。但是侯玉兰一再接到那个陈求真的老同学打来的电话，告诉她陈求真一直关闭手机。对方好像有非常着急的事儿要说出来，她不得不问对方到底有什么事。她被告知一个叫蓝雪的女性老同学在昨晚死掉了。侯玉兰不敢胡思乱想，就以陈求真朋友的名义打电话到他的办公室去，得到的答案是陈求真病了，需要在家休息几天。侯玉兰意识到有两种可能，一是陈求真旧病复发泡起三陪小姐乐而忘返，一是陈求真杀死蓝雪躲了起来。她不希望陈求真走向绝路，宁愿是前一种情况。然而她也不得不猜想，后一种情况的可能性也是存在的，便老是担心警察会找上门来。她有了心理准备，决定在警察面前保持沉默。几天后陈求真回到家里。侯玉兰发现他瘦了，同时也明显地对她好了起来。

我和张宾找到陈求真的单位领导，核查考勤报表，果然证实了陈求真在蓝雪遇害后一连十天都请病假。这么重要的问题，本来早就应该被注意到了。但是由于这些年来搞案情调查的刑警经验和责任心颇为欠缺，以致被忽略了。

0513 专案组决定由我和陈求真直接交锋，期望得到他承认自己有罪的供述。

在看守所的讯问室里，我和张宾与陈求真再次见面了。

陈求真一开口就滔滔不绝地说：“前年，不少报纸、杂志刊登文章，说美国人阿姆斯特朗等宇航员登上月球是假的，是在好莱坞摄影棚里头制作出来的骗局。持这种说法的人，从宇航员登月时所拍的一批照片上找出很多破绽。比如说，旗子的影子、登陆地点的尘土、月球表面的风等等。这几乎可以证明登月就是骗局。可是，持这种说法的人，刻意地从未提及另外一些关键的证物，比如宇航员从月球带回来的大量的岩石和尘土标本。这些标本，是地球上没有的。既然不是地球上的东西，是从哪儿来的呢？不可能是从更遥远的火星、木星上采到的吧？那只能是从距离地球最近的星球月球上采到的。这些标本，就有一票否决权，否决了那个阿波罗登月计划是骗局的说法。我也有一票否决权的证据。比如说，你们找到凶器了吗？真正的凶手是用什么东西杀害蓝雪的？你们也知道吧，当年美国橄榄球明星辛普森杀妻一案，就是由于找不到凶器，导致案情大逆转，辛普森无罪释放。现在中国的法律也逐渐完善，我相信我会受到公正的审判，我一定会洗刷冤情，无罪释放！而且，我要求国家赔偿，还要起诉你们违反破案程序正义，把属于我的东西夺回来！”

我说：“你会受到公正的审判的。”

陈求真说：“许警官，你们把我的案子移交给检察院了吧？”

我说：“还没有，还有一些零碎的工作，正在收尾。你这儿是零口供，但是我们有足够的硬证据。”

陈求真说：“那你找我干什么？还不是因为证据不足！”

我说：“我极想回答你这个问题。先说一下历史。孟良崮之战，国民党军整编第七十四师被全歼，师长张灵甫自杀身亡。时任华野一纵的司令员叶飞将军说，将军战死沙场应该受到礼遇。于是，时任华野六纵副司令员皮定钧将军找木匠打造棺材，由于找不到国民党军的军装，就给张灵甫穿上我军的军装，当然，没有胸牌。我说的这个故事，可能不切合现在的情况。不如这样说，你是犯罪嫌疑人，我把你视为对手，算是对你的尊重。我认为你将面临着死刑。虽然你不是在两军对垒中战死沙场，但是出于尊重生命的目的，将来你去的时候，我会来送你的。如果允许，我可以陪你共进最后的晚餐。”

陈求真还是冷笑几声：“请问许警官，你陪了多少人共进最后的晚餐？有多少人由此而变成屈死的冤魂？我相信在律师和我的共同努力之下，可以打破你们强加在我头上的有罪推定的宿命！”

我说：“是的，我相信你会得到公正的审判。”

陈求真摇摇头，紧紧地盯着我，不停地冷笑：“你们还是没有证据。你们只是一味地推理，把罪名强加给我。试问，有人看见我进入蓝雪的住宅，就可以证明我杀了蓝雪吗？请问你们所掌握的录像资料，有我杀人动作的图像吗？我可以告诉你，当晚蓝雪的房门是虚掩着的，我进去时，蓝雪已经死亡。因为我担心惹祸上身，担心就是跳进黄河也洗不清，所以我没有报案，悄悄地走了。这个解释你可能接受不了，可是我根本没杀人！”

我说：“你可以试图如此自圆其说。”

陈求真说：“蓝雪是我一生中唯一爱过的女人，我问你，我怎么会杀死她呢？”

我想，陈求真费尽心机试图嫁祸于乔君烈，但是他为什么不指出乔君烈就是凶手呢？因为陈求真知道蓝雪尸体的阴道内有大量的精液，而那些精液正是乔君烈的。陈求真之所以不使用这个题材作自我辩护，是因为他反侦查的逻辑和心理实在是太强大了，他甚至从来不在我们面前作出乔君烈就是凶手的推测！

我说：“那种杀害自己所爱过的人的犯罪嫌疑人，我还真是见得不多。三年前吧，我遇上一个犯罪嫌疑人。他跟我说，自打念中学开始，就苦苦地追求一个女同学。那个白雪公主心高气傲，压根儿看不上他。然而，他痴情未改，发誓要得到那个白雪公主。他毕生在寻找着机会。我所说的毕生，其实是很短暂的，满打满算才有三十一年的时光。终于，他看到了希望。因为白雪公主结婚四年后，跟她丈夫的关系非常紧张。他认为有机可乘，向那个白雪公主发起感情攻势。不久之后，他买了一对欧米茄情侣纪念手表，并且成功地让那个白雪公主接受了其中的一块女表，戴在她的腕上。他们的关系，差一点儿就到了上床的地步。就差那么一步，这道坎儿却无法逾越。最后，他趁着那个白雪公主的丈夫离家出走，进入她家里，强行抱住她，试图占有她。无奈当时那个白雪公主的心情非常坏，不客气地拒绝了他。如果白雪公主用委婉的方式拒绝，结果可能改写。可是那个白雪公主说了一些深深地刺伤了他的话。”

我是这样推测陈求真杀害蓝雪的原因和经过的。但是我隐去他们的真实姓名。

我一直坚持认为，陈求真杀死蓝雪是突发事件。他是在受到直抵灵魂的剧烈刺激的情况下，在极短的时间内作出那个极端的决定。如果再给他一点儿时间，他绝对会改变主意的。而且在今后的日子里，陈求真一定非常后悔。但是，陈求真灵魂里的恶魔在潜伏几十年后，一下子势不可挡地跳了出来。

我希望再次在瞬间刺激那个潜伏在陈求真灵魂里的恶魔。

我继续说下去：“那个白雪公主对他说：‘你这人怎么搞的？老实告诉你吧，我从来没有喜欢过你！我喜欢堂堂正正、有男人味儿的男子汉！你身上那股味儿，根本不是男人味，而是令人作呕的味儿！这就是十多年来我们一直无法擦出火花的原因！你明白吗？我陪你喝过咖啡、聊过天，那是因为我可怜你！我不愿意伤害你！’白雪公主说这些话的时候，一直背对着他，甚至不想看他一眼。她还说要把手表还给他，就抬起左手要把手表摘下来。由于他心理阴暗、心胸狭窄、过度自卑，那个白雪公主这番话让他的心受到致命的重创，他恼羞成怒，一下子疯了，来个玉石俱焚，抱着得不到的东西就毁灭它的邪恶心理，用凳子砸在她的头上，接着用电源线猛勒她的脖子，杀害了那个白雪公主。最令人不齿的是，他竟然猥亵了那个白雪公主的尸体。他使所有真正的男人蒙羞！他非常冷静地清理作案现场，却不敢正视那块欧米茄女表。他曾经异想天开地希望那块女表能陪着那个白雪公主一起化成一缕青烟，在天堂里永远地伴随着那个白雪公主。那不可能。因为那块欧米茄女表现在成了警方的证物。”

我像算命先生一样表演着骗人的把戏。

陈求真低下了头，不再说话。

我感觉到陈求真的灵魂被触及并刺伤了，他非常愤怒。

我再进一步说下去："你在作案后，明白到必然会暴露，一度惊慌失措，赶快逃离现场，打算逃到一个我们找不到的地方。但是，你路过保安监控室，无意中发现监控录像被抢走。你打车离开，在路上，你想到那些监控录像被抢走了，你的罪证可能被清除了，于是你有了底气。你打算先喝点儿酒壮壮胆量，再返回案发现场搞清理，把你的罪证全部清除。你离开案发现场时，蓝雪家的门没有反锁，你可以轻而易举地再进去。本来在酒吧里喝酒最痛快的，但是你不敢往人多的地方去，也不能浪费宝贵的时间，就跑到烟酒店买了一瓶酒，找一个人少的地方喝几口算了。因为那瓶酒是为你自己喝的，你不能喝醉，只喝那么几口，所以你无需思考就买了一瓶低容量的。那瓶350ml蓝带马爹利你就喝了几口，找个地方扔掉了。你考虑到必须要有人证明你不在案发现场，为了保存对你有利的证据链，你在第二天或第三天就再买一瓶蓝带马爹利，送给你的领导。送给领导的洋酒，750ml或1L的最得体，可是你为了应付我们的侦查，不得不再买一瓶容量为350ml的。"

陈求真不再冷笑，而是面无表情。

我和张宾就这样收场了，打算让陈求真反思一天，后天再继续和他较量。

张宾表示怀疑。他认为陈求真一直在坚决捍卫自己，是不会低头认罪的。

这天晚上我特意上了陈求真的博客。找到他的博客可不容易，用户名挺长挺特别的，叫做三千年前那晚的星光。

不久前陈求真写了一篇题为《带着一颗感恩的心去嫖娼》的博文，很有真情实感。在他看来，一个娼妓比那些贪官污吏干净得多，甚至比他的梦中情人、初恋对象更爱惜他，更无私奉献于他。

陈求真的另一篇博文写道：在一个寒冷的晚上，他在回家的路上遇上一个年近三十的暗娼。这个暗娼一路跟着他，尽管没有任何挑逗，却苦口婆心地劝他跟她进行不道德的交易。为了达成交易，她一再降低价格。后来他听说她来自四川省的地震灾区，家里等钱急用，再也忍不住了，不辨真假地就给了她两百块钱。她收下钱后，觉得不好意思，就对他说如果他想对她怎么样就怎么样，要去哪里都陪着他，甚至原地随他摆布。这句话让陈求真感到震撼。陈求真觉得这个暗娼并不下贱，反而是高尚的、感恩图报的人！他的眼泪快流下来了，不得不快步走开，摆脱这个暗娼。最后他写道：妓女也是有心灵的！

陈求真的好几篇博文，充斥着对爱情的向往和追求。他认为最重要、更值得追求的东西不是金钱，而是发自内心的爱情。虽然陈求真从来没有在博文中正式提过蓝雪的名字，但是他模棱两可地说道，他觉得某个女神虽然是他的爱情的终极目标，却不如一个娼妓。

我始终感觉到，陈求真的确对蓝雪又爱又恨，恨她对他寡情薄义，不如一个娼妓。可以说他的心境异常复杂和混乱，有一种反常甚至是变态的心理。但是另一方面，他也有善良和同情之心。

陈求真认为人世间还有比金钱更重要、更值得追求的东西，这种理念是我们很多人都不具备的。

当然，即使陈求真的理念是崇高的，是值得我们尊敬的，但是这并不表明他的精神状态、人格和品质绝对没有问题。

我一时不愿意作出推理：陈求真到底是一个什么样的人?

第二天早上，陈求真表示要认罪了。作为0513专案组主要负责人的刘教导员没有通知我，就让专案组的旧同事记录下陈求真的有罪供述。但是陈求真所交待的作案经过，和我们原来所推断的案情大为不同。据张宾说，实际上陈求真胡诌一气，就像把电影和电视剧里的凶杀情节照搬过来一样。刘教导员立功心切，亲自带着陈求真到作案现场搞案情重演。

陈求真被戴上手铐，进入乔君烈家里后非常平静，指着一些地方、物件重复着所交待过的凶杀细节。我的四个旧同事在记录、拍照和录音。刘教导员也非常兴奋，觉得最终还是自己胜人一筹，攻克了别人遗留下来的大案，他这个代理大队长很快就会名正言顺地变成大队长了。他打开通向阳台的门走进阳台。阳台外没有防盗网，站在这里眺望远方的群山，让刘教导员感到赏心悦目。他把笑容带进客厅里，那四个旧同事被感染了，也尽显心情轻松。

张宾到卫生间去了。

陈求真要求吸一根烟，刘教导员点头同意了。

就在这个时候，陈求真突然发疯了。大概陈求真在穷凶极恶地杀害蓝雪的时候，也是这样一下子从平静的平台跃上疯狂的巅峰的。他戴着手铐，却仍然足够灵活、迅猛地摆脱一个控制着他的警察，向阳台冲刺，一眨眼就穿过刘教导员亲手打开的门。不足十米的助跑已经足够，陈求真像跳高一样背跃阳台的栏杆，动作虽极为别扭，但是他几乎成功了。

在陈求真跑向阳台时，张宾刚好从卫生间出来，成了距离陈求真最近的人，只有不足四米远。就在陈求真跃过阳台的栏杆时，张宾猛扑过去，一把抓住陈求真的衣服。陈求真猛蹬一脚栏杆，他的衣服开始撕裂了，眼看就要脱离张宾的手。这时另一个旧同事也到达了，和张宾一齐抓住最后的机会紧紧地揪住陈求真的手臂。陈求真奋力反抗，并发出他一生中最响亮的吼叫，却无法挣脱张宾他们的手。

刘教导员非常庆幸陈求真没有从十九层的阳台坠下，避免了一场犯罪嫌疑人自杀身亡的特大风波。我更庆幸陈求真还活着。

陈求真没能自杀成功。对他将能接受公正的审判，我感到欣慰。

第三十三章　尘埃落定?

陈求真自杀未遂，我是最大的受益者。我被调回刑警大队，虽然没能马上官复原职，却能直接参与侦破0513案件，我在心里谢天谢地了。

所有知悉陈求真试图畏罪自杀的人，都相信他是杀害蓝雪的凶手。

但是我却想到，就目前我们所掌握的证据，都没能非常直接地证明陈求真就是杀害蓝雪的凶手，比如案发现场就没有他的痕迹——血液、精液和指纹等，更没有他使用过的凶器。严格地说，陈求真只不过是经由逻辑推理而成的证据链上的凶手。

未经审判定罪，陈求真只不过是一个犯罪嫌疑人，而不是法律意义上的凶手。

几天后，陈求真要求跟我见面。

我和张宾到讯问室里，陈求真开门见山地说，不是缺少铁证吗？他说他只求速死谢罪，愿意向我们提供铁证。就是他愿意提供精液和指纹，并愿意完全按照我们的意思签字画押，让我们所寻求的证据链变得牢不可破。

我说："我们不能这样做。"

陈求真不解地说："那不是你们一直求之不得的东西吗?"

我说："那不是事实，违反程序正义，妨碍司法公正。"

陈求真想了一下，问我们在案发现场是否提取到可疑的鞋印？我没有回答他，以免有诱供的嫌疑。陈求真说，案发当晚，他穿的是一双刚买不久的皮尔·卡丹休闲皮鞋，鞋底几乎没有一点儿的磨损。在案发当晚，陈求真就把那双鞋子及盒子全扔掉了。至于那双鞋子是什么系列或货号的，他一点儿记忆也没有。不过，只要把皮尔·卡丹皮鞋的产品图片给他看一下，他就能指出那双260码的鞋子是什么款式的。或者简单一点儿，因为那双鞋子他是通过淘宝网购买的，只要查一下“我的淘宝”中的“已买到的宝贝记录”，就能找到那双鞋子的款式和货号，然后再到皮尔·卡丹专卖店去，提取与那双260码鞋子相同的鞋印，再跟案发现场找到的鞋印作对比，或许就能取得一个有力的证据。

看来陈求真崩溃了。我根据他的建议，找到那双260码的皮尔·卡丹休闲皮鞋的鞋印，再跟现场所提取到的大半个较为清晰的可疑鞋印作对比，完全吻合。

陈求真还作了认罪供述，跟我此前所作的案件推理大致相同。但是，他没有提到蓝雪尸体阴道内的精液。我针对这个问题反复讯问，他始终矢口否认。这是他唯一不愿意交待的问题。

几天后，我和张宾再次来到看守所提审陈求真。

我说：“有一个问题我想搞清楚。你作案后离开现场，可是一个小时后，你又返回作案现场搞痕迹清理。你在作案现场待的时间比较长，你可以不担心蓝雪的儿子会醒来，但难道也不担心乔君烈会突然回家吗?”

陈求真说：“我估计当晚乔君烈不会回来了。即使回来了，也没什么。因为当时我已经没有恐惧的感觉了，我只想求生。求生让我变得无畏，我相信我会绝处逢生。”

我说：“万一乔君烈回来了，或者蓝雪的儿子醒来，起床上厕所，你会怎么样?”

“要么杀死他们，要么我投降。”片刻之后陈求真毫无怨言地说，“我最大的不幸是，遇上了你这个警察。”

我摇摇头，我的意思是这个案子并不复杂。

陈求真说：“我知道，我没有避开监控录像。但是在这之前，在中秋之夜，你竟然在蓝雪家的楼下等我，我有两点理解：第一，你的直觉非常准确；第二，你了不起，就像蓝雪是你的亲人一样，注定了你会费尽心机去抓凶手，为她报仇。你就像为这个案子而生一样。”

我说：“我看过一本叫《福尔摩斯探案全集》的书，我对案件入迷。”

陈求真说：“看过那本书的人不少，极少有人像你这样的。”

我说：“现在，科技进步了，用科技办案，更容易把案子办好。”

陈求真点点头。

由于陈求真曾经非常细心、彻底地清理作案现场，我们只能找到一些较为接近地能还原凶杀案件的证据。我觉得我已经尽了全力了。我在心里也认定陈求真绝对是凶手了。至于法院如何判决，那得取决于法官对证据的理解。我认为，那些参与审判的法官一定会判决陈求真故意杀害蓝雪的罪名成立。

在本次讯问陈求真之前，我把那一盒邵幼萍送给我的昂贵的哈瓦那雪茄拿出来，让刑警大队会吸烟的旧同事们享受。就算平时不会吸烟的旧同事，也跑过来吸一口雪茄，分享胜利的喜悦。

本次讯问就像我和陈求真之间的私人谈话。

本次讯问陈求真的最后一个问题，我认为是非常诡谲的，充满不定因素的。那就是蓝雪尸体阴道内的精液。那些精液毫无疑问是乔君烈的，但是这些精液是如何进入阴道内的，毋庸赘言是一个很关键的问题。

我问："你有没有性侵犯蓝雪？"

陈求真说："没有。我也没有猥亵蓝雪的尸体。"

我问："案发当晚，你是否知道蓝雪尸体的阴道内有精液？"

"不知道。直到前天你们提审我，跟我说了，我才知道。"

"如果蓝雪尸体的阴道内有精液，而且是在蓝雪死亡前后三十分钟内进入阴道的，请问，你觉得这是怎么回事儿呢？"

陈求真说："嫁祸于人。"

我问："你其他问题都如实交待了，为什么不一竿子捅到底呢？"

陈求真在他所坐的铁凳上动了一下。这个铁凳是特制的，可以限制被提审者的活动。他只能稍微动一下，不可以换坐姿。他试图表达某些意思，其内容或许是掩饰某些问题。他说："真的不知情。"

在这个问题上，我认为陈求真没有选择说真话。

前脚离开讯问室，后脚张宾就对我说："既然陈求真都精神崩溃了，全坦白，为什么他非要捂住那个精液的事儿不说呢？难道又出了一个问题，他不是凶手？"

"乔君烈所留下的精液，不足以证明陈求真不是凶手。不过，那个精液的问题，是个很大的尾巴。让对方的律师揪住了，可以说出个一千零一夜来。"我反复思考，"但是，为什么陈求真不愿意交待精液的问题呢？莫非这个问题属于道德，他认为是最耻辱的，不愿意说出来？"

"翻供！"张宾兴冲冲地说，"陈求真的精神状态貌似崩溃了。他不是斗士吗？为什么进了看守所不到十天就缴械投降了，还主动帮我们找证据，好让法官判他死刑。基因突变了，会不会有诈？这是一个圈套，到时他在庭上惊天大翻供！”

“我也担心翻供的问题。不能让我们所掌握的证据也基因突变，必须固定所有的证据。”我说，“破案也是一门容易出现遗憾的艺术。”

不少同事问我，陈求真坦白交待自己就是凶手，那么蓝雪尸体的阴道内为什么有大量的属于乔君烈的精液呢？怎么会出现这种千年等一回的机会，让陈求真找到乔君烈的精液呢？不是说 DNA 鉴定结果有排他性吗？怎么这一次 DNA 鉴定结果却没有起到证明谁是凶手的作用呢？

这个问题长久地活跃在我的思维中。这是一个大难题。

我用无罪推定的原则，排除了乔君烈作案的可能性。

但是对于陈求真，在大量的事实证据面前，应该使用有罪推定的原则了：案发当天傍晚乔君烈在书房里先后自慰两次，把装有精液的两个安全套暂时扔在电脑桌下面的纸篓里。晚上陈求真作案后，试图嫁祸于人。徐希愉突然记起来，她告诉我她曾在老同学聚会时听蓝雪说过，乔君烈有时领着女人回家，做爱后随手把安全套扔在床下隐蔽处，事后忘了清理，蓝雪发现了就大吵大闹。也许陈求真听闻后记在心里，作案后就在屋里四处寻找乔君烈用过的安全套，正好让他赶上了。他强行把安全套内的精液塞进蓝雪尸体的阴道内。

同事们基本接受我的上述说法。

晚上我和徐希愉见了面。在徐希愉的宿舍里，我们共进晚餐。我们心情愉快，喝了一瓶红酒。现在酒后驾车后果非常严重，我打算叫张宾来代我开车。说到张宾的名字，徐希愉却想起一个问题。近来她极少过问我的工作。

徐希愉喜欢吃鸡蛋，就往煮蛋器里放了三个鸡蛋，其中一个是我的。

煮蛋器冒出蒸气后，徐希愉多愁善感地说：“这三个鸡蛋死了。”

我特意微笑着，说：“你全变了。不再是警察了，也不像教师，像个专业演感情戏的演员。”

徐希愉说：“我的同学蓝雪死得太惨了。”

我说：“应该说，都结束了。不是抓到凶手了吗？”

“酒后吐真言。我想问你，你真的能这么肯定，乔君烈就不是杀死蓝雪的凶手吗？”原来徐希愉要表达的意思是这个。

这个问题对我来说已经不是什么问题了。但是我却一下子糊涂了。

徐希愉看到我有点儿郁闷，又说了一句：“我相信，法官也会判决陈求真故意杀人罪名成立，但是，你们这个案子，真的办成了铁案了吗？”

酒瓶空空如也，不能再来一瓶红酒了。我就喝了一口矿泉水，极力把话说得一清二楚：“我已经竭尽全力了。”

徐希愉问我：“你崇拜神探李昌钰吗？”

我当即想到了被称为世纪大案的辛普森杀妻案。“果汁先生杀妻一案，李昌钰作为辩方专家证人，几经努力，认为辛普森杀妻的证据是有问题的。实际上李昌钰并没有排除掉辛普森杀人的可能性，只不过他的结论与警方不同，他只是认为警方所掌握的辛普森犯罪手法不成立。犯罪现场的证据不是用来说明一个人有罪或者无罪，而是用来说明到底发生了什么事儿。我们作为刑警的职责，仅此而已。嫌疑人是否有罪，由法官说了算。”

徐希愉说：“李昌钰认为辛普森杀妻的证据不成立，你也认为乔君烈杀妻的证据不成立，与此同时，你认为陈求真杀害蓝雪的证据是成立的。我扯远一点儿，你不觉得，你会出于随心所欲或反复无常的原因，滥用手中所握有的权力来维护自己个人的喜好，凭着自己的憎恶来判定谁的罪名是成立的，谁的罪名是不成立的吗？”

我作出更正：“刚才我说的，警察所管的事儿是犯罪证据，而不是谁的罪名是否成立。”接着我又说：“罗尔斯著作《正义论》有关程序正义的经典例子，就是分饼原则：一个人切，另一个人先拿……”

徐希愉打断我的话说：“分饼的理论我知道。可是，你真的能这么肯定，乔君烈就不是杀死蓝雪的凶手吗？”

徐希愉再次回到这个沉重的话题。

我以同样的口气回答：“我已经竭尽全力了！即使李昌钰博士来了，结果也是一样的。尽管不能绝对排除乔君烈杀妻的可能性，但是我认为从犯罪现场所取得的证据来看，那种可能性不成立。”

徐希愉说：“相对于蒋光亮，我觉得你更像李昌钰博士，因为你尊重科学和事实。”

她举起空了的高脚杯子，我们碰杯，响声悦耳。

“陈求真是不是真凶，我一个人说了不算。就请法官明察吧。关键是，陈求真能否接受公正的审判，不管他是否急于以死谢罪！两个人平分一块饼，做到完全精确的平等是不可能的，所以正义只能通过程序来实现。尽管饼未必就真的平分了，但是这个程序就赋予了分饼这个过程和其结果的正当性。”不吐不快，我把刚才有关分饼的话说完。因为我是追求程序正义的警察。

徐希愉点点头。

我说："我一直把犯罪嫌疑人视为对手。在我被降职下放后，这种精神状态更加明显。我不但为职责而工作，甚至为我自己而战。但是，在竭尽全力取得所能取得的证据后，我更加冷静，不再把犯罪嫌疑人视为对手。因为我的职责是搜集证据的警察，而不是审判人员，因此我的职责不是对犯人定罪，而是对犯罪现场作出判断。"

徐希愉说："难道你不是罪犯的天敌？"

我不想回答这个问题："你也是0513专案组成员。你是觉得，陈求真不是真凶？"

徐希愉说："从监控录像的图像和时间来看，陈求真好像是凶手。他可疑的程度比乔君烈的高。但那些精液是乔君烈的，乔君烈辩解那些精液是陈求真从书房里的废纸篓里找到，并被加以利用了。这个解释未必尽然，况且陈求真予以否认了。这就意味着，乔君烈有可能撒谎。"

我问："从你说话的语气我听出来了，你总觉得陈求真不是凶手。"

徐希愉说："中学毕业后十多年了我极少接触他，但是，他真的不像个凶手。"

"我觉得乔君烈更不像凶手。你不要批评我凭感觉定罪犯。其实辛普森杀妻案发生后，李昌钰博士头一次见到辛普森，他的感觉是这样的：辛普森既像凶手，也不像凶手，可能性各为百分之五十。"我说，"法律条文也是由人来操作的，要做到百分之百公平，可能无法实现。但是要做到程序正义，我就有信心做得到。"

徐希愉说："又高谈阔论了！你就像主旋律电影、电视里的主人公！"

我说："你曾经是优秀的人民警察，跟你高谈阔论，你不会觉得是对牛弹琴吧？"

"我觉得你喝多了！"徐希愉是这么说的。她也喝了不少红酒，我觉得她的这句话等同于撒娇地对我说："你真坏！"

徐希愉从冰箱里取来橙汁，给我倒了一大杯。她还打开电视，要选择一个娱乐节目的频道。

"我喝不了这么多。"我说。

我感到徐希愉就像欣赏一个可爱的怪物一样看着我。她狡黠地问我："你就像文艺作品里的人物，人长得帅气，还喜欢高谈阔论。请问，你作为一个大男人，离婚的大男人，现实中难道你就没有嫖娼、勾引女人的行为？"

“蓝雪、陈求真这个案子结案了，我总算松了一口气，我真想疯狂、发泄一下。”说真的，我真担心徐希愉说出邵幼萍的名字，让我难堪不已。

徐希愉说：“疯狂、发泄的内容是什么呢？”

“不能告诉你！”我大口地喝着橙汁。

徐希愉说：“对了，你必须回答我有或没有，就是你嫖娼的行为！如果有，还被抓到了，要罚款、拘留、劳教、开除公职的！”

“说真话是要付出代价的。”我说，“前天曾思敏遇见了你，她说，你变得漂亮了。”

徐希愉点点头：“我更适合当一名教师。哎呀，不准转换话题。转换话题就是掩饰，掩饰就是有问题！”

我说：“我有权保持沉默。”

徐希愉纠缠个没完：“沉默就是默认！”

“张国荣说，沉默是金！”我说，“我觉得你问我这个问题的时候，你显得很有女人味儿。”

徐希愉脱下鞋子，在餐桌下面蹬了我一下：“你这个人呀，一半是人，一半是神！”

我说：“这是你对我的评价，恭喜你答对了！”

徐希愉说：“陈求真那篇博文《带着一颗感恩的心去嫖娼》，难道他像你一样，是一个好的嫖客？”

“你说什么啊！”我抗议的话音未落，虽然我喝了不少红酒，酒精在刺激着我，让我飘飘然，但是我突然想起来了，“对了，有一个人，他还不知道陈求真是真凶！”

徐希愉不再嗔怪我又转换话题，因为这是一个严肃的话题。“是啊，现在，我可以告诉蓝老师陈求真是凶手吗？这违反纪律吗？”

因为我对不起蓝雪的父亲和母亲。前几天中午蓝父到刑警大队打探消息，他来得较晚，我和张宾正在吃午饭。看到蓝父，我就像遇上了老熟人一样，要给他打饭。他说吃不下，只想知道案子的最新进展情况。抓到陈求真后，我一直迫不及待地想告诉蓝父，陈求真就是凶手。但是当时不是时候。现在是时候了。于是我懒洋洋地对徐希愉说：“现在你不是警察了。即使违纪，也是小错。要负责任的人是我而不是你！”

蓝父获知陈求真是杀害蓝雪的凶手后放声痛哭，旧病突发住进了医院。徐希愉拉着我去探视他。蓝父看到我，泪水一下子涌了出来。他只说了一句话，就是他原谅了我。他痛失爱妻和女儿，在漫长的五个多月里，不知道经受了多少地狱式的煎熬。我知道我和同事们为蓝父所做的事儿远远还不够。看着蓝父那张饱经沧桑的脸，我想起我的父亲。我不期望蓝父感激我，我只希望他能真正地原谅我。这是给我的最高奖赏和荣誉。如果要我成为大众拥戴的人，我是办不到的。即使当今那个曾经是一级方程式锦标赛殿堂式的人物，取冠军头衔有如逛大街一样容易，但是他是张宾所痛恨、最不想见到的人。因此，我希望成为所有作奸犯科的罪犯最恨的人。

我和徐希愉领着乔小星去看望乔君烈，把乔小星完璧归赵。乔小星在我家里待了四个多月，不胖不瘦，却长高了一公分。乔小星很想留在我家里，继续戏弄像小丑一样的张宾叔叔。但是当他知道他爸爸不是杀害他妈妈的凶手，而且变成残废人的时候，他有如一下子长大好几岁，并应徐希愉的要求，发誓要照顾好爸爸。现在乔君烈和一个照顾他的民工住在一间一层楼的房子里，所过的日子仿佛倒退了二十年。他知道杨丽童还爱着他，可是他不能拖累她一辈子，狠心地把她赶走了。他打算在几个月后安装德国制造的义肢，重新站起来，重操旧业，再找一个身强力壮的从农村来的女人做老婆，好好地活下去。他对我说，虽然丢了一条腿，但他没有后悔。为了获得自由，他愿意付出任何代价。幸好，困扰着他的所有的无形桎梏已被打破，他可以自由地呼吸了。他和我约好，什么时候有空在网上下一盘围棋。我很久没下过围棋了，立即答应了他。

我很久没有见到杨丽童了。我衷心祝她幸福。

张宾这家伙在买到千里马轿车后，终于找到心爱的女朋友。他们租到房子，很快就结婚了。

邵幼萍给我发来电子邮件。她询问我是怎么抓到真正的凶手的。她说对一个好警察来说，他总是在等着每一个案子的结果，别的东西很难再起到吸引作用。她再次告诉我，我是她所见过的中外警察中最诚实、最善良和最友好的警察，她一辈子都记住我说过的一句话：说真话是要付出代价的。她说她仍然想说真话。如果有可能，她愿意一辈子爱我，可是给一个好警察当妻子实在太不容易了。她担心她会变得像温如心那样。她还说她找到了男朋友，好得不分你我了。她最后说她曾经给温如心打了电话，知道我们离婚了，问我找到女朋友了吗？

我永远感激邵幼萍，以及感激她那本《福尔摩斯探案全集》。

徐希愉对我说，网上正流行偷菜和收菜游戏。她工作到深夜，常常不顾困倦摸到好友的地里偷一把，玩得不亦乐乎。如果偷到玫瑰或雪莲等名贵品种，一种成就感油然而生。

如果做得好，偷窃也是一种有意义的行为，比如窃取敌方的情报，或者，就像我偷了邵幼萍的那本《福尔摩斯探案全集》。要是有一个窃书游戏的话，一定会让我着迷的。我会介绍张宾上网偷书，就偷一本《刑事诉讼法》，并把它背得滚瓜烂熟，然后把书卖给蒋光亮。

不久前温如心请来律师和我办理离婚手续。温如心告诉我，她听邵幼萍说过我是一个好警察，是一个值得珍惜的男人。只是她无法接受我。她决定把我们共同拥有的房子给我，让我好好当警察。

我在心里对自己说，我找到了宛如初恋情人那样的女朋友，她就是徐希愉。一个冷漠、不爱自己丈夫的妻子，会让丈夫变成诗人；一个热情、爱自己丈夫的妻子，会让丈夫变成百万富翁。我相信一个从前是警察、渴望得到幸福的妻子，会让自己的丈夫变成好警察。有了徐希愉，我想起了利物浦的队歌《你永远不会独行》。徐希愉很珍惜刚获得不久的教师职务，也很珍惜自己的青春年华。她买来最好的洁肤和护肤用品，还经常健身。平时我极少穿警服，穿的都是一些较为高档的名牌服装和皮鞋。我的头发喷洒摩丝，梳得整整齐齐。可以说我很注重自己的外表形象。不过那些纯棉和纯羊毛质地的衣服洗过后皱成一团，必须要非常细心地熨平，花费大量的时间。温如心走后，我只好自己动手。我没有多少空闲的时间，也就难以把衣服熨得理想，后来只好把脏衣服送到洗衣店去。邵幼萍曾经给我熨过衣服。现在徐希愉对我的外表要求更严，把我的衣服熨得像刚买回来的一样。我一直想买一套华伦天奴西服，也终于在徐希愉的陪同下买回来了。我已经三十八岁，徐希愉也不小了，她希望为我生一个孩子。要是女孩的话，就让她当大学教师。如果是男孩，就让他子承父业，当一个警察。在他长大之后，我会告诉他，她妈妈说过，在老百姓绝望的时候，警察是他们最后的希望。当然，要是他不喜欢当警察，我建议他当律师。因为律师也站在老百姓最后的希望之中。然而我还是建议他当警察。

陈求真故意杀害蓝雪一案开庭审理。陈求真的一位老同学是知名律师，自告奋勇地担当辩护人。陈求真当庭翻供，辩护人千方百计地推翻公诉检察官提供的证据，特别在乔君烈的精液和不完整的案发现场外监控录像这两个问题上，发起挑战且紧咬不放。控辩双方攻防激烈。一审结果是市中级人民法院宣判陈求真故意杀人罪名成立，判处极刑。陈求真在刑事诉讼法规定的期限内上诉至省高级人民法院。

蓝父有一个学生是省报的名记者，这个名记者闻讯后赶来采访我。我不好意思自我吹捧，就让张宾替我说。一个星期后，一篇长达五千余字的刑侦实录在本省日报的头版隆重推出，还在几家全国性的报纸上转载。世界各地的记者大都有歌功颂德的习性。0513 案件中我们走过的某些弯路、某些负面的东西，在那篇报道中是看不到的。那篇刑侦实录有方向性地报道我们踏破铁鞋，几度峰回路转，终于掌握如山的铁证，技术性压倒翻供的对手，就像好莱坞的大片一样引人注目，让我在一夜之间成了一个大侦探。

不久之后，新官上任的市局领导找我谈话，表示会调整我的工作。我冒昧陈辞，毛遂自荐地担任刑侦支队重案大队大队长。后来一道公文下来，庞支队长晋升为市局副局长，由我接替刑侦支队支队长的职务。

今天的刑侦支队人才济济，有政法大学的犯罪心理学博士和痕迹学博士，有医科大学的体液学博士，有名牌大学电子系的高才生，有刑警学院的高才生。

刑事案件太重要了，不能把它交给一般的刑警，必须把它交给那些精通法律、专业技术业务的刑警们。他们最终获得的胜利，首先属于早已进入法治社会的中国，也属于千千万万的中国人。

图书在版编目（CIP）数据

真凶快跑/王界著. －北京:作家出版社，2010. 5
ISBN 978－7－5063－5260－4

Ⅰ.①真… Ⅱ.①王… Ⅲ.①长篇小说－中国－当代
Ⅳ.①I247.5

中国版本图书馆 CIP 数据核字（2010）第 027932 号

真凶快跑

作　　者：王　界
责任编辑：懿　翎　徐婷婷
装帧设计：每天出发坊
出版发行：作家出版社
社　　址：北京农展馆南里 10 号　　邮码：100125
电话传真：86－10－65930756（出版发行部）
86－10－65004079（总编室）
86－10－65015116（邮购部）
E－mail：zuojia@ zuojia. net. cn
http://www. zuojia. net. cn
印刷：三河市北燕印装有限公司
成品尺寸：152×230
字数：413 千
印张：25.25　　插页：3
版次：2010 年 5 月第 1 版
印次：2010 年 5 月第 1 次印刷
ISBN 978－7－5063－5260－4
定价：33.00 元